鮑参軍詩集

鈴木敏雄　編著

白帝社

本書は平成十二年度科学研究費補助金「研究成果公開促進費」による刊行である

凡　例

一、宋本を底本とし、「四部叢刊」本に依拠することとしたが、この本の朱字の部分は「四部備要」本を随時参照している。

一、詩のみに訳注を加えたため、新たな巻数（巻一～巻七）を設けたが、各巻の巻頭には（　）付きで「四部叢刊」本『鮑氏集』の巻数（巻三～巻七）を補った。

一、文字の異同については、俗字など必ずしも校勘の対象としなかったものがある（避忌字を含む）。例えば「燕・鷰」、「群・羣」、「柏・栢」、「梟・梟」、「氷・冰」、「雁・鴈」、「襃・褒」、「窓・窗・牕」、「煙・烟」、「猨・猿」、「鼓・皷」、「詠・咏」、「勅・勑」、「襍・雜」、「翻・飜」、および「途・塗」、「愧・媿」、「遊・游」、「岡・崗」、「迴・廻」、「霑・沾」、「昇・升」、「丘・邱」等。

一、原則として正文の字体は底本に従うよう努めたが（印字技術の都合を除く）、書き下しは常用字体とした。

一、出典および語の用例は原文を引用するよう努めたが、紙幅の都合上、後人の注や鮑照以後の語の用例は書き下し文のみとしたものがある。

一、別本の語句も必要に応じて（［　］）付で注釈を施したところがある。

一、参考文献の扱いについては、「解説」五の「テキストおよび主な参考文献」の項を参照されたい。

目次

巻第五　詩（鮑氏集巻第七）

解　説

一　詩人鮑照の登壇

鮑照（字は明遠、四一四？—四六六）が詩壇に登りはじめた頃、すでに知名度の高かった詩人に謝靈運（三八五—四三三）と顔延之（三八四—四五六）とがいる。劉宋の永初年間（四二〇—四二二）から元嘉年間（四二四—四五三）にかけての当時、この二人は「江左は顔・謝を称す」と評され、前時代の「江右は潘・陸を称す」と評された潘岳・陸機に匹敵する詩人であると目されていた。

はじめ、顔・謝の二人は文士好きの廬陵王劉義真（四〇七—四二四）と昵懇の仲となり、ともに高祖武帝（劉裕）亡きあとの政治中枢への参画を企図していたようであるが、永初三年（四二二）、実際に武帝が崩御して少帝（劉義符）が立つと、武帝の旧臣勢力である徐羡之らが少帝擁立派を叫んで二人を屏け、その年の秋、顔延之は始安郡の太守、謝靈運は風光明媚な山水の地である永嘉郡の太守にそれぞれ出されることになる。翌、景平元年（四二三）秋、靈運は病を理由に故郷である会稽の始寧に帰ったが、顔延之は徐羡之・傅亮が程なくして誅せられると、元嘉三年（四二六）、文帝によって始安から朝廷に呼び戻され、中書侍郎となり、ついで太子中庶子となる。謝靈運も再び徴せられて秘書監となり、ついで侍中となるが、その後、謝靈運は臨川太守に出、その性癖ゆえに叛乱罪を着せられて廣州に流され、刑死する（四三三）。顔延之もその性癖（および政治への不満）ゆえに人を痛罵し、怒りを買って、間もなくまた永嘉の太守に出され、以後の七年間、半ば世と交際を絶つことになる。そのような経歴とともにこの二大詩人の文学は世に行われ、知名度も挙がっていったと思われる。

鮑照はこの顔・謝の後を追って詩壇に登るが、先ずその生卒年が確定しにくいために、初期の詩作活動の状況は詳らかでない（穆克宏『魏晉南北朝文学史料述略』一九九六年中華書局など、近年では生卒年の「?」を外す文学史類も出ているが、多くは概ね鮑照の生涯を「四一〇～四七〇」の間に収めているようである）。「鮑参軍集」の編纂者である南齊の虞炎（五世紀中葉、六世紀始めの人）により、五十餘歳で亡くなったことが伝えられている。これを踏まえ、仮に最も通行している銭仲聯撰「鮑照年表」の推定によって生卒年を「四一四?—四六六」とすれば、詩人鮑照の登壇は、顔・謝に後れることおよそ二十五年以上の隔たりを持っていることになる。

鮑照は、謝靈運とはほとんど直接の接触が無かったと思われる。鮑照が初任官した頃（二十歳代前半と推定）、謝靈運は刑死する。恐らくはその詩名を慕い、作品と世評とを介してその人を知るのみであったのではないか。しかし、顔延之とは接触があったようである。顔延之は、長寿であった。鮑照が出仕した頃は、顔延之は半ば世と隔絶して永嘉にいたと思われるが、謝靈運の場合と同様、すでにその詩名は鮑照の耳にも及び、著名な作品である「北使洛」、「還至梁城作」、「祭屈原文」、「陶徵士誄」、「五君詠」、「庭誥」等は世に出、鮑照がそれらに触れる機会は十分あったと思われる。そしてその後、詩壇で評判のこの人物と接点ができるようになると、顔・鮑の二人は互いの文学に関心を持つようになっている。

たとえば顔・鮑の文学上の接点としては、次の逸話がよく知られる。いつの頃かは詳らかでないが、「北使洛」で詠んだような現実直視の文学を転換して宮廷詩人となっていた顔延之から、鮑照はその作品の評価を問われるまでになったという。

永嘉から戻って以後のことであろう、顔延之は、自分と名を斉しくしていた謝霊運との優劣を鮑照に尋ねる。

すると鮑照は、

謝の五言は初めて発《ひら》ける芙蓉のごとく、自然にして愛すべし。
君の詩は錦を鋪き繡《ぬひとり》を列するがごとく、亦た雕絵眼に満つ（『南史』顔延之傳）。

と答えたという。この評価を聞き、顔延之は終生病んだというが、鮑照自身から直接に講評された可能性は、両者の交際が見出だせないことからも、低いようである。顔延之は、鮑照の知人である湯惠休（生卒年不詳）からも同様の、

謝詩は芙蓉の水を出づるがごとく、
顔は彩を錯《まじ》へ金を鏤《ゑ》るがごとし（『詩品』）。

との指摘を受けたとあることから、恐らくは当時宮廷での権要の人で、湯惠休を厚遇していた徐湛之あたりから、鮑照らが平素論じていた自分の評を耳にするようなことがあったのではないかと推測される。

ともあれ、この逸話は逆に、当時すでに詩壇にしかるべき地位を築いていた長老と、鮑照たち次世代が対置する関係になりつつあったことを物語っている。後輩たちの顔延之評は、鮮明な情景を自ずと眼前に呈する靈運の作風にこそ価値があるとし、言語の美に収束する修辞に過ぎる作品を遠ざけている。おそらく隙の無い緻密な詩風に自信の有った顔延之の気持ちをずいぶん損ねたのではないかと思われるが、鮑照としては、顔・謝の優劣を論じたというよりも、自らの文学観を表明したい思いも強かったのではないか。このエピソードは、程なく詩壇で顔延之を凌ぐ存在となってゆく一歩を踏み出したことを物語るものと言えよう。

梁の鍾嶸の『詩品』下品には、湯惠休に対する評として、鮑照に及ばないとあり、続けて羊曜璠の言を引き、「是れ顔公は照の文を忌む、故に休・鮑の論を立つ」（是顔公忌照之文、故立休・鮑之論）と言う。顔延之はいつも湯惠休に対して「人曰はく、惠休の制作は、委巷中の歌謡なるのみと」（人曰、惠休制作、委巷中歌謡耳）

（『南史』顔延之傳）と言ったという。すなわち顔延之が鮑照を嫌っていたために惠休と同等に扱ったものとの見方が成り立ち、逆に鮑照が顔延之と対置する存在になりつつあったことを物語るエピソードにもなっている。鮑照が顔延之を凌ぐ存在となった要因の一つは、この顔延之を代表とする王朝の催しの頌賛に服従するような文学を、自らの主たる取り組みとはしなかったことにあるようである。

ところで、このエピソードが象徴するような鮑照における顔延之の文学の自覚的な凌駕は、一体いつ頃どのような場面でなされたのであろうか。それは、顔延之が在京の人となり、鮑照は逆に独自の文学路線を自信をもって邁進するようになった時が一つ考えられるのではないか。

顔延之が亡くなったのは、鮑照が四十歳代後半である。鮑照が出仕してからは（元嘉十七年＝四四〇年以降）、顔延之は殆ど在京の人である。もしも右掲の顔延之評がなされたとしたら、当時後輩の評価を終生病んだとあることから、顔延之はある程度詩風の定まった後半生の生涯を送っていたと推測される。

鮑照と顔延之の比較は安易にはできないが、たとえば両者相近接した時期に、同じような題材を詠んだ詩が残されている。元嘉二十六年（四四九）三月、文帝は都建康の東方（六十キロ余）の京口（今の鎮江市）に巡幸した際、蒜山《さんざん》に遊んだ。顔延之はこの時の車駕をことほぎ、「車駕幸京口侍遊蒜山作」詩を作っている（ただしこの時、顔延之は実地には行っていない可能性がある）。「春江は風濤を壮んにし、蘭野は荑英を茂らす」を誇る長江ほとりの春三月、「宣《あま》ねく遊びて弘く下のかた濟《すく》ひ、遠きを窮めて聖情を凝らす」という王朝の催しを頌賛するその詩は、厳かに「元天のやまは北の列《ほし》よりも高く、日観のみねは東の溟《うみ》に臨む」と詠み起こし、そもそもの山峰の由緒から緻密に説く。そして、秦・漢が著名な高山の要害に加えて長城まで築き「巖險」な守りを欲したのに対し、我が呉・宋は天然の池や関および神霊に守られた蒜山を「衿衛」としていると修辞美を凝らし、一篇全体を社稷の威光の詠に傾斜させ、用典も巧みで隙のない風格を示した。

他方、その年の十二月、鮑照も始興王劉濬に随って京口に来、蒜山を訪れて「蒜山被始興王命作」詩を作っている。鮑照が蒜山に遊んだのは晩冬であり、顔延之が（あるいは宮廷に在って）歌詠した蒜山の春からはすでに十ケ月近くが経って、両者の情況には些かのちがいはあるものの、ともに君王に随って王朝を頌賛していながら、鮑照は遊覧を主体に景勝美を「陂石は星の懸かるに類し、嶼木は煙の浮くに似たり」と詠み、「形勝は信に天府、珍寶皇州に麗《つら》なる」と括って、顔延之とはかなり趣を異にした詠を物している。とりわけ「勞農澤《めぐ》み既に周ねく、役車時に亦た休む」と詠んで、労農の休閑と蓄えの時期を貴びことほぐ観点を示している点は、鮑照独自の傾向の確立を彷彿とさせる。細密かつ自然で巧まれたものを感じさせない謝靈運の詩風には及び難いかも知れないが、「錦を鋪き繍を列ぬるがごとく、亦た雕絵眼に満つ」の顔延之の詩風とは明らかに連携しない。仮にここでも顔延之の「車駕幸京口侍遊蒜山作」詩を評する機会があり、自らの文学観との関連から亡き謝靈運の作との比較にまで話題が及ぶようなことがあったとしたらどうであろうか。顔延之は謝靈運を越えられないとの評は拒めないように思われる。

あくまでも仮の設定ではあるが、そのような詩風の差異を認め得れば、当時、鮑照の文学観は少なくとも顔延之とは異なる方向を採りつつあり、三十代半ばには顔延之と対置し、後世、「元嘉の大家」のもう一人に位置づけられる素地を築きつつあったと言うことができよう。

二　鮑照の評価をめぐって

後世、謝靈運・顔延之とともに劉宋の「元嘉の三大家」と並称されるようになる鮑照の評価は、どのように形成されていったのであろうか。

鮑照には、陶淵明における「田園詩人」、謝靈運における「山水詩人」というような主題による批評に基づく呼称が定っていないように思われる。呼称が定っていなくとも、たとえば曹植であれば慷慨の、また阮籍であれば詠懐の文体をそれぞれが持ち、詩史上で独自の印象を醸成し、定評を得ている詩人もある。鮑照の場合は、呼称の確定がどこまで成し得るのだろうか。

たとえば、『宋書』の鮑照の本傳および『文選』や『玉臺新詠』等の詞華集の編纂に関連して、「樂府」に長けていたと評されることはある。しかし、すぐれた楽府作家であるという評価は、それが詩人の主張や精神生活に深く関わる主題を直接反映する呼称とはなっていない点で、陶・謝ら右掲の詩人と同等の価値基準が当てられたものとは言い難い。それは近現代にまで引き継がれ、たとえば陸侃如・馮沅君夫妻は、

鮑照の詩で現存するものは約二百首である。そのうちの半分は徒詩で、半分が楽府である。徒詩はすべて五言で、楽府は半分が五言、半分が七言あるいは雑言である。我々の見たところでは、鮑照の徒詩は楽府に及ばない。楽府のなかでは、「縦横なる才気」という点で五言は七言に及ばない。七言は起源は早いが成立は遅く、その間何百年かの醸成期間を必要としている。量的にも質的にも、鮑照は七言醸成期の唯一の大家であること、論ずるまでもない。(『中国詩史』中冊、一九五六年、作家出版社)

と言う。鮑照の代表作「擬行路難」を射程においての批評で、この部分の抜粋のみで言えば、「才気」という以上の具体的な批評がさらに欲しく思われる。

杜甫に「俊逸なり鮑參軍」と評されても、「俊逸」も印象的な批評用語であって、楽府作家と呼ぶに等しく、主題による批評がなされたとは言い難い。おのずと詩人像も模糊とした域を出ないであろう。そこで敢えて主題による批評を探してみるならば、鮑照の取り組みの一つに寒門出身の士人の不遇を訴えるテーマが挙げられ、そこには鍾優民氏の言う「社会詩人」(『社會詩人鮑照』、一九九四年、文津出版)という呼称、およびもう一

歩踏み込んだ「寒門」詩人という像が浮かんではいる。

詩人鮑照の像は、その在世当時および没後まもなく起こった批評から形成されている。以下に、当初の批評を一通り概観し、詩人像および呼称の行方を彷彿とさせておきたい。

鮑照を「俊逸」なる「樂府」作家として位置づけた一人には、「文辞は贍逸にして、嘗て古楽府を為り、文は甚だ遒麗なり」（文辭贍逸、嘗爲古樂府、文甚遒麗）と評した（『宋書』本傳）沈約（四四一—五一三）がいる。沈約は、印象的に鮑詩の「贍逸」および（楽府の）「遒麗」なる点を捉えている。

鮑照の最期は、乱兵に命を奪われているが、その際、多くあった詩文も散逸したという。それを「人間《じんかん》」を訪ね歩き、ほぼ半数を収集して現在のような形にしたのが、南齊の虞炎（沈約と同じ頃の五世紀末、六世紀初の人）である。虞炎は「鮑参軍集」の序で、

鮑照……身既に難に遇ひ、篇章遺《のこ》る無きも、人間に流遷する者は、往往にして在るを見る。儲皇博く羣言を採り、遊びて文藝を好み、片辭隻韻も収めざる罔《な》し。照の賦述する所は、精典に乏しと雖ども、而も超麗なる有り。爰《ここ》に陪趨を命ぜられ、備さに研訪を加へらる。年代稍や遠く、零落する者多し。今の存する所の者は、儻しくは能く半ばならん。

と言う。末尾の自署には「散騎侍郎虞炎奉教撰」とあり、収集に当たっては散騎侍郎であった南齊の建元年間（四八〇年頃）、「儲皇」すなわち文惠太子蕭長懋の命を受けて、「奉教」という形で上梓されたことが知られる。鮑照の詩文は当時「人間に流遷する者、往往にして在るを見る」という保存状態にあり、没後二十年間、半ばは残存していたことが知られる。文惠太子はそれを「片辭隻韻も、収集せざる罔し」という方針で収集した。そこからは、鮑照の作品にも何らかの注目があった背景が窺えるが、その批評は「超麗」という一語でのみ括られ、他は殆ど乱世に仕えた鮑照の事績の紹介に割かれていて、最大の関心事は、最期が凄絶であっただけに

詩文の収集は困難であったことの痛惜に傾く。「超麗」さと事跡との接点に言及していない点では、沈約の批評と軌を一にし、やはり印象的な批評の域を出ていないように思える。

その後、鍾嶸（約四六六―約五一八）が『詩品』で「五言の警策なる者」の一つとして「鮑照の戍邊」を取り上げ、中品に位置づけて「……景陽の諔詭を得、茂先の靡嫚を含み、骨節は謝混より強く、驅邁は顔延より疾し。四家を総べて美を擅にし、両代に跨りて孤り出づ……」（……得景陽之諔詭、含茂先之靡嫚、骨節強於謝混、驅邁疾於顔延。總四家而擅美、跨兩代而孤出……）との評価を下していく。すでに顔延之と十分に対置する勢いの有ったことを示していると同時に、印象的批評の一方で「鮑照の戍邊」という主題による批評が下されていることは、至って注目に値する（このことに関しては後述する）。

ついで、蕭子顯（四八九―五三七）の「『南齊書』文學傳論」、梁の昭明太子蕭統（五〇一―五三一）の『文選』で評価が加えられる。

「『南齊書』文學傳論」では、「……顔・謝並びに起こり、乃ち各おの奇を擅にす。休・鮑後に出で、咸亦た世に標はる。朱・藍共に妍しく、相祖述せず」（……顔・謝並起、乃各擅奇。休・鮑後出、咸亦標世。朱・藍共妍、不相祖述）と言い、「顔延之・謝靈運」・「湯惠休・鮑照」、四者ともに独自の詩体を備えていたことが指摘されている。その際、鮑照体の影響下にある詩風を、その亜流に過ぎないとの誇りを混えつつ、「唱を発すれば驚挺、調べを操つれば険急、雕藻淫艶にして、心魂を傾炫す」（發唱驚挺、操調險急、雕藻淫艷、傾炫心魂）とも言い、「雕藻淫艶」を志向しているとする。それは、民歌風の艶麗な詩体である齊梁体を生む要因となったものが鮑照体であったことを間接的に言ったものでもあり、鮑照に対する印象的観点を背景に持つ批評であることが知られる。

『文選』では、直接の論評は特に無い。作品の載録数で判断する限りにおいて、鮑照は謝靈運・顔延之に及ばない。それを目録の部立てで見ると、「樂府」の部での選録が最も多く、鮑照が改め作家であることが明らかにされる。

ただしその「樂府」の載録こそは、後の陳の徐陵（五〇七―五八三）の『玉臺新詠』における載録かれる庶民感情を捉えているという評価とも連携し、現代の胡国瑞氏の言う、

　寒門出身の士人が自らの人生と運命とを主る権利を得ることの難しさを反映している。……鮑照の多くの五言楽府詩は各楽府題の本来の題意に沿いつつ、……社会制度のなかに存在する不合理を描きだしている。……搾取される労働人民の苦痛に満ちた生活が詩に反映されたことは、六朝時代では極めて得難いものであり、寒微出身の詩人の才能にして初めて注目できたものである。……人民性を備えていると言われる所以である。（『魏晉南北朝文学史』第四章第三節、一九八〇年、上海文芸出版社）

というような、「寒門」詩人という具体的な像の形成に繋がっていく。

『文選』でのその「樂府」の載録は単に「樂府」作家鮑照を顕彰するだけでなく、後世の多くの注釈家の関心を呼び、その形態と作品の内面とを併せて論評する方向に動いていく。鮑照の楽府には元来、現代の蕭滌非氏の言う、

　蓋し楽府は本より普遍性と積極性との二要素を含有し、世に入るを以つて宗と為し、高踏を以つて貴しと為さず、人情世故を模写するを以つて本色と為し、自然を詠嘆するを以つて職志と為さず。謝（靈運）は既に身を名門に出だし、情を丘壑に縦にす、陶（淵明）も亦た高らかに北窗に臥し、貧に安んじて道を楽しむ、同《とも》に一種人間を超えたるの生活にして、本より楽府の写作に適宜ならず、其の内心にも亦た楽府を写作するの需要無し。鮑照のごときに至つては、位卑く人は微なるも、才高く気は盛んなり、昏乱の時に生丁し、生死の路に奔走し、其の自身の経歴は、即ち一悲壮激烈の歌ふべく泣くべきの絶好の楽府の題

材と為る、故に作る所は最も多く、亦た最も工みなり。陶・謝の楽府に短く、而して照の独り楽府を以つて鳴るは、斯れ其の故なるか。」（『漢魏六朝樂府文学史』第五編第四章、一九八四年、人民文学出版社）というような性質があり、それが主題による批評の観点を獲得する胚孕なり契機にもなっている。

鮑照に対する当初の批評は、概ね以上のような情況から始まっていると思われるが、詩人の精神生活を捉えた主題による観点からの批評を求めた場合、劉宋王朝と北魏との和戦という当時の社会情勢下に在って、鮑照という詩人が見立てた「辺塞」への征旅、すなわち北魏との境域への従軍を余儀なくされる生涯における詩作活動に鑑み、既に触れた『詩品』序にある「鮑照の戍邊」（辺塞のまもり）という指摘に再考の余地を見出してみたい。

そしてそれと関連し、鮑照に対するもう一つの看過できない当初の批評として、江淹（四四四—五〇五）の「雜體三十首」詩中の「鮑照の戎行」（行軍）を、さらに取り上げておきたい。

江淹は沈約や虞炎と同様、鮑照の作品に関して「人間に流遷する者、往々にして在るを見る」と言い得たうちの一人である。その江淹が「雜體三十首」詩の中で、「戎行」という題で鮑照を取り上げている。この「鮑照『戎行』」詩は鮑照のスタイルに倣った擬作詩であって、鮑照の言葉を借りつつ、江淹自身の捕捉した鮑照像を顕彰している。そのことに関して清の何義門が「明遠の奇麗は是れ其れ天才にして倫を絶す。固より文通の能く到る所に非ざるなり」（『讀書記』）と言って、鮑照の「麗」なる面を捕捉できていないと指弾するが、江淹（字は文通）にその捕捉が可能であったか否かは別として、江淹の関心は、「超麗」や「遒麗」という印象的批評をすることになかったと思われる点に注目したい。

『詩品』は「謝靈運の『山泉』」と「顔延之の『入洛』」とを「元嘉の雄」（上品）と「

をつけて論定しているが、江淹はそれを遡ることや以前に在って両者をいかに批評したかと言えば、漢魏以来の名手「三十」の中に同等に置いた上で、謝靈運には「遊山」、顔延之には「侍宴」の題を与え、その主題に両者の主たる取り組みを反映させた。すなわち、「顔延之の『侍宴』」は、自己をその時代の中に限って最も評価されることに収斂させた職業的宮廷詩人と位置づけ、「謝靈運の『遊山』」は、謝一門の開拓した山水詩という新風の担い手としての評価を与えていった。併せて最後に、たとえば顔延之のスタイルであれば、それが如何に宮廷詩人らしいものであったかを擬作詩という手法で顕彰して見せた。このことにより、顔・謝は実質的に江淹の描く詩史の上に位置づけられたことになる。

同様に鮑照は「戎行」という主題で捉えられている。この簡明な批評において江淹がいかに鮑照をその詩史上に位置づけたかは、擬作詩本体を見ることによって知ることができよう。江淹が鮑照に成り代わってその詩体運用をするためには、自ずと先ず擬作する側の捉え方、すなわち江淹の鮑照に対する批評がなければならない。それも、鮑照は湯惠休（の「別怨」）とともに、江淹自身に一番近い時代の詩人であったはずである。それを「古詩十九首」以来五百年餘の名手「三十」人の一人に位置づける以上は、必ず五百年の詩史を一望できる尺度で批評したはずである。その尺度に耐え得るものこそ、「三十」人がそれぞれの生涯を通して関わった主題自体であろう。

江淹の「鮑照の『戎行』」詩は、その大半を冬の最中、従軍する士卒の艱難を描くために割かれている。それは鮑照自身の人生を象徴的に捉えたものでもあろう。

豪士枉尺璧　　豪士は尺璧を枉《しりぞ》け
宵人重恩光　　宵人は恩光を重んず
殉義非爲利　　義に殉ふは利を為すに非ず

執羈輕去郷　羈を執るは郷を去るを軽んず

まず冒頭で「豪士」「宵人」という二種類の人の在り方に触れる。それは、人がいかなる立場にあり、いかなる在り方を保っているかが、鮑照にとっての関心事の一つであったことを捉えている。鮑照は寒門出身の士である自らの立場を常に自覚していた。「豪士」であれば「尺璧」による招聘を退け、「宵人」(＝「小人」)であれば「恩光」を重んじて寵を求める。しかし自分がなぜ従軍するのかと言えば、義に殉ずるのであって利のためではない。義のためには郷里さえ軽んずる。江淹は、鮑照が「豪士」であるべきか「恩光」を当てにする「小人」に近い立場を採らざるを得ないかで迷ったことを見逃していない。鮑照はそのように自らの置かれた立場を明確に意識した詩人であった。鮑照が艱難辛苦を強いられる従軍征旅の生涯を送ることを余儀なくされたのは、「尺璧を枉《しりぞ》け」られず、かといって「恩光を重んず」るわけにもいかず、両者の間で迷いがあったっからであるとする見方も成り立とう。

江淹は鮑照自らが置かれた立場と、その結果からもたらされた現状を捉えた後、後半では、

鶬鴰不能飛　鶬鴰は飛ぶ能はず
玄武伏川梁　玄武は川梁に伏す
鎩翮由時至　翮を鎩《そこな》ふは時の至るに由り
感物聊自傷　物に感じて聊か自ら傷ましむ

と言う。「鶬鴰」は「焦明」と同じで、鳳凰に似、仁義禮智信の五徳を具えた神鳥をいう。魏の阮籍は「鳴鳩嬉庭樹、焦明遊浮雲」と詠んでいる。それが翼を傷め五徳を発揮できない情況を冬の神である玄武(神亀)が居座るさまと対にして詠み、冬という「時の至るに由る」飛躍の適わない情況が自らに続いていることを鮑照が自覚していたであろうことを、江淹は捉える。「時至」は「聖人は時を為《をさ》むる能はず、時至りて失はず」(聖

人不能爲時、時至弗失。『戰國策』）や、「時至りて行へば、則ち能く人臣の位を極め、機を得て動けば、則ち能く絶代の功を成す」（時至而行、則能極人臣之位、得機而動、則能成絶代之功。『素書』）とある等、成就を左右する時宜の到来を言う。鮑照はそれが好ましい状態にないことを傷んでいたことになる。

そして結聯で江淹は、

豎儒守一經　豎儒は一経を守り
未足識行藏　未だ行ふか蔵《かく》るるかを識るに足らず

と言う。「豎儒」は「儒生」と同じく謙譲表現で、鮑照自身を喩える。本来、五経の一つを修得しただけの者をいい、修養不十分のために儒生は自分の出処進退に迷うことになる、との自嘲の弁を吐露させて一篇を括っている。辛酸を嘗めて従軍しても、義に殉じようとする徳が認められる時宜は到来せず、眼前に広がるのは傷ましい冬の光景ばかりである。従軍征旅では「恩光」は得られない。そのような結果を得るために郷里まで捨てたつもりはなく、このまま出仕を続けていて好いものだろうか、と人生に戸惑い自らを振り返る鮑照が捉えられている。鮑照の後半生の作品には、そのような人生への省察が含まれることが多く、江淹は「人間に流遷する」鮑照の作品からそのような生涯の主題を読みとり、論定したと思われる。

江淹のこの「鮑照の『戎行』」詩は、鮑照の「代放歌行」（楽府）や「擬古」其一、および「従拜陵登京峴」などの詩に基づいて出来ている。それが、現代の批評の一つである鄭振鐸の、

鮑照は、……擬古の作を好んだが、それは擬古にとどまらない。左思の『詠史』詩にも似た本質的な意味を備え、『古人の酒杯』を借りて『自分の傀儡』を注いだ、沈痛この上ないものである。（『挿図本中国文学史』一、一九三二年、人民文学出版社）、

や、陸侃如・馮沅君の、

五言の中にも好い詩は多い。『比興の体』を用いたものは民歌を模倣して成功しており、注意すべきである。……比較的好いと思われるのは、率直な言葉遣いをしている『擬古』、『詠史』の類である。（『中国詩史』中冊、一九五六年、作家出版社）、

および、中国科学院文学研究所の、

五言詩でも『擬古』、『詠史』等は突出しており、苛虐な政治を大胆に暴露したこの種の詩は、六朝人の作品中では皆無に等しい。これらは何の雕琢もなく、少しの修飾もない。素朴で真実であることだけが、人を感動させるのである。（『中国文学史』一、一九六二年、人民文学出版社）、

また、章培恒氏らの、

……以前、左思も門閥制度に対する不満を詩歌で詠んだが、左思は結局『高歩して許由を追ひ』、帰隠を志向している。しかし鮑照はちがう。鮑照は性格と人生における欲望とが非常に強い人物であって、自らの富貴につながる栄華、時に及んでの享楽、功績の樹立など種々の目標に対する追求を包み隠さない。しかも自分の才能で当然その全てを手に入れられると思っていた。……老荘哲学に見られる一切の消極的な遁げ、成り行き任せで全て上手くいくという考え方は、どれも鮑照の思想とは全く相容れない。鮑照は他の一切を顧みずひたすら自分の才能のみで自分の求める価値を実現しようとした。……（『中国文学史』上、一九九六年、復旦大学出版社）

等の評価に遙か先立つ指摘ともなっている点は、きわめて興味深い。

江淹のこの擬作詩は、鮑照の生涯を主題の観点から的確に捉えた一篇であると思われる。そこからは寒門の出である鮑照が、従軍征旅を余儀なくされる寒士の目で時世を見、自らの人生を省察していた詩人であったことが明らかとなる。後世、「社会詩人」として括られる鮑照への批評は、齊・梁代におけるこの「戎行」詩人・

「戍邊」詩人という呼称から始まっていると見ることも、あながち見当はずれではないであろう。従軍の詩は鮑照以前から有るが、鮑照のように人生を省察する観点から「戎行」を詠んだ詩人はそれ以前には無く、清の王闓運も鮑照の「出自薊北門行」詩評で「辺塞詩を作るに、十二分の力量を用ふ、是れ唐人の祖とする所なり」（『湘綺樓説詩』）と言っているように、少なくとも後世の高適・岑参らの辺塞詩を開く基を築いたと見ることも出来る。顔延之のように宮廷詩に埋没する者があった一方で、当時としては発言者は決して多くないものの、門閥社会に属する者とはまた別の看過できない視点から現実を捉え直した者がいたことを溶明している。それが鮑照の後世「元嘉の三大家」の一人と呼ばれるに相応しい高い評価にも繋がっていることは間違いない。その方向を「謝靈運『遊山』」、「顔延之『侍宴』」、「鮑照『戎行』」という主題による批評と呼称で最初に明示したのが江淹であり、次いで鍾嶸ということになるのではないか。

鮑照に対する批評を近年に見ると、錢仲聯による『鮑參軍集注』（一九五八年）の「前言」が端的にその価値を審らかにしていることは、言うまでもないであろう。錢仲聯は近代の中国の社会事情を踏まえて鮑照を再評価し、一言で言えば「現実主義詩人」という呼称を与えた。この呼称は、極めて広範な括り方であり、他の幾ばくかの詩人をもその評語で包括してしまう可能性があり、鮑照のみを特定するには十分でない恨みを残してはいる。しかし、門閥制度下の矛盾を比較的下層階級一般の視点で鮑照が詩史上はじめて指摘したことを第一に評価し、それがさらに唐代の杜甫や李白の詩における社会派的な視点を育んだとする点は、穏当な括りであると思われる。そして、「戎行・戍邊」詩人の呼称こそは、その先唱と言えよう。

三　鮑照の生涯

虞炎の「鮑參軍集序」によれば、鮑照の最期は荊州での内乱で乱兵によって命を落としている。鮑照は北魏との紛争の絶えない当時、それまでもたびたび従軍を余儀なくされ（年表類を概観してみると、劉宋は元嘉年間だけでも七年、十六年、二十年、二十一〜二十三年、二十七年、二十九年と北魏との間で紛争を起こしている）、白刃の下をくぐることは決して多くはなかったにせよ、戦いの廃墟を目の当たりにするようなことは幾度となくあったと思われる。以下には、正史の『宋書』、『南史』および虞炎の「鮑參軍集序」などの史料に基づき、鮑照の五十余年の生涯を概観しておきたい。

虞炎は鮑照の出身地については、「本と上黨の人」と言う。「上黨」と言えば、元来、洛陽の北一百七、八十キロの、今の山西省長治市付近を指すが、当時は北魏が領有し、劉宋は徐州の「淮陽郡」（今の江蘇省駱馬湖南の宿遷県）に僑置している。一方、『南史』本傳では「東海の人」と言う。こちらは元来は建康の北三百キロの、今の山東省臨沂付近にあった郡を指し、当時は北魏との境界付近にあったが、こちらも人々が南に従らざるを得なくなり、やはり僑置されている。この「東海郡」は、もと淮水の北に在り、後にさらに「南東海郡」と改められ、淮水の南岸の京口からさらに今の江蘇省鎮江市南の丹徒へ徙されている。上黨、東海ともに僑置されているが、陳山木氏は両説に考証を加え、鮑照は祖籍が「本との上黨」（山西潞安）で、曾祖父母あるいは祖父母が江を渡って以来の一百余年の間に、入植か移住あるいは土断による併合などで「東海」に籍が移り、「東海」は鮑照が生まれた頃には更に僑置されているので、実際の生まれ故郷は「南東海」（今の江蘇省鎮江市南の丹徒郡）であると結論づけている（「鮑照生平研究」）。鮑照が征旅となっての途次、しばしば吐露する都

近くの故郷に帰りたいとの訴えから推せば、妥当な見解のように思われる。

鮑照の家系は詳らかでない。母と妹がいたことが知られる。妹は、女流詩人鮑令暉として兄と同様に名を馳せることになる。

鮑照の経歴が見えてくるのは初任官の頃からで、それは自作から推定して二十歳の頃とされる。卑官下吏であり、具体的にはどこのどのような職かは詳らかにされない。家では鋤を手にすることがあったようで、それまではあるいは農業従事が生計の基盤になっていたかも知れない。「家世は貧賤なり」と、虞炎も言う。

『南史』宋臨川烈武王道規傳に付けられた本傳の記載により、鮑照の具体的な出仕が明らかとなるのは、二十六歳の時とされる（銭仲聯の年表の推定に基づく）。『南史』に拠れば、

> 照始めて嘗て義慶に謁するに、未だ知られず。詩を貢ぎて志を言はんと欲すれば、人之れを止めて曰はく、『卿は位尚ほ卑し、輕がるしくは大王に忤ふべからず』と。照勃然として曰はく、『千載よりして上、英才異士の沈没して聞かざる者有ること、安んぞ數ふべけんや。大丈夫豈に遂に智能を蘊《かく》して、蘭と艾とを辨ぜざらしめ、終日碌碌として、燕雀と相隨ふべけんや』と。是に於いて詩を奏す。義慶之れを奇とし、帛二十匹を賜ふ。尋《つい》で擢でられて國侍郎と爲り、甚だ知賞せらる。

とある。臨川王劉義慶の王国の侍郎に抜擢されるまでは「位卑し」であったことが知られるが、鮑照は、疑念を懐かなければ定めとして受け入れるであろう既存の人生観を一蹴し、王に自らを「智能」を具えた「英才異士」であると訴えて抜擢を求めていく。王もそれに対して「之れを奇とし」、鮑照には「文思」が有り「王は其の才を愛す」とあるように、「才」を認めてゆく。ただし王が「甚だ知賞」したのは鮑照の「文」才であり、鮑照自身の求めた「智能」の「知賞」とは些かくい違いがあるかも知れない。

臨川王劉義慶の國侍郎となった後の鮑照については、『南史』は至って簡素に、

秣陵の令に遷せらる。文帝以つて中書舎人と爲す。……臨海王子頊荊州と爲るに、照は前軍參軍と爲り、
書記の任を掌る。子頊敗れ、亂兵の殺す所と爲る。

と結んでいる。やがて秣陵の県令となり、中央に戻って中書舎人となり、再び臨海王劉子頊《しぎょく》の王国の参軍となり、最後に臨海王が謀反に敗れた際に鮑照も乱兵に殺されている。それまでに兵戈にどれほど近づいたかは伝記には明記されないが、「亂兵の殺す所と爲る」という記載に象徴されるように、出仕後の鮑照は、その生涯の大半を王朝の外患および内憂の中に過ごしていたと思われる（その点は、既述の江淹「戎行」詩・鍾嶸「戍邊」詩が明快に捕捉している）。

ただしこの時代に関する正史の記載は、鮑照が自作でしばしば報じている従軍や征旅といった外患に関する記事とは、些か異なった方向に目が向いている。時代は南北が対立し、北魏の南下は数年ごとに繰り返されていたと思われる。それを、鮑照が関わったと思われる外患について見る限りに於いては、正史の書きぶりは至って素っ気ない。記されているのは、懸瓠の戦い、及びそれについで都を震撼させた瓜歩の戦い（ともに四五〇年）等、一部に過ぎない。和戦相交え、修好の機運もあった時代だけに、外患に対しては他の時代に較べてそれほど敏感でなかったかも知れない。個人と外患との関わりに過敏になっていたのは、やはり鮑照の作品自体を措いてないということになろう。

鮑照は生涯で四人の王に仕えている。はじめは既述したように臨川王劉義慶の国侍郎となっている（四三九～四四四の間）。劉義慶ははじめ江州の潯陽にいたために、文帝の元嘉十六年（四三九）鮑照はそこに到った後、王の供をして廬山に登る等の機会を得た。一連の廬山詠はこの時期の作が多いとされる。翌元嘉十七年十月、王の移動にともない都の建康を経由して揚州の廣陵に移る。

ところが、元嘉二十一年（四四四）正月、照の才を認めていた劉義慶は病で没する。鮑照は三ヵ月の喪に服

し、服喪の期間が満ちると世継ぎに職を解くことを請い、秋には一旦、廣陵からはそれほど遠くない郷里に帰っている。ともに旅する王は無く、この間は征旅となる要請は無かったであろう。宋と北魏との大きな紛争としては、元嘉十八年から二十年にかけて、宋の将軍裴方明が氐族の楊難當の仇池（四川との省境に近い甘粛省の最南）を争奪し合ったことが正史には載っているが、鮑照のいた廣陵は、仇池からは遠く距たっている。出動要請に関わることは無かったと思われる。

元嘉二十二年、鮑照は仕える二人目の王となる衡陽王劉義季に招かれて（四四五～四四七の間）豫州の梁郡に行き、間もなく徐州に移る。その年の十一月に北魏は宋の淮・泗（江蘇・山東一帯）以北を攻め、青州・徐州の民を河北へ徙しているので、この時は鮑照も戦火を目のあたりにした可能性がある。また翌元嘉二十三年二月、北魏は宋の兗・青・冀の三州を攻め、殺傷奪略を肆にしている。

元嘉二十四年八月、劉義季も病没し、それと前後して、仕えること三人目の始興王劉濬が鮑照を国侍郎として引き（四四七～四五二の間）、はじめは揚州に在り、ついで王が南徐・兗二州刺史を加えられたことにともない、元嘉二十六年十月には京口に逗留することになる。その直後、元嘉二十七年二月から四月にかけて、北魏は豫州の懸瓠（今の河南省汝南）を囲み、七月に宋の文帝は挙国体制で北伐を開始せざるを得ない事態が生ずる。宋は滑臺の戦いで敗れ、北魏はさらに南下し、十二月には建康対岸の瓜歩にまで迫った。宋は和議を申したて、翌元嘉二十八年正月、北魏は瓜歩を掠奪して北へ返る。そのあと宋は始興王の兵を瓜歩に駐屯させるが、その際には鮑照も王に随っている。掠奪後の惨状を目のあたりにしたことは間違いない。二月、北魏は北への返り際に指揮を執っていた太武帝が病に罹り、同時に宋の淮海からの水軍の攻撃を避けなければならない事態が生じ、宋の南兗・徐・兗・豫・青・冀の六州を、平時なら家屋に巣くうツバメも林に巣くわざるを得ないほどに焼き払い、殺戮を尽くしたという。始興王は元嘉二十八年三月に南兗州刺史を解かれることになり、鮑照は翌元嘉二十九年三月に侍郎の任期が満ちたために辞職を申し出、五月に建康に戻ることになる。そして、その後まもなく、永安県の令に出たようである。

元嘉三十年正月、始興王も建康に戻るが、二月、王は以前から往来のあった太子劭（元凶）とともに文帝弑逆事件を起こす。そして二凶の一人とされ、叛逆罪に当てられる。鮑照は辞職が弑逆事件の直前であり、一時的な拘禁はあったものの、恩赦があり、危うく事に座するのを免れている。

明けて孝武帝の孝建元年（四五四）、鮑照は海虞県（江蘇省常熟県の東）の令に任命されるが、孝建三年、典籤の呉喜らが朝廷で大権を握ると都に呼び戻され、太學博士兼中書舍人に遷る（一説に、前年。また、正史では文帝の時代のこととするが、孝武帝の世に入ってのこととする虞炎の説に従う）。

北魏は宋の孝武帝の大明元年（四五七）二月、兗州（今の山東省中西部）を攻め、大明二年十月、同じく兗州の清口戍を攻める。ついで十一月、青州を攻め、大明四年三月、益州の北陰平を攻めるが、いずれも宋に撃退され、その年の七月には宋が、十二月には北魏が、それぞれ相互に使いを遣わし、以後、通好の気運が高まってゆく。

鮑照は建康に一、二年間在った後、秣陵県（今の南京市南郊）の令に出、大明六年（四六二）秋七月、最後に仕えることになる四人目の王の臨海王子頊の前軍行參軍に除せられ（四六二〜四六六の間）、荊州の江陵に在る。自作を見ると、この時、鮑照は招聘に応ずるのをかなり躊躇しているようである。王国への不安があったのではないかと察せられるところである。虞炎によれば、王に侍して王命を直接発布する「内命を掌知」する役職を与えられ、ついで前軍刑獄參軍事に遷せられたと言う。

大明八年閏五月、宋は孝武帝（享年三十五歳）が亡くなると子の劉子業が皇位を継承するが、翌年八月、尚書令の柳元景らがこの前廢帝を廃して江夏王の劉義恭を立てようとして殺され、九月には義陽王が徐州に拠っ

て前廢帝の命を拒むなどの内紛が発生する。ついで十一月、晉安王劉子勛《しくん》が江州で兵を挙げ、湘東王劉彧《いく》が前廢帝を殺すが、十二月、湘東王が即位して明帝となると、晉安王はその命を拒み、翌年、明帝の泰始二年（四六六）正月、別に帝を称して「義嘉」と改元し、虞炎の言葉を借りれば「江外命を拒む」事態に発展する。晉安王に呼応する者は多く、明帝政権は都周辺と淮南等の数郡を保有するのみであったと言う。

同年（四六六）、鮑照の仕えていた臨海王もこの晉安王の叛乱に応ずるが、援軍を得た明帝に両者ともに敗退を余儀なくされ、八月に死を賜る。そして、正史が伝えさらに虞炎が「『義嘉』の敗るるに及び、荊土震擾す」と伝えるように、荊州は乱れ、鮑照も叛乱に参画したとして巻き添えを食らい、混乱の中で江陵のひと宋景らの乱兵に命を奪われることになる。

『硯北雜志』に拠れば、鮑照の墓は蘄《き》州黄梅県（湖北省黄梅県）の南一里ほどの所に在るという。

四　鮑照の詩風

鮑照は少なくとも生涯で四人の王に仕え、一度の中央官僚を経ている。その足跡を辿ってみると、潯陽（江州）・廣陵（揚州）・梁郡（豫州）・徐州・揚州・京口・瓜歩・建康・永安県・海虞県・建康・秣陵県・江陵（荊州）等の地を通過している。これらは鮑照が県令として赴いた任地のほか、多くは自らの仕えた諸王がいずれも将軍や州の軍事都督、刺史などの任に就いた土地であり、同行していた鮑照も、職務上、北魏との紛争をはじめ、蛮族の叛乱の平定等に従軍した可能性がある。その際は征旅たるを余儀なくされたと思われる。そういった従軍行動に当たっての心境や目に触れた情景が、既述したように鮑照の詩風を形作る基盤となっていると考えられる。江淹の言う「戎行」詩人、鍾嶸の言う「戍邊」詩人としての側面である。

そもそも鮑照は初任官に当たり、「千載よりして上、英才異士の沈没して聞かざる者有ること、安んぞ数ふべけんや。大丈夫豈に遂に智能を蘊《かく》して、蘭と艾と辨ぜざらしめ、終日碌碌として、燕雀と相随ふべけんや」と言って、臨川王劉義慶の国侍郎に任ぜられたとある。では、出仕後にこの始願は叶ったのかと言えば、鮑照の残した詩文の述懐に見る限り、答は否であろう。「英才異士の沈没」は、むしろ出仕後の日常に於いて直面する問題となり、自らに重くのしかかっていたのではないか。それは、鮑照が同時に「戎行」詩人「戍邊」詩人となることを自ら選び採り、以後、諸王に仕える人生を歩むようになったことと無関係ではないと思われる。詳細は本文の各詩訳注に譲るとして、ここでは「英才異士の沈没」への思いが、とりわけ鮑照の「戎行」詩すなわち従軍征旅の詩に於いて、いかにその詩風形成に影響を及ぼし、関与しいるのかを、あらまし見ておきたい。

鮑照の言う「英才」の「才」とは、宦を欲して「王事」に身を粉にすることを志す以上、文才だけに限らず、広くはそれをも併せた「智能」すなわち政務補佐能力を指すものであったと考えられる。鮑照は自らそれを十分に有する者として自負していたにちがいない。だからこそ「蘭」と「艾」、あるいは「英才異士」と「燕雀」との弁別を切望した。そして、「才」有る者として然るべき処遇を期待した。しかし、出仕後の現実は、従軍で功績を残し或いは政務補佐で才能を発揮したとしても、そのような「才」がそのまま人物の評価に現れるものではなかった。そこには、寒門出の者が時世の成り行きで如何様にもあしらわれる現実が横たわっていた。鮑照は「其の才の施す有るに非ず、勢要に處るなり」（「瓜歩山楬文」）と言い、寒士の不遇を託たざるを得なくなる。そしてその思いを最も表出し易かったのが、その「戎行」詩ではなかったか。

鮑照の取り組みの中では、楽府の評価が最も高い。その中には江南の民歌に取材した「呉歌」や「采菱歌」、「代白紵舞歌詞」などの艶麗な作風のものも少なくない。それらが鮑照の詩風といわれる「麗」なる特徴を醸していることは指摘の通りであるが、代表作の七言楽府「擬行路難」のようにそこから脱胎したものもある（袁行霈「一首遒勁剛健的邊塞詩」の見解）。その脱胎は、鮑照の経歴に起因して楽府の格好の題材となる世情の吐露によるものと考えられる（蕭滌非『漢魏六朝樂府文學史』の見解）。その世情とは「戎行」で目にした所のものであると考えられるが、ここではそれよって脱胎の行なわれたと思われるうちの一つ、鮑照の生涯の一部を伝えていると思われる樂府「東武吟」一篇にまず注目してみる。

　主人しばらく諠しくする勿れ、賤子一言を歌はん。僕もと寒郷の士にして、身を出だして漢の恩を蒙る。始めて張校尉に随ひ、募に召されて河源に到る。後に李輕車を逐ひ、虜を追ひて塞垣を出づ。密《ちか》き塗《みち》も万里に亘り、寧らかなる歳すら猶ほ七たび奔る。肌力は鞍甲を盡くし、心思は涼温を歴たり。

　將軍すでに世を下り、部曲も亦た存すること罕れなり。時事一朝に異なり、孤績たれか復た論ぜん。少壮にして家を辭して去り、窮老にして還《ま》た門に入る。鎌を腰にして葵藿を刈り、杖に倚りて鷄豚を牧す。昔は韝上の鷹のごときも、今は檻中の猿に似たり。徒らに千載の恨みを結び、空しく百年の怨みを負ふ。棄席は君が幄を思ひ、疲馬は君が軒《くるま》を戀ふ。願はくは晉主の惠みを垂れ、田子の魂に媿《は》ぢざらんことを。

若い頃には従軍して功績を残した。その際はずいぶん才能を発揮したはずなのに、老いてからは一向に報われない。結局、当初の願いは遂げられないままでいる、との不満を訴える。それは、老い衰えたのではなく、「時事」が一朝にして異なってしまったためであると言う。もの言いはやや控えめだが、「晉主」が「棄てられたる席」をすくい、「田子」が「疲れたる馬」を贖った故事を引き、忘れられている一寒門の功績が再び論ぜられ、「孤績誰か復た論ぜん」という事態が改善されるよう訴えている。然るべき処遇を得られない背景に「寒郷の士」の才を十分に処遇できない「時」が横たわっていることが、ここに浮かび上がっている。そしてその吐露こそが鮑照の詩風を醸していると言える。

因みに、「密塗」、「肌力」、「孤績」、「千載恨」のような造語を多用するのも鮑照の詩風を形づくる一つの要因となっているが、そのような「製詞」（『詩品』の語）については、鮑照の思念を的確に託そうとする取り組みとして究明すべき余地が残されている。

さらに、もう一篇見ておきたい。鮑照の徒詩では「詠史」詩とともに「擬古」八首の評価が高い。その八首中でたとえば其二は、幼少から懸命に読書して才を磨き、遊説の士として身を立てるつもりのものが、結局「世の務め」で従軍せざるを得なくなり、当初からの願いである「始願」が遂げられなくなったことを詠む。

十五にして詩書を誦んじ、篇翰通ぜざる靡《な》し。弱冠にして多士に參《まじ》はり、歩を飛ばして秦宮に游ぶ。側らに君子の論を覩、預め古人の風を見る。兩説もて舌端を窮め、五車もて筆鋒を摧く。白璧の貺《たま》ものに當たるを羞ぢ、聊城の功を受くるを恥づ。

晩節に世務に從ひ、障《とりで》に乘じて遠く戎を和す。佩を解きて犀渠を襲ひ、袠《ふまき》を卷きて盧弓を奉ず。始願力及ばず、安んぞ今の終ふる所を知らんや。

屠城の功績を成して爵位を望むような者ではないのに、「世」に処する都合上、従軍を余儀なくされたという言い方は、前掲の「東武吟」に比べて、より本心に近いものかも知れない。その点からもやはり、「才」を発揮するのを妨げる「世」が横たわっている現実への不満が露見する。

そして、そのような時世が鮑照の一生を決め、結果として報われない「才」を嘆く詩風を形成していると思われる。

元の方回（虚谷と号す）は鮑照の「擬古」八首中の三首を『文選顔鮑謝詩評』に採録し、「第一詩（其三）は、……意は一矢を以つて侯に封ぜられんことを求むるなり。第二詩（其一）は、設《か》りて魯客の譏りは富貴は道を以つて得ずと爲す。南國の儒生は、照以つて自らを謂ふ。第三詩（其二）は、少年にして書を讀み、晩節にして戎に從ふは、本より始願に非ず、末路の如何と爲すかを知らざるを謂ふなり。然れば則ち照に竟に荊州の殁有り、悲しいかな」と言う。鮑照が荊州で乱軍に殺されるに至る伏線として、出仕を求め、従軍を余儀なくされ、富貴の者の在り方に疑念を抱き、始願を達成できなかった人生があるとし、それが鮑照の選んだ路であると指摘する。「始願」が遂げられず、「才」の報われない時世に対する不満は、鮑照の詩中に多く散見できる。いささか牽強の感は免れ得ないが、概して言えば、方回の「詩評」での各指摘はそれぞれに正鵠を射ていよう。

「詠史」詩評でも方回は、「明遠は志を得ざるの辭を爲すこと多く、かの寒士下僚の達せざるを憫れみ、而してかの物を逐ひ利に奔る者の苟賤にして恥無きを惡《にく》む。毎篇必ず意を斯れに致し、唐以來の詩人に此の體有ること多し」（「苟賤」は、卑賤）と括り、その詩風の由来を述べている。

「擬古」其一などでの述懐を併せ考えると、鮑照の詩には、才ある者とひたすら利に奔る者との弁別が截然と行われないために、才有る者はその才を発揮する機会を奪われ、人生の初志始願を達成できずに終わってゆくという現実に対する不満を訴える点が、やはり顕著な特徴として見られる。既述したように江淹が擬作詩で捕捉したのも、まさにこの特徴であろう。その点は『南史』の指摘とも一致する。

さらに、「苦熱行」では、鮑照は「生軀は死地を蹈み、昌志も禍機に登る」と言って征旅の苦を詠んだ後に、「財の輕きすら君は尚ほ惜しむ、士の重きは安んぞ希《ねが》ふべけんや」と言い、手柄を立てても栄誉褒賞は薄く微々たるものであることを訴える。そして、その点に関しては、方回は「君の臣を視ること草芥のごとくなれば、則ち臣の君を視ること寇讎のごとし。……財は君の輕んずる所にして、死は士の重んずる所なれば、君輕んずる所を用ふる能はずして、士をして重きを致さしめんと欲するか」と評する。

また、「行藥至城東橋」詩では、征旅として従軍する途中、滞在した関所町の市の繁華なさまを詠んだ後、「金を懷くは近く利に從ひ、劍を撫するは遠く親に辭す」と続け、「尊賢は永く照灼たるも、孤賤は長く隱淪す」と吐露する。この点に関しても、方回は「當時の所謂る尊くして賢き者は久しく永く光り顯はれ、吾が曹の孤にして賤なる者は則ち隱淪にして坐ろ衰老を成すに終はる」と評し、親しい者と別れて従軍しても、孤賤の鮑照がたどる路は「隠淪」しか残されていなかった現実を指摘する。

「數詩」評でも、方回は「寒士の學は十載にして成らず、巧宦の人は一朝にして顯に通ず」と指摘し、「升天行」に関しても「君子に高志遠意の塵埃の表に抜き出づる者有り、世の卑汚苟賤の人を視ること、直《ただ》に禽蟲の腐腥を呑啄するがごときのみ」と評する等、これら方回の言葉を借りるだけでも、自らの選び取った人生行路の随所に於いて「志を得ず」の不満を露呈する鮑照の詩風を鮮明化することはできる。

寒士が「志を得ず」を誰憚るとなく口にしたことは、鮑照の当時としては皆無に等しいと言われる（中国科学院文学研究所『中国文学史』の見解）。「英才異士」と「燕雀」との弁別の要請とあわせて、それを詩に詠む以上のような詩風は、鮑照から始まるようである。

なお、鮑照は外患は描くが、内紛内乱などの内憂を直視したかというと、それはあからさまには表出できていない。内に向けては専ら、内憂の動因となる「利」を追い求める者を批判の対象としている。

鮑照の従軍行動は、その見立てた「辺塞」で征旅となることから都会を経てまた征旅にという、いわば巡遊の構造を持っていると考えられる。したがって、その「戎行」詩の延長線上に都会の詠をも置くことができるのではないか。鮑照にとって都会は、京師も含めて巡遊中の一通過点であって、都近くに在る故郷に帰りたいと表明し、立ち寄ってはみるものの、結果として帰着点には成り得ていない。その様な往還を一括して鮑照の従軍と見た場合、都市での詠も辺塞での詠と同様の構造を持ち、ひときわ筆鋒が鋭くなっているようである。

たとえば、都に定住ができて巧みに高位高官に至った者に対し、「十載にして學は就《な》る無きも、善宦は一朝にして通ず」と詠んだ「數詩」のほかに、楽府の「代君子有所思行」では繁華な都会で心身の楽しみを享受する者を「智なるかな衆多の士、理に服《したが》ひて昭と昧とを辨ず」と揶揄する。鮑照にはそのような処世が叶わない、もしくは鮑照はそのような在り方を選択しない（「行蔵」に迷うのである）。したがって「擬古」詩（其一）に見られるような、王に事えて道徳に背かず富貴を得ていく儒者を傍目に見ながら、それで好いのかと在り方に迷い「方《みち》に迷ひて獨り論誤す」る「儒生」や、楽府の「放歌行」に見られる「小人は自ら齷齪す、安んぞ曠士の懐ひを知らんや」と言いながらも、何の疾いもないのに「路に臨んで獨り遲廻す」る「君」、さらにはまた「百金は市に死せず、明經には高位有り」と言い、経書を読んで高位に即く羽振りの好い者がいることを分かっていながらも、「君平獨り寂寞として、身と世と兩つながら相棄つ」という「（嚴）君平」（「行蔵」では「蔵」の方を採っている）に自身を仮託していくような詩風も生まれる。その思いは時として「升天行」のような遊仙詩にも発展するが、それは決して隠遁を積極的に志向するものではない（章培恒ら『中国文学史』の見解）。「何れの時にか爾ら曹と、腐るを啄ばみ共に腥きを呑まんや」と結ぶように、「升天行」でも一時の栄華を追う俗な在り方を疑問視してはいる。嚴君平は蜀の四賢の一人で、成都で占い業を営んでいたが、衆には占いの言葉を恵みとして与え、それはいつも「忠・孝・善・順」に沿ったものであったという。また、君平は日に百銭を得ればその日はもう店をしまったという。鮑照は、自らは叶わなかったが、名利に奔らずに一歩退いて世に処していた君平を慕い、逆に都会で名利に奔る者の在り方に不満をぶつけている。そして、その様な内憂の誘因を齎す者への批判の詠も、自ずと鮑照の「英才異士の沈没」に不満を託つ詩風と表裏の関係にあると言えるのではないだろうか。

五　テキストおよび主な参考文献

最後に、解説と訳注に当たり参照したテキストおよび主な参考文献類を挙げておきたい（敬称略）。

①　テキストは、宋本『鮑氏集』（「四部叢刊」本）を底本とし、主として張溥本（「漢魏六朝百三名家集」本、江蘇廣陵古籍刻印社）との間で校勘を行なった。他本との詳細な校勘は、逯欽立「先秦漢魏晉南北朝詩」（一九八二年、中華書局）に譲った。なお、宋本系統のテキストには『鮑參軍集』（臺灣中華書局印行「四部備要」本）があり、朱入りの「四部叢刊」本に較べて利用しやすくなっていると思われる。張溥本系統には馮惟訥撰『古詩紀』、黄節註『鮑參軍詩註』（臺灣藝文印書館）、錢仲聯註『鮑參軍集注』（一九八〇年、上海古籍出版社）などがある。

②　巻末に付した年譜は、錢仲聯「鮑照年表」に拠ったほか、呉丕績「鮑照年譜」（一九三六年、臺灣商務印書館「人人文庫」）、陳山木「鮑照生平研究」（一九八五年、國立清華大學出版「清華學報」）などを参照して作成した。その際、鮑照の生涯を概観した章江『魏晉南北朝文学家』（一九七一年、臺灣大江出版社）や、劉文忠『鮑照和庾信』（一九八六年、上海古籍出版社「中国古典文学基本知識叢書」）等の評伝類、および曹道衡「関于鮑照的家世和籍貫」（一九七九年）・「論鮑照詩歌的幾個問題」・「鮑照幾篇詩文的写作時間」（一九八五年、中華書局『中古文学史論文集』）、鍾優民『社会詩人鮑照』（一九九四年、臺灣文津出版）などの国内外の著書・論文類をも随時参照させてもらった。なお、時代の概観は、『資治通鑑』のほか、張習孔主編『中国歴史大事編年』第二巻「三國兩晉南北朝隋唐」（一九八七年、北京出版社）に拠った。

③　訳注は、前掲①の錢仲聯註『鮑參軍集注』に多くを依拠したほか、『謝靈運鮑照詩選譯』（一九九一年、巴蜀書社「古代文史名著選譯叢書」）をはじめ、北京大学中国文学史教研室選注『魏晉南北朝文学史参考資料』

下冊（一九七八年、「中華書局）等の文献をも一通り参照させてもらった。とりわけ、「漢語大詞典」（一九九四年、新華書店）は、注釈の際に多くの語彙使用例およびその見解を参照させてもらった。

④　山田英雄「鮑參軍集索引」（一九八七年、崑崙書房）は、銭仲聯註『鮑參軍集注』をテキストとして詩文ともに検索できる索引であり、随時参照の便宜を得た。

⑤　巻末に付した「建康付近」と「劉宋境域」の図は、譚其驤主編の『中國歴史地圖集』（一九八二年、地圖出版社）を基に、宋の張敦頤『六朝事迹編類』等の地理書を併せて参照し作成してある。

巻第一　樂　府

（鮑氏集巻第三）

代東武吟

「東武」は斉の地名（丘陵名）で、楽府題になっている。『文選』李善注によれば、左思の「齊都賦」注に「『東武』・『太山』は、皆齊の土風にして、絃歌謳吟の曲名なり」とあると言い、五臣注では張銑が「『東武』は、『太山』の下の小山の名なり」と言う。

黄節は『水經注』に「東武縣は岡に因りて城を爲し、城周三十里なり。漢の高帝の六年、郭蒙を封じて侯國の地と爲す。東のかた瑯玡に跨がり、巨海に濱たり、北のかた高蜜に抵《あ》たり、壤莒・萊に接す」とあるのを引き、「案ずるに、即ち今の山東青州府諸城縣の治ならん。『輿地記』に『其の地の英雄豪傑の士は、京東に甲たり。文物彬彬として、豪悍の習ひ自若たり』と稱すれば、則ち其の功名を矜尚し、志を失ひて悲しむは、皆豪悍の習ひの然らしむるにして、亦た東武の土風なり」と言う。

錢仲聯は「『樂府詩集』は此れ相和歌辭楚調曲に屬し、『古今樂録』を引きて『王僧虔の技録に、東武吟行有り、今は歌はず』と。樂府解題に、鮑照は、主人且《しば》らく喧しくする勿れと云ひ、沈約は、天の徳深く且つ曠しと云ひ、時の移り事の異なり、榮華の徂《ゆ》き謝するを傷むなりと曰ふ』と曰ふ」と言う。

この篇の主題について方東樹は、「此れ勞卒の恩の薄きを怨むの詩なり。『小雅』杕杜《ていと》の先王旋役を勞ふの什は、忠厚を爲す所以なり。後世恩薄く、此れを念ふ能はず、故に詩人の之れを詠むは、亦た諷諫を爲す所以なり。此の篇は原《もと》より古義に本づき、張騫・李蔡を用ひ、詩人を南仲・方叔に比するのみ。杜公の『出塞』詩は此れより出づ」と言う。

劉坦之は「明遠の此の篇は殆ど亦た爲《た》めにする所有りて作るか。其の首に『主人諠しくする勿かれ』と言ひて後に歌ふ者を觀れば、其の聽くことの審らかにして感ずることの速やかなるを欲するなり。故に下文に歴として遠塞に征役するの勞、老いを窮めて家に還るの苦を敍す。篇末に至りては復た主を戀ふるの情を懷き、而して猶ほ惠みを垂れんことを望む有り。然れども其の誰が爲めにして發するかを知らざるなり」と言う。

この一篇の語り口は後の「代堂上歌行」と似ている。

なお、題の「代」字は、「代…行」「代…篇」「代…吟」など、楽府題に付き、それが或る原歌の詩句を発展的に敷衍・継承することを意味すると思われる。今は仮に「代へて」と訓《よ》んでおく。

主人且勿諠　主人　且《しば》らく諠《かまびす》しくする勿れ
賤子歌一言　賤子　一言を歌はん
僕本寒郷士　僕本《も》と寒郷の士にして
出身蒙漢恩　身を出だして漢の恩を蒙る
始隨張校尉　始めて張校尉に随ひ
召募到河源　召し募《つの》られて河源に到る
後逐李輕車　後に李軽車を逐ひ
追虜出塞垣　虜を追ひて塞垣を出づ
密塗亙萬里　密《ちか》き塗《みち》も万里に亘《わた》り
寧歳猶七奔　寧《やす》らかなる歳すら猶ほ七たび奔る
肌力盡鞍甲　肌力は鞍甲を尽くし
心思歷涼温　心思は涼温を歴たり
將軍既下世　将軍　既に世を下り
部曲亦罕存　部曲も亦た存すること罕《ま》れなり
時事一朝異　時事一朝に異なり
孤績誰復論　孤績　誰か復た論ぜん
少壯辭家去　少壮にして家を辞して去り
窮老還入門　窮老にして還《ま》た門に入る
腰鎌刈葵藿　鎌を腰にして葵藿《きくわく》を刈り
倚杖牧鷄豚　杖に倚りて鶏豚を牧す
昔如韝上鷹　昔は韝《こう》上の鷹のごときも
今似檻中猿　今は檻中の猿に似たり
徒結千載恨　徒らに千載の恨みを結び
空負百年怨　空しく百年の怨みを負ふ
棄席思君幄　棄席は君が幄《とばり》を思ひ
疲馬戀君軒　疲馬は君が軒《くるま》を恋ふ
願垂晉主惠　願はくは晋主の恵みを垂れ
不媿田子魂　田子の魂に媿《は》ぢざらんことを

＊「隨」字、『樂府詩集』に「一に『逢』に作る」という。
＊「召」字、張溥本は「占」に作り、「一に『召』に作る」という。『詩紀』・李善本『文選』も同じ。
＊「出」字、張溥本・『詩紀』・『藝文』・『文選』は「窮」に作

る。
＊「績」字、宋本に「『績』は一に『憒』に作る」とある。
＊「牧」字、『詩紀』に「一に『收』に作る」といい、黄節は「傳寫の誤りなり」と言う。
＊「似」字、五臣本『文選』は「作」に作る。
＊「結」字、『詩紀』に「一に『積』に作る」といい、五臣本『文選』は「積」に作る。
（なお、森野繁夫氏『文選雜識』に詳細な校勘記がある。）

「東武という土地の歌」に代えて

ご主人よまあお静かに願おう
私にちょっと歌わせていただきたい
私は本もと北の寒村の男であるが
世に出ることになり漢の国のお世話になった
張騫様に付き従うことから始まり
兵の募集に応じて黄河の源まで行ったことがある
その後は李蔡様を追いかけて
匈奴を追い払い長城の外に出たこともある
近道とはいっても一万里も行くことになり
落ち着いた時期だとはいってもたびたび奔走した
体は鞍と甲冑に全力を使い
心は暑きにつけ寒きにつけ神経を注いだ
将軍が世を去ると
部下も生き残りは少なくなった
時代は一朝のうちに様変わりし
私一人の手柄など誰も論じてくれない
若く壮んな時に家を離れ
老いさき短くなって家の門に戻ることとなった
鎌を腰に提げてヒマワリや豆の葉を刈り取り
杖を頼りに鶏や豚の世話をする
以前は籠手の上の鷹のように得意であったが
今は檻の中の猿のように自由がきかない
永遠に晴れない後悔をいたずらに抱き
生涯怨み続けるような思いを背負い込んでいる
棄てられた敷物は主君の部屋を思い
疲弊して放たれた馬は主君の車を恋い慕うという
出来ることなら晋の文公のような恩恵を垂れたまい

老いさき短くなった者に仁を施した田子方のような心に恥じないよう願う次第である

1　主人且勿諠、賤子歌一言、

［勿諠］「古詩」に「四坐且莫諠、願聽歌一言」（四坐且《しば》らく諠《かまびす》しくする莫かれ、願はくは一言を歌ふを聴け）とあり、呉摯父は「起は『四坐且勿諠』を襲ふ」と言う。鮑照は「代堂上歌行」も「四坐且莫諠」（『樂府詩集』に『莫』は一に『勿』に作る」とある）で起こしている。

［賤子］自らを卑下した呼称。『漢書』樓護傳に「時請召賓客、（王）邑居樽下、自稱賤子上壽」（時に賓客を召《まね》かんことを請ひ、王邑樽下に居り、自ら賤子と称して寿を上《たてまつ》る）とある。

2　僕本寒鄉士、出身蒙漢恩、

［寒鄉］寒冷なる北地。『宋書』巻五十九「張暢傳」に「太尉以北土寒鄉、皮絝褶脱是所須、今致魏主」（太尉は北土の寒郷は、皮絝褶脱是れ須《もと》むる所なるを以つて、今魏主に致す）という（絝褶は、乗馬ばかま）。

3　始隨張校尉、召募到河源、

［張校尉］『漢書』張騫傳に「張騫、漢中人也。騫以校尉從大將軍擊匈奴、知水草處、軍得以不乏」（張騫は、漢中の人なり。騫校尉を以つて大将軍の匈奴を撃つに従へば、水草の処を知り、軍以つて乏しからざるを得たり）とある。

［召募］兵を募集する。『三國志』呉志「孫策傳」に「因緣召募得數百人」（縁に因りて召募し数百人を得たり）とある。

［河源］黄河の源。『漢書』張騫傳賛に「自張騫使大夏之後、窮河源也」（張騫の大夏に使ひしてより後、河の源を窮むるなり）とある。

4　後逐李輕車、追虜出塞垣、

［李輕車］漢の将軍李蔡のこと。『漢書』に「李廣從弟蔡爲郎、事武帝。元朔中、爲輕車將軍、擊右賢王、有功、卒封樂安侯」（李広の従弟蔡郎と為り、武帝に事《つか》ふ。元朔中、軽車将軍と為り、右賢王を撃つて、功有り、卒して楽安侯に封ぜらる）とある。

〔追虜…〕『後漢書』に「耿夔追虜、出塞而還」（耿夔《こうき》虜を追ひ、塞を出でて還る）とある。

〔塞垣〕とりでの城壁。蔡邕の「上書」に「秦築長城、漢起塞垣、所以別内外、異殊俗」（秦長城を築き、漢塞垣を起こすは、内外を別にし、殊俗を異にする所以なり）とある。

5　密塗亘萬里、寧歳猶七奔、

〔密塗〕近道。孔安國「尚書傳」に「密、近也」（密は、近きなり）とある。

〔寧歳〕落ち着いた歳。『國語』晉語・四に「姜氏告於公子曰、自子之行、晉無寧歳」（姜氏公子に告げて曰はく、子の行くより、晋に寧歳無しと）とある。

〔七奔〕『左傳』成公七年に「巫臣請使於呉、晉侯許之。乃通呉於晉、呉始伐楚、子重奔命。呉入州來、子重・子反於是乎一歳七奔命」（巫臣呉に使ひせんことを請へば、晋侯之れを許す。乃ち呉を晋に通ずれば、呉始めて楚を伐ち、子重命に奔る。呉州来に入れば、子重・子反是に於いて一歳に七たび命に奔る）とある（「奔命」は、主君の命をうけて奔走する）。

6　肌力盡鞍甲、心思歴涼温、

〔肌力〕肌骨のつとめ。体力。

〔心思〕『孟子』離婁・上に「既竭心思焉」（既に心の思ひを竭《つく》す）とある。

〔涼温〕寒暖。『尚書』堯典の「以殷仲春」（以つて仲春を殷《さか》んにす）の鄭玄の注に「春秋言温涼」（春秋は温と涼とを言ふ）とある。

7　將軍既下世、部曲亦罕存、

〔下世〕世を去る。『列女傳』賢明傳に「（柳下惠）妻曰『愷悌君子、永能厲兮。吁嗟惜哉、乃下世兮』」（柳下恵の妻曰はく「愷悌なる君子、永く能く厲《はげ》まん。ああ惜しいかな、乃ち世を下る」と）とある。

〔部曲〕司馬彪の『續漢書』に「大將軍營五部、校尉一人。部有曲、曲有軍候一人」（大将軍五部を営むに、校尉一人なり。部に曲有り、曲に軍候一人有り）とある。

8　時事一朝異、孤績誰復論、

［時事…異］東方朔の「答客難」に「時異事異」（時異なり事異なる）とある。

［孤績］ただ一人の功績。陸機の「五等論」に「蓋遠績屈於時異、雄心挫於卑勢耳」（蓋し遠績は時の異なるに屈せられ、雄心は卑き勢ひに挫《くじ》かるのみ）とある。『文選』五臣注で呂延濟は「『孤績』は、獨り功有るなり。時事既に異なれば、誰か復た爲めに論ぜんや」と言う。

9　少壯辭家去、窮老還入門、

［少壯］古辭「長歌行」に「少壯不努力」（少壯にして努《つと》め力めず）とある。

［窮老］老け込む。『漢書』樓護傳に「婁護曰、呂公窮老、託身於我」（婁護曰はく、呂公老いを窮め、身を我に託す）とある。

10　腰鎌刈葵藿、倚杖牧鷄豚、

［腰鎌］胡紹煐は「朱子は『腰鎌刈葵藿、倚杖牧鷄豚』は、倔強にして肯て心に甘んぜざるの意を分明にすと云ふ。……」と言う。

［葵藿］ごくありふれた植物。「藿」は、豆の葉。

11　昔如鞲上鷹、今似檻中猿、

［鞲上鷹］『東觀漢記』巻十八列傳十三に「（桓）虞曰、善吏如良鷹矣、下鞲即中」（桓虞曰はく、善吏は良鷹のごとし、鞲《ゆごて》に下れば即ち中《あ》たる）とあり、『文選』五臣注で劉良は「鞲《ゆごて》は、皮を以つて手を蔽《おほ》ひ而して鷹を臂《ひぢ》するなり」と言う。

［檻中猿］『淮南子』俶眞訓に「置猿檻中、則與豚同、非不巧捷也、無所肆其能也」（猿を檻の中に置けば、則ち豚と同じ、巧捷ならざるに非ざるなり、其の能を肆《ほしいまま》にする所無きなり）とある。

12　徒結千載恨、空負百年怨、

［千載恨］永遠に心から消えない恨み。

［怨］『文選』注で李善は「言ふこころは怨み己に在れば、若何《いか》んぞ之れを負はんや」と言う。黄節の引く陳琳の「悼龜賦」には、「參千鎰而不賈兮、豈十朋之所云、

通生死以爲量兮、夫何人之足怨」（千鎰《いつ》に参じて賈《か》はずんば、豈に十朋の之れ云ふ所ならんや、生死に通じて以つて量るを為せば、夫れ何人か之れ怨むに足らんや）とあると言う（「十朋」は吉凶を占う十種類の亀で、至宝をいう）。

13　棄席思君幄、疲馬戀君軒、

［棄席］用が無くなることの喩え。『韓非子』外儲説左上に「（晉）文公至河、令曰、籩豆捐之、席蓐捐之、手足胼胝面目犂黒者後之。咎犯聞之而夜哭。公曰、寡人出亡二十年、乃今得反國、咎犯聞之不喜而哭、意者不欲寡人反國邪。咎犯對曰、籩豆所以食也、而君捐之、席蓐所以臥也、而君棄之、手足胼胝面目犂黒、有勞功者也、而君後之、今臣與在後中、不勝其哀、故哭之。……文公乃止」（晉の文公河に至り、令して曰はく、籩豆《へんとう》は之れを捐《す》てよ、席蓐は之れを捐てよ、手足胼胝《へんち》にして面目犂黒なる者は之れを後にせよと。咎犯《きゅうはん》之れを聞きて夜哭す。公曰はく、寡人出亡すること二十年、乃ち今国に反るを得たるに、咎犯之れを聞き喜ばずして哭す、意は寡人の国に反るを欲せざるかと。咎犯対へて曰はく、籩豆は食する所以なり、而して君之れを捐つ、席蓐は臥する所以なり、而して君之れを棄つ、手足胼胝にして面目犂黒なるは、労功有る者なり、而して君之れを後にす、今臣与に後中に在り、其の哀しきに勝《た》へず、故に之れを哭すと。……文公乃ち止む）とある（「胼胝」は、ひび、あかぎれ）。

［疲馬］役立たなくなった馬。14の［田子］注を参照のこと。『風俗通義』（佚文）に「瘦馬不能度繩。……齊有繩水、……言馬之疲、乃不能度此水耳。」（瘦馬は繩のみずを度《わた》る能はず。……斉に繩水有り、……馬の疲るるは、乃ち此の水を度る能はざるを言ふのみ）とある。

14　願垂晉主惠、不媿田子魂、

［願…］李善は「言ふこころは己れ老いを窮めて還り、夫《か》の棄席疲馬に同じければ、願はくは晉主の恵みを垂れて遣《す》てられざらんことを、則ち兼愛の道は斯れ同じ、故に亦た田子に愧づる無きなり。晉主は恵むと言ひ、田子は愧づと言ふは、互文なり。然れども田子久しく謝

す、故に之れを魂と謂ふ」と言う。

［晉主］晉の文公（13の［棄席］注を参照されたい）。

［田子］人名。田子方。『韓詩外傳』巻八に「昔田子方出見老馬於道、喟然有志焉、以問於御曰、此何馬也。御曰、故公家畜也、罷而不用、故出放之。田子方曰、少盡其力、而老棄其身、仁者不爲也。束帛而贖之。窮士聞之、知所歸心矣」（昔田子方出でて老馬を道に見、喟然として焉《こ》れを志す有り、以つて御に問ひて曰はく、此れ何の馬ぞやと。御曰はく、故《も》と公が家畜なり、罷《や》めて用ゐず、故に出だして之れを放つと。田子方曰はく、少《わか》くして其の力を尽くし、而して老いて其の身を棄つるは、仁者為さざるなりと。束帛して之れを贖《あがな》ふ。窮士之れを聞きて、心を帰する所を知れり）とある。

［魂］精神。『韓詩』に「縞衣綦巾、聊樂我魂」（縞衣と綦巾と、聊《いささ》か我が魂を楽しましむ）とあり、薛君は「魂、神也」（魂は、神なり）という（『詩』鄭風「出其東門」は「魂」字を「員」に作る）。

代出自薊北門行

「薊」は、地名（今の北京あたり）。『漢書』に「薊は、故との燕の國なり」とあり、『通典』に「燕は本と秦の上谷郡にして、薊は即ち漁陽郡なり、皆《とも》に遼西に在り」と言う。

郭茂倩の『樂府詩集』では雜曲歌辭に屬し、「曹植の『艷歌行』に『出自薊北門、遙望湖池桑、枝枝自相値、葉葉自相當』と。『樂府解題』に『出自薊北門は、其の致すは從軍と同じく、而して兼ねて燕・薊の風物及び突騎勇悍の狀を言ふ』と曰ふ」と言う。朱秬堂の『樂府正義』では「古は燕・趙には佳人多しと稱す。『出自薊北門』は曹植の『艷歌』に本づき、從軍と渉る無し。鮑照より借りて燕・薊の風物及び征戰の辛苦を言ひ、竟《つひ》に此の題の『艷歌』たるを知らず。蓋し樂府には轉ずる有り借る有り、轉ずる者は舊題に就いて新意を轉出し、借るる者は前題に借りて裁つに己が意を以つてす。古に擬する者は須らく此の二義を識るべく、然る後に以つて變に參ずべし。未だ解題の説に泥《なづ》み、而して『艶歌』の本旨を忘却すべからざるなり」と言う。

　この篇の主題について、呉伯其は「是れ當時政令躁急にして、臣下に任ぜざる者有り、故に此れに借りて以つて意を寓するなり。言ふこころは平日謀慮無く、邊隙一たび啓けば、騎を徴すと曰ひ、兵を分かつと曰ひ、皆臨時の周章にして、敵陣の精彊なるを以つての故なり。天子の怒るは、固より是れ敵を怒るも、亦た是れ將士の此れを滅して朝食せざるを怒るなり。故に戰に從ふの士は、道に相望み、斯の時に當たるや、李牧の輩の將と爲る有りと雖も、亦た謀るに暇あらず。死して國殤と爲るも、何ぞ國に益あらんや」と言い、方東樹は「此れ從軍出塞の作なり。薊北には烈士多し、故に託して之れを言ふ。收むるに歸宿を作り、豪宕《がうたう》と爲して、凄涼と爲さず。解するを以つて悲と爲すは、屈子より來たり、陳思・杜公皆同じ。本集の『幽并重騎射』等の篇も亦た然り」と言う。王闓運もこれは「邊塞詩」であるとする。（なお、向島成美氏の「鮑照の詩風」に詳細な論考がある。）

羽檄起邊亭　　羽檄　辺亭に起こり
烽火入咸陽　　烽火　咸陽に入る
徴師屯廣武　　師を徴して広武に屯《とど》め
分兵救朔方　　兵を分かちて朔方を救ふ
嚴秋筋竿勁　　厳秋　筋竿勁く
虜陣精且強　　虜陣　精且つ強し
天子按劍怒　　天子　剣を按じて怒り
使者遙相望　　使者　遥かに相望む
鴈行縁石徑　　鴈行して石径に縁《よ》り
魚貫渡飛梁　　魚貫して飛梁を渡る
簫皷流漢思　　簫皷　漢思を流し
旌甲被胡霜　　旌甲《せいかふ》　胡霜を被る
疾風衝塞起　　疾風　塞を衝きて起こり
沙礫自飄揚　　沙礫　自ら飄揚す
馬毛縮如蝟　　馬毛　縮みて蝟《はりねずみ》のごとく
角弓不可張　　角弓は張るべからず
時危見臣節　　時危くして臣節を見
世亂識忠良　　世乱れて忠良なるを識る
投軀報明主　　軀を投じて明主に報じ

身死爲國殤　身死して国殤と為らん

＊「師」字、張溥本・『文選』は「騎」に作る。

＊「筋」字、『樂府』・五臣本『文選』は「筋」に作り、「一に『筋』に作る」という。

＊「徑」字、李善本『文選』は「逕」に作る。

＊「渡」字、張溥本・『詩紀』・『樂府』・『文選』は「度」に作る。

＊「思」字、張溥本は「颸」に作り、『詩紀』に「當に『颸』に作るべし」という。

＊「旌」字、『文選』集注本は「旍」に作る。

＊「毛」字、五臣本『文選』は「歩」に作る。

「薊のまちの北門を出る歌」に代えて

辺塞の町に檄が飛び
危急を知らせるのろしが都の咸陽までとどく
軍隊を招集して廣武県に駐屯させ
兵隊を各所に配備して北方を救おうとする
秋の寒さが訪れると弓矢の張りが強くなり
匈奴の陣営は精鋭がそろい兵力が増強される
漢の天子は剣の柄に手をかけて怒り
伝令の使者が遠くまで往き来する
軍隊は雁のように隊列をなして石ころだらけの細道
　を行き
魚のように連なって宙に浮くような浮橋を渡る
笛や太鼓には漢土への思いが籠もり
旗や甲冑は北地の霜を被る
つむじ風が長城にぶつかって起こり
砂礫がそれに伴って舞い上がる
軍馬の毛はハリネズミのように縮みあがり
獣の角で飾った弓も引き絞ることが出来ない
国が危うい時にこそ臣下の節義が現われ
世が乱れた時にこそ忠良の家臣が誰か分かる
我が身をなげうって聡明なる主君の役に立ち
戦死しても国家の英霊となるのである

1　羽檄起邊亭、烽火入咸陽、

［羽檄］急務であることを知らせるための鳥の羽をつけた檄。『漢書』高祖紀に「高祖曰『吾以羽檄徵天下兵』」（高祖曰はく「吾羽檄を以つて天下の兵を徴《め》す」と）とあり、顔師古は「檄は、木簡を以つて書を爲し、長さ尺二寸、用つて徴召するなり。其れ急事有らば、則ち加ふるに鳥羽を以つて之れに插し、速疾なるを示すなり」と注する。

［邊亭］「亭」は秦代・漢代における「郷」以下の行政機構の一種（『漢語大詞典』の見解による）。賈誼の『新書』退讓に「梁之邊亭與楚之邊亭皆種瓜、各有數。梁之邊亭劬力而數灌、其瓜美」（梁の辺亭と楚の辺亭と皆《とも》に瓜を種ゑ、各おの数有り。梁の辺亭力を劬《つと》めて数しば灌げば、其の瓜美し）とある。

［烽火］『史記』周紀に「有寇至則擧烽火」（寇の至る有れば則ち烽火を挙ぐ）とあり、『風俗通』正失に「文帝時、……匈奴犯塞、候騎至甘泉、烽火通長安」（文帝の時、……匈奴塞を犯し、候騎甘泉に至れば、烽火長安に通ず）とある。

［咸陽］都。『史記』秦本紀に「孝公十二年、作爲咸陽、築冀闕、秦徙都之」（孝公の十二年、作りて咸陽と為し、冀闕を築き、秦は之れに都を徙す）とある。

2　徵師屯廣武、分兵救朔方、

［屯］李善の引く臣瓚の『漢書』注に「律說、勒兵而住曰屯」（律説に、兵を勒《ろく》して住めしむるを屯と曰ふ）と言う（「勒」は、統率する）。

［廣武］県名。今の山西省代県の西。『漢書』贊に「聚天下兵、軍於廣武」（天下の兵を聚め、広武に軍す）とあり、また「太原郡有廣武」（太原郡に広武有り）という。

［分兵］『漢書』酈食其傳に「酈食其曰『楚人聞則分兵救之』」（酈食其《れきいき》曰はく「楚人聞けば則ち兵を分かちて之れを救ふ」と）とある。

［朔方］『漢書』衞青傳に「青復出雲中、西至高闕、遂至於隴走白羊樓煩王取河南地爲朔方郡」（青復た雲中に出でて、西のかた高闕に至り、遂に隴に至りて白羊に走《に》ぐ。樓煩王河南の地を取りて朔方郡と為す）とあり、

また「有朔方郡、武帝開」（朔方郡有り、武帝開く）とある。

3　嚴秋筋竿勁、虜陣精且強、

［嚴秋…］秋が深まると匈奴の陣営では馬が肥え、強くなる。『漢書』匈奴傳に「匈奴秋馬肥、大會蹛林」（匈奴秋馬肥え、大いに蹛林《たいりん》に会《あつ》まる）とある（「蹛林」は、匈奴の秋祭りの場）。

［筋竿］弓矢。『周禮』考工記「弓人」に「弓人爲弓。……筋也者、所以爲深也」（弓人弓を為る。……筋なる者は、深きを為す所以なり）とあり、李善は「竿は、箭の幹なり」と言い、劉良は「筋は弓を謂ひ、竿は箭と為すなり」と言う。

4　天子按劍怒、使者遙相望、

［按劍］剣の柄に手をかける。『說苑』正諫に「皇帝按劍而坐、口正沫出」（皇帝剣を按じて坐し、口は正に沫出づ）とある。

［使者…］『史記』孝文帝紀に「遣使者冠蓋相望、結軼於道、以論朕意於單于」（遣使の者の冠蓋相望み、軼《わだち》を道に結び、以つて朕が意を単于に諭す）とあり、『文選』李善注に引く『漢書』に「遣使冠蓋相望於道」（遣使の冠蓋道に相望む）とある。錢仲聯は張雲璈の『選學膠言』に「『史記』大宛傳に『貳師將軍請罷兵、天子大怒、使使遮玉門曰、軍有敢入、輒斬之』（貳師将軍兵を罷《や》めんことを請へば、天子大いに怒り、使ひを使はして玉門を遮らしめて曰はく、軍に敢へて入る有らば、輒ち之れを斬ると）と。詩意此れを用ふ。注に引く『說苑』及び『漢書』の云云は疏《とほ》る」と言うのを引く。

5　鴈行緣石徑、魚貫渡飛梁、

［鴈行］雁のように隊列を作る。『詩』鄭風「大叔于田」に「兩驂雁行」（両驂雁行す）とある。また『漢書』功臣表に「公孫戎奴以校尉……擊匈奴、至右王庭、爲雁行上石山先登」（公孫戎奴校尉を以つて……匈奴を撃ち、右王の庭に至り、雁行を為して石山に上るに先づ登る）とある。

［魚貫］魚を串刺したように陣を組む。『周易』剝・六

五に「貫魚、以宮人寵、無不利」（魚を貫くがごと、宮人を以ちゐて寵せらる、利あらざる無し）とあり（「貫魚」は、一説に目刺し）、王弼は「駢頭相次、似貫魚也」（駢頭相次ぎ、魚を貫くに似たり）という。『文選』五臣注で呂向は「雁行・魚貫は、皆《とも》に陣の勢ひなり」と言う。

［飛梁］浮橋。楊雄の「甘泉賦」に「貫倒景而歴飛梁」（倒景を貫きて飛梁を歴たり）とあり、『文選』注に「晉灼漢書注曰、飛梁、浮道之橋也」（晋灼の漢書注に曰はく、飛梁とは、浮道の橋なり）という。

6　簫鼓流漢思、旌甲被胡霜、

［簫鼓］「皷」は「鼓」の俗字。太鼓。漢の武帝の「秋風辭」に「泛樓船兮濟汾河、簫鼓鳴兮發櫂歌」（楼船を泛べて汾河を済《わた》り、簫鼓鳴れば櫂歌発す）とある。

［漢思］班彪の「王命論」に「今民皆謳吟思漢、鄉仰劉氏」（今民皆謳吟して漢を思ひ、郷は劉氏を仰ぐ）とある。鮑照自身の「送別王宣城」詩に「發郢流楚思」という時の「楚思を流す」に同じ造句。

［旌甲］旗とよろい。『晉書』庾翼傳に「（翼）師次襄陽、大會僚佐、陳旌甲、親授弧矢」（翼の師襄陽に次《やど》り、大いに僚佐を会《あつ》め、旌甲を陳べ、親ら弧矢を授く）とあり、『魏志』陳登傳の裴松之注に引く『先賢行状』に「賊初到、旌甲覆水」（賊初めて到り、旌甲水を覆ふ）という。

7　疾風衝塞起、沙礫自飄揚、

［疾風…］「疾風」以下の四句について朱子は「分明に邊塞の状を説き出だし、語も又た峻健なり」と言う。風砂の舞い上がるさまについては、『春秋命歴』序に「大風飄石」（大風石を飄へす）とあり、『易通卦験』に「大風揚沙」（大風砂を揚ぐ）とあると言う。

8　馬毛縮如蝟、角弓不可張、

［如蝟］「蝟」は、ハリネズミのような小動物。『西京雜記』巻三「雪深五尺」に「元封二年、大雪深五尺、野鳥獸皆死、牛馬蜷縮如蝟」（元封二年、大いに雪ふり深きこと五尺、野の鳥獣皆死し、牛馬蜷縮《けんしゆく》して蝟のごとし）とあり、呂向は「蝟は、蟲の名なり、毛は針刺の

ごとし」と言う。

［角弓］角飾りのある弓。『詩』小雅「角弓」に「騂騂角弓、翩其反矣」（騂々《せいせい》たる角弓、翩《そりかへ》りて其れ反る）とあり、朱子は「角弓は、角を以つて弓を飾るなり」と言う（「騂騂」は、弓の整ったさま）。また、李善注に引く三国・呉の『韋曜集』に「秋風揚沙塵、寒露霑衣裳。角弓持急弦、鳩鳥化爲鷹」（秋風沙塵を揚げ、寒露衣裳に霑る。角弓持して弦を急にし、鳩鳥化して鷹と爲る）とある。

9　時危見臣節、世亂識忠良、

［忠良］『老子』第十八章に「國家昏亂、有忠臣焉」（国家昏乱して、忠臣有り）とあるのを踏まえる。

10　投軀報明主、身死爲國殤、

［明主］聡明な主君。『史記』刺客列傳に「臣聞明主不掩人之美、而忠臣有死名之義」（臣聞く明主は人の美を掩はず、而して忠臣に名に死するの義有りと）とあり、『左傳』襄公二十九年に「大而婉、險而易行、以徳輔此、則明主也」（大にして婉やかに、険しくして行ひ易く、徳を以つて此れを輔くれば、則ち明主なり）という。

［國殤］李善は「國殤は、國の爲めに戰ひて亡ぶなり」と言い、『楚辭』九歌「國殤」に「身既死兮神以靈、魂魄毅兮爲鬼雄」（身既に死して神は以つて霊に、魂魄毅《つよ》くして鬼の雄と為る）とあるのを引く（「殤」は、祭る人のない魂）。

代結客少年場行

「結客」は、侠客と手を結ぶ。范曄の『後漢書』祭遵傳に「祭遵……嘗て部吏の侵す所と爲り、客と結びて之れに報ゆ」とある。

「結客少年場行」は『樂府詩集』では雑曲歌辞に属し、郭茂倩の「樂府解題」には「『結客少年場行』は、生を軽んじ薄きを重んじ、慷慨して以つて功名を立つるなり。『廣題』に曰はく『漢の長安の少年吏を殺し、財を受けて仇に報い、相與に丸を探して彈と爲す。探して赤丸を得、武吏を斫《き》る。探して黒丸を得、文吏を殺す。尹賞長安の令と爲り、盡く之れを捕ふ。長安の中《うち》之れがために歌ひて曰はく、『何《いづ》れの處にか子が死を求めん、桓東の少年場なり。生時諒《まこと》に謹まず、枯骨復た何ぞ葬らんや』と。『結客少年場』を按ずるに、言ふこころは少年時任俠の客と結んで遊樂の場を爲し、終《つひ》に而も成る無きなり、故に此の曲を作る』と」と言う。

曹植に「結客篇」があり、「結客少年場、報怨洛北芒」（客と結ぶ少年の場、怨みに報ゆ洛の北芒）というが、鮑照のこの篇は曹植の「結客篇」に全面的に模擬したものではない。錢仲聯は「按ずるに『升高臨四關』以下末に至るまで、全く『古詩』の『青青陵上柏』を模す」と言う。

驄馬金絡頭　　驄馬《そうば》　金もて頭を絡《から》げ
錦帶佩呉鉤　　錦帯　呉鉤を佩《お》ぶ
失意酒杯間　　意を酒杯の間に失ひ
白刃起相讎　　白刃　起ちて相讎《むく》ゆ
追兵一旦至　　追兵　一旦に至れば
負劒遠行遊　　剣を負ひて遠く行き遊ぶ
去鄉三十載　　郷を去ること三十載
復得還舊丘　　復た旧丘に還るを得たり
昇高臨四關　　高きに昇りて四関に臨めば
表裏望皇州　　表裏に皇州を望む
九塗平若水　　九塗　平らかなること水のごとく
雙闕似雲浮　　双闕は雲の浮かぶに似たり
扶宮羅將相　　宮を扶《たす》けて将相を羅《つら》ね
夾道列王侯　　道を夾みて王侯を列《つら》ぬ
日中市朝滿　　日中　市朝満ち
車馬若川流　　車馬は川の流るるがごとし
擊鐘陳鼎食　　鐘を撃ちて鼎食を陳《つら》ね
方駕自相求　　駕を方べて自ら相求む
今我獨何爲　　今我独り何をか為さんや
埳壈懷百憂　　埳壈《かんらん》として百憂を懐く

＊「酒杯」、『文選』は「杯酒」に作る。
＊「關」字、『樂府』に「一に『塞』に作る」という。
＊「塗」字、張溥本・『樂府』は「衢」に作り、『詩紀』に「一

に『衢』に作る」という。

＊「堷壈」、『樂府』は「轗軻」に作る。

「侠客と意気投合した若い時の歓楽街での歌」に代えて

青白まじった立派な馬の頭には金の飾りを絡げ
錦の帯には呉の名刀を佩いていた
酒の席で意気が合わず
喧嘩を買って白刃を振り回した
追手の兵が一と度やってくると
剣を背負って遠く旅立った
郷里を去ること三十年
再び旧居に戻ることができた
高い丘に駆け上がって四方の関所を前にすると
帝都の内外が見わたせる
九条の都大路は水面のように平らかで
東西二つの宮殿が雲のように浮かんでいる
その皇宮を扶けるように将軍宰相の邸宅が並び
大路を夾んで王侯の邸宅が連なっている
昼間は市場に人が群がり
車馬が川のように流れている
音楽の演奏つきで豪華な食事をし
立派な車馬を並べて出迎え合っている
それを私は今一人で何をしているのだろうか
不遇を託って多くの憂いを懐いているとは

1　驄馬金絡頭、錦帯佩呉鉤、

［驄馬］青白混じり毛の馬。『後漢書』桓典傳に「……是時宦官秉權、典執政無所回避。常乘驄馬、京師畏憚、爲之語曰『行行且止、避驄馬御史』」（……是の時宦官権を乗《と》り、典政を執りて回避する所無し。常に驄馬に乗れば、京師畏憚《ゐたん》し、之れがために語りて曰はく「行き行きて且つ止まるは、驄馬の御史を避くるなり」と）とあり、『説文』に「驄、馬青白雑毛也」（驄は、馬の青と白と毛を雑ふるなり）という。

［絡頭］おもがいを着け、馬の頭を飾る。「古日出東南

行」（「日出東南隅行」）に「黄金絡馬頭、觀者滿道旁」（黄金もて馬頭を絡《から》ぐれば、観る者道旁に満つ）とある。

［錦帯］『禮記』玉藻に「居士錦帶、弟子縞帶」（居士は錦の帯、弟子は縞の帯）とある（「居士」は、出仕していない士。処子）。

［呉鉤］呉製の刀。左思の「呉都賦」に「呉鉤越棘」（呉の鉤と越の棘とあり）とあり、銭仲聯は『呉越春秋』の「闔閭既寶莫邪、復命國中作金鉤」（闔閭既に莫邪を宝とし、復た国中に命じて金鉤を作らしむ）を引き、「故に呉鉤と曰ふ」と言う（「越棘」は、越製のほこ）。沈括は「呉鉤は、刀の名なり。刀彎《まが》り、今の南蠻之れを用ふ、之れを葛黨刀と謂ふ」と言う。

2　失意酒杯間、白刃起相讎、

［失意］意気が合わない。気持ちが合わない。李善の引く桓範「世用論」に「觴酌遲速、使用失意」（觴酌の遅速は、用つて意を失はしむ）とある。また『漢書』韓王信傳には「爲人寬和自守、以溫顏遜辭承上接下、無所失意」（人と為り寛和にして自ら守り、温顔遜辞を以つて上を承け下に接し、意を失ふ所無し）とある。

［酒杯間］『淮南子』詮言訓に「今有美酒嘉肴、以相賓饗、……爭盈爵之間、反爲鬭、鬭而相傷、三族結怨」（今美酒嘉肴有り、以つて相賓饗するも、……爵に盈たすの間に争へば、反つて闘ひを為し、闘ひて相傷つけ、三族怨みを結ぶ）とある。

3　追兵一旦至、負劍遠行遊、

［追兵］『史記』天官書に「追兵在外不戰」（追兵外に在れば戦はず）とある。また范曄の『後漢書』に「世祖會追兵至」（世祖追兵の至るに会ふ）とあり、李善は「追兵は、己を捕ふるを謂ふなり、」と言う。

［負劍］剣を背負う。『燕丹子』に「聽秦王姫人鼓琴、琴聲曰『鹿盧之劍、可負而拔』」（秦王の姫人の琴を鼓《ひ》くを聴けば、琴声に曰はく「鹿盧の剣は、負ひて抜くべし」と）とある。

［遠行］李善は「『追兵』は、己を捕ふるを謂ふなり、『遠行』は以つて之れを避くるなり」と言う。

4　去郷三十載、復得還舊丘、

［去郷…］呉伯其は「『去郷三十載』、一篇の關鎖は、全く此の句に在り。人生は百年なるのみ。前三十年を少と爲せば、少の時、俠を好むを以つて費す。中三十年を壯と爲せば、壯の時、亡命するを以つて費やす。末三十年は歸るを得と雖も、又た老を以つて費やす。亡命すること凡そ三十載、此の三十載の中は、正に是れ壯年に爲す有るの時候なれば、試みに問ふ此の三十年の中に爲す所無きかと。家に歸りて嘆ずるは、正に此の三十年の間に爲す有るを得ず、或ひは爲すも未だ成らざるを嘆ずるのみ。……」と言う。

［舊丘］故郷の家。『廣雅』に「丘は、居なり」と言う。

5　昇高臨四關、表裏望皇州、

［昇高…］呉伯其は「『升高』云云も、亦た是れ郷を去ること三十年の中にして、時勢人情盡く變はり、今の將相王侯は、昔の將相王侯に非ざるなり。……」と言う。方東樹も「『升高』以下は、盱豫《くよ》の悔ひと爲し、亦た諷を爲す所以なり」と言う（「盱豫」は、『易』豫の卦辞）。

［四關］陸機の「洛陽記」に「洛陽有四關、東爲成皋、南伊闕、北孟津、西函谷」（洛陽に四関有り、東は成皋と為し、南は伊闕、北は孟津、西は函谷なり）とある。

［表裏］『左傳』僖公二十八年に「子犯曰、……表裏山河、必無害也」（子犯曰はく、……表裏山河なれば、必ず害無きなり）とあり、李善は「表裏は、猶ほ内外のごときなり」と言う。

6　九塗平若水、雙闕似雲浮、

［九塗］東西南北の道。『周禮』考工記「匠人」に「匠人營國、傍三門、國中九經九緯」（匠人国を営むに、三門を傍らにし、国中に九経九緯あり）とあり、鄭玄は「經緯、塗也」（経緯は、途《みち》なり）という。

［平若水］『莊子』徳充符篇に「平者、水停之盛也、其可以爲法也」（平らかなる者は、水停るの盛んなるなり、其れ以つて法と為すべきなり）とあり、後世の『文心雕龍』養氣に「水停りて以つて鑒《て》り、火靜かにして而して朗らかなり」と言う。

［雙闕］南北の宮闕。「古詩」に「雙闕百餘尺」（双闕は百餘尺なり）とある。元の方回は「此の詩は專ら洛陽を指し、『雙闕』とは南北の宮にして、乃ち秦始皇の創る所なり」と言い、この「九塗…」の二句を「此れ亦た古詩蹉對の句法なり」と言う（「蹉對」は、不調和な対句）。

［似雲浮］『史記』封禪書に「三神山……黄金白銀爲宮闕、未至、望之如雲」（三神山は……黄金白銀もて宮闕と為し、未だ至らざれば、之れを望むこと雲のごとし）とあり、また後漢の崔駰の「達旨」に「衣裳被宇、冠蓋雲浮」（衣裳宇を被ひ、冠蓋雲のごと浮く）とある。

7　扶宮羅將相、夾道列王侯、

［扶宮…］李周翰は「扶も、亦た夾むなり。羅も、亦た列なるなり。皆王侯將相の宅なり」と言う。呉伯其は「扶《たす》け羅《つら》なると曰ひ、夾み列なると曰ふ、何ぞ王侯將相の多きや。我獨り此れを取る能はず、所以に百憂交《こも》ごも集まるなり」と言う。また許巽行の『文選筆記』には「何云ふ『扶宮は、未だ出づる所を詳らかにせず』と。『説文』に『扶は、左《たす》くるなり』と。此れ九塗雙闕は、皆將相王侯の居の扶左し夾輔する有るを言ふなり」と言う。

［夾道］道の両側。『漢書』宣帝紀に「上登長平阪、……王侯迎者數萬人夾道陳也」（上《しやう》長平の阪に登れば、……王侯の迎ふる者数万人道を夾んで陳なるなり）とあり、『周禮』秋官「鄉士」に「帥其屬夾道、而蹕三公」（其の属を帥《ひき》ゐて道を夾み、三公を蹕《さきばら》ひとす）という。

8　日中市朝滿、車馬若川流、

［日中］『周易』繫辭・下に「日中爲市、致天下之民、聚天下之貨」（日中市を為せば、天下の民を致し、天下の貨を聚《あつ》む）とあるのを踏まえる。

［市朝］人の賑わう場所。市場。『論語』憲問篇に「吾力猶能肆諸市朝」（吾が力猶ほ能く諸《こ》れを市朝に肆《さら》さん）とある（「肆」は、殺した死体をさらし者にする）。

［川流］張協の「禊飲賦」に「車馬膠葛、川流波亂」（車馬膠葛《かうかつ》として、川流のごと波乱あり）とあり（「膠葛」は、車馬の駆けるさま）、崔駰の「達旨」に「處士山積、

學者川流」（処士山のごと積み、学者川のごと流る）という。

9　撃鐘陳鼎食、方駕自相求、

［撃鐘］王紹曾・劉心明氏は、「高官や貴人たちは、鐘を鳴らし楽を奏し鼎を陳ねて食事をする」と言う（『謝靈運・鮑照詩選譯』）。張衡の「西京賦」に「撃鐘鼎食、連騎相過」（鐘を撃ちて鼎食し、騎を連ねて相過ぐ）とあり、『左傳』哀公十四年に「宋左師毎食撃鐘。聞鐘聲、公曰『夫子將食』」（宋の左師食ごとに鐘を撃つ。鐘の声を聞けば、公曰はく「夫子将に食せんとす」と）という。

［陳鼎］『孔子家語』致思に「子路南游於楚、……積粟萬鍾、……列鼎而食」（子路南のかた楚に游ぶに、……粟を積むこと万鍾、……鼎を列ねて食す）とある。

［方駕］車馬を並べる。『後漢書』馬防傳に「臨洮道險、車騎不得方駕」（臨洮《りんたう》は道険しく、車騎は駕を方《なら》ぶを得ず）とあり、『儀禮』の鄭玄注に「方、併也」（方は、併ぶなり）という。

［相求］「古詩」に「冠帶自相求」（冠帯自づから相求む）とある。

10　今我獨何爲、埳壈懷百憂、

［獨何爲］嵇康の「憂憤詩」に「子獨何爲」（子独り何をか為さんや）とある。

［埳壈］不遇のさま。『楚辭』九辯に「坎壈兮貧士、失職而志不平」（坎壈《かんらん》たり貧士、職を失ひて志平らかならず）とあり、また「惟鬱鬱之憂獨兮、志坎壈而不違」（惟だ鬱々として之れ独りなるを憂ふるのみにして、志は坎壈として違はず）とある。王逸は「坎壈、不遇貌也」（坎壈は、不遇の貌なり）という。

［百憂］『詩』王風「兔爰」に「我生之後、逢此百憂」（我れ生れしの後、此の百憂に逢ふ）とある。

代東門行

「東門」は、『文選』五臣注で劉良が「東都門は、長安の城門の名なり。別離の地なるが故に、居留の情を敍ぶ」と言う。

主題について、郭茂倩の『樂府詩集』は『樂府解題』に「古詞に『東門を出でて、顧み歸らず、來たりて門に入り、悵みて悲しまんと欲す』と。言ふこころは士に貧にして其の居に安んぜざる者有り、劍を拔きて將に去らんとするに、妻子衣を牽きて之れを留め、共に糜《かゆ》を餔して、富貴を求めざるを願ひ、且つ曰はく『今の時は清くして非を爲すべからず』と」というのを引き、「宋の鮑照の『傷禽惡弦驚』のごときは、但だ離別を傷むのみ」と言う。

朱秬堂が『樂府正義』で「『文選』（李善）注は『歌錄』を引いて『日出東門行は、古辭なり』と曰ふも、今の琴調『東門行』に『日出』の字無し、或いは是れ相和曲中の『東門』の古辭にして、而して今は亡びしならん」と言うのに拠れば、「日出東門行」と古辭の「東門」とは別ということになる。

制作時期について、呉摯父は晩年の作と見、「晉安王子勛《しくん》の亂、臨海王子頊《しぎょく》亂に從ふ。明遠は臨海王の前軍參軍と爲れば、此の詩は蓋し亂を憂ふるの皆ならん」と言う。

傷禽惡弦驚　傷禽は弦の驚かしむるを悪み
倦客惡離聲　倦客は離声を悪《にく》む
離聲斷客情　離声は客情を断ち
賓御皆涕零　賓御　皆涕零《なみだお》つ
涕零心斷絶　涕零《なみだお》ち心は断絶するも
將去復還訣　将に去らんとして復た還《ま》た訣《わか》る
一息不相知　一息すら相知らず
何況異鄉別　何ぞ況んや異郷の別れをや
遙遙征駕遠　遥々として征駕は遠く
杳杳白日晚　杳々《えうえう》として白日は晩《く》る
居人掩閨臥　居人は閨《ねや》を掩《おほ》ひて臥し
行子夜中飯　行子は夜中に飯す
野風吹秋木　野風　秋木を吹き
行子心腸斷　行子　心腸断たる
食梅常苦酸　梅を食して常に酸《す》きに苦しみ
衣葛常苦寒　葛《くず》を衣《き》て常に寒きに苦しむ

絲竹徒滿坐
憂人不解顔
長歌欲自慰
彌起長恨端

絲竹　徒らに坐に満ち
憂人は顔を解かず
長歌して自ら慰めんと欲すれば
彌《いよ》いよ起こす長恨の端を

＊「弦驚」、宋本に「一に『驚弦』に作る」という。
＊「白」字、『文選』は「落」に作り、『樂府』に「一に『落』に作る」という。
＊「秋」字、張溥本・『詩紀』・『樂府』は「草」に作る。『詩紀』に「集は『秋』に作る」という。
＊「坐」字、張溥本は「座」に作る。

「東門の歌」に代えて

手負いの鳥は弓弦《ゆづる》の音をひどく嫌い
旅に飽きあきした旅人は離別の歌をひどく嫌う
離別の歌は旅人に断腸の思いを起こさせ
見送る者も御者も共に涙を流す
涙を流して断腸の思いを起こしたとしても
今や旅立とうとすればまたしても別れである
一時の別れでさえお互いのことが分からなくなるのに
ましで異郷へ旅立つ別れならなおさらである
遥かかなた旅の車が遠ざかると
とっぷりと昼間の太陽は沈む
家人が寝室を閉めて床に就くころ
旅人は夜遅く食事をとる
野の風が秋の樹木に吹きつけると
旅人は断腸の思いを起こす
梅を食べるといつもひどく酸っぱく
粗末な葛の衣を着ているといつもひどく寒い
弦楽が無意味に宴席に繰り展げられ
憂いを抱く者は顔をほころばせることが無い
歌い続けて自らを慰めようとしても
ますます尽きない怨みの糸口となるだけである

1　傷禽惡弦驚、倦客惡離聲、

［傷禽…］『文選』李善注に引く『戰國策』楚策に「魏加對春申君曰『臣少之時好射、願以射譬、可乎。』春申君曰『可。』異日、更羸與魏王處京臺之下、更羸謂魏王曰『臣能虛發而下鳥。』魏王曰『然則射可至此乎。』更羸曰『可。』有鴻雁從東方來、更羸以虛弓發而下之。王曰『射之精可至此乎。』更羸曰『此孽也。』王曰『先生何以知之。』對曰『其飛徐者、其創痛也。悲鳴者、久失群也。故創未息、而驚心未忘、聞弦音引而高飛、故創隕。今臨武君常爲秦孽、不可爲拒秦之將也。』」（魏加春申君に対へて曰はく「臣少《わか》き時射を好む、願はくは射を以つて譬へん、可なるか」と。春申君曰はく「可なり」と。異日、更羸魏王と京台の下に処《を》る、更羸魏王に謂ひて曰はく「臣能く虚発して鳥を下だす」と。魏王曰はく「然れば則ち射て此こに至るべきか」と。更羸曰はく「可なり」と。鴻雁の東方より来たる有れば、更羸虚弓を以つて発して之れを下だす。王曰はく「射の精なること此こに至るべきか」と。更羸曰はく「此れ孽《げつ》なり」と。王曰はく「先生何を以つて之れを知る」と。対へて曰はく「其の飛ぶこと徐ろなる者は、其の創痛むなり。悲しく鳴く者は、久しく群を失ふなり。故に創《きず》未だ息まずして、心を驚かすこと未だ忘れず、弦音の引くを聞きて高く飛ぶ、故に創つきて隕《お》つ。今臨武君常に秦の孽と為れば、秦の将たるを拒むべからず」と）とある（「孽」は、創《きず》を負ったことのある鳥）。なお、梁章鉅の『文選旁證』には「注の『春申君曰、可異日』は、楚策の本文を按ずるに、『曰可。加曰、異日者』を是とす。注の『有鴻雁從東方來』の『鴻』は、當に『間』に作るべし。今の楚策には『弓』の字無く、『忘』は『去』に作り、『聞弦音引』は『聞弦者音烈』に作る」と言う。

［離聲］呉伯其は「『離聲』とは、即ち親友に別るる時に奏する所の『絲竹』なり。『絲竹滿坐』とは、乃ち游所に奏する所の者なり。惟だ塗中には『絲竹』無ければ、則ち『野風吹秋木』の五字を以つて之れを補へり。風秋木を吹くは、本より是れ心無く、離人の耳に入れば、則ち以つて『離聲』と爲すのみ。前連に兩『惡』の字を用ふるは、乍《たちま》ち別るるを寫すなり。後の兩『苦』の

字は、久しく別るるを寫すなり。中間の行路に、『行子』と連呼するは、眞に人をして聲に應じて涙を落とさしむるなり。……」と言う。

2　離聲斷客情、賓御皆涕零、

〔賓御〕見送る人と御者。『文選』五臣注で張銑は「『賓』とは、送別の人を謂ふ。『御』は、車を御する者なり」と言う。

3　涕零心斷絶、將去復還訣、

〔涕零…〕王闓運は『涕零』の四句、此れ等は則ち心を驚かせ魄を動かすと謂ふべく、一字千金なる者なり。……」と言う。

〔訣〕『説文』に「訣、別也」（訣は、別かるるなり）とある。

4　一息不相知、何況異郷別、

〔一息〕しばらくの間。陸雲の「歳暮賦」に「百年迅於分噓兮、千歳疾於一息」（百年は分噓よりも迅く、千歳は一息よりも疾し）とあり（「噓」は、ため息を吐く）、『説文』に「息、喘也」（息は、喘《あへ》ぐなり）というが、『文選』五臣注で呂向は「『一息』は、少《しば》らくの間を言ふなり」と言う。

〔不相知〕劉坦之は「明遠は久しく客游するに倦み、將に復た遠行せんとして、是の曲を爲す。其れ日落ちて昏《たそが》れ暮れ、家人已に臥するも、行く者は夜中に方に飯すと言ふ、所謂『相知らず』とは此くのごとし。且つ『梅を食し』、『葛を衣る』を以つて喩へと爲せば、則ち其の憂苦は自づから知らる、聲樂の得て慰むる所に非ざる者有り」と言う。

5　遙遙征駕遠、杳杳白日晩、

〔遙遙〕『左傳』昭公二十五年に「童謠云、鸜鵒之巣、遠哉遙遙」（童謡に云ふ、鸜鵒の巣、遠きかな遥々たり）とあるが、『文選』五臣注で李周翰は「『遙遙』は、行く貌なり」と言う。

〔杳杳〕日が暮れて暗くなるさま。『楚辭』九歎「遠逝」に「日杳杳以西頽兮」（日杳々として以つて西のかた頽る）とあり、『文選』五臣注で李周翰は「『杳杳』は、暮るる貌なり」と言う。

6　居人掩閨臥、行子夜中飯、

［夜中飯］『國語』呉語に「呉王昏乃戒、令秣馬食士、夜中、乃令服兵擐甲」（呉王昏れに乃ち戒めて、令して馬に秣《まぐさ》かひ士に食せしめ、夜中は、乃ち令して兵に服し甲を擐《つらぬ》かしむ）とある。

7　野風吹秋木、行子心腸斷、

［野風…］1の「離聲」の呉伯其の説を参照。

［秋木］王嫱の「怨詩」に「秋木萋萋、其葉萎黄」（秋木は萋々として、其の葉は萎ゑて黄ばみたり）とある。

8　食梅常苦酸、衣葛常苦寒、

［食梅］『淮南子』説林訓に「百梅足以爲百人酢」（百梅は以つて百人の酢と為すに足る）とあり、『文選』五臣注で劉良は「梅は飢ゑを療《いや》すべからず、葛は寒服に非ず、言ふこころは羈客の衣食は其の所を得ざるなり」と言う。また4の［不相知］の劉坦之の説を参照。

［寒］風の寒さ。『詩』邶風「緑衣」に「絺兮綌兮、凄其以風」（絺《ち》よ綌《げき》よ、凄じきかな其の風を以つてする）とあり、毛傳は「『凄』、寒風也」（「凄」は、寒風なり）という。

9　絲竹徒滿坐、憂人不解顏、

［絲竹］『禮記』樂記に「『金石』『絲竹』、樂之器也」（「金石」「絲竹」は、楽の器なり）とある。1の［離聲］の呉伯其の説を参照。

［解顏］笑顔を見せる。曹植の「七啓」に「南威爲之解顏、西施爲之巧笑」（南威は之れがために顔を解き、西施は之れがために巧みに笑ふ）とあり、『列子』黄帝に「列子師老商氏、……五年之後、……夫子始一解顏而笑」（列子老商氏を師とするに、……五年の後、……夫子始めて一たび顔を解きて笑ふ）という。

10　長歌欲自慰、彌起長恨端、

［長歌］いつまでも歌う。元の方回は「味はひて末句に

至れば、則ち凡て中に憂ふる者有り、樂に合はするなりと雖も愈《いよ》いよ悲しく、長く歌ふなりと雖も愈いよ怨み、特に離別のみならざるなり」と言う。黄節は「二句は乃ち意を比ぶ、言ふこころは客と作《な》りて常に苦しむこと、梅を食らひ葛を衣るがごとく、酸寒自づから知るなり」と言う。

［彌］鄭玄の『禮記』注に「『彌』、益也」（「彌」は、益《ます》ますなり）という。

代苦熱行

曹植の「苦熱行」に「行遊至日南、經歷交趾郷。苦熱但暴露、越夷水中藏」（行遊して日南に至り、交趾の郷を経歴す。熱に苦しむは但だ露に暴《さら》さるるもののみにして、越夷は水中に蔵《かく》る）とある（「暴露」、『文選』李善注は「曝霜」に作る）。

主題については、郭茂倩の『樂府詩集』に「言ふこころは南方は瘴癘《しやうれい》の地にして、節を盡くして征伐するも、之れを賞すること太《はなは》だ薄きなり」と言う。また、元の方回は「熱なる者は地の至惡にして、死する者は事の至難なり。至惡の地を蹈みて、責むるに至難の事を以つてするも、上の人は察せざれば、則ち天下の士に之れを去らんとする有るのみ。此の詩は連ぬるに十六句を以つて熱に苦しむを言ふ。『毒涇』・『渡瀘』より、始めて議論に入る。富めるかな言《げん》や」と言う。

方東樹は「『東武』に卒《そつ》を旋《か》へすと言ひ、此に帥を旋へすと言ふは、『出車』に擬して、亦た以つて恩の薄きを諷するなり。炎方の地の險艱なるを寫し、字句奇峭なり。『生軀』以下は歸宿なり」と言う（『出車』は、凱旋した軍を労った篇の『詩經』小雅「出車」を指す）。

制作時期については、11の朱秬堂の『樂府正義』を参照。

赤坂横西阻　赤坂は横たはりて西のかた阻《はば》み
火山赫南威　火山は赫《かがや》きて南のかた威あり
身熱頭且痛　身熱くして頭は且《まさ》に痛からんとし
鳥墜魂來歸　鳥墜《お》ちて魂来たり帰る

湯泉發雲潭　湯泉は雲潭に発し
焦烟起石圻　焦烟は石圻《せきき》に起つ
日月有恆昏　日月には恒《つね》に昏《くら》き有り
雨露未嘗晞　雨露は未だ嘗て晞《かわ》かず
丹蛇踰百尺　丹蛇は百尺を踰《こ》へ
玄蜂盈十圍　玄蜂は十囲に盈《み》つ
含沙射流影　沙を含むは流影を射
吹蠱病行暉　蠱《こ》を吹くは行暉を病ましむ
瘴氣晝熏體　瘴気は昼に体を熏《こ》がし
草露夜霑衣　草露は夜に衣を霑《ぬ》らす
饑猨莫下食　飢猿は下りて食ふ莫《な》く
晨禽不敢飛　晨禽は敢へて飛ばず
毒涇尚多死　涇に毒してすら尚ほ死すること多し
渡瀘寧具腓　瀘を渡れば寧ろ具に腓《や》まん
生軀蹈死地　生躯は死地を踏み
昌志登禍機　昌志は禍機に登る
戈船榮既薄　戈船《くわせん》は栄ゆるも既に薄く
伏波賞亦微　伏波は賞せらるるも亦た微かなり
爵輕君尚惜　爵の軽きは君すら尚ほ惜しむ
士重安可希　士の重きは安んぞ希《ねが》ふべけんや

＊「坂」字、張溥本は「阪」に作る。
＊「墜」字、『樂府』・『文選』は「隓」に作る。
＊「烟」字、張溥本・『文選』は「煙」に作る。
＊「圻」字、『樂府』は「磯」に作り、宋本・『詩紀』に「一に『磯』に作る」とある。
＊「當」字、五臣本『文選』は「常」に作る。
＊「病」字、李善本『文選』は「痛」に作り、『詩紀』に「一に『痛』に作る」という。
＊「瘴」字、李善注『文選』は「鄣」に作る。梁章鉅の『文選旁證』に「五臣は『鄣』を『瘴』に作る、向注證すべし。『淮南子』墬形訓の『障氣に瘖多し』、『後漢書』楊終傳の『障毒』を按ずるに、古書は皆『瘴』字に作らざるなり」と言う。
＊「草」字、張溥本・『詩紀』・『楽府』・李善本『文選』は「茵」に作る。
＊「饑」字、『文選』は「飢」に作る。
＊「霑」字、李善本『文選』は「沾」に作る。
＊「蹈」字、張溥本・集注本『文選』は「陷」に作る。
＊「登」字、『樂府』は「一に『高』に作る」という。

＊「船」字、五臣本『文選』は「舡」に作る。
＊「爵」字、李善本『文選』は「財」に作り、五臣本は「君」に作る。

「熱気に苦しむ歌」に代えて

赤土の山坂が阻むように西に向かって横たわり
火の山が威圧するように南に向かって燃え盛る
体は熱くなり頭も痛く
鳥は飛ばず魂も逃げ帰る
沸騰した泉が雲の懸かった淵から湧き出し
焦げた煙がごつごつした岩場から立ち上る
日も月もいつも翳り
雨露も乾いたためしがない
うすら赤い蛇は百尺を超え
真っ黒な蜂は十抱えにもなる
砂含みは動く影を狙い撃ちし
蠱《こ》の舞い飛ぶ光に悩まされる
昼間は熱病の気が体にしみこみ
夜は毒草の露が衣服を濡らす
飢えた猿も餌を摂《と》るために木から下りたりはせず
鷹もここを飛ぼうとしない
涇水に毒を撒いた時よりもまだ死ぬ者が多く
瀘水を渡った時よりもまだ皆おこりを患う
生身で死地に入り
志が充実している時に禍に近づくのである
戈船将軍のように充分に表彰されない上に
伏波将軍のように褒美も少ない
低い爵位でさえ主君は惜しがるのに
士人が大切にしたいもの等どうして望めようか

1　赤坂横西阻、火山赫南威、

［赤坂］赤土阪。『漢書』西域傳に「杜欽曰『又歴大頭痛・小頭痛山、赤土・身熱之阪、令人身熱無色、頭痛嘔吐』」（杜欽曰はく「又た大頭痛・小頭痛の山、赤土・身熱の阪を歴れば、人をして身熱くして色無く、頭痛く嘔吐せしむ」と）とある。

［火山］東方朔の「神異經」に「南荒外有火山焉、長四十里、廣四五里、其中皆生木、晝夜火然、雖暴風雨火不滅」（南荒の外に火山有り、長きこと四十里、広きこと四五里、其の中は皆木を生じ、昼夜火然《も》え、暴風雨と雖も火滅《き》えず）とある。

2　身熱頭且痛、鳥墜魂來歸、

［鳥墜］『論衡』言毒篇に「南郡極熱之地、其人祝樹樹枯、唾鳥鳥墜」（南郡極熱の地は、其の人樹を祝《のろ》へば樹枯れ、鳥に唾すれば鳥墜つ）とある。また『東観漢記』巻二十「馬援」には「馬援……謂官屬曰『……吾在浪泊之時、……仰視烏鳶、跕跕墮水中』」（馬援……官属に謂ひて曰はく「……吾れ浪泊に在りし時、……烏鳶を仰ぎ視れば、跕々《てふてふ》として水中に堕つ」と）とある（「跕跕」は、ひらひら）。

［魂來歸］『楚辭』招魂に「魂兮歸來、南方不可以止些。雕題黒齒、得人肉以祀、以其骨爲醢些」（魂よ帰り来たれ、南方は以つて止まるべからず。題《ひたひ》に雕り歯を黒くし、人肉を得て以つて祀り、其の骨を以つて醢《しほから》と為す）とある。

3　湯泉發雲潭、焦烟起石圻、

［湯泉…］李善の引く王歆之『始興記』に「雲水、源泉湧溜如沸湯、有細赤魚出游、莫有獲之者」（雲水、源泉の湧溜すること沸湯のごとし、細き赤き魚の出でて游ぶ有るも、之れを獲ふる者有る莫し）とある。

［焦烟］熱気。李善は『南越志』の「興寧縣有熱水山焉、其下有焦石、敲蒸之、熱恆數四丈」（興寧県に熱水山あり、其の下に焦石有り、敲《たた》きて之れを蒸せば、熱きこと恒に四丈なるを数ふ）を引き、「焦煙は、蓋し熱氣ならん」と言う。

［石圻］ごつごつした岸。岩場。李善は「碕《き》は、圻と同じ」と言い、劉向の「九歎」離世の「觸石碕而衡遊」（石碕に触れて衡《ほしい》ままに遊ぶ）と、『埤蒼』の「碕、曲岸」（碕は、曲岸なり）とを引く。

4　日月有恒昏、雨露未嘗晞、

［日月…］「魏都賦」に「窮岫渫雲、日月恒翳」（窮岫は

雲を渫《も》らし、日月は恒に翳る）とある。

［未嘗晞］曹植の「感時賦」に「惟淫雨之永降、曠三旬而未晞」（惟だ淫雨の永く降り、曠《ひさ》しきこと三旬なるも未だ晞かず）とあり、『詩』の毛傳に「晞、乾也」（晞は、乾くなり）という。李善はさらに『東観漢記』巻二十「馬援」の「馬援曰『吾在浪泊之時、下潦上霧』」（馬援曰はく「吾れ浪泊に在りし時、潦《にはたづみ》を下にし霧を上にす」と）を引く。雨露の乾く間もないことを言う。

5　丹蛇踰百尺、玄蜂盈十圍、

［丹蛇］李善の引く「外國圖」に「楊山、丹蛇居之、去九疑五萬里」（楊山は、丹蛇之れに居り、九疑を去ること五万里なり）とある。

［玄蜂…］『楚辭』招魂に「赤螘若象、玄蠭若壺些」（赤蟻は象のごとく、玄蜂は壺のごとし）とある。

6　含沙射流影、吹蠱病行暉、

［含沙…］「蜮」、すなわち射砂子虫《いさごむし》。干寶の『捜神記』に「漢中平中、有物處于江水、其名曰蜮、一曰短狐、能含沙射人。所中者、則身體筋急頭痛發熱、劇者至死」（漢の中平中、物有り江水に処《を》り、其の名は蜮《よく》と曰ひ、一に短狐と曰ふ、能く沙を含みて人を射る。中《あた》る所の者は、則ち身体筋急に、頭痛く熱を発して、劇しき者は死に至る）とあり、『毛詩義疏』に「蜮、短狐、一名射影」（蜮は、短狐なり、一に射影と名づく）という。

［吹蠱］まじもの虫。光を放ち、毒が有るという。李善は顧野王『輿地志』の「江南數郡、有畜蠱者、主人行之以殺人、行食飲中、人不覺也。其家絶滅者、則飛遊妄走、中之則斃」（江南の数郡に、蠱《こ》を畜ふ者有り、主人之れを行ひて以つて人を殺すに、食飲中に行へば、人覚えざるなり。其の家の絶滅する者は、則ち飛遊して妄りに走り、之れに中たれば則ち斃《たふ》る）を引き、「吹蠱は、即ち飛蠱なり」と言う（「蠱《こ》」は、毒気）。

［行暉］まじもの虫の光。李善は「行暉は、行旅の光輝なり」と言うが、黄節は楊慎の『丹鉛録』に「南中の蠱を畜ふの家は、蠱昏夜に飛び出で、水を飲むの光は彗《はうきぼし》を曳《ひ》くがごとし、所謂行暉なり」と言うのを引き、李善注を非とする。

7　瘴氣晝熏體、草露夜霑衣、

[瘴氣] おこりの気。『後漢書』南蠻傳には「南州水土温暑、加有瘴氣、致死者十必四五」（南州は水土温く暑く、加ふるに瘴気有れば、死を致す者十に必ず四五なり）とある。また『呉志』には「華覈表曰『蒼梧南海、歳有厲風鄣氣』」（華覈《くわかく》表して曰はく「蒼梧南海は、歳に厲風鄣気有り」と）とあり、李善の引く宋永初の『山水記』には「寧州鄣氣菵露、四時不絶」（寧州の鄣気菵《まう》露《ろ》は、四時に絶えず）という（「菵露」は、菵草においた露）。

[草露] 王粲の「從軍」詩に「下船登高防、草露沾我衣」（船を下りて高防に登れば、草露我が衣を沾す）とある。

8　饑猨莫下食、晨禽不敢飛、

[饑猨…] 李善の引く『南越志』に「膋石縣有銅澗、泉源沸湧、謂之毒水。飛禽走獸、經之者殞」（膋石《れうせき》県に銅澗有り、泉源沸き湧き、之れを毒水と謂ふ。飛禽走獣、之れを経る者は殞《お》つ）とある。

[下食]（獣が）木から下りて食べる。『列女傳』陶答子妻に「陶答子妻曰『玄豹霧雨七日……不下食者、何也』」（陶答子の妻曰はく「玄豹は霧雨七日なれば……下りて食せざるは、何ぞや」と）とある。

[晨禽…] 曹植の「七哀詩」に「南方有鄣氣、晨鳥不得飛」（南方に鄣気有れば、晨鳥飛ぶを得ず）とある。

9　毒涇尚多死、渡瀘寧具腓、

[毒涇…] 涇水に毒を流したこと。『左傳』襄公十四年に「諸侯之大夫、從晉侯伐秦、濟涇而次。秦人毒涇上流、師人多死」（諸侯の大夫、晉侯に從ひて秦を伐ち、涇を済《わた》りて次《やど》る。秦人涇の上流に毒すれば、師の人死すること多し）とある。

[渡瀘] 瀘水を渡る。諸葛亮「出師表」に「五月渡瀘、深入不毛」（五月瀘を渡り、深く不毛に入る）とあり、李善は「言ふこころは秦人涇に毒してすら或は死すること多し、況や今の毒の厲《はげ》しきをや。諸葛瀘を渡る、寧ろ倶に病む有るなり」と言う。

[具腓] 倶に病む。『詩』小雅「四月」に「秋日凄凄、百卉倶腓」（秋日凄々たれば、百卉倶に腓《や》む）とあり、毛

蓑は「腓、病也」（腓は、病むなり）という。孫志祖の『文選李注補正』には「圓沙本に『腓は是れ股の屬なり。不具腓とは、腓完たからざるなり。注は非なり。病むと曰ふがごときは、則ち必ず左氏の病痱の痱にして而る後可なり』と云ふ」と言い、「病む」なら「腓《こむら》」ではなく「痱」（痛風）を用いるはずであるとするが、今は措く。

10　生軀蹈死地、昌志登禍機、

［死地］『列女傳』楚子發母に「楚子發之母謂子發曰『使人入於死地而康樂於上、雖有以得勝、非其術也』」（楚の子発の母子発に謂ひて曰はく「人をして死地に入れしめて上に康楽するは、以つて勝ちを得と雖も、其の術に非ざるなり」と）とあり、曹大家は「軍事險危、故爲死地也」（軍事は険危なり、故に死地と為すなり）という。

［昌志］壮年のころの盛んな志。『詩』の毛傳に「昌、盛壯」（昌は、盛壮なり）とあり、黄節は「昌志は、猶ほ壯志のごときなり」と言う。

［禍機］禍のもと。班固の『漢書』敍傳・下「述」に「禍如發機」（禍は機を発するがごとし）とある。また、『莊子』齊物論に「其發若機括、其司是非之謂也」（其の発するや機括のごとし、其れ是非を司るの謂なり）とあり、司馬彪は「言生以是非藏否交接、則禍敗之來、若機栝之發」（言ふこころは生くるに是非藏否の交接するを以つてすれば、則ち禍敗の来たるや、機栝の発するがごとし）という（「機栝」は、弓矢の類で、すばやい喩え）。

11　戈船榮既薄、伏波賞亦微、

［戈船］戈船将軍。『漢書』武帝紀に「歸義侯嚴爲戈船将軍、出零陵、下離水」（帰義侯厳戈船将軍と為り、零陵に出で、離水を下る）とある。黄節は『史記』東越傳の「越侯爲戈船下瀨將軍、出若邪・白沙」（越侯戈船下瀬将軍と為り、若邪・白沙を出づ）を引き、「二役の戈船は皆《とも》に功無く、後に封賞及ばず、故に『榮既薄』と云ふなり」と言う。

朱秬堂の『樂府正義』には「宋の文帝の元嘉二十三

年、交州刺史檀和之を遣はして林邑を討たしむ。宗慤《そうかく》自ら軍に従はんことを請へば、和之慤を遣はして前鋒と爲し、遂に林邑に克つ。陽邁父子身を挺して走り、獲る所の未だ名づけざるの寶は、勝《あ》げて計《かぞ》ふべからず。慤一に取る所無し。家に還るの日、衣櫛《いしつ》蕭然たり。此れ功の高くして賞の薄きを刺《そし》る。戈船・伏波は、蓋し和之及び慤を指すのみ」と言う（「林邑」は、今の北ベトナム）。

［伏波］伏波将軍。『後漢書』馬援傳に「援謂孟冀曰、昔伏波將軍路博徳、開置七郡、裁封數百戸」（援孟冀に謂ひて曰はく、昔伏波将軍路博徳、置を開くこと七郡なるも、封を裁くこと数百戸なりと）とあり、黄節は「故に『賞亦微』と云ふ」と言う（「裁封」は、封土を与えられる）。

12　爵輕君尚惜、士重安可希、

［爵輕］爵位の軽いこと。『韓詩外傳』巻七に「宋燕相齊、見逐、罷歸之舍。召門尉陳饒等二十六曰『諸大夫有能誰與我赴諸侯者乎。』陳饒等皆伏不對。宋燕曰『悲哉、何士大夫易得而難用也。』……陳饒曰『君……綾紈綺縠、靡麗於堂、從風而弊、士曾不得以爲緣。……且夫財者君之所輕也、死者士之所重也。君不能行君之所輕、而欲使士致其所重。』」（宋燕斉に相となり、逐はれ、罷めて帰りて舎に之《ゆ》く。門尉の陳饒ら二十六を召して曰はく「諸大夫に能有りて誰か我と与に諸侯に赴く者ぞ」と。陳饒ら皆伏して対へず。宋燕曰はく「悲しいかな、何ぞ士大夫の得易くして用ゐ難きや」と。……陳饒曰はく「君が……綾紈綺縠、麗しきを堂に靡かせ、風に従ひて弊《やぶ》るるも、士曽て以つて縁と為すを得ず。……且つ夫れ財なる者は君の軽んずる所にして、死なる者は士の重んずる所なり。君君の軽んずる所を行ふ能はず、而して士をして其の重んずる所を致さしめんと欲す」と）とあり、『文選』五臣注で呂向は「小臣計倪越王勾踐に對へて曰はく『爵祿は、君の輕んずるなり。性命は、臣の重んずるなり』と。此れ言ふこころは君の輕んずる所の者すら尚ほ惜しみて與へざるに、士の重んずる所の者をば安んぞ望むべけんや。希は、望むなり」と言う。

代白頭吟

「代白頭吟」の出自については、『西京雑記』巻三に「司馬相如将に茂陵の二女を聘《めと》りて妾と爲さんとするに、文君『白頭吟』を作りて以つて自ら絶てば、相如乃ち止む」とある。

白髪になるまで変わらぬ寵愛を主題とする。沈約は『宋書』に古辭「白頭吟」を引き、「凄凄重凄凄、嫁娶不須啼。願得一心人、白頭不相離」（凄々として重ねて凄々、嫁するも娶るも啼くを須ゐず。願はくは一心の人を得、白頭まで相離れざらん）と言う。また、銭仲聯の引く「樂府古題」には「古詞の『皚《しろ》きこと山上の雪のごとく、皎《かがや》くこと雲間の月のごとし』は、良人に兩意有り、故に來たりて之れと相決絶するを言ひ、次に溝水の上《ほと》りに於いて其の本情を敍ぶるを言ひ、終に男兒は當に意気を重んずべし、何んぞ銭刀を用ゐんやと言ふ。鮑照の『直きこと朱絲の縄のごとし』のごときは、自ら清直芬馥たるに、而も金に玉を點ずるの謗《そし》りに遭ふを傷めば、古文と近し」と言う。

直如朱絲縄　直きこと朱糸の縄のごとく
清如玉壺冰　清きこと玉壷の氷のごとし
何慚宿昔意　何ぞ宿昔の意に慙《は》ぢ
猜恨坐相仍　猜《ねた》むと恨むと坐ろ相仍《よ》らんや
人情賤恩舊　人情は恩旧を賤しみ
世議逐衰興　世議は衰興を逐《お》ふ
毫髪一爲瑕　毫髪一たび瑕《きず》を為せば
丘山不可勝　丘山も勝《た》ふべからず
食苗實碩鼠　苗を食らふは実に碩鼠《せきそ》にして
點白信蒼蠅　白を点ずるは信に蒼蠅なり
鳧鵠遠成美　鳧鵠《ふこく》は遠くして美を成し
薪芻前見陵　薪芻は前に陵《あ》がる
申黜褒女進　申黜《しりぞ》きて褒女進み
班去趙姫昇　班去りて趙姫昇る
周王日淪惑　周王は日《ひ》びに淪惑し
漢帝益嗟稱　漢帝は益《ま》すます嗟称す
心賞猶難恃　心に賞するすら猶ほ恃《たの》み難し
貌恭豈易憑　貌《かたち》の恭しき豈に憑り易からんや
古來共如此　古より来《こ》のかた共に此《かく》のごとし

非君獨撫膺　君の独り膺《むね》を撫《な》づるのみに非ず

＊「議」字、『玉臺』は「義」に作り、『樂府』は「路」に作る。

＊「點」字、張溥本・李善本『文選』は「玷」に作り、六臣本注に「五臣は『點』に作る」という。錢仲聯は、宋本・六臣本『文選』・『玉臺』・『樂府』は「玷」を「點」に作ると言い、許巽行の『文選筆記』を引いて「『玷』は當に『點』に作るべし。『說文』の『㓶は、缺なり、刀に从ひて、占の聲。詩に曰はく、白圭の㓶と。丁念の切』は、今の『詩』は『玷』に作る。『說文』に『點は、小點なり、點に从つて、占の聲。多忝の切』と。『補亡詩』に『莫之點辱（之れを点辱するもの莫し）』と云ふ。蠅の蟲と爲すは、白を汚して黒からしめ、黒を汚して白からしむ、故に『點白信蒼蠅』と曰ふは、豈に玷缺の謂ならんや」という。

＊「芻」字、『詩紀』は「蒭」に作る。

＊「陵」字、『玉臺』・『樂府』は「淩」に作る。

＊「趙」字、『玉臺』は「信」に作る。

＊「猶」字、『樂府』は「固」に作る。

「白髪頭の歌」に代えて

琴の朱絃のように真っ直ぐで
玉製の壺の中の氷のように清らか
そのような昔からの変わらぬ意志に恥じることはないが
疑問と後悔の念が何となくつきまとう
恩人や旧友との関係（情義）を侮るのが人の気持ちというものであり
世の関心事といえば盛衰興亡するものばかりである
わずか毛髪ていどでも一旦玉にきずとなれば
山のようなものでも患いは避けがたい
我が苗を食ってしまう大鼠のような者が実際にあり
白いものを黒くする青蝿のような者が間違いなくいるのである
鳧鵠のように遠ざかってしまうのが美しいとされ
薪蒭のように動かずにいると後から来た者が上になる
周では申后が廃されて褒姒が寵愛され
漢では班婕妤が冷遇されて趙飛燕が寵愛された

周の幽王は日ましに深みにはまり
漢の成帝は褒めそやすことしか能が無くなった
心の友でさえ恃みにならぬのだから
見かけのみ恭しい者があてになるはずがない
昔から万事この通りなのであって
君だけが胸に手を当て残念がっているのではないの
　である

1　直如朱絲繩、清如玉壺冰、

［朱絲］瑟の朱絃。李善は「『朱絲』は、朱絃なり」と言い、『禮記』樂記の「清廟之瑟、朱絃而疏越」（清廟の瑟は、絃を朱くして越を疏《おほ》きくす）を引く（「清廟」は、古代の天子が祖先を祭った時の楽章。「越」は、瑟の底の穴）。

［繩］あざなう。よる。『桓子新論』に「神農始削桐爲琴、繩絲爲絃」（神農始めて桐を削りて琴を為り、糸を繩ひて絃を為る）とある。

［玉壺］李善の引く『秦子』に「玉壺必求其以盛、干將必求其以斷」（玉壺は必ず其の以つて盛るを求め、干将は必ず其の以つて断つを求む）とある（「干將」は、名刀）。

［冰］清潔に喩える。『文選』注に引く應劭の『風俗通』（佚文）に「言人清高如冰之潔」（人の清高なること氷の潔きがごときを言ふ）とある。

2　何慙宿昔意、猜恨坐相仍、

［宿昔意］「宿昔」は、昔からの。馮衍の「答任武達書」に「敢不露陳宿昔之意」（敢て露《あら》はには宿昔の意を陳べず）とある。

［猜恨］『東觀漢記』巻二十一列傳十六に「段熲曰、『張奐事勢相反、遂懷猜恨』」（段熲《だんけい》曰はく、「張奐の事勢相反し、遂に猜恨を懐く」と）とあり（「事勢」は事態、情勢の意）、『方言』に「猜、疑也」（猜は、疑ふなり）という。

［仍］『爾雅』に「仍、因也」（仍は、因るなり）とある。

3　人情賤恩舊、世議逐衰興、

［恩舊］『毛詩』序に「朋友道絶」（朋友の道絶ゆ）とあ

り、鄭玄は「道絶者、棄恩舊也」（道絶ゆとは、恩旧を棄つるなり）という。また『後漢書』孔融傳に「（李膺）問曰、高明祖父尚與僕有恩舊乎。融曰、然、先君孔子與君先人李老君同徳比義、而相師友、則融與君累世通家」（李膺問ひて曰はく、高明なる祖父尚ほ僕と恩旧有るかと。融曰はく、然り、先君孔子君が先人李老君と徳を同じくして義を比し、而して相師友たれば、則ち融と君とは累世家を通ぜん）とある。

呉伯其は「……『恩』は『情』を謂ひ、『舊』は『義』を謂ふ。『恩』と『舊』とすら尚ほ恃むに足らず、『直』と『清』と又た何をか恃むに足らんや」と言う。

4　毫髪一爲瑕、丘山不可勝、

［毫髪・丘山］わずかなことから気づかぬうちに一大事は起こること。李善注に引く「李尤の『戟銘』」に「山陵之禍、起於毫芒」（山陵の禍は、毫芒より起く）とあり、「仲長子昌言」に「事求絲毫之釁」（事は絲毫の釁に求む）とある（「釁」は音キン、すきの意）。また、孫盛は「劉琨・王濬、睚眥起於絲髪、舋敗成於丘海」（劉琨・王濬、睚眥《がいさい》絲髪より起こり、舋敗《きんはい》丘海に成る）といい（「睚眥」は、にらみ。「舋」は「釁」に同じ）、『文子』に「禍福之至、雖丘山無由識之矣」（禍福の至るは、丘山と雖も之れを識るに由し無し）とある。

劉坦之は「『毫髪』は少なきに喩へ、『丘山』は多きに喩ふるなり。此れ殆ど明遠人のために間《へだ》てられ、君に棄てらる、故に是の題に借りて以つて懐ふ所を喩ふるなり。……」と言う。

5　食苗實碩鼠、點白信蒼蠅、

［碩鼠］大ねずみ。『詩』魏風「碩鼠」に「碩鼠碩鼠、無食我苗」（碩鼠碩鼠、我が苗を食らふ無かれ）とある。
［蒼蠅］青ばえ。『詩』小雅「青蠅」に「營營青蠅、止于樊」（営々たる青蠅、樊《まがき》に止まる）とあり、鄭玄は「蠅之爲蟲、汚白使黒、汚黒使白、喩佞人變亂善惡也」（蠅の虫たるや、白を汚して黒からしめ、黒を汚して白からしむ、佞人の善悪を変乱するに喩ふ）という。

6 晁鵠遠成美、薪芻前見陵、

［晁鵠…］『韓詩外傳』巻二に「田饒事魯哀公而不見察、謂哀公曰『夫鷄、頭冠、文也。足有距、武也。見敵敢闘、勇也。有食相呼、仁也。夜不失時、信也。鷄有五徳、君猶日瀹而食之者、以其所從來近也。夫黄鵠、一擧千里、出君園池、食君魚鼈、啄君稻粱、無此五者而貴之、以其所從來遠也。故臣將去君、黄鵠擧矣。』公曰『吾書子之言。』」（田饒魯の哀公に事ふるも察せられず、哀公に謂ひて曰はく「夫れ鶏は、頭に冠するは、文なり。足に距《けづめ》有るは、武なり。敵を見て敢て闘ふは、勇なり。食有りて相呼ぶは、仁なり。夜に時を失はざるは、信なり。鶏に五徳有るも、君猶ほ日に瀹《ゆが》きて之れを食するは、其の従《よ》りて来たる所の近きを以つてするなり。夫れ黄鵠は、一たび挙がること千里、君の園池を出で、君の魚鼈を食ひ、君の稲粱を啄み、此の五者無きも之れを貴ぶは、其の従りて来たる所の遠きを以つてするなり。故に臣将に君を去り、黄鵠のごと挙がらんとす」と。公曰はく「吾れ子の言を書す」と）とある。

［薪芻…］たきぎ。『文子』上徳に「虚無因循、常後而不先。譬若積薪燎、後者處上也」（虚無の因循は、常に後《おく》れて先んぜず。譬へば薪燎を積むがごとく、後るる者は上に処《を》り）とあり、『史記』に「汲黯謂武帝曰『陛下用群臣、如積薪、後來者居上』」（汲黯武帝に謂ひて曰はく「陛下群臣を用ふること、薪を積むがごとし、後れて来たる者上に居り」と）という。「陵」は『蒼頡篇』に「陵、侵也」（陵は、侵すなり）とある。

7 申黜褒女進、班去趙姫昇、

［申黜…］申后が周の幽王の寵を失ったこと。『毛詩』序に「幽王取申女以爲后、又得褒姒而黜申后」（幽王申女を取りて以つて后と為し、又た褒姒を得て申后を黜《しりぞ》く）とある。

［班去…］班婕妤が漢の成王の寵を失ったこと。『漢書』外戚傳に「成帝初即位、班婕妤選入後宮、始爲少使、俄而大幸、爲婕妤、居增成舍。後趙飛燕寵盛、婕妤失寵、希復進見。成帝崩、婕妤充園陵、薨」（成帝初め位に即くに、班婕妤選ばれて後宮に入る、始め少使為るも、俄

かにして大いに幸せられ、婕妤と為り、増成舎に居り。後趙飛燕寵盛んにして、婕妤寵を失ひ、復た進み見えんことを希《ねが》ふ。成帝崩じ、婕妤園陵に充《あ》たりて、薨る）とある。

呉伯其は「『白頭吟』は卓文君より始まるも、篇内に引く所の『班去り趙升る』は、乃ち後來の故事なり、擬樂府なる者は特《ひと》り古題に借りて模擬するのみ。……」と言う。

8　周王日淪惑、漢帝益嗟稱、

[周王…]『玉臺新詠』の呉兆宜注に「『史記』に『褒姒不好笑、幽王欲其笑萬方、故不笑。幽王爲烽燧大鼓、有寇至則擧烽火、諸侯悉至、至而無寇、褒姒乃大笑』（褒姒笑ふを好まず、幽王其の笑ひの万方を欲するも、故より笑はず。幽王烽燧大鼓を為し、寇の至ること有ればば則ち烽火を挙ぐれば、諸侯悉く至り、至るも寇無ければ、褒姒乃ち大いに笑ふ）と。故に『周王日淪惑』と曰ふ」と言う。

[漢帝…]『玉臺新詠』の呉兆宜注に「『飛燕外傳』に『帝嘗私語樊嫕曰、后雖有異香、不若婕妤體自香也』（帝嘗て私《ひそ》かに樊嫕《はんえい》に語りて曰はく、后異香有りと雖も、婕妤の体の自ら香るに若かず）と。故に『漢帝益嗟稱』と曰ふ」と言う。余蕭客は「『飛燕外傳』に『飛燕縁主家大人得入宮。宮中素幸者從容問帝。帝曰、豊若有餘、柔若無骨、遷延謙畏、若遠若近、禮義人也。寧與女曹婢脅肩者比耶』（飛燕主家の大人なるに縁りて宮に入るを得たり。宮中の素より幸せらるる者従容として帝に問ふ。帝曰はく、豊かなること餘り有るがごとく、柔らかきこと骨無きがごとく、遷延として謙り畏れ、遠ざかるがごとく近づくがごとく、礼義の人なり。寧ぞ女《なんぢ》曹婢《ら》の肩を脅かす者と比せんや）と。此れ所謂る『漢帝益嗟稱』なり」というと言うが、梁章鉅は『文選旁證』で「『飛燕外傳』を案ずるに、後出の僞書にして、李の見ざる所なり。余の之れを引くは、非なり」と言う。

9　心賞猶難恃、貌恭豈易憑、

[心…恃]『呂氏春秋』審分覽に「孔子歎曰、……所恃者心也、而心猶不足恃」（孔子歎じて曰はく、……恃む

所の者は心なり、而して心は猶ほ恃むに足らずと）とある。

［貌恭］見かけのみ恭しい。『論語』季氏に「貌思恭」（貌は恭しきを思ふ）とあり、『尚書』洪範に「貌曰恭」（貌には恭しと曰ふ）という。

10　古來共如此、非君獨撫膺、

［撫膺］残念、無念の気持ちを表す。『列子』説符に「昔人有知不死之道者、齋子欲學其道、聞言者已死、乃撫膺而退」（昔人に不死の道を知る者有り、斎子其の道を学ばんと欲するも、言ふ者已に死すと聞けば、乃ち膺を撫して退く）とある。劉坦之は「……篇末は『衞風』に云ふ所の『我思古人、俾訧無兮』（我古人を思ひ、訧《とが》をして無からしむ）なり（『訧』は、あやまち）」と言う。

代蒿里行

「蒿里行」は「薤露行」とともに挽歌の称。錢仲聯は「蒿里の挽歌は、『樂府詩集』は相和歌辭相和曲に屬す」と言う。崔豹の『古今注』に「薤露・蒿里は並びに喪歌なり、田横の門人に出づ。横自殺するに、門人之れを傷み、之れがために悲歌し、人命は薤《かい》上の露のごとく晞滅し易しと言ひ、亦た人死し魂精蒿里に歸ると謂ふ、故に二章有り。李延年に至つて乃ち二章を分けて二曲と爲し、薤露は王公貴人を送り、蒿里は士大夫庶人を送り、柩を挽く者をして之れを歌はしむ、此れ亦た呼びて挽歌と爲すなり」とある。

「蒿里」は死人の魂の帰するところで、もともと死枯した人の行く蓬蒿の里すなわち下里（黄泉の里）を指すようであるが、泰山の傍《かたわら》にあって神霊を祀る高里山と混同される場合が多いという。郭茂倩の『樂府詩集』は「蒿里は、山の名なり、泰山の南のかたに在り」と言うが、聞一多の『樂府詩箋』には「蒿里は、本《も》と死人の里の公名なり、泰山の下の小山も亦た死人の里なり、故に亦た因つて以つて名と爲す」と言う。黄節は「案ずるに、今の泰安府城の西南のかた三里に高里山有り、山極めて小さく、上に塔有り、其の東北のかたに廟有り、内に閻羅・酆都・陰曹七十二司等の神像、歴代の碑記数百座を供ふ。蓋し蒿里は喪歌なりの誤りに即し沿ふならん」と言う。

詳しくは、『漢書』武帝紀の「太初元年、禮高里」の注に「伏儼曰はく、山の名なり、泰山の下に在り。師古曰はく、此の『高』字は自ら『高下』の『高』に作るも、而も死人の里は、之れを蒿里と謂ひ、或は呼びて下里と爲す者なり。字は則ち『蓬蒿』の『蒿』と爲す。或る者泰山神靈の府を見るに、高里山も又た其の旁らに在り、即ち誤りて『高里』を以つて『蒿里』と爲し、一事に混同す。文學の士に、其れ此の謬り有り。陸士衡すら尚ほ免れず、況んや其の餘をや」とある。しかし、王先謙の『漢書補注』には「顔（師古）謂へらく死人の里は自ら『蓬蒿』の『蒿』に作る、玉篇を案ずるに『薧里は、黄泉なり、死人の里なり』と。説文に『呼毛の反』と。經典は鮮薧の字と爲す。内則注に『薧は、乾くなり』と。蓋し死すれば則ち槁乾せり。『蓬蒿』の字を以つて蒿里と爲すは、乃ち流俗の作る所なるのみ」と言う（「鮮薧」は、生鮮と乾物）。

なお、銭仲聯は呉摯父の説を引き、「此れ當に孝武の挽歌と爲すべし。『天道何人にか與する』とは、蓋し明帝の廢帝を弑して孝武統を絶つと爲すならん。故に『長恨』と曰ふ」と言って、制作時期の考証をしている。

同盡無貴賤　同《とも》に尽くるに貴賤無く
殊願有窮申　殊《ひと》り願ふに窮申有り
馳波催永夜　馳波　永夜を催《うなが》し
零露逼短晨　零露　短晨に逼《せま》る
結我幽山駕　我が幽山の駕を結び
去此滿堂親　此の堂に満つるの親しきを去る
虚容遺劍佩　虚容　剣佩を遺《のこ》し
實貌戢衣巾　実貌　衣巾を戢《をさ》む
斗酒安可酌　斗酒　安んぞ酌《の》むべけんや
尺書誰復陳　尺書　誰か復た陳ぶる
年代稍推遠　年代　稍《やうや》く推《うつ》り遠ざかり
懐抱日幽淪　懐抱　日に幽淪す
人生良自劇　人生　良《まこと》に自ら劇《はげ》しく
天道與何人　天道　何人にか与《くみ》する

齎我長恨意　我に齎《もた》らす長恨の意
歸爲狐兔塵　帰して狐兎の塵と為る

＊「申」字、張溥本・『詩紀』・『樂府』は「伸」に作る。
＊「馳波」、『樂府』に「一に『漏馳』に作る」という。
＊「零露」、『樂府』に「一に『露宿』に作る」という。
＊「結」字、張溥本は「一に『驅』に作る」といい、『詩紀』は「集は『驅』に作る」という。
＊「駕」字、張溥本は「篤」に作る。
＊「實」字、『樂府』は「美」に作り、「一に『實』に作る」という。

「蒿里の歌」に代えて

同じく死ぬということでは貴も賤もないが
一人一人の願いとなると窮達屈伸がある
水時計の流れ逝く波が永遠の夜を呼びよせ
落ちる露が短い朝を終わらせようとする
我が幽冥行きの霊柩車に馬を繋ぎ
この堂にいっぱいの近親者のもとを去る
魂は佩剣を遺し
むくろは経帷子を棺に仕舞う
わずかな酒も酌むことは許されず
短い手紙さえ誰も二度と書きはしない
年月は次第に推移して遠くなり
胸に抱いた願いも日毎に薄れてゆく
人生は言うとおり確かにひどく
天は誰にも味方してくれない
私には長い恨みの気持ちが齎らされ
墓穴を荒らす狐兎の土埃に帰すのである

1　同盡無貴賤、殊願有窮申、

［窮申］窮達屈伸。漢の班彪の「王命論」に「窮達有命、吉凶由人」（窮達は命有り、吉凶は人に由る）とあり、また「北征賦」に「亂曰、夫子固窮、遊藝文兮、樂以忘憂、惟聖　賢兮。達人従事、有儀則兮、行止屈申、與時息兮」（乱に曰はく、夫子固より窮して、藝文に遊ぶ、楽しみて以つて憂ひを忘るるは、惟だ聖賢のみ。達人は事に従

ひて、儀則有り、行止屈申、時と与に息む）とある。

2　馳波催永夜、零露逼短晨、

［馳波］司馬相如の「上林賦」に「馳波跳沫、汨潏漂疾」（馳波跳沫、汨潏として漂疾す）とある。ここでは漏刻の水波があたかも河が東に去るように流れ逝くのを言っていると思われる。鮑照の「観漏賦」に漏刻の水波が東流するのを観て人生が尽きるのを傷む詠が見える。

［永夜］謝靈運「擬魏太子鄴中集」詩「徐幹」に「行觴奏悲歌、永夜繋白日」（行觴悲歌を奏で、永夜白日に繋ぐ）とあり、潘岳「秋興賦」に「何微陽之短晷、覺涼夜之方永」（何ぞ微陽の短かき晷《ひかげ》なる、涼夜の方《まさ》に永きを覚ゆ）という。

［零露］陸機の「歎逝賦」に「感秋華于衰木、瘁零露于豊草」（秋華に衰木に感じ、零露に豊草に瘁る）とあり、『詩』鄭風「野有蔓草」に「野有蔓草、零露漙兮」（野に蔓草有り、零露漙《した》たる）という。

3　結我幽山駕、去此滿堂親、

［結…駕］馬車に馬をつける。晋の庾闡の「採藥詩」に「採藥靈山⿰山票、結駕登九疑」（薬を採る霊山の⿰山票《いただき》、駕を結びて九疑に登る）とあり、王逸『楚辭』註に「結、連也」（結は、連ぬるなり）という。

［幽山］奥深い山。仙界にある山を言うことがあり、幽冥界を指すと思われる。張協の「七命」に「絶景乎大荒之遐阻、呑響乎幽山之窮奥」（景を大荒の遐阻に絶ち、響きを幽山の窮奥に呑む）とあり、『詩』小雅「斯干」の「秩秩斯干、幽幽南山」（秩秩たり斯の干、幽幽たり南山）の注に「幽幽、深遠也」（幽々は、深遠なるなり）という。

［滿堂］『説苑』貴徳に「今有滿堂飲酒者、有一人獨索然向隅而泣、則一堂之人皆不樂矣」（今堂に満ちて酒を飲む者有るも、一人の独り索然として隅に向ひて泣く有れば、則ち一堂の人皆楽しまず）とある。

4　虚容遺劔佩、實貌戢衣巾、

［虚容］遠く離れ行く姿。張華の「情詩」に「佳人虚遐

遠、蘭室無容光。襟懷擁虛景、輕衾覆空牀」（佳人虚しく遐かに遠く、蘭室容光無し。襟懐虚景を擁《いだ》き、軽衾空牀を覆ふ）という。

［遺佩］佩びものを形見にのこす。『楚辭』九歌「湘君」に「捐余玦兮江中、遺余珮兮澧浦」（余が玦を江中に捐《す》て、余が珮を澧浦に遺す）とある。

［衣巾］経帷子。『南史』劉歊傳（梁の人）に引くその「革終論」に「氣絶ゆれば魂を復へすを須《もち》ゐず、盥もて漱ぎて斂む。一千錢を以つて成棺・單《ひと》への故裙衫・衣巾・枕履を市《か》ふ」と言う。

5　斗酒安可酌、尺書誰復陳、

［斗酒］「古詩十九首」其三に「斗酒相娯樂、聊厚不爲薄」（斗酒もて相娯楽し、聊か厚しとして薄しと為さず）とある。

［尺書］短い手紙。應璩の「百一詩」に「文章不經國、筐篋無尺書」（文章は国を経《いとな》まざれば、筐篋《きやうけふ》に尺書無し）とあり、『史記』淮陰侯列傳に「廣武君對曰、……遺辯士奉咫尺之書」（広武君対へて曰はく、……弁士を遣はして咫尺の書を奉ぜしめん）という。

6　年代稍推遠、懷抱日幽淪、

［年代］謝靈運の「會吟行」に「自來彌年代、賢達不可紀」（自来年代を弥《ま》し、賢達紀すべからず）とある。

［懷抱］心中の思い。『後漢書』馮衍傳に「懷抱不報、齎恨入冥」（懐抱報いずんば、恨みを齎らして冥に入る）とある。

［幽淪］薄れ消える。『呉志』張昭傳に「自分幽淪、長棄溝壑」（自ら幽淪するを分とし、長く溝壑に棄つ）とあり、また劉宋の傅亮の「爲宋公至洛陽謁五陵表」に「墳塋幽淪、百年荒翳」（墳塋は幽淪し、百年にして荒翳す）とある。

7　人生良自劇、天道與何人、

［劇］陸機「苦寒行」に「劇哉行役人、慊慊恆苦寒」（劇しきかな行役の人、慊慊として恒に寒きに苦しむ）とあり、『説文』に「劇、甚也」（劇は、甚しきなり）という。

［天道…人］『老子』七十九に「天道無親、常與善人」（天

道は親しむ無く、常に善人に与《くみ》す）とあるのを踏まえる。鮑照「蕪城賦」にも「天道如何、呑恨者多」（天道如何ん、恨みを呑む者多し）と見える。

8　齎我長恨意、歸爲狐兔塵、

［齎…恨］『後漢書』馮衍傳に「懷抱不報、齎恨入冥」（懐抱報いずんば、恨みを齎らして冥に入る）とあり、鮑照「東門行」にも「長歌欲自慰、彌起長恨端」（長歌して自ら慰めんと欲するも、弥いよ長恨の端を起こす）と見える。

［狐兔］漢の桓譚の『桓子新論』に「孟嘗君曰、臣切悲千秋萬歳後、墳墓生荆棘、狐兔穴其中」（孟嘗君曰はく、臣切に悲しむ千秋万歳の後、墳墓荆棘を生じ、狐兔其の中を穴《うが》つを）とある。

代放歌行

『文選』李善注に引く『歌録』に「『孤子生行』は、古辭は『放歌行』なり」という。『詩紀』注も同じ。『樂府詩集』では相和歌辞瑟調曲に属す。

　主題について、方東樹は「此の詩は極めて富貴を言ひ、『蓼蟲』を斥譏《せきき》するは、蓋し憤懣の反言ならん、故に『放歌』と曰ふ。『十九首』の『今日良宴會』は、即ち此の意なり」と言う。

　制作時期について、朱秬堂は「此れ疑ふらくは宋の元嘉中、彭城王義康司徒と爲りし時、政を専らにすれば、明遠其の必ず敗るるを知り、獨り遲迴として進まずならん。『宋書』に義康勢ひ遠近を傾け、朝野輻輳すと稱す。義康身を傾けて引接し、未だ嘗て懈倦せず。士の幹練なる者は恩遇を被ること多し。然れども素より學術無く、大體を知らず。朝士に才の用ゐる者有れば、皆引きて己が府に入る。府僚の施す無く旨に忤《さから》ふに及ぶ者は、乃ち斥《しりぞ》けて臺官と爲す。其の時相門に奔走する者は、皆險躁にして傾諂《けいてん》の徒なり、安んぞ敗れざるを得んや。明遠此《ここ》に於いて、身を謹むを知ると謂ふべし。他日又た何を以つて足を始興王に失ふかを知らざるなり、知るは幾ど其れ難きかな。『洛城』と言ふは、詞を託すなり」と言う。

また、呉摯父は「此れ殆ど孝武の中書舎人と爲る時の作なり。『宋書』に『上好んで文章を爲し、自ら物の能く及ぶもの莫しと謂ふ。照其の旨を悟り、文を爲すに鄙言累句多し』と稱す。此の詩は蓋し其の時に在るならん。……」と言う。

劉坦之は「此れ殆ど明遠中書舎人より以後退歸するも、孝武の時に當たりて、仕進を重ぬ、故に是の曲を作りて以つて志を見《あら》はすか。首に『蓼蟲は葵菫を避けて』蓼《たで》に集まるは、其の苦きを食らふに慣るるに由ると言ひ、甘きに非ずと言はざるは、以つて己の祿仕を謝して窮居し、困《くる》しみに處《を》るに安んずるに喩へ、自ら以つて高しと爲すなり。然れども衆人の見る所の者は小なれば、乃ち之れがために其の憂ひに堪えず。亦た曠士の懷ひの、時に隨ひて出處し、窮達を視て一たび致すを爲すを知らんや。下文は歷として京城の達官の、四方より遠く集まり、而して朝夕すら止まず、況んや時は失ふべからず、而して賢君は才を愛し、進んで用ゐること此《かく》のごときをや其れ易しと言ふ。今爾《なんぢ》何の病む所有りてか、獨り遲迴として進まざる。蓋し明遠の進まざる所は、以つて人に語り難き者有らん。故に特《ひと》り設《か》りに他人の詞と爲して以つて之れを語る、此れ即ち所謂曠士たるを知らざる者なり」と言う。

蓼蟲避葵菫　蓼虫《れうちゅう》は葵菫を避け
習苦不言排　苦きに習れて排するを言はず
小人自齷齪　小人は自ら齷齪たれば
安知曠士懷　安んぞ曠士の懐ひを知らんや
雞鳴洛城裏　鷄は鳴く洛城の裏《うち》
禁門平旦開　禁門　平旦に開く
冠蓋縱橫至　冠蓋　縱橫より至り
車騎四方來　車騎　四方より來たる
素帶曳長飆　素帯は長飆を曳《ひ》き
華纓結遠埃　華纓は遠埃を結ぶ
日中安能止　日中　安んぞ能く止《や》まんや
鐘鳴猶未歸　鐘鳴るも猶ほ未だ帰らず
夷世不可逢　夷世は逢ふべからず
賢君信愛才　賢君　信《まこと》に才を愛す

明慮自天斷　明慮は天より断ずれば
不受外嫌猜　外の嫌猜を受けず
一言分珪爵　一言もて珪爵を分かち
片善辭草萊　片善もて草萊を辞す
豈伊白璧賜　豈に伊《こ》れ白璧の賜《たま》ものならんや
將起黃金臺　将に黄金の台を起こさんとす
今君有何疾　今君何の疾《や》む有りて
臨路獨遲廻　路に臨みて独り遅廻たる

＊「排」字、張溥本・『詩紀』・『樂府』・李善本『文選』は「非」に作り、『樂府』に「一に『排』に作る」という。ここは韻字でもあり、胡紹煐は「古音の『非』『懷』『開』は同に『脂』韻に在り。五臣は古音を知らず、其れ未だ協はざるかと疑ひ、故に『非』を改めて『排』と爲す。『非』は、五臣本・宋本皆に『排』に作り、惟だ『文選』の李善注・程本・張本のみ『非』に作る。『莊子』大宗師篇に『造適不及笑、獻笑不及排』（適ふに造るは笑ふに及ばず、笑ひを献ずるは排するに及ばず）と云ひ、郭注に『排は、推移するなり』と。善注に引く『楚辭』の「不從」（從らず）の字と義を同じくす。從ふべし」という。

＊「信」字、五臣本『文選』は「言」に作る。
＊「賜」字、集注本『文選』は「貺」に作る。
＊「廻」字、『樂府』は「回」に作る。

「声高らかに歌う歌」に代えて

苦菜の蓼を喰らう虫は甘菜の葵菫を避けるようになり
苦さになれて甘い方に移ろうとは言わなくなる
小人はというと自らを窮屈に追い込み
曠達の士の気持ちが分からない
朝鶏が洛陽の町中で鳴くと
夜明けとともに禁中の門が開く
使いの者たちがあちこちから到着し
車馬が四方からやって来る
白絹の大帯をつむじ風に長く靡かせ
華やかな冠の組紐は道中の土埃をかぶっている
昼間だけでは用事が済まず
夕方の鐘が鳴ってもまだ返らない

このような安定した世の中にはめったに巡り逢えず
賢君も才能を買ってくれる
賢君の聡明な判断は天子からの授かり物
外から疑いを挟む余地はない
気の利いた一言で任官のしるしの珪や爵位を与えられ
ちょっとした上手い行いで荒れた農地から抜け出せる
これは白璧一対を賜る程度のものでなく
黄金の台まで建ててもらって招聘される程のものだろう
それを君は今何の心痛があって
路を前にして一人ぐずぐずしているのか

1　蓼蟲避葵菫、習苦不言排、

[蓼蟲…] たで喰う虫。東方朔の「七諫」怨世に「蓼蟲不徙乎葵菜」（蓼虫は葵菜に徙らず）とあり、王逸の注に「言蓼蟲處辛辣、食苦惡、不徙葵菜食甘美者也」（言ふこころは蓼虫は辛辣なるに処りて、苦悪なるを食らひ、葵菜に徙りて甘美なるを食らはざる者なり）という。『文選』五臣注で呂延濟は「蓼は、辛菜なり。葵菫は、甘菜なり」と言う。

李光地は「『蓼蟲』・『小人』を以つて『冠蓋』・『車騎』の者を指せば、則ち淺露にして味無し。蓋し即ち末句の所謂『臨路遲迴』の人ならん」と言う。

[習苦] 左思の「魏都賦」に「習蓼蟲之忘辛」（蓼虫の辛きを忘るるに習ふ）とある。

[排] うつる（校勘記を参照）。呂延濟の注には「陰《ひそ》かに共に排擠《はいせい》するのみ」という（「排擠」は、押しのける、押し開く）。

2　小人自齷齪、安知曠士懐、

[小人]『文選』五臣注で呂延濟は「小人不知曠士之心、亦猶蓼蟲不知葵菫之美。」（小人は曠士の心を知らざること、亦た猶ほ蓼虫の葵菫の美《うま》きを知らざるがごとし）というが、1に引いた李光地の説は（鮑照自身をいうものとして）棄てがたい。

[齷齪]『漢書』酈食其傳に「酈食其曰『其將齷齪、好苛禮也』」（酈食其《れきいき》曰はく「其れ将に齷齪たらんとし、苛礼を好むなり」と）とある。呂延濟の注には「齷齪は、

短く狹き貌なり」という。

3　雞鳴洛城裏、禁門平旦開、

［鷄鳴］夜明けの時が告げられる。『史記』暦書に「鷄三號卒明」（鷄三たび号べば卒に明く）とある。

［洛城］洛陽城。漢の楽府に「遙觀洛陽城」（遥かに観る洛陽城）とある。

［禁門］宮門。『東觀漢記』に「杜詩曰『伏湛出入禁門、補闕拾遺』」（杜詩曰はく「伏湛禁門に出入し、闕くるを補ひ遺るを拾ふ」と）とある（「伏湛」は後漢の人）。

［平旦］朝。『新序』雑事に「平旦而聽朝」（平旦にして朝を聴く）とある。また『孟子』告子・上に「平旦之氣」（平旦の気）とあり、集注に「平旦の氣は、未だ物と接せざるの時の、清明の氣を謂ふなり」と言う。

4　冠蓋縱横至、車騎四方來、

［冠蓋］使いの者。左思の「詠史」詩に「冠蓋蔭四術、朱輪竟長衢」（冠蓋四術を蔭ひ、朱輪長衢を竟《つ》くす）とあり（「述」は、みち）、班固の「西都賦」に「冠蓋如雲」（冠蓋雲のごとし）という。

5　素帶曳長飆、華纓結遠埃、

［素帶…］『禮記』玉藻に「大夫素帶」（大夫の素帯）とある。『文選』五臣注で劉良は「素帶とは、紳なり」という（「紳」は、高官の着ける太帯）。沈徳潛は「『素帶』の二語は、富貴の人の塵俗の狀を寫し盡くし、漢詩中の所謂『冠帶自相索』なり」と言う（「漢詩」は、「古詩十九首」）。

［飆］李善は「飆は、猋と同じ、古字通ずるなり」という。

［華纓］曹植の「七啓」に「華組之纓」（華組の纓）とある。『文選』五臣注で劉良は「纓は、冠の纓《ひも》なり」という。

6　日中安能止、鐘鳴猶未歸、

［鐘鳴］夜になる。崔寔の「正論」に「永寧詔曰『鐘鳴漏盡、洛陽中不得有行者』」（永寧の詔に曰はく「鐘鳴り漏尽き、洛陽中行く者有るを得ず」と）とある（「永寧」は、漢の安帝の年号）。

7　夷世不可逢、賢君信愛才、

〔夷世…〕平定された世。郭象の『莊子』注に「世有夷險」（世に夷《たひ》らかと險しきと有り）という。呉摯父は「……『夷世』の八句は、蓋し託して競つて進む者の詞と爲し、末の二句は則ち自らを謂ふならん」と言う。

〔愛才〕『左傳』僖公二十八年に「魏犨傷於胸、公欲殺之、而愛其才」（魏犨《ぎしう》胸を傷つけられ、公之れを殺さんと欲するも、其の才を愛す）とある。

8　明慮自天斷、不受外嫌猜、

〔明慮〕李尤の「上林苑銘」に「顯宗備禮、明慮宏深」（宗を顯らかにして礼を備へ、慮りを明らかにして宏く深し）とある。

〔天斷〕天子の判断。『史記』李斯傳に「是以明君獨斷、故權不在臣也」（是を以つて明君独り断ず、故に権は臣に在ざるなり）とあり、『左傳』宣公四年に「箴尹克黄曰、君、天也」（箴尹の克黄曰はく、君は、天なりと）という（箴尹は春秋の時の諫官名）。

〔嫌猜〕疑う。杜預の『左傳』注に「猜、疑也」（猜は、疑ふなり）とある。

9　一言分珪爵、片善辭草萊、

〔一言〕理に適う一言。『漢書』王莽傳に「張竦奏曰『……一言之勞、然猶皆蒙丘山之賞』」（張竦奏して曰はく「……一言の労は、然れども猶ほ皆丘山の賞を蒙るがごとし」と）とある。『文選』五臣注で李周翰は、「士に一言の理に合ひ、片善の時に應ずる有れば、則ち必ず珪を分けて之れに與へ、草萊を辭去せしむ。『珪』は、公侯の執る所の者、『爵』は、則ち五等爵なり」と言う。

〔珪爵〕「珪」は、封邑を授けられる時の印の玉。『左傳』哀公十四年に「司馬牛致其邑與珪焉」（司馬牛其の邑と珪とを致す）とあり、杜預の注に「珪、守邑符信」（珪は、邑を守るの符信なり）という（「符信」は、しるし）。また揚雄の「解嘲」に「析人之珪、擔人之爵」（人の珪を析《わ》け、人の爵を担ふ）とある。

〔草萊〕草深い農地。『莊子』除無鬼篇に「農夫无草萊之事則不比」（農夫に草萊の事无ければ則ち比せず）とある。

10　豈伊白璧賜、將起黃金臺、

[白璧]『史記』に「虞卿説趙成王、一見、賜黃金百鎰、白璧一雙」（虞卿趙の成王に説き、一たび見ゆれば、黄金百鎰、白璧一双を賜ふ）とある。

[金臺]『文選』五臣注で呂向は、「言行賢主に合へば、豈に惟だに白璧を賜ふのみならんや、亦た將に黃金の臺を起こして以つて焉《こ》れを待せんとす」と言う。

「金臺」の場所については、王隱の『晉書』に「段匹磾討石勒、進屯故安縣故燕太子丹金臺」（段匹磾石勒を討ち、進みて故安縣の故の燕の太子丹の金台に屯す）とあり、また李善の引く「上谷郡圖經」に「黃金臺、易水東南十八里、燕昭王置千金於臺上、以延天下之士」（黄金台は、易水の東南のかた十八里なり、燕の昭王千金を台上に置き、以つて天下の士を延《ひ》く）とある。李善は「二説は既に異なる、故に具に之れを引く」と言うが、黄節は『水經』易水注に「故安縣有金臺陂、陂北十餘歩、有金臺。昔慕容德之爲范陽也、戍之、即斯臺也。訪諸耆舊、咸言昭王禮賓、廣延方士、宦遊歷説之民、自遠而屆。故修建下都、館之南垂。燕昭創之於前、子丹踵之於後」（故安県に金台陂有り、陂の北のかた十餘歩に、金台有り。昔慕容徳の范陽と為るや、之れを戍《まも》るは、即ち斯の台なり。諸れを耆旧《ききう》に訪へば、咸《みな》言はく昭王賓に礼し、広く方士を延けば、宦遊歴説の民、遠くよりして届《いた》る。故に下都を修建して、之れを南の垂《ほと》りに館す。燕昭之れを前に創り、子丹之れを後に踵《つ》ぐと）と言うのを引き、「此れに據れば則ち善注に稱する所の二説は、實は一つの地にして、異なること有るに非ざるなり」と言い、劉昫《りうく》の『舊唐書』に「漢の故安縣は即ち今の易州なり、隋の開皇中に始めて置を故の方城縣に易へ、『故』を改めて『固』と曰ふ」と言うのを引いて、「此れ即ち今の順天府に屬するの固安縣なり」と言う。固安県は『方輿紀要』に「今の易州の東南のかた三十里に在り」と言う。

11　今君有何疾、臨路獨遲迴、

[今君…]『文選』五臣注で張銑は、「君は、放たるる者を謂ふ」と言い、銭仲聯は「二句は是れ小人の曠士に詰問するの詞なり」と言う。

［臨路］盧諶の「贈劉琨一首并書」に「亦奚必臨路而長號、覩絲而後歔欷哉」（亦た奚んぞ必ずしも路に臨んで長く号び、絲を覩て而る後歔欷せんや）とある。

［遅廻］進まないこと。張銑は「遅廻は、行かざる貌なり」と言い、銭仲聯は『臨路遅廻』は、仕進を求めざるを言ふ」と言う。

代昇天行

『樂府詩集』では「雜曲歌辭」に属す。

『樂府古題』には、「『升天行』は、曹植の『日月何肯留』、鮑照の『家世宅關輔』、又た陸士衡の『緩聲歌』のごとき、皆俗情の艱險なるを傷み、當に六合の外に翺翔すべし、蓋し『楚辭』遠遊篇より出づるならん」と言う。方東樹も「此れ即ち屈子の『遠遊』・景純の『遊仙』の意なり。……」と言う。「遊仙詩」風であることに関し、呉伯其は「遊仙詩は祇《た》だ一首の詠懷詩のごとく、絶えて一切の鉛汞の氣習無し」と言う（「鉛汞《えんこう》」は、鉛と水銀のことで、錬丹の原料であることから、ここでは道教臭を言う）。

呉摯父も「此の詩は乃ち世を閲《み》て既に久しく、腥腐に耐へずして遠く擧がらんことを思ふの旨なり」と言う。

家世宅關輔　　家世は関・輔に宅《たく》し
勝帶宦王城　　帯に勝《た》へて王城に宦たり
備聞十帝事　　備《つぶ》さに聞く十帝の事
委曲兩都情　　委曲たり両都の情
倦見物興衰　　物の興衰するを見るに倦《う》み
驟覩俗屯平　　驟かに俗の屯平するを観《み》る
翩翻若回掌　　翩翻として掌を回《かへ》すがごとく
恍惚似朝榮　　恍惚として朝に栄ゆるに似たり
窮途悔短計　　途《みち》に窮するは短計を悔やみ
晩志重長生　　志すに晩《おく》るるは長生を重んず
從師入遠岳　　師《し》に従ひて遠岳に入り
結友事仙靈　　友と結びて仙霊に事《つか》ふ
五圖發金記　　五図は金記を発《ひら》き
九籥隱丹經　　九籥《きうやく》は丹経を隠す

風餐委松宿　　風餐《ふうさん》して松に宿るに委《ゆだ》ね
雲臥恣天行　　雲臥して天行を恣《ほしいまま》にす
冠霞登綵閣　　霞を冠《かぶ》りて綵閣に登り
解玉飲椒庭　　玉を解きて椒庭《せうてい》に飲む
蹔遊越萬里　　蹔《しばら》く遊びて万里を越え
少別數千齡　　少《しばら》く別れて千齢を数ふ
鳳臺無還駕　　鳳台は還《ま》たとは駕する無く
簫管有遺聲　　簫管には遺声有り
何時與汝曹　　何《いつ》れの時にか汝ら曹《やから》と
啄腐共吞腥　　腐れるを啄《ついば》み共に腥《くさ》きを呑まんや

＊「關」字、五臣本『文選』は「關」に作る。
＊「宦」字、『文選』・『樂府』は「官」に作る。
＊「翩翻」、『樂府』に「一に『翩翩』に作る」という。
＊「回」字、『樂府』は「廻」に作り、李善本『文選』は「迴」に作る。
＊「若」字、『文選』・『樂府』は「類」に作り、『詩紀』に「一に『類』に作る」という。
＊「悦」字、張溥本・李善本『文選』は「恍」に作る。
＊「志」字、五臣本『文選』は「至」に作る。
＊「重」字、『樂府』は「愛」に作り、張溥本・『詩紀』に「一に『愛』に作る」という。
＊「岳」字、張溥本・『詩紀』・『樂府』は「嶽」に作る。
＊「圖」字、『樂府』は「芝」に作り、張溥本・『詩紀』に「一に『芝』に作る」という。
＊「宿」字、『文選』集注に「或いは『柏』に作る」という。
＊「登」字、『樂府』は「金」に作る。
＊「飲」字、『樂府』に「一に『隱』に作る」という。
＊「蹔」字、張溥本は「暫」に作る。
＊「少」字、『文選』・『樂府』は「近」に作り、張溥本・『詩紀』に「一に『近』に作る」という。
＊「時」字、張溥本は「當」に作り、『樂府』・『詩紀』並びに「一に『當』に作る」という。
＊「汝」字、『文選』・『樂府』は「爾」に作る。

「天に昇る歌」に代えて

我が家は代々関中でも京兆付近に住まいし
仕官して帝都で勤め上げてきた
漢家十帝の事業について詳細に聞き知り

両都の事情は委細分かっている
人の興亡する様を飽きるほど見
世俗が苦しんだり平和になったりする様をしばしば
　この目で見てきた
世の変化は手のひらを返すように速く
朝咲いた花が夕べにはもう凋むように瞬く間である
途《みち》に行き詰まった者は目先の計画しか立てなかった
　ことを後悔し
志を立てるのが遅かった者は長生きすることばかり
　を考えるようになる
師匠を探して深山に分け入り
友人を見つけて神仙に師事するのである
道書の五岳真形図を開いては金丹に関する記載を読み
九つの箱には仙経の九転丹・金液経もしまわれている
風を喰らって松下に生活し
雲の上に寝て天の運行に逆らわない
霞を頭上に戴いて彩られた仙閣に登り
佩び玉を解いて椒の香る仙庭で飲食する
わずかな遊びのようでも一万里を行き
　しばしの別れのようでも千年が経っている
鳳凰を迎えて飛び立った時の台には還ることなく
簫の笛の音だけを遺す
君たちとはもう
腐肉を啄み生臭い物を喰らう時は来ないのである

1　家世宅關輔、勝帯宦王城、

［關輔］都に近いところ。『文選』注で李善は「關は、關中なり」と言う。また「輔」は『漢書』百官公卿表・第七上に「右扶風、……與左馮翊・京兆尹、是爲三輔」（右扶風と、……左馮翊《ふうよく》・京兆尹とは、是れ三輔と為す）という。

［勝帯］「冠に勝ふ」というのと同じであれば、出仕する意。銭振倫は「『勝帯』は、猶ほ衣に勝ふと言ふがごとし」と言い、黄節も『史記』に「皇子能勝兵趨拜」（皇子能く兵の趨拜するに勝《た》ふ）とあり、「萬石君傳」に「子孫勝冠者在側」（子孫の冠に勝ふる者側に在り）というのを引き、「『勝帯』は、猶ほ衣に勝ふ・冠に勝ふのごときなり」と言う。これに対して梁章鉅は『文選旁證』

に『勝帶』は解すべからず。向《きやう》は『勝帶』に注して『冠帶の時に勝ふなり』と謂ふ。疑ふらくは當に『紳帶』に作るべし」と言う（「向」は、五臣の呂向）。

［王城］張衡の「東京賦」に「總風雨之所交、然後以建王城」（風雨の交はる所を統べ、然る後以つて王城を建つ）とあり、薛綜の注に「王城は、今の河南なり。……乃ち王國を建つるなり」と言う。

2　備聞十帝事、委曲兩都情、

［十帝・兩都］李善は『論衡』宣漢篇に「漢家三百歲、十帝燿德」（漢家三百歲、十帝徳を燿かす）とあるのを引き、『十帝・兩都』は、倶に漢を謂ふなり」と言うが、五臣の李周翰は「兩漢の都は兩京、各おの十餘帝なり。其の中の情事は、盡く已に之れを知る」と解釈する。

［委曲］詳細、微細、慇懃周到などの意があり、李周翰は「盡く」の意に解している。語の用例としては、『抱朴子』に「余所以委曲論之者、……故欲令人覺此而悟其滯迷耳」（余は委曲に之れを論ずる所以の者なり、……故に人をして此れを覚えて其の滞迷なるを悟らしめんと欲するのみ）とあり、裴松之の引く『魏略』に「權待舒・綜、契闊委曲、君臣上下畢歡竭情」（權舒・綜を待するに、契闊として委曲、君臣上下畢《ことごと》く情を竭くすを歓ぶ）とあり、後世の梁の王僧孺の「與何炯書」に「……委曲同之針縷、繁碎譬之米鹽」（委曲なるは之を針縷に同じくし、繁砕なるは之れを米塩に譬ふ）という等に見られる。

3　倦見物興衰、驟覩俗屯平、

［屯平］艱難と平安。『周易』屯に「屯、難也」（屯は、難きなり）とある。

［驟］しきりに。『文選』五臣注で呂延濟は「驟は、頻りなり」と言う。

4　翩翻若回掌、怳惚似朝榮、

［翩翻］瞬く間に。呂延濟は「翩翻・恍惚は、須臾の間を謂ふなり」と言う。

［回掌］手のひらを返すように速いこと。李善は『孟子』

公孫丑に「武丁朝諸侯、有天下、猶運之掌也」（武丁の諸侯を朝せしめ、天下を有すること、猶ほ之れを掌に運らすがごとし）とあるのを引き、「迴掌は、疾きを言ふなり」と言う。

［朝榮］朝咲いて夕べにはもう凋んでしまう花。潘岳の「朝菌賦」に「奈何兮繁華、朝榮兮夕斃」（奈何せん繁華なる、朝に栄え夕べに斃《たふ》る）とある。

5　窮途悔短計、晩志重長生、

［長生］李善の引く『春秋合誠圖』に「黄帝請問太一長生之道。太一曰『齋戒六丁、道乃可成』」（黄帝太一に長生の道を問はんことを請ふ。太一曰はく「斎戒すること六丁、道乃ち成るべし」と）とあり（「六丁」は「丁丑」「丁卯」「丁巳」「丁未」「丁酉」「丁亥」の六つの干支）、方東樹は「『窮途』以下は、正に天に升るを説く」と言う。

6　從師入遠岳、結友事仙靈、

［從師］『莊子』則陽篇に「從師而不囿」（師に従ひて囿《とら》はれず）とあり、郭象は「任其自聚、非囿之也」（其の自ら聚まるに任せ、之れに囿はるるに非ざるなり）という。

［結友］友となる。嚴忌の『楚辭』哀時命に「與赤松結友兮、比王喬而爲偶」（赤松と友を結び、王喬に比んで偶《ともがら》と為る）とある。

7　五圖發金記、九籥隱丹經、

［五圖］道教の書。『抱朴子』遐覽に「余聞鄭君言、道書之重、莫尚於三皇文・五岳眞形圖也」（余鄭君の、道書の重きは、三皇文・五岳真形図よりも尚きは莫しと言ふを聞くなり）とある。

［金記］道教の書。後世、唐の徐彦伯の「石淙」詩にも「煌煌たる金記は名山に蘊《こも》る」と見える。

［九籥］鍵をかけて秘蔵した九つの道書。「籥《やく》」は、穴のあいた錠、鍵。『尚書』金縢に「啓籥見書」（籥を啓きて書を見る）とあり、鄭玄の『易緯』注に「齊・魯之間、名門戸及藏器之管曰籥、以藏經」（斉・魯の間、門戸及び器を蔵するの管を名づけて籥と曰ひ、以つて

経を蔵す）という。また『禮記』月令にも「孟冬、愼管籥」（孟冬は、管籥を愼む）とあり、『黄庭經』にも「玉匙金鑰常完堅」（玉匙金鑰は常に堅きを完くす）とある（黄節は「籥は鑰と同じ。九鑰は、九竅《けう》なり」と言う）。李善は「而して丹に九轉有り、故に九籥と曰ふなり」と言う。

錢仲聯は呉聿の『觀林詩話』を引いて「天門に九有り、故に九籥と曰ふ。涪翁の『九籥とは、天闕夜を守るの義なり』と云ふは是れなり」と言い、張云璈の『選學膠言』を引いて「『抱朴子』金丹篇を按ずるに、第一轉は丹華と名づけ、第二轉は神符と名づけ、第三轉は神丹と名づけ、第四轉は還丹と名づけ、第五轉は餌丹と名づけ、第六轉は煉丹と名づけ、第七轉は柔丹と名づけ、第八轉は伏丹と名づけ、第九轉は寒丹と名づく」と言う。

「九籥」の意味するものについて、胡紹煐は「九籥と上の五圖とは偶句を爲せば、則ち籥は書篇と爲す。九籥は、猶ほ九篇と云ふがごときのみ。『説文』に『籥は、書僮の竹笘なり』と。『衆經音義』二に『纂文』を引きて『關西は書籍を以つて書籥と爲し、亦た之れを籥と謂ふ』と云ふ。『説文』に『箓は、籥なり』と。今人すら猶ほ一簡を書して一箓と爲すと謂ふ。俗に葉に作る。箓・笘・籥は、統て之れを觚と謂ふ、故に『廣雅』並びに觚と云ふなり」と言う（「笘」は、文字を書くための竹の札）。

［隱］『文選』五臣注で劉良は、「『發』は、開くなり。……『籥』は以つて書を盛るべし、故に『丹經を隱す』と云ふ」と言う。

［丹經］『抱朴子』に「鄭君唯見授金丹之經」（鄭君のみ唯だ金丹の経を授けらる）とあり、「仙經九轉丹・金液經、皆在崑崙五城之内、藏以玉函」（仙経の九転丹・金液経は、皆《とも》に崑崙の五城の内に在り、蔵するに玉函を以つてす）とある（『抱朴子』巻四「金丹」に詳しい）。

8　風餐委松宿、雲臥恣天行、

［風餐］風を喰らう。晋の無名氏の「蓮社高賢傳」雷次宗に「吾童稚之年、已懷遠略。弱冠託廬山、事釋和尚遊、餐風二十餘載」（吾れ童稚の年、已に遠略を懐く。

弱冠にして廬山に託し、釋和尚に事《つか》へて遊び、風を餐《くら》ふこと二十餘載なり）とあり、『莊子』逍遙遊篇に「藐姑射之山、有神人居焉、……不食五穀、吸風飲露、乘雲氣、御飛龍」（藐姑射の山に、神人の居る有り、……五穀を食らはず、風を吸ひ露を飲み、雲気に乗じ、飛龍を御す）という。

［天行］天の運行のまま。『易』乾に「天行健、君子以自強不息」（天行健やかなれば、君子自ら強くするを以つて息まず）とある。また『淮南子』精神訓に「夫悲樂者徳之邪也、而喜怒者道之過也、好憎者心之暴也、故曰其生也天行、其死也物化」（夫れ悲楽なる者は徳の邪にして、喜怒なる者は道の過なり、好憎なる者は心の暴なり、故に曰はく其の生くるや天行し、其の死するや物化す）とあり、『莊子』刻意篇の疏に「其生也如天道之運行、其死也類萬物之變化」（其の生くるや天道の運行のごとく、其の死するや万物の変化に類す）というのは、天の運行のままに生きることを言う。

9　冠霞登綵閣、解玉飲椒庭、

［冠霞］『文選』五臣注で呂向は「冠霞は、仙に従ふを謂ふなり」と言う。郭璞の「遊仙詩」に「振髪戴翠霞、解褐禮絳霄」（髪を振ひて翠霞を戴き、褐を解きて絳霄に礼す）とある（「絳霄」は、そら）。

［綵閣］彩られた宮閣。陸機の「雲賦」に「似長城曲蜿、綵閣相扶」（長城曲蜿として、綵閣相扶くるに似たり）とある。

［解玉］呂向は「解玉は、仕ふるを去るを謂ふなり」と言うが、何義門は「解玉は、玉屑を服するを謂ふなり。『周禮』の『王齋則共食玉』（王斎すれば則ち共に玉を食す）に『玉是陽精之純者、食之以禦水氣』（玉は是れ陽精の純《もつぱ》らなる者にして、之れを食して以つて水気を禦す）と注す。是れ古は本より玉を服するの説有り、其の後乃ち修養家の襲ふ所と爲るなり。二説は並び存す」と言う。この何義門の説に対し、朱珔は『文選集釋』に「案ずるに『解玉』は上の『冠霞』と對を爲せば、義は當に相類すべし。注に郭璞の『遊仙詩』の『振髪戴翠霞、解褐禮絳霄』を引きて、而も未だ玉字を釋かざる

は、殆ど解玉は即ち褐を解くの意なるを謂ひ、玉は或ひは帯を指して言ふか。若し玉を飧《くら》ふと作《な》さば、則ち解の字は合はず、且つ冠霞と稱はず、何（義門）の説は恐らくは非ならん」と言う。

［椒庭］路に香を染み込ませた庭。李善は曹植の「洛神賦」の「践椒塗之郁烈」（椒塗の郁烈たるを践む）を引き、「椒庭は、其の芬香を取るなり」と言う。

10　蹔遊越萬里、少別數千齡、

［萬里］『神仙傳』盧敖に「若士謂盧敖曰、吾一舉千萬里、吾猶未之能」（若士盧敖に謂ひて曰はく、吾れ一たび挙がること千万里なるも、吾れ猶ほ未だ之れを能くせず）とある（「若士」は、士のごときもの）。

［千齡］李善の引く「馬明先生別傳」に「先生隨神士還代、見安期先生語神女曰、昔與女郎遊於安息、憶此未久、已二千年矣」（先生神士に随ひて代に還るに、安期先生神女に語りて、昔女郎と安息に遊び、此れを憶ふて未だ久しからざるに、已に二千年なりと曰《い》ふを見る）とある（「神士」の「士」について、胡克家『文選考異』では「…何『士』を校して『女』に改むるは是なり。各本皆譌れり」と言う）。

11　鳳臺無還駕、簫管有遺聲、

［鳳臺］『列仙傳』蕭史に「蕭史者、秦繆公時人也、善吹簫、繆公有女號弄玉、好之、公遂以妻焉。遂教弄玉作鳳鳴。居數十年、吹似鳳聲、鳳皇來止其屋。爲作鳳臺、夫婦止其上、不下數年、一旦皆隨鳳皇飛去。故秦氏作鳳女祠、有簫聲」（蕭史なる者は、秦の繆公の時の人なり、善く簫を吹く、繆《ぼく》公に女《むすめ》有り弄玉と号し、之れを好めば、公遂に以つて妻《めあ》はす。遂に弄玉に教へて鳳鳴を作らしむ。居ること数十年、吹けば鳳声に似、鳳皇来たりて其の屋に止まる。為に鳳台を作れば、夫婦其の上に止まり、下らざること数年、一旦皆《とも》に鳳皇に随ひて飛び去る。故に秦氏鳳女祠を作れば、簫声有り）とある（「鳳女祠」の「祠」について、胡克家『文選考異』では「『詞』は當に『祠』に作るべし。各本皆譌《あやま》れり」と言う）。

［簫管］簫の笛。阮籍の「詠懷詩」に「簫管有遺音、梁

王安在哉」（簫管に遺音有るも、梁王安くにか在らんや）とある。

12　何時與汝曹、啄腐共呑腥、

［曹］やから。如淳の『漢書』注に「曹、輩也」（曹は、輩なり）とある。

［啄腐］腐肉を啄む。『後漢書』朱穆傳の注に「又與劉伯絶交書及詩。其詩曰、北山有鴟、不潔其翼、飛不正向、寝不定息、飢則木攬、飽則泥伏、饕餮貪汚、臭腥其食、填腸滿嗉、嗜慾無極、長鳴呼鳳、謂鳳無徳、鳳之所趨、與子異域、永從此訣、各自努力。蓋因此而著論也」（又た劉伯に絶交の書及び詩を与ふ。其の詩に曰はく、北山に鴟有り、其の翼を潔くせず、飛べば正しくは向はず、寝ぬれば定めては息はず、飢うれば則ち木に攬《と》り、飽くれば則ち泥に伏す、饕餮は貪り汚れ、臭腥をば其れ食す、腸に填めて嗉《のど》を満たし、嗜慾は極る無し、長く鳴きて鳳を呼び、鳳には徳無しと謂ふ、鳳の趨く所は、子と域を異にす、永く此れより訣れ、各おの自ら努力せんと。蓋し此れに因りて論を著すなり）とあり、『晉書』阮籍傳論に「舐痔兼車、鳴鳶呑腐」（痔を舐むるは車を兼ね、鳴鳶のごと腐るを呑む）という。

［呑腥］生臭物を喰らう。蔡琰の「悲憤詩」に「人似獸兮食臭腥、言兜離兮狀窈停」（人は獣に似て臭腥を食ひ、言は兜離《とうり》として状は窈停たり）とある（「兜離」は、理解し難いさま。「窈停」は、目がくぼみ鼻が高いさま）。孔安國の『尚書』傳には「腥は、臭きなり」という。

元の方回は「世を厭ふ故に神仙を求む。末句の意に從へば、則ち君子に言を寓し喩へを借り、高世の遠意有り、塵埃の表に抜き出づるなり。世間の卑汚苟賤の人を視れば、直に禽畜の腐腥を啄ばみ呑むがごときのみ」と言う。

代別鶴操

『樂府詩集』では琴曲歌辞に属し、裂かれた愛を琴に託して歌う。

主題については、崔豹の『古今注』に「別鶴操は、商陵の牧子の作る所なり。妻を娶ること五年にして子無く、父兄將に之れがために娶るを改めんとす。妻之れを聞き、中夜起きて戸に倚りて悲嘯す。牧子之れを聞き、愴然として悲しみ、乃ち琴を援きて歌ふ。後人因りて樂章と爲す」とあるが、黄節は「古辭の『豔歌何嘗行』は一に『飛鶴行』に作り『飛來雙白鶴、乃従西北來、五里一反顧、六里一徘徊』（飛来す双《つが》ひの白鶴、乃ち西北より来たる、五里にして一たび反顧み、六里にして一たび徘徊す）と」と言い、古辞の「豔歌何嘗行」に基づくとする。

なお鮑照には他に鶴を詠んだ「舞鶴賦」がある。

雙鶴倶起時　　双鶴　倶に起つ時
徘徊滄海間　　徘徊す滄海の間
長弄若天漢　　長弄《ちやうろう》は天漢のごとく
輕軀似雲懸　　軽躯は雲の懸かるに似たり
幽客時結侶　　幽客　時に侶《とも》と結び
提攜遊三山　　提携して三山に遊ぶ
青緻凌瑤臺　　青緻《せいしやく》は瑤台を凌《しの》ぎ
丹羅籠紫烟　　丹羅は紫烟を籠《こ》む
海上悲風急　　海上　悲風急《にはか》に
三山多雲霧　　三山　雲霧多し
散亂一相失　　散乱して一たび相失へば
驚孤不得住　　孤なるに驚くも住《とど》まるを得ず
緬然日月馳　　緬然として日月は馳せ
遠矣絶音儀　　遠きかな音儀を絶つ
有願而不遂　　願ふこと有るも而も遂げず
無怨以生離　　怨むこと無きも以て生きながらにして離る
鹿鳴隱深草　　鹿は鳴きて深き草に隠れ
蟬鳴隱高枝　　蝉は鳴きて高き枝に隠る
心自有所存　　心に自づから存する所有るも
旁人那得知　　旁人　那《な》んぞ知るを得んや

＊「遊」字、『樂府』に「一に『到』に作る」という。
＊「羅」字、『樂府』は「蘿」に作る。
＊「悲」字、『樂府』は「疾」に作る。
＊「遠」字、『樂府』に「一に『已』に作る」という。

＊「隠」字、『詩紀』・『樂府』は「在」に作る。
＊「存」字、張溥本・『樂府』・『詩紀』に「一に『懷』に作る」という。
＊「郍」字、張溥本は「那」に作る。

「連れを失った鶴の歌」に代えて

つがいの鶴は倶に飛び発つ時
仙気ただよう東海のあたりを飛び回る
長く引く鳴声は天の川のようであり
軽々とした体は雲の浮くようであった
仙人がちょうどその時に仲間と連れ立ち
相伴って海中の三山で遊んでいた
青いいぐるみを仙女の住む瑶台よりも高く飛ばし
赤い鳥網を紫の雲をも包むほどに広げた
海上は秋風が急に吹き
三山は雲霧が立ち篭めた
散りぢりになって一たび互いを見失うと
一人ぼっちに驚いても一緒になることはできない
はるかに日月が馳せ行くと
遠ざかって声も姿も絶えてしまう
会いたいという願いは有っても遂げられず
怨みもないのに生き別れになる
鹿ならば鳴いて深草を求めその中に隠れる
蝉ならば鳴いて高い枝を求めその中に隠れる
心のなかにそれなりに懐うことは有るものの
他人には何も分かってもらえなくなるのである

1　雙鶴倶起時、徘徊滄海間、

［雙鶴］つがいの鶴。「古詩十九首」其五に「願爲雙鳴鶴、奮翅起高飛」（願はくは双鳴の鶴と為り、翅《つばさ》を奮ひて起ちて高飛せん）とあり、『捜神記』巻十四に「滎陽縣南百餘里、有蘭巖山、峭抜千丈、常有雙鶴、素羽皦然、日夕偶影翔集。相傳云、昔有夫婦隠此山、數百年化爲雙鶴、不絶往來、忽一旦一鶴爲人所害、其一鶴歳常哀鳴、至今響動巖谷、莫知其年歳也」（滎陽縣の南のかた百餘里に蘭巖山有り、峭《けは》しきこと千丈を抜き、常に双鶴有り、素

羽皦然として、日の夕べ影を偶して翔び集ふ。相ひ伝へて云ふ、昔夫婦有り、此の山に隠るること数百年、化して双鶴と為り、往来を絶やさず、忽ちにして一旦一鶴人の害する所と為り、其の一鶴歳常に哀鳴し、今に至るも巌谷を響動せしむること、其の年歳を知るもの莫きなりと）という。

［俱起］後漢の朱浮の「爲幽州牧與彭寵書」に「俱起佐命、同被國恩」（俱に起ちて命を佐け、同に国恩を被る）とある。

［徘徊］古辭「豔歌何嘗行」（一に「飛鶴行」に作る）に「飛來雙白鶴、乃從西北來、五里一反顧、六里一徘徊」（飛び来たる双つの白鶴、乃ち西北より来たり、五里にして一たび反顧し、六里にして一たび徘徊す）とある（解題の黄節注を参照）。

［滄海］東海。曹植「求自試表」に「南極赤岸、東臨滄海、西望玉門、北出玄塞」（南のかた赤岸を極め、東のかた滄海に臨み、西のかた玉門を望み、北のかた玄塞を出づ）とある。また『十州記』には「滄海島在北海中、地方三千里、去岸二十一萬里。海四面繞島、各廣五千里、水皆蒼色、仙人謂之滄海也」（滄海島は北海の中に在り、地は方三千里、岸を去ること二十一万里なり。海四面より島を繞り、各おの広きこと五千里、水は皆蒼色にして、仙人之れを滄海と謂ふなり）という。

2　長弄若天漢、輕軀似雲懸、

［長弄］「弄」は（鶴の）声。『宋書』戴顒《たいぎょう》傳に「顒及兄勃、並受琴於父、父沒、所傳之聲、不忍復奏、各造新弄、勃五部、顒十五部。顒又制長弄一部、並傳於世」（顒及び兄の勃、並びに琴を父に受く、父没し、伝ふる所の声、復た奏づるに忍びず、各おの新弄を造り、勃は五部、顒は十五部なり。顒又た長弄一部を制し、並びに世に伝はる）と見える。

［輕軀］曹植「洛神賦」に「竦輕軀以鶴立、若將飛而未翔」（軽躯を竦《そび》やかして以つて鶴のごと立ち、将に飛ばんとして未だ翔けざるがごとし）とある。

［雲懸］謝荘「宋孝武宣貴妃誄」に「離宮天邃、別殿雲懸」（離宮は天のごと邃《おくぶか》く、別殿は雲のごと懸く）とある。

3　幽客時結侶、提攜遊三山、

[幽客]「幽客」は鮑照以前に例を見ない。また鮑照は「幽」字を好むが、「幽客」は現存するものではここ一例だけである。『易』履にいう「履道坦坦、幽人貞吉」（道を履むこと坦坦、幽人なれば貞吉）の「幽人」より発想された語か。

[結侶] 伴侶となる。王褒「四子講徳論」に「相與結侶、攜手倶遊、求賢索友……」（相与に侶を結び、手を携へて倶に遊び、賢を求め友を索《もと》め……）とある。「別鶴」に関して言う場合の「双鶴結侶」は、「鵠儔」の概念が原型であると考えられる。

[提攜] 手をとり合う。謝靈運「擬魏太子鄴中集」詩「徐幹」に「伊昔家臨淄、提攜弄齊瑟」（伊昔臨淄に家し、提攜して斉瑟を弄す）とあり、『禮記』曲禮・上に「長者與之提攜、則兩手奉長者之手」（長者は之れと提携すれば、則ち両手もて長者の手を奉ず）という。

[三山] 仙人が住むという三つの山。『史記』封禪書に「自威・宣・燕昭使人入海求蓬萊・方丈・瀛洲。此三神山者、其傳在勃海中、去人不遠、患且至、則船風引而去。蓋嘗有至者、諸僊人及不死之藥皆在焉」（威・宣・燕昭より人をして海に入り蓬萊・方丈・瀛洲を求めしむ。此の三神山は、其れ勃海の中に在り、人を去ること遠からざるも、患ひの且《まさ》に至らんとすれば、則ち船は風引きて去らしむと傳《の》べらる。蓋し嘗て至る者有り、諸仙人及び不死の薬皆焉《ここ》に在らん）とある。

4　青繳凌瑤臺、丹羅籠紫烟、

[繳] 生糸。『周禮』司弓矢「矰、矢」の鄭玄注に「結繳於矢、謂之矰」（繳を矢に結ぶ、之れを矰と謂ふ）とあり、『説文』に「繳、生絲縷也」（繳は、生絲縷なり）と言う。

[瑤臺] 神女有娀《いうじゆう》の美女が住むという高台。『楚辭』離騷に「望瑤臺之偃蹇兮、見有娀之佚女」（瑶台の偃蹇《えんけん》たるを望み、有娀の佚女を見る）とある。

[羅] 鳥を捕る網。『爾雅』に「鳥罟謂之羅」（鳥罟之れを羅と謂ふ）とある。

[紫烟] 仙界の雲。郭璞「遊仙詩」其三に「赤松臨上遊、駕鴻乘紫煙」（赤松上遊するに臨み、鴻に駕し紫煙に乗

る）とあり、李善注に引く「古鴻頌」に「茲亦耿介、矯翮紫煙」（茲に亦た耿介《かうかい》として、翮《はね》を紫煙に矯《あ》ぐ）と言う（「耿介」は、立派に輝く）。

5　海上悲風急、三山多雲霧、

［悲風］悲しさを催す秋風。李陵「答蘇武書」に「但聞悲風蕭條之聲、涼秋九月塞外草衰……」（但だ聞く悲風蕭條たるの声を、涼秋九月塞外草衰ふ……）とある。

［雲霧］仙人の乗る雲霧。『楚辭』哀時命に「浮雲霧而入冥兮、騎白鹿而容與」（雲霧を浮かべて冥に入り、白鹿に騎《の》りて容与たり）とある。

6　散亂一相失、驚孤不得住、

［散亂］散りぢりになる。『史記』酈食其傳に「酈食其曰、足下起糾合之衆、收散亂之兵」（酈食其《れきいき》曰はく、足下糾合の衆を起し、散乱の兵を収む）とある。

［相失］曹植「失題詩」に「雙鶴倶遨遊、相失東海旁」（双鶴倶に遨遊し、相失ふ東海の旁ら）とあり、宋玉「高唐賦」に「衆雀嗷嗷、雌雄相失、哀鳴相號」（衆雀嗷嗷《がうがう》と、雌雄相失ひ、哀鳴して相号ぶ）という。

［驚孤］驚かされて群れを失うこと。晋の木華の「海賦」に「鷸如驚鳧之失侶」（鷸《はや》きこと驚鳧の侶を失ふがごとし）とある。

7　緬然日月馳、遠矣絶音儀、

［緬然］遥かなさま。陸機「赴洛」詩に「肆目眇不及、緬然若雙潛」（目を肆にするも眇として及ばず、緬然として双つながら潜むがごとし）とあり、『國語』楚語・上「緬然引領南望」韋昭注には「緬、猶邈也」（緬は、猶ほ邈《はる》かなるがごときなり）という。

［遠矣］宋玉「高唐賦」に「臨望遠矣」（臨望すること遠きかな）とある。

［絶音儀］音容を隔つ。謝惠連「西陵遇風獻康樂」詩に「迴塘隱艫栧、遠望絶形音」（塘を迴れば艫栧《ろえい》隠れ、遠望すれば形音を絶す）と言う（「栧」は「枻」、舟のかい。「艫」は、舟のへさき）。

8　**有願而不遂、無怨以生離、**

［有願…遂］顔延之「辭難潮溝詩」に「永懷交在昔、有願貿瑟琴」（永く懐ふも交りは昔に在り、願ふ有るも瑟琴を貿《あやま》つ）とあり、楽府古辞「滿歌行」に「遂我所願、以茲自寧。自鄙山棲、守此一榮」（我が願ふ所を遂げ、茲れを以つて自ら寧《やす》んぜん。自らを鄙《いや》しとして山棲し、此れを守りて一たび栄えん）という。

［無怨…生離］宋玉「九辯」に「重無怨而生離兮、中結軫而増傷」（怨み無くして生きながら離るるを重ぬれば、中は結軫して傷みを増す）とある（「結軫」も、痛みが増す）。

9　**鹿鳴隱深草、蟬鳴隱高枝、**

［鹿鳴］蘇武の詩に「鹿鳴思野草」（鹿は鳴きて野の草を思ひ）とあり、『詩』小雅「鹿鳴」に「呦呦鹿鳴、食野之苹」（呦々として鹿は鳴き、野の苹《よもぎ》を食らふ）と言う。君の厚意によって賢臣をもてなし、召すことに喩える。

［深草］『六韜』龍韜「奇兵」に「深草蓊鬱者、所以遁逃也」（深草蓊鬱《をうつ》たるは、遁逃する所以なり）とある。

［蟬鳴］「古詩十九首」其七に「秋蟬鳴樹間、玄鳥逝安適」（秋蟬は樹間に鳴き、玄鳥逝くゆく安《いづ》くにか適《ゆ》く）とあり、『禮記』月令には「孟秋之月……寒蟬鳴」（孟秋の月……寒蟬鳴く）という。

［高枝］曹植「蟬賦」に「棲高枝而仰首兮、漱朝露之清流。隱柔桑之稠葉兮、快閑居而遁暑」（高枝に棲ひて首を仰げ、朝露の清流に漱ぐ。柔桑の稠葉に隠れ、快く閑居して暑きを遁る）とある。

10　**心自有所存、旁人郝得知、**

［所存］思うこと。揚雄「解嘲」に「矯翼厲翮、恣意所存」（翼を矯げて翮《はげ》を厲まし、意の存する所を恣ままにす）とある。

［旁人］鮑照以前に例を見ない。『漢書』蕭育傳の「左右言」の顔師古注に「『左右』とは、與に列を同じくして其の左右に在るを言ふ。今の『旁人』と言ふがごとし」と言う。

代雉朝飛

錢仲聯はこの「雉朝飛」について、漢の揚雄の「琴清英」にいうところを引き伸ばしたものであると言う。『樂府詩集』解題に引く揚雄の「琴清英」には、「『雉朝飛操』は、衞女の傅母の作る所なり。衞侯の女《むすめ》齊の太子に嫁ぐに、道を中ばにして太子の死するを聞き、傅母に問ひて曰はく、何如と。傅母曰はく、且《しば》らく往きて喪に当たらんと。喪畢《を》はるも肯て帰らず、之れを終りて以つて死す。傅母之れを悔やみ、女の自ら操る所の琴を取り、塚の上《ほと》りに於いて之れを鼓すれば、忽ち二雉倶に墓の中より出づ。傅母雉を撫して曰はく、女果たして雉と爲るかと。言未だ畢らざるに、倶に飛びて起ち、忽然として見えず。傅母悲しみ痛み、琴を援きて操《うた》を作る、故に『雉朝飛』と曰ふ」とある。

この作品は潘岳の「射雉賦」の語句の援用が多い。

雉朝飛　振羽翼　　雉朝に飛び　羽翼を振ひ
專場挾兩恃強力　　場を専らにして両を挟み強力なるに恃む
媒已驚　翳又逼　　媒《をとり》は已に驚き　翳も又た逼《せま》り
黄間潛彀盧矢直　　黄間は潜《ひそ》かに彀《は》りて盧矢は直ぐなり
刎繡頸　碎錦臆　　繡頸《しゅうけい》を刎《き》り　錦臆を砕き
絶命君前無怨色　　命を君の前に絶ちて怨む色無し
握君手　執杯酒　　君の手を握り　杯酒を執《と》り
意氣相傾死何有　　意氣相傾けば死何をか有らんや

＊「雉朝」、張溥本は「朝雉」に作る。
＊「强」字、張溥本・『詩紀』・『樂府』は「彊」に作る。
＊「兩」字、『樂府』は「雌」に作り、宋本は「一本下有雌字」と言う。『詩紀』は「雌」に作り、「一に『兩』に作る」という。
＊「黄」字、『詩紀』・『樂府』は「蒿」に作る。

「雉が朝飛ぶうた」に代えて

朝がた雉は飛び　翼を羽ばたかせ

狩場で自在に雌を連れ　強い力には自信がみなぎる
おとりが驚き　隠れた人影がさらに逼《せま》り
いしゆみは矢頃を見はからい　黒塗りの矢が真っすぐ放たれる
刺繍模様のような綺麗な首ははねられ　錦織りのような胸は裂かれ
雌君の前で命を絶たれても　怨む様子はない
君の手を握り　酒の入った杯を執り
意気投合して命をも捧げあえば　死も何のことはないのである

1　雉朝飛、振羽翼、

［振羽翼］得意なさま。漢の蔡邕の「翠鳥詩」に「翠鳥時來集、振翼脩形容」（翠鳥時に来たりて集まり、翼を振るひて形容を脩む）とあり、『管子』覇形に「寡人之有仲父也、猶飛鴻之有羽翼也」（寡人の仲父有るや、猶ほ飛鴻の羽翼有るがごとし）という。

2　專場挾兩恃強力、

［專場］我が物顔にする。應場の「鬪鶏詩」に「專場驅衆敵、剛捷逸等群」（場を専らにして衆敵を駆り、剛捷にして等群を逸《ぬ》く）とある。

［挾兩］潘岳の「野雉賦」に「逸群之儁、擅場挾兩」（逸群の儁《しゅん》、場を擅にし両を挟む）とあり、劉宋の徐爰の注に「逸群儁異之雉、不但欲擅一場而已、又挾兩雌也」（逸群儁異の雉、但だに一場を擅にせんと欲するのみならず、又た両雌を挟むなり）という。また『説文』に「擅、專也」（擅は、専らにするなり）とある。

［恃強力］『史記』商君傳に「恃徳者昌、恃力者亡」（徳を恃む者は昌《さか》え、力を恃む者は亡ぶ）とあり、司馬相如「難蜀父老」に「仁者不以徳來、強者不以力并」（仁者は徳を以つて来たらず、強者は力を以つて并《なら》ばず）という。

3　媒已驚、翳又逼、

［媒已驚］「媒」は、おとり。潘岳「射雉賦」に「候扇舉而清叫、野聞聲而應媒」（扇の挙がりて清らかに叫ぶを候《うかが》へば、野は声を聞きて媒《をとり》に応ず）とあり、徐爰の注に

「扇、布也。形如手巾。叫、鳴也。將欲媒雊、振布令有聲、媒便清叫、野雉聞即應而出也」（扇は、布なり。形は手巾のごとし。叫は、鳴くなり。将に媒の雊《な》かんことを欲し、布を振るひて声有らしむれば、媒便ち清らかに叫び、野雉聞きて即ち応じて出づるなり）という。「媒」は徐爰の注に「媒者、少養雉子、至長狎人、能招引野雉、因名曰媒」（媒は、少《をさな》きより雉の子を養へば、長ずるに至りて人に狎《な》れ、能く野雉を招き引く、因りて名づけて媒と曰ふ）という。

〔翳已逼〕「翳」は、物かげから雉を射ようとする者。潘岳「射雉賦」徐爰注に「翳者、所隠以射者也」（翳は、隠れて以つて射る所の者なり）という。

4　黄間潛彀盧矢直、

〔黄間潛彀〕「黄間」は、いしゆみの名。潘岳「射雉賦」に「捧黄間以密彀、屬剛罫以潛擬」（黄間を捧げて以つて密かに彀《は》り、剛罫を属《つが》へて以つて潜かに擬《はか》る）とあり、徐爰の注に「捧、擧也。黄間、弩名也。張衡云、黄間機張、一名黄肩」（捧は、挙ぐるなり。黄間は、弩《いしゆみ》の名なり。張衡云ふ、黄間は機張なり、一つに黄肩と名づくと）という。『説文』に「彀、張弓弩也」（彀は、弓弩を張るなり）という。

〔盧矢〕黒塗りの矢。『書』文侯之命に「盧弓一、盧矢百」（盧弓一、盧矢百）とあり、孔安國の傳に「盧、黒也。諸侯有大功、賜弓矢、然後專征伐」（盧は、黒なり。諸侯に大功有れば、弓矢を賜ひ、然る後に専ら征伐す）という。

5　刎繡頸、碎錦臆、

〔繡頸〕縫いとり模様のある首筋。潘岳「射雉賦」に「灼繡頸而衮背」（繡頸を灼《さか》んにして背を衮《こん》とす）とあり、徐爰の注に「灼、盛貌也。頸毛如繡、背如衮章」（灼は、盛んなる貌なり。頸毛繡のごとく、背は衮章のごとし）という。

〔碎錦臆〕錦模様のある胸元。潘岳「射雉賦」に「毛體摧落、霍若碎錦」（毛体摧落し、霍《には》かに錦を砕くがごとし）とあり、徐爰の注に「雉當不止於飛中、射之、毛體披散如錦之分碎」（雉は当に飛中に止まらざるべく、之れを射れば、毛体披散して錦の分砕するがごとし）という。

6　絶命君前無怨色、

［絶命］陸機「辯亡論」上に「（劉備）絶命永安」（劉備永安に絶命す）とある。

［無怨色］『禮記』中庸に「正己而不求於人則無怨」（己れを正しくして人に求めずんば則ち怨み無し）とある等、「無怨」は儒家の徳を言う語。

7　握君手、執杯酒、

［握君手］『史記』廉頗藺相如傳に「臣（繆賢）語曰『燕王私握臣手曰、願結交』」（繆賢語りて曰はく「燕王私《ひそ》かに臣が手を握りて曰はく、願はくは交はりを結ばん」と）とあり、また『後漢書』李通傳に「共語移日、握手極歡」（共に語りて日を移し、手を握りて歡びを極む）とある。

［杯酒］陶潛「擬古詩」に「未言心相醉、不在接杯酒」（未だ心に相醉ふと言はざるは、杯酒に接するに在らず）とある。

8　意氣相傾死何有、

［意氣・傾・何有］謝承『後漢書』楊喬傳に「楊喬曰『侯生爲意氣刎頸』」（楊喬曰はく『侯生意気のために頸を刎《き》る』と）といい、盧諶の「贈劉琨」詩に「意氣之間、靡軀不悔」（意気の間、躯を靡《な》みするも悔まず）とあり、また陶潛「擬古」九首（其二）に「意氣傾人命、離隔復何有」（意気人命を傾くれば、離隔するも復た何をか有らんや）とある等、「意氣」は命懸けで傾けるもの。

代淮南王二首

張溥本・『詩紀』は二首を合わせて一首としている（「『玉臺新詠』は『朱城』以下を分かちて別に一首に作る」と言う）が、一首目だけでも完結した感を与える。錢仲聯は毛扆《もうい》の説を引き、「宋本の第一首は恰も末に當たりて盡くべし、故に空しき處無し。時本は直ちに寫して一首と作す」と言う。

「淮南王」の主題については、崔豹の『古今注』に「『淮南王』は、淮南小山の作る所なり。淮南王は服食して仙を求め、遍く方士に禮し、遂に八公と相攜へて倶に去り、往く所を知る莫し。小山の徒、思戀して已まず、乃ち『淮南王』曲を作る」とあり、班固の『漢武故事』に「淮南王安は神仙を好み、方術の士を招きて、能く雲雨を爲す。百姓傳へて云ふ、淮南王は天の子たるを得、壽は極まり無し。帝心に之れを惡み、王を覘《うかが》はしむるに、能く仙人を致して與に共に遊び、變化に處《を》りて常無し、又た能く形を隱して飛行し、氣を服して食せずと云ふ。帝聞きて喜び、其の道を受けんと欲するも、王傳ふるを肯んぜず。帝怒り、將に焉《こ》れを誅せんと欲す。王之れを知り、令を出だして群臣と與にし、因りて之《ゆ》く所を知らず」という。『樂府解題』には、「古詞に『淮南王は、自ら尊しと言ふ』と云ふは、實に安の仙去するを言ふなり」とある。

これに對し、黃節は「晉の『拂舞歌』詩に『淮南王』篇有り、明遠の此の篇の由つて擬する所なり。應劭の『風俗通』に曰はく『淮南王安は才技怪迂の人を招募して、神仙黃白の事を述べ、財殫《つ》き力屈して、能く成獲する無く、親《みづ》から白刃に伏し、衆と之れを棄つ。安んぞ其の能く神仙に在らんや。安の養ふ所の士は、或いは頗る漏亡なれば、其の此くのごときを恥ぢ、因りて詐説を飾る。後人の吠ゆる聲、遂に行ひを傳ふるのみ』と。晉の辭に『淮南王は、自ら尊しと言ふ』と曰ひ、又た『少年窈窕として何ぞ能く賢き、聲を揚げ悲歌して音天に絶ゆ』と曰ふは、皆王に於いて深く之れを哀れむに足らざる者なり。明遠の此の篇に『君が腸を斷つ』と曰ひ、『君を怨み君を恨む』と曰ひ、『同に盛え同に衰ふ』と曰ひ、亦た是れ深く哀れむの意にして、仙と成るに與《くみ》する無きなり。『古今注』及び『漢武故事』は、皆信ずるべからず」と言う。

張玉穀もこの詩を遊仙にあこがれるのでなく、淮南王をそしる詩であると解釈し、「此れ淮南王の徒らに神仙を好み、後宮の怨みを生ずるを譏る詩なり。『神丹を合し、紫房に戲る』の數句は、其の妄りに丹成るの後を想ひ、綵女と游戲し歌舞するの樂しみを欲するを揣《はか》り、『斷君腸』(君の腸を断ず)の三字を以つて必ず得べからざるを説き出だす。蓋し神仙の樂事は甚だ多きも、獨り綵女と言へば、乃ち反つて後宮の怨みの曠きを照らすなり。『朱城』以下は、方《まさ》に宮女に就いて願望の誠を表明す。節拍古に入る」と言う。

其一

淮南王　好長生
淮南王は　長生を好み

服食練氣讀仙經
服食し気を練りて仙経を読む

琉璃藥椀牙作盤
琉璃の薬椀に牙《げ》もて盤を作り

金鼎玉匕合神丹
金の鼎に玉の匕《さじ》もて神丹を合す

神丹神丹戲紫房
神丹神丹紫房に戯れ

紫房綵女弄明璫
紫房の綵女明璫《めいたう》を弄し

鸞歌鳳舞斷君腸
鸞歌鳳舞して君が腸を断つ

其二

朱城九門門九閨
朱城の九門門ごとに九閨

願逐明月入君懷
願はくは明月を逐ひて君が懐に入らん

入君懷　結君佩
君が懐に入り　君が佩を結び

怨君恨君恃君愛
君を怨み君を恨みて君が愛に恃む

築城思堅劒思利
城を築けば堅きを思ひ剣は利きを思ひ

同盛同衰莫相棄
同《とも》に盛んに同《とも》に衰へ相棄つる莫《な》かれ

* 題の「二首」の二字、張溥本・『詩紀』無し。一首とする。
* 「練」字、張溥本・『詩紀』・『玉臺』は「鍊」に作る。
* 「藥」字、張溥本・『詩紀』・『玉臺』は「作」に作る。
* 「椀」字、張溥本・『詩紀』・『玉臺』は「枕」に作る。
* 「神丹神丹」、張溥本・『詩紀』・『樂府』は「合神丹」に作る。『玉臺』はこの四字無し。
* 「戲」字、『樂府』は「賜」に作る。
* 「朱城九門」、『樂府』は「朱門九重」に作り、「一に『朱城九重』に作る」という。
* 「佩」字、『玉臺』は「珮」に作る。

「淮南王のうた」に代えて

其の一

淮南王は長生を好み
養生して気を鍛え仙経を読んだ
瑠璃の薬椀と象牙の皿を作り
金の鼎と玉の匙で神丹を調合した
神丹だ神丹だと言って練丹室でお戯れになったが
練丹室の仙女は輝く耳玉を揺らしながら
鸞のように歌い鳳のように舞って
君王の願いを断った

其の二

朱塗りの城壁には九つの門があり門ごとに九人の妻がいて
明月が照るのと一緒に君王の懐に抱かれたいと願った
君王の懐に抱かれて君王と契り
君王をにくく思い君王を思ったことを悔やみながら君王の愛をあてにした
城壁を築くなら堅固にし剣は鋭さを保つように
一緒に盛んな時を守り一緒に年老いてどうか見捨てることの無きようにと

其一

1　淮南王、好長生、服食練氣讀仙經、

[淮南王…]『神仙傳』劉安に「淮南王劉安作内書二十二篇、又中篇八章、言神仙黄白之事」（淮南王劉安内書二十二篇、又た中篇八章を作り、神仙黄白の事を言ふ）とある（解題の『古今注』以下を参照されたい）。

[服食]『魏志』嵆康傳注に「性好服食、常采御上藥、著養生篇」（性は服食を好み、常に上薬を采御し、養生篇を著す）という。

[練氣]『玉臺新詠』注に呉兆宜が引く『呂氏春秋』不苟論第四「贊能」に「沈尹筮謂孫叔傲曰『偶世接俗、子不如我。餐霞錬氣、我不如子』」（沈尹筮《しんゐんせい》孫叔傲に謂ひて曰はく、「世に偶《あ》ひ俗に接するは、子我に如かず。霞を餐ひ気を錬るは、我子に如かず」と）とある（通行の『呂覽』は「餐霞錬氣」を「方術信行」に作る）。

2　琉璃藥椀牙作盤、金鼎玉匕合神丹、

［琉璃藥椀］秦嘉の妻の「與嘉書」に「分奉琉璃椀一枚、可以服藥酒」（分かちて琉璃の椀一枚を奉じ、以つて薬酒を服すべし）とある。

［牙作盤］象牙の大皿。古楽府に「琉璃琥珀象牙盤」（琉璃に琥珀に象牙の盤）とある。

［金鼎］『文選』李善注に「鍊金鼎、鍊金爲丹之鼎」（錬金の鼎は、金を錬りて丹と為すの鼎なり）と言う（江淹「別賦」注）。

［匕］さじ。『抱朴子』祛惑に「有古強者、自云四千歲。嵆使君以玉匕與強、後忽語嵆云『昔安期先生以與之』」（古強なる者有り、自ら四千歳なりと云ふ。嵆使君玉匕を以つて強に与ふるに、後忽ち嵆に語りて云ふ「昔安期先生以つて之を与ふ」と）とある。

［神丹］『神仙傳』陰長生に「陰長生聞馬鳴生得度世之道、乃尋求之。鳴生將入青城山中、以太清神丹授之」（陰長生馬鳴生の度世の道を得るを聞き、乃ち之れを尋ね求む。鳴生将に青城山の中に入らんとするに、太清神丹を以つて之れに授く）とある。

3　神丹神丹戲紫房、紫房綵女弄明璫、

［紫房］錬丹の場所。呉兆宜の注に引く「青虚眞人歌」に「紫房何蔚炳」（紫房何ぞ蔚炳《うつへい》たる）という。また『漢書』孔光傳には「北宮有紫房、復道通未央宮、太后從復道、朝夕至帝所」（北宮に紫房有り、復道未央宮に通じ、太后復道より、朝夕帝の所に至る）とある。

［綵女］庶民から召し上げた宮女、侍女。『後漢書』宦者傳の呂強傳に「臣又聞後宮綵女數千餘人、衣食之費、日數百金」（臣又た聞く後宮の綵女数千餘人、衣食の費え、日に数百金なりと）とある。また『神仙傳』彭祖に「采女乘輜軿、往問道於彭祖。采女具受諸要、以教王。王試爲之、有驗」（采女輜軿《しへい》に乗り、往くゆく道を彭祖に問ふ。采女具さに諸要を受け、以つて王に教ふ。王試みに之れを為せば、験し有り）とある。

［明璫］明るく光る耳玉。曹植の「洛神賦」に「獻江南之明璫」（江南の明璫を献ず）とある。

4　鸞歌鳳舞斷君腸、

［鸞歌鳳舞］『山海經』海外西經第七に「鸞鳥自歌、鳳鳥

自舞」（鸞鳥自ら歌ひ、鳳鳥自ら舞ふ）とある。

其二

5　**朱城九門門九閨、願逐明月入君懷、**

［朱城］『世説新語』言語に「遙望層城、丹樓如霞」（遥かに層城を望めば、丹楼霞のごとし）と見える。

［閨］上方は円く下は方形の戸。『説文』に「閨、特立之戸、上圜下方、有似圭」（閨は、特立の戸にして、上は圜《まる》く下は方、圭に似たる有り）とある。

［明月入…懷］『世説新語』容止に「時人目夏侯泰初朗朗如明月入懷」（時人夏侯泰初を目して朗々として明月の懐に入るがごとしと）と見える。

6　**入君懷、結君佩、怨君恨君恃君愛、**

［入君懷］曹植の「七哀詩」に「願爲西南風、長逝入君懷」（願はくは西南の風と為り、長く逝きて君が懐に入らんことを）とある。

［結君佩］『禮記』玉藻に「左結佩、右設佩」（左は佩を結び、右は佩を設く）とある。

7　**築城思堅劔思利、同盛同衰莫相棄、**

［城…堅］『後漢書』耿弇《かうえん》傳に「西安城小而堅」（西安城は小さくして堅し）とある。

［劍…利］『呂覽』仲秋紀第八「簡選」に「王子慶忌・陳年猶欲劍之利也」（王子慶忌・陳年猶ほ剣の利きを欲するがごときなり）とあり、また『説苑』指武に「秦昭王中朝而嘆曰『夫楚劍利倡優拙。夫劍利則士多慓悍、倡優拙則思慮遠也。吾恐楚之謀秦也』」（秦の昭王朝に中《あ》たりて嘆じて曰はく「夫れ楚は剣利くして倡優拙し。夫れ剣利ければ則ち士に慓悍《へうかん》なること多く、倡優拙ければ則ち思慮遠きなり。吾れ楚の秦を謀るを恐るるなり」と）とある（「慓悍」は、精悍で勇猛）。

代空城雀

『樂府詩集』雑曲歌辭「空城雀」の解題に、「樂府解題に曰はく、鮑照の『空城雀』に云ふ、『雀四鷇に乳す、空城の阿』と。言ふこころは軽く飛びて近く集まり、辛傷を茹腹し、網羅を免るるのみと」とある（「茹腹」は、腹に納める）。

雀乳四鷇　雀　四つの鷇《ひな》に乳す
空城之阿　空城の阿《くま》
朝食野粟　朝《あした》に野の粟を食らひ
夕飲氷河　夕べに氷の河に飲む
高飛畏鴟鳶　高く飛べば鴟鳶《しえん》を畏《おそ》れ
下飛畏網羅　下に飛べば網羅を畏る
辛傷伊何言　辛傷　伊《こ》れ何をか言はんや
怵迫良已多　怵迫《しゅつはく》　良《まこと》に已に多し
誠不及青鳥　誠に青鳥の
遠食玉山禾　遠く玉山の禾《いね》を食むに及ばざるも
猶勝呉宮鷰　猶ほ　呉宮の燕の
無罪得焚窠　罪無くして窠《す》を焚《や》かるるを得るに勝る
賦命有厚薄　賦命には厚薄有れば
長歎欲如何　長歎　如何せんと欲す

＊「食」字、『樂府』は「拾」に作り、張溥本・『詩紀』に「一に『拾』に作る」という。
＊「河」字、『樂府』は「阿」に作る。

「人のいない街の雀のうた」に代えて

雀が人気のない街の隅で
四羽の雛に餌を与えている
朝方は野原の穀類をついばみ
夕方は凍った河の水を飲む
高く飛べば鳶が恐く
低く飛べば鳥網が恐い
生活苦など何とも思わない
利に誘われ貧賤に汲々とするのはもはや当たり前
遠く崑崙山の大木に実のる穀類を食べている青鳥には
　及ばないかも知れないが
それでも呉の宮殿で罪も無いのに巣を焼かれてし
　まった燕には勝るだろう

天から与えられた宿命には厚い薄いがある
歎き続けたところでどうなるわけでもない

1　雀乳四鷇、空城之阿、

［鷇］鳥のひな。『説文』に「鷇、鳥子生哺者」（鷇は、鳥の子の生まれて哺する者なり）とある。「四」の出典は未詳。陸機「豫章行」の「四鳥悲異林」の『文選』劉良注に「昔峘山の鳥、四子を生む。羽翼既に成り、將に四海に分かれんとするに、其の母鳴きて之れを送る」と言う。

［空城］人のいない街。『漢書』武五子傳に「歸空城兮、狗不吠、鷄不鳴、横術何廣廣兮、固知國中之無人」（空城に帰り、狗《いぬ》は吠えず、鷄は鳴かず、横術は何ぞ広々たる、固より知りぬ国中の人無きを）とある。

2　朝食野粟　夕飲氷河、

［夕飲］『莊子』人間世篇に「今吾朝受命、而夕飲水。我其内熱與」（今吾れ朝に命を受け、而して夕べに水を飲む。我れ其れ内に熱するか）とある。

［氷河］『後漢書』鄧訓傳に「冰合渡河」（冰合すれば河を渡る）とあり、鮑照自身の「舞鶴賦」にも「冰塞長河、雪滿群山」と見える。

3　高飛畏鴟鳶、下飛畏網羅、

［鴟鳶］とび。『爾雅』に「鳶、烏醜、其飛也翔」（鳶は、鳥の醜きなり、其の飛ぶや翔く）とあり、疏に「鳶、鴟也」（鳶は、鴟《とび》なり）という。『本草』に「鴟鳶二字篆文象形。一云鴟其聲也、鳶攫物如射也」（鴟鳶《しえん》の二字は篆文象形なり。一に云ふ鴟は其の声なり、鳶は物を攫ること射るがごときなりと）という。

4　辛傷伊何言、怵迫良已多、

［怵迫］「怵」は、いざなう。賈誼「鵩鳥賦」に「怵迫之徒兮、或趨西東」（怵迫《しゆつはく》の徒、或は西東に趨る）とあり、『文選』李善注に「怵は、利の誘怵する所と爲るなり。迫は、貧賤を迫るなり」という。

5　誠不及青鳥、遠食玉山禾、

［青鳥］西王母のために使いし、食を取る鳥。『山海經』

大荒西經に「西有王母、有三青鳥、赤首黒目、一名曰大鵹、一名曰少鵹、一名曰青鳥」（西に王母の山有り、三青鳥有り、赤首黒目、一に名づけて大鵹《り》と曰ひ、一に名づけて少鵹と曰ひ、一に名づけて青鳥と曰ふ）とあり、注に「皆西王母所使也」（皆西王母の使ふ所なり）という。

［玉山禾］「玉山」は、西王母の住む山。「禾」は「木禾」で、穀物のなる大きな木。『山海經』西山經に「玉山、是西王母所居也」（玉山は、是れ西王母の居る所なり）とあり、同じく海内西經に「昆侖之虚、高萬仞、上有木禾、長五尋、大五圍」（昆侖の虚は、高さ万仞、上に木禾有り、長さ五尋、大いなること五囲なり）とある。郭璞の注には「木禾、穀類也」（木禾は、穀類なり）という。

6　猶勝呉宮爇、無罪得焚窠、

［呉宮爇……］『越絶書』外傳記呉地傳に「呉東宮周一里二百七十歩路。西宮在長秋、周一里二十六歩。秦始皇十一年、守宮者照燕失火、燒之」（呉の東宮は周一里二百七十歩路。西宮は長秋に在り、周一里二十六歩。秦の始皇の十一年、宮を守る者燕を照して失火し、之を焼く）とある。

7　賦命有厚薄、長歎欲如何、

［賦命］陶淵明「與子儼等疏」に「天地賦命、生必有死」（天地命を賦せば、生には必ず死有り）とある。

代鳴鴈行

『樂府詩集』では雑曲歌辞に属し、主題については「衞の『匏有苦葉』に曰はく、『雝雝《ようよう》たる鳴雁、旭日旦を始む』と。鄭康成曰はく『雁は陽に随ひて處り、夫人の夫に従ふに似たり、故に昏禮に焉《こ》れを用ふ。雝雝は、聲の和するなり』と。『鳴鴈行』は蓋し此れより出づるならん」と言う（「衞」は、衞の一地方より採取した『詩』邶風）。

邕邕鳴鴈鳴始旦　邕邕《ようよう》たる鳴鴈　鳴きて旦《あした》を始め
齊行命侶入雲漢　行を斉《ととの》へ侶《つれ》に命じて雲漢に入る

中夜相失群離亂　中夜相失ひて群離乱すれば
留連徘徊不忍散　留連徘徊して散ずるに忍びず
憔悴容儀君不知　憔悴　容儀は君知らず
辛苦風霜亦何爲　辛苦　風霜も亦た何をか為さんや

＊「邕邕」、『樂府』は「雝雝」に作る。
＊「始」字、『樂府』は「正」に作る。
＊「侶」字、張溥本は「旅」に作る。
＊「風霜」、『樂府』は「霜雪」に作り、「一に『風霜』に作る」という。

「鳴く雁の歌」に代えて

なごやかに(和して)鳴く雁はその鳴き声で朝が始まり
きちんと並び仲間と連れだって天の河に向かって飛ぶ
真夜中に仲間を見失って群が散りぢりになると
立ち止まり行きつ戻りつしてはぐれることに堪えられないでいる
あなたはと言えば(私の)やつれた姿や様子を分かってくれず
辛く苦しい風や霜もどうともしてはくれない

1　邕邕鳴鴈鳴始旦、齊行命侶入雲漢、

[邕邕…] 雁の鳴き声。『詩』邶風「匏有苦葉」に「雝雝鳴雁、旭日始旦」(雝雝たる鳴雁、旭日に旦を始む)とある(解題を参照)。

[行]『春秋繁露』執贄に「雁……有行列之治、故……以爲贄」(雁に……行列の治有り、故に……以つて贄と為す)とある。

[旅] 群れて飛ぶ衆《おお》くの鳥。『穀梁傳』昭公八年に「掩禽旅」(禽旅を掩《おほ》ふ)とあり、注に「掩取衆禽也」(衆禽を掩ひ取るなり)という。また謝靈運の「戲馬臺集」詩に「旅雁違霜雪」(旅雁霜雪を違《さ》る)とある。)

[雲漢] 天の河。『詩』大雅「棫樸」に「倬彼雲漢、爲章于天」(倬《おほ》きなり彼の雲漢、章を天に為す)とあり、箋に「雲漢、謂天河也」(雲漢は、天河を謂ふなり)という。

2　中夜相失群離亂、留連徘徊不忍散、

［中夜］朱秬堂は「中夜に群を離るるに、留連して散ぜざるは、友朋の義篤きなり」と言う。

［離亂］群の乱れること。（「離亂」は、戦乱を言うことが多い。『晉書』刑法志に「是時承離亂之後、法網弛縦」（是の時離乱の後を承け、法網弛み縦ままなり）という等。）

［徘徊］樂府古辭の「飛鵠行」に「五里一反顧、六里一徘徊」（五里に一たび反顧し、六里に一たび徘徊す）とある。

3　憔悴容儀君不知、辛苦風霜亦何爲、

［憔悴］禰衡の「鸚鵡賦」に「嚴霜初降、涼風蕭瑟。音聲淒以激揚、容貌慘以顦顇」（厳霜初めて降り、涼風蕭瑟たり。音声凄として以つて激揚し、容貌慘として以つて顦顇す）とある。この憔悴に関して、朱秬堂は2の「中夜」云々の後に続け、「憔悴・辛苦は、意に救ひを望む所有るも得ざるなり」と言い、「『叔よ伯よ、何ぞ日多きや』其れ『旄丘《ばうきう》』の情か」と言う（「旄丘の情」は、『詩經』邶風「旄丘」に、救いを求めても協力してくれない者に対し、若者も年輩の者も、何と暇なことかと風刺することを言う）。

代夜坐吟

『樂府詩集』に「『夜坐吟』は鮑照の作る所なり。其の辭に曰はく、『冬夜沈沈として夜坐して吟ず』と。言ふこころは歌を聴き音を逐ひ、音に因りて意を託すなり。宗夬《そうけつ》の『遙夜吟』は、則ち『永夜獨り吟ずるも、憂思未だ歇きず』と言ふも、此れと同じからず」とある。

　王紹曾・劉心明氏は、「南北朝時代は、貴族が社会のすべての統治機構を専有していた。寒門の子弟は才能があっても用いられず、志があっても伸ばせず、多くは心中に憂憤を懐いており、この詩はまさに彼らのそのような思想感情を表現している。したがって憂いに満ちた寂寞たる情調を漂わせている。この詩は七言と三言が混じり、生き生きとして自由な形式であるが、混乱

はしておらず、詩人の詩歌芸術における創造精神が現れている。音楽を鑑賞するときに『声を貴ばずして、意の深きを貴ぶ』という作品の思想内容を重視する主張には、詩人の進歩的な美学思想が現れており、豪華を尚び、表面だけを重んずる当時の文化的背景下にあっては、貴ばれにくいものであった」と解題する（『謝靈運・鮑照詩選譯』）。

冬夜沈沈夜坐吟　　冬夜　沈沈として　夜　坐して吟ずれば
含聲未發已知心　　声を含みて未だ発せざるに已に心を知りぬ
霜入幕　風度林　　霜は幕に入り　風は林を度《わた》り
朱燈滅　朱顔尋　　朱燈　滅して　朱顔　尋《つ》ぐ
體君歌　逐君音　　君の歌を体し　君の音を逐ひ
不貴聲　貴意深　　声を貴ばずして　意の深きを貴ぶ

＊「聲」字、『樂府』は「情」に作り、「一に『聲』に作る」という。

「夜座して歌う歌」に代えて

冬の夜は更け夜通し坐って歌を唱おうとするが
声を含んでまだ音に出さなくてももはや君の心は分かる
霜が垂れ幕の外から吹き込み　風が林を渡ってくると
赤い灯火は消え　赤ら顔もそれに続いて消える
君の歌声を聴き取り　君の歌声について行こう
音が大切なのでなく　意味の深さが大切なのである

1　冬夜沈沈夜坐吟、含聲未發已知心、

［沈沈］司馬相如の「上林賦」に「沈沈隱隱」（沈沈たり隱隱たり）とあり、『文選』の李善注に「沈沈は、深き貌なり」という。

2　霜入幕、風度林、

［幕］『説文』に「帷在上曰幕」（帷の上に在るを幕と曰ふ）とある。
［度］「渡」に同じ。『漢書』の顔師古注に「度は、踰《こ》え

越ゆるなり」という。梁の王僧孺の「中寺碑銘」には「日流れて閃爍《せんしやく》と、風度《わた》りて清鏘たり」と言う。

3 朱燈滅、朱顔尋、

［朱顔］『楚辭』招魂に「美人既酔、朱顔酡些」（美人既に酔ひ、朱顔酡《あか》らむ）とある。

［尋］逐って続く。

4 體君歌、逐君音、

［逐…音］『潛夫論』賢難に「乃知是家之艾猳耳、此隨聲逐響之過也」（乃ち知る是れ家の艾猳《がいか》なるのみにして、此れ声に随ひ響きを逐ふの過ぎたるを）とある（「艾猳」は、色を漁るの過ぎたるをいう）。

5 不貴聲、貴意深、

［貴聲］『禮記』郊特牲に「歌者在上、匏竹在下、貴人聲也」（歌ふ者上に在り、匏竹下に在るは、人の声を貴ぶなり）とある（「匏」は、ひさごで出来た楽器）。

［意深］謝靈運の「山居賦」に「廢張左之豔辭、尋臺皓之深意」（張・左の艶辞を廃し、台・皓《かう》の深意を尋ぬ）とあり、『詩』商頌譜に「言聖人之有深意也」（聖人の深意有るを言ふなり）とある（「臺・皓」の「臺」は、後漢の臺佟《だいとう》）。

代北風涼行

呉兆宜は「按ずるに、雑曲歌詞なり」と言う（『玉臺新詠』注）。

郭茂倩は『樂府詩集』で「『北風』は『衞詩』に本づくなり。『北風』詩に曰はく『北風其れ涼しく、雪を雨らすこと其れ雱《はう》たり』と。傳に云ふ『北風は寒涼にして、萬物に病害あり、以つて君政暴虐にして、百姓親しまざるに喩ふるなり』と。鮑照の『北風涼』、李白の『燭龍棲寒門』のごときは、皆北風雪を雨《ふ》らして行人歸らざるを傷めば、『衞詩』と異なれり」と言う。

鮑照には「北風十二月、雪下如亂巾」で始まる「學古」詩もあり、二篇は同源と考えられる。

北風涼　雨雪雱　北風涼しく　雪を雨《ふ》らすこと雱《はう》たり
京洛女兒多嚴粧　京洛の女児には粧を厳かにする多し
遙豔帷中自悲傷　遥艶として帷中に自ら悲しみ傷み
沈吟不語若有忘　沈吟して語らず忘るること有るがごとし
問君得行何當歸　問ふ　君行くを得て何《いつ》れか当に帰るべく
苦使妾坐自傷悲　苦《はな》はだ妾をして坐ろ自ら傷み悲しましむると
慮年至　慮顔衰　年の至るを慮り　顔の衰ふるを慮り
情易遠　恨難追　情は遠ざかり易く　恨みは追ひ難し

＊『玉臺』は題を「北風行」に作る。
＊「京洛」、『玉臺』は「洛陽」に作る。
＊「嚴」字、張溥本は「妍」に作る。
＊「粧」字、『樂府』は「妝」に作る。
＊「有」字、『樂府』・『玉臺』は「爲」に作り、「一に『有』に作る」という。
＊「得」字、張溥本・『詩紀』・『樂府』は「何」に作り、『玉臺』は「前」に作る。
＊「至」字、『玉臺』は「去」に作り、「一に『至』に作る」という。『樂府』も同じ。
＊「遠」字、張溥本・『詩紀』・『樂府』は「復」に作る。

「北風冷たくの歌」に代えて

北風が冷たくなり盛んに雪を降らせる頃になると
都や洛陽の女性の多くは(夫の帰りを迎えるための)化粧を整える
見目よく美しくしい女性は帷の中で自分自身を悲しませ心傷めつつも
思いをこらえ歌を口ずさみ何も語らず何も思っていないかのようにしている
あなたは行ったきりいつになったら帰るのか

ひどいことに私を何もしないままで心傷めさせ悲しませるつもりなのかと問うてみる
年をとるのを憂え容貌が衰えるのを憂えていると
心はあなたから遠のき心残りもなくなってしまうのである

1　北風涼、雨雪雱、

［北風…］『詩』邶風「北風」詩に「北風其涼、雨雪其雱」（北風其れ涼しく、雪を雨《ふ》らすこと其れ雱《はう》たり）とあり、「毛傳」に「雱、盛貌」（雱は、盛んなる貌なり）という（解題を参照されたい）。

2　京洛女兒多嚴粧、

［嚴粧］化粧を整える。無名氏の古詩に「新婦起嚴妝」（新婦起ちて妝《よそほ》ひを厳にす）とある。

3　遙豔帷中自悲傷、

［遙豔］見目よく美しい。黄節は「遙豔は、美好なり。曹憲の『博雅音』に『姚は、音遙』と。『方言』に『姚は、娧好《えつかう》なり』と。遙豔は即ち姚豔なり。『楚辭』九辯に『心搖悅として日に幸ひなり』と。王逸注に『意中私《ひそ》かに喜ぶなり』と云ふ。王引之曰ふ『搖悅として喜びを爲す、故に之れ美好にして喜ぶべき者、之れを姚娧と謂ふ』と。姚は、假りて搖と爲すべく、亦た假りて遙と爲すべし。又た『方言』に『九疑・荊郊の鄙は、淫らなるを謂ひて遙と曰ふ』と。遙豔は若《も》し淫豔と作さば、恐らくは詩意と合はざらん」と言う。

4　沈吟不語若有忘、

［沈吟］魏の武帝の「短歌行」に「但爲君故、沈吟至今」（但だ君のための故に、沈吟して今に至る）とある。

5　問君得行何當歸、

［何當…］何時、何日の意。古楽府に「何當大刀頭、破鏡飛上天」（何れか当に大刀の頭たるべく、破鏡飛びて天に上る）とある。

［行…歸］『詩』邶風「北風」に「攜手同行」（手を携へて同《とも》に行き）といい、また「攜手同歸」（手を携へて同《とも》

に帰る）という。

6　苦使妾坐自傷悲、

［苦］はなはだ。黄節は「李善注の『廣絶交論』に引く『説文』に『苦は、急なり』と」と言い、銭仲聯は「張相の『詩詞曲語辭匯釋』に『苦は、甚だしきの辭なり。又た猶ほ偏へなるがごとし、極めてなるがごとし』と」と言う。

7　慮年至、慮顔衰、

［年至］しかるべき年が来る。『漢書』龔勝傳に「蓋聞古者有司年至則致仕、所以恭讓而不盡其力也。今大夫年至矣」（蓋し聞く古へは有司年至れば則ち仕を致す、恭しく譲りて其の力を尽くさざる所以なりと。今大夫年至れり）とある。

8　情易遠、恨難追、

［情…遠］情が遠のくのであろう。『南史』蘇《そ》侃《かん》傳に「侃作塞客、吟以喩志曰『情綿綿而方遠、思裊裊而遂多』」（侃塞の客と作り、吟ずるに志を喩《さと》すを以つてして曰はく「情綿々として方《まさ》に遠く、思ひ裊々《でうでう》として遂に多し」と）とあるのは、情がどこまでもつきまとうことを言う（「喩志」は、志を明らかにする）。

［恨…追］往事を恨み後悔する。『晉書』温嶠傳に「身没黄泉、追恨國恥」（身黄泉に没して、国の恥《はじ》を追恨せん）と言う。

代春日行

『樂府詩集』では雑曲歌辞に属す。「三言」の体である。この楽府の主題について張玉穀は、「此れ男女嬉遊し、各おの思ふ所有るも、毎に苦しみて相知らざるを言ふなり。前半は陸に遊ぶの樂しみなり。中篇は水に遊ぶの樂しみなり。『蓮池に入る』の四句は、乃ち水陸を兼ぬ。『櫂の驚くを齊《ととの》ふ』とは、齊《そろ》つて櫂を擧げて搖蕩たれば、或いは驚く有るを謂ふなり」と言う。

獻歳發　吾將行
春山茂　春日明
園中鳥　多嘉聲
梅始發　桃始青
汎舟艫　齊櫂驚
奏採菱　歌鹿鳴
風微起　波微生
絃亦發　酒亦傾
入蓮池　折桂枝
芳神動　芬葉披
兩相思　兩不知

献歳《けんさい》発《ひら》き　吾将に行かんとす
春山茂り　春日明し
園中の鳥　嘉声多し
梅始めて発《ひら》き　桃始めて青し
舟艫を汎《うか》べ　櫂の驚くを斉《ととの》ふ
採菱を奏し　鹿鳴を歌ふ
風微かに起り　波微かに生ず
絃亦た発《はつ》し　酒亦た傾く
蓮池に入り　桂枝を折る
芳神動き　芬葉披《ひら》く
両《ふた》つながら相思ひ　両つながら
知らず

＊「獻歳發」の下、『樂府』は「春」の字有り。
＊「桃」字、張溥本・『樂府』は「柳」に作り、『詩紀』に「一に『柳』に作る」という。
＊「櫂」字、『樂府』は「棹」に作る。
＊「風微起　波微生」、張溥本は「微風起」に作り、『樂府』に「一に『微波起　微風生』に作る」という。
＊「神」字、張溥本・『詩紀』は「袖」に作る。

「春の日の歌」に代えて

新しい年の春が始まり私は行楽に出かけようとする
春の山は草木が生い茂り春の日は明るい
庭の鳥は皆嘉い声で鳴き
梅の花が開き始め桃は青みはじめた
船を泛かべ櫂をそろえて水を打つ
「菱の実採り」の曲を奏で「鹿鳴」の歌を唱う
風が微かに起こり波が微かに立つ
絃楽が始まり酒杯も傾けられる
蓮の花咲く池に臨み桂の香る枝を腰に結んでいる
青春の心が動き香りの好い蓮の葉も開くが
互いに思っていても互いに気づかないでいる

1　獻歳發、吾將行、春山茂、春日明、

［獻歳發］歳が改まる。『楚辭』招魂の「亂」に「獻歳發春兮、汩吾南征」（献歳春を発けば、汩《いつ》として吾南のかた征く）とある（「獻」は、あらためる）。

［吾將行］『楚辭』涉江に「忽乎吾將行兮」（忽乎として

吾将に行かんとす）とある。

2　園中鳥、多嘉聲、梅始發、桃始青、

［梅始發　桃始青］『大戴禮』夏小正に「正月柳稊、梅杏杝、桃則華」（正月は柳は稊《ほ》あり、梅と杏は杝《ひろ》がり、桃は則ち華さく）とある。

3　汎舟艫、齊櫂驚、奏採菱、歌鹿鳴、

［艫］舟のへさき、みよし。郭璞の「江賦」に「舳艫相屬」（舳と艫と相属《つらな》る）とあり、注に「舳、舟尾也。艫、船頭也」（舳は、舟の尾なり。艫は、船の頭なり）という。

［櫂］舟を漕ぐ道具、かい。『楚辭』注に「榜、船櫂也」（榜は、船の櫂なり）とある。

［採菱］銭振倫の引く『古今樂録』に「採菱曲に和して云ふ、『菱歌の女、佩を解きて江陽に戯る』と」と言い、『爾雅翼』に「呉・楚の風俗、菱熟するの時に當たり、士女子相與に之れを採る、故に採菱の歌の以つて相和する有り、繁華流蕩の極みと爲す」と言う。

［鹿鳴］『詩經』小雅の篇名。『左傳』襄公四年に「歌鹿鳴之三」（鹿鳴を歌ふこと之れ三たび）とある。

4　風微起、波微生、絃亦發、酒亦傾、

［絃亦發］魏の文帝の「燕歌行」に「援琴鳴絃發清商」（琴を援き絃を鳴らして清商を発す）とある。また、曹植の「雜詩」（其六）に「絃急悲聲發、聆我慷慨言」（絃急にして悲声発すれば、我が慷慨の言を聆《き》け）とあり、王粲の「公讌詩」に「管絃發徽音、曲度清且悲」（管絃徽音を発すれば、曲度清く且つ悲し）とある等、清らかで悲しい管弦の音が発せられる意。

5　入蓮池、折桂枝、芳神動、芬葉披、

［折桂枝］『楚辭』九歌「大司命」に「結桂枝兮延佇」（桂枝を結びて延佇す）とある。

［芳神］（［芳袖］陸機の詩に「馥馥芳袖揮、冷冷纖指彈」（馥々として芳袖揮《はら》ひ、冷々として纖指弾く）とある。）

6　兩相思、兩不知、

［兩相思…］沈德潛は「聲と情と駘宕たり。末の六字は

『心は君を悦ぶも君は知らず』と比べて更に深し」と言う（「心悦君…」の句は、「越人歌」に見える）。

代少年時至衰老行

憶昔少年時　憶《おも》ふ昔　少年の時
馳逐好名晨　馳逐す　名を好むの晨《あした》
結友多貴門　友と結ぶは貴門多く
出入富兒鄰　出入す　富児の隣
綺羅豔華風　綺羅は艶華の風
車馬自揚塵　車馬　自づから塵を揚ぐ
歌唱青琴女　唱《うた》を歌ふ　青琴の女
彈箏燕趙人　箏を弾く　燕趙の人
好酒多芳氣　好酒は芳気多く
餚味厭時新　餚味《かうみ》は時新に厭《あ》く
今日每相念　今日　毎《つね》に相念ふも
此事邈無因　此の事　邈《ばく》として因る無し
寄語後生子　語を寄す　後生の子

作樂當及春　楽しみを作《な》すは当に春に及ぶべしと

＊「琴」字、張溥本・『詩紀』は「齊」に作る。

「若さも老い衰える時が来る歌」に代えて

思い出すのは昔若かった時のこと
かけずり回って名声を求めた頃のことだ
友達となるのは多くは貴族の子弟たちで
金持ちの家の子弟の近辺に出入りもした
綺麗な絹織物を着て華美な風体で
車馬に乗って思いおもいに土埃を揚げていた
歌を唱うのは神女のような歌姫
箏を弾くのは燕・趙出身の美人
好い酒はたっぷりと芳しく
肴の味ははしりの物にさえ飽き飽きする程だった
このごろいつも思い出すのは

あの頃はもう遥か昔となって戻ってこないこと
後世の者に言葉を贈ろう
楽しいことは青春時代にしておくべきであると

1　**憶昔少年時、馳逐好名晨、**

［馳逐］一定の目的を追い求めて奔走する。葛洪の『抱朴子』疾謬に「於是馳逐之庸民、愚俗之近人、慕之者猶宵蟲之赴明燭、學之者猶輕毛之應飆風」（是に於いて馳逐の庸民、愚俗の近人の、之れを慕ふ者は猶ほ宵虫の明燭に赴くがごとく、之れを学ぶ者は猶ほ軽毛の飆風に応ずるがごとし）とある。

［好名］『孟子』盡心・下に「好名之人、能讓千乘之國」（名を好むの人、能く千乗の国を譲る）とある（「讓」は、辞退して受けない）。

2　**結友多貴門、出入富兒鄰、**

［貴門］古詩「爲焦仲卿妻作」に「往昔初陽歲、謝家來貴門」（往昔初陽の歳、家を謝して貴門に来たる）とある。

［富兒鄰］『易』小畜・九五に「有孚攣如、富以其隣」（孚《まこと》有ること攣《れんじょ》如たれば、富むに其の隣を以つてす）とある。

3　**綺羅豔華風、車馬自揚塵、**

［綺羅］華麗な織布、ひいてはそれを纏う人を広く指す。後世の『顔氏家訓』治家に「車乘填街衢、綺羅盈府寺」（車乗街衢に填《み》ち、綺羅府寺に盈つ）とあり、徐幹の「情詩」に「綺羅失常色、金翠暗無精」（綺羅常色を失ひ、金翠暗くして精無し）という。

4　**歌唱青琴女、彈箏燕趙人、**

［青琴］昔の神女。『漢書』司馬相如傳に「青琴虙妃之徒、絶殊離俗」（青琴・虙《ふく》妃《ひ》の徒、絶えて殊なり俗を離る）とあり、注に「青琴、古神女也」（青琴は、古の神女なり）という。

（［青齊］青・斉地方の歌姫。陸機の「呉趨行」に「楚妃且勿歎、齊娥且莫謳」（楚妃且《しばら》く歎く勿かれ、斉娥且く謳《うた》ふ莫かれ）とある。青州は、斉の近く。『史記』封禪書に「齊之所以爲齊者、以天齊也」（斉の斉と為す所以の者は、天斉を以つてなり）とあり、『括地志』に「天齊池は青州の臨淄県の東南のかた十五里に在り」という。）

［彈箏］古詩に「彈箏奮逸響、新聲妙入神」（箏を弾きて逸響を奮へば、新声妙なること神に入る）とある。

［燕趙］美人の多い土地。古詩に「燕趙多佳人、美者顔如玉」（燕趙には佳人多く、美なる者顔玉のごとし）とある。

5　好酒多芳氣、餚味厭時新、

［餚味］おかず。「餚」は、「肴」に同じ。

［時新］はしりの物。後世の『魏書』高充傳に「酒米より鹽醢《えんかい》に至るまで百に餘品有り、皆時味を盡くすなり」と言う。

6　今日毎相念、此事邈無因、

［因］きっかけとなる手がかり。『漢書』魏勃傳に「魏勃少時欲求見齊相曹參。……曰、願見相君無因」（魏勃少《わか》き時斉の相曹参に見えんことを求めんと欲す。……曰はく、願はくは相君に見えんも因る無しと）とある。

7　寄語後生子、作樂當及春、

［作樂當及春］古詩に「爲樂當及春、何能待來茲」（楽しみを為すは当に春に及ぶべし、何ぞ能く来茲を待たんや）とあるのを踏まえる。

代陽春登荆山行

王紹曾・劉心明氏は「大明七年（四六三年）、鮑照は臨海王劉子頊《しぎょく》に隨って荆州に在った。この年の春、彼は荆山に登って遊覧し、この詩を作っている。『樂府詩集』はこの詩を載せない。しかも『陽春登荆山行』の類も無く、ただ『清商曲辭・江南弄』の中に陽春曲および陽春歌が収められているだけである。その内容および風格を観ても、ともにこの詩とは似つかない。この擬楽府のような詩は、だいたい鮑照が旧《ふる》い楽府の形式に改良を施してのち出来上がった新作である。このような新しい詩のスタイルは、詩人がさらに自分の思想感情を自由に述べるのに有利である。荊山は、今の湖北省南漳県の西に在り、春秋時代に楚の人卞和がここで璞玉を手に入れたという伝説が伝わっている。……」（『謝靈運・鮑照詩選譯』）と言い、この一篇を擬楽府のなかの山水詩であると見る。

旦登荊山頭　旦に登る荊山の頭
崎嶇道難遊　崎嶇《きく》として道は遊び難し
早行犯霜露　早《つと》に行くは霜露を犯し
苔滑不可留　苔滑かにして留まるべからず
極眺入雲表　眺めを極めて雲表に入り
窮目盡帝州　目を窮めて帝州を尽くす
方都列萬室　方都　万室を列《つら》ね
層城帶高樓　層城　高楼を帯ぶ
奕奕朱軒馳　奕々《えきえき》として朱軒馳せ
紛紛高衣流　紛々として高衣流る
日氣映山浦　日気　山浦に映え
暄霧逐風收　暄霧《けんむ》　風を逐ひて収まる
花木亂平原　花木　平原に乱れ
桑柘盈平疇　桑柘《さうしや》　平疇《へいちう》に盈つ
攀條弄紫莖　条《えだ》を攀《よ》ぢて紫茎を弄で
藉露折芳柔　露を藉《し》きて芳柔を折る
遇物雖成趣　遇ふ物は趣きを成すと雖も
念者不解憂　念ふ者は憂ひを解かず
且共傾春酒　且《しばら》く共に春酒を傾け
長歌登山丘　長歌して山丘に登らん

＊詩題の「荊」字、張溥本は「京」に作り、宋本注に「『荊』は、一に『京』に作る」とある。
＊「高」字、張溥本・『詩紀』は「縞」に作る。
＊「氣」字、張溥本・『詩紀』は「氛」に作る。
＊「盈」字、張溥本は「綿」に作る。宋本・『詩紀』に「一に『綿』に作る」という。
＊「傾」字、『詩紀』は「慶」に作る。

「春の日に荊山に登る歌」に代えて

朝方荊山の頂に登ったが

早朝の山登りは霜や露にまみれ
苔で滑って立ち止まっていられない
眺望を極めようとして雲の外に出
視力の限りを尽くして荊州の街を見わたした
四角な都市には何万もの家が連なり
九重の王城は高殿にとり囲まれている
大きな朱塗りの公卿の車が走り
多くの立派な服の男たちが歩いている
日に輝く靄が山あいの水辺に映え
暖かな霧が風の動くに連れて収まってゆく
花や木が平原に生い茂り
桑や山桑が平らかに耕された田地に並んでいる
枝を手繰り寄せては紫の茎を愛で
露で尻を濡らしながら柔らかな枝を手折った
自然の物と出会うことは興味深いが
心配事を持つ者としては憂いが解けない
まあしばらく一緒にこの春醸した酒を酌み
声を長く延ばして唱いながら山登りをしよう

1　旦登荆山頭、崎嶇道難遊、

［荊山］今の湖北省南漳県の西に在る山。『水經』に「漳水出臨沮縣東荆山」（漳水は臨沮県の東のかた荊山より出づ）とあり、注に「荆山、在景山東一百餘里」（荊山は、景山の東のかた一百餘里に在り）という。『讀史方輿紀要』には「荆山在今南漳縣西北八十里」（荊山は今の南漳県の西北のかた八十里に在り）という。

［崎嶇］傾斜するさま。張衡の「南都賦」に「上平衍而曠蕩、下蒙蘢而崎嶇」（上は平衍として曠蕩、下は蒙蘢として崎嶇たり）とあり、『文選』李善注に「廣雅曰、崎嶇、傾側也」（廣雅に曰はく、崎嶇は、傾側するなり）という。

2　早行犯霜露、苔滑不可留、

［犯霜露］『左傳』襄公二十八年に「蒙犯霜露、以逞君心」（霜露を蒙犯し、以つて君が心を逞しくす）とある。

［苔滑］孫綽の「遊天台山賦」に「踐莓苔之滑石」（莓苔の滑石を践む）とある。

3　極眺入雲表、窮目盡帝州、

［雲表］くもの外側。張衡の「西京賦」に「立修莖之仙掌、承雲表之清露」（修茎の仙掌を立て、雲表の清露を承く）とある。

4　方都列萬室、層城帶高樓、

［萬室］都の家々。『史記』魏世家に「蘇代謂韓咎曰、『公何不令楚王築萬室之都雍氏之旁』」（蘇代韓咎《かんきゅう》に謂ひて曰はく、『公何ぞ楚王をして万室の都を雍氏の旁らに築かしめざる』と）とある。

［層城］『淮南子』墜形訓に「崑崙虛、……中有增城九重」（崑崙の虚は、……中に増城の九重なる有り）とある。

5　奕奕朱軒馳、紛紛高衣流、

［奕奕］大きく見えるさま。『詩』大雅「韓奕」に「奕奕梁山」（奕奕たり梁山）とあり、「傳」に「奕奕、大也」（奕奕は、大なるなり）という。

［朱軒］朱塗りの車。張協の「詠史詩」に、「朱軒曜金城、供帳臨長衢」（朱軒金城に曜き、供帳長衢に臨む）とあり、『文選』五臣注で劉良は「朱軒、公卿車也」（朱軒は、公卿の車なり）という（「供帳」は、垂れ幕を張った宴席、休憩所）。

［高衣］（［縞衣］）男性用の白い衣服。『詩』鄭風「出其東門」に「縞衣綦巾」（縞衣と綦巾と）とあり、毛傳に「縞衣、白色男服」（縞衣は、白色の男服なり）という。

6　日氣映山浦、暄霧逐風收、

［日氣］陽光。『論衡』詰術に「陽燧鄉日、火從天來。由此言之、火、日氣也」（陽燧郷の日は、火天より来たる。此れより之れを言へば、火は、日の気なり）とあり、また「儒言日中有三足烏。日者、火也。烏、日氣也」（儒は日中に三足の烏有りと言ふ。日とは、火なり。烏は、日の気なり）とある。

7　花木亂平原、桑柘盈平疇、

［桑柘］くわと、やまぐわ。『禮記』月令に「季夏之月、命野虞毋伐桑柘」（季夏の月、野虞に命じて桑柘《さうしや》を伐ること毋からしむ）とある。

［平疇］平らかな畑。陶淵明の「癸卯歳始春懐古田舎」其二に「平疇交遠風、良苗亦懷新」（平疇遠風を交へ、良苗亦た新たなるを懐ふ）とある。

8　攀條弄紫莖、藉露折芳柔、

［攀條］古詩の「庭中有奇樹」詩に「攀條折其榮、将以遺所思」（条《えだ》を攀ぢて其の栄《はな》を折り、将に以つて思ふ所に遺る）とある。

［紫莖］『楚辭』九歌に「秋蘭兮青青、緑葉兮紫莖」（秋蘭青々たり、緑の葉と紫の茎）とある。

［柔］撓った木。『説文』に「柔、木曲直也」（柔は、木の曲直するなり）という。

9　遇物雖成趣、念者不解憂、

［成趣］陶淵明の「歸去來辭」に「園日渉以成趣、門雖設而常關」（園は日に渉れば以つて趣を成し、門は設くと雖も常に関《と》づ）とある。

［解憂］曹操の「短歌行」に「何以解憂、惟有杜康」（何を以つて憂ひを解く、惟だ杜康有るのみ）とある。

10　且共傾春酒、長歌登山丘、

［春酒］『詩』豳風「七月」に「爲此春酒、以介眉壽」（此の春酒を為《つく》り、以つて眉寿を介《たす》く）とある（「眉壽」は、老人）。

［長歌］張衡の「西京賦」に「女娥坐而長歌」（女娥坐して長歌す）とある。

代朗月行

呉兆宜によれば、この楽府は「雑曲歌辭」に属し、ほかにも同じ題意の「明月篇」や「明月子」があるという（『玉臺新詠』注）。

朗月出東山　　朗月　東山に出で
照我綺窗前　　我が綺窓の前を照らす
窗中多佳人　　窗中　佳人多く
被服妖且妍　　服を被るは妖しく且つ妍《うつく》し
靚粧坐帳裏　　靚粧《せいしやう》して帳裏に坐し

當戸弄清絃　戸に当たりて清絃を弄ぶ
鬢奪衞女迅　鬢は衞女の迅《はや》きを奪ひ
體絶飛燕先　体は飛燕の先んずるに絶す
爲君歌一曲　君がために一曲を歌ひ
當作朗月篇　当に朗月の篇を作るべし
酒至顏自解　酒至りて顔は自ら解け
聲和心亦宣　声和して心も亦た宣ぶ
千金何足重　千金　何ぞ重んずるに足らんや
所存意氣間　存する所は意気の間なり

＊「粧」字、『樂府』は「妝」に作る。
＊「帳」字、『樂府』は「帷」に作り、『詩紀』に「一に『帷』に作る」と云う。
＊「奪」字、『玉臺』は「奮」に作る。
＊「當作朗月篇」、『樂府』は「一に『堂上朗月篇』に作る」という。

「明るく清らかな月の歌」に代えて

明るく清らかな月が東の山に出
私たちのいる綾模様を彫った窓の前を照らす
窓の中には美人がたくさん居て
美しく艶やかな服を着ている
白粉と黛でめかして帷の中に坐り
戸口の辺りですっきりとした音の弦楽器を奏でている
髪の美しさは衞皇后に負けず
体の軽やかさは趙飛燕に負けない
あなたのために歌う一曲なら
当然「朗月の篇」を作ろう
酒が出されて顔は自然にほころび
歌声が合わさると気持ちも良くなる
千金を積まれてのお招きなど重んずる価値もなく
大切なのは意気投合できるか否かである

1　朗月出東山、照我綺窗前、
［朗月］明月。『晉書』陸機陸雲傳論に「高詞迥映、如朗

月之懸光」（高詞迴《はる》かに映え、朗月の光を懸くるがごとし）とあり、曹丕の「與朝歌令吳質書」に「白日既匿、繼以朗月」（白日既に匿れ、継ぐに朗月を以つてす）という。

[綺窗] 枚乗の「雜詩」に「交疏結綺窗」（交疏綺窗に結ぶ）とある。また左思の「蜀都賦」に「開高軒以臨山、列綺窗而瞰江」（高軒を開きて以つて山に臨み、綺窓を列ねて江を瞰る）とあり、『文選』五臣注で呂向は「綺窗、彫畫若綺也」（綺窓は、彫画すること綺のごときなり）という（「綺」は、綾模様のある絹織物）。

2　窗中多佳人、被服妖且姸、

[佳人] 枚乗の「雜詩」に「燕趙多佳人」（燕・趙に佳人多し）とある。

[被服] 枚乗の「雜詩」に「被服羅裳衣」（被服す羅裳の衣）とある。

[妖且姸] 曹植の「美女篇」に「美女妖且閑」（美女妖しく且つ間《しづ》かなり）とある。

3　靚粧坐帳裏、當戸弄清絃、

[靚粧] 白粉をつけ、黛をひく。司馬相如の「上林賦」に「靚妝刻飾」（靚妝《せいしやう》し刻飾す）とあり、郭璞は「靚妝、粉白黛黒也。刻飾、畫鬋鬢也」（靚妝は、粉白くして黛黒きなり。刻飾は、鬋鬢を画くなり）という。

[當戸] 入口の方を向く。『禮記』檀弓・上に「既歌而入、當戸而坐」（既に歌ひて入り、戸に当たりて坐す）とある。

[當戸弄清絃] 枚乗の「雜詩」に「當窗理清曲」（窓に当たりて清曲を理む）とあるのを踏まえる。

4　鬢奪衞女迅、體絶飛燕先、

[鬢] 左右の頭髪。張衡の「西京賦」に「衞后興于鬢髪」（衞后鬢髪に興る）とあり、『漢武故事』に「子夫遂得幸、頭解、上見其髪美、悦之、納于宮中」（子夫遂に幸ひを得るに、頭解け、上其の髪の美しきを見、之れを悦び、宮中に納む）とある（「子夫」は、衞皇后の字）。

[體] 「洛神賦」に「體迅飛鳧」（体は飛鳧より迅し）とある。

［飛燕］趙飛燕。『漢書』外戚傳に「孝成趙皇后學歌舞、號曰飛燕」（孝成趙皇后歌舞を学び、号して飛燕と曰ふ）とあり、顔師古注に「其の體の輕きを以つてなり」という。

5　爲君歌一曲、當作朗月篇、

［朗月篇］曲名。『樂府詩集』には、他に「明月篇」、「明月子」があり、意はこの「朗月行」と同じであると言う。

6　酒至顔自解、聲和心亦宣、

［顔自解］『列子』黄帝に「自吾之事夫子、五年之後、夫子始一解顔而笑」（吾の夫子に事《つか》へてより、五年の後にして、夫子始めて一顔を解きて笑ふ）とある。

［聲和］傅玄の「太子少傅箴」に「聲和則響清、形正則影直」（声和せば則ち響清く、形正しければ則ち影直し）とあり、『禮記』郊特性に「割刀之用、而鸞刀之貴、貴其義也、聲和而后斷也」（割刀の用ゐらるるも、鸞刀の貴ばるるは、其の義を貴ぶなり、声和して而《しか》る后《のち》断つなり）という（「鸞刀」は、祭祀用の刀）。

［心亦宜］王讃の「雜詩」に「誰能宜我心」（誰か能く我が心に宜しからん）とある。

7　千金何足重、所存意氣間、

［千金］大金。『韓非子』難四に「千金之家、其子不仁、人之急利甚也」（千金の家は、其の子仁ならず、人の利を急ぐこと甚しきなり）とある。

［所存］心の在処。『孟子』盡心・上に「夫君子所過者化、所存者神、上下與天地同流」（夫れ君子の過ぐる所の者は化にして、存する所の者は神なり、上下は天地と流れを同じくす）とあり、朱熹の集注に「心の主を存する所の處なり」という。

［意氣］古楽府に「男兒重意氣」（男児は意気を重んず）とある。

代堂上歌行

王闓運は「結の四句は俚に近し」と言う。詩中に俚語を含むのは鮑詩の特徴の一つである。

四坐且莫諠　四坐　且《しばら》く諠《かまびす》しくする莫かれ
聽我堂上歌　聴け　我が堂上に歌ふを
昔仕京洛時　昔　京洛に仕へし時
高門臨長河　高門　長河に臨めり
出入重宮裏　出入す　重宮の裏《うち》
結交曹與何　交りを結ぶ曹と何と
車馬相馳逐　車馬は相馳逐し
賓朋好容華　賓朋は容華を好くす
陽春孟春月　陽春　孟春の月
朝光散流霞　朝光　流霞を散ず
輕步逐芳風　歩を軽やかにして芳風を逐ひ
言笑弄丹葩　言笑して丹葩《たんは》を弄ぶ
暉暉朱顏酡　暉暉たり朱顔の酡《た》
紛紛織女梭　紛紛たり織女の梭《ひ》
滿堂皆美人　堂に満つるは皆美人
自我對湘娥　自ら我れ湘娥に対す
雖謝侍君閑　君の閑に侍するを謝すと雖も
明粧帶綺羅　明粧　綺羅を帯ぶ
箏笛更彈吹　箏笛　更に弾きては吹き
高唱好相和　高唱　好く相和す
萬曲不關心　万曲　心に関せずして
一曲動情多　一曲　情を動かすこと多し
欲知情厚薄　情の厚薄を知らんと欲し
更聽此聲過　更に聴く此の声の過ぐるを

＊「莫」字、『樂府』・『詩紀』に「一に『勿』に作る」という。
＊「交」字、張溥本・『詩紀』・『樂府』は「友」に作る。
＊「酡」字、張溥本は「酡」に作る。
＊「自我」、張溥本・『詩紀』・『樂府』は「目成」に作る。
＊「侍」字、『樂府』は「詩」に作る。
＊「心」字、『樂府』は「情」に作り、『詩紀』に「一に『情』に作る」という。
＊「過」字、『詩紀』は「歌」に作る。

「お座敷での歌」に代えて

諸君しばしお静かに願おう
お座敷での私の歌をお聞き頂きたい

以前都で仕えていた時
私が居た宮殿の門（高門殿）は大きな河に面していた
幾重にも重なる宮殿に出入りし
友達づき合いしたのは曹家や何家の者たちであった
車馬を走らせ合い
客人は容姿華麗な者たちであった
春たけなわの二月
朝日の光は流れる霞を追いやった
軽やかな足どりで芳しい春風を追い求め
談笑しながら真っ赤な花を愛でたものだ
輝く美人の顔は酔って赤らみ
大勢が織女の梭《ひ》のように行き交った
殿中に溢れているのは皆美人ぞろい
私自身は神女と向かい合った
あなたのくつろぎの宴に侍るのを感謝していると言うが
すっきりした化粧で綺羅を身につけた貴婦人であった
改めて箏や笛を演奏し
高らかな歌声でそれに唱和した
あまたの曲に関心はなく
この一曲だけがずいぶん気持ちを動かした
情が厚いかどうかを知りたくて
改めてその音の情の溢れるのに耳を凝らしたものだ

1　四坐且莫諠、聴我堂上歌、

[四坐……]「古詩」に「四坐且莫諠、願聴歌一言」（四坐且く諠《かまびす》しくする莫かれ、願はくは一言を歌ふを聴け）とあり、この種の楽府の常套表現として用いられる。

[堂上歌]『白虎通』禮樂に「歌者在堂上、舞者在堂下、何。歌者象徳、舞者象功、君子上徳而下功」（歌ふ者は堂上に在り、舞ふ者は堂下に在るは、何ぞや。歌ふ者は徳に象り、舞ふ者は功に象る、君子は徳を上として功を下とす）とある。

2　昔仕京洛時、高門臨長河、

[京洛]西京と東都（洛陽）。陸機の「爲顧彦先贈婦」詩（其二）に「京洛多風塵、素衣化爲緇」（京洛は風塵多く、素衣化して緇《くろ》と為る）とあり、班固の「東都賦」に「子

徒習秦阿房之造天、而不知京洛之有制」（子徒らに秦の阿房の天に造《いた》るに習ひ、京洛の制有るを知らず）という。

［高門］一説に、宮殿の名。黄節は『漢書』汲黯傳の「黯入請見高門」（黯入りて高門を見んことを請ふ）の注の『『三輔黄圖』未央宮中有高門殿也』（『三輔黄圖』に「未央宮の中に高門殿有るなり」と）を引き、次の句は従って「出入重宮裏」というと言い、曹植の「銅雀臺賦」の「建高門之嵯峨」（高門の嵯峨たるを建つ）こそがこの殿を指し、「美女篇」の「高門結重關」（高門重関を結ぶ）とは異なると言う。

3　出入重宮裏、結交曹與何、

［曹與何］曹爽・何晏ら浮華の流（徒）をいう。産業を興し、帝を凌ぐ勢いで豪奢に耽り、飲酒して浮華を楽しんだという。『魏志』曹爽傳に「南陽何晏・鄧颺・李勝、沛國丁謐、東平畢軌、明帝以其浮華、皆抑黜之。及爽秉政、乃以晏・颺・謐爲尚書。晏等專政、共分割洛陽野王典農部桑田數百頃、及壞湯沐地、以爲産業。爽飲食衣服、擬於乘輿。尚方珍玩、充牣其家。作窟室、綺疏四周、數與晏等會其中、縱酒作樂」（南陽の何晏・鄧颺・李勝、沛國の丁謐、東平の畢軌は、明帝其の浮華なるを以つて、皆之れを抑黜す。爽の政を秉るに及び、乃ち晏・颺・謐を以つて尚書と為す。晏等政を専らにし、共に洛陽の野王の典農部の桑田を分割すること数百頃、湯沐の地を壊すに及び、以つて産業と為す。爽の飲食衣服は、乗輿に擬す。尚方の珍玩、其の家を充牣《じゅうじん》す。窟室を作り、綺疏四もに周らし、数《しば》しば晏等と其の中に会し、酒を縦まにし楽しみを作す）とある（「尚方」は、天子の御物を納める倉。「充牣」は、みたす）。

4　車馬相馳逐、賓朋好容華、

［容華］曹植の「美女篇」に「容華耀朝日、誰不希令顔」（容華朝日に曜けば、誰か令顔を希《ねが》はざる）とある。

5　陽春孟春月、朝光散流霞、

［流霞］揚雄の「甘泉賦」に「噏清雲之流霞兮」（清雲の流霞を噏《す》ふ）とある。

6　輕歩逐芳風、言笑弄丹葩、

［輕歩］『列仙傳』に「被裘散髪、輕歩絶倫」（裘を被り髪を散じ、歩を軽くして倫に絶す）とある。

［芳風］范寧の『穀梁傳』序に「鼓芳風以扇游塵」（芳風を鼓して以つて游塵を扇る）とある。

［丹葩］赤い花。左思の「招隱詩」に「丹葩曜陽林」（丹葩陽林に曜く）とある。

7　暉暉朱顔酡、紛紛織女梭、

［朱顔酡］『楚辭』招魂に「美人既醉、朱顔酡些」（美人既に酔ひ、朱顔酡《あから》む）とある。

［梭］機織りの横糸を通す道具、ひ。『正韻』に「梭、機杼之屬、所以行緯」（梭は、機杼の属、緯を行ふ所以なり）という。

8　滿堂皆美人、自我對湘娥、

［滿堂皆美人］『楚辭』九歌に「滿堂兮美人、忽獨與余兮目成」（堂に満つる美人、忽ち独り余と目成す）とある（「目成」は、目くばせ）。

［湘娥］神女、湘夫人。張衡の『西京賦』に「感河馮、懷湘娥」（河馮に感じ、湘娥を懐ふ）とあり、注に「王逸曰『言堯二女娥皇・女英隨舜不及、墮湘水中、因爲湘夫人』」（王逸曰はく、「言ふこころは尭の二女娥皇・女英、舜に随ふも及ばず、湘水の中に堕ち、因つて湘夫人と為る」と）という。

9　雖謝侍君閑、明粧帶綺羅、

［侍君閑］『楚辭』招魂に「離榭脩幕、侍君之閒些」（離榭の脩幕、君の間《しづ》かなるに侍る）とあり、王逸注に「閒、靜也。言願令美女於離宮別觀帳幕之中、侍君閒靜而宴遊也」（間は、静かなり。言ふこころは願はくは美女をして離宮別観の帳幕の中に於いて、君が間静にして宴遊するに侍らしむるなり）という。

［綺羅］華麗な織布。後世の『顔氏家訓』治家に「車乘塡街衢、綺羅盈府寺」（車乗街衢を塡《うづ》め、綺羅府寺に盈つ）とあり、徐幹の「情詩」に「君行殊不返、我飾爲誰榮。……綺羅失常色、金翠暗無精。……」（君行きて殊に返らず、我飾りて誰がためにか栄えん。……綺羅常色

を失ひ、金翠暗くして精無し。……）という。

10　箏笛更彈吹、高唱好相和、

［箏笛］『急就篇』注に「箏、瑟類、本十二絃、今則十三」（箏は、瑟の類なり、本と十二絃、今は則ち十三なり）といい、『風俗通』に「笛、長四寸、七孔」（笛は、長さ四寸、七孔なり）という。

［高唱］陸機の「演連珠」に「臣聞絶節高唱、非凡耳所悲」（臣聞く絶節高唱は、凡耳の悲しむ所に非ずと）とある。

11　萬曲不關心、一曲動情多、

［動情］『史記』樂書に「音樂者所以動盪血脈、通流精神、而和正心也」（音楽なる者は血脈を動盪し、精神に通流し、而して心を和正する所以なり）とある。

12　欲知情厚薄、更聽此聲過、

［厚薄］『魏志』傅嘏傳の「嘏常論才性同異、鍾會集而論之」（嘏常に才性の同異を論ずれば、鍾會集めて之れを論ず）の裴松之注に「若皆知其不終、而情有彼此、是爲厚薄由于愛憎、奚豫於成敗哉。以愛憎爲厚薄、又虧於雅體矣」（皆其の終らずして、情に彼此有るを知るがごときは、是れ厚薄の愛憎に由るが為なり、奚《な》んぞ成敗に豫《あづ》らんや。愛憎を以つて厚薄と為すは、又た雅体に虧《か》けり）という。

［聲過］歌声が情の節度を越えること。『孟子』離婁・下に「故聲聞過情、君子恥之」（故に声聞こえて情を過ぐるは、君子之れを恥づ）とある。また『周禮』春官「大司樂」に「凡建國、禁其淫聲、過聲、凶聲、慢聲」（凡そ国を建つるは、其の淫声、過声、凶声、慢声を禁ず）とあり、鄭玄の注に「過聲、失哀樂之節」（過声は、哀樂の節を失ふなり）という。

代貧賤愁苦行

湮沒雖死悲　湮没《いんぼつ》　死は悲しと雖も
貧苦即生劇　貧苦は即ち生きながらにして劇《はげ》し

長歎至天曉　長歎して天の暁に至り
愁苦窮日夕　愁苦して日の夕べを窮む
盛顏當少歇　盛顔　当に少《か》け歇《か》くべく
鬢髮先老白　鬢髪　先づ老いて白し
親友四面絶　親友　四面に絶え
朋知斷三益　朋知　三益を断つ
空庭慙樹萱　空庭　萱《わすれぐさ》を樹うるを慙《は》ぢ
藥餌媿過客　薬餌　客を過《よぎ》らしむるに媿《は》づ
貧年忘日時　貧年　日時を忘れ
黯顏就人惜　黯顔《あんがん》　人の惜しむに就《つ》く
俄頃不相酬　俄頃《がけい》にして相酬いず
恧怩面已赤　恧怩《ぢくぢ》として面已に赤し
或以一金恨　或は一金を以つて恨み
便成百年隙　便ち百年の隙を成す
心爲千條計　心に千条の計を為すも
事未見一獲　事は未だ一たびも獲《う》るを見ず
運圮津塗塞　運は圮《やぶ》れて津塗塞がり
遂轉死溝洫　遂に転びて溝洫《こうきょく》に死す
以此窮百年　此れを以つて百年を窮むるは
不如還窀穸　窀穸に還るに如かず

＊題の「愁苦」、張溥本・『詩紀』は「苦愁」に作る。
＊「媿」字、張溥本・『詩紀』は「愧」に作る。

「貧賤で苦しみ愁える歌」に代えて

消えて無くなるのだから死は悲しいかも知れないが
目下の貧困の苦しみは生き地獄である
夜明けまで歎き続け
夕方まで愁い苦しむ
若々しい顔から艶が消え
髪の毛から真っ先に白く老けてくる
親戚や仲良しが周りから居なくなり
有益な親友や知り合いも交際を絶つ
人の来ない庭に人忘れの草を植えたことを慙《は》じ
薬草や料理も無くたまの客人に対して愧《は》ずかしい
貧しい最中は日時も忘れるほどであり

暗い顔で人の哀れみを誘うようになる
暫く経ってもお返しはできず
忸怩としてもはや赤面するばかり
一金を返せずに恨みを抱かれようものなら
百年の間隙が出来てしまう
心中ではいくつもの案を持ってはいても
事はまだ一つも成就を見ない
命運は尽きて途《みち》は塞がり
そのまま倒れて田んぼの溝で死ぬことになる
このようにして百年の一生を終えるくらいなら
あの世に帰っていく方がましであろう

1　湮沒雖死悲、貧苦即生劇、

［湮沒］消えて無くなる。黄節は『史記』伯夷列傳に「岩穴之士、趨舍有時、若此類、名湮滅而不稱、悲夫」（岩穴の士は、趨舍に時有り、此《かく》のごときの類、名湮滅して称せられず、悲しいかな）とあるのを引き、「湮滅、湮沒は同じ」と言う（「趨舍」は、行くかやめるか）。

2　長歎至天曉、愁苦窮日夕、

［長歎］『晉書』索襲傳に「襲不與世交通、或獨語獨笑、或長歎涕泣、或請問不言」（襲世と交通せず、或は独り語り独り笑ひ、或は長く歎じて涕して泣く、或るひと問はんことを請ふも言はず）という（併せて、以下の「日夕」の注を参照されたい）。

［天曉］夜明け。『宋書』樂志に「遙望辰極、天曉月移、憂來闐心、誰當我知」（遥かに辰の極まるを望めば、天暁け月移る、憂ひ来たりて心に闐《み》つるも、誰か当に我を知るべき）とある。

［日夕］夕方。繁欽の「定情」詩に「日夕兮不來、躑躅長歎息」（日の夕べにして来たらず、躑躅として長く歎息す）とあり、『詩』王風「君子于役」に「日之夕矣、羊牛下來」（日の夕べ、羊牛下り来たる）という。

3　盛顔當少歇、鬢髪先老白、

［鬢髪］左右の頭髪。左思の「嬌女」詩に「鬢髪覆廣額、雙耳似連璧」（鬢髪は広き額を覆ひ、双耳は連璧に似たり）とある。

[老白]『漢書』五行志・下之上に「白髪、衰年之象、體尊性弱、難理易亂」（白髪は、衰年の象なり、体は尊く性は弱く、理《をさ》め難く乱れ易し）という。

4　親友四面絶、朋知斷三益、

[四面] 阮籍の「詠懐詩」に「嘉賓四面會」（嘉賓四面より会す）とある。

[三益]『論語』季氏篇に「益者三友、友直、友諒、友多聞、益矣」（益ある者は三友なり、直きを友とし、諒《まこと》なるを友とし、聞く多きを友とするは、益あり）とある。

5　空庭慚樹萱、藥餌媿過客、

[樹萱] 忘れ草を植える。「萱」は、忘れ草。『詩』衞風「伯兮」に「焉得諼草、言樹之背」（焉くにか諼草《わすれぐさ》を得、言《ここ》に之れを背に樹ゑん）とある。ここは、忘れられない人を忘れるために植える忘れ草を、人を忘れたいわけではないのに、貧困の愁いを忘れるために植えざるをえないことを恥じている。

[藥餌] 薬草と滋養分。一説に、音楽と食事。なお、黄節は『藥』は、當に『樂』に作るべし」と言い、『老子』に「樂與餌、過客止、道之出口、淡乎其無味」（楽と餌とは、過客止まるも、道の口を出づるは、淡乎として其れ味無し）とあるのを踏まえるとする。

6　貧年忘日時、黯顔就人惜、

[忘日時] 蘇武の詩に「努力愛春華、莫忘歡樂時」（努力して春華を愛し、歓楽の時を忘るる莫かれ）とあり、潘岳の「悼亡詩」に「寢息何時忘、沈憂日盈積」（寝息何れの時なるかを忘れ、沈憂日に盈積す）とある。

[黯] 暗い。『説文』に「黯、深黒也」（黯は、深黒なり）とある。

7　俄頃不相酬、恧怩面已赤、

[恧怩] 忸怩として恥ずかしいさま。『方言』に「山之東西、自愧曰恧」（山の東西は、自ら愧づるを恧と曰ふ）とあり、『説文』に「忸怩、慙也」（忸怩は、慙《は》づるなり）という。

8　或以一金恨、便成百年隙、

［一金］僅かな金。班彪の「王命論」に「夫餓饉流隷、飢寒道路、思有短褐之襲、擔石之蓄、所願不過一金、終於轉死溝壑」（夫れ餓饉の流隷は、道路に飢寒し、短褐の襲ね、担石の蓄え有るを思ひ、願ふ所は一金に過ぎず、溝壑に転死するに終はる）とある。

9　心爲千條計、事未見一獲、

［千條・一獲］銭振倫は、『史記』淮陰侯傳に「智者千慮、必有一失、愚者千慮、必有一得」（智者千慮すれば、必ず一失有り、愚者千慮すれば、必ず一得有り）とあるのを踏まえるとする。

10　運圮津塗塞、遂轉死溝洫、

［運圮津塗塞］運悪く進む道が閉ざされる。「津」は、渡し。「塗」は「途」、道。「圮」は、土橋。諸本「圮」に作るが、「圮」に作るべきであろう。『蜀志』に「許靖與曹公書曰、『袁術方命圮族、津塗四塞』」（許靖の曹公に与ふるの書に曰はく、「袁術方に族を圮《やぶ》らんことを命ずれば、津塗四ものかた塞がる」と）とあり、『説文』に「圮、毀也」（圮は、毀《こぼ》つなり）という。

［轉死］転落して横死する（8の［一金］注を参照されたい）。

［溝洫］田畑に水を引く用水路、みぞ。『周禮』に「十夫有溝、百夫有洫」（十夫に溝有り、百夫に洫《みぞ》有り）とある（8の［一金］注を参照されたい）。

11　以此窮百年、不如還窀穸、

［窀穸］夜のように暗い穴、墓穴。『左傳』襄公十三年の「唯是春秋窀穸之事」注に「窀、厚也。穸、夜也。厚夜、猶長夜、春秋謂祭祀、長夜謂葬埋也」（窀は、厚きなり。穸は、夜なり。厚夜とは、猶ほ長夜のごとし、春秋は祭祀を謂ひ、長夜は葬埋するを謂ふなり）という。

代邊居行

少年遠京陽　　少年にして京陽に遠ざかり

遙遙萬里方　遥々たり万里の方
陋巷絶人徑　陋巷《ろうかう》　人径を絶ち
茅屋摧山崗　茅屋　山崗を摧《くだ》く
不覩車馬迹　車馬の迹を覩《み》ず
但見麋鹿場　但だ麋鹿《びろく》の場を見るのみ
長松何落落　長松　何ぞ落々たる
丘隴無復行　丘隴《きうろう》　復た行く無し
邊地無高木　辺地に高木無く
蕭蕭多白楊　蕭々として白楊多し
盛年日月盡　盛年　日月尽き
一去萬恨長　一たび去りて万恨長し
悠悠世中人　悠々たり世中の人
爭此錐刀忙　此の錐刀の忙を争ふ
不憶貧賤時　貧賤の時を憶《おも》はず
富貴輒相忘　富貴たれば輒《すなは》ち相忘る
紛紛徒滿目　紛々として徒に目に満つれば
何關慨予傷　何ぞ予《よ》が傷みを慨《なげ》くに関はらんや
不如一畝中　如《し》かず一畝の中
高會挹清漿　高会して清漿を挹《く》むに
遇樂便作樂　楽しみに遇へば便ち楽しみを作《な》し
莫使候朝光　朝光を候《ま》たしむる莫かれ

＊「京」字、宋本・『詩紀』ともに「一に『荆』に作る」とある。

＊「方」字、張溥本・『詩紀』は「行」に作り、『詩紀』に「集は『方』に作る」という。

＊「崗」字、一に「岡」に作る。

「辺鄙な所に住む歌」に代えて

若くして都の洛陽から遠く離れ
遥か万里の彼方を旅した
拓けていない村里は人の通られる小径もなく
茅葺きの家には山が崩れかかっている
車馬の通った迹を見つけることはできず
鹿の遊び場だけが目に入る
高い松はまばらで
山間は二度と行く者はいない

辺境の地に高木はなく
寂しげに大葉楊《はこやなぎ》が茂っている
若さは日ごと月ごとに消え失せ
瞬く間に多くの恨みが募る
流されて行くのは世間の人
こんな僅かな利益にあくせくしている
貧しかった時のことは思い出そうともせず
富貴になれば貧賤の交わりを忘れてしまう
ごたごたが無意味に目に多く入るだけで
私が心傷めている事を慨くなど一向にお構いなしである
一畝の田畑の中で盛大に酒盛りをし
澄み酒を酌むに越したことはない
楽しみに出会えば楽しく過ごし
夜明けが待ちどおしいとは決して思うまい

1　少年遠京陽、遙遙萬里方、

［京陽］洛陽。潘岳の「金谷集」詩に「朝發晉京陽、夕次金谷湄」（朝に発す晉の京陽、夕べに次《やど》る金谷の湄《ほとり》）とあり、注に「晉京洛陽也」（晉の京は洛陽なり）という。

2　陋巷絶人徑、茅屋摧山岡、

［陋巷］開けていない町筋。潘岳の「楊仲武誄」に「雖舅氏隆盛、而孤貧守約、心安陋巷、體服菲薄、余甚奇之」（舅氏は隆盛なりと雖も、而も孤貧にして約を守り、心は陋巷に安んじ、体は菲薄に服《したが》へば、余甚だ之れを奇とす）とあり、『論語』雍也に「賢哉、回也。一簞食、一瓢飲、在陋巷、人不堪其憂、回也不改其樂」（賢なるかな、回や。一簞もて食し、一瓢もて飲む、陋巷に在り、人其の憂ひに堪えざるも、回や其の楽しみを改めず）という。

［茅屋］潘岳の「秋興賦」に「僕野人也。偃息不過茅屋茂林之下、談話不過農夫田父之客」（僕は野人なり。偃息するは茅屋茂林の下に過ぎず、談話するは農夫田父の客に過ぎず）とある。

3　不覩車馬迹、但見麋鹿場、

［車馬］陶淵明の詩に「結廬在人境、而無車馬喧」（廬を

結びて人境に在り、而も車馬の喧しき無し）とある。

［麞鹿］曹植の「九愁賦」に「與麞鹿以爲羣、宿林藪之蒧蓁」（麞鹿と以つて群れを為し、林藪の蒧蓁に宿る）とある。

［鹿場］鹿の遊び場。『詩』豳風「東山」に「町畽鹿場、熠燿宵行」（町畽《ていたん》たる鹿の場、熠燿《いふえう》は宵に行く）とある（「町畽」は、足跡のつくさま。「熠燿」は、蛍）。

4　長松何落落、丘隴無復行、

［長松何落落］孫綽の「遊天台山賦」に「藉萋萋之纖草、蔭落落之長松」（萋々たるの繊草を藉《し》き、落々たるの長松を蔭る）とある。「落落」を、『文選』五臣注で呂延濟は「落々は、松の高き貌なり」と言い、高く抜きん出たさまとするが、李善は杜篤の「首陽山賦」の「長松落落、卉木蒙蒙」（長松は落々たり、卉木は蒙々たり）を引き、まばらの意とする。

［丘隴］陶潛の「歸園田居詩」（其四）に「徘徊丘隴間、依依昔人居」（徘徊たり丘隴の間、依依たり昔人の居）とある。

5　邊地無高木、蕭蕭多白楊、

［高木］張協の「雜詩」に「輕風摧勁草、凝霜竦高木」（軽風勁草を摧き、凝霜高木を竦《つつ》しましむ）とある（「竦」は、恐れる、つつしむ）。

［蕭蕭多白楊］古詩に「白楊多悲風、蕭蕭愁殺人」（白楊に悲風多く、蕭々として人を愁殺す）とある（「白楊」は、毛白楊、大葉楊、和名ハコヤナギ）。

6　盛年日月盡、一去萬恨長、

［盛年］蘇武の詩に「盛年行已衰」（盛年行くゆく已に衰ふ）とある。

［一去］『戰國策』燕策に「風蕭蕭易水寒、壯士一去兮不復還」（風蕭々として易水寒く、壮士一たび去りて復た還らず）とある。

［萬恨］秦嘉の「贈婦」詩に「一別懷萬恨」（一別万恨を懐く）とある。

7　悠悠世中人、爭此錐刀忙、

［悠悠］『史記』孔子世家に「桀溺曰、悠悠者天下皆是也、

而誰以易之」（桀溺曰はく、悠々たる者は天下皆是れなり、而るに誰か以つて之れを易へんや）とあり、集解に「孔安國曰、悠悠者、周流之貌也」（孔安国曰はく、悠々とは、周流の貌なり）という。

［錐刀］些細なこと、僅かな利の喩え。『左傳』昭公六年に「錐刀之末、將盡爭之」（錐刀の末、将に尽く之れを争はんとす）とある。

8　不憶貧賤時、富貴輒相忘、

［富貴輒相忘］『史記』陳渉世家に「常與人傭耕、輟耕之壟上、悵恨久之、曰『苟富貴、無相忘。』傭者笑而應曰『若爲傭耕、何富貴也。』陳渉曰『嗟乎、燕雀安知鴻鵠之志哉。』」（常に人と傭耕するに、耕すを輟《や》めて壟上に之《ゆ》き、悵恨すること之れを久しくして、曰はく「苟も富貴たらば、相ひ忘るること無し」と。傭者笑ひて応じて曰はく、「若《なんぢ》傭耕と為るに、何ぞ富貴たらんや」と。陳渉曰はく、「ああ、燕雀安んぞ鴻鵠の志を知らんや」と）とある。

9　紛紛徒滿目、何關慨予傷、

［紛紛］衆多のさま。陶潛の「勸農」詩に「紛紛士女、趨時競逐」（紛々たる士女、時に趨き競ひ逐ふ）とある。

10　不如一畝中、高會挹清漿、

［一畝］儒者の節操をいう。『禮記』儒行に「儒有一畝之宮」（儒に一畝の宮有り）とある（「宮」は、牆垣、かきの意）。

［高會］盛大な宴会。『後漢書』鄭太傳に「日引賓客、高會倡樂」（日び賓客を引き、高会倡楽す）とある。

［漿］汁。『詩』小雅「大東」に「維北有斗、不可以挹酒漿」（維《こ》れ北に斗有るも、以つて酒漿を挹《く》むべからず）とあり、『説文』に「漿、酢漿也。一曰、水米汁相將也」（漿は、酢漿なり。一に曰はく、水と米汁と相将るなりと）という。こん酢、しぼり汁の類。

11　遇樂便作樂、莫使候朝光、

［作樂］古詩に「爲樂當及時、何能待來茲」（楽しみを為すは当に時に及ぶべし、何ぞ能く来茲を待たんや）とある。

［候］うかがい待つ。『焦氏易林』夬之第四十三「損」に「畏昏不行、候旦待明」（昏《くら》きを畏るれば行かず、旦を候《うかが》ひて明くるを待つ）とある。

［朝光］鮑照自身の「代堂上歌行」にも「朝光散流霞」と見える。

代門有車馬客行

　黄節は、朱秬堂が「樂府には一詩にして三用なる者有り、曹植の『置酒篇』のごときは、『野田黄雀行』の辭に本づくなり、而して借りて『門有車馬客行』と爲す。王僧虔の『技録』に云ふ、門有車馬客行は、東阿王の『置酒』一篇を歌ひ、又た借りて『箜篌引』と爲すと。『古今樂録』に曰はく、『箜篌歌』は、瑟調、東阿王の辭は、『門有車馬客行』『置酒篇』なりと。蓋し其の命を知れば何をか憂へんの意を取りて『野田黄雀行』と爲し、其の親交して遊びに從ふの意を取りて『門有車馬客行』と爲し、其の迹を遠害に晦《くら》くすの意を取りて『箜篌引』と爲すならん。車馬の客は所謂長者の車轍なり。曹植轉じて『門有萬里客行』と爲せば、則ち其の客に問尋し、或ひは故舊郷里を得、或ひは駕して京師よりし、備《つぶ》さに市朝の遷謝・親友の彫喪の意を敍べ、可ならざる所無し。『樂府解題』は合して之を一とし、本義を失へり」と言うのを引き、鮑照のこの一篇と、曹植の「置酒」の一篇とは、意の用い方もはるかに異なるが、「門有萬里客」篇の意とは同じであり、この一篇はまさに曹植の「門有萬里客」篇に擬したものであろう、「門有車馬客」篇の方は樂府の古題であると思われ、「門有萬里客」篇こそ曹植が古歌から創り出した新題である、後人が誤って明遠のこの一篇を擬古題としているだけである、と言う。陸機にも「門有車馬客行」がある。

　制作時期については、4および8、9の錢仲聯の推定を参照されたい。

　鮑照のこの一篇は『張茂先集』にも見えるが、「悽悽聲中情」の二句、「歡戚競尋緒」の二句および末の四句が無い。

門有車馬客　門に車馬の客有り
問客何郷士　問ふ客何《いづ》れの郷の士かと
捷歩往相訉　歩を捷《すみや》かにして往きて相訉《と》へば
果得舊鄰里　果たして旧隣里たるを得たり
悽悽聲中情　悽悽たり声中の情
慊慊増下理　慊慊たり増下《ぞうか》の理
語昔有故悲　昔を語れば故《もと》の悲しみ有り
論今無新喜　今を論ずるも新しき喜び無し
清晨相訪慰　清晨より相訪《と》ひて慰め
日暮不能已　日暮れて已《や》む能はず
歡戚競尋緒　歓びと戚《かな》しみと競ひて緒を尋ね
談調何終止　談調　何ぞ終止せん
辭端竟未究　辞端　竟に未だ究まらざるに
忽唱分途始　忽ち分途の始まるを唱《とな》ふ
前悲尚未弭　前の悲しみの尚ほ未だ弭《や》まざるに
後感方復起　後の感の方《まさ》に復た起こる
嘶聲盈我口　嘶声《せいせい》　我が口に盈ち
談言在君耳　談言　君が耳に在り
手迹可傳心　手迹《しゅせき》もて心を伝ふべし
願爾駕行李　願はくは爾《なんぢ》よ行李に駕せんことを

＊「客」字、『樂府』は「君」に作る。
＊「訉」字、張溥本・『詩紀』・『樂府』は「訊」に作る。
＊「得」字、『樂府』は「一に『遇』に作る」という。
＊「理」字、張溥本・『詩紀』・『樂府』は「俚」に作り、宋本に「一に『俚』に作る」という。
＊「緒」字、『樂府』は「諸」に作り、「一に『敍』に作る」という。
＊「感」字、「『樂府』は「戚」に作り、『詩紀』に「『樂府』は『戚』に作る」という。
＊「君」字、『樂府』は「我」に作る。
＊「駕」字、張溥本・『詩紀』は「篤」に作り、宋本に「一に『篤』に作る」という。

「車馬の客が我が家にやって来た歌」に代えて

門に車馬に乗った旅人がやってきたので

客人はどこの国の人かと聞いてみることにした
急いで行って訊《たず》ねてみると
案のじょう以前いた隣村の人だった
悲しみの情が声の中に表れるのは
満たされず恨む理由が心の底にあるのである
以前のことを語れば嘗ての悲しみが籠もり
今を論じても新しい喜びはない
相手を訪ねて慰めあったのは早朝であったが
日が暮れても止めることができない
歓びと悲しみの情が次から次へと起こり
談笑はしまいまで止むことがないのである
言いたいことの最後まで行き着くことなく
お別れという言葉がもう口から出るときとなった
以前の悲しみさえもまだ収まらないのに
今後の感情がもう起ころうとしている
噎び泣く声が我が口いっぱいに溢れ
語らいの言葉は君の耳に残る
手紙で心を伝えよう
どうか君よ使いをうまく務められよ

1　門有車馬客、問客何郷士、

［門有…］「古詩」に「門有車馬客」とあり、曹植の「門有萬里客」詩に「門有萬里客、問君何郷人」（門に万里の客有り、問ふ君何《いづ》れの郷の人かと）とある（解題の黄節の説を参照）。

2　捷歩往相訊、果得舊鄰里、

［捷歩］歩みを速める。『後漢書』蔡邕傳に「捷歩深林、尚苦不密」（歩みを深林に捷《はや》くするも、尚ほ密《ちか》からざるに苦しむ）とある。

3　悽悽聲中情、慊慊増下理、

［悽悽］悲しく心痛めるさま。謝靈運の「道路憶山中」詩に「悽悽明月吹、惻惻廣陵散」（悽々たり明月の吹《ふえ》、惻々たり広陵散）とあり、『爾雅』に「哀哀悽悽、懷報徳也」（哀々たり悽々たりは、徳に報ゆるを懐ふなり）というが、『關尹子』三極に「人之善琴者、有悲心則聲悽悽然」（人の琴を善くする者、悲心有れば則ち声悽々然たり）という。

［慊慊］満たされず恨むさま。陸機の「苦寒行」に「慊慊恆苦寒」（慊々として恒に寒きに苦しむ）とあり、注に「鄭玄『禮記』注曰『慊、恨不滿足之貌也』」（鄭玄の『礼記』注に曰はく『慊は、恨みて満足せざるの貌なり』と）という。

［增下］未詳。「增」は、心の傷みを増す。『楚辭』九章「抽思」に「心鬱鬱之憂思兮、獨永嘆乎增傷」（心鬱々として之れ憂思し、独り永く嘆じて傷みを増す）とある。（［下俚］民歌の題名。「下里」に同じ。宋玉の「對楚王問」に「客有歌於郢中者、其始曰『下里巴人』、國中屬而和者數千人。……」（客に郢《えい》中に歌ふ者有り、其の始めは『下里巴人』と曰ひ、国中の屬《つ》きて和する者数千人なり。……）とある。また、「代蒿里行」の解題を参照。）

4　語昔有故悲、論今無新喜、

［故悲］錢仲聯は呉摯父の言を引き、「『故悲』は、蓋し元凶劭を謂ひ、『後感』は、蓋し廃帝を謂ふならん。……」と言う。

5　清晨相訪慰、日暮不能已、

［清晨］清々しい朝。曹植の「名都篇」に「雲散還城邑、清晨來復還」（雲は散じて城邑に還り、清晨来たりて復た還る）とある。

6　歡戚競尋緒、談調何終止、

［歡…緒］宋の孝武帝劉駿の「幸中興堂餞江夏王」詩に「陰雲掩歡緒、江山起別心」（陰雲歓緒を掩《おほ》ひ、江山別心を起こす）とある。

［談調］笑い語らう。『蜀志』張裔傳に「其談啁流速、皆此類也」（其の談啁の流速なること、皆此の類なり）とあり、『正字通』に「調は、嘲笑するなり」という（「啁」と「調」は通ず）。

7　辭端竟未究、忽唱分途始、

［分途］行く方向を違える。『抱朴子』疾謬に「其行出也、則逼狹之地、恥於分塗」（其の行き出づるや、則ち逼狭の地は、塗《みち》を分かつを恥づ）とある。

8　前悲尚未弭、後感方復起、

［弭］忘れ、止む。梁の顧野王の『玉篇』に「弭、忘也」（弭は、忘るるなり）とある。

［後感］銭仲聯は呉摯父の言を引き、「『故悲』は、蓋し元凶劭を謂ひ、『後感』は、蓋し廃帝を謂ふならん。……」と言う。

9　嘶聲盈我口、談言在君耳、

［嘶聲］むせぶ声。顔延之の「七繹」に「聽邊笳之嘶囀」（辺笳の嘶囀するを聴く）とあり、顧野王の『玉篇』に「嘶、噎也」（嘶《せい》は、噎ぶなり）という。

［談言］『史記』日者列傳に「觀其對二大夫貴人之談言」（其の二大夫貴人の談言に対するを観る）とある。

［在君耳］『左傳』文公七年に「言猶在耳」（言猶ほ耳に在るがごとし）とある。

　銭仲聯は呉摯父の言を引き、「呉摯父曰く、『故悲』は、蓋し元凶劭を謂ひ、『後感』は、蓋し廃帝を謂ふならん。末の四句は即ち『我は命有るを聞くも、敢へて人に告げず』の旨なり」と言う。

10　手迹可傳心、願爾篤行李、

［手迹］手紙。馬融の「與竇伯尚書」に「孟陵奴來賜書、見手迹、歡喜何量」（孟陵奴来たりて書を賜ひ、手迹を見れば、歓喜すること何をか量らんや）とある。

［行李］使者、あるいは使者としての旅。『左傳』僖公三十年に「行李之往來」（行李の往来）とあり、杜預の注に「行李、使人也」（行李は、使人なり）という。黄節は法官であるとして、次のように言う。『禮記』月令に「孟秋、命理瞻傷」（孟秋は、理に命じて傷を瞻《み》しむ）とあり、注に「理、治獄之官也。或借作李」（理は、治獄の官なり。或は借りて李に作る）といい、『史記』天官書に「左角李、右角將」（左角は李、右角は将なり）とあり、索隠に「李、即理、法官也」（李は、即ち理、法官なり）といい、『漢書』胡建傳に「『黄帝李法』」（『黄帝李法』）とあり、師古は「李者、法官之號、故其書曰李法。李與理音同」（李とは、法官の号なり、故に其の書を李法と曰ふ。李と理とは音同じ）という。「行李」は、或いは「行理」に作る。『左傳』昭公十三年に「子産曰、行理之命、無月不至」（子産曰はく、行理の命、月とし

て至らざる無し）とあり、『國語』周語・中に「行理以節逆之」（行理は節を以つて之れを逆《むか》ふ）とある、と。

代悲哉行

羈人感淑景　　羈人　淑景に感じ
縁感欲回轍　　感ずるに縁りて轍を回《まは》さんと欲す
我行詎幾時　　我が行　詎幾《いくばく》の時ぞ
華實驟舒結　　華と実と驟《には》かに舒《の》び結ぶ
覩實情有悲　　実を覩《み》れば情に悲しむ有り
瞻華意無悦　　華を瞻《み》れば意に悦ぶ無し
覽物懷同志　　物を覧《み》て同志を懐へば
如何復乖別　　如何ぞ復た乖別する
翩翩翔禽羅　　翩々《へんぺん》として翔《と》ぶ禽は羅《つら》なり
關關鳴鳥列　　関々として鳴く鳥は列なる
翔鳴尚疇偶　　翔《と》び鳴くすら尚ほ疇偶あるに
所歎獨乖絶　　歎ずる所のみ独り乖絶す

＊「景」字、張溥本・『詩紀』・『樂府』は「節」に作る。
＊「轍」字、『樂府』は「泬」に作る。
＊「鳴」字、『樂府』は「禽」に作る。
＊「尚」字、『樂府』は「常」に作る。
＊「疇」字、張溥本・『詩紀』は「儔」に作る。

陸機の「悲哉行」の李善注に、「『歌録』に曰はく『悲哉行は、魏の明帝造る』と」とある。『樂府詩集』雑曲歌辭に「『樂府解題』に曰はく、陸機は『遊客す芳春の林』と云ひ、謝惠連は『羈人淑節に感じ』と云ひ、皆客遊して物に感じ、憂思して作るを言ふなり」とある。

なお、右の引用文中からも知られるように、鮑照のこの一篇は謝惠連の『謝法曹集』にも見え、その注に「『樂府』は惠連に作り、『鮑照集』も亦た此れを載す」という。この謝惠連の作であるという説に対し、銭仲聯は詩風から鮑照の作であるとし、陳胤倩の説を引いて『華実』と『翔鳥』と、畳作して開闔す、故に語をして拙ならしめ、其の樸にして能く老いたるを見《あら》はす。此の詩は自づから應《まさ》に鮑に還すべし」と言う。

「悲しみの歌」に代えて

旅人は春の季節に感じ
感じたことで車を（故郷へ）方向転換しようとする
私はどれくらいの時を旅したのだろう
木はたちまち華を開きあるいは実を結ぶ
しかし実を見れば悲しみの情がもたらされ
華を見ても悦びの気持ちがおこらない
春の季節の物を見るにつけ志を同じくする者のこと
　を思うが
また別れが訪れることはどうにもならない
ぱたぱたと空翔ける鳥は仲間と連れだち
かあかあと鳴く鳥は（中洲で）群がっている
翔けたり鳴いたりの鳥でさえ仲間や双《つが》いで群がって
　いるのに
嘆く人間だけは離ればなれなのである

1　羇人感淑景、縁感欲回轍、

［羇人］旅人。『左傳』昭公七年に「單獻公棄親用羇」（単献公親を棄てて用つて羇す）とあり、杜預は「羇は、寄客たるなり」と言う。

［淑景］（［淑節］『初學記』に「春節曰……淑節」（春節は……淑節と曰ふ）という。）

［回轍］銭振倫は鄒陽の「獄中上書自明」に「邑號朝歌、墨子迴車」（邑は朝歌と号し、墨子車を迴すなり）とあるのを引く。黄節は、楽府古辞の「悲歌」に「心思不能言、腸中車輪轉」（心に思ふも言ふ能はず、腸中に車輪転ず）とあり、「回轍」の意は当然ここから出ており、車を回すとは解せない、と言うが、銭仲聯は、黄節の説は安定せず、「轍」は車の迹であり、「回」は返すの意である、回転と解すべきではない、車輪は回転すると言えるが、車の迹はどうして回転することができよう、詩の意味は旅人が季節の物に感じて帰ることを思うというものであると思われる、と言う。

2　我行詎幾時、華實驟舒結、

［華實］『爾雅』に「木謂之華、草謂之榮。不榮而實者謂之秀、榮而不實者謂之英」（木は之れを華と謂ひ、草は

之れを栄と謂ふ。栄《はな》さかずして実る者は之れを秀と謂ひ、栄さきて実らざる者は之れを英と謂ふ）とある。

3　覩實情有悲、瞻華意無悦、

［情有悲］陸機の「赴洛道中作」詩（其二）に「悲情觸物感、沈思鬱纏緜」（悲情物に触れて感じ、沈思鬱として纏綿たり）とある。

4　覽物懷同志、如何復乖別、

［乖別］別れ遠ざかる。曹植の「朔風」詩に「昔我同袍、今永乖別」（昔我袍を同じくするも、今は永く乖別す）とある。

5　翩翩翔禽羅、關關鳴鳥列、

［翩翩］鳥の飛ぶさま。陸機の「悲哉行」に「翩翩鳴鳩羽、喈喈倉庚音」（翩々たり鳴鳩の羽、喈々たり倉庚の音）とあり（「倉庚」は、うぐいす）、『詩』小雅「四牡」に「翩翩者鵻」（翩々たる者は鵻）という（「鵻」は、小鳩）。

［關關］鳥の鳴く声。『詩』周南「關雎」に「關關雎鳩」（関々たる雎鳩）とあり、「傳」に「關關、和聲也」（関々は、和する声なり）という。

6　翔鳴尚疇偶、所歎獨乖絶、

［乖絶］離ればなれになる。曹植の「求通親親表」に「近且婚媾不通、兄弟乖絶」（近ごろ且《まさ》に婚媾通ぜず、兄弟乖絶せんとす）とある。

代櫂歌行

『樂府詩集』では「相和歌辭瑟調曲」に属する。

主題について、『樂府解題』に「晉は明帝の詞を奏して『王者大化を布《し》く』と云ひ、備《つぶ》さに呉を平らぐるの勲を言ふも、晉の陸機の『遲遲として春暮れんと欲す』、梁の簡文帝の『妾の住まふは湘の川に在り』のごときは、但だ舟に乗り櫂を歌ふのみ」という。黄節も「魏の明帝の『櫂歌行』に『櫂歌悲しく且つ涼し』と曰ふは、朱秬堂曰はく『疑ふらくは舟際にて作りしならん』と」と言う。

　錢仲聯は単に船縁《ふなべり》での思いを唱った歌というのでなく、作詩の背景を考証して「朱秬堂曰はく、于役に困《くる》しみ、舟を回し櫂《かへ》を返すの思ひ有り。余『宋書』を讀み、子業の景和元年（四六五）に至り、袁顗《ゑんき》雍州刺史と爲るを求めし時、其の舅の蔡興宗を以つて荆州長史と爲すも、辭して行かず。顗曰はく、朝廷の形勢は、人の共に見る所なり、在内の大臣は、朝するも夕を保てずと。興宗曰はく、宮省の内外、人自らを保てざるは、會《まさ》に應《まさ》に變有るべし、若し内難弭《や》むを得たるも、外釁《くわいきん》未だ必ずしも量るべからず、汝外に在りて全きを求めんと欲すれば、我中《うち》に居りて禍を免れんと欲すと。子勛《しくん》の敗るるに及び、流離も外難あり、百に一も存せず、衆乃ち蔡興宗の先見に服す。明遠は驚波の留連すべき無きを知るも、而も卒に亂兵に死す、亦た百に一を存せずの中に在り。君子亂世に居り、進退保てざるに至るは、哀しむべきかな」と言う。錢仲聯はまた呉摯父の言を引き、「呉摯父曰はく、此れも亦た亂を憂ふるの旨なりと」と言う。

羇客離嬰時　羇客　離嬰《りえい》するの時
飄颻無定所　飄颻として定まる所無し
昔秋寓江介　昔の秋に江介に寓《やど》り
茲春客河滸　茲《こ》の春は河滸に客たり
往戢于役身　往くゆく于役の身を戢《をさ》め
願言永懐楚　願はくは言《ここ》に永く楚を懐はん
冷冷篠疏潭　冷冷として篠は潭を疏《とほ》し
邕邕鴈循渚　邕邕《ようよう》として鴈は渚に循《したが》ふ
飂戾長風振　飂戾《りうれい》として長風振ひ
搖曳高帆舉　搖曳として高帆挙ぐ
驚波無留連　驚波は留連する無く
舟人不躊竚　舟人は躊竚せず

＊「羇」字、張溥本・『樂府』は「覊」に作る。
＊「茲」字、『樂府』に「一に『今』に作る」とある。『詩紀』も同じ。
＊「願言永懐楚」の句、『樂府』は「願令懐水楚」に作る。
＊「篠」字、張溥本・『詩紀』・『樂府』は「儵」に作る。
＊「冷冷」、張溥本・『樂府』は「泠泠」に作る。
＊「搖曳」、『樂府』に「一に『飄遥』に作る」とある。

「舟歌」に代えて

旅人はしがらみに絆される時
風の吹くように定住することがない
この前の秋は長江の辺りに仮り住まいし
この春は黄河の畔に旅人の身となっている
ゆくゆくは出仕の身に終止符を打ち
できるものなら楚の国に帰る思いを遂げたい
冷たそうに木の枝は淵に浸かり
ヨウヨウと鳴きながら雁は河の渚を飛び回る
たっぷりの風がヒュウと動くと
引っ張られるように高い帆が揚がる
ざわめきたつ波には留まるべくもなく
船頭は（出帆を）ためらおうともしてくれない

1　羇客離嬰時、飄颻無定所、

［羇客］旅人。銭振倫の引く『異苑』に「西河有鐘在水中、晦朔輒鳴、羇客聞而悽愴」（西河に鐘の水中に在る有り、晦と朔とに輒《すなは》ち鳴れば、羇客聞きて悽愴たり）とある。

［離嬰］俗世の網に掛かること。陸機の「赴洛道中」詩に「世網嬰我身」（世網我が身に嬰《めぐ》り）とあり、李善は「説文『嬰、繞也』」（説文に『嬰は、繞るなり』と）という。

［飄颻］顧野王の『玉篇』に「飄颻、上行風也」（飄颻は、上行の風なり）とある。

2　昔秋寓江介、茲春客河滸、

［江介］長江の辺り。曹植の「雑詩」に「江介多悲風」（江介悲風多し）とあり、注に「介、間也」（介は、間なり）という。また『楚辭』九章「哀郢」に「悲江介之遺風」（江介の遺風を悲しむ）とあり、王逸注に「介、界也」（介は、界なり）という。

［河滸］黄河の水辺。『詩』王風「葛藟」に「綿綿葛藟、在河之滸」（綿々たり葛藟、河の滸に在り）とあり、傳に「水厓曰滸」（水厓を滸と曰ふ）という。

3　往戢于役身、願言永懐楚、

［于役］役目をおびた旅。『詩』王風「君子于役」に「君

子于役、不知其期」（君子役に于《ゆ》き、其の期を知らず）とある。

［懷楚］『史記』項羽本紀「贊」に「羽背關懷楚」（羽関を背にして楚を懐ふ）とある。

4　冷冷條疏潭、邕邕鴈循渚、

［冷冷］宋玉の「風賦」に「清清冷冷」（清々たり冷々たり）とある。

［條疏］枝が水の中で広がる。『楚辭』湘夫人「疏石蘭兮爲芳」の王逸注に「疏、布陳也」（疏は、布陳するなり）という。

［邕邕鴈］「邕邕」は雁の鳴き声。『詩』邶風「匏有苦葉」に「雝雝鳴雁、旭日始旦」（雝雝《ようよう》として鳴く雁、旭日始めて旦なり）とある。

［循渚］『詩』豳風「九罭」に「鴻飛遵渚、公歸無所」（鴻飛びて渚に遵ひ、公帰るに所無し）とある。

5　飂戾長風振、搖曳高帆擧、

［飂戾］風の音。潘岳の「西征賦」に「吐清風之飂戾」（清風の飂戾《りうれい》たるを吐く）とある。

6　驚波無留連、舟人不躊竚、

［驚波］ざわめく波。張衡の「西京賦」に「散似驚波」（散ずること驚波に似たり）とある。

［舟人］木華の「海賦」に「舟人漁子、徂南極東」（舟人漁子、南に徂《ゆ》き東を極む）とある。

代邽街行

「邽《けい》」という地名について、錢振倫に拠れば、『漢書』地理志に「隴西郡有上邽縣」（隴西郡に上邽縣有り）とあり、さらに「京兆尹有下邽縣」（京兆尹に下邽縣有り）とある。ここは故郷を離れた街。

作詩背景について黄節は、謝惠連の「却東西門行」に「慷慨發相思、惆悵戀音徽。四節競闌候、六龍引頹機。人生隨時變、遷化焉可祈。百年難必保、千慮盈懷之」（慷慨して相思を発し、惆悵として音徽を恋ふ。四節競つて候を闋《くつ》し、六龍引きて機を頽す。人生は時に随つて変ずれば、遷化は焉《いづく》んぞ祈るべけん。百年は必ずしも保ち難ければ、千慮盈ます之れを懐ふ）とあるのを引き、恵連が彭城王の法曹参軍であった時は、文帝の元嘉元年であり、卒年は三十七であるから、ちょうど元嘉年間の中葉であるが、鮑照が臨海王子頊《しぎょく》の難で卒したのは、乃ち明帝の初めであるから、相去ること三十年に啻《す》ぎない、この篇は明遠が恵連に擬したものだと考えられる、と言う。とすれば、「却東西門行」を継承する楽府であると考えられる。

人生隨時變　人生は時に随ひて変はれば
遷化焉可祈　遷化　焉《いづく》んぞ祈るべけん
百年難必果　百年は必ずしも果たし難く
千慮易盈虧　千慮は盈虧《えいき》し易し

＊題、張溥本・『詩紀』に「一に『去邪行』に作る」という。
＊「時」字、張溥本・『詩紀』は「事」に作る。

「邽の大通りの歌」に代えて

門前の大通りに出て佇みながら
遥か遠くを転蓬が飛んで行くのを眺めた
転蓬は本の根を残して去り
ころころと飛んでいったまま帰ってこない
思えば私も郷里の生活を捨て
親戚や親友に長いあいだ無沙汰をしている
歎いてはいつまでも続く郷愁を懐き
恨んでは里の便りを待ち望む

竚立出門衢　竚立して門衢《もんく》を出で
遙望轉蓬飛　遥かに望めば転蓬飛ぶ
蓬去舊根在　蓬去りて旧根のみ在り
連翩逝不歸　連翩《れんぺん》として逝《ゆ》きて帰らず
念我捨鄕俗　念ふ我が郷俗を捨て
親好久乖違　親好　久しく乖違《くわいゐ》するを
慷慨懷長想　慷慨して長想を懐ひ
惆悵戀音徽　惆悵として音徽《おんき》を恋ふ

私の人生は世事の変化のままに送ってきたもの
范蠡のように世俗の外に出て生きることは望めない
百年といわれる一生も送り果せるとは限らないのに
多くの心配事は簡単に増えたり減ったりを繰り返す

1　竚立出門衢、遙望轉蓬飛、

［佇立］たたずみ立つ。『詩』邶風「燕燕」に「瞻望弗及、佇立以泣」（瞻望するも及ばず、佇み立ちて以つて泣く）とある。

［門衢］門前の道路。『後漢書』鄭玄傳に「……矧乃鄭公之徳、而無駟牡之路、可廣開門衢、令客高車、號爲通徳」（……矧んや乃ち鄭公の徳にして、駟牡の路無ければ、広く門衢を開き、客をして車を高くすべく、号して通徳と為すをや）とあり、『爾雅』に「四達謂之衢」（四達は之れを衢と謂ふ）という（「駟牡」は、四頭だての馬車）。

［轉蓬］根無し草。曹植の「雜詩」（其二）に「轉蓬離本根、飄颻隨長風」（転蓬本根を離れ、飄颻として長風に隨ふ）とあり、魏の武帝の「却東西門行」にも「田中有轉蓬、隨風遠飄揚。長與故根絶、萬歳不自當」（田中に転蓬有り、風に随つて遠く飄揚す。長く故根と絶ち、万歳自から当てず）とある（「當」は、田と向き合う）。

2　蓬去舊根在、連翩逝不歸、

［連翩］孤独で寄る辺ないさま。曹植の「白馬篇」に「連翩西北馳」（連翩として西北に馳す）とあり、「吁嗟篇」にも「飄颻周八澤、連翩歷五山」（飄颻として八澤を周り、連翩として五山を歴《ふ》）とある。

3　念我捨郷俗、親交久乖違、

［乖違］隔絶する。離散する。陶潛の「於王撫軍座送客」詩に「洲渚四緬邈、風水互乖違」（洲と渚と四もに緬邈として、風と水と互に乖違す）とある。

4　慷慨懷長想、惆悵戀音徽、

［長想］遥かなる想い、追想。漢の傅毅の「舞賦」に「於是躡節鼓陳、舒意自廣。遊心無垠、遠思長想」（是に於いて節を躡みて鼓陳し、意を舒べて自ら広くす。心を無垠に遊ばせ、遠く思ひ長く想ふ）とあり、潘岳の「西征

賦」にも「眄山川以懷古、悵攬轡於中塗、……經澠池而長想、停余車而不進」（山川を眄《かへり》みて以つて古を懐ひ、轡《くつわ》を攬《と》るを中塗に悵く。……澠池を経て長く想ひ、余が車を停めて進まず）とある。

［音徽］音信。陸機の「擬古詩」（其一）に「此思亦何思、思君音與徽。音徽日夜離、緬邈若飛沈」（此の思ひ亦た何をか思ふ、君が音と徽とを思ふ。音徽日夜に離れ、緬邈として飛沈するがごとし）とあり、『文選』五臣注で張銑は「徽は、美なり。言ふこころは君が美徳及び音信を思ふなり」と言う。

5　人生隨時變、遷化焉可祈、

［時變］『漢書』司馬遷傳に「聖人不朽、時變是守」（聖人は朽ちず、時変ずるも是れ守る）とあり、『易』賁の象に「觀乎天文、以察時變」（天文を観、以つて時の変ずるを察す）とある。また『公羊傳』の「撥亂」の註にも「孔子仰推天命、俯察時變」（孔子仰ぎては天命を推し、俯しては時の変ずるを察す）とある。

［事變］『詩』序に「國史明於得失之迹、吟詠性情、以風其上、達於事變、而懷其舊俗者也」（国史は得失の迹を明らかにし、性情を吟詠し、以つて其の上を風し、事変に達し、而して其の旧俗を懐ふ者なり）とある。

［遷化］仙化。世俗の外で生きる。『魏志』劉廙《りうよく》傳に「兄望之投傳告歸。廙曰『兄既不能法柳下惠和光同塵於內、則宜模范蠡遷化於外』」（兄の望之伝を投じて帰るを告ぐ。廙曰はく『兄は既に柳下恵に法つて内に和光同塵する能はず、則ち宜しく范蠡に模して外に遷化すべし』と）とある。

6　百年難必果、千慮易盈虧、

［千慮］『史記』淮陰侯列傳に「智者千慮、必有一失、愚者千慮、必有一得」（智者千慮するも、必ず一失有り、愚者千慮すれば、必ず一得有り）とある。

［盈虧］満ち欠け。『易』謙に「天道虧盈而益謙」（天道盈《み》てるを虧《か》きて謙るに益す）とある。

代陳思王白馬篇

曹植の「白馬篇」を承けている。

楽府題の由来については、曹植「白馬篇」の李善注に『歌録』に曰はく、『白馬篇』は、『齊瑟行』なりと」と言う。「齊瑟行」からは「名都篇」「美女篇」も出ている。『歌録』に曰はく、『名都』『美女』『白馬』は並びに『齊瑟行』なり。曹植の『名都篇』に曰はく『名都妖女多し』と。『美女篇』に曰はく『美女妖且つ閒なり』と。『白馬篇』に曰はく『白馬金羈を飾る』と。皆主句を以つて篇に名づく。……」とある。

主題については、『樂府詩集』に「『白馬』は、白馬に乗るを見て此の曲を爲《つく》り、人の当に功を立て事を立て、力を尽くして国の爲《ため》にし、私を念ふべからざるを言ふなり」と言う。また銭振倫は朱止谿の説を引き、「『白馬』を歌ふは、世に用ゐらるるの思ひなり。陳思の『自試表』は二方未だ克たざるを以つて念ひと爲す。『諫伐表』も復た雍・涼三分するを慮り、較《ほ》ぼ荊・揚の騒動に重んぜらる。故に『名都』の既に遠圖に乏しく、『白馬』の以つて卒に應ずるべきに如《し》かざるを知るなり。明遠の『但だ塞上の兒をして、我獨り雄たるを知らしむるのみ』は、正に接《つゞ》けて言外の感慨を出だせり」と言う。

白馬騂角弓　白馬　角弓を騂《ととの》へ
鳴鞭乘北風　鞭を鳴らして北風に乗ず
要途問邊急　途《みち》を要《もと》めて辺の急なるを問ひ
雜虜入雲中　虜に雜《まじ》りて雲中に入る
閉壁自往夏　壁を閉ぢて自ら夏を往かしめ
清野徑還冬　野を清めて徑《ただ》ちに冬を還《かへ》らしむ
僑裝多闕絶　僑裝は闕絶すること多く
旅服少裁縫　旅服は裁縫すること少なし
埋身守漢節　身を埋めて漢節を守り
沈命對胡封　命を沈めて胡封に対す
薄暮塞雲起　薄暮　塞雲起こり
飛沙披遠松　飛沙　遠松を披《おほ》ふ
含悲望兩都　悲しみを含みて両都を望み
楚歌登四墉　楚歌して四墉《しよう》に登る
丈夫設計誤　丈夫　設計誤まり

懐恨逐邊戎　恨みを懐きて辺戎《へんじゅう》を逐ふ
罷別中國愛　中国の愛に罷別《ひべつ》し
邀冀胡馬功　胡馬の功を邀《もと》め冀《ねが》ふ
去來今何道　去り来りて今何をか道《い》ふ
單賤生所鍾　単賤は生の鍾《あつ》まる所なり
但令塞上兒　但だ塞上の児をして
知我獨爲雄　我独り雄と為すを知らしむるのみ

＊「徑」字、『詩紀』・『樂府』は「逐」に作る。
＊「節」字、張溥本・『詩紀』・『樂府』は「境」に作り、ともに「一に『節』に作る」とある。
＊「塞」字、『樂府』に「一に『雪』に作る」という。
＊「披」字、張溥本・『詩紀』・『樂府』は「被」に作る。
＊「罷」字、張溥本・『詩紀』・『樂府』は「棄」に作り、ともに「一に『罷』に作る」という。
＊「邀」字、『詩紀』・『樂府』に「要」に作り、『詩紀』に「一に『邀』に作る」という。
＊「單」字、『詩紀』・『樂府』は「卑」に作る。

陳思王曹植の「白馬の歌」に代えて

白馬に跨って角飾りのある弓を整え
馬鞭を鳴らして北風をたどってゆく
要路で辺境の危急を問い
胡虜のいる中を雲中郡まで入った
要塞を閉ざしたまま夏を過ごし
見晴らしよく野を刈って冬を迎える
旅支度は欠乏することが多く
旅用の服は繕うことが殆どない
身を投げうって漢の旗印を守り
命を投げ捨てて胡虜を迎え撃つ
夕暮れは辺地特有の雲が湧き
飛び交う砂が遠方の松を覆い隠す
悲しみを抱いて東都や西京の方を眺め
南方の歌を唱おうと城郭の上に登った
いっぱしの男子も人生設計を失敗すると
恨みを懐いたまま辺境の敵を追い回すことになる
国内で大切にされることを諦め

辺境で手柄を立てることを願い求める
去ってきた以上は何も言うまい
卑賤な者の人生の行き着く（集中する）所なのだ
辺塞の若造達に
我こそひとり英雄なのだと分からせるだけである

1　白馬騂角弓、鳴鞭乘北風、

［騂角弓］「騂騂」は弓が具合良く整っているさま。『詩』小雅「角弓」に「騂騂角弓」（騂々たる角弓）とある。

［乘北風］魏の武帝の楽府「氣出唱」（其一）に「駕六龍乘風而行、行四海外」（六龍に駕し風に乗りて行き、四海の外に行く）とある。

2　要途問邊急、雜虜入雲中、

［雲中］辺塞の地名。『漢書』馮唐傳に「魏尚守雲中、匈奴不敢近塞下」（魏尚雲中を守れば、匈奴敢へて塞下に近づかず）とあり、『漢書』地理志に「雲中郡、秦置」（雲中郡は、秦置く）という。黄節は「案ずるに即ち今の帰化城は、土黙特の西のかた、黄河の東岸なり」と言う。

3　閉壁自往夏、清野徑還冬、

［閉壁・清野］城壁を固め、野を払って見晴らしをよくする。何承天の「安邊論」に「堅壁清野以俟其來、整甲繕兵以乘其敝」（壁を堅め野を清めて以つて其の来たるを俟ち、甲を整へ兵を繕ひて以つて其の敝るるに乗ず）とある。

4　僑裝多闕絶、旅服少裁縫、

［闕絶］欠乏。黄節は「闕絶は、猶ほ乏絶のごときなり」と言う。

［裁縫］『周禮』縫人に「女工、女奴曉裁縫者」（女工は、女奴の裁縫に暁き者なり）とある。

5　埋身守漢節、沈命對胡封、

［埋身］生命を投げうつ。王粲の「詠史詩」に「同知埋身劇、心亦有所施」（同に身を埋むるの劇しきを知るも、心に亦た施す所有り）とある。なお、呉摯父はこの「埋身守漢節、沈命對胡封」以下を皆「鬼語」であるとする。

［漢節］漢の旗印。『史記』蘇武傳に「武既至海上、廩食

不至、掘野鼠去草實而食之、杖漢節、牧羊。臥起操持節旄盡落」（武既に海上に至り、廩食至らず、野鼠を掘り草実を去りて之れを食す、漢節を杖つき、羊を牧す。臥起するに操持すれば節旄《せつぼう》尽く落つ）とある。

［沈命］死を覚悟する。『漢書』武帝紀に「武帝末、盗賊滋起、於是作沈命法」（武帝の末、盗賊滋《ます》ます起こり、是に於いて沈命法を作る）とあり、顔師古の注に應劭の語を引いて「沈、沒也。敢蔽匿盜賊者、沒其命」（沈は、没するなり。敢て盗賊を蔽匿する者は、其の命を没す）という。

6　薄暮塞雲起、飛沙披遠松、

［遠松］後の李白の「古意」詩の「百丈託遠松、纏綿成一家」（百丈遠松に託し、纏綿として一家を成す）や「送韓準裴政孔巣父還山」詩の「峻節凌遠松、同衾臥盤石」（峻節遠松を凌ぎ、同衾盤石に臥す）等にも見える。

7　含悲望兩都、楚歌登四墉、

［兩都］班固の「兩都賦」序に「盛稱長安舊制、有陋雒邑之議」（盛んに長安の旧制を称し、雒邑を陋しとするの議有り）とある。

［楚歌］『史記』項羽本紀に「夜聞漢軍皆楚歌、驚曰『漢皆已得楚乎。是何楚人之多也』」（夜韓軍皆楚歌するを聞き、驚きて曰く「漢皆已に楚を得たるか。是れ何ぞ楚人の多きや」と）とある。

［四墉］四方の城壁。『左傳』襄公四年に「用馬於四墉」（馬を四墉に用ふ）とあり、注に「墉、城也」（墉は、城なり）という。

8　丈夫設計誤、懷恨逐邊戎、

［丈夫］『後漢書』馬援傳に「援嘗謂賓客曰、丈夫爲志、窮當益堅、老當益壯」（援嘗て賓客に謂ひて曰はく、丈夫は志を為すや、窮りて当に益すます堅かるべく、老いて当に益すます壮んなるべしと）とある。

［設計］『魏志』高貴郷公髦傳に「賄遺吾左右人、令因吾服藥、密因酖毒、重相設計」（吾が左右の人に賄遺し、吾れの服薬するに因りて、密かに酖毒《ちんどく》に因り、重ねて相設計せしむ）とある。

［懷恨］晉の袁宏の『後漢紀』光武帝紀・八に「惟陛下思豎儒之言、無使功臣懷恨於黃泉也」（惟だ陛下豎儒の言を思ひ、功臣をして恨みを黄泉に懐かしむる無かれ）とある。

9　罷別中國愛、邀冀胡馬功、

［胡馬］「古詩」に「胡馬依北風」（胡馬北風に依る）とある。

10　去來今何道、單賤生所鍾、

［去來］『列子』仲尼に「修一身任窮達、知去來之非我」（一身を修めて窮達に任すれば、去来の我に非ざるを知る）とある。

［所鍾］凝り衆まる、帰結する。『晉書』王衍傳に「情之所鍾、正在我輩」（情の鍾《あつ》まる所は、正に我輩に在り）とある。

11　但令塞上兒、知我獨爲雄、

［塞上］『淮南子』人間訓に「塞上叟失馬數月、馬將胡駿馬而至。其子好騎、墮而折髀」（塞上の叟馬を失ふこと数月、馬胡の駿馬を将ゐて至る。其の子騎を好み、堕ちて髀を折る）とある。

代陳思王京洛篇

錢仲聯は『樂府詩集』は、「此れ相和歌辭瑟調曲に屬す。共に二首、第二首は本集の無き所なり」と言う（『樂府詩集』は、この詩のあとに「南遊偃師縣」ではじまる第二首を載せている）。

曹植の「京洛篇」を継承していると考えられるが、聞人倓の按語には「今の『曹植集』に此の詩無く、『樂府（詩集）』も亦た但だ魏の文帝の一首を載するのみ」と言う。

主題については、『樂府詩集』に「始めは則ち盛んに京洛の美を稱へ、終《つひ》には君恩歇薄すと言ひ、怨曠沈淪の嘆き有り」とあり、朱秬堂は「豈に獨り女色の盛衰するのみならんや、以つて世の變はるを觀るべし」と言う。

また、方東樹は寵愛に関して「起の十二句は、極めて先づ盛んなるを寫す。『但懼』の六句は、衰歇するを言ふ。『古來』の二句は倒捲し、全篇を收束す。……」と言う。

鳳樓十二重　鳳楼は十二重
四戸八綺牕　四戸に八綺の窓
繡桷金蓮花　繡桷《しうかく》は金蓮の花
桂柱玉盤龍　桂柱は玉盤の竜
珠簾無隔露　珠簾に露を隔つる無く
羅幌不勝風　羅幌は風に勝《た》へず
寶帳三千所　宝帳は三千所
爲爾一朝容　爾《なんぢ》が一朝の容の為にす
揚芬紫煙上　芬《かほり》を揚ぐ紫煙の上
垂綵緑雲中　綵《いろどり》を垂る緑雲の中
春吹回白日　春吹は白日を回《かへ》し
霜歌落塞鴻　霜歌は塞鴻を落とす
但懼秋塵起　但だ懼《おそ》る秋塵の起ち
盛愛逐衰蓬　盛愛　衰蓬を逐《お》はんことを
坐視青苔滿　坐して視る青苔の満つるを
臥對錦筵空　臥して対す錦筵の空しきに
琴瑟縱横散　琴瑟は縦横に散じ
舞衣不復縫　舞衣は復たとは縫はず
古來共歇薄　古来　共に歇薄《けつはく》すれば
君意豈獨濃　君が意　豈に独り濃《こま》やかならんや
唯見雙黄鵠　唯だ見る双《つが》ひの黄鵠の
千里一相從　千里に一《もつぱ》ら相従ふを

＊題、張溥本に「『玉臺』は『煌煌京洛』に作る」というが、『玉臺』は「代京雒篇」に作る。『詩紀』も同じ（ただし「行」字あり）。
＊「露」字、『樂府』は「路」に作る。
＊「所」字、『玉臺』は「萬」に作る。
＊「歌」字、張溥本は「高」に作る。
＊「瑟」字、『玉臺』は「一に『筑』に作る」とある。
＊「共」字、『玉臺』は「皆」に作り、『樂府』は「兵」に作る。

陳思王曹植の「輝かしい
都のうた」に代えて

儀鳳（翔鳳）楼は十二層
四つの入口の戸に八つの綾模様の窓が開いている
漆塗りのたるきには金製の蓮の花が画かれ
良い香のする柱の柱には玉をはめ込んだ竜がうずま
いている
玉簾には露がとおり
うすぎぬの幕は風が抜ける
帝が作らせた三千もの美しい垂れ幕の部屋は
お前のこの朝の粧いのためにある
紫の霞の上によい香が発ち
緑の雲の中に光彩が映える
春の笛の音は沈む太陽をも呼び戻し
秋の霜の歌は北地の鴻をも舞い降ろさせる
ただ恐いのは秋風が砂塵を舞い上がらせ
盛んであった寵愛が失せて転がる蓬と一緒に行って
しまうこと
座って青々とした苔がいっぱいになるのを視
横になって人がいなくなった錦の敷物と向かい合う
琴や瑟があちこちに散らばり
舞衣も二度と新調することはない
昔から全ては欠けて消えていくのだから
殿御の気持ちだけがいつまでも厚いわけがない
ただつがいの黄鵠だけが
千里の彼方まで一緒に連れ添うだけである

1　鳳樓十二重、四戸八綺牕、

［鳳樓］楼観の名。『古詩箋』に聞人倓の引く「晉宮闕銘」に「總章觀・儀鳳樓一所、在觀上廣望觀之南。又別有翔鳳樓」（総章観・儀鳳楼は所を一にし、観の上の広望観の南のかたに在り。又た別に翔鳳楼有り）とある。

［十二重］聞人倓の引く『黄庭經』に「絳樓重宮十二級」（絳楼は宮を重ぬること十二級なり）とある（「級」は、段状のものを数える助数詞）。

［四戸…］堂房の間取りについていう。聞人倓の引く後魏の封軌の「明堂議」に「五室・九階・八牕・四戸」と言う。

［綺牕］透かし彫りのある窓。左思の「蜀都賦」に「開高軒以臨山、列綺窗而瞰江」（高軒を開きて以つて山に臨み、綺窓を列ねて江を瞰る）とあり、『文選』五臣注で呂向は「綺窗は、彫畫すること綺のごときなり」と言う。

2　繡桷金蓮花、桂柱玉盤龍、

［繡桷］飾り塗りをしたたるき。何晏の「景福殿賦」に「列髹彤之繡桷」（髹彤《きうとう》の繡桷《しうかく》を列す）とあり、張載の注に「言桷以髹漆飾之、而爲藻繡」（桷は漆を髹《ぬ》るを以つて之れを飾り、而して藻繡と為すを言ふ）という（「髹」は、漆を塗る）。

［金蓮花］金製の蓮の花。聞人倓の引く『後趙録』に「安金蓮花以冠帳頂」（金蓮花を安んじて以つて帳頂に冠す）とあると言う。

［桂柱］芳香を放つ柱。『三輔黄圖』池沼に引く『三輔故事』に「甘泉宮南有昆明池、池中有靈波殿、皆以桂爲殿、風來自香」（甘泉宮の南に昆明池有り、池中に霊波殿有り、皆桂を以つて殿を爲り、風来たれば自ら香る）とある。

［龍］たるきや柱に彫刻した竜。『西京雑記』巻一「昭陽殿」に「昭陽殿……椽桷皆刻作龍蛇、縈繞其間、鱗甲分明」（昭陽殿は……椽桷皆刻して竜蛇を作り、其の間を縈繞すれば、鱗甲分明なり）とある。

3　珠簾無隔露、羅幌不勝風、

［珠簾］晋の王嘉の『拾遺記』巻九「晉時之事」に「石虎於太極殿前起樓、高四十丈、結珠爲簾、垂五色玉珮」（石虎は太極殿の前に於いて楼を起こし、高きこと四十丈、珠を結びて簾と為し、五色の玉珮を垂る）とある。

［羅幌］薄絹の垂れ幕。「晉子夜秋歌」に「中宵無人語、羅幌有雙笑」（中宵人の語る無く、羅幌に双《ふた》つの笑ひ有り）とある。

4　寶帳三千所、爲爾一朝容、

［寶帳］美しく立派な垂れ幕。『西京雜記』巻二「四寶宮」に「武帝……列寶帳、設於桂宮」（武帝……宝帳を列ね、桂宮に設く）とある。

［三千所］宮女の多さをいう。聞人倓は『史記』高祖本紀に「沛公入秦宮、宮室帷帳狗馬重寶婦女以千數」（沛

公秦宮に入るに、宮室の帷帳・狗馬・重宝・婦女は千を以つて数ふ）とあるのを引き、黄節は『管子』に「女樂三千人、鐘石絲竹之音不絶」（女楽三千人、鐘石絲竹の音絶えず）とあるのを引く。

［容］よそおい。『詩』衞風「伯兮」に「誰適爲容」（誰をか適《あるじ》として容を為さん）とある。

5　揚芬紫煙上、垂綵緑雲中、

［紫煙］郭璞の「遊仙詩」に「駕鴻乘紫煙」（鴻に駕して紫煙に乗る）とある。

［垂綵］彩りが映える。潘岳の「秋菊賦」に「垂綵煒於芙蓉、流芳越乎蘭林」（綵を垂れて芙蓉に煒《かがや》き、芳を流して蘭林に越ゆ）とある。

［緑雲］陸機の「浮雲賦」に「緑翹明、岩英煥」（緑翹のごと明るく、岩英のごと煥く）とある。

6　春吹回白日、霜歌落塞鴻、

［春吹…］聞人倓は「按ずるに、言ふこころは其の吹響は以つて春を回へすべく、歌聲は以つて秋を召くに足る」と言う。

7　但懼秋塵起、盛愛逐衰蓬、

［秋塵］潘岳の詩に「平野起秋塵」（平野秋塵を起こす）とある、と聞人倓は言う（この句は現存の潘岳集には見えず、鮑照の「送盛侍郎餞候亭」詩中に見えている）。

［蓬］根無し草。曹植の「雜詩」に「轉蓬離本根」（転蓬本根を離る）とある。

8　坐視青苔滿、臥對錦筵空、

［青苔］人の訪れない場所をいう。『淮南子』泰族訓に「窮谷之汙生以青苔、不治其性也」（窮谷の汚れは生ずるに青苔を以つてし、其の性を治めざるなり）とある。

［臥對…］聞人倓は「言ふこころは坐臥するに皆懷ひを爲し難きなり」と言う。

9　琴瑟縱横散、舞衣不復縫、

［琴瑟］『詩』周南「關雎」に「窈窕淑女、琴瑟友之」（窈窕たる淑女は、琴瑟之れを友とす）とある。

10　古來共歡薄、君意豈獨濃、

［濃］気持ちが厚い。『集韻』に「濃、厚也」（濃は、厚きなり）という。

11　唯見雙黄鵠、千里一相從、

［黄鵠千里］「古詩」に「黄鵠一遠別、千里顧徘徊」（黄鵠一たび遠ざかり別るれば、千里に顧みて徘徊す）とある。

代陸平原君子有所思行

「陸平原」は晋の陸機。『晉書』陸機傳に「成都王穎、機を以つて大將軍事に參ぜしめ、表して平原内史と爲す」とある。その樂府に「君子有所思行」があり、「命駕登北山、延佇望城郭。廛里一何盛、街巷紛漠漠。甲第崇高闥、洞房結阿閣。曲池何湛湛、清川帶華薄。邃宇列綺窗、蘭室接羅幕。淑貌色斯升、哀音承顏作。人生誠行邁、容華隨年落。善哉膏粱士、營生奥且博。宴安消靈根、酖毒不可恪。無以肉食資、取笑葵與藿」という（『文選』所収）。鮑照のこの楽府はそれを継承した作で、構成は類似しているが独自性があり、自らの詩体で出来ている。

朱秬堂は『樂府正義』を引いて、「古辭は存せず、陸機より始まる、故に鮑集に『代陸平原君子有所思行』と稱す。漢の『鐃歌』の『有所思』は、後人之れに本づいて『思遠人』・『憶遠』・『望遠』等の曲を爲し、言ふ所は皆男女の情思なり。此れは別に『君子』より出で、衆人の思ふ所と同じからざるを見るなり」と言う。ただし、郭茂倩は「『君子行』と異なるなり」と言う。

主題について、郭茂倩は『樂府解題』を引いて「『君子有所思行』は、晉の陸機は『駕を命じて北山に登り』と云ひ、宋の鮑照は『西のかた登雀臺に上り』と云ひ、梁の沈約は『晨に策《むち》うつ終南の首』と云ふ。其の旨は雕室の麗色は、久しく懽ぶを爲すに足らず、宴安の酖毒の滿盈するは、宜しく敬忌すべき所なるを言ふ。……」と言う。

王僧虔の『技録』では「『君子有所思行』は、相和歌瑟調三十八曲の一つなり」と言うが、『樂府詩集』では雑曲歌辞に属す。

西出登雀臺　西のかた出でて雀台に登り
東下望雲闕　東のかた下りて雲闕を望む
層閣肅天居　層閣　天居を粛かにし
馳道直如髮　馳道　直《なほ》きこと髪のごとし
繡甍結飛霞　繡甍《しゅうぼう》は飛霞を結び
琁題納行月　琁題《せんだい》は行月を納む
築山擬蓬壺　築山は蓬・壺に擬し
穿池類溟渤　穿池は溟・渤に類す
選色遍齊岱　色を選ぶは斉・岱に遍《あまね》く
徵聲匝邛越　声を徴《め》すは邛《きょう》・越に匝《めぐ》る
陳鐘陪夕讌　鐘を陳ねて夕讌に陪し
笙歌待明發　笙歌して明発を待つ
年貌不可還　年貌は還るべからず
身意會盈歇　身意は会《まさ》に盈歇すべし
蟻壞漏山阿　蟻壊も山阿を漏らし
絲淚毀金骨　絲涙も金骨を毀《こぼ》つ
器惡含滿欹　器は満つるを含みて欹《かたむ》くを悪み
物忌厚生沒　物は生に厚くして没するを忌む
智哉衆多士　智なるかな衆多の士
服理辨昭昧　理に服《したが》ひて昭昧を弁ず

＊「出」字、張溥本・『詩紀』・『樂府』は「上」に作る。
＊「閣」字、『樂府』は「關」に作る。
＊「琁」字、張溥本・『詩紀』・『樂府』は「璇」に作る。
＊「行」字、『樂府』は「明」に作り、注に「一に『行』に作る」という。
＊「遍」字、『樂府』は「徧」に作る。
＊「岱」字、『文選』・『詩紀』は「代」に作り、「集は『岱』に作る」という。
＊「待」字、集注本『文選』は「侍」に作る。
＊「還」字、『樂府』は「留」に作る。
＊「阿」字、李善本『文選』・『樂府』は「河」に作り、張溥本・『詩紀』に「善は『河』に作る」という。
＊「昧」字、張溥本・『樂府』は「晰」に作り、『詩紀』には「一に『晰』に作る」という。

平原内史であった陸機の
「君子には思うこと有りの歌」に代えて

西の方に出向いては銅雀台に登り
東の方に下りて行っては雲闕を眺めた
何層にも重なった台閣は天帝の住まいのように厳かで
皇帝の通り道は髪の毛のように真っ直ぐである
綾模様の瓦屋根には空行く霞が纏いつき
たる木の先の軒には天行く月が懸かっている
蓬莱山・方壺山に模した山が築かれ
溟海・渤海に模した池が掘られている
見目良き美人があまねく斉・岱地方から選ばれ
声良き歌姫が広く邛《きょう》・越地方から呼ばれて来ている
鐘の楽器が据えられた夕べの宴に陪席し
笙の笛の伴奏で歌を唱いながら夜明けを待つ
年齢も容貌も元に戻すことは出来ず
身体も気持ちも満たされたり物足りなかったりがある
蟻塚一つで山も崩れ
心にもない涙で金属や骨も融けるという
宥坐の器は満杯になることをひどく嫌がり
人間は生に執着しすぎて早死にすることを忌み嫌う
何と智恵のあることか多くの官僚達は
道理に習熟してその道理が分かる分からぬが心の働き如何であることを弁えている

1　西出登雀臺、東下望雲闕、

［雀臺］銅雀台。李善の引く『鄴中記』に「鄴城西北立臺、名銅雀臺」（鄴城の西北のかた台を立て、銅雀台と名づく）とある。

［東下］東の方に下って行く。『史記』淮陰侯列傳に「漢王借兵而東下」（漢王兵を借りて東のかた下る）とある。

［雲闕］宮門や宮殿。劉歆の「甘泉賦」に「雲闕蔚之巖巖、衆星接之皚皚」（雲闕蔚として之れ巌々と、衆星接して之れ皚々《がいがい》たり）とあり（「皚皚」は、白いさま）、南平王劉鑠の「七夕詠牛女詩」に「安歩巡芳林、傾望極雲闕」（安らかに歩みて芳林を巡り、傾き望みて雲闕を極む）とある。

2　層閣肅天居、馳道直如髪、

［天居］天帝の住まい。蔡邕の「述征賦」に「皇家赫而天居」（皇家赫として天居なり）とある。

［馳道］天子の道。『漢書』成帝紀に「太子不敢絶馳道」（太子敢へて馳道を絶たず）とあり、應劭は『史記』注で「馳道」は「天子之道」（天子の道なり）という。

［如髪］李善が『詩』小雅「都人士」に「彼君子女、綢直如髪」（彼の君子の女、綢直《ちうちょく》なる如《そ》の髪）とあるのを引くのに拠れば（「如」は、それ、すなわち。「髪」は一に「發」に作る）、「如髪」は、その髪の意。

3　繡甍結飛霞、琁題納行月、

［繡甍］五色の甍。李善は「西京賦」に「雕楹玉舄、綉栭雲楣」（雕楹には玉の舄、綉栭《しうじ》には雲の楣《のき》）とあるのを引き（「舄」は、音セキ、くつの意。「楣」は、のき）、呂向は「甍は、棟なり。五彩を以つて之れを飾り、綉《ぬひと》るに似たれば、飛霞に連結するなり」と言う。

［琁題］玉で飾ったたるきの頭。李善は揚雄の「甘泉賦」に「珍臺間館、琁題玉英」（珍台と間館と、琁題は玉英あり）とあるのを引き、「甘泉賦」に注して「應劭曰はく、題は頭なり。榱椽の頭は、皆玉を以つて飾る」と言う。『文選』五臣注で呂向は「琁は、玉なり。題は、椽頭なり。言ふこころは月簷頭を過ぎ、琁題其の光を納引するなり」と言う（「椽」は、たる木）。

4　築山擬蓬壺、穿池類溟渤、

［蓬壺］仙界の蓬萊山。王嘉らの『拾遺記』高辛に「海中有三山、其形如壺、方丈曰方壺、蓬萊曰蓬壺、瀛洲曰瀛壺」（海中に三山有り、其の形は壷のごとし、方丈は方壷と曰ひ、蓬萊は蓬壷と曰ひ、瀛洲は瀛壷と曰ふ）とある。また、『列子』湯問には「渤海之東、不知幾億萬里。有大壑焉、實惟無底之谷、其下無底、名曰歸墟。其中有五山焉、一曰岱輿、二曰員嶠、三曰方壺、四曰瀛洲、五曰蓬萊也」（渤海の東は、幾億万里なるかを知らず。大壑有り、実に惟だ底無きの谷なるのみにして、其の下に底無く、名づけて帰墟と曰ふ。其の中に五山有り、一に曰はく岱輿、二に曰はく員嶠、三に曰はく方壷、四に曰はく瀛洲、五に曰はく蓬萊なりと）とある。

［溟渤］仙界の溟海と渤海。『列子』湯問に「有溟海者」（溟海なる者有り）とあり、『釋文』に「水黒色謂溟海」（水黒色なるを溟海と謂ふ）という。また司馬相如の「子虚賦」に「浮渤澥」（渤澥に浮く）とあり、李善注に「應劭曰はく、渤澥は、海の支を別にするなり」という（前項の「蓬壺」注を併せて参照されたい）。

5　選色遍齊岱、徵聲匝卭越、

［齊岱・卭越］いづれも地名。劉坦之は「齊は、東國、代は、北郡なり。邛は、西蜀の地、越は、南國なり」と言う。

［匝］あまねし。劉坦之は「匝は、亦た遍ねきなり」と言う。

6　陳鐘陪夕讌、笙歌待明發、

［陳鐘］鐘を設ける。『楚辭』招魂に「陳鐘按皷造新歌些」（鐘を陳べ皷を按じ新歌を造る）とあり、劉坦之は「陳は、設くるなり」と言う。

［夕讌］「讌」は、「宴」。魏の文帝の「東門行」に「朝遊高臺觀、夕宴華池陰」（朝に遊ぶ高台の観、夕べに宴す華池の陰）とある。

［笙歌］『儀禮』巻四「郷飲酒禮」に「歌魚麗、笙由庚」（魚麗を歌ひ、由庚を笙《ふえ》ふく）とある（「魚麗」・「由庚」は、『詩』小雅の逸篇名）。

［明發］夜明け。『詩』小雅「小宛」に「明發不寐」（明発なるも寐ねず）とある。

7　年貌不可還、身意會盈歇、

［年貌］年齢と容姿。『列子』力命に「北宮子言世族年貌言行與予並、而賤貴貧富與予異」（北宮子言はく世族・年貌・言行は予と並び、而して賤貴・貧富は予と異なると）とある。

［身意］わが身と意志。『列子』楊朱に「楊朱曰、愼耳目之觀聽、惜身意之是非、失當年之至樂、不得自肆於一時」（楊朱曰はく、耳目の觀聴を愼み、身意の是非を惜しまば、当年の至楽を失ひ、自ら一時に肆にするを得ず）とある。

8　蟻壤漏山阿、絲涙毀金骨、

［蟻壤］蟻塚。傅玄の「口銘」に「勿謂不然、變出無聞。蟻孔潰河、溜穴傾山」（然らずと謂ふ勿かれ、変は聞く無きより出づ。蟻孔も河を潰し、溜穴も山を傾く）とあり、『韓非子』喩老に「千里之隄、以螻蟻之穴而潰」（千里の隄も、螻蟻の穴を以つて潰る）という。なお、李光地は「『蟻壤』の二句は、禍の微より生ずるを言ふなり」と言う。

［絲涙］心のこもらない、わずかな涙。李善の引く張叔及の論に「煩寃俯仰、涙如絲兮」（煩寃として俯仰すれば、涙は絲のごとし）といい、李善は「絲涙は、涙の微なる者なり」と言う（次の「金骨」の注を参照）。また王闓運（壬秋）も「絲涙は以つて涙の少きを狀り、素絲を泣くの事を用ゐるに非ざるなり」と言う。

［金骨］鄒陽の上書に「衆口鑠金、積毀銷骨」（衆口は金をも鑠かし、積毀は骨をも銷す）とあり、李善は「絲涙は、涙の微なる者なり」の後に続けて、「金骨の堅きは、親しきの篤き者に喩ふ。言ふこころは讒邪の人、但だ絲のごときの涙を下すのみにして、金骨之れが爲めに傷毀するなり」という。

9　器惡含滿欹、物忌厚生沒、

［器…欹］「欹」は、かたむく。『孔子家語』三恕に「孔子觀於魯桓公之廟有欹器焉。孔子問於守廟者曰『此爲何器。』對曰『此蓋爲宥坐之器。』孔子曰『吾聞宥坐之器、虚則欹、中則正、滿則覆。明君以爲至誠、故常置於坐側。』顧謂弟子曰『試注水實之。』中而正、滿則覆。夫子喟然而歎曰『嗚呼、夫物惡有滿而不覆者哉。』」（孔子魯の桓公の廟に欹器有るを観る。孔子廟を守る者に問ひて曰はく「此れ何の器と為すか」と。対へて曰はく「此れ蓋し宥坐の器と為さん」と。孔子曰はく「吾れ聞く宥坐の器は、虚なれば則ち欹《かたむ》き、中なれば則ち正しく、満つれば則ち覆へると。明君以つて至誠と為す、故に常に坐側に置く」と。顧みて弟子に謂ひて曰はく「試みに水を注ぎて之れを実たせ」と。中ごろにして正しく、満つれば則ち覆へる。夫子喟然として歎じて曰はく「ああ、夫れ物に悪《いづく》んぞ満ちて覆へらざる者有らんや」と）とある。

［厚生］『老子』五十章に「人之生、動之死地亦十有三、夫

何故、以其生生之厚也」（人の生くるは、動きて死地に之《ゆ》くや亦た十に三有り、夫れ何の故ぞや、其の生を生くるの厚きを以つてなり）とあり、李光地は「『器惡』の二句は、敗るることの満つるに由るを言ふなり」と言う。

10　智哉衆多士、服理辨昭昧、

［智哉］『文選』五臣注で呂向は「『智哉』は、嘆美の辭なり」と言う。

［多士］呂向は「多士は、群官を謂ふなり」と言い、劉坦之は「夫の『天居』・『馳道』等の語を詳らかにするに、蓋し時の君奢に過ぎ、自ら謹む能はず、特《ひと》り此れを以つて之れを規諷し、又た敢へて指斥せざるのみと爲すならん、故に『多士』に借りて言ふを爲すのみ」と言う。

［服］慣れ順う。呂向は「服は、習ふなり」と言う。

［理］呂向は「理は、道なり」と言う。

［昭昧］神妙なる心の働き如何で昭らかにも昧くもなること。『荘子』知北遊篇に「冉求問於仲尼曰『未有天地可知乎。』夫子曰『可。古猶今也。』……『昔日吾昭然、今日吾昧然。敢問何謂也。』仲尼曰『昔之昭然也、神者先受之。今昧然也、且又爲不神者求邪。』」（冉求仲尼に問ひて曰はく「未だ天地有らざるは知るべきか」と。夫子曰はく「可なり。古は猶ほ今のごときなり」と。……「昔日吾れ昭然たるも、今日吾れ昧然たり。敢て問ふ何の謂ぞや」と。仲尼曰はく「昔の昭然たるや、神なる者先づ之れを受く。今の昧然たるや、且つ又た神ならざる者の求むるがためなるか」と）とあり、郭象は「思求更致不了」（思ひて求むるは更に致すも了《をは》らず）という。

代白紵曲二首

『玉臺新詠』は題を「代白紵歌辭」に作り、呉兆宜注に「晉の『樂志』に『白紵舞』あり、按ずるに、舞詞に『巾・袍』の言有り、『紵』は本より呉地の出だす所なれば、疑ふらくは是れ呉の舞ならん。晉の『俳歌』に又た『皎皎たり白緒、節節として雙と爲る』と云ひ、呉音は『緒』を呼びて『紵』と爲せば、疑ふらくは『白紵』は即ち『白緒』ならん。『南齊書』樂志に『白紵歌』あり。周處の『風土記』に『呉の黄龍中の童謡に云ふ、白きを行かしむる者は君なり、汝の句驪の馬を追ふと。後に孫權公孫淵を征《う》ち、海に浮かんで舶に乘る。舶は、白きなり。今の歌聲に和して猶ほ白紵を行かしむと云ふがごとし』と云ふ。『樂府解題』に『古詞は盛んに舞ふ者の美しく、宜しく芳時に及んで樂しみを爲すべしと稱す。其れ白紵を譽めて曰はく、質は輕雲のごとく色は銀のごとし、製ちて以つて袍と爲し餘は巾を作る、袍は以つて軀を光《かがや》かせ巾は塵を拂ふと』と。『唐書』樂志に『梁の武帝沈約をして其の辭を改めて四時白紵歌と爲さしむ。今の中原に白紵曲有り、其の旨は此れと全く殊なれり』と。按ずるに、舞曲歌詞は、(鮑)照に六首有り、詔を奉じて作るに係はり、此れ其の第五、第六首なり」と言う。

　この説に拠れば、鮑照の白紵歌はもともと次の「代白紵舞歌詞四首」と合わせて六首あり、「始興王の命を奉じて作」った際に、この二首を外したことになる。

其一

朱脣動　素袖擧　　朱脣動き　素袖挙がる

洛陽少童邯鄲女　　洛陽の少童邯鄲の女
古稱緑水今白紵　　古は緑水を称《たた》へ今は白紵《はくちょ》
催絃急管爲君舞　　絃を催《うなが》し管を急にして君のために舞ふ
窮秋九月荷葉黄　　窮秋九月荷葉黄ばみ
北風驅鴈天雨霜　　北風鴈を駆りて天霜を雨《ふ》らすも
夜長酒多樂未央　　夜長く酒多ければ楽しみ未だ央《つ》きず

其二

春風澹蕩俠思多　　春風澹蕩《たんたう》として俠思多く
天色淨緑氣研和　　天色浄緑にして気研和なり
含桃紅萼蘭紫牙　　含桃の紅萼蘭の紫牙
朝日灼爍發園華　　朝日灼爍《しゃくしゃく》として園華を発《ひら》く
卷幌結帷羅玉筵　　幌を巻き帷を結びて玉筵を羅ね
齊謳秦吹盧女絃　　斉謳秦吹盧女の絃
千金雇笑買芳年　　千金もて笑ひを雇ひて芳年を買ふ

其の一
＊「袖」字、張溥本・『詩紀』・『樂府』は「腕」に作り、『詩紀』・『樂府』に「一に『袖』に作る」という。
＊「少童」、張溥本は「年少」に作る。宋本・『詩紀』は「童」の下に「一に『年』に作る」とある。
＊「緑」字、張溥本・『詩紀』・『樂府』は「淥」に作る。
＊「紘」字、『詩紀』・『樂府』は「弦」に作る。
＊「荷」字、『玉臺』は「黄」に作る。
其の二
＊「緑」字、張溥本・『詩紀』は「淥」に作る。
＊「研」字、張溥本・『詩紀』は「妍」に作る。
＊「含桃」、『玉臺』は「桃含」に作る。
＊「蘭」字、『樂府』に「一に『蓮』に作る」とある。
＊「牙」字、張溥本・『玉臺』・『詩紀』は「芽」に作る。
＊「華」字、『玉臺』は「葩」に作る。
＊「帷羅」、『玉臺』は「幃盈」に作る。
＊「謳」字、『玉臺』は「驅」に作る。
＊「絃」字、『詩紀』・『樂府』は「弦」に作る。
＊「雇」字、張溥本・『詩紀』・『樂府』・『玉臺』は「顧」に作る。
＊「笑」字、『樂府』は「咲」に作る。

「白き麻布《あさぬの》の曲」に代えて

其の一
紅い唇が動き　真っ白な袖が挙がる
洛陽の若い娘や邯鄲の娘だ
昔は「淥水の曲」を歌ったが今は「白紵歌」だ
弦楽器が掻き鳴らされ管楽器が急くように吹かれてあなたのための舞が始まる
秋も窮まった九月ともなれば荷の葉は黄ばみ
北風が雁を追い立てて天は霜を降らせるが
夜が長く酒もたっぷりなので楽しみはまだまだ尽きない

其の二
春風が駘蕩と吹く頃は佳い気持ちになることも多く
空の色もすっきりと澄んで気候は麗しく和らぐ
桜桃は萼を紅くし蘭は紫の芽を吹き
朝日が光輝くと庭の華は花開く
幔幕を巻き上げ帷を開けて立派な敷物を敷き連ねると

斉の歌や秦の笛や盧女の弦楽器が奏でられ
千金の一顧という笑顔で春の佳き時を買い取るのだ

其一

1　朱脣動、素袖擧、

［朱脣］赤い唇。曹植の「洛神賦」に「動朱脣以徐言」（朱脣を動かして以つて徐ろに言ふ）とある。

［素袖］（［素腕］）陸雲の「爲顧彦先贈婦往返詩」に「鳴簧發丹脣、朱絃繞素腕」（鳴簧丹脣より発し、朱絃素腕に繞《まと》ふ）とある。）

2　洛陽少童邯鄲女、古稱緑水今白紵、

［洛陽…］王逸の「茘枝賦」に「宛・洛少年、邯鄲遊士」（宛・洛の少年、邯鄲の遊士）とある。また魏の王粲の「七釋」に「邯鄲才女」（邯鄲の才女）とある。

［緑水］曲名。張協の「七命」に「若乃追清哇、赴嚴節、奏『緑水』、吐『白雪』」（乃ち清哇を追ひ、厳節に赴くがごとき、「緑水」を奏で、「白雪」を吐く）とある（「哇」は、笑い声）。また、『淮南子』俶眞訓に「足蹀『陽阿』之舞、手會『緑水』之趨」（足は「陽阿」の舞を蹀《をど》り、手は「緑水」の趨を会す）とあり、高誘の注に『緑水』舞曲也。一曰古詩也」（緑水は舞曲なり。一に古詩と曰ふなり）という。

3　催絃急管爲君舞、窮秋九月荷葉黃、

［絃・管］『漢書』音義に「絲曰絃、竹曰管」（絲は絃を曰ひ、竹は管を曰ふ）とある。

4　北風驅鴈天雨霜、夜長酒多樂未央、

［未央］まだ十分でない。劉楨の「公宴」詩に「永日行遊戲、歡樂猶未央」（永日行くゆく遊戯し、歓楽猶ほ未だ央《っ》きず）とある。

其二

5　春風澹蕩俠思多、天色淨緑氣硏和、

［澹蕩］駘蕩としたさま。

［俠思］華麗なる思い。『漢書』外戚傳に「李夫人卒、上作賦以傷悼曰『佳俠函光、隕殊榮兮』」（李夫人卒《しゆつ》し、上《しやう》

賦を作りて以つて傷み悼みて曰はく「佳俠にして光を函《つつ》み、殊栄を隕《お》とす」と）とあり、注に「孟康曰『佳俠、猶佳麗』」（孟康曰はく「佳俠は、猶ほ佳麗なるがごとし」と）というのを引き、黄節は「此れに據れば、『俠思』は、猶ほ麗思のごときなり」と言う。

［研和］「研」は「妍」と音が通じ、うつくしい意。

6 含桃紅萼蘭紫牙、朝日灼爍發園華、

［含桃］『禮記』月令に「仲夏之月、天子乃以雛嘗黍、羞以含桃、先薦寢廟」（仲夏の月、天子乃ち雛を以つて黍を嘗め、羞《すす》むるに含桃を以つてし、先づ寝廟に薦む）とあり（「以雛」は、雛鳥を廟に献ずる）、注に「含桃、櫻桃也」（含桃は、桜桃なり）という。『釋文』には「『含』は、本と又た『函』に作る。函と櫻とは、皆小さきの貌なり」と云い、王引之は「『爾雅』に『蠃の小さき者は函櫻と曰ふ』と云ふがごとく、小兒は之れ嬰兒と稱するがごときなり」と言う。陳胤倩は「『含桃』の句は勁し、『招魂』の詞中より來たる」と言う。

［紅萼］謝靈運の「酬從弟惠連」詩に「山桃發紅萼」（山桃紅萼を発く）とある。

［蘭紫牙］「紫牙」は「紫芽」。『楚辭』九歌に「秋蘭兮青青、緑葉兮紫莖」（秋蘭は青々として、緑の葉と紫の茎）とある。

［灼爍］光輝くさま。『説文』に「灼爍、光也」（灼爍は、光るなり）とある。

7 巻幌結帷羅玉筵、齊謳秦吹盧女絃、

［巻幌］垂れ幕を巻く。謝惠連の「雪賦」に「月承幌而通輝」（月は幌に承けて輝きを通す）とあり、梁の顧野王の『玉篇』に「幌、帷幔也、帷幕也、帳也」（幌は、帷幔なり、帷幕なり、帳なり）という。

［結帷］晋の夏侯湛の「秋夕哀」賦に「結帷兮中宇、屣履兮閑房」（帷を中宇に結び、履を閑房に屣《は》く）とある。

［玉筵］呉兆宜が『玉臺新詠』注に引く無名氏の「長相思」に、「誰知玉筵側」（誰か知らん玉筵の側）とある。

［齊謳］斉の美人が唱う歌。陸機の「呉趨行」に「齊娥且莫謳」（齊娥且《しばら》く謳ふ莫かれ）とある。

［秦吹］蕭史が笛を吹き秦姫弄玉と昇仙した故事にもと

づく。

［盧女］よく琴の新曲を作ったという女性の名。「樂府解題」に「盧女なる者は、魏の武帝の時の宮人にして、故冠將軍陰叔の妹なり。年七歳にして漢宮に入り、琴を鼓するを學び、善く新聲を爲す。明帝の崩じて後に至り、出でて嫁して尹更生の妻と爲る。『古今注』に見ゆ」という。

8　千金雇笑買芳年、

［雇笑］笑いを買う。唐の李正封の「晩秋郾城夜會聯句」に「但擲雇笑金、仍祈卻老藥」（但だ笑ひを雇ふの金を擲《なげう》ち、仍ほ老いを卻《しりぞ》くるの薬を祈るのみ）というのと同じ句造りであるとすれば、「雇」は「買」の意。なお、「雇」は「顧」に同じとする説があるが、今は採らない。（［顧笑］『詩』邶風「終風」に「終風且暴、顧我則笑」（終風且《まさ》に暴《には》かならんとするに、我を顧れば則ち笑ふ）とある。終日吹く風を、衞の莊公の人となりに喩える。）

［芳年］青春の時。劉鑠の「擬古詩」にも「芳年有華月、佳人無還期」（芳年華月有り、佳人還る期無し）とある。

代白紵舞歌詞四首　奉始興王命作　并啓

題意に関しては、前の「代白紵曲」二首の解題を参照されたい。

なお、「始興王の命を奉じて作る」とあるように、呉歌・西曲の愛好者であった始興王劉濬《しゅん》のために作ったものと考えられる（向島成美氏「鮑照と南朝樂府民歌」に詳しい）。その人については、『宋書』始興王濬傳に「字は休明、元嘉十三年、年八歳にして、始興王に封ぜらる。少《わか》くして文籍を好み、姿質は端妍なり。母の潘淑妃には盛んなる寵有り。巫蠱の事發するに、上《しょう》惋歎として日を彌《わた》り、潘淑妃に謂ひて曰はく『虎頭も復た此《か》くのごとし、復た思慮の及ぶ所に非ず』と」とある。

啓

侍郎臣鮑照啓、被教作白紵舞歌詞、謹竭庸陋、裁爲四曲、附啓上呈。識方洟悴、思塗猥局。言既無雅、聲未能文、不足以宜贊聖旨、抽拔妙實。謹遣簡餘、慙隨悚盈。謹啓。詞曰、（侍郎臣鮑照啓す、教を被りて白紵舞歌詞

を作り、謹しんで庸陋を竭《つ》くして、裁ちて四曲と為し、啓を附して上呈す。識方淟悴《てんすゐ》にして、思塗猥局なり。言は既に雅なる無く、声は未だ能く文ならず、以つて宜しく聖旨を賛へ、妙実を抽抜するに足らず。簡の餘れるを遺るを謹み、悚《おそ》れの盈るるに随ふを慙づ。謹しんで啓す。詞に曰はく、）

＊「詞」字、張溥本は「辭」に作る。
＊「思塗猥局」、張溥本・『詩紀』は「思塗猥局」に作る。
＊「宜」字、張溥本・『詩紀』は「宣」に作る。

其一

呉刀楚製爲佩褘　呉刀楚製　佩褘《はいゐ》と為し
纖羅霧縠垂羽衣　纖羅霧縠《むこく》　羽衣を垂る
含商咀徴歌露晞　商を含み徴を咀《か》みて「露の晞《かわ》く」を歌ひ
珠履颯沓紈袖飛　珠履颯沓として紈袖《くわんしう》飛ぶ
凄風夏起素雲回　凄風夏に起こりて素雲回り
車怠馬煩客忘歸　車怠り馬煩ひて客帰るを忘る
蘭膏明燭承夜暉　蘭膏の明燭　夜の暉《かがや》きを承く

其二

桂宮栢寝擬天居　桂宮の栢寝は天居に擬し
朱爵文牕韜碧疏　朱爵の文窓は碧疏を韜《つつ》む
象床瑤席鎭犀渠　象床　瑶席　犀渠を鎮《おさ》へ
雕屏合匝組帷舒　雕屏合匝《がふさふ》して組帷舒《の》ぶ
秦筝趙瑟挾笙竽　秦筝趙瑟　笙竽《さうう》を挟み
垂璫散佩盈玉除　璫《みだま》を垂れ佩を散じて玉除に盈つ
停觴不御欲誰須　觴を停めて御《すす》めず誰をか須《ま》たんと欲する

其三

三星差池露霑濕　三星差池《しち》として露霑《ろてん》湿し
絃悲管清月將入　絃悲しく管清くして月将に入らんとす
寒光蕭條候蟲急　寒光蕭條として候虫急《せ》き
荆王流歎楚妃泣　荊王歎きを流して楚妃泣く
紅顔難長時易戢　紅顔は長《ひさ》しかり難く時は戢《や》み易く
凝華結綵久延立　華を凝らし綵《あや》を結びて久しく延

立す

非君之故豈妄集　君の故に非ずして豈に妄りに集まらんや

其四

池中赤鯉庖所捐　池中の赤鯉は庖《くりや》に捐《す》てられ
琴高乗去飛上天　琴高《きんかう》乗り去つて上天に飛ぶ
命逢福世丁溢恩　命として福世に逢ひて溢《あふ》るる恩に丁《あ》たり
簪金藉綺昇曲筵　金を簪《かんざ》し綺を藉《し》きて曲筵に昇る
恩厚徳深委如山　恩厚く徳深くして委ぬること山のごとく
潔誠洗志期暮年　誠を潔くし志を洗ひて暮年を期す
烏白馬角寧足言　烏は白く馬に角あるは寧《な》んぞ言ふに足らんや

其の一
＊題の下、張溥本は「奉始興王命作并啓」の八字なし。
＊「履」字、『樂府』は「屣」に作る。『詩紀』には「一に『屣』に作る」という。
＊「暉」字、張溥本は「輝」に作る。
其の二
＊「寝」字、『樂府』に「一に『梁』に作る」という。
＊「床」字、張溥本・『詩紀』は「牀」に作る。
＊「碧」字、張溥本・『詩紀』・『樂府』は「綺」に作る。『樂府』には「一に『蹄』に作る」とある。
＊「合」字、張溥本・『詩紀』・『樂府』は「匼」に作る。『樂府』は「鉿」に作る。
＊「帷」字、『藝文』は「帳」に作り、本集・張溥本・『詩紀』に「一に『帳』に作る」という。
＊「佩」字、張溥本・『詩紀』・『樂府』は「珮」に作り、『樂府』に「一に『緩』に作る」という。
＊「御」字、『樂府』は「語」に作る。
其の三
＊「差池」、張溥本・『詩紀』・『樂府』は「參差」に作る。
＊「露」字、『詩紀』は「霧」に作る。
＊「霑」字、『詩紀』は「沾」に作る。
＊「絃」字、『詩紀』・『樂府』は「弦」に作る。
＊「歎」字の下、『樂府』に「一に『歡』に作る」とある。
＊「綵」字、張溥本は「藻」に作り、「一に『綵』に作る」と

いう。『詩紀』・『樂府』には「一に『彩』に作る」とある。
＊「妄」字、張溥本・『詩紀』・『樂府』は「安」に作る。

其の四
＊「去」字、『樂府』は「雲」に作る。
＊「飛」字、張溥本・『詩紀』・『樂府』は「騰」に作り、『詩紀』・『樂府』に「一に『飛』に作る」という。
＊「命逢」の句、張溥本・『詩紀』・『樂府』に「一に『徼命逢福丁溢恩』に作る」という。
＊「恩厚徳深」、張溥本・『樂府』は「思君恩徳」に作る。

「『白紵舞歌』の歌詞」の代わりに四首

其の一
呉の裁ちばさみと楚の仕立てで腰飾りの匂い紐を作り
細やかな薄絹と縮み絹でつくった裳を身に垂らしている
商の調べの口をし徴の調べの口をして「露は晞く」を歌い
珠玉の履き物を盛んに踏みならして白絹の袖を舞わすと
冷たい風が夏でも起こって白雲はめぐり行き
車は行かず馬も言うことを聞かず旅人は帰るのを忘れ
蘭の脂の明るい灯火が夜の輝きを引き受ける頃となってしまう

其の二
桂宮と柏寝台は天帝の住居に象り
朱雀の彫り物のある南窓は碧色の透かし彫りを内側に施している
象牙の寝台と玉筵の敷物は紋様を描いた犀革の盾章で囲われ
彫り物の衝い立てが巡らされて組み紐で吊った帷が張られている
秦製の箏と趙製の瑟が奏でられて笙竽も混じり
耳玉をさげ佩び玉も軽やかな美人が玉の散りばめられたきざはしに溢れているのに
杯を留めて勧めず一体誰を待っておられるのか

其の三
三星《からすきぼし》がちらちらとして夜露がしっとりと潤い
絃の音は悲しく笛の音は澄んで月が今にも沈もうとしている
冬の始まりの光はもの寂しげで季節の虫がせわしく鳴くと
「楚王吟」の曲に溜め息をつき「楚妃歎」の曲に涙を流す
若々しい容貌はいつまでも続かず良い時はすぐに終わる
花のように綺麗に着飾り彩りを凝らしてずっと佇み待っているのは
あなたのためでなくてどうして無闇に止まっていられましょう

其の四
池の中の赤い鯉は厨房では大切にされなかったが
仙人の琴高はそれに跨って天に飛び去っていった
幸せな世に生まれ合わせて溢れる恩を被り
金を簪し綾絹を敷物として賜物の小宴に招かれる運命にあり
君の恩は厚く徳は深く山のように身を委ねられるのだから
誠意を持って汚れることなく志を清く保って晩年まで勤めよう
天が同情すれば烏が白くなり馬に角が生えるように元に戻ることができるなど言う価値もない

啓

1　**侍郎臣鮑照啓、被教作白紵舞歌詞、謹竭庸陋、裁爲四曲、附啓上呈。識方渙悴、思塗猥局。言既無雅、聲未能文、不足以宜贊聖旨、抽拔妙實。謹遣簡餘、慙隨悚盈。謹啓。**

[侍郎]『宋書』百官志に「王國は、晉の武帝初めて師・友・文學各一人を置く。太守を改めて内史と爲し、相および僕を省き、郎中令・中尉・大農有りて三卿と爲す。大國は左右の常侍各おの三人を置き、郎中を省き、侍郎二人を置く。宋氏以來、一《もつぱ》ら晉制を用ふ」とあり、又た

「王國は公三卿・師・友・文學は、第六品なり」と言う。
[教] 蔡邕の「獨斷」に「諸侯言曰教」（諸侯の言は教と曰ふ）とあり、命じられたことを言う。
[淟] 垢まみれ。『楚辭』九歎「惜賢」の王逸注に「淟涊、垢濁也」（淟涊《てんでん》は、垢濁するなり）とある。
[思塗猥局] 思考が粗雑。（[思塗猥局] 考え方が浅く狭い。魏の文帝の『與朝歌令呉質書』に「塗路雖局、官守有限」（塗路局《ちか》しと雖も、官守には限り有り）とあり、注に『爾雅』曰『局、近也』」（『爾雅』に曰はく「局は、近きなり」）という。）
[言既無雅] 『論語』述而に「子所雅言、詩書執禮」（子の言を雅びにする所は、詩書礼を執る）とある。
[聲未能文] 『禮記』樂記に「聲成文謂之音」（声の文と成る之れを音と謂ふ）とある。
[簡] 簡略、寛大であること。『淮南子』時則訓の「優優簡簡」の高誘注に「優簡、寛舒之貌」（優簡は、寛舒の貌なり）という。
[悚] おそれ敬う。『孔子家語』弟子行の「不悚」の王肅注に「悚、懼也」（悚は、惧るるなり）という。

其一

2 呉刀楚製爲佩褘、織羅霧縠垂羽衣、

[呉刀] 裁縫用の裁ちばさみ。張華の「博陵王宮俠曲」其二に「呉刀鳴手中、利劍嚴秋霜」（呉刀手中に鳴り、利剣秋霜を厳かにす）とある。また、後世の李白の「白紵辭」其三に「呉刀剪綵縫舞衣」（呉刀もて綵を剪つて舞衣を縫ふ）と言い、『漢語大詞典』の見解では「呉地に産する所の剪刀」であるとする。
[楚製] 楚製の服。『史記』叔孫通傳に「叔孫通儒服、漢王憎之、迺變其服、服短衣楚制」（叔孫通儒服するに、漢王之れを憎み、迺《すなは》ち其の服を変へ、短衣の楚制なるを衣《き》せしむ）とあるが、聞人倓は「按ずるに、『神女賦』の『羅紈綺繢盛文章、極服妙采照萬方』（羅紈の綺繢文章を盛んにし、極服の妙采万方を照らす）こそ、即ち所謂楚制なる者なり」と言う（「萬方」は、あらゆる方向）。
[褘] 『爾雅』に「婦人之褘謂之縭」（婦人の褘は之れを縭と謂ふ）とあり、注に「即今之香纓也。褘邪交落帶繫於體、因名爲褘」（即ち今の香纓なり。褘は邪《なな》めに落帯に交はりて体に繋がる、因つて名づけて褘と為す）とい

う。『韻會』には「褘は、『説文』本と『幃』に作り、『嚢なり、巾に从ひて、韋の聲なり』と。徐曰はく『爾雅に、戚は即ち飾るなり。字或ひは褘に作る』と」と言う。

[纖羅霧縠] 薄織りのもすそ。司馬相如の「子虚賦」に「雜纖羅、垂霧縠」（纖羅を雑へ、霧縠を垂る）とあり、郭璞の注に「司馬彪曰、纖、細也。張揖曰、縠、細如霧垂以爲裳也。善曰、神女賦曰、動霧縠以徐歩」（司馬彪曰はく、纖は、細きなり。張揖曰はく、縠は、細きこと霧の垂れて以つて裳を為すがごときなり。善曰はく、神女の賦に曰はく、霧縠を動かして以つて徐ろに歩む、と）という。

[羽衣]『漢書』郊祀志に「五利將軍衣羽衣」（五利将軍羽衣を衣る）とある。

3　含商咀徵歌露晞、珠履颯沓紈袖飛、

[商・徵] 音階。音列。『漢書』律曆志に「太簇爲商、林鍾爲徵」（太簇を商と為し、林鍾を徴と為す）とある（「太簇」・「林鍾」は、ともに律の名）。

[露晞]『詩経』小雅の「湛露」のうた（主君が諸侯に酒を勧める）。『詩』小雅「湛露」に「湛湛露斯、匪陽不晞」（湛々たる露は斯れ、陽に匪ざれば晞かず）とある。

[珠履] 玉飾りのついた履き物。『史記』春申君傳に「上客皆躡珠履」（上客皆珠履を躡《は》く）とある。

[紈袖]「紈」は、白い練り絹。謝惠連の「雪賦」に「紈袖慚冶」（紈袖冶《なまめか》しきを慚づ）とある。朱秬堂は「『周禮』樂師に『凡そ舞には、帗舞有り、羽舞有り、皇舞有り、旄《ぼう》舞有り、干舞有り、人舞有り』と。鄭康成曰はく『人舞は執る所無く、手袖を以つて威儀と爲す』と。此の『白紵舞』も、亦た人舞の遺制なり」と言う。

4　凄風夏起素雲回、車怠馬煩客忘歸、

[凄風] 陸機の「贈尚書郎顧彦先詩」（其二）に「凄風迕時序、苦雨遂成霖」（凄風時序に迕《さから》ひ、苦雨遂に霖と成る）とあり、『左傳』昭公四年に「春無凄風、秋無苦雨」（春に凄風無く、秋に苦雨無し）という。杜預注には「凄、寒也」（凄は、寒きなり）という。

[素雲] 白雲。聞人倓の引く修眞の『入道秘言』に「立春日清朝、北望有紫・緑・白雲、爲三元君三素飛雲也」

（立春の日の清朝、北のかた望めば紫・緑・白の雲有り、三元君の三素飛雲と為すなり）とあると言う。

［車怠馬煩］曹植の「洛神賦」に「車怠馬煩」（車怠り馬煩らふ）とあるのを踏まえる。

5　蘭膏明燭承夜暉、

［蘭膏］蘭のあぶら。『楚辭』招魂に「蘭膏明燭、華容備些」（蘭膏の明燭、華容備はる）とあるのを踏まえる。王逸注に「蘭膏、以蘭香煉膏也」（蘭膏は、蘭の香を以つて膏を煉るなり）という。

其二

6　桂宮栢寢擬天居、朱爵文牕韜碧疏、

［桂宮］『三輔黃圖』に「桂宮在未央宮北」（桂宮は未央宮の北のかたに在り）とある。

［栢寢］春秋時代、斉の景公の建てた台（今の山東省広饒県境にあったと言う）。『韓非子』外儲説右上に「景公與晏子游於少海、登柏寢之臺」（景公晏子と少海に游び、柏寝の台に登る）とある（「栢」は「柏」の俗字）。

［天居］天帝の住まい。蔡邕の「述行賦」に「皇家赫赫而天居」（皇家赫々として天居なり）とある。

［朱爵］建康城の朱雀門かとも考えられるが、銭振倫は飾り彫りのある窓であるとし、『博物志』の「王母降於九華殿、東方朔竊從殿南廂朱鳥牖中窺母」（王母九華殿に降るに、東方朔窃かに殿の南廂の朱鳥牖中より母を窺ふ）を引く。なお、『三輔黃圖』未央宮「承明殿」に「蒼龍・白虎・朱雀・玄武、天之四靈、以正四方、王者制宮闕殿閣取法焉」（蒼龍・白虎・朱雀・玄武は、天の四霊にして、以つて四方を正せば、王者宮闕殿閣を制《つく》るに法を焉《こ》れに取る）とある。

［韜］かくす。『廣韻』に「韜、藏也」（韜は、蔵すなり）という。

［疏］彫刻して綾模様を施した窓。『後漢書』梁冀傳に「窗牖皆有綺疏青瑣」（窓牖には皆綺疏青瑣有り）とある。また、王延壽の「魯靈光殿賦」に「天窗綺疏」とあり、張載の注に「疏は、刻鏤するなり」という。張協の「七命」にも「方疏含秀」（方疏秀を含む）とあり、『文選』五臣注で呂向は「疏は、窗なり」という。

7　象床瑤席鎭犀渠、雕屏合匝組帷舒、

［象床］象牙の寝床。『戰國策』齊策・三に「孟嘗君出行國、至楚、獻象牀」（孟嘗君出でて国に行くに、楚に至り、象牀を献ず）とあり、鮑彪の注に「象齒爲床」（象歯もて床を為《つく》るなり）という。

［瑤席］玉製の敷物。『楚辭』九歌「東皇太一」に「瑤席兮玉瑱」（瑤席と玉瑱と）とあり、注に「瑤音遙、一曰美玉也」（瑤の音は遥、一に曰はく美玉なりと）という。

［犀渠］犀の革に模様を描いて作った盾状の徽章。「渠」は、盾。『國語』呉語に「奉文犀之渠」（文犀の渠を奉ず）とあり、韋昭の注に「文犀之渠、謂楯也。文犀、犀之有文理者」（文犀の渠は、楯を謂ふなり。文犀は、犀の文理有る者なり）という。鮑照の「擬古」詩にも見え、注に「甲也」（甲《よろひ》なり）という。

［雕屏］彫刻が施された屏風。鄒陽の「酒賦」に「坐列雕屏」（坐は雕屏を列す）とある。

［匼匝］『韻會』に「匼匝、周繞貌」（匼匝は、周繞の貌なり）という。

［組帷］組み紐で吊った帷。「呉都賦」に「張組帷」（組帷を張る）とある。

8　秦箏趙瑟挾笙竽、垂璫散佩盈玉除、

［秦箏］李斯の「上秦始皇書」に「夫擊甕叩缶、彈箏搏髀、而歌嗚嗚者、眞秦之聲也」（夫れ甕を撃ち缶を叩き、箏を弾き髀《もも》を搏《う》ちて、而して歌ひて嗚々たる者は、真に秦の声なり）とある。

［趙瑟］楊惲の「報孫會宗書」に「婦趙女也、雅善鼓瑟」（婦は趙の女なり、雅《つね》に善く瑟を鼓す）とある。

［笙竽］『説文』に「笙十三簧、象鳳之身也。正月之音、物生、故謂之笙」（笙は十三簧、鳳の身に象どるなり。正月の音は、物生まる、故に之れを笙と謂ふ）とあり、『博雅』に「竽象笙、三十六管、宮管在中央」（竽は笙に象どり、三十六管、宮管は中央に在り）という。

［璫］耳玉。耳飾り。曹植「洛神賦」の李善注に「服虔通俗文曰、耳珠曰璫」（服虔の通俗文に曰はく、耳珠を璫と曰ふ）という。

［玉除］玉で飾ったきざはし。曹植の「贈丁儀」詩に「凝霜依玉除、清風飄飛閣」（凝霜玉除に依り、清風飛閣に

飄へる）とあり、李善注に「『説文』に曰はく、『除』は、殿階なり。『西都賦』に曰はく『玉除彤庭《とうてい》』と」と言う。

9　停觴不御欲誰須、

［御］進める。蔡邕の「獨斷」に「御者、進也。凡衣服加於身、飲食適於口、妃妾接於寝、皆曰御」（御とは、進むるなり。凡そ衣服の身に加へられ、飲食の口に適《かな》ひ、妃妾の寝に接するは、皆御と曰ふ）とある。

其三

10　三星差池露霑濕、絃悲管清月將入、

［三星］参星、心星。『詩』唐風「綢繆」に「三星在天」（三星天に在り）とあり、結婚の時期が過ぎるのをいう。

11　寒光蕭條候蟲急、荊王流歎楚妃泣、

［蕭條］もの寂しいさま。『楚辭』遠遊に「山蕭條而無獸兮」（山蕭条として獣無し）とあり、王逸は「渓谷寂寥、而少禽也」（渓谷寂寥として禽少なきなり）という。

［候蟲］季節の虫。聞人倓は「『候蟲』は、候に應ずるの蟲なり」と言う。

［荊王・楚妃］曲名。潘岳の「笙賦」に「荊王喟其長吟、楚妃嘆而增悲」（荊王其の長吟を喟き、楚妃嘆じて悲しみを増す）とあり、李善注に「『歌録』曰、吟歎四曲。王昭君・楚妃歎・楚王吟・王子喬、皆古辭」（『歌録』に曰はく、歎きを吟ずるは四曲なり。王昭君・楚妃歎・楚王吟・王子喬、皆古辞なり）という。

12　紅顔難長時易戢、凝華結綵久延立、

［戢］『廣韻』に「戢、止也」（戢は、止むなり）という。

［結綵］彩りで飾ること。後の梁の簡文帝の「梅花賦」に「向玉階而結彩、拂網戸而低枝」（玉階に向かひて彩を結び、網戸を払ひて枝を低くす）と言う。

13　非君之故豈安集、

［君之故］『詩』邶風「式微」に「微君之故、胡爲乎中露」（君の故微《な》かりせば、胡為《なんす》れぞ露に中《あ》たらんや）とある。

［安集］『漢書』曹參傳に「齊國安集」（斉国安集す）とあり、『詩』小雅「鴻雁」序に「萬民離散、不安其居、而

能勞來還定安集之」（万民離散し、其の居に安んぜず、而して能く労らひ来たれば還り定まりて之れに安集す）という。）

其四

14　池中赤鯉庖所捐、琴高乗去飛上天、

［赤鯉・琴高］仙人の琴高が赤い鯉に乗り天に去った故事に基づく。左思の「魏都賦」に「琴高沈水而不濡、時乘赤鯉而周旋」（琴高水に沈むも濡れず、時に赤鯉に乗りて周旋す）とあり、『列仙傳』に「琴高者、趙人也。浮游冀州二百餘年、後辭入碭水《けつすゐ》中取龍子。與諸弟子期、期日、皆絜齊侍於傍、設屋祠。果乘赤鯉來、出坐祠中、留一月、復入水去」（琴高は、趙の人なり。冀州に浮游すること二百餘年、後に辞して碭水中に入り龍の子を取る。諸弟子と期し、期する日、皆絜斉して傍らに侍し、屋祠を設く。果して赤鯉に乗りて来たり、出でて祠中に坐し、留まること一と月、復た水に入りて去る）とある。

15　命逢福世丁溢恩、簪金藉綺昇曲筵、

［逢世］『史記』袁盎傳贊に「太子公曰、盎遭孝文初立、資適逢世」（太子公曰はく、盎孝文の初めて立つに遭ひ、資として適《たま》たま世に逢ふ）とある。

［丁］あたる。「釋詁」に「丁、當也」（丁は、当たるなり）という。

［溢恩］聞人倓は「『溢恩』は、量を逾《こ》ゆるの恩なり」と言う。

［簪金藉綺］聞人倓は「『簪金藉綺』は、猶ほ所謂『青を紆《まと》ひ紫を拖《た》る』のごときなり」と言う（青・紫は高官の佩びる印綬）。

［昇筵］敷物の上にのぼる。『儀禮』冠義に「冠者升筵坐」（冠者筵坐に升る）とある。

16　恩厚徳深委如山、潔誠洗志期暮年、

［恩厚…］聞人倓は「『委』は、輸《いた》すなり。輸す所の恩厚きこと山のごときを言ふなり」と言う。

［洗志］心を清める。『捜神記』巻十三に「泰山之東有醴泉、其形如井、本體是石也。取欲飲者、皆洗心志、跪而

挹之、則泉出如飛、多少足用。若或汚漫、則泉止焉」（泰山の東のかたに醴泉有り、其の形は井のごとく、本体は是れ石なり。取りて飲まんと欲する者、皆心志を洗ひ、跪《ひざまづ》きて之れに挹《く》めば、則ち泉の出づること飛ぶがごとく、多少《いくばく》か用ふるに足る。若《も》し或ひと汚漫なれば、則ち泉止む）とある。

17　烏白馬角寧足言、

［烏白馬角］天が無理を聞き入れること。唐の司馬貞の『史記』索隠に「燕丹求歸、秦王曰『烏頭白、馬生角、乃許耳。』丹仰天嘆、烏頭即白、馬亦生角」（燕丹帰るを求むるに、秦王曰はく「烏頭白く、馬角を生ずれば、乃ち許すのみ」と。丹天を仰ぎて嘆ずれば、烏の頭は即ち白く、馬も亦た角を生ず）と言う。刺客列伝の燕丹子の故事に見える話を踏まえる。聞人倓は「按ずるに、此れ（鮑）照赤鯉を以つて自らに況《たと》へ、而して其の恩に感ずるの意を寓し、必ず將に以つて之れに報ゆること有らんとするを云ふなり」と言う。

巻第二　雑擬詩

（鮑氏集巻第四）

擬古八首

この時代の「擬古」題の詩は、かなりのものが原詩を想起できるが、陶淵明の「擬古」九首と鮑照のこの「擬古」八首などは、原詩が未詳である。「擬古」題ではあっても、或いはもともと原詩を有しなかったか、かなり複雑な含意により構成されている可能性がある。ただし、鮑照のこの詩の手法は陶淵明の「擬古」九首に似ており、陶淵明を継承しているとも言える。ともに「古詩十九首」のスタイルに擬しているようだが、必ずしもその模倣には拘らず、それぞれの独自の趣向を前面に出して詠んでもいる。例えば、其一は鮑照自身の「放歌行」に近く、「詠史」と同趣旨であるといわれ、其二は左思の「詠史」其一の意向と同じであるといわれ、其四は顔延之の「北使洛」と語は同じであるが意は違い、漢・魏の人の筆意があるといわれ、其五は陶淵明に似ているといわれ、全篇としては曹植の「雑詩」六首、左思の「詠史」八首の遺意を手に入れているといわれる。

其一

魯客事楚王　　魯客　楚王に事《つか》へ
懐金襲丹素　　金を懐きて丹素を襲《かさ》ぬ
既荷主人恩　　既に主人の恩を荷なひ
又蒙令尹顧　　又た令尹の顧みを蒙る
日晏罷朝歸　　日晏《く》れて朝を罷《お》へて帰れば
輿馬塞衢路　　輿馬　衢路《くろ》を塞ぐ
宗黨生光輝　　宗党　光輝を生じ
賓僕遠傾慕　　賓僕　遠く傾慕す
富貴人所欲　　富貴は人の欲する所
道得亦何懼　　道もて得れば亦た何をか懼《おそ》れん
南國有儒生　　南国に儒生有り
迷方獨淪誤　　方《みち》に迷ひて独り淪誤す
伐木清江湄　　木を清江の湄《ほとり》に伐《き》り
設罝守毚兔　　罝《あみ》を設けて毚兔を守る

＊「客」字、五臣本『文選』は「容」に作る。
＊「晏」字、張溥本・『詩紀』は「宴」に作る。
＊「輿」字、張溥本・李善本『文選』は「鞍」に作り、『詩紀』

に「一に『鞍』に作る」という。

＊「輝」字、『文選』は「華」に作り、『詩紀』に「一に『華』に作る」という。

＊「得」字、李善本『文選』は「徳」に作る。孫志祖の『文選考異』に「『徳』は、五臣『得』に作る。注に引く『論語』を観れば、則ち善本亦た當に『得』に作るべく、『徳』字は傳寫の誤りに似たり」という。

＊「清」字、李善本『文選』は「青」に作る。梁章鉅の『文選旁證』に「尤本『清』を誤つて『青』に作る」と言う。

其の一

魯国出身の遊説家が楚王につかえ
金印を懐にし白絹の衣に丹染めの中衣を重ね着している
君王（楚王）の恩を戴いたうえに
宰相の愛顧まで蒙っている
日が暮れ朝廷が退けて帰るときは
輿をつけた馬が大通りを塞いでしまう
一族郎党は光り輝き
客人や使用人は遠くから心を寄せ慕ってくる
富貴は誰しも欲しがるもの
道に違わずに手に入れたものであれば何も心配はいらない
南国の楚にも儒家はいるが
途方に暮れひとり落ちぶれて身を誤っている
清らかな大川の辺で木を伐っては車を造り
網を張ってはすばしこい兎がまた掛かるのを待っている

1　魯客事楚王、懐金襲丹素、

［魯客］魯からの旅人であるとは仮に言ったもので、喩えになっている。黄節は「魯客は、河北の人士を喩ふ」と言う。「魯」は本来儒家の産地だが、似非儒者も出している。6の「儒生」と相対している。

［楚王］黄節は「索虜に喩ふなり。」と言い、さらに「此の詩は蓋し河北の人士の索虜に臣妾となるを傷みて作りしならん」と言うが、必ずしも「索虜」と限定しなくてもよいと思われる。

［懐金］金印を手にする楽しみ。揚雄の『法言』学行篇

に「使我紆朱懐金、其樂不可量也」（我をして朱を紆《まと》ひ金を懐かしめば、其の楽しみ量るべからざるなり）とある。「金」は李軌の『法言』注に「金は、金印なり」という。

［襲］重ね着する。司馬相如「上林賦」の司馬彪注に「襲は、服するなり」という。

［丹素］『詩』唐風「揚之水」に「素衣朱襮」とあり、毛傳に「朱丹、中衣也」（朱丹は、中衣なり）とある。富貴の者は「素衣」（白絹の衣）と「朱丹」（赤い内着）を重ね着したという。

2　既荷主人恩、又蒙令尹顧、

［令尹］一国の宰相。諸国では「相」というが、楚の国では「令尹」といった。『漢書』注に「諸侯之卿、唯楚稱令尹、其餘國稱相也」（諸侯の卿は、唯だ楚のみ令尹と称し、其の餘の国は相と称するなり）という。

［顧］王粲の「公讌」詩に「顧我賢主人」（我を顧みるは賢主人なり）とある。

3　日晏罷朝歸、輿馬塞衢路、

［罷朝］朝廷が退ける。『呉子』圖國篇に「武侯嘗謀事、群臣莫能及。罷朝而有喜色」（武侯嘗て事を謀り、群臣能く及ぶもの莫し。朝を罷りて喜色有り）とあり、『墨子』尚賢・中に「早朝晏退、聽獄治政也」（早に朝し晏に退き、獄を聴き政を治むるなり）と言う。

4　宗黨生光輝、賓僕遠傾慕、

［宗黨］宗と党、すなわち親族および郎党。

［傾慕］謝靈運の「酬從弟惠連」詩に「傾想遲嘉音」（想ひを傾けて嘉音を遲《ま》つ）とあり、『漢書』司馬相如傳の「一坐盡傾」（一坐尽く傾く）の顔師古注に「皆其の風采を傾慕するなり」という。

5　富貴人所欲、道得亦何懼、

［富貴…］『論語』里仁篇に「富與貴、是人之所欲也。不以其道得之、不處也」（富と貴とは、是れ人の欲する所なり。其の道を以て之れを得ざれば、処らざるなり）とあるのに基づく。呉伯其は『論語』述而篇の「不義而富

且貴、於我如浮雲」（不義にして富み且つ貴きは、我に於いては浮雲のごとし）を踏まえて一歩進め、道を以って富貴を得てさえ、なお富貴の地位にふさわしいかどうかを問題とするのに、まして不義の者ならなおさらである、と解釈する。

6　南國有儒生、迷方獨淪誤、

［南國］ここでは楚の国。曹植の「雜詩」（其六）に「南國有佳人」（南国に佳人有り）とある。

［儒生］詩の冒頭の「魯客」に対して言う。鮑照自らを托すと思われる。『漢書』に「叔孫通曰、弟子儒生隨臣久矣」（叔孫通曰はく、弟子儒生臣に随ふこと久し）とある。

［迷方］「方」は『莊子』駢拇篇に「小惑易方」（小惑は方《かた》を易ふ）とあり、郭象の注に「東西易方、於禮未虧」（東西方を易ふるも、礼に於いては未だ虧けず）というのによって、方角の意とする解釈と、『禮記』樂記に「樂行而民郷方」（楽行はれて民方《みち》に郷《む》かふ）とあって鄭玄の注に「方、猶道也」（方は、猶ほ道のごときなり）といい、また『易』坤の卦に「先迷失道」（先んずれば迷ひて道を失ふ）ということから、道の意とする解釈がある。ここは上の句の「儒生」を承けるとすれば、道の意にとるのが是と思われる。

［淪誤］落ちぶれ、儒者としての有り方を誤る。「淪」は鮑照の常套語彙の一つ。

7　伐木清江湄、設罝守毚兔、

［伐木］『詩』魏風「伐檀」に「坎坎伐檀兮、寘之河之干兮。河水清且漣猗。」（坎坎として檀を伐り、之れを河の干に寘《お》く。河水清く且つ漣《なみだ》つ）とある（「猗」は「兮」に同じ）。檀木を伐るのは車を作るためであるから、それを河岸に置くというのは用をなさないことをする意。

［設罝…］『韓非子』の「守株」の故事に拠る句。あたら無駄なことをする意。「毚」は狡い、すばしこい。また『詩』周南「兔罝」に「肅肅兔罝、椓之丁丁」（粛粛たり兔罝、之れを椓《う》つこと丁丁たり）とあり、『詩』小雅「巧言」に「躍躍毚兔、遇犬獲之」（躍躍たり毚兔、犬に遇へば獲らる）とあるのに拠るとすれば、「設罝…」

は主君に立派に仕えようとする意になる。

李榕村は「首章は魯客の榮耀此のごときを見るも、然れども道を以つて之れを得れば、亦た何をか懼るる所ぞ。而るに南國の儒生、乃ち獨り論落して自らを誤り、甘んじて兔罝《としや》の野人と爲るは、何ぞや。意は『代放歌行』と相近し」と言う。

其二

十五諷詩書　十五にして詩書を諷《そらん》じ
篇翰靡不通　篇翰　通ぜざる靡《な》し
弱冠參多士　弱冠にして多士に参《まじ》はり
飛歩遊秦宮　歩を飛ばして秦宮に遊ぶ
側觀君子論　側より君子の論を観《み》
預見古人風　預め古人の風を見る
兩説窮舌端　両説もて舌端を窮め
五車摧筆鋒　五車もて筆鋒を摧《くだ》く
羞當白璧貺　白璧の貺《たまもの》に当たるを羞《は》ぢ
恥受聊城功　聊城《れうじやう》の功を受くるを恥づ
晩節從世務　晩節　世務に従ひ

乘障遠和戎　障《とりで》に乗りて遠く戎を和す
解佩襲犀渠　佩を解きて犀渠《さいきよ》を襲《かさ》ね
卷袠奉盧弓　袠《ふまき》を巻きて盧弓を奉ず
始願力不及　始願　力及ばず
安知今所終　安んぞ今の終はる所を知らんや

＊「觀」字、張溥本・『詩紀』・『文選』は「覩」に作る。
＊宋本は「秦宮」の下に「一に『紫宮』に作る」とある。
＊「世」字、五臣本『文選』は「時」に作る。

其の二
十五歳で経書を覚えてしまい
すべての文章に精通した
二十歳で各界の人士と交わり
飛ぶかのように都の王宮に出向いた
君子が議論するのを傍らで見
古人の風格とはいかなるものかを事前に知った
再度の説得をすることで弁舌を尽くすようになり
荷車五台もの書物を読んで相手の筆鋒を挫いた

白璧の俸給で招聘されるのは照れくさく
聊城を陥とした功績で爵位を貰い受けるのを恥とするほどであった
晩年は政治上の急務で
砦に上って国境を守り異民族との戦を和議に持ち込むことになった
帯び玉を解き着替えて甲冑を重ね着し
書物を帙にしまって征伐の黒弓を頂戴した
当初の志を遂げるには力及ばず
今していることの結果もどうなるか分からなくなってしまった

1　十五諷詩書、篇翰靡不通、

［十五…］『論語』爲政篇に「吾十有五而志於學」（吾十有五にして学に志す）とあるのによるが、阮籍の「詠懐詩」に「昔年十四五、志尚好詩書」（昔年十四五、志尚く詩書を好む）とあり、『韓詩外傳』第六・第二十一章に「夫詩書之不習、禮樂之不構、是丘之罪也」（夫れ詩書の習はざる、礼楽の構へざる、是れ丘の罪なり）という。

［翰］羽毛で作った筆をいうが、ここはそれを用いて書いた文章。『漢書』韋昭注に「翰は、筆なり」という。

2　弱冠參多士、飛歩遊秦宮、

［多士］『韓詩』に「濟濟多士、文王以寧」（済々たる多士、文王以つて寧らぐ）とある。また『詩』大雅「文王」に「思皇多士」（思《ここ》に皇たる多士）とあり、疏に「多士是世顯之人」（多士とは是れ世に顕はるるの人なり）という。黄節は諸侯および公卿、大夫すべて「多士」に入ると言う。

［飛歩］恰も飛ぶがごとく行く。郭璞「遊仙詩」（『藝文類聚』巻七十八引）に「翹手攀金梯、飛歩登玉闕」（手を翹《あ》げて金梯に攀り、歩を飛ばして玉闕に登る）とある。

［秦宮］『史記』李斯列傳に「幸得以刀筆之文進入秦宮」（幸ひに刀筆の文を以つて秦宮に進み入るを得たり）とあり、項羽本紀に「咸陽秦宮室」（咸陽の秦の宮室）とある等、咸陽にある、かつての秦の宮室（西都）をいう。

あるいは劉宋の都建康の宮城を指す。

3　側観君子論、預見古人風、

［側観］旁らから視る。謝荘の「東海王讓司空表」に「側觀前載、與窺洪典」（側より前載を観《み》、与に洪典を窺ふ）とある。

［預見］予め分かる。『史記』龜策列傳に「卜筮至預見表象」（卜筮至りて預め表象を見る）とある。

［古人風］呉伯其は、九・十句目に「恥」・「羞」の語があることから、「相如・仲連の一流」ではなく、「三代の英」すなわち夏・殷・周のすぐれた人物の風格であるとする。『魏志』毛玠傳に「君有古人風」（君に古人の風有り）とあり、裴松之の注に『先賢行状』を引いて「玠雅亮公正、在官清恪。……人擬壺飡之絜、家象濯纓之操……」（玠は雅亮公正、官に在りては清恪。……人は壷飡の絜《きよ》きに擬し、家は濯纓の操に象どる……）という。

4　兩説窮舌端、五車摧筆鋒、

［兩説］『文選』五臣注で劉良は「兩説謂本末之説」（両説は本末の説を謂ふ）という。立論の本になる説と末説の両刀を使うということであろうが、李善は第十句に「聊城」の語が見えることから、『史記』魯仲連傳の「秦東圍邯鄲。魏王使新垣衍入邯鄲、説平原君尊秦昭王爲帝、秦必罷兵去。魯連聞之、乃責垣衍。新垣衍請出、不敢言帝秦。秦將聞之、却五十里」（秦東して邯鄲を囲む。魏王新垣衍をして邯鄲に入り、平原君に秦の昭王を尊びて帝と為さば、秦必ず兵を罷めて去ると説かしむ。魯連之を聞き、乃ち垣衍を責む。新垣衍出でんことを請ひ、敢て秦を帝とすと言はず。秦将之を聞き、却くこと五十里なり）及び「田單攻聊城、不下。魯連乃爲書、約之矢以射聊城中、燕將得書自殺」（田単聊城を攻むるも、下らず。魯連乃ち書を為し、之れに矢を約《つか》ねて以つて聊城の中を射れば、燕将書を得て自殺す）を踏まえ、魯仲連が新垣衍に説いたこと及び聊城の将に説いて城を下したことを言うとする。今はこの李善の説に従う。

［五車］書物の多いこと。『莊子』天下篇に「恵施多方、其書五車、道舛駁」（恵施多方にして、其の書は五車、道は舛駁《せんばく》なり）とある（「舛駁」は、雑多）。

［舌端・筆鋒］『韓詩外傳』巻七・第五章に「避文士之筆端、避武士之鋒端、避辨士之舌端」（文士の筆端を避け、武士の鋒端を避け、弁士の舌端を避く）とある。

5　羞當白璧貺、恥受聊城功、

［白璧貺］李善の引く『韓詩外傳』（現行本に見えず）に「楚襄王遣使者持金千斤、白璧百雙、聘莊子以爲相、莊子不許」（楚の襄王使者を遣はして金千斤、白璧百双を持たしめ、荘子を聘して以つて相と為さんとするも、荘子許さず）とある。

［聊城功］『史記』魯仲連列傳に「單屠聊城歸、而言魯連、欲爵之、魯連逃隱於海上也」（単聊城を屠りて帰り、而して魯連に言ひ、之れを爵せんと欲するも、魯連逃れて海上に隠るるなり）とある。

6　晩節從世務、乘障遠和戎、

［晩節］晩年。鄒陽の「上書呉王」に「至其晩節末路」（其の晩節末路に至る）とあり、また張協の「雑詩」（其四）にも「疇昔歎時遲、晩節悲年促」（疇昔は時の遅きを歎き、晩節は年の促《せま》るを悲しむ）とある。

［世務］政治上急を要すること。『漢書』主父偃傳に「是時、徐樂・嚴安亦俱上書言世務」（是の時、徐楽・厳安亦た倶に上書して世務を言ふ）とある。

［乘障］砦に登り、城を守る。『漢書』張湯傳に「（上）乃遣（狄）山乘鄣」（上乃ち狄山を遣はして障に乗らしむ）とあり、顏師古の注に「乘、登也。登而守之」（乘は、登るなり。登りて之れを守る）という。

［和戎］『左傳』襄公四年に「子教寡人和諸戎狄」（子寡人をして諸戎狄と和せしむ）とある。

7　解佩襲犀渠、卷袠奉盧弓、

［解佩］文官の印の帯び玉を解く。『楚辭』離騒に「解佩纕以結言兮」（佩纕を解きて以つて言を結ぶ）とあり、曹植の「洛神賦」に「解玉佩以要之」（玉佩を解きて以つて之を要む）とある。『文選』五臣注で李周翰は「佩は、衣服するなり」と言う。

［犀渠］犀革製のよろい。『國語』呉語に「奉文犀之渠」（文犀の渠を奉ず）とあり、韋昭の注に「文犀之渠、謂

栖也。文犀、犀之有文理者」（文犀の渠は、栖を謂ふなり。文犀は、犀の文理有る者なり）という。『文選』五臣注で李周翰は「犀渠は、甲なり」と言う。「襲」字に照らせば、「甲」は、よろい。

［衺］『文選』五臣注で李周翰は「衺は、書衣なり」と言う。

［盧弓］『書』文侯之命に「盧弓一、盧矢百」とあり、孔安國の「傳」に「盧、黒也。諸侯有大功賜弓矢、然後專征伐」（盧は、黒なり。諸侯に大功有れば弓矢を賜ひ、然る後専ら征伐せしむ）という。『文選』五臣注で李周翰は「盧弓は、征伐の弓なり」と言う。

8　始願力不及、安知今所終、

［始願］当初の願い。ここは詩書で身を立てること。『左傳』成公十八年に「孤始願不及此」（孤の始めの願ひ此に及ばず）とある。呉伯其は『始願』は乃ち『古人の風』云云是れなり。『今』は現前を指し、『力及ばず』は時勢に阻まるるなり。我に在りては文重くして武輕きも、時に在りては武を重んじて文を輕んず。文を輕んずとは、道を輕んずるなり。所謂君子の道消ゆるなり。……」と言い、「『子三軍を行なはば』の意あり」と解釈する。

［所終］禍福いずれかの結果。『莊子』人間世篇に「苟爲不知其然也、孰知其所終」（苟も其の然るを知らずと為すや、孰れか其の終はる所を知らんや）とあり、郭象の注に「苟不自覺、安能知禍福之所齊詣」（苟も自覚せずんば、安んぞ能く禍福の斉しく詣《いた》る所を知らんや）という。また『韓詩』に「靡不有初、鮮克有終」（初め有らざる靡《な》くんば、克く終はり有る鮮《すくな》し）とある。

其三

劉坦之は、当時の朝廷は武功をたっとぶことが多く、苟も騎射に精通していれば、史刺や郡守を手に入れることも難しくなかった、と言う。

王闓運は「末は言外に用兵功を冒すことの多きを譏るなり」と言う。

幽并重騎射　　幽・并は騎射を重んじ
少年好馳逐　　少年にして馳逐を好む

氈帶佩雙鞬　氈帯《せんたい》に双鞬《さうけん》を佩し
象弧插彫服　象弧を彫服に插す
獸肥春草短　獣肥えて春草短く
飛鞚越平陸　鞚《おもがひ》を飛ばして平陸を越ゆ
朝遊鴈門上　朝に遊ぶ鴈門の上《ほと》り
暮還樓煩宿　暮れに還る楼煩の宿
石梁有餘勁　石梁に勁《つよ》きを餘す有り
驚雀無全目　驚雀に目を全くする無し
漢虜方未和　漢と虜と方《まさ》に未だ和せず
邊城屢飜覆　辺城　屢《しば》しば飜覆す
留我一白羽　我に留む一白羽
將以分符竹　将に以つて符竹を分かたんとす

＊「飜」字、『詩紀』は「翻」に作る。
＊「符」字、張溥本・李善本『文選』は「虎」に作る。

其の三
北方の幽州・并州地方は馬上から弓を射ることを重んじるので

若いころから馬の競争が好きである
毛織りの北方産の帯の左右に二つの弓袋を提げ
模様の描かれた弓袋には弧星に象った弓矢を挿している
獣がよく太って春の草がまだ短いときに
馬を飛ばしてまっ平らな草原を越えて行く
朝はやく出て鴈門郡の狩り場まで行き
日が暮れるころ楼煩県の宿舎に引き返す
矢を放てば矢は彭城の石橋まで届いてもまだ余力があり
腕前は矢の音に驚く雀の目を射つぶすほど精確である
中国と北方民族とは今まだ講和が結ばれず
国境のまちはしばしば統治が変わる
我が守りの矢を一本残しておき
派兵の割り符を与えられた郡守として講和を実現しよう

1　幽并重騎射、少年好馳逐、
［幽・并］ともに武勇を好む遊侠の児の多い北中国の州

名。曹植の「白馬篇」に「白馬飾金羈、連翩西北馳。借問誰家子、幽并遊俠兒」（白馬金羈を飾り、連翩として西北のかた馳す。借問す誰が家の子ぞ、幽・并の遊俠の児なり）とある。

［騎射］馬上から弓を射る。『史記』匈奴列傳に「趙武靈王亦變俗胡服、習騎射」（趙武霊王亦た俗を変じて胡服し、騎射を習はしむ）とある。

［馳逐］馬で競争する。『楚辭』九歎「愍命」に「騰驢驘以馳逐」（驢驘を騰げて以つて馳逐す）とある。

2　氈帶佩雙鞬、象弧插彫服、

［氈帶］北中国胡産の毛織りの布でこしらえた帯。『搜神記』巻七に「太康中、天下以氈爲絈頭及絡帶袴口」（太康中、天下氈を以つて絈頭及び絡帶・袴口を為《つく》る）とある。

［雙鞬］腰の左右に付けた弓を入れる革袋。『魏志』董卓傳に「卓有才武、旅力少比、雙帶兩鞬、左右馳射」（卓に才武有り、旅力比する少なく、双帯両鞬もて、左右馳射す）とあり、『方言』に「所以藏箭弩謂之服、所以盛弓謂之鞬」（箭弩を蔵する所以之れを服と謂ひ、弓を盛る所以之れを鞬と謂ふ）という。

［象弧］弧星に象った弓矢。弧星は九つからなる弓型をした星群で、參星の東にある狼星に向かう天弓。『周禮』考工記に「弧旌枉矢以象弧也」（弧旌・枉矢は以つて弧に象るなり）とある。

［彫服］文様の描かれた弓袋。『方言』に「所以藏箭弩謂之服」（箭弩を蔵する所以之れを服と謂ふ）という。

3　獸肥春草短、飛鞚越平陸、

［獸肥］魏の文帝（曹丕）の『典論』自叙に「少好弓馬、于今不衰……弓燥手柔、草淺獸肥」（少くして弓馬を好み、今に于いて衰へず……弓燥き手柔らかく、草浅く獣肥ゆ）とあるのによる。

［鞚］馬のくつわに着けるおもがい。李善は『埤蒼』を引いて「鞚は、馬勒の鞚なり」と言う（「馬勒」は、くつわ）。

［平陸］車や騎馬の通行しやすい平原。『孫子』行軍篇に「平陸處易」（平陸は易きに処る）とあり、曹操は「車騎

之利也」（車騎の利なり）と注する。

4　朝遊鴈門上、暮還樓煩宿、

［鴈門・樓煩］楼煩はもともと胡の地で、趙武霊王が取って県を置いた。漢代には鴈門県に属した。『漢書』地理志に「鴈門郡……縣十四。……樓煩……」（鴈門郡は……県十四あり。……楼煩……）とあり、應劭は「故樓煩胡地」（故《もと》の楼煩は胡の地なり）という。

5　石梁有餘勁、驚雀無全目、

［石梁…］遥か彼方の石橋まで翔んだ弓矢にまだ余力があり、矢羽に水を飲ませていたという故事による。『水經注』に「泗水之上、有石梁焉。……昔宋景公以弓工之弓、彎弧東射、矢集彭城之東、飲羽於石梁也」（泗水の上《ほと》りに、石梁有り。……昔宋の景公弓工の弓を以つて、弧を湾めて東のかた射れば、矢は彭城の東に集ひて、羽に石梁に飲《みづか》ふなり）という。『闞子』（『文選』李善注は『闞子』に作る）に拠るという。

［驚雀…］李善注に引く『帝王世紀』に「帝羿有窮氏與呉賀北遊、賀使羿射雀。羿曰、生之乎、殺之乎。賀曰、射其左目。羿引弓射之、誤中右目。羿抑首而愧、終身不忘。故羿之善射、至今稱之」（帝羿有窮氏呉の賀と北のかた遊び、賀羿をして雀を射しむ。羿曰はく、之れを生かすか、之れを殺すかと。賀曰はく、其の左目を射よと。羿弓を引きて之を射、誤りて右目に中つ。羿首を抑へて愧ぢ、終身忘れず。故に羿の射を善くするや、今に至りて之れを称す）とあるのによる。

6　漢虜方未和、邊城屢翻覆、

［翻覆］統治が反復するように変わる。陸機の「君子行」に「休咎相乘躡、翻覆若波瀾」（休と咎と相乗じて躡み、翻覆すること波瀾のごとし）とあり、『尚書大傳』甘誓に「三王之統、若循連環。周則復始、窮則反本」（三王の統は、連環に循ふがごとし。周れば則ち復た始まり、窮まれば則ち本に反る）という。

7　留我一白羽、將以分符竹、

［白羽］衛りの矢。『國語』呉語に「白羽之矰」（白羽の

矰）とあり、韋昭の注に「矰、矢名。以白羽爲衞」（矰は、矢の名なり。白羽を以つて衛りと為す）という。
［分符竹］割り符の竹を分けてもらい、命令権を得る。『漢書』文帝紀に「初與郡守爲銅虎符・竹使符」（初めて郡守に与ふるを銅虎符・竹使符と為す）とあり、應劭は「銅虎符第一至第五、國家當發兵、遣使者至郡合符、符合乃聽受之。竹使符皆以竹箭五枚、長五寸、鐫刻篆書、第一至第五」（銅虎符は第一より第五に至る、国家兵を発するに当たり、使者を遣はして郡に至り符を合はせしめ、符合へば乃ち之れを受くるを聴く。竹使符は皆竹箭五枚を以てし、長さ五寸、篆書を鐫刻し、第一より第五に至る）といい、さらに顔師古は「與郡守爲符者、謂各分其半、右留京師、左以與之」（郡守に与ふるを符と為すとは、各おの其の半ばを分け、右は京師に留め、左は以つて之れに与ふを謂ふ）という。

其四

鑿井北陵隈　井を鑿《うが》つ北陵の隈《くま》
百丈不及泉　百丈なるも泉に及ばず
生事本瀾漫　生事は本より瀾漫
何用獨精堅　何を用つてか独り精堅ならん
幼壯重寸陰　幼壮は寸陰を重んずるも
衰暮反輕年　衰暮は反つて年を軽んず
放駕息朝歌　駕を放ちて朝歌に息《いこ》ひ
提爵止中山　爵を提《ひつさ》げて中山に止まる
日夕登城隅　日夕　城の隅に登り
周迴視洛川　周迴して洛の川を視る
街衢積凍草　街衢は凍草を積み
城郭宿寒煙　城郭は寒煙を宿す
繁華悉何在　繁華　悉《ことごと》く何《いづ》くにか在る
宮闕久崩塡　宮闕　久しく崩塡《ほうてん》す
空謗齊景非　空しく斉景の非を謗《そし》り
徒稱夷叔賢　徒らに夷・叔の賢を称《たた》ふ

＊「反」字、張溥本・『詩紀』は「及」字に作る。
＊「山」字、『詩紀』に「一に『仙』に作る」という。

其の四
北地の鴈門山にある陵の隅に井戸を掘っているが
百丈掘っても水脈にとどかない
人の生活には元来様々な形が有っていいから
私ひとり世に泥まず頑なでいる必要はないのにである
若い頃は寸暇を惜しんで努力もしたが
年老いた今は逆に無駄な人生を送っている
朝歌の地で馬車を解きおき歌をうたってはくつろぎ
中山の地で酒杯を手にし酒を飲んでは休んでいる
夕暮時には町の隅の高台に登り
周りを見渡し洛水を見る
北辺の町の大通りには凍てついた草が重なり
城壁は寒々とした靄が覆っている
町にも洛水の辺にもどこにもかつての繁華な様子は
　無く
宮殿もずっと前に崩れ埋もれたままである
馬を千頭も所有していた斉の景公の不徳を謗ったと
　ころで虚しく
首陽山で餓死した伯夷・叔斉の賢者ぶりを称えたと
　ころで無駄である

1　鑿井北陵隈、百丈不及泉、

［鑿井…］なさんとする事が実現できない喩え。『孟子』盡心・上に「有爲者辟若掘井。掘井九仞、而不及泉、猶爲棄井也」（為すこと有る者は辟《たと》へば井を掘るがごとし。井を掘ること九仞にして、而も泉に及ばずは、猶ほ井を棄つと為すなり）とあるのによる（「九仞」は十四、五メートル、「百丈」は二百五十メートルほど）。

［北陵］鴈門山にある陵。『爾雅』釋地に「東陵……北陵……、鴈門、是也」（東陵は……北陵は……、鴈門、是れなり）とあり、郭璞の注に「即鴈門山也」（即ち鴈門山なり）という。「鴈門」は前の詩に見えている。なお、聞人倓は『宋書』州郡志・彭城太守北淩令の条を引き「北淩令、本屬南下邳……本名淩。而廣陵郡舊有淩縣、晉武帝太康二年、以下邳之淩縣非舊土而同名、改爲北淩」（北淩の令は、本と南下邳に属し……本と淩と名づく。而るに広陵郡に旧《も》と淩県有り、晋の武帝の太康二年、下邳の淩県は旧土に非ずして名を同じくするを以つて、改め

て北凌と為す）と注する。

2　生事本瀾漫、何用獨精堅、

［生事］生活。『華陽國志』廣漢郡・徳陽縣の条に「山原肥沃、有澤漁之利、士女貞孝、望山樂水、土地易爲生事」（山原肥沃にして、沢漁の利有り、士女貞孝、山を望み水を楽しみ、土地は生事を為し易し）とある。

［瀾漫］張玉穀は「瀾漫は、繁多なり」と言う（『古詩賞析』）。また、王褒の「洞簫賦」に「悼恅瀾漫、亡耦失疇」（悼恅瀾漫として、耦を亡くし疇を失ふ）とあり、李善は「瀾漫は、分散するなり」と言う。

［精堅］汚れず、すり減らない。『論語』陽貨篇に「不曰堅乎、磨而不磷、不曰白乎、涅而不緇」（堅しと曰はざるか、磨して磷《うすら》がず、白しと曰はざるか、涅《そ》めて緇《くろ》まず）とある。

3　幼壯重寸陰、衰暮反輕年、

［寸陰］『淮南子』原道訓に「聖人不貴尺之璧、而重寸之陰。時難得、而易失也」（聖人は尺の璧を貴ばず、而して寸の陰を重んず。時は得難く、而して失ひ易ければなり）とあるのによる。

［衰暮］老いる。「衰」字・「暮」字ともに鮑照は多用するが、連綴した言い方はここ以外に見えない。梁の沈約の「別范安成」詩には「及爾同衰暮」（爾と同に衰暮す）とあり、李善は「年壽衰暮し、死日將に近からんとす」と注する。

4　放駕息朝歌、提爵止中山、

［放駕］『列子』説符に「孔子自衞反魯、息駕乎河梁而觀焉」（孔子衞より魯に反へり、駕を河梁に息はして而して焉れを観る）とある。

［朝歌］もと殷の紂王が都にした地で、俗は歌をたいそう好んだという。『漢書』鄒陽傳に「邑號朝歌、墨子回車」（邑は朝歌と号し、墨子車を回へす）とあり、顔師古の注には「朝歌、殷之邑名也。淮南子云、墨子非樂、不入朝歌」（朝歌は、殷の邑の名なり。淮南子に、墨子楽を非とし、朝歌に入らずと云ふ）という。

［中山］酒造りの名人の居る地。『捜神記』巻十九に「狄

希、中山人也。能造千日酒、飲之千日酔」（狄希は、中山の人なり。能く千日酒を造り、之れを飲まば千日酔ふ）とある。

黄節は、「『朝歌』・『中山』の意を用ふるは、蓋し亡国の地を以つて『洛川』に比擬するならん、『放駕』は則ち車を回したる事を反つて用ひ、『提爵』は則ち酒を造りたる事を暗かに用ひ、以つて上の『衰暮』・『輕年』を承くるなり」と言う。

5 日夕登城隅、周迴視洛川、

［城隅］町の片隅の小高いところ。『詩』邶風「静女」に「静女其姝、俟我於城隅」（静女其れ姝《うつくし》く、我を城の隅に俟つ）とある。

［洛川］洛水のほとりは貴族たちの行楽の場所である。張協の「洛禊賦」に「權戚之家、豪侈之賊、……集乎長洲之浦、曜乎洛川之曲」（権戚の家、豪侈の賊、……長洲の浦に集まり、洛川の曲《くま》に曜く）とある。

6 街衢積凍草、城郭宿寒煙、

［凍草］後世の唐の陸龜蒙の「早春雪中作…」詩には「迎春避臘不肯下、欺花凍草還飄然」（春を迎へ臘を避けて肯て下らず、花を欺き草を凍らせて還た飄然たり）と見える。

7 繁華悉何在、宮闕久崩塡、

［繁華］『史記』呂不韋列傳に「不韋使（華陽）夫人姉説夫人曰、……不以繁華時樹本」（不韋華陽夫人の姉をして夫人に説かしめて曰はく、……繁華の時を以つて本を樹《た》てざれ）とある。

8 空謗齊景非、徒稱夷叔賢、

［齊景・夷叔］陶淵明の「飲酒」詩に「積善云有報、夷・叔在西山」（善を積まば報い有りと云ふも、夷・叔は西山に在り）とあり、『論語』季子篇に「齊景公有馬千駟、死之日、民無徳而稱焉。伯夷・叔齊餓于首陽之下、民到于今稱之」（斉の景公に馬千駟有るも、死するの日、民に徳として焉《こ》れを称ふる無し。伯夷・叔齊は首陽の下に

餓うるも、民今に到るも之れを称ふ）という。
沈徳潛は「末は即ち賢愚同に意を盡くす」と言う。

其五

伊昔不治業　伊昔《いせき》　業を治めず
倦遊觀五都　遊びに倦《う》みて五都を観る
海岱饒壯士　海岱　壮士饒《おほ》く
蒙泗多宿儒　蒙・泗　宿儒多し
結髮起躍馬　髪を結ひたるは起ちて馬を躍《をど》らせ
垂白對講書　白く垂《な》んなんとするは対《むか》つて書を講ず
呼我升上席　我を呼びて上席に升らしめ
陳觶發瓢壺　觶《さかづき》を陳《なら》べて瓢壷を発《ひら》く
管仲死已久　管仲　死して已に久しく
墓在西北隅　墓は西北の隅に在り
後面崔嵬者　後面の崔嵬《さいくわい》たる者は
桓公舊冢廬　桓公の旧冢廬《ちようろ》なり
君來誠既晩　君の来たるは誠に既に晩《おそ》く
不覩崇明初　崇明の初めを覩《み》ず
玉琬徒見傳　玉琬（椀）のみ徒らに伝へられ
交友義漸疎　交友の義　漸《やうや》く疎し

＊「冢」字、張溥本・『詩紀』は「塚」に作る。
＊「琬」字、錢仲聯は〔増補〕で「宋本『椀』を『琬』に作るは、……誤りなり」という。
＊「支」字、『詩紀』は「交」に作る。錢仲聯は〔増補〕で「宋本……『交』を『支』に作るは、誤りなり」という。今はこれに従い、改める。

其の五
以前に生業に就かず
厭きるほど遊んで五つの都の見物に出かけたことがある
東海から岱山にかけての一帯には意気盛んな者が余るほど居て
蒙山・泗水のあたりには昔ながらの儒者が多い
成人したばかりの若者は志を抱いて馬を跳ばし
白髪に覆われる頃となった年配者は書物の論議をし

　ている
わたしを呼んで論議の場の上席に坐らせ
もてなし用の杯を並べて瓢箪の酒壷を開けてくれた
管仲が死んでもう随分経ってしまい
墓のみ西北の隅の方にある
後ろの盛り上がった土石は
桓公の旧《ふる》い塚である
「君来たるも誠にすでに遅し」であり
桓・管が徳を明らかにし業を興こした頃の気風は見
　出だせない
二人にゆかりの玉椀が意味もなく伝えられているば
　かりで
管鮑の交わりの意味も次第に疎かにされるように
　なっている

1　伊昔不治業、倦遊観五都、

［治業］生業を営み、家産を築く。『史記』董仲舒傳に「董仲舒爲人廉直、……終不治産業、以修學著書爲事」（董仲舒人と為り廉直、……終に産業を治めず、学を修め書を著はすを以つて事と為す）とある。

［倦遊］官吏でいるのはもうたくさんだと思う。『史記』司馬相如傳に「長卿故倦游、雖貧、其人材足依也」（長卿故より游びに倦めば、貧と雖も、其の人材は依るに足るなり）とあり、郭璞は「厭游宦也」（宦に游ぶを厭ふなり）という。

［五都］洛陽・邯鄲・臨淄・宛・成都の五都市。『漢書』食貨志・下に「於長安及五都立五均官、更名長安東西市令及洛陽・邯鄲・臨淄・宛・成都市長皆爲五均司市師」（長安及び五都に於いて五均官を立て、更に長安の東西の市令及び洛陽・邯鄲・臨淄・宛・成都の市長に名づけて皆五均司市師と為す）とある。

2　海岱饒壮士、蒙泗多宿儒、

［海岱…蒙・泗］「海岱」は、北は岱山から東は東海まで、「蒙・泗」は、蒙山から泗水までの地域をそれぞれ指す。『史記』貨殖列傳に「泰山之陽則魯、其陰則齊、臨淄亦海岱之間一都會也。……怯於衆闘、勇於持刺、故多劫人者。而鄒魯濱洙泗、猶有周公遺風、俗好儒、備於禮」（泰

山の陽は則ち魯なり、其の陰は則ち斉なり、臨淄は亦た海岱の間の一都会なり。……衆くして闘ふに怯え、刺を持つに勇まし、故に人を劫かす者多し。而して鄒・魯は洙・泗に浜たれば、猶ほ周公の遺風有り、俗は儒を好み、礼を備ふ）とあり、『史記』夏本紀の「海岱及淮維徐州、淮・沂其治、蒙・羽其藝。……泗濱浮磬……」（海岱及び淮は徐州に維がり、淮・沂は其れ治せられ、蒙・羽は其れ藝《う》えらる。……泗濱の浮磬……）の孔安國および鄭玄の注に、それぞれ「東至海、北至岱、南及淮」（東のかた海に至り、北のかた岱に至り、南のかた淮に及ぶ）、「蒙・羽二山名」（蒙・羽は二つながら山の名なり）という。また「蒙」については『詩』魯頌「閟宮」に「泰山巖巖、魯邦所詹、奄有龜蒙、遂荒大東」（泰山の巌々たる、魯邦の詹《み》る所、亀・蒙を奄《おほ》ひ有し、遂に大東を荒《おほ》ふ）とある。

3　結髪起躍馬、垂白對講書、

［結髪］『史記』主父偃傳に「結髪遊學、四十餘年」（結髪してより遊学し、四十餘年なり）とある。

［躍馬］志を抱いて馬を走らせる。左思の「蜀都賦」に「公孫躍馬而稱帝」（公孫馬を躍らせて帝と称す）とあり、『史記』蔡澤傳に「吾持粱刺齒肥、躍馬疾驅、懷黄金之印、結紫綬於要、……」（吾れ粱を持し肥えたるを齧み、馬を躍らせて疾驅し、黄金の印を懐き、紫綬を要《こし》に結び、……）という。

［講書］班固の「西都賦」に「名儒師傳、講論乎六藝、稽合乎同異」（名儒師傅、六藝を講論し、同異を稽合す）とあり、『周禮』に「六藝禮樂射御書數也」（六藝とは礼・楽・射・御・書・数なり）という。「講書」の「書」は経書の意であろう。

4　呼我升上席、陳觶發瓢壺、

［上席］上等な宴席。『詩』小雅「斯干」に「下莞上簟、乃安斯寝」（莞を下にし簟を上にし、乃ち安らぎ斯《すなは》ち寝ぬ）とあり、鄭玄の箋に「莞、小蒲之席也。竹葦曰、簟寝既成、乃鋪席、與群臣安燕爲歡以落之」（莞は、小蒲の席なり。竹葦に曰はく、簟寝既に成り、乃ち席を鋪《し》き、群臣と安らぎ燕し歓を為して以つて之れを落しむ）という。

[觶] 村の宴席で用いられる杯、酒器。『説文』に「觶、郷飲酒角也」（觶は、郷飲の酒角なり）とある。

[瓢壺] ともに酒器。「瓢」は、陶淵明の「祭従弟敬遠文」に「夏渇瓢箪」（夏は瓢箪渇く）とあり、『論語』に「一箪食、一瓢飲」（一箪もて食し、一瓢もて飲む）という。後世の李白の「春日陪楊江寧…」詩には「願君覆瓢壺」と見え、朱注には「皆酒器なり」と言う。

5　管仲死已久、墓在西北隅、

[管仲] 『史記』齊太公世家・桓公四十一年「管仲卒」の正義に引く『括地志』に「管仲冢在青州臨淄縣南二十一里牛山上、與桓公冢連」（管仲の冢は青州の臨淄県の南のかた二十一里の牛山の上に在り、桓公の冢と連なる）とある。

6　後面崔嵬者、桓公舊塚廬、

[崔嵬] 『詩』周南「巻耳」に「陟彼崔嵬」（彼の崔嵬たるに陟《のぼ》る）とあり、毛傳に「崔嵬、土山之戴石者」（崔嵬とは、土山の石を戴せたる者なり）という。また『爾雅』釋山に「石戴土、謂之崔嵬」（石の戴りたる土、之れを崔嵬と謂ふ）とある。

[桓公…] 5の [管仲] の注を参照。

7　君來誠既晩、不覩崇明初、

[崇明] 桓公と管仲が徳を明らかにし業を興したこと。張衡の「東京賦」に「進明徳而崇業」（徳を明らかにするを進めて業を崇ぶ）とある。

8　玉琬（椀）徒見傳、交友義漸疎、

[玉琬（椀）] 厚意を表す玉椀。『晉書』周訪傳に「初王敦懼杜曾之難、謂訪曰『擒曾、當相論爲荊州刺史』。及是而敦不用。至王廙去職、詔以訪爲荊州。……郭舒説敦曰、『……公宜自領、訪爲梁州足矣』。敦從之。訪大怒。敦手書譬釋、并遺玉環玉椀以申厚意。訪投椀於地曰、『吾豈賈豎、可以寶悦乎』」（初め王敦杜曽の難を恐れ、訪に謂ひて曰はく、「曽を擒ふるは、当に相論じて荊州刺史と為るべし」と。是に及んで敦用ゐず。王廙の職を去るに至り、詔ありて訪を以つて荊州と為す。……郭舒敦に

説きて曰はく、「……公は宜しく自らを領すべし。訪は梁州と為れば足れり」と。敦之れに従ふ。訪大いに怒る。敦手づから書して譬へて釈き、并せて玉環玉椀を遣りて以つて厚意を申ぶ。訪椀を地に投げて曰はく、「吾れ豈に賈豎ならん、宝を以つて悦ぶべけんや」と）とあり（「賈豎」は、商人をののしる言葉）、嵆康の「答難養生論」に「李少君識桓公玉椀、則阮生謂之逢占而知」（李少君桓公の玉椀を識れば、則ち阮生之れを占ひに逢ひて知ると謂ふ）とある。また、『史記』封禅書に「上有故銅器、問少君。少君曰『此器、齊桓公十年陳於柏寢』已而案其刻、果齊桓公器。一宮盡駭、以爲少君神、數百歳人也」（上に故銅器有り、少君に問ふ。少君曰はく『此の器は、斉の桓公の十年柏寝に陳べらる』已にして其の刻を案ずれば、果たして斉の桓公の器なり。一宮尽く駭《おどろ》き、以為へらく少君は神にして、数百歳の人なりと）という。

〔交友義〕管鮑の交わり。『史記』管晏傳に「管仲曰『生我者父母、知我者鮑子也』」（管仲曰く『我を生む者は父母なり、我を知る者は鮑子なり』と）とある。

其六

束薪幽篁裏　薪を束ぬ幽篁の裏《うち》
刈黍寒澗陰　黍を刈る寒澗の陰
朔風傷我肌　朔風　我が肌を傷ましめ
號鳥驚思心　号鳥　思ふ心を驚かしむ
歳暮井賦訖　歳暮　井賦訖《を》はり
程課相追尋　課を程《はか》りて相ひ追尋す
田租送函谷　田租は函谷に送り
獸藁輸上林　獣藁は上林に輸《おく》る
河渭冰未開　河渭　氷未だ開けず
關隴雪正深　関隴　雪正に深し
笞擊官有罰　笞もて撃ちて官に罰する有り
呵辱吏見侵　呵《しか》り辱しめて吏に侵さる
不謂乘軒意　軒に乗るの意を謂はず
伏櫪還至今　櫪《かひばをけ》に伏して還《ま》た今に至る

其の六
仄暗い竹薮の中でろくに無い薪を拾っては束ね
寒々とした谷水の陰でわずかな黍を刈り取る

北風はわたしの肌を痛めつけ
鳴き叫ぶ鳥の声はもの思う心をハッとさせる
年の暮に井田からあがる賦税の納期が来ると
課税が割り当てられ取り立てに追われることになる
井田からあがった租税は函谷関から都に運ばれ
獣の飼料にされる藁は宮中の上林苑に送られる
河水も渭水もまだ凍っており
函谷関も隴関もちょうど雪の深いとき
笞を打ちながら役人は罰をあたえるし
怒鳴り散らしながら下っぱ役人は余りにむごい
わたしは大夫になるのだとも言わず
下積みのまま今日に至っている

1　束薪幽篁裏、刈黍寒澗陰、

［束薪］『詩』唐風「綢繆」に「綢繆束薪、三星在天」（綢繆として薪を束ね、三星天に在り）とあり、良人との出会いを言う。

［幽篁］仄暗い竹藪、もしくは草叢。『楚辭』九歌「山鬼」に「余處幽篁兮、終不見天」（余幽篁に処り、終に天を見ず）とある。黄節は「薪」とは「柴」（『説文』による）または「大木」（『周禮』による）のことであり、「幽篁裏」には無いものであると言う。

［刈黍］『禮記』月令に「仲夏之月、農乃登黍」（仲夏の月、農乃ち黍を登す）とあり、黄節はやはり「黍」は「寒澗の陰」には無く、「束薪…」の二句はもともとそのように物の無い所をいうと言う。

2　朔風傷我肌、號鳥驚思心、

［思心］ものを考えている心。阮籍の「詠懷詩」に「憂思獨傷心」（憂思して独り心を傷ましむ）とあり、また『晉書』裴秀傳に「詔曰、……尚書令左光祿大夫裴秀、雅量弘博、思心通遠」（詔あつて曰はく、……尚書令左光祿大夫裴秀、雅量弘博、思心遠きに通ずと）という。

「思」と「心」を鮑照は愛用する。「思心」はこの詩のほかに「三日」詩にも「氣暄動思心、柳青起春懷」（気暄くして思心を動かし、柳青くして春懐を起こす）と見える。そのほか「代東武吟」には「肌力盡鞍甲、心思歷涼温」（肌力は鞍甲に尽き、心思は涼温を歷《ふ》）と見えるほか、対概念として「心・思」（「還都道中」詩）「秋心・春思」（「和王丞」詩「採菱歌」）「幽思・勞心」（「古辭」詩）「心用・思機」（「秋夕」詩）などが見える。「思」と「心」の関係は、「擬行路難」に「暮思遶遶最傷心」（暮思遶遶として最も心を傷ましむ）とあるように、「心」は「思」により決まるもののようである。

3　歳暮井賦訖、程課相追尋、

［井賦］井田に課せられた賦税。『周禮』地官「小司徒」に「乃經土地而井牧其田野。九夫爲井、四井爲邑、……以任地事而令貢賦」（乃ち土地を経《はか》りて其の田野を井のごと牧す。九夫を井と為し、四井を邑と為し、……以つて地の事を任じて貢賦を令す）とあり、鄭玄の注に「采地制井田、異於鄉、……其制似井字、因取名焉」（采地は井田を制し、鄉に異なり、……其の制は井の字に似たり、因りて名を焉れに取る）といい、「貢謂九穀、山澤之材也。賦謂出車徒給繇役也」（貢は九穀を謂ひ、山澤の材なり。賦は車徒を出だし繇役を給するなり）という。

［程課］「程」は、仕事を割り当てて能力を試す。張衡の「西京賦」に「程角觝之妙戲」（角觝の妙戲を程る）とあり、薛綜の注に「程、謂課其技能也」（程は、其の技能を課《こころ》みるを謂ふなり）という。

［相追尋］手に入れようと追い求める。阮籍の「詠懷詩」に「朱華振芬芳、高蔡相追尋」（朱華芬芳を振るへば、高・蔡相ひ追尋す）とある。

4　田租送函谷、獸藁輸上林、

［田租］井田からあがる租税。『後漢書』和帝紀に「詔、兗・豫・荊州今年水雨淫過多、傷農功、其令被害什四以上、皆半入田租芻藁」（詔あつて、兗《えん》・豫・荊州は今年水雨淫れて多きに過ぎ、農功を傷ましむれば、其れ害を被ること什の四以上に令して、皆半ば田租芻藁を入れしむ）とある。

［函谷］函谷關。『鹽鐵論』險固篇に「秦左殽・函」（秦は左は殽《かう》・函）とあり、韋昭の注に「函谷關なり」という。

［獸藁…］上林苑で飼われている獸の食糧にする藁を輸送する。『史記』蕭相國世家に「民道遮行上書言、相國賤彊、買民田宅數千萬。上至、相國謁。上笑曰、夫相國

乃利民。民所上書皆以與相國、曰、君自謝民。相國因爲民請曰、長安地狹、上林中多空地棄、願令民得入田、毋收藁爲禽獸食」（民道にて行を遮り上書して言はく、相国は賤彊にして、民の田宅を買ふこと数千万なりと。上至り、相国謁す。上笑ひて曰はく、夫れ相国は乃ち民を利するなりと。民の上書する所皆以つて相國に与へて、曰はく、君自ら民に謝せよと。相國因りて民の為に請ひて曰はく、長安は地狭きに、上林の中は空地の棄てらるる多し、願はくは民をして田に入るを得しめ、藁を収めて禽獣の食と為す毋かれと）とある。

5　河渭冰未開、關隴雪正深、

［河渭］船で諸国から租税を集め、都に供給するときの主要水路。『史記』留侯世家に「諸侯安定、河・渭漕輓天下、西給京師」（諸侯安定すれば、河・渭にて天下に漕輓し、西のかた京師に給す）とある。

［關隴］都長安への左右の入り口。『史記』范雎蔡澤列傳に「秦王之國、……南帶涇・渭、右隴・蜀、左關・阪」（秦王の国は、……南は涇・渭を帯び、右は隴・蜀、左は関・阪なり）とあり、『後漢書』隗囂公孫述列傳に「隗囂……説述曰、……令漢帝釋關隴之憂」（隗囂……述に説きて曰はく、……漢帝をして関隴の憂ひを釈かしめよ）とある。

6　笞撃官有罰、呵辱吏見侵、

［笞撃］『史記』張蒼傳に「發吏卒、捕奴婢、笞撃問之」（吏卒を発し、奴婢を捕へ、笞もて撃ちて之に問はしむ）とある。

［呵辱］『晉書』陶侃傳に「切厲訶辱、還其所饋」（切に厲《はげ》しく訶辱し、其の饋《おく》る所を還す）とある。

7　不謂乘軒意、伏櫪還至今、

［乘軒］「軒」は大夫の車。『左傳』閔公二年に「鶴有乘軒者」（鶴に軒に乗る者有り）とあり、杜預の注に「軒大夫車」（軒は大夫の車なり）という。

［伏櫪］志を抱いたまま、それが用いられずにいること。魏の武帝の「歩出夏門行」四解に「老驥伏櫪、志在千里」（老驥櫪に伏し、志は千里に在り）とあり、『漢書』李尋

傳「上王根書」の「馬不伏歴、不可以趨道」（馬歴に伏さずんば、以つて道を趨るべからず）の顔師古の注に「伏歴、謂伏槽歴而秣之也」（歴に伏すとは、槽歴に伏さしめて之れに秣《まぐさ》かふを謂ふなり）という。

其七

この詩のみ八首中で一首換韻している。

河畔草未黄　河畔　草未だ黄ばまざるに
胡鴈已矯翼　胡鴈　已に翼を矯《あ》ぐ
秋蛬扶戸吟　秋蛬《しゅうきょう》　戸に扶《よ》りて吟じ
寒婦成夜織　寒婦　夜織るを成す
去歳征人還　去歳　征人還り
流傳舊相識　流伝す旧《も》と相識ると
聞君上隴時　聞く君の隴《ろう》を上りし時
東望久歎息　東のかた望みて久しく歎息し
宿昔改衣帯　宿昔　衣帯を改め
朝旦異容色　朝旦に容色を異にすと
念此憂如何　此れを念《おも》へば憂ふること如何
夜長愁更多　夜長ければ愁ひ更に多し
明鏡塵匣中　明鏡は塵匣《ぢんかふ》の中
寶琴生網羅　宝琴は網羅を生ず

＊「鴈」字、『玉臺』は「鷹」に作る。
＊「蛬」字、『玉臺』は「虫」に作り、張溥本・『詩紀』は「螢」に作る。
＊「扶」字、『玉臺』は「挾」に作る。
＊「成」字、『玉臺』は「晨」に作る。
＊「隴」字、『玉臺』は「壠」に作る。
＊「朝旦」、『玉臺』は「旦暮」に作り、張溥本・『詩紀』に「『玉臺』は『旦暮』に作る」という。呉摯父は「『朝旦』は『旦暮』に作る、是なり」という。
＊「寶」字、張溥本・『詩紀』は「瑤」に作る。

其の七
北の河の畔の草はまだ黄ばまないのに
北の雁はもう南へ飛び立って行く
秋を知らせる蟋蟀が戸の側で鳴くと
独り身の婦人は夜でも機織りをするようになる

去年北方に兵にとられていた人が戻ってきて
彼のことをよく知っていると伝えてくれた
聞けばあなたは隴の坂を上っていく時
東の方を見て長い間ため息をついていたという
一晩で痩せ衰えて服も帯も緩くなり
朝方には容貌もすっかり変わっていたという
それを思うとどんなに悲しいことか
秋の夜長ともなれば悲しみもいっそう増してくる
映りのよい鏡も塵まみれの箱のなかにしまわれ
立派な琴も蜘蛛の巣だらけで役たたずのままである

1　河畔草未黄、胡鴈已矯翼、

[河畔草]「古詩十九首」に「青青河畔草、鬱鬱園中柳」（青青たり河畔の草、鬱鬱たり園中の柳）とある。

[草未黄]『詩』小雅「何草不黄」に「何草不黄、何日不行」（何の草か黄ばまざる、何れの日か行かざる）とあり、疏に「言ふこころは天下の人、草生ふる正月の時に于《お》いて役に従つて去る。時に草始めて生ゆるのみ。今十月に至り、何の草か黄ばまざる。言ふこころは草皆黄ばめり。草生えて草黄ばむに至り、是の間に于いて、將率何の日にか行かざると云ふ」という。

[矯翼]飛び立つ。揚雄の「解嘲」に「士無常君、國亡定臣、得士者富、失士者貧、矯翼厲翮、恣意所存、故士或自盛以橐、或鑿坏以遁」（士に常君無く、国に定臣亡し、士を得る者は富み、士を失ふ者は貧し、翼を矯げ翮を厲まし、意の存する所を恣にす、故に士は或は自らを盛んにして以つて橐《たく》し、或は坏を鑿ちて以つて遁《のが》る）とあり（『漢書』引）、唐の顔師古の注に「言ふこころは來去すること鳥の飛ぶがごとく、各おの息《いこ》ふ所に任ずるなり」と言う。

2　秋蛬扶戸吟、寒婦成夜織、

[秋蛬]「蛬」は蟋蟀、秋に鳴くこおろぎ。『爾雅』釋蟲に「蟋蟀、蛬」（蟋蟀は、蛬なり）とあり、晉の郭璞の注に「今促織也。亦名蜻蛚」（今の促織なり。亦た蜻蛚と名づく）といい、劉宋の邢昺の疏に「釋曰、蟋蟀一名蛬、今促織也、亦名蜻蛚。詩唐風云、蟋蟀在堂、歲聿其暮。陸機疏云、蟋蟀似蝗而小、正黒有光澤如漆、有角翅、

一名蛬、一名蜻蛚、楚人謂之王孫、幽州人謂之趨織、里語曰、趨織鳴、嬾婦驚、是也」（釈に曰はく、蟋蟀は一に蛬と名づけ、今の促織なり。亦た蜻蛚と名づく。詩の唐風に云ふ、蟋蟀堂に在り、歳聿に其れ暮ると。陸機の疏に云ふ、蟋蟀は蝗に似て小さく、正に黒くして光沢の漆のごとき有り、角と翅と有り、一に蛬と名づけ、一に蜻蛚と名づく、楚人は之れを王孫と謂ひ、幽州の人は之れを趨織と謂ふ、里語に、趨織鳴きて嬾婦驚くと曰ふは、是れなり）という。

[扶戸]「扶」は、思婦の動作について言い、聞人倓の『古詩箋』によれば「依る」の意。『焦氏易林』第四十六「升」には「昆蟲扶戸、陽明所得」（昆虫戸に扶るは、陽明の得る所なり）とある。

[寒婦]心寒き状態にある婦人。「寒」は鮑照の愛用語で、「和王義興七夕」詩に「寒機思孀婦、秋堂泣征客」（寒機に孀婦思ひ、秋堂に征客泣く）とある等、六十例近くを見ることができる。霜ふり、秋の陰気が盛んになる様子を表し、人の心理状態の形容にも用いられる。

[夜織]『籟記』に「夜織者、閨中機杼之聲也」（夜織とは、閨中機杼の声なり）と言う（『駢字類編』引）。征旅中の夫の冬仕度をする。

3　去歳征人還、流傳舊相識、

[征人]『詩』小雅「皇皇者華」に「駪駪征夫、毎懐靡及」（駪々たる征夫、毎に懐へども及ぶ靡し）とある。

[流傳]『古詩箋』で聞人倓は「言ふこころは征人帰り、君と曾て相識ると伝言するなり」という。

4　聞君上隴時、東望久歎息、

[上隴]楽府の「隴頭流水歌辭」に「西上隴阪、羊腸九回。山高谷深、不覺脚酸」（西のかた隴の阪を上れば、羊腸のごと九回す。山高く谷深く、脚の酸《つら》きを覚えず）とあり、宋の郭茂倩の引く『辛氏三秦記』の「隴頭」の条に、「其の坂は九回し、上る者は七日にして乃ち越ゆ。上に清水有り、四もに注ぎて下る、所謂隴頭水なり」という。

5　宿昔改衣帶、朝旦異容色、

[宿昔]一と晩。阮籍の「詠懐詩」に「攜手等歡愛、宿

昔同衣裳」（手を携へて歓愛を等くし、宿昔衣裳を同じくす）とあり、『廣雅』に「宿は、夜なり」と言う（「昔」は「夕」）。方東樹は『宿昔』の二句は、隴に客たるの人を指す」と言う。

［衣帯］「古詩十九首」に「相去日已遠、衣帯日已緩」（相去ること日に已に遠く、衣帯日に已に緩し）とある。

［朝旦］朝。謝靈運の「於南山往北山經湖中瞻眺」詩に「朝旦發陽崖」（朝旦に陽崖を発す）とあり、鮑照の「苦雨」詩にも「驟雨淫朝旦」（驟雨朝旦を淫す）と見える。

［容色］『史記』淮陰侯列傳に「憂喜在於容色」（憂喜容色に在り）とある。

6　念此憂如何、夜長愁更多、

［念此…］方東樹は『念此』の四句は、始めて自らを言ふなり」と言う。

［夜長］「古詩十九首」に「獨宿累長夜、夢想見容輝」（独り宿りて長夜を累《かさ》ね、夢に想ひて容輝を見る）とある。

7　明鏡塵匣中、寶琴生網羅、

［明鏡］映りのよい鏡。（夫のために）容姿を整えるためのもの。『文選』の劉爍「擬古詩」李善注に引く曹植「七哀詩」の佚句に「膏沐誰爲容、明鏡闇不治」（膏沐誰が為に容《かたち》づくらん、明鏡闇くして治めず）とあり、『後漢書』馮異傳に「明鏡、所以照形」（明鏡とは、形を照らす所以なり）という。

［塵匣］「匣」は、鏡を収める箱。徐幹の「情詩」に「爐薫闔不用、鏡匣上塵生」（爐薫闔《ふた》して用ゐず、鏡匣上塵生ず）とある。

［寶琴］（趙飛燕が持っていたという）金箔や玉で彫刻を施した琴。『西京雜記』巻五に「趙后有寶琴曰鳳凰、皆以金玉隱起、爲龍鳳螭鸞・古賢列女之象」（趙后に宝琴有り曰く鳳凰、皆金玉を以つて隠起し、龍鳳・螭鸞・古賢・列女の象を為す）とある。

［網羅］蜘蛛の巣。『焦氏易林』未濟之第六十四「蠱」に「蜘蛛作網、以伺行旅、……爲網所得、死於網羅」（蜘蛛網を作り、以つて行旅を伺ふ、……網の得る所と為り、網羅に死す）といい、梁の元帝の『金樓子』にも「龔舍

初仕楚王非其欲、見飛蟲觸蜘蛛網而死、歎曰、仕宦亦人之網羅也。遂挂冠而退」（龔舎初め楚王に仕ふるは其の欲するに非ざれば、飛虫の蜘蛛の網に触れて死ぬるを見、歎じて曰はく、仕宦も亦た人の網羅なりと。遂に冠を挂けて退く）とある。

其八

蜀漢多奇山　蜀漢は奇山多く
仰望與雲平　仰望すれば雲と平らかなり
陰崖積夏雪　陰崖　夏雪を積み
陽谷散秋榮　陽谷　秋栄を散ず
朝朝見雲歸　朝々　雲の帰るを見
夜夜聞猿鳴　夜々　猿の鳴くを聞く
憂人本自悲　憂人　本《もと》より自ら悲しく
孤客易傷情　孤客　情を傷め易し
臨堂設樽酒　堂に臨みて樽酒を設け
留酌思平生　酌を留めて平生を思ふ
石以堅爲性　石は堅きを以つて性と為せば
君勿憅素誠　君　素《もと》より誠なるを憅《は》づる勿かれ

＊「憅」字、張溥本は「輕」に作り、本集・『詩紀』に「一に『輕』に作る」という。

其の八
蜀漢の地は独りすぐれた山が多く
仰ぎ見ると雲と同じ高さで横たわり平らかに広がっている
山の北側の切り立ったあたりは夏でも根雪が積もり
南側の谷でも秋咲きの花が咲き乱れている
毎朝雲が山の岫《くき》に帰っていくのが見え
毎晩猿が哀しげに鳴くのが聞こえる
憂いを抱く者なら言うまでもなく自ずと悲しくなり
孤独な旅人は気持ちが傷つきやすい
広い建物の中に入って樽酒を用意しても
酌むのを暫らくやめて人生を考え込んでしまう
石は堅いことが生来の持ち前である
家で待つ君よどうか真っ白で誠実であることを大切にして欲しい

1　蜀漢多奇山、仰望與雲平、

[蜀漢]『漢書』地理志に「巴・蜀・廣漢本南夷、秦并以爲郡、土地肥美、有江水・沃野・山林・竹木・疏食・果實之饒」（巴・蜀・広漢は本と南夷なるも、秦并せて以つて郡と為す、土地肥美にして、江水・沃野・山林・竹木・疏食・果実の饒《ゆた》かなる有り）とあり、蜀漢の山としては「北山・旱山・淮山・東山、五婦山・章山・紫巖山、蜀山・蒙山・邛來山・玉壘山・嶓山」等が見えている。

[奇山] 鮑照の「瓜歩山楬文」に山の様を形容して「擅奇含秀」（奇を擅ままにし秀を含む）と見える。

[與雲平] 雲と同じように横に平らかに延び広がったさま。鮑照の「登大雷岸與妹書」に大雷岸のさまを描き、「寒蓬夕巻、古樹雲平」（寒蓬夕べに巻き、古樹雲のごと平らかなり）と見える。

2　陰崖積夏雪、陽谷散秋榮、

[陰崖] 山の北側の切り立ったところ。潘岳の「西征賦」に「眺華岳之陰崖」（華岳の陰崖を眺む）とある。また、後漢の馬融の「長笛賦」に「于終南之陰崖」（終南の陰崖に于《お》いてす）とあり、李善注は『尚書』大傳の「觀乎南山之陰」（南山の陰に観る）を引き、「陰」は「謂山北」（山の北のかたを謂ふなり）という。

[夏雪]『晉書』五行志に漢の京房の『易傳』を引き、「夏雪、戒臣爲亂」（夏雪ふるは、臣の乱を為すを戒むるなり）という。揚雄の「蜀都賦」に蜀の倉山の様を描き、「霜雪終夏」（霜雪ふりて夏を終ふ）とある（『文選』の張衡「蜀都賦」注は「夏含霜雪（夏に霜雪を含む）」に作るという）。

[陽谷] 劉歆の「甘泉宮賦」に「軼陰陵之地室、過陽谷之秋城」（陰陵の地室を軼《す》ぎ、陽谷の秋城を過ぐ）とある。

[秋榮] 應璩の「與侍郎曹長思書」に「春生者繁華、秋榮者零悴、自然之數、豈有恨哉」（春生ずれば繁華にして、秋栄ゆれば零悴するは、自然の数なり、豈に恨み有らんや）とあり、『淮南子』本經訓に「春肅、秋榮、冬雷、夏霜、皆賊氣之所生」（春肅《そこな》ひ、秋栄え、冬雷あり、夏霜ふるは、皆賊氣の生ぜしむる所なり）という。

3　朝朝見雲歸、夜夜聞猿鳴、

［朝朝…］宋玉の「高唐賦」に「妾在巫山之陽、高丘之阻、旦爲朝雲、暮爲行雨、朝朝暮暮、陽臺之下」（妾は巫山の陽、高丘の阻に在り、旦には朝雲と為り、暮には行雨と為り、朝朝暮暮、陽台の下にあり）とある。『文選』李善注には曹植「贈丁儀」詩の「朝雲不歸山、霖雨成川澤」を引き、「然雨則雲出、晴則雲歸也」（然れば雨ふれば則ち雲出で、晴るれば則ち雲帰るなり）という。

［猿鳴］『水經注』巻三十四「江水」に「漁者歌曰、巴東三峽巫峽長、猿鳴三聲淚沾裳」（漁者歌ひて曰はく、巴東の三峡は巫峡長く、猿鳴くこと三声にして涙裳を沾すと）とある。

4　憂人本自悲、孤客易傷情、

［憂人］「憂」字を鮑照は愛用し集中に三十数例を見る。「憂人」は「代東門行」にも「絲竹徒滿坐、憂人不解顏」（絲竹徒らに坐に満ち、憂人顔を解かず）と見える。

5　臨堂設樽酒、留酌思平生、

［臨堂］顔延之の「夏夜呈從兄散騎車長沙」詩に「獨靜闕偶坐、臨堂對星分」（独り静かにして偶坐するを闕《か》き、堂に臨みて星分に対す）とある。

［留酌］酒を酌むのを一時止める。鮑照自身の「翫月城西門解中」詩に「迴軒駐輕蓋、留酌待情人」（軒を迴らして軽蓋を駐め、酌を留めて情人を待つ）と見える。

［平生］鮑照の愛用語で、「尋平生之好醜」（平生の好醜を尋ぬ　「傷逝賦」）、「永念平生意、窮光不忍還」（永く念ふ平生の意、光を窮めて還るに忍びず　「贈故人馬子喬」六首の其の五）、「傲岸平生中、不爲物所裁」（傲岸す平生の中、物の裁く所と為らず　「代挽歌」）、「平生値中興、歡起百憂畢」（平生中興に値ひ、歓び起こりて百憂畢はる　「中興歌」十首の其の一）、「豈憶平生盛年時」（豈に憶はんや平生盛年の時を　「擬行路難」十九首の其の十）、「安寢委沈寞、戀戀念平生」（安寝して沈寞に委ね、恋恋として平生を念ふ　「松柏篇」）等と見える。

6　石以堅爲性、君勿慙素誠、

[石以…]『詩』邶風「柏舟」に「我心匪石、不可轉也」(我が心は石に匪《あら》ねば、転がすべからず)とあり、毛傳に「石雖堅、尚可轉」(石は堅しと雖も、尚ほ転がすべし)という。其四には「精堅」の語も見えていた。

[君]黄節は呉摯父の言葉を引き、「方植之云ふ、『君』の字は何を指すかを知らずと。案ずるに此の篇は言を離別相忘るに託して以つて慨きを寄す。『君』は與に別るる者を謂ふ」と言う。友との離別にあたり、贈答詩のスタイルに擬して作った詩である。

[素誠]聞人倓は曹植の「洛神賦」の「願誠素之先達兮」(誠素の先達を願ふ)を引く。

擬青青陵上栢

「古詩十九首」其三「青青陵上柏」詩に擬《なら》っているが、鮑照独自の味わいを醸してもいる。

涓涓亂江泉　　涓々《けんけん》たり江を乱《わた》る泉
緜緜横海煙　　綿々たり海に横たふ煙
浮生旅昭世　　浮生　昭世に旅《やど》り
空事歎華年　　空事　華年を歎ず
書翰幸閑暇　　書翰　閑暇を幸《ねが》へば
我酌子縈紘　　我は酌み子は紘を縈《めぐ》らさん
飛鑣出荆路　　鑣《くつわ》を飛ばして荆路を出で
鶩服入秦川　　服を鶩《は》せて秦川に入る
渭濱富皇居　　渭濱は皇居に富み
鱗館帀河山　　鱗館は河山を帀《めぐ》らす
輿童唱秉椒　　輿童は秉椒《へいせう》を唱《うた》ひ
櫂女歌采蓮　　櫂女《たうぢよ》は采蓮を歌ふ
孚愉鸞閣上　　孚愉《ふゆ》たり鸞閣の上
窈窕鳳楹前　　窈窕《えうてう》たり鳳楹《ほうえい》の前
娯生信非謬　　生を娯しましむるは信に謬《あやま》りに非ず
安用求多賢　　安んぞ多賢を求むるを用ゐんや

* 「閑」字、張溥本・『詩紀』は「閒」に作る。
* 「入」字、張溥本・『詩紀』は「指」に作る。

＊「閤」字、張溥本は「閣」に作る。

古詩十九首の「青青陵上柏」詩に真似て

ちょろちょろと流れて大江に紛れて込んでいく泉
一筋に連なり海上に横たわる靄
宛のない人生を送りながら立派な世の中に仮り住まいし
する事もなく壮んな時が過ぎてしまうのを意味もなく歎く
書類の仕事に休暇が取れたので
私は酒を注ぐから君は琴を弾いてくれたまえ
馬を飛ばして荊州を出
添え馬を駆って都のある秦川に行こう
渭水の沿岸は皇族の家が建ち並び
お屋敷の鱗のような家並みを大河や山々が取りまいている
籠かきの男性は「はじかみ乗《と》り」の歌を唱い
漕ぎ手の女性は「蓮の実とり」の歌を唱っている
鸞をあしらった宮殿の辺りにいる者は満足気であり
鳳を彫った柱の前にいる者は品よくしている
人生を娯しめと言うのが筋違いでないことは偽りのないところ
どうして多くの賢者を募集していることに応ずる必要があろうか

1　涓涓亂江泉、緜緜横海煙、

［涓涓］泉の流れ出るさま。陶潛「歸去來辭」に「泉涓涓而始流」（泉涓涓として始めて流る）とあり、晋の曹攄の「贈石崇」詩にも「涓涓谷中泉、鬱鬱巖下林」（涓々たり谷中の泉、鬱々たり巌下の林）とある。

［泉］鮑照に見られる「泉」は、『詩』邶風「泉水」に「毖彼泉水、亦流于淇」（毖たる彼の泉水、亦た淇に流る）と言うように、次第に大きく広がるものとして捉えられている。

2　浮生旅昭世、空事歎華年、

［浮生］『莊子』刻意篇に「其生若浮、其死若休」（其の生くること浮かぶがごとく、其の死すること休むがごとし）とあり、鮑照の「答客」詩にも「浮生急馳電」と見えている。

［昭世］王褒の「九懷」に「世溷兮冥昏、違君兮歸眞。……」（世溷りて冥昏すれば、君を違《さ》りて真に帰す。……）ではじまる「昭世」の章がある。

［華年］若く華やかな年頃。後世の『魏書』王叡傳には「風を漸《すす》むるは華年に訓じ、道に服ふは弱冠に教ふ」と言い、錢振倫の引く張協の詩（現行の集に見えない）に「疇昔協蘭房、繾綣在華年」（疇昔蘭房に協ひ、繾綣として華年に在り）とあると言う。

3　書翰幸閑暇、我酌子縈絃、

［縈絃］陸機の「演連珠」に「繞梁之音、實縈絃所思」（梁に繞ぐるの音は、実に絃に思ふ所を縈《めぐ》らすなり）とあり、李善注に「曲を縈らすの絃は、絃の曲を縈らされて伸びざる者を謂ふなり」と言う。錢仲聯は「按ずるに、曲を縈らすの絃とは、思ひ梁に繞りて以つて妙を盡くすなり。……」と言う。

4　飛鑣出荊路、鷩服入秦川、

［鑣］馬具のくつばみ。『説文』に「鑣、馬銜也」（鑣は、馬の銜なり）とある。

［荊路］旧楚。王粲の「七哀」詩に「復棄中國去、遠身適荊蠻」（復た中国を棄てて去り、身を遠ざけて荊蛮に適《ゆ》く）とある。

［服］添え馬。『説文』に「服、車右騎」（服は、車の右騎なり）とある。

［秦川］秦嶺以北、主として長安を指す。謝靈運の「鄴中集「王粲」詩に「整装辭秦川、秣馬赴楚壤」（装を整へて秦川を辞し、馬に秣ひて楚壌に赴く）とあり、また『蜀志』諸葛亮傳に「將軍身率益州之衆、以出於秦川」（将軍身ら益州の衆を率ゐて、以つて秦川に出づ）とある。

5　渭濱富皇居、鱗館匝河山、

［渭濱］班固の「西都賦」に「帶以洪河・涇・渭之川」（帯

ぶるに洪河・涇・渭の川を以つてす）とある。

［皇居］何晏の「景福殿賦」に「備皇居之制度」（皇居の制度を備ふ）とある。

［鱗館］館名との説がある。張衡の「西京賦」に「迺有昆明靈沼、黒水玄阯、豫章珍館、掲焉中峙。其中則有黿鼉巨鼈、鱣鯉鱮鮦、鮪鯢鱨鯊、脩額短項、大口折鼻、詭類殊種」（迺《すなは》ち昆明の霊沼、黒水の玄阯、豫章の珍館有り、掲焉として中《なかご》ろに峙つ。其の中なれば則ち黿鼉巨鼈、鱣鯉鱮鮦、鮪鯢鱨鯊有り、脩額にして短項、大口にして折鼻、詭類殊種なり）とあり、黄節は「鱗館は、衆鱗の萃《あつま》る所の館を謂ふなり」と言う。また司馬相如の「上林賦」に「登龍臺」（竜台に登る）とあり、『文選』李善注に張揖の説を引き、「觀名也、在豊水西北、近渭」（觀の名なり、豊水の西北に在り、渭に近し）という。黄節は「龍臺を鱗館に作るは、或は代字法を用ゐるならん。此の詩の上句に渭濱を用ゐ、下句に鱗館を用ゐるは、必ず實地有らん、韓愈の詩に云ふ所の『候館同魚鱗』の如きに非ざるなり」と言う。

6　輿童唱秉椒、櫂女歌采蓮、

［輿童］使役される民衆。唐の元結の「輿韋尚書書」には「古人の經術の士を愛し、山野の客を重んじ、輿童の誦を採る所以の者は、蓋し其の能く古を明かにして以つて今を論じ、方正にして諱《い》まず、人の下情を悉《つ》くすを謂ふなり」と言う。

［秉椒］はじかみを摘む。摘んだはじかみ。『詩』陳風「東門之枌」に「貽我握椒」（我に握椒を貽る）とある。

［櫂女］舟を漕ぐ婦人。班固の「西都賦」に昆明池での遊びの様子を詠み、「櫂女謳、鼓吹震」（櫂女謳ひ、鼓吹震ふ）とある。

［采蓮］楽府の「相和曲」に「江南可采蓮、蓮葉何田田」（江南は蓮を采るべし、蓮葉何ぞ田々たる）とある。

7　孚愉鸞閣上、窈窕鳳楹前、

［孚愉］娯しむさま。銭振倫は『集韻』を引いて「孚は、玉の采《いろど》りなり」というが、黄節は「『孚愉』は、忖愉なり。『孚』と忖は、並びに芳無の切、音は敷なり。『方言』に『忖愉は、悦ぶなり』と。郭璞の注に『忖愉は、猶ほ

呴喩のごときなり』と云ふ。『孚愉』と『窈窕』とは、皆疊韻なり。字或は『敷愉』に作り、古樂府に『顔色正敷愉』と。轉じて欨愉と爲し、嵇康の「琴賦」に『欨愉歡釋』と、並びに同じ」と言う。

［窈窕］しとやかなさま。『詩』周南「關雎」に「窈窕淑女」（窈窕たり淑き女）とある。

8　娯生信非謬、安用求多賢、

［求多賢］劉向の『説苑』君道に「故明君在上、愼於擇士、務於求賢」（故に明君は上に在りて、士を択ぶに愼み、賢を求むるに務む）とある。

學劉公幹體五首

劉楨の「贈從弟」詩三首を基調としてその詩体に倣ったもの。

劉楨については『魏志』王粲伝に「東平の劉楨、字は公幹、太祖に辟せられて丞相の掾屬と爲り、文賦數十篇を著す」云々とある。

五首のうちの其三のみ『文選』に採録されている。劉楨に似ているか否かに関し、王船山は「光響殊に劉に似ず。劉は俊なり。鮑も本より自ら俊とし、故に喜んで之れに學ぶ。然れども起の二語は思路遠く遣《や》り、句に神韻有り、固より已に敻絶す」と言い、方東樹はやや詳細に「梁の鍾記室公幹を評して『氣に仗《よ》りて奇を愛し、動《やや》もすれば振絶すること多し。但だ氣のみ辭に過ぎ、雕潤は少なきを恨む』と云ふ。明遠（鮑照）は鍾の前に在るも、而も詩體の氣に仗るは極めて公幹に似、特り雕潤のみ公幹に過ぎたり」と言う。

其一

欲宦乏王事　　宦を欲するも王事に乏しく
結主遠恩私　　主と結ぶも恩私に遠ざかる
爲身不爲名　　身を為《をさ》むるも名を為さず
散書徒滿帷　　書を散じて徒らに帷に満つ
連冰上冬月　　氷を連ぬ上冬の月
披雪拾園葵　　雪を披《ひら》きて園葵を拾ふ

聖靈燭區外　　聖霊　区外を燭《てら》さば
小臣良見遺　　小臣　良《まこと》に遺《わす》れらる

劉楨の詩の体に真似て

其の一
官僚になっても大した仕事は得られず
主君と面識ができても気に入られることはまず無い
身を修めても名は成すことができず
閉め切った部屋一杯に無意味に文書を広げている
一面に氷の張りつめる初冬十月
雪をかき分けて庭の葵を手に取ってみた
立派な主君が辺地まで明かりで照らす時
私のように詰まらぬ家臣はすんなり取り残されてしまうだろう

1　欲宦乏王事、結主遠恩私、

[王事] 王命によって出向く公務。晋の王讃の「雑詩」に「王事離我志、殊隔過商參」（王事は我が志を離れ、殊に隔たること商参に過ぐ）とあり、『詩』小雅「北山」に「四牡彭彭、王事傍傍」（四牡彭々として、王事傍々たり）という（「彭彭」は走り続ける、「傍傍」は忙しい）。「王事」は他に、王朝の大事の意がある。漢の武帝の「賢良詔」に「賢良明於古今王事之體」（賢良古今王事の体に明らかなり）という。

[結主] 明主と一体となる。司馬遷の「報任少卿書」に「所以自惟、上之不能納忠効信、有奇策才力之譽、自結明主」（所以に自ら惟《おも》へらく、之れを上にしては忠を容《い》れ信を効《いた》し、奇策・才力の誉れ有りて、自ら明主に結ぶ能はず）とある。

[恩私] 寵愛。曹植の「聖皇篇」に「迫有官典憲、不得顧恩私」（迫るに官典の憲有り、恩私を顧みるを得ず）とあり、『漢書』宋意傳に「陛下徳業隆盛、當爲萬世典法、不宜以私恩損上下之序」（陛下の徳業隆盛にして、当に万世の典法と為すべく、宜く私恩を以つて上下の序を損なふべからず）という。また『後漢書』桓帝紀に「於是舊故恩私、多受封爵」（是に於いて旧故恩私あり、封

爵を受くること多し）とあり、「皇后紀論」にも「其以恩私追尊、非當世所奉者」（其の恩私を以つて追尊するは、当世の奉ずる所の者に非ず）とある。「恩」は鮑照の愛用語でもある。

2　爲身不爲名、散書徒滿帷、

［爲身］揚雄の「長楊賦」に「聖主之養民也仁霑而恩洽、動不爲身」（聖主の民を養ふや仁霑ひて恩洽ねく、動もすれば身のためならず）とあり、顔師古の注に「『動不爲身』は、百姓を憂うるを言ふ」と言う。また、干寶の『晉記総論』に「選者爲人擇官、官者爲身擇利」（選ぶ者は人のために官を択ぶも、官は身のために利を択ぶ）という。

［爲名］『莊子』逍遙遊篇に「許由曰『子治天下、天下既已治也。而吾猶代子吾將爲名乎』」（許由曰はく「子天下を治め、天下既已《すで》に治まるなり。而るに吾れ猶ほ子に代るがごときは、吾れ将に名を為さんとするか」と）とあり、また『列子』楊朱第七にも「爲名者必廉、廉斯貧、爲名者必讓、讓斯賤」（名を為す者は必ず廉なり、廉なれば斯ち貧し。名を為す者は必ず譲る、譲れば斯ち賤なり）とある。

［散書］書き物をひろげる。潘岳の「揚仲武誄」に「披帙散書、屢覩遺文」（帙を披きて書を散じ、屢しば遺文を覩る）とある。ここは、劉楨の「雜詩」に「職事相填委、文墨紛消散」（職事相填委し、文墨紛として消散す）とあるのを承ける。

［滿帷］『史記』儒林傳に「董仲舒、孝景時爲博士、下帷講誦」（董仲舒、孝景の時に博士と為り、帷を下して講誦す）とある。

3　連冰上冬月、披雪拾園葵、

［上冬］初冬。謝靈運の「游嶺門山」詩に「協以上冬月、晨游肆所喜」（協ふに上冬の月を以つてし、晨に游びて喜ぶ所を肆にす）とあり、梁の元帝の『纂要』に「十月は孟冬なり、亦た上冬と曰ふ」という。

［園葵］劉楨の「贈從弟」詩に「豈無園中葵、懿此出深澤」（豈に園中の葵無からんや、ああ此れ深き沢より出づ）とあるのを承ける。賈思勰の『齊民要術』に「葵有

紫茎・白茎二種、種別復有大小之殊、又有鴨脚葵」（葵に紫茎・白茎の二種有り、種は別に復た大小の殊なり有り、又た鴨脚葵有り）という。楽府古辞「長歌行」に「青青園中葵、朝露行日晞」（青々たり園中の葵、朝露行くゆく日に晞く）とあり、また陸機の「園葵」詩にも「種葵北園中、葵生鬱萋萋」（葵を種う北園の中、葵生じて鬱として萋々たり）とある。鮑照にも「園葵賦」がある。

4　聖靈燭區外、小臣良見遺、

［聖靈］神聖なる霊威、すなわち皇帝。謝靈運の「還舊園作見顔范二中書」詩に「聖靈昔迴眷、微尚不及宣」（聖霊昔迴眷すれば、微かに尚ぶも宣ぶるに及ばず）とあり、李善は「聖靈は、高祖を謂ふなり」と言う。劉楨の「贈従弟」其三に「將須聖明君」とあるのを承ける。

［區外］蔡邕の「郭有道碑文」に「翔區外以舒翼、超天衢以高峙」（区外に翔けて以つて翼を舒ばし、天衢を超えて以つて高く峙つ）とあり、潘岳の「藉田賦」に「洪鐘越乎區外」（洪鐘は区外に越ゆ）とある。また陸雲の「逸民賦」に「眇區外而放志兮」（区外を眇《すが》めて志を放つ）とあり、顔延之の「陶徴士誄」にも「解體世紛、結志區外」（体を世紛より解き、志を区外に結ぶ）とある。

［小臣］劉楨の「贈五官中郎將」詩に「小臣信頑鹵、僶俛安能追」（小臣は信に頑鹵なれば、僶俛として安んぞ能く追はんや）とあり、『儀禮』大射に「小臣正辭」（小臣正に辞す）という。

［見遺］忘れられ、取り残される。晉の羊祜の「讓開府表」に「今臣身託外戚、事遭運會、誡在寵過、不患見遺」（今臣身は外戚に託し、事は運の会ふに遭へば、寵の過ぐるに在るを誡め、遺らるるを患へず）という。

其二

曀曀寒野霧　　曀々《えいえい》たり寒野の霧
蒼蒼陰山柏　　蒼々たり陰山の柏
樹迴霧縈集　　樹迴《はる》かにして霧縈集《えいしふ》し
山寒野風急　　山寒くして野風急なり
歳物盡淪傷　　歳物は尽《ことごと》く淪傷し
孤貞爲誰立　　孤《ひと》り貞《ただ》しくして誰がためにか立つ
頼樹自能貞　　樹の自ら能く貞《てい》なるに頼り

不計迹幽澀　迹《あと》を幽渋に計《はか》らず

其の二

暗く立ちこめる冬の野の霧
青々と生い茂る北地の山の柏の木
木は気高くも霧を纏い
山は寒く冬枯れてにわかに風が吹きつける
草木は皆寒さで枯れ尽くすのに
ひとり当惑もせずに静かに立っているのは誰のため
　なのか
木が正しく静かでいるのを励みとし
今後もひっそりとした処に引きこもることはすまい

1　曀曀寒野霧、蒼蒼陰山柏、

［曀曀］空が暗く曇るさま。馮衍の「顯志賦」に「日曀曀其將暮兮、獨於邑而煩惑」（日曀々《えいえい》として其れ将に暮れんとし、独り邑に於いて煩惑す）とあり、『詩』邶風「終風」に「曀曀其陰」（曀曀として其れ陰る）という。この其二は劉楨の「贈従弟」詩の「亭亭山上松、瑟瑟谷中風。……」を基調にしている。

［寒野］朱異の「田飲引」詩に「屬風林之蕭瑟、値寒野之蒼茫」（風林の蕭瑟たるに属《したが》ひ、寒野の蒼茫たるに値ふ）とある。

［陰山］陸機の「飲馬長城窟行」に「驅馬陟陰山、山高馬不前」（馬を駆りて陰山に陟《のぼ》るも、山高くして馬前まず）とあり、『漢書』匈奴傳に「（侯）應曰『……臣聞北邊塞至遼東、外有陰山、東西千餘里、草木茂盛、多禽獸』」（侯応曰はく「……臣聞く北のかた辺塞より遼東に至る、外に陰山有り、東西千餘里なり、草木茂ること盛んにして、禽獣多し」と）とある。鮑照の「詠雙燕」（其二）にも見える。

2　樹迥霧縈集、山寒野風急、

［迥］高遠、清虚。気象がからっと開けているさま。

［霧…集］揚雄の「劇秦美新」に「雲動風偃、霧集雨散」（雲動き風偃《や》み、霧集まり雨散ず）とあり、『後漢書』楊倫傳にも「猶塵加嵩岱、霧集淮海」（猶ほ塵の嵩岱に加はり、霧の淮海に集まるがごとし）とある。また鮑照の

「河清頌」序にも「煙霏霧集」（煙のごと霏《さか》んに霧のごと集まる）と見える。

［野風急］鮑照の「東門行」にも「野風吹草木、行子心腸斷」等と見える。「風急」は、鮑照の「冬日」に「風急野田空」と見え、『魏志』田豫傳に「（田）豫度賊船垂還、歳晩風急、必畏漂浪、……」（田豫賊の船の還るに垂んとし、歳晩れて風急なれば、必ず浪に漂ふを畏れ、……と度《はか》る）とある。

3　歳物盡淪傷、孤貞為誰立、

［歳物］草木。『素問』に「帝曰『先歳物何也』岐伯曰『天地之専精也』」（帝曰はく「歳物に先んずるとは何ぞや」と。岐伯曰はく「天地の精を専らにするなり」と）とある（『駢字類編』引）。

［淪傷］寒気が地中に浸み込み、草木を傷める。『楚辭』遠游に「微霜降而下淪兮、悼芳草之先零」（微霜降りて下に淪《しづ》めば、芳草の先づ零《しぼ》むを悼む）とある。

［孤貞］『晉書』孟陋傳に「（孟）陋少而貞立、清操絶倫、布衣蔬食、以文籍自娯」（孟陋少くして貞しく立ち、清操なること倫に絶す、布衣にして蔬食、文籍を以つて自ら娯しむ）とある。

4　頼樹自能貞、不計迹幽澀、

［樹…貞］『宋書』顧覬之傳に「疾風知勁草、嚴霜識貞木」（疾風に勁草を知り、厳霜に貞木を識る）という。

［能貞］揚雄の「劇秦美新」に「夫能貞而明之者、窮祥瑞」（夫れ能く貞にして之れを明らかにする者は、祥瑞を窮む）とある。

［不計］劉楨の「處士國文甫碑」に「不計治萃、名與殊路」（萃《やつ》るるを治むるを計らずんば、名は与に路を殊にせん）とある（「萃」は、「悴」に同じ）。

［幽澀］ほの暗く静かなところ。『漢語大詞典』の見解に拠れば、「幽寂冷落、冷澀」の意であるとし、唐の李賀の「房中思」詩の「月軒下風露、曉庭自幽澀」（月の軒に風露下り、暁の庭は自ら幽渋なり）を引く。なお『蜀志』許靖傳には「獻帝初以漢陽周毖爲吏部尚書、與靖共議謀、進退天下之士、沙汰穢濁、顯抜幽滯」（献帝の初め漢陽の周毖を以つて吏部尚書と為し、靖と共に議謀

し、天下の士を進退し、穢濁を沙汰し、幽滞を顕抜せしむ）とあり、「幽滞」という類義語が見えている（「幽滞」は出仕を抑制されている者）。

其三

胡風吹朔雪　胡風　朔雪を吹き
千里渡龍山　千里　龍山を渡る
集君瑶臺上　君が瑶台の上に集まり
飛舞兩楹前　飛舞す両楹《りやうえい》の前
茲晨自爲美　茲《こ》の晨《あした》　自ら美と為すも
當避豔陽天　当に艶陽の天を避くべし
豔陽桃李節　艶陽は桃李の節なれば
皎潔不成妍　皎潔《けうけつ》は妍《けん》を成さず

＊「渡」字、張溥本・『詩紀』・『文選』は「度」に作る。
＊「上」字、『文選』は「裏」に作る。
＊「晨」字、『文選』は「辰」に作る。
＊「天」字、『文選』は「年」に作り、『詩紀』に「一に『天』に作る」という。

其の三
北方の異国の雪が北風に吹き飛ばされ
千里のかなたから龍山を越えたやって来た
御主君のいる玉飾りの台閣の上に集まり
政庁の玉座の前で舞って見せた
その朝はそれはそれで美しいが
春になったら止めるのがいい
春は桃や李の季節であり
汚れず白くても美しいとは看做されないだろうから

1　胡風吹朔雪、千里度龍山、

［胡風］蔡琰の「悲憤」詩に「處所多霜雪、胡風春夏起」（処る所は霜雪多く、胡風春夏に起く）とある。

［朔雪］呉伯其は「此の詩は舊《も》と雪を以つて小人に比し、桃李を君子に比すると説くは、非なり。一輩の小人有れば、自づから一輩の小人の行事有り。前人の術巧みなるも、後人に更に巧みなる者有らば、前人は必ず後人の傾くる所と爲る。故に小人は猖獗として志を肆にし、亦た各おの其の時を有するなり」と言う。

［千里］『楚辭』招魂に「增冰峨峨、飛雪千里些」（氷を増すこと峨々として、雪を千里に飛ばす）とある。

［龍山］『楚辭』大招に「北有寒山、逴龍赩然」（北に寒山有り、逴龍赩然たり）とあり、王逸は「逴龍、山名」（逴龍は、山の名なり）という。

2　集君瑤臺上、飛舞兩楹前、

［瑤台］玉で飾った台閣。『楚辭』離騷に「望瑤臺之偃蹇兮」（瑤台の偃蹇たるを望む）とある（「偃蹇」は、高いさま）。

［兩楹］宮殿の両側の柱。曹植の「閨情」詩に「攬衣出中閨、逍遙步兩楹」（衣を攬《と》りて中閨を出で、逍遥として両楹を歩む）とあり、『禮記』檀弓に「予疇昔之夜夢坐奠于兩楹之間」（予疇昔の夜夢に奠に両楹の間に坐す）という。鄭玄の『禮記』注には「兩楹之間、人君聽治正坐之處」（両楹の間とは、人君治を聴き正坐するの処なり）とある。

3　茲晨自爲美、當避豔陽天、

［茲晨…］元の方回は「『茲晨自爲美』の一句は佳し。雪の物たるや、寒さの時に當たれば、則ち其の美を爲す。桃李の時に當たれば、則ち其の皎潔を容《い》るる所無し。物は固より各おの一時の美有るなり」と言う。

［陽］『文選』李善注に引く『神農本草』に「春夏爲陽、秋冬爲陰」（春夏を陽と為し、秋冬を陰と為す）とある。

4　豔陽桃李節、皎潔不成妍、

［豔陽…］劉坦之は「此れ明遠間《へだ》てられ疎んぜられて作れば、乃ち朔雪に借りて喩えと爲すなり。詞は簡短なりと雖も、而も意を託するは微婉なり。蓋し其れ時を審かにして順に處れば、怨むと雖も而も益ます謙るならん。然れども所謂る豔陽と皎潔とは、自づから當に別有るべし」と言う。

［桃李］『呂氏春秋』仲春紀に「仲春之月、……桃李華」（仲春の月、……桃李華さく）とある。

［皎潔］班婕妤の「怨歌行」に「新裂齊紈素、皎潔如霜雪」（新たに斉の紈素を裂けば、皎潔なること霜雪のご

とし）とある。

［妍］見た目が美しい。『魏書』崔浩傳に「浩纖妍潔白、如美婦人」（浩纖妍にして潔白、美婦人のごとし）という。

其四

荷生淥泉中　荷は生ふ淥泉《りよくせん》の中
碧葉齊如規　碧葉　斉《ひと》しくして規するがごとし
廻風蕩流霧　廻風　流霧を蕩《うご》かせば
珠水逐條垂　珠水は条《えだ》を逐《お》ひて垂る
彪炳此金塘　此の金塘に彪炳《ひうへい》として
藻耀君玉池　藻は君の玉池に耀《かがや》く
不愁世賞絶　世賞の絶ゆるを愁へず
但畏盛明移　但だ盛明の移るを畏るるのみ

＊この一篇、張溥本・『詩紀』に「『藝文』は張華に作る」とある。

其の四
澄み切った湧き水の中に蓮の花が生えた
深緑の葉は定規を当てて切りそろえたように整っている
流れる霧をつむじ風が吹き動かすと
水玉が茎を伝ってこぼれ落ちる
このまばゆい四角な池で美しく輝いていれば
御主君の立派な円い池でも美しく輝く
世の中の評判が消えても悲しくはないが
盛んな太陽の輝きが移ってしまうことだけは今後の心配の種である

1　荷生淥泉中、碧葉齊如規、

［荷生］『詩』鄭風「山有扶蘇」の「山有扶蘇、隰有荷華」の箋に「扶胥之木生于山、荷華生于隰」（扶胥の木は山に生へ、荷華は隰に生ふ）という。

［淥泉］清く透きとおった湧き水。「淥」は、曹植の「洛神賦」に「迫而察之、灼若芙蕖出淥波」（迫りて之れを察すれば、灼《かがや》きて芙蕖の淥波より出づるがごとし）とある。

［碧葉…］郭璞の「若木贊」に「朱華電照、碧葉玉津」（朱華電のごと照り、碧葉玉のごと津《うるほ》ふ）とあり、漢の閔鴻

の「芙蓉賦」に「竦脩幹以凌波、建緑葉之規圓」（脩幹を竦えしめて以つて波を凌ぎ、緑葉の規円なるを建つ）という。

2　廻風蕩流霧、珠水逐條垂、

〔廻風〕つむじ風。『楚辭』悲回風に「悲廻風之搖蕙兮」（廻風の蕙を揺るがすを悲しむ）とある。

〔珠水逐條垂〕曹植の「芙蕖賦」に「絲條垂珠、丹榮吐緑」（絲条珠を垂れ、丹栄緑を吐く）とあり、陸機の「文賦」に「水懷珠而川媚」（水は珠を懐きて川媚ぶ）という。「條垂」については、後漢の崔駰の「達旨」に君臣関係に喩え、「人有昏墊之戹、主有疇咨之憂、條垂藟蔓、上下相求」（人には昏墊の戹《くる》しみ有り、主には疇咨の憂ひ有り、条は垂れ藟は蔓り、上下相求む）とある。

3　彪炳此金塘、藻耀君玉池、

〔彪炳〕光輝くさま。左思「蜀都賦」に「符采彪炳、暉麗灼爍」（符采は彪炳として、暉き麗くして灼爍たり）とあり（「符采」は玉の美しい模様。詩文に譬える）、揚雄の『太玄經』文「次五」に「炳如彪如、尚文昭如」（炳如たり彪如たり、文を尚ぶこと昭如たり）という。鮑照の「芙蓉賦」にも「彪炳以蒨藻」（彪炳たるに蒨藻を以つてす）と見える。

〔金塘〕美しい堤。劉楨の「公讌」詩に「芙蓉散其華、菡萏溢金塘」（芙蓉は其の華を散じ、菡萏は金塘に溢る）とある。

〔藻耀〕「藻」は、鮑照の常套語彙。

〔玉池〕傅玄の「擬楚篇」に仙界の池を詠んで「登崑崙、漱玉池」（崑崙に登り、玉池に漱ぐ）とあり、張衡「南都賦」に固有名詞として「於其陂澤、則有鉗盧・玉池」（其の陂沢に於けるや、則ち鉗盧・玉池有り）というが、ここは美しい池の意であろう。

4　不愁世賞絶、但畏盛明移、

〔盛明〕輝かしい時。班婕妤の「自悼賦」に「蒙聖皇之渥惠兮、當日月之盛明」（聖皇の渥恵を蒙り、日月の盛明に当たる）とあり、揚雄の「解嘲」に「遭盛明之世」（盛明の世に遭ふ）という。

其五

白日正中時　　白日　正に中するの時
天下共明光　　天下　明光を共にす
北園有細草　　北園に細草有り
當晝正含霜　　昼に当たりて正に霜を含む
乖榮頓如此　　栄ゆるに乖《さか》りて頓《とみ》に此《かく》のごとし
何用獨芬芳　　何を用つてか独り芬芳たる
抽琴爲爾歌　　琴を抽《ひ》きて爾の為に歌ふも
絃斷不成章　　絃断たれて章を成さず

其の五
真昼の太陽がちょうど南中する時
天下は明るい光を共有している
北側の庭に細々と生える草はというと
真昼だというのに霜を被っている
その様に始めから花咲く機会の得られない者が
どうして他とは違って香を放つことができよう
琴を手にしておまえのために歌おうと思うのだが
絃が切れて歌い果《おお》すことができない

1　白日正中時、天下共明光、

［白日］『漢書』中山靖王傳に「白日曬光、幽隱皆照」（白日の曬光、幽隠皆照らす）とあり、宋玉の「神女賦」序に「其始來也、耀乎若白日初出照屋梁」（其の始めて来たるや、耀乎として白日の初めて出でて屋梁を照らすがごとし）という。また、劉楨の「贈徐幹」詩には「仰視白日光、皦皦高且懸」（仰ぎて視る白日の光、皦々《けうけう》として高く且つ懸く）とある。

［正中］南中する。『淮南子』天文訓に「日至于昆吾、是謂正中」（日昆吾に至る、是れ正中と謂ふ）とあり、注に「昆吾丘在南方」（昆吾の丘は南方に在り）という。

［明光］謝靈運の「入彭蠡湖口」詩に「金膏滅明光、水翠綴流溫」（金膏は明光を滅し、水翠は流温を綴《と》づ）とあり、班固の「西都賦」に「北彌明光、而亘長樂」（北のかた弥いよ明光あり、而して亘に長く楽しむ）という。

2　北園有細草、當晝正含霜、

［北園］陶淵明の「詠貧士」詩に「南圃無遺秀、枯條盈

北園」（南圃に遺秀無く、枯条北園に盈つ）とあり、『詩』秦風「駟驖」に「遊于北園、四馬既閑」（北園に遊べば、四馬既に閑かなり）という。

［細草］『後漢書』崔寔傳に「民冬月無衣、積細草而臥其中」（民冬月に衣無く、細草を積みて其の中に臥す）とある。

［當晝正含霜］曹植の「七啓」（其四）に「清室則中夏含霜」（清室は則ち夏を中《なか》ばにして霜を含む）とあり、後漢の李尤の「函谷關賦」（『文選』李善注引）に「盛夏臨漂而含霜」（盛夏も漂《つむじかぜ》に臨んで霜を含む）という。錢振倫は『淮南子』（現行本には見えない）の「鄒衍盡忠於燕恵王、王信譖而繫之。鄒子仰天而哭、正夏而天爲之降霜」（鄒衍忠を燕の恵王に尽くすに、王譖りを信じて之れを繫ぐ。鄒子天を仰ぎて哭すれば、正に夏なるに天之れがために霜を降らす）を引く。

3　乖榮頓如此、何用獨芬芳、

［芬芳］よい香りを振りまく。『漢書』司馬相如傳に「橘柚芬芳」（橘柚芬芳たり）とあり、宋玉の「神女賦」に「陳嘉辭而云對兮、吐芬芳其若蘭」（嘉辞を陳ねて云《ここ》に対へ、芬芳を吐けば其れ若蘭なり）という。

4　抽琴爲爾歌、絃斷不成章、

［抽琴］琴を手にする。『韓詩外傳』（第一巻第三章）に「孔子抽琴去軫、以授子貢」（孔子琴を抽きて軫を去り、以つて子貢に授く）とある。

［絃斷］『呂氏春秋』本味に「鍾子期死、伯牙破琴絶絃、終身不復鼓琴、以爲世無足鼓琴者也」（鍾子期死すれば、伯牙琴を破りて絃を絶ち、身を終ふるまで復たとは琴を鼓せず、以為へらく世に琴を鼓するに足る者無しと）とある。

［成章］楽章の演奏を最後までなしとげる。『孟子』盡心・上に「流水之爲物也、不盈科不行、君子之志於道也、不成章不達」（流水の物たるや、科を盈さずんば行かず、君子の道を志すや、章を成さずんば達せず）とあり、『莊子』在宥にも「思慮不自得、中道不成章」（思慮して自ら得ざれば、道を中ばにして章を成さず）とある。

擬阮公夜中不能寐

阮籍の「詠懐詩」其一の「夜中不能寐」で始まる一篇に擬したもの。

漏分不能臥　　漏分　臥す能はず
酌酒亂繁憂　　酒を酌《く》んで繁憂を乱《まぎ》らす
恵氣憑夜清　　恵気は夜に憑《よ》りて清く
素景縁隟流　　素景は隙に縁《よ》りて流る
鳴鶴時一聞　　鳴鶴　時に一たび聞こえ
千里絶無儔　　千里　絶えて儔《ともがら》無し
佇立爲誰久　　佇立して誰が為にか久しくする
寂寞空自愁　　寂寞として空しく自ら愁ふ

阮籍の「夜中不能寐」詩に真似て

夜の時間帯に入っても眠ることができず
酒を飲みながら多くの心配事を紛らしている
和やかな風が夜陰に乗じて清々しく吹き込み
月の光が戸の隙間から射し込んでくる
鳴く鶴の声がその時ちょうど一声聞こえたが
それは千里を行くのに連れがないのである
佇み立ち続けているのは誰を待つわけでもなく
寂しくてただ自分に対してもの悲しいのである

1　漏分不能臥、酌酒亂繁憂、

［漏分］「漏」は水時計。水を漏らして時を計るので言う。「分」は、『周禮』夏官「挈壺氏」に「分以日夜」（分くるに日夜を以つてす）とあり、鄭玄の注に「分以日夜者、異晝夜漏也」（「分くるに日夜を以つてす」とは、昼夜の漏を異にするなり）というところから、昼漏から夜漏に切り替わる時を言うと思われる。

［繁憂］阮籍の「憂」は、深さを伴う「殷憂」の語で表出されることが多い。

［亂］紛らす。撹乱させる。『論語』衛靈公篇に「巧言亂徳」（巧言は徳を乱す）とある。

2　惠氣憑夜清、素景緣隟流、

[惠氣] 和やかな風。『楚辭』天門に「伯強何處、惠氣安在」(伯強は何れの処ぞ、恵気は安くにか在る)とあり、王逸の注に「惠氣、和氣也」(恵気とは、和気なり)というが、黄節は周拱辰の「天門別注」に「惠氣とは、風なり」と言うのを引いて、「此の句は『清風吹我襟』に擬すれば、是も亦た周注の本づく所なり」と言い、風の意とする。

[素景] 月の光。『拾遺記』前漢・下に「昭帝始元元年、穿淋池。……歌曰『秋素景兮泛洪波、揮纖手兮折芰荷』」(昭帝の始元元年、淋池を穿つ。歌ひて曰はく「秋の素景は洪波に泛かび、纖手を揮ひて芰荷を折る」と)とある。また陸雲の「喜霽賦」に「素景衍乎中閫」(素景中閫に衍《し》く)とあり、黄節は「素景は、月なり」と言う。阮籍の「詠懷詩」(其四十)には「素月垂景輝」(素月景輝を垂る)とある。

原詩のように含みがあるかどうかは不明だが、この「素景」の語からは、元嘉三十年(四五三)に後の孝武帝劉駿に従って元凶の太子劭を誅した、鮑照のかつての上司であった柳元景が想起される。

[緣隟] 隙間に沿う。潘岳の「悼亡」詩に「春風緣隙來、晨霤承檐滴」(春風隙に縁りて来たり、晨霤檐を承けて滴る)という。

3　鳴鶴時一聞、千里絶無儔、

[鳴鶴] 阮籍の「詠懷詩」(其四十七)に「崇山有鳴鶴、豈可相追尋」(崇山に鳴鶴有るも、豈に相追尋すべけんや)とあり、『易』中孚に「鳴鶴在陰、其子和之」(鳴鶴陰に在れば、其の子之れに和す)という。

[千里] 阮籍の「詠懷詩」(其二十四)に「願爲雲間鳥、千里一哀鳴」(願はくは雲間の鳥と為り、千里一たび哀鳴せん)とある。

[無儔] 連れが無い。阮籍の「詠懷詩」(其十六)に「羈旅無儔匹」(羈旅に儔匹無し)とある。

4　佇立爲誰久、寂寞空自愁、

[佇立]『詩』邶風「燕燕」に「瞻望弗及、佇立以泣」(瞻望むも及ばず、佇み立ちて以つて泣く)とある。

［誰］阮籍には「誰」字の反語的使用が多く、孤立感を強調する。

［寂寞］阮籍の「詠懷詩」（其六十三）に「寂寞使心憂」（寂寞として心をして憂へしむ）とある。

學陶彭澤體　奉和王義興

「陶彭澤」については、『晉書』陶潛傳に「彭澤の令と爲る」云々とある。

「王義興」は、義興太守の王僧達。『宋書』王僧達傳に「元嘉二十八年、索虜寇迫し、都邑危懼するに、僧達入りて京師を衞《まも》るを求め、許さる。賊退き、又た宣城太守に除せらる。之れを頃《しばら》くして、徙りて義興に任ぜらる」とある。

なお錢仲聯は、鮑照の「送別王宣城」詩の呉摯父注に「僧達再び宣城に涖《のぞ》むは、元嘉二十八年に在り、任を去るは二十九年に在り」と言うのを引き、「則ち僧達義興と爲るは、當に二十九年より始まり、次の年の二月、元凶の劭弑逆し、世祖入りて討つ時に至り、世祖に奔りて止む。此の詩に『秋風七八月』の語有れば、是れ二十九年の作なり」と言う。

陶淵明の「擬古」詩に「佳人美清夜、達曙酣且歌、歌竟長歎息、持此感人多」（佳人清夜を美《よ》みし、曙に達するまで酣《たけな》はにして且つ歌ふ、歌竟《を》はりて長く歎息し、此れを持して人を感ぜしむること多し）とあり、黄節は「明遠の此の篇は、當に是れ雜擬して成るべし」と言う。

長憂非生意　長き憂ひは生くる意に非ず
短願不須多　短き願ひは多きを須《もち》ゐず
但使罇酒滿　但だ罇酒《そんしゅ》をして滿たしめ
朋舊數相過　朋旧をして數《しば》しば相過《よ》ぎらしむるのみ
秋風七八月　秋風　七八月
清露潤綺羅　清露は綺羅を潤す
提琴當戸坐　琴を提げて戸に当たつて坐し
嘆息望天河　嘆息して天河を望む
保此無傾動　此れを保ちて傾動する無し
寧復滯風波　寧《なん》ぞ復た風波に滯らんや

＊題の「興」字、「四部叢刊」本は「典」に作る。他本に従い、今は改める。

＊「罇」字、張溥本・『詩紀』は「尊」に作る。

＊「琴」字、張溥本・『詩紀』は「瑟」に作る。「瑟」字の使用に関しては注釈の4を参照されたい。

＊「嘆」字、張溥本・『詩紀』は「歎」に作る。

彭澤の令であった
　陶淵明の詩の体を真似て

いつまでも続く心配事のために生きているつもりはなく
願うに足りない事など多くは要らない
ただ杯には酒がなみなみと満ち
仲間や古なじみが時々立ち寄ってくれるだけでいい
秋風の吹く七八月ともなれば
清らかな露が絹織りの薄物を濡らすようになる
多絃の琴を抱えて戸口の近くに座り
溜息をつきつつ歌って天の河を眺める
このまま動かずにいれば
二度と風波にもまれることはないのである

1　長憂非生意、短願不須多、

［生意］生気。阮籍の「達莊論」に「故疾癘萌則生意盡、禍亂作則萬物殘矣」（故に疾癘萌《きざ》さば則ち生意尽き、禍乱作《おこ》れば則ち万物残《そこな》はれり）とあり、『晉書』殷仲文傳に「此樹婆娑、無復生意」（此の樹婆娑として、復たは生意無し）と言う。

［短願］陶淵明の「九日閑居」詩に「世短意長多、斯人樂久生」（世は短くして意の長きこと多ければ、斯の人久しく生くるを楽しむ）とあるのを踏まえる。

2　但使罇酒滿、朋舊數相過、

［罇酒滿、…］『後漢書』孔融傳に「融嘗曰『座上客常滿、樽中酒不空、吾無憂矣』」（融嘗て曰はく「座上客常に満ち、樽中酒空しからざれば、吾に憂ひ無し」と）とある。陶淵明の「移居」詩に「過門更相呼、有酒斟酌之」（門に過《よぎ》れば更に相呼ばはり、酒有れば之れを斟酌す）とあ

る等を踏まえる。

［朋舊］陶淵明は「友」という言い方はよくするが、「朋」はあまり使わない。わずか「挽歌詩」三首の其二に「親朋哭我傍」（親朋我が傍らに哭す）と見えるくらいである。

3　秋風七八月、清露潤綺羅、

［七八月］陶淵明の「與子儼等疏」に「常言五六月中、北窗下臥、遇涼風暫至、自謂是羲皇上人」（常《かつ》て言ふ五六月中、北窗の下に臥せば、涼風の暫く至るに遇ひ、自ら謂《おも》へらく是れ羲皇より上の人かと）とある。「七八」のような数字の連用も、陶淵明の詩の特徴の一つである。

［清露］阮籍の「詠懷詩」（其四）に「清露被皐蘭、凝霜霑野草」（清露皐蘭を被ひ、凝霜野草を霑す）とある。

4　提琴當戸坐、嘆息望天河、

［提琴］張溥本は「提瑟」に作るが、陶淵明の詩語としての「琴」は現行本に見る限りでは皆「琴」であって、「瑟」はない。ただし、「閑情賦」には「褰朱幃而正坐、汎清瑟以自欣」（朱幃を褰《から》げて正坐し、清瑟を汎《ひ》きて以つて自ら欣ぶ）とあり、「瑟」が一例のみ見えている。

［當戸］戸外に物を見ようとするさま。「古詩十九首」に「被服羅裳衣、當戸理清曲」（羅裳の衣を被服し、戸に当たりて清曲を理ふ）とあり、『禮記』檀弓・上に「孔子……既歌而入、當戸而坐」（孔子……既に歌ひて入り、戸に当たりて坐す）という。『禮記』注には「蚤坐急見人也」（蚤《つと》に坐するは急かに人を見るなり）という。また『後漢書』龐參傳に「任棠自抱孫兒伏於戸下、……參曰、抱兒當戸、欲吾開門恤孫也」（任棠自ら孫児を抱きて戸の下に伏す、……參曰はく、児を抱きて戸に当たるは、吾に門を開きて孫を恤《あはれ》まんことを欲するなり）とある。

［嘆息］陶淵明の「擬古」詩に「佳人美清夜、達曙酣且歌、歌竟長歎息、持此感人多」（佳人清夜を美《よ》みし、曙に達するまで酣はにして且つ歌ふ、歌竟《を》はりて長く歎息し、此れを持して人を感ぜしむること多し）とあり、黄節は「明遠の此の篇は、當に是れ雑擬して成るべし」と言う。

［天河］ここは、天をいう。陶淵明の「怨詩、楚調、示龐主簿・鄧治中」詩に「在己何怨天、離憂悽目前」（己

に在れば何ぞ天を怨まんや、憂ひに離《か》かるは目前に悽《いた》ましし）とあるのを踏まえる。

5　保此無傾動、寧復滞風波、

［保此］「此」字の曖昧用法は、陶淵明の詩の文体の特徴である。

［傾動］動揺し変わる。魏の曹冏の「六代論」に「天下所以不能傾動、百姓所以不易心者、徒以諸侯強大、盤石膠固」（天下の傾動する能はざる所以、百姓の心を易へざる所以の者は、徒だ諸侯の強大にして、盤石の膠固なるを以つてなり）とある。

［風波］陶淵明の「飲酒」二十首（其十）に「道路迥且長、風波阻中塗」（道路迥かにして且つ長く、風波中塗を阻む）とあり、『孔子家語』困誓に「孔子曰……『不観巨海、何以知風波之患也』」（孔子曰はく……「巨海を観ざるに、何を以つて風波の患ひを知るや」と）という。

紹古辞七首

其五を除いて、聞人倓の注がある。また、方東樹はこの七首の詠み方に関して、「皆言を離別の情に託す」と言う。

其一

橘生湘水側　橘は生ふ湘水の側
菲陋人莫傳　菲陋《ひろう》にして人の伝ふる莫《な》し
逢君金華宴　君に逢ふ金華の宴
得在玉几前　玉几《ぎょくき》の前に在るを得たり
三川窮名利　三川は名利を窮め
京洛富妖妍　京洛は妖妍《えうけん》に富む
恩榮難久恃　恩栄　久しくは恃《たの》み難く
隆寵易衰偏　隆寵　衰へ偏り易し
觀席妾悽愴　席を観て妾は悽愴《せいさう》とし
覩翰君泫然　翰を覩て君は泫然《げんぜん》たり
徒抱忠孝志　徒らに抱く忠孝の志
猶爲葑菲遷　猶ほ葑菲《ほうひ》の遷《うつ》ると為すがごとし

＊題、銭振倫は「『橘生湘水側』の四句は、亦た『張茂先集』に見え、題は『橘詩』に作る」と言うが、『詩紀』は「『橘生湘水側』の一首は『藝文』は張華に作り、外の編は漢の古辭に作る、皆非なり」と言う。

古い詩句を承け継いで

其の一
橘が湘水の傍らに生えたが
小振りで噂する者もいなかった
御主君と金華殿の宴席で出会うことになり
立派な脇息の傍らにいられるようになった
河洛伊水の辺りでは名声や利益を追及し
都には美人が多い
大変な恩顧もいつまでも宛にはしにくく
盛んな寵愛も薄らぐか他に偏りがちである
共に過ごした席を見て自分は悲しくなり
使い古した筆を見て御主君は涙を流すことになる
尽くしたいという気持ちを持っても無駄なこと
根がだめな時でも葉の食べられる根菜が棄てられ
　てしまうのと同じである

1　橘生湘水側、菲陋人莫傳、

［橘生］『漢書』貨殖傳に民生の豊かさを言って「江陵千樹橘」とあり、『楚辭』橘頌に「受命不遷、生南國兮」（命を受けて遷らず、南国に生ず）とある。方東樹はこの其の一に関して「屈子の『橘頌』より來たり」と言い、黄節は「古詩」三首の其一「橘柚垂華實、乃在深山側。聞君好我甘、竊獨自彫飾。委身玉盤中、歴年冀見食。芳菲不相投、青黄忽改色。人儻欲我知、因君爲羽翼」（橘柚華実を垂れ、乃ち深山の側に在り。君の我が甘きを好むを聞き、窃かに独り自らを彫飾す。身を玉盤の中に委ね、年を歴て食せらるるを冀ふ。芳菲相投ぜずんば、青黄は忽ち色を改めん。人儻《も》し我が知るを欲せば、君が羽翼と為すに因らん）を引き、「明遠の此の篇は、意を命ずること隠《ひそ》かに『古詩』を紹ぐ」と言う。「青黄」の語が見られることから、前掲の「古詩」三首の其一も屈原

の「橘頌」を踏まえていると思われる。

［菲陋］「菲《ひ》」は「薄」に同じく、うすい。『楚辭』遠游に「質菲薄而無因兮」（質菲薄にして因る無し）とあり、王逸注に「質性鄙陋無所因也」（質性鄙陋にして因る所無きなり）という。『漢書』鄒陽傳に「竊自薄陋、不敢道也」（窃かに自らを薄陋とし、敢て道《い》はざるなり）とあり、また馬融の「忠經」序に「雖辭理薄陋、不足以稱、然忠之所存、存于勸善、勸善之大、何以加于忠孝者哉」（辭理薄陋にして、以つて称するに足らずと雖も、然れども忠の存する所は、善を勧むるに存し、善を勧むるの大なるは、何を以つて忠孝に加へらるる者ならんや）とある。

2　逢君金華宴、得在玉几前、

［金華］金華殿。『漢書』敍傳に「上方嚮學、鄭寛中・張禹朝夕入説『尚書』・『論語』於金華殿中」（上方に学に嚮《むか》ふに、鄭寛中・張禹朝夕入りて『尚書』・『論語』を金華殿の中に説く）とある。

［玉几］食卓。『尚書』顧命に「王……憑玉几」（王……玉几に憑る）とある。黄節は「杜預の『七規』に『庶羞既に異なり、五味代《こも》ごも臻《いた》る、糅《まじ》ふるに丹橘を以つてし、雑《まじ》ふるに芳鱗を以つてす』と曰ひ、古は橘を以つて庶羞を佐《たす》く。『禹貢』に『揚州は……厥《そ》れ橘柚を包みて錫貢す』と、『汲冢周書』に『秋は樝梨橘柚を食す』と、故に『逢君金華宴、得在玉几前』と曰ふ」と言う（「庶羞」は、様々な御馳走）。

3　三川窮名利、京洛富妖妍、

［三川］『戰國策』秦策・一に「今三川周室、天下之朝市」（今三川と周室は、天下の朝市なり）とあり、韋昭注に「有河・洛・伊、故曰三川」（河・洛・伊有り、故に三川と曰ふ）という。鮑照は「詠史」詩でも「三川養聲利」と詠んでいる。方東樹は「『三川』以下は、寵を奪ふことの多きを言ふ。收句は自らを申べ、我の翰を覩、君の當に泫然たるべきを言ふ。特《た》だに辭の古きのみならず、義尤も古きなり」と言う。

［京洛］曹植の「名都篇」に「名都多妖女、京洛出少年」（名都は妖女多く、京洛は少年を出だす）とある。

4　恩榮難久恃、隆寵易衰偏、

［隆寵］『晉書』傅咸傳に「義無靦然、虚忝隆寵」（義として靦然《てんぜん》たる無きも、虚しく隆寵を忝なくす）とある（「靦然」は、あつかましい）。

［衰偏］寵が衰えたり偏ったりする。『後漢書』袁紹傳に「紹後妻劉有寵、而偏愛尚」（紹後に劉を妻《めと》りて寵あり、而して偏へに尚を愛す）とあり、『顔氏家訓』教子に「有偏寵者、雖欲以厚之、更所以禍之」（偏寵有る者は、以つて之れに厚からんと欲すと雖も、更に之れに禍する所以なり）という。

5　觀席妾悽愴、覩翰君泫然、

［觀席］『戰國策』楚策・一に「嬖色不敝席、寵臣不敝軒」（嬖色は席を敝《やぶ》らず、寵臣は軒を敝らず）とある（「席」や「軒」が破れ壊れるまでは一緒にいられない）。

［覩翰］傅玄の「筆賦」に「簡脩毫之奇兔、選珍皮之上翰」（修毫の奇兔を簡《えら》び、珍皮の上翰を選ぶ）とあり、同じく晉の成公綏の「故筆賦」に「採秋毫之類芒、加膠漆之綢繆。……乃皆是筆之勳、人日用而不寤。仡盡力於萬機、卒見棄於行路」（秋毫の類芒たるを採り、膠漆の綢繆たるを加ふ。……乃ち皆是れ筆の勳なるも、人日に用ゐて寤《さと》らず。仡《こう》として力を万機に尽くすも、卒に行路に棄てらる）とある。また蔡邕の「筆賦」にも「惟其翰之所生、於季冬之狡兔」（惟れ其の翰の生れし所は、季冬の狡兔に於いてす）とあり、『漢書』揚雄傳・下「故藉翰林」の注に「翰、筆也」（翰は、筆なり）という。

［泫然］涙を流すさま。『禮記』檀弓・上に「孔子泫然流涕曰、『吾聞之、古不脩墓』」（孔子泫然として涕を流して曰はく、「吾れ之れを聞けり、古は墓を脩めず」と）とある。

6　徒抱忠孝志、猶爲葑菲遷、

［葑菲］カブと大根。『詩』邶風「谷風」に「采葑采菲、無以下體」（葑を采り菲を采る、下体を以つてする無かれ）とある（「下體」は根で、根部のできが悪い時でも、葉は食べられる意）。

［遷］屈原の「橘賦」に「受命不遷、生南國兮」（命を受けて遷らず、南国に生ず）とある（前掲1を参照）。曹

植の「橘賦」にも「體天然之素分、不遷徙於殊方」（天然の素分を体し、殊方に遷徙せず）とあり、黄節は「收句は蓋し斯の義を用ふ」と言う。

其二

昔與君別時　　昔　君と別れし時
蠶妾初獻絲　　蠶妾《さんせふ》　初めて絲を献ず
何言年月駛　　何ぞ言はんや年月の駛《は》せ
寒衣已擣治　　寒衣　已に擣治《たうち》すとは
絛繡多廢亂　　絛繡《たうしう》　廃乱すること多く
篇帛久塵緇　　篇帛　久しく塵緇《ぢんし》す
離心壯爲劇　　離心　壮《さか》んに劇しきを為し
飛念如懸旗　　飛念は旗を懸くるがごとし
石席我不爽　　石席　我は爽《たが》はず
徳音君勿欺　　徳音　君欺くこと勿れ

其の二
以前あなたと離別したのは
蚕女が糸を献上したばかりの春でした
どうして思ったでしょうか年月が過ぎ
冬服をもはや打ち直す秋になるなどと
織って五色で染めてあげた物もほつれが多くなり
織り上げた白絹も長い間に塵で黒ずんでいることでしょう
離ればなれの思いは募ってひどくなり
あなたを思う気持ちははためく旗のようです
石やむしろではないので私の心は変わりませんが
心のこもったお言葉にあなたも背くことがありませんように

1　昔與君別時、蠶妾初獻絲、

［蠶妾］蚕を飼育する女性。『左傳』僖公二十三年に「謀於桑下、蠶妾在其上、以告姜氏」（桑下に謀るに、蠶妾其の上に在り、以つて姜氏に告ぐ）とある。

［獻絲］黄節は『禮記』月令の「季春……蠶事既登」（季春……蠶事既に登る）を引いて、「『獻絲』は、蓋し三月の時なり」と言う。『齊民要術』巻五に「崔寔曰、『三月、清明節、令蠶妾治蠶室、塗隙穴、具槌・持・箔・籠』（崔

寔曰はく、「三月、清明の節、蚕妾をして蚕室を治め、隙穴を塗り、槌・持・箔・籠を具へしむ」と）という。

2　何言年月駛、寒衣已擣治、

［何言］聞人倓は「『何をか言はん』は、猶ほ意はざりきのごときなり」と言う。

［寒衣］黄節は「古詩十九首」（其十六）の「涼風率已厲、遊子寒無衣」（涼風率《には》かに已に厲《はげ》しく、遊子寒くして衣無し）を引き、「『年月駛せ』の二句、意は之れに本づく」と言う。

［擣治］晋の曹毘に「夜聴擣衣」詩がある。謝恵連「擣衣」詩の『文選』劉良注には、「婦人帛を擣ちて衣を裁ち、将に以つて遠きに寄せんとするなり」と言う。

3　絛繡多廢亂、篇帛久塵緇、

［絛繡］「絛」は、組み紐。『廣韻』に「絛は、絲を編みし縄なり」と言う。「繡」は、五色の錦で、『説文』に「繡、五采備也」（繡は、五采備はるなり）とある。

［廢亂］糸が絡み、乱れる。『易林』兌之第五十八「坎」に「饑蠶作室、絲多亂緒、端不可得」（饑蠶室を作れば、絲は緒を乱すこと多く、端は得べからず）とある。

［篇帛］織り成した白絹。徐鍇（小徐）の『説文』繋傳・巻九に「按ずるに、一篇とは、一義の聯《つら》なるなり」とある。

［塵緇］塵にまみれ、黒ずむ。陸機の「爲顧彦先贈婦」詩に「京洛多風塵、素衣化爲緇」（京洛には風塵多く、素衣化して緇と為る）とある。

4　離心壮爲劇、飛念如懸旗、

［離心］『楚辭』離騒に「何離心之可同兮」（何ぞ離心の同じかるべき）とある。

［懸旗］『戰國策』楚策・中に「寡人臥不安席、食不甘味。心搖搖如懸旌、而無所終薄」（寡人臥するも席に安んぜず、食するも味に甘んぜず。心揺々として旌を懸くるがごとく、而して終には薄《せま》る所無し）とあり、聞人倓はこの「旌」字を押韻の都合で「旗」字に置き換えたと見る。この点に関して、銭仲聯も沈徳潜の『古詩源』の説を引いて「旌を易へて旗と爲す、古人にも亦た此の種の強押有り」と言う。

5　石席我不爽、徳音君勿欺、

[石席]『詩』邶風「柏舟」に「我心匪石、不可轉也。我心匪席、不可卷也」（我が心は石に匪ざれば、転ずるべからざるなり。我が心は席に匪ざれば、巻くべからざるなり）とある。

[不爽]たがわない、そむかない。『詩』衞風「氓」に「女也不爽、士貳其行」（女なるや爽はざるに、士其の行ひに貳《そむ》く）とあり、毛傳に「爽、差也」（爽は、差《たが》ふなり）という。

[徳音]『詩』邶風「谷風」に「徳音無違、及爾同死」（徳音違ふ無かれ、爾と同に死せん）とある。

[君勿欺]黄節は「古詩十九首」（其十七）の「一心抱區區、懼君不察識」（一心区々を抱き、君の察識せざるを惧る）を引いて、「收二句の意は之れに本づく」と言う。

　この其の二に関して方東樹は「言ふこころは離るるを以つて相忘るる勿かれと」と言う。

其三

瑟瑟涼海風　瑟々として海風涼し 紉
竦竦寒山木　竦々《しようしよう》として山木寒し
紛紛羇思盈　紛々として羇思盈ち
慊慊夜弦促　慊々《けんけん》として夜弦促《うなが》す
訪言山海路　訪ふは言《ここ》に山海の路
千里歌別鶴　千里　別鶴を歌ふ
絃絶空咨嗟　絃絶えて空しく咨嗟《しさ》し
形音誰賞録　形音　誰か賞録せんや
辛苦異人状　辛苦は人の状を異にし
美貌改如玉　美貌　玉のごときを改む
徒畜巧言鳥　徒に巧言の鳥を畜《やしな》ふも
不解心款曲　心の款曲《くわんきよく》を解せず

＊「羇」字、張溥本・『詩紀』は「羈」に作る。
＊「弦」字、張溥本は「絃」に作る。

其の三
ひゅうひゅうと海の風は冷たく
さわさわと山の木は寒げである
ごたごたと旅先での物思いは募り

べんべんと夜の琴の弦はせわしい
山や海辺の路を訪ね歩き
千里の道で「別鶴操」を歌う
弦が切れて聴かせられなくなっても歎くのは無駄
姿や声を喜んでくれる者は誰もいない
辛さ苦しさは人の姿を様変わりさせ
玉のように美しかった君の容貌は改まってしまう
口の上手い鸚鵡を飼っても無駄なこと
心中のすみずみまでは理解してくれない

1　瑟瑟涼海風、竦竦寒山木、

［瑟瑟］風の音。劉楨の「贈従弟」詩に「亭亭山上松、瑟瑟谷中風」（亭々たり山上の松、瑟々たり谷中の風）とあり、黄節は「瑟瑟は、涼しき貌なり」と言う。

［竦竦］黄節は「竦竦は、寒き貌なり」と言う。

［山木］『左傳』隱公十一年に「周諺有之、曰山有木工則度之、賓有禮主則擇之」（周の諺に之れ有り、曰はく山に木有れば工則ち之れを度り、賓に礼有れば主則ち之れを択ぶ）とあり、『詩』大雅「棫樸」の「芃芃棫樸、薪之槱之」の傳に「山木茂盛、萬民得而薪之、賢人衆多、國家得用蕃興」（山木茂り盛んなれば、万民得て之れを薪とし、賢人衆く多ければ、国家得て用つて蕃《しげ》り興る）という。

2　紛紛羇思盈、慊慊夜弦促、

［紛紛］黄節は「紛紛は、盈つる貌なり」と言う。

［慊慊］急くさま。聞人倓は『集韻』を引いて「慊は、音謙、意足らざるなり」と言い、黄節は「慊慊は、促す貌なり」と言う。

　また黄節は、『詩』衞風「碩人」の「洋洋狀水、活活狀流、發發狀鱣鮪之尾、揭揭狀葭菼之長、孽孽狀庶姜之盛」（洋々として水を状どり、活々として流れを状どり、発々として鱣鮪の尾を状どり、掲々として葭菼の長きを状どり、孽々として庶姜の盛んなるを状どる）を引き、「此の詩の首四句の句法字法の從《よ》りて出づる所なり」と言って、畳字の多用をこの詩の特徴と看做す。

3　訪言山海路、千里歌別鶴、

[訪言]『説文』に「訪、汎謀也」（訪は、汎く謀るなり）とある。また黄節は『詩』小雅「大東」に「睠言顧之」（睠《かへり》みて言《ここ》に之れを顧みる）とあり、『荀子』宥坐篇はそれを引いて「眷焉」（眷みて焉に）に作り、『後漢書』劉陶傳は「睠然」（睠みて然《しか》く）に作ると言って、「『焉』と『然』とは皆語詞なれば、則ち『言』も亦た語詞なり」と言い、「『言』は、云《ここ》になり。語詞なり」とする。『國語』晉語・七に「故求元君而訪焉」（故に元君を求めて焉《これ》を訪ふ）とある。

[山海路] 陸雲の「爲顧彦先贈婦往返」詩に「山海一何曠、譬彼飛與沈」（山海一に何ぞ曠し、彼の飛ぶと沈むとに譬へらる）とある。

[千里・別鶴] 錢振倫が嵇康の「琴賦」中の「王昭・楚妃・千里別鵠」を引いているのに拠って、琴曲名とする。ただし黄節は「按ずるに、嵇康の『琴賦』の『千里別鶴』は、李善・五臣の注皆『鵠』に作らず。惟だ『鶴』と『鵠』とは古通ずるのみ。樂府琴調曲の『豔歌何嘗行』は、一に『飛鵠行』に作り、古辭は『飛來雙白鵠、乃從西北來。十十五五、羅列成行。妻卒被病、行不能相隨。五里一反顧、六里一徘徊。吾欲銜汝去、口噤不能開。吾欲負汝去、毛羽何摧頽。樂哉新相知、憂來生別離。躇躊顧群侶、涙下不自知』（飛び来たる双つの白き鵠、乃ち西北より来たる。十十五五、列を羅ねて行を成す。妻卒《には》かに病ひを被り、行くに相隨ふ能はず。五里にして一たび反り顧み、六里にして一たび徘徊す。吾は汝を銜みて去《ゆ》かんと欲するも、口噤《つぐ》みて開く能はず。吾は汝を負ひて去かんと欲するも、毛羽何ぞ摧頽するや。楽しきかな新たに相知るも、憂ひ来たりて生きながらにして別離す。躇躊して群侶を顧みれば、涙下るを自らは知らず）なり」と言う。

4　絃絶空咨嗟、形音誰賞録、

[絃絶]『呂氏春秋』巻十四「孝行覽」に「鍾子期死、伯牙擗琴絶絃、終身不復鼓琴、以爲世無足復爲鼓琴者也」（鍾子期死すれば、伯牙琴を擗《お》り絃を絶ちて、身を終ふるまで復たとは琴を鼓せず、以つて世に復た琴を鼓するを為すに足る者無しと為す）とある。

[形音] 姿と声。謝惠連の「西陵遇風獻康樂」詩に「迴

塘隠艫栧、遠望絶形音」（塘を迴れば艫栧を隠し、遠く望めば形音を絶つ）とある。また顔延之の「秋胡詩」には「年往誠思勞、事遠闊音形」（年往きて誠に思ひ労し、事遠くして音形闊《ひろ》し）とあり、『文選』李善注には陸機「贈顧彦先」詩の「形影曠不接、所説聲與音。聲音日夜闊、何以慰吾心」（形と影と曠として接せざれば、説《よろこ》ぶ所は声と音となり。声と音と日夜闊《ひろ》ければ、何を以つてか吾が心を慰めん）を引く。鮑照の「別鶴操」には「遠矣絶音儀」（遠きかな音儀を絶つ）とある。

［賞録］認めて褒める。『後漢書』郎顗傳に「立春以來、未見朝廷賞録有功、表顯有徳、存問孤寡、賑恤貧弱」（立春以来、未だ朝廷の功有るを賞録し、徳有るを表顕し、孤寡を存問し、貧弱なるを賑恤するを見ず）とある。

5　辛苦異人状、美貌改如玉、

［辛苦］黄節は「『辛苦』の二句は、形を謂ふなり」と言う。

［異人状］『山海經』大荒東經の「帝俊生黒齒」の郭璞注に「殊類異狀之人」（類を殊にし状を異にするの人なり）とある。

［如玉］「古詩十九首」（其十二）に「美者顔如玉」（美しき者は顔玉のごとし）とあり、『詩』魏風「汾沮洳」に「彼其之子、美如玉、美如玉、殊異乎公族」（彼の其れ之の子、美しきこと玉のごとし、美しきこと玉のごとく、殊に公族に異なる）という。

6　徒畜巧言鳥、不解心款曲、

［巧言鳥］黄節は「『巧言』の二句は、音を謂ふ」と言う。『禮記』曲禮・上に「鸚鵡能言、不離飛鳥」（鸚鵡は能く言ふも、飛ぶ鳥を離れず）とある。鳥は鳥に過ぎない。

［款曲］まごころ、慇懃なる気持ち。漢の秦嘉の「留郡贈婦」詩に「念當遠別離、思念敍款曲」（当に遠く別離すべきを念ひ、思ひ念ひて款曲を叙す）とある。

其四

孤鴻散江嶼　　孤鴻　江嶼《かうしよ》に散じ

連翩遵渚飛　　連翩《れんぺん》として渚に遵《したが》ひて飛ぶ

含嘶衡桂浦　　嘶《なげ》きを含む衡・桂の浦

馳顧河朔畿　馳せて顧る河・朔の畿
攅攅勁秋木　攅々《さんさん》として秋木勁く
昭昭浄冬暉　昭々として冬暉《きよ》浄し
牕前滌歡爵　窓前に歓爵を滌《すす》ぎ
帳裏縫舞衣　帳裏に舞衣を縫ふ
芳歳猶自可　芳歳は猶ほ自ら可とするがごとし
日夜望君歸　日夜に君の帰るを望まん

其の四
連れのない大鳥は長江の小島をさまよい
羽ばたきながら渚沿いに飛んでゆく
南方の衡・桂の地の水辺では声をからし
北方の河・朔の境では連れを求めて振り返るのである
林立する寒気きびしい秋の木々
明るいすっきりとした冬の陽光
窓辺であなたを迎える酒盃を洗い
寝室でもてなしの舞衣を繕う
春はまだこれから
日夜あなたの帰りを待ち望もう

1　孤鴻散江嶼、連翩遵渚飛、
［孤鴻］下の［遵渚］の項を参照されたい。

［連翩］連続して飛ぶさま。陸機の「文賦」に「浮藻聯翩、若翰鳥纓繳而墜曾雲之峻」（浮藻聯翩として、翰鳥繳に纓《あた》りて曾雲の峻より墜つるがごとし）とあり、『文選』五臣注で李周翰は「聯翩は、鳥の飛ぶ貌なり」と言う（「翰鳥」は、天鷄。「纓繳」は、いぐるみに中たる）。

［遵渚］『詩』豳風「九罭《きうよく》」に「鴻飛遵渚」（鴻飛びて渚に遵ふ）とある。

2　含嘶衡桂浦、馳顧河朔畿、
［含嘶］声がつぶれる。『漢書』王莽傳・中の「露眼赤精、大聲而嘶」の注に「嘶、聲破也」（嘶は、声破るるなり）という。

［衡桂浦］地名（今の広東省に在る）。聞人倓の注に「陸氏曰はく『衡州は、春秋の楚の地にして、漢分かちて桂陽に屬せしむ』と」と言う。

［馳顧］追い求めて振り返る。『楚辭』離騒「抑志而弭節兮、神高馳之邈邈」（志を抑へて節を弭《や》め、神高く馳

せて邈々たり）の王逸注に「馳」は「追及す」といい、『文選』注で五臣は「逮及す」と言う。

［河朔譏］地名（今の河北省に在る）。曹植の「與楊徳祖書」に「孔璋鷹揚於河朔」（孔璋鷹のごと河朔に揚がる）とある。

3　攢攢勁秋木、昭昭淨冬暉、

［攢攢］多く群がるさま。漢の無名氏の「咄唶《とつしゃ》歌」に「棗下何攢攢、榮華各有時」（棗下何ぞ攢々たる、栄華各おの時有り）とある。また『水經注』洞渦水に「水西し、阜上に原過祠有り、……棟宇淪むと雖も、攢木猶ほ茂る」と言う。

［勁秋］寒気の激しい秋。陸機の「長安有狹邪行」に「烈心厲勁秋、麗服鮮芳春」（烈心勁秋より厲《はげ》しく、麗服芳春より鮮やかなり）とあり、「文賦」にも「悲落葉於勁秋、喜柔條於芳春」（落葉を勁秋に悲しみ、柔条を芳春に喜ぶ）とある。

［秋木］漢の王嬙の「怨詩」に「秋木萋萋、其葉萎黃」（秋木萋々として、其の葉萎ゑ黄ばみたり）とある。

［昭昭］陸機の「擬古」詩に「昭昭清漢輝」（昭々として清漢輝く）とある。

4　牕前滌歡爵、帳裏縫舞衣、

［滌歡爵］大歓待の御馳走は無理だが、ささやかな酒盛りならできる意。『淮南子』泰族訓に「滌盃而飲、洗爵而食」（盃を滌ぎて飲み、爵を洗ひて食す）とある。

5　芳歲猶自可、日夜望君歸、

［芳歲］春、正月。梁の元帝の『纂要』に「正月は孟春なり、亦た孟陽・……・芳歲・華歲と曰ふ」と言う。「芳」は、顔延之の「北使洛」詩に「遊役去芳時、歸來屢徂諐」（役に遊びて芳時を去り、帰り来たりて屢しば徂《ゆく》ゆく諐《あやま》つ）といい、劉爍の「代收淚就長路」詩に「徘徊去芳節、依遲從遠軍」（徘徊して芳節を去り、依遅として遠軍に遵ふ）といい、沈約の「反舌賦」に「對芳辰於此月」（芳辰に此の月に対す）という「芳時」・「芳節」・「芳辰」等の「芳」に同じく、春の意。

黄節はこの一篇を『楚辭』に擬したとし、「此の篇の擬する所は、蓋し『楚辭』の『駕龍北征、邅道洞庭』・『乘鄂渚而反顧、款秋冬之緒風』・『奠桂酒兮椒漿』・『靈偃蹇兮姣服』・『留靈脩兮憺忘歸、歲既晏兮孰華予』の意のごとく、雑擬して倫せず、更に出だすに字を換ふるの法を以つてす。秋冬已に過ぐれば、歡爵舞衣に殷勤として、以つて芳歳に君の歸るを待つなり」と言う。

其五

憑楹翫夜月　　楹《はしら》に憑《よ》りて夜月を翫《め》で
迴眺出谷雲　　迴《はる》かに谷を出づるの雲を眺む
還山路已遠　　山に還るは路已に遠く
往海不及群　　海に往くは群に及ばず
徘徊清淮汭　　徘徊す清淮の汭《くま》
顧慕廣江濆　　顧慕す広江の濆《ほとり》
物情乖喜歇　　物情は喜びに乖《さか》りて歇き
守操古難聞　　操を守るは古より聞き難し
三越豐少姿　　三越は少姿豊かなれば
容態傾動君　　容態君を傾動せん

其の五
お屋敷の柱に凭れて夜の月も見厭き
遠く目を転じて谷から湧き上がる雲を眺める
山に戻ろうとしてももう路が分からず
海に向かおうとしても仲間に追いつけない
清らかな淮水の隈を行きつ戻りつし
広々とした長江の岸で後ろを振り返ってみる
人の気持ちは喜びから遠ざかって薄れてゆくもの
節操を守り通した者など昔から聞いたことがない
南国は初々しい容姿の娘が多く
その姿態はあなたの心を動かすことだろう

1　憑楹翫夜月、迴眺出谷雲、

［楹］堂前の両柱。『詩』小雅「斯干」に「殖殖其庭、有覺其楹」（殖々たり其の庭、覚たる有り其れ楹なり）とあり、孔穎達の疏に「覺然として高大なる者有り、其れ宮寢の楹柱なり」と言う。

［出谷雲］謝惠連の「泛湖歸出樓中望月」詩に「亭亭映江月、瀏瀏出谷飆」（亭々たり江に映るの月、瀏々たり

谷を出づるの飆）とある。

2　還山路已遠、往海不及群、

［還山］官職を辞する。退隠する。沈約も「桐柏山金庭館碑」で「末に夏汭自《よ》りし、固より山に還るを乞ふ。權《か》りに汝南の縣境に憩ふも、固より心を息むるの地に非ず」と用いている。

［往海］『論語』公冶長篇に「子曰、道不行、乘桴浮于海」（子曰はく、道行はれずんば、桴に乘りて海に浮かばん）とあり、また微子篇に「逸民、……少師陽・撃磬襄入于海」（逸民は、……少師の陽・磬を撃つ襄は海に入る）とある。

3　徘徊清淮汭、顧慕廣江濆、

［汭］川が湾曲して入り組んだ所、川のくま。『書』堯典に「釐降二女于嬀汭」（二女を嬀汭に釐降す）とあり、「傳」に「汭、水之内也」（汭は、水の内なり）という（「釐降」は、支度を整えて、皇女などを臣下の嫁に出すこと）。黄節は『左傳』定公四年の「蔡侯・呉子・唐侯伐楚、舍舟于淮汭」（蔡侯・呉子・唐侯楚を伐ち、舟を淮の汭《くま》に舍《す》つ）を引き、「水の隈曲を汭と曰ふ」と言う。

［徘徊・顧慕］畳韻語。嵆康の「琴賦」に「或徘徊顧慕、擁鬱抑按」（或は徘徊顧慕し、擁鬱抑按す）とある（「擁鬱」は音が留まって散らないさま、「抑按」は音が抑えられたり揚げられたりするさま）。

［濆］水のほとり、岸辺。『説文』に、「濆、水厓也」（濆は、水厓なり）とある。

4　物情乖喜歇、守操古難聞、

［物情…歇］傅玄の「鴻鴈生塞行」詩に「常恐物微易歇、一朝見棄忘」（常に恐る物の微なるは歇き易く、一朝にして棄て忘れらるるを）とある。黄節は『廣雅』の「歡は、喜ぶなり」を引いて、「『喜歇』は、猶ほ歡び歇くるがごとし」と言い、顔延之の「贈王太常」詩にいう「豫往誠歡歇」（豫《よろこ》び往けば誠に歡び歇く）と同じであるとする。

5　三越豐少姿、容態傾動君、

［三越］聞人倓は阮籍「爲鄭沖勸晉王牋」の「名懾三越」

（名は三越を懾れしむ）の李善注に『漢書』に三越有り、呉越より南越・閩越に及ぶを謂ふなり」というと言うが、黄節は「江は淮の南に在り、三越は又た江の南に在り」と言って曹植の「雑詩」に「南國有佳人、容華若桃李。朝遊江北岸、夕宿瀟湘沚」とあるのを引き、「『三越』は、猶ほ『南國』と言ふがごとし」と言う。

［少姿］少女の若々しい姿態。『三國志』裴松之注に引く曹丕「典論」に「甘陵・甘始亦善行氣、老有少容」（甘陵・甘始は亦た善く気を行ひ、老いて少容有り）とある「少容」と同じ造句。黄節は『廣韻』に「『豊』は、多きなり」というと言い、『少姿』は、少女の姿を謂ふ」と言う。

［容態］『楚辭』招魂に「容態好比、順彌代些」（容態好く比び、順ひては彌いよ代はる）とあり、王逸注に「言美女衆多、其貌齊同、姿態好美、自相親比」（言ふこころは美女衆多なれば、其の貌斉しく同じくし、姿態好美なれば、自ら相親しみ比ぶ）という。

［傾動］魏の曹冏の「六代論」に「天下所以不能傾動、百姓所以不易心者、徒以諸侯強大、盤石膠固」（天下の傾動する能はざる所以、百姓の心を易へざる所以の者は、徒らに諸侯の強大、盤石の膠固なるを以つてするなり）とある。

其六

開黛覩容顏　黛《まゆずみ》を開きて容顔を覩《み》
臨鏡訪遙塗　鏡に臨みて遥かなる塗《みち》を訪ふ
君子事河源　君子　河源に事《つか》へ
彌祀闕還書　祀《とし》を彌《を》へて還書を闕《か》く
春風掃地起　春風　地を掃《はら》ひて起こり
飛塵生綺疏　飛塵　綺疏に生ず
文袿爲誰設　文袿《ぶんけい》は誰が為にか設くる
羅帳空卷舒　羅帳は空しく巻舒《けんじょ》す
不怨身孤寂　身の孤寂なるを怨まず
但念星隱隅　但だ星の隅に隠るるを念ふのみ

＊「容」字、本集・張溥本・『詩紀』に「一に『朝』に作る」とある。

其の六
黛をひいていると顔の衰えが気になり
鏡に向かって遥か旅にある人の安否を問うた
あなたは黄河の源まで遡って仕事をし
年が改まっても手紙の返事をくれない
春風が地を掃くように起こり
舞い上がった砂塵が透かし彫りにたまっていく
綾織りの上着はどなたのために用意したのやら
紗《うすぎぬ》の垂れ幕も無駄に上下している
一人ぼっちの寂しさを怨むのではなく
参星が東南の隅に隠れるほどに月日が経ったのを思うだけである

1　開黛観容顔、臨鏡訪遙塗、

[開黛] 黛を引こうとする。『釋名』に「黛、代也、滅眉毛去之、以此畫代其處也」（黛は、代ふるなり、眉毛を滅して之れを去り、此れを以つて画きて其の処に代ふるなり）とある。

[容顔] 陶淵明の「擬古詩」（其五）に「辛苦無此比、常有好容顔」（辛苦に此の比無きも、常に好き容顔有り）とあり、宋玉の「神女賦」に「整衣服、斂容顔」（衣服を整へ、容顔を斂む）という。

[訪遙塗] 夫の安否を鏡に問いかける。聞人倓は「按ずるに、『遙塗を訪ふ』は、猶ほ思ふ所は遠道に在りと云ふがごとし」と言うが、黄節は『訪』は、問ふなり」と言い、『拾遺記』周靈王の「有韓房者、自渠胥國來、獻……火齊鏡、廣三尺、闇中視物如晝。向鏡語、則鏡中影應聲而答」（韓房なる者有り、渠胥国より来たり、……火斉鏡を献ず、広さ三尺、闇中物を視るに昼のごとし。鏡に向ひて語れば、則ち鏡中の影声に応じて答ふ）と王建「鏡詞」の「重重摩挲す嫁する時の鏡、夫婿遠行すれば鏡に憑りて聽く」を引いて、「亦た斯の意なり」と言う。

2　君子事河源、彌祀闕還書、

[河源] 『漢書』張騫傳に「漢使窮河源」（漢使河源を窮む）とある。

[彌祀] 一年を終える。張衡の「南都賦」に「彌萬祀而無衰」（万祀を彌《を》へて衰ふる無し）とあり、『爾雅』に

「彌、終也」（彌は、終ふるなり）といい、「祀、年也」（祀は、年なり）という。謝惠連の「七月七日夜詠牛女」詩に「雲漢有靈匹、彌年闕相從」（雲漢に霊匹有るも、年を彌へて相従ふを闕く）とあり、『詩』の毛傳にも「彌、終也」（彌は、終ふるなり）という。また『後漢書』戴良傳に「再辟司空府、彌年不到」（再び司空の府に辟するも、年を彌へて到らず）とあり、聞人倓は「『彌祀』は、猶ほ『年を彌ふ』のごとし」と言う。『釋名』には「殷曰祀。祀、已也。新氣升、故氣已也」（殷は祀と曰ふ。祀は、已《や》むなり。新気升り、故気已むなり）とある。

3　春風掃地起、飛塵生綺疏、

［綺疏］透かし彫り（の窓）。『後漢書』梁冀傳に「窗牖皆有綺疏青瑣」（窗牖に皆綺疏青瑣有り）とある。『説文』に「綺、文繒也」（綺は、文絵なり）といい、薛綜の「西京賦」注に「疏、刻穿之也」（疏は、之れを刻し穿つなり）という。

4　文袿爲誰設、羅帳空卷舒、

［文袿］後漢の楊修の「神女賦」に「纖穀文袿、順風揄揚」（纖穀文袿、風に順ひて揄揚たり）とあり、『釋名』に「婦人上服曰袿」（婦人の上服を袿と曰ふ）という。

［羅帳］薄絹のとばり。劉鑠の「擬明月何皎皎」詩に「玉宇來清風、羅帳延秋月」（玉宇清風を来たし、羅帳秋月を延く）とあり、晋の「子夜四時歌」秋歌に「夜風入窗裏、羅帳起飄揚」（夜風窓裏に入り、羅帳飄揚を起こす）という。

5　不怨身孤寂、但念星隱隅、

［星隱隅］『詩』唐風「綢繆」に「三星在隅」（三星隅に在り）とあり、毛傳に「隅、東南隅也」（隅は、東南の隅なり）と謂う。三星は參星《オリオン》。陰暦十月頃に「天に在り」、十一月から十二月にかけて「隅に在り」、正月に「戸に在り」とあり、月日の経つのを言うか。方東樹は『星隅に隠る』は、夜の久しきに因りて流年に感ずるなり。……」と言い、聞人倓は「昏に見ゆるの星の此こに至れば、則ち夜久し。孤寂は怨まず、但だ別れの久きことの

み思はるるべきを謂ふ。此れ情の正しきなり」と言う。

其の七

暖歳節物早　暖歳は節物早く
萬萌迎春達　万萌　春を迎へて達す
春風夜媥娟　春風　夜に媥娟《べんけん》と
春霧明菴藹　春霧　明けに菴藹《あんあい》たり
軟蘭葉可采　軟蘭　葉は采るべく
柔桑條易挎　柔桑　条《えだ》は挎《と》り易し
怨咽對風景　怨咽《えんいん》して風景に対《むか》ひ
悶瞀守閨闥　悶瞀《もんぼう》して閨闥を守る
天傳愁民命　天は伝ふ愁民の命
含生但契闊　生を含むは但だ契闊《けいくわつ》たるのみ
憂來無行伍　憂ひ来りて行伍無く
歷亂如覃葛　歴乱たること覃葛《たんかつ》のごとし

*「明菴藹」、張溥本・『詩紀』は「朝晻靄」に作る。
*「傳」字、張溥本・『詩紀』は「賦」に作る。

其の七
暖かい春の季節は万物の出も早く
すべてが芽吹いて春のうちにできるかぎり延びる
春風が夜には吹きまくり
春の霧が明け方には立ち込める
軟らかな蘭の葉は採りごろで
柔らかい桑の枝も摘み取りやすい
それなのに怨み咽んでは私は春景色と向い合い
悶え乱れて空閨の入り口であなたを待っている
物悲しい民の運命を天が与えたのなら
人はただ遠く隔たっていることを苦しむだけ
寂しさが襲ってきても連れはいない
延びた葛のように千々に心は乱れる

1　暖歳節物早、萬萌迎春達、

[暖歳] 暖かい春。以下、春の陽気が万物に波及するのを、天子の威光が届くことに喩えたか。

[節物] 季節の物。陸機「擬明月何皎皎」詩に「踟蹰感節物、我行永已久」（踟蹰として節物に感じ、我が行永

く已に久し）とある。

［迎春］『禮記』月令に「立春之日、親率三公九卿諸侯大夫、以迎春於東郊」（立春の日、親ら三公・九卿・諸侯・大夫を率ゐて、以つて春を東郊に迎ふ）とある。

［萌…達］芽生えて、十分に延びる。張衡の「東京賦」に「達餘萌於暮春、昭誠心以遠喩」（餘萌を暮春に達せしめ、誠心を昭らかにして以つて遠く喩す）とあり、『禮記』月令に「季春勾者畢出、萌者盡達」（季春勾《まが》れる者畢《ことごと》く出で、萌ゆる者尽く達す）という（「勾・萌」は、ともに新芽）。

2　春風夜㛹娟、春霧明菴藹、

［春風］曹植「上責躬應詔詩表」に「施暢春風、澤如時雨」（施しは春風を暢べ、澤は時雨のごとし）とあり、後漢の蘇順の「陳公誄」に「化侔春風、澤配甘雨」（化は春風に侔《ひと》しく、澤は甘雨に配す）という。

［㛹娟］くねり回るさま。王逸「魯靈光殿賦」に「旋室㛹娟以窈窕」（室を旋りて㛹娟として以つて窈窕たり）とあり、『文選』李善注に「㛹娟、廻曲也」（㛹娟は、廻曲するなり）と言う。

［春霧］北齊の劉晝の『新論』託附に「霜雁秋風に託して以つて輕擧の勢を成し、螣蛇春霧に附して霄《そら》を凌ぐの遊びを志し希ふ」と言う。

［菴藹］盛んに立ち込めるさま。左思「魏都賦」に「權假日以餘榮、比朝華而菴藹」（権《か》りに日を仮るるに餘栄を以つてし、朝華に比して而して菴藹たり）とあり、曹植「王仲宣誄」に「榮曜當世、芳風晻藹」（栄曜世に当たり、芳風晻藹たり）という。

3　軟蘭葉可采、柔桑條易捋、

［軟蘭］葉の軟らかい春蘭。

［葉可采］『詩』小雅「采菽」の「采菽采菽、筐之筥之」の箋に、「菽、大豆也。采其葉以爲藿」（菽は、大きなる豆なり。其の葉を采りて以つて藿と為す）とある。

［柔桑］『詩』豳風「七月」に「遵彼微行、爰求柔桑」（彼の微行に遵ひ、爰《ここ》に柔桑を求む）とあり、箋に「柔桑、稺桑也」（柔桑は、稚桑なり）という。

［采・捋］『詩』大雅「桑柔」に「捋采其劉、瘼此下民」

（捋り采りて其れ劉《まば》らなれば、此の下民を瘼《や》ましむ）とある。

4　怨咽對風景、悶瞀守閨闥、

［風景］『晉書』王導傳に「周顗中坐歎曰『風景不殊、擧目有江山之異』」（周顗中坐して歎じて曰はく「風景殊ならざるも、目を挙ぐれば江山の異なる有り」と）とある。

［悶瞀］わずらい乱れる。『楚辭』九章「惜誦」に「中悶瞀之忳忳」（悶瞀の忳忳たるに中《あた》る）とあり、王逸注に「悶、煩也。瞀、亂也」（悶は、煩らふなり。瞀は、乱るるなり）という。

［守閨］曹植「雜詩」に「妾身守空閨、良人行從軍」（妾身空閨を守り、良人行きて軍に従ふ）とあり、また棗據「雜詩」にも「安得恒逍遙、端坐守閨房」（安んぞ恒に逍遥し、端坐して閨房を守るを得んや）とある。

［閨闥］寝やの入り口。楽府古辞「傷歌行」に「微風吹閨闥、羅帷自飄颺」（微風閨闥を吹き、羅帷自ら飄颺す）とあり、『文選』注に「毛萇詩傳曰、闥内門也」（毛萇の詩伝に曰はく、闥は内門なり）と言う。また『神仙傳』介象傳に「呉王……從象學隱形之術、試還後宮出入閨闥、莫有見者」（呉王……象に従ひて形を隠すの術を学び、試みに後宮に還りて閨闥に出入すれば、見る者有る莫し）とある。

5　天傳愁民命、含生但契闊、

［天傳］（［天賦］・［賦命］）『論語』に「子夏曰、商聞之、死生有命、富貴在天」（子夏曰はく、商之れを聞けり、死生に命有り、富貴は天に在りと）とある。）

［愁民］寂しげな者。潘岳の「西征賦」に「鰥夫有室、愁民以樂」（鰥夫も室有り、愁民も以つて楽しむ）とある。

［民命］陳琳の「檄呉将校部曲文」に「聖朝開弘曠蕩、重惜民命」（聖朝は開弘曠蕩にして、民の命を重惜す）とあり、『後漢書』鄧禹傳に「立高祖之業、救萬民之命」（高祖の業を立て、万民の命を救ふ）と言う。

［含生］命あるもの。『文選』李善注に引く曹植の「對酒行」に「含生蒙澤、草木茂延」（生を含むは澤を蒙り、草木は茂延す）とあり、また『拾遺記』周靈王にも「含生有識、仰之如日月焉」（生を含み識有るは、之を仰ぐこ

と日月のごとし）とある。『顔氏家訓』帰心に「含生の徒は、命を愛せざる莫し」と言う。「含生」は鮑照の愛用語の一つ。

［契闊］つかれ苦しむ。『詩』邶風「撃鼓」に「死生契闊、與子成説」（死生契闊たるも、子《し》と説びを成さん）とあり、毛傳は「契闊、懃苦也」（契闊《けいくわつ》は、懃苦《きんく》なり）と言う。

6　憂來無行伍、歴亂如覃葛、

［憂來］曹丕の「善哉行」に「憂來無方、人莫之知」（憂ひ来たりて方無きも、人の之を知る莫し）とあり、また「燕歌行」に「憂來思君不敢忘、不覺淚下霑衣裳」（憂ひ来たり君を思ひて敢て忘れず、涙下りて衣裳を霑すを覚えず）と言う。

［行伍］隊列。揚雄の「羽獵賦」に「按行伍」（行伍を按ず）とあり、また司馬遷「報任少卿書」に「備行伍攻城」（行伍を備へて城を攻む）とあり、賈誼「過秦論」に「躡足行伍之間」（足を行伍の間に躡む）とある。李善注に杜預の説を引いて「二十五人爲行」（二十五人を行と為す）と言い、『周禮』を引いて「五人爲伍」（五人を伍と為す）と言う。

［歴亂］からまり乱れるさま。鮑照の「擬行路難」（其九）にも「黄絲歴亂不可治」と見える。また梁の簡文帝の「采桑」詩には「細萍重疊として長く、新花歴亂として開く」と見える。

［覃葛］「覃」は、のびる。『詩』周南「葛覃」に「葛之覃兮、施于中谷」（葛の覃ぶるや、中谷に施す）とある。

幽蘭五首

「幽蘭」については、謝惠連の「雪賦」に「曹風以麻衣比色、楚謠以幽蘭灑曲」（曹風は麻衣を以つて色を比《くら》べ、楚謠は幽蘭を以つて曲を灑《なら》ぶ）とあり、『楚辭』離騷に「時曖曖其將罷兮、結幽蘭而延佇」（時曖々として其れ将に罷《を》はらんとし、幽蘭を結びて延佇す）という。約束の日が過ぎようとする時、帰らぬ人を幽蘭を腰に結んで信じて待つことを詠む。

また宋玉の「諷賦」には、「臣嘗て出でて行くに、……

正に主人の門の開くに値《あ》ふ、主人の翁出で、嫗も又た市に到り、獨り主人の女《むすめ》の在る有り、……臣を置きて……蘭房の室に更《あらた》む。中に鳴琴有り、臣援《ひ》きて之れを鼓し、『幽蘭』『白雪』の曲を爲す」とある。

其一

傾輝引暮色　　傾輝　暮色を引き
孤景留恩顔　　孤景　恩顔を留む
梅歇春欲罷　　梅歇《つ》きて春罷《をは》らんと欲し
期渡往不還　　期渡るも往きて還らず

其二

簾委蘭蕙露　　簾は委ぬ蘭蕙の露
帳含桃李風　　帳は含む桃李の風
攬帶昔何道　　「帶を攬《と》る」は昔何をか道《い》ふ
坐令芳節終　　坐ろ芳節をして終らしむ

其三

結佩徒分明　　佩を結ぶも徒らに分明にして
抱梁輙乖互　　梁を抱くも輙ち乖互《くわいご》す
華落知不終　　華落ちて終はらざるを知り
空愁坐相誤　　空しく愁ふ　坐ろ相誤まるを

其四

眇眇蛸掛網　　眇々《べうべう》として蛸《くも》は網を掛け
漠漠蠶弄絲　　漠々として蚕は絲を弄ぶ
空慙不自信　　空しく慙《は》づ　自らを信じず
怯與君劃期　　君と期を劃するに怯《おび》ゆるを

其五

陳國鄭東門　　陳国・鄭の東門は
古今共所知　　古今　共に知る所なり
長袖暫徘徊　　長袖　暫く徘徊し
駟馬停路岐　　駟馬　路の岐《わか》れに停まる

＊「輝」字、『樂府』は「暉」に作る。
＊「留恩」、張溥本は「留思」に作り、『樂府』は「流恩」に作る。

＊「佩」字、『詩紀』は「珮」に作る。
＊「互」字、張溥本・『詩紀』は「忤」に作る。
＊「掛」字、張溥本・『詩紀』・『樂府』は「挂」に作る。
＊「誤」字、『樂府』は「悞」に作る。
＊「劃」字、張溥本・『詩紀』は「畫」に作る。『樂府』は「盡」に作り、注に「一に『劃』に作る」とある。『詩紀』も同じ。
＊「今」字、『樂府』は「來」に作る。

かそけき蘭　五首

其の一
傾きかけた太陽の輝きが暮れの色を呈する時
独りたたずむ姿は気遣いの表情を浮かべる
梅が地に落ちて春も終わろうとするのに
行った人は約束の期日が過ぎても戻ってこないのである

其の二
簾は蘭や蕙などの香草の露のかかるのに任せ
垂れ幕は桃や李の送る風に吹かれている
昔の人の言った「帯を締めて緩むあり」も何にもならず
春たけなわの時節は終わりを告げるのである

其の三
潔癖な態度を示してもそれは無駄であり
信を示しても簡単に裏目に出てしまう
花は落ちて善い結果に終わらないことが分かり
誤って一緒になったことを意味もなくもの悲しく思うだけである

其の四
足長蜘蛛はこまめに網を張り
蚕は盛んに糸を繰る
自分自身を信じず
あなたとの約束に怯えている自分を恥じるばかりである

其の五
陳の国や鄭の国の東門は
共に昔から男女の送迎の場所として知られている
長袖の女性はしばしたちもとおり
四頭立ての馬車の男性は分かれ道で立ち止まる

其一

1　傾輝引暮色、孤景留恩顔、

［傾輝］曹植の「洛神賦」に「日既西傾」（日既に西のかた傾く）とある。

［孤景］謝靈運の「石門新營所住」詩に「結念屬霄漢、孤景莫與諼」（念ひを結ぶは霄漢に属し、孤景は与に諼《わす》るる莫し）とあり、漢の蔡琰の「悲忿」詩に「煢煢對孤景、怛咤糜肺肝」（煢煢として孤景に対し、怛咤として肺肝糜《ただ》る）とある。

［恩顔］おもいやりの顔。北齊の魏收の『魏書』宋世景傳に「尋《つ》いで伏波将軍を加へられ、滎陽太守を行ふ。僚屬威を畏れ、肅を改めざる莫し。県史三正より、諸細民に及び、至れば即ち之れに見え、早晩の節無し。來たる者は其の情抱を盡くさざる無く、皆之れに假るるに恩顔を以ってす」と言う。

2　梅歇春欲罷、期渡往不還、

［梅歇］『楚辭』九章「悲回風」に「蘋蘅槁而節離兮、芳已歇而不比」（蘋蘅槁《か》れて節離れ、芳已に歇きて比《なら》ばず）とある。

［春欲罷］『楚辭』離騒に「時曖曖其將罷兮、結幽蘭而延佇」（時曖々として其れ将に罷はらんとし、幽蘭を結びて延佇す）とある。

［期渡］時が過ぎる。『詩』小雅「杕杜」に「期逝不至、而多爲恤」（期逝きて至らず、而して恤《あはれ》みを為すこと多し）の「期逝」に同じ。

［往不還］『楚辭』九歌「國殤」に「出不入兮往不反」（出でて入らず往きて反らず）とある。

其二

3　簾委蘭蕙露、帳含桃李風、

［委…露］鮑照自身の「翫月城西門解中」詩にも「歸華

先委露、別葉早辭風」（帰華先づ露に委ね、別葉早に風に辞す）と見える。

［含…風］謝恵連の「秋懐」詩に「蕭瑟含風蟬、寥唳度雲鴈」（蕭瑟たり風を含むの蝉、寥唳たり雲を度るの鴈）と見える。

4　攬帯昔何道、坐令芳節終、

［攬帯］帯を締める。陸機の「擬古詩」に「攬衣有餘帯、循形不盈衿」（衣を攬れば帯に餘る有り、形を循《をさ》むれば衿に盈たず）とある（「有餘」は、痩せて緩くなる。謝靈運の「晩出西射堂」詩には「撫鏡華緇鬢、攬帯緩促衿」（鏡を撫すれば緇鬢に華さき、帯を攬れば促衿に緩し）とあり、李善注に「古詩に曰く『衣帯日に已に緩し』と」という。

［昔何道］黄節は『楚辭』離騒の「時繽紛其變易兮、又何可以淹留。蘭芷變而不芳兮、荃蕙化而爲茅。何昔日之芳草兮、今直爲此蕭艾也」（時繽紛として其れ変はり易はり、又た何を以つてか淹《ひさ》しく留まるべけんや。蘭芷変はりて芳しからず、荃蕙化して茅と為る。何ぞ昔日の芳草ならんや、今は直だ此の蕭艾と為るのみなり）を引き、「『昔何をか道はんや』とは、時既に変はり易はり、物も亦た芳しからず、再びは言ふべき無きなり」と言う。

［芳節］春。劉鑠の「代收淚就長路」詩に「徘徊去芳節、依遲從遠軍」（徘徊として芳節を去り、依遅として遠軍に従ふ）とあり、梁の元帝の『纂要』に「春節は、華節・芳節・良節・嘉節・韶節・淑節と曰ふ」と言う。

其三

5　結佩徒分明、抱梁輒乖互、

［結佩］『楚辭』離騒に「解佩纕以結言兮、吾令蹇修以爲理」（佩纕を解きて以つて言を結び、吾れ蹇修をして以つて理を為さしむ）とあり、黄節は「禮」の察せられないことを表すと言う。

［分明］『商子』錯法に「功分明、則民盡力」（功分明なれば、則ち民力を尽くす）とある。

［抱梁］『莊子』盗跖に「尾生與女子期於梁下、女子不來、水至不去、抱梁柱而死」（尾生女子と梁下に期《ちぎ》るに、女

子来たらず、水至るも去らず、梁柱を抱きて死す）とあり、黄節は「信」の察せされないことを表すと言う。

（［乖忤］『論衡』逢遇に「操志乖忤」（志を操るも乖忤す）とあり、『漢書』孝成許皇后傳に「輕細微渺之漸、必生乖忤之患」（微渺の漸くするを軽細すれば、必ず乖忤の患ひを生ず）とある。）

6　華落知不終、空愁坐相誤、

［華落］陸雲の「爲顧彦先贈婦詩」に「時暮復何言、華落理必賤」（時暮るれば復た何をか言はん、華落ちなば理として必ず賤しめられん）とあり、『詩』衞風「氓」序に「華落色衰、復相棄背」（華落ち色衰へなば、復た相棄て背く）という。

［不終］よい結果に終わらない。『漢書』晁錯傳贊に「錯雖不終、世哀其忠」（錯終らずと雖も、世其の忠を哀れむ）とある。

［相誤］男女が誤った縁で一緒になる。黄節は『楚辭』離騷の「悔相道之不察兮、延佇乎吾將反。回朕車以復路兮、及行迷之未遠」（道を相《み》るの察せざるを悔やみ、延佇乎として吾れ将に反らんとす。朕が車を回して以つて路を復へさば、行き迷ふの未だ遠からざるに及ばん）と王逸注の「迷、誤也」（迷は、誤るなり）を引き、鮑照はこの意を用いているのであろうと言う。

其四

7　眇眇蛸掛網、漠漠蠶弄絲、

［眇眇］『釋名』に「眇、小也」（眇は、小さきなり）とある。

［蛸］クモ。『詩』豳風「東山」に「蠨蛸在戸」（蠨蛸戸に在り）とあり、「傳」に「蠨蛸、長踦也」（蠨蛸は、長踦なり）といい、さらに疏に「郭璞曰はく『小蜘蛛の長脚なる者は、俗に呼びて喜子と爲す』と。陸機云ふ『一名長脚、荊州・河内の人は之れを喜母と謂ふ』と。此の虫來たりて人の衣に著き、親客の至る有るに當たり、喜ぶ有るなり。幽州の人之れを親客と謂ひ、亦た蜘蛛のごとく、網羅を爲して之れに居るは、是れなり」と言う。

［漠漠］ぎっしり詰まるさま。陸機の「君子有所思行」に「街巷紛漠漠、廛里一何盛」（街巷紛として漠々、廛里一

に何ぞ盛んなる）とある。

8　空歎不自信、怯與君劃期、

［與君劃期］『楚辭』九章「抽思」に「昔君與我成言兮、曰黄昏以爲期。羌中道而回畔兮、反既有此他志」（昔君我と言を成し、黄昏以つて期を為すと曰ふ。ああ中道にして畔に回り、反つて既に此の他志有り）とあり、黄節は「蟰蛸は喜ばれ、蠶絲は斷たる、物徵是くのごときも、猶ほ信じず。蓋し君と期する所は、恐らくは中ごろに變はるならん」と言う。

［畫］『漢書』鄒陽傳注に「師古曰『畫、計也、音獲』」（師古曰はく「画は、計るなり、音獲」と）とある。）

其五

9　陳國鄭東門、古今共所知、

［陳國…］男女の際会の地。『毛詩』陳譜に「帝舜之後、有虞閼父者、爲周武王陶正。武王封其子嬀滿於陳、都於宛丘之側、是曰陳胡公、妻以元女太姬。其封域在禹貢豫州之東。太姬無子、好巫覡祷祈・鬼神歌舞之樂、民俗化而爲之」（帝舜の後、虞閼父なる者有り、周の武王のために正を陶《たのし》しむ。武王其の子嬀滿を陳に封じて、宛丘の側に都せしむ、是れ陳胡公と曰ひ、妻《めあ》はすに元女の太姬を以つてす。其の封域は禹貢の豫州の東に在り。太姬に子無く、巫覡の祷祈・鬼神の歌舞の楽しみを好み、民俗化して之れを為す）とあり、錢振倫は「按ずるに、『陳風』に『東門の枌』、『東門の池』、『東門の楊』有り、『鄭風』に『其の東門を出づ』有り。此れ或いは攢簇して之れを用ふるならん」と言う（「攢簇」は、あつめる）。また黄節は「『陳風』の『東門』の詩は凡て三、『鄭風』の『東門』の詩は凡て二なり。『詩』の毛傳は『陳國は十篇』にして、而して『東門の枌』の傳に於いて『國の交會は、男女の聚る所なり』と曰ひ、『鄭風』の『東門の墠』の傳に於いて『東門は、城の東門なり。男女の際近くして易ければ、則ち東門の墠のごとし』と曰ふ。傳に據れば、陳、鄭の東門は、皆男女の相聚まるの地なり」と言う（「墠」は、広場）。

10　長袖暫徘徊、駟馬停路岐、

［長袖］『韓非子』五蠹に「長袖善舞」（長袖善く舞ふ）とある。黄節はこの「長袖」の二句について辛延年の「羽林郎」の「長裾連理帯、廣袖合歡襦。……不意金吾子、娉婷過我廬。銀鞍何煜爚、翠蓋空踟躕」（長裾は連理の帯、広袖は合歓の襦。……意《おも》はざりき金吾の子の、娉婷として我が廬に過《よ》ぎるとは。銀鞍何ぞ煜爚たる、翠蓋空しく踟躕す）を引き、「『長袖徘徊、駟馬停路』は、蓋し『羽林郎』の意に本づくならん」と言う。「長袖」は女性、「駟馬」は男性をいう。

［駟馬］四頭だての大きく速い馬車。『淮南子』説山訓に「伯牙鼓琴、駟馬仰秣」（伯牙琴を鼓し、駟馬秣を仰ぐ）とある。

（［岐路］『列子』説符に「岐路之中、又有岐焉」（岐路の中に、又た岐有り）とある。）

學古

題を、一に『北風雪』に作る。その意味に関しては、1の注釈を参照されたい。

この詩の「靡嫚」なる詩風は、鮑照が呉聲歌曲および西曲を導入したことと関係があると言われる。

北風十二月　北風十二月
雪下如亂巾　雪下ること乱巾のごとし
實是愁苦節　実に是れ愁苦の節なれば
惆悵憶情親　惆悵として情の親しむを憶ふ
會得兩少妾　会《たま》たま得たり両少妾
同是洛陽人　同《とも》に是れ洛陽の人
嬛緜好眉目　嬛綿《けんめん》として眉目好く
閑麗美腰身　閑麗として腰身美し
凝膚皎若雪　凝膚は皎《しろ》きこと雪のごとく
明淨色如神　明浄にして色は神のごとし
驕愛生盼矚　驕愛　盼矚《はんしょく》より生じ
聲媚起朱脣　声の媚《うつく》しきは朱脣より起く

衿服雑緹繢
首飾亂瓊珍
調絃倶起舞
爲我唱梁塵
人生貴得意
懷願待君申
幸値嚴冬暮
幽夜方未晨
齊衾久兩設
角枕已雙陳
願君早休息
留歌待三春

衿服　緹繢《ていくわい》を雑《まじ》へ
首飾　瓊珍《けいちん》を乱す
絃を調へて倶《とも》に起ちて舞ひ
我がために梁塵を唱《うた》ふ
人生は意を得るを貴べば
懐願　君の申《の》ぶるを待つ
幸ひに厳冬の暮るるに値《あ》ひ
幽夜　方《まさ》に未だ晨《あした》ならず
衾《しとね》を斉《ととの》へて久しく両《ふた》つながら設け
角枕　已に双《ふた》つながら陳《つら》ぬ
願はくは君よ早《つと》に休息し
歌を留めて三春を待たんことを

＊題、本集に「一に『北風雪』に作る」という。
＊「憶」字、本集・張溥本・『詩紀』に「一に『別』に作る」という。
＊「盼」字、張溥本は「盻」に作る。
＊「脣」字、張溥本・『詩紀』は「唇」に作る。

昔の詩の体を真似て

北風の吹く晩冬十二月
雪が覆うように乱れ降る
実に悲しく苦しい季節であり
心痛めつつ気持ちを通わせる人のことが思われてならない
図らずも二人の若い女性を娶ることができ
二人とも都洛陽の人である
軽やかで目もとが見目よく
すっきりとして腰のあたりが美しい
肌は滑らかで雪のように白く
明るく清らかな顔はこの世のものとは思えない
目もとのあたりに愛らしさが感じられ
美しい声が赤い唇から発せられる
衿には黄色がかった赤い垂れ布を着け
首飾りには赤い宝石をあしらっている
弦を調えると二人は立って舞い
私のために心動かす歌を歌ってくれた

人生は自らの意に叶うことが大切
心中をあなたが語ってくれるのを待っている
折よく厳しい冬も終わり間近か
深い夜は辛うじて夜明け前
縫目のそろった夜着はずっと二つ敷かれ
角のついた枕ももう二つ並んでいる
できることならばあなたが早く休まれ
歌はしばしおいて春を待たれるのがよろしいと

1　北風十二月、雪下如亂巾、

［北風…雪］『詩』邶風「北風」に「北風其涼、雨雪其雱。惠而好我、攜手同行。其虚其邪、既亟只且」（北風其れ涼しく、雪を雨ふらすこと其れ雱《はう》たり。恵みて我を好めば、手を携えて同《とも》に行かん。其れ虚たるか其れ邪たるか、既に亟《きはま》れり）とあり、「傳」に「北風寒涼、病害萬物、以喩君政暴虐、百姓不親也」（北風寒涼なれば、万物に病害あり、以つて君政の暴虐にして、百姓の親しまざるに喩ふるなり）という。「北風」序にも「北風刺虐也。衞國並爲威虐、百姓不親、莫不相攜持而去焉」（北風は虐ぐるを刺《そし》るなり。衞国並びに威虐を為し、百姓親まず、相携へ持して去らざる莫きなり）とあり、鄭箋にも「寒涼之風、病害萬物。興者、喩君政酷暴、使民散亂」（寒涼の風は、万物を病害す。興なりとは、君政酷暴にして、民をして散乱せしむるを喩ふるなり）という。鮑照の楽府「代北風涼行」も「北風」を題材に用いており、参照されたい。「北風」という語は鮑照の「代白紵曲」二首の其一にも見える。

［亂巾］「巾」は、腰にさげる払いぎれ。一説に、覆うためのきれ。『説文』に「巾、佩巾也」（巾は、佩巾なり）とある。『方言』には「幏、巾也」（幏は、巾なり）とあり、注に「巾主覆者、故名幏」（巾は主に覆ふ者なり、故に幏と名づく）という。黄節は「詩に『雪下る』と言ふは、巾の覆ふがごときなり」と言う。

2　實是愁苦節、惆悵憶情親、

［愁苦］『楚辭』九歌「小司命」に「夫人自有兮美子、蓀何以兮愁苦」（夫《か》の人には自ら美子有るに、蓀何を以つてか愁苦する）とある。また『淮南子』主術訓に「萬民

愁苦」（万民愁苦す）とあり、『漢書』元帝紀に「百姓愁苦」（百姓愁苦す）とあって、民の苦しみを言う。

［惆悵］心痛めるさま。『楚辭』九辯に「羇旅而無友生、惆悵兮私自憐」（羇旅して友生無く、惆悵として私かに自ら憐れむ）とあり、『文選』五臣注に「惆悵は、悲哀なり」と言う。『廣雅』には「惆悵は、痛むなり」と言う。

［情親］心打ち解けあえる人。「情」に関しては、鮑照自身の「代北風涼行」にも「情易復、恨難追」と見える。

3　會得兩少妾、同是洛陽人、

［兩少妾］蔡邕の「獨斷」に「卿大夫一妻二妾」（卿大夫は一妻二妾）とある（この語は『詩』唐風「綢繆」疏にも見える）。

［洛陽人］都の人。錢振倫は『東觀漢記』の「建武元年、車駕入洛陽、遂定都焉」（建武元年、車駕洛陽に入り、遂に焉に都を定む）を引き、都の人であることを言う。鮑照の楽府「代北風涼行」にも「京洛女兒多嚴妝」と見える。

4　嬛緜好眉目、閑麗美腰身、

［嬛緜］身体が柔軟で艶やかなさま。『史記』司馬相如傳に「柔橈嬛嬛」（柔橈たり嬛嬛たり）とあり、「索隱」に「柔橈たり嬛嬛たりは、皆骨體耎弱にして、長豔なるの貌なり」と言う。

［好眉目］『後漢書』馬援傳に「爲人明須髮、眉目如畫」（人と為り須髪を明かにし、眉目画のごとし）とある。

［閑麗］優雅で美しいさま。宋玉の「登徒子好色賦」に「玉爲人、體貌閒麗」（玉の人と為り、体貌閑麗なり）とある。

5　凝膚皎若雪、明淨色如神、

［凝膚］滑らかな肌。『拾遺記』巻四「燕昭王」に「燕昭王即位二年、廣延國來獻善舞者二人、一名旋娟、一名提謨、並玉質凝膚」（燕の昭王位に即くこと二年、広延国来たりて善く舞ふ者二人を献ず、一は旋娟と名づけ、一は提謨と名づく、並びに玉質凝膚なり）という。

［若雪］『莊子』逍遙遊篇に「藐姑射之山、有神人居焉、肌膚若冰雪、綽約若處子」（藐姑射の山に、神人の居る

有り、肌膚は氷雪のごとく、綽約として処子のごとし）とある。また『詩』曹風「蜉蝣」に「麻衣如雪」（麻衣雪のごとし）とあり、傳に「如雪、言鮮潔」（雪のごとしとは、鮮潔なるを言ふ）という。

［明浄］『世説新語』言語に「司馬太傅齋中夜坐。於時天月明淨、都無纖翳、太傅歎以爲佳」（司馬太傅斎中に夜坐す。時に於いて天月明浄、都《すべ》て纖翳無ければ、太傅歎じて以つて佳と為す）という。

［如神］『禮記』孔子間居に「清明在躬、志氣如神」（清明躬《み》に在らば、志気神のごとし）とある。

6　驕愛生盼矚、聲媚起朱脣、

［盼矚］「盼」は、流し目。宋玉の「神女賦」に「目若微盼」（目は微かに盼《ながしめ》するがごとし）とある。「矚」は、『廣韻』に「矚は、視るなり」と言う。

［朱脣］赤い唇。宋玉の「神女賦」に「朱脣的其若丹」（朱脣的として其れ丹のごとし）とあり、鮑照の「代白紵曲」二首の其一にも「朱脣動」と見える。

7　衿服雜緹績、首飾亂瓊珍、

［衿服］儒服（『漢語大詞典』の見解による）。『詩』鄭風「子衿」に「青青子衿、悠悠我心」（青々たり子が衿、悠々たり我が心）とあり、毛傳には「青衿、青領也。學子之所服」（青衿は、青き領《えり》なり。学子の服する所なり）という。

［緹績］赤黄色の紐状に垂らした端布。『説文』に「緹、帛丹黄色」（緹は、帛の丹黄色なるなり）とある。宋玉の「神女賦」に「其盛飾也、則羅紈綺績盛文章」（其れ盛んに飾るや、則ち羅紈綺績にして文章を盛んにす）とあり、『文選』李善注に引く『蒼頡篇』に「績、似纂、色赤」（績は、纂に似て、色は赤し）という（「纂」は、赤い組み紐）。また『説文』には「績、織餘也」（績は、織りし餘りなり）という。

［首飾］曹植の「洛神賦」に「戴金翠之首飾」（金翠の首飾を戴く）とある。

［瓊珍］『説文』に「瓊、赤玉也」（瓊は、赤き玉なり）とある。

8　調絃倶起舞、爲我唱梁塵、

[起舞]『國語』晉語・二に「驪姫許諾、乃具、使優施飲里克酒。中飲、優施起舞」（驪姫許諾して、乃ち具へ、優施をして里克の酒を飲ましむ。飲むを中ばにして、優施起ちて舞ふ）とある。

[梁塵]優れた歌をいう。『劉向別録』（『御覧』巻五七二引）に「魯人虞公、發聲清越、歌動梁塵」（魯人虞公、声を発すれば清越にして、歌は梁塵を動かす）とあり、陸機「擬古」詩注に引く「七略」にも「漢興、魯人虞公善雅歌、發聲盡動梁上塵」（漢興こり、魯人虞公雅歌を善くす、声を発すれば尽く梁上の塵を動かす）とある。

9　人生貴得意、懐願待君申、

[得意]望みが叶う。『韓非子』飾邪第十九に「趙代先得意於燕、後得意於齊」（趙代先づ意を燕に得、後に意を斉に得《う》）とある。

10　幸値嚴冬暮、幽夜方未晨、

[幽夜]暗い夜。『世説新語』賞譽に「張威伯歳寒之茂松、幽夜之逸光」（張威伯は歳寒の茂松にして、幽夜の逸光なり）という。

11　齊衾久兩設、角枕已雙陳、

[齊衾]縫い目の整った清楚な夜着。『楚辭』招魂に「翡翠珠被、爛齊光些」（翡翠の珠の被は、爛として光を斉しくす）とある。黄節は「『齊衾』は鮮明の衾を謂ふなり」と言い、次のように論証する。すなわち、『説文』に「齌、緶也。緶、緁衣也」（齌は、緶なり。緶は、緁衣なり）とあり、又た「緁、或从習作緝」（緁は、或は習に从つて緝に作る）という。『後漢書』の應劭の「奏漢儀」に「緹緝十重」（緹緝として十重なり）といい、注に王褒『楚辭』九懐「昭世」の「襲英衣兮緹緝」（英衣の緹緝たるを襲《き》る）を引くのは、鮮明の衣をいうのである。「緝」は「緁」であり、「緶」であり、「齌」である（ふちを縫いそろえる意）。『釋名』には「齌、齊也」（齌は、斉《ととの》ふるなり）とある、と。

[角枕]司馬相如の「美人賦」に「裀褥重陳、角枕横施」（裀褥重ねて陳べ、角枕横に施す）とあり、『詩』唐風「葛

生」に「角枕粲兮、錦衾爛兮。予美亡此、誰與獨旦」（角枕は粲たり、錦衾は爛たり。予が美しとするは此れを亡《な》みせば、誰か与に独り旦《あした》ならんや）という。「葛生」疏には「婦人夫既不在、獨齊而行祭、當齊之時、出夫之衾枕、覩物、……當與誰齊乎、獨自取潔明耳」（婦人の夫既に在らざれば、独り斉《ものい》みして祭を行ひ、斉みの時に当たりて、夫の衾枕を出だし、物を覩、……当に誰と与に斉みすべけんや、独り自ら潔明なるを取るのみ）と言い、婦人の清潔な姿をいう。

12　願君早休息、留歌待三春、

［休息］『史記』曹相國世家に「百姓離秦之酷後、參與休息無爲。故天下俱稱其美矣」（百姓秦の酷を離れて後、参与に休息して為す無し。故に天下倶に其の美を称ふ）とあり、鮑照の「河清頌」にも「豈徒世無窮人、民獲休息」（豈に徒《た》だに世に窮人無く、民休息するを獲るのみならんや）と見える。

［留歌］歌うのを留めおく。後世の陳の江總の「廬陵王徳政碑」に「謠を去るは曙の鼓、歌を留むるは暮れの來たる」と言う。

［三春］春の三ケ月。班固の「終南山賦」に「三春之季、孟夏之初」（三春の季《すゑ》、孟夏の初めなり）とある。

巻第三　詩

（鮑氏集巻第五）

潯陽還都道中

「潯陽」は今の江西省九江で、『漢書』地理志に「廬江郡は、潯陽を縣とす」とある。「都」について李善は、「都は、揚州に都するを謂ふなり」と言う。治は建康。

　この詩の作詩時期について、『文選』五臣注は「照は臨海王の參軍と爲り、荊州より還るなり」と言って鮑照の晩年のことであるとするが、方東樹は、それは誤りで、元嘉十六年（四三九）、最初の出仕の時であるとし、「五臣は『照は臨海王の參軍と爲り、荊州より還るなり』と注す。『南史』を按ずるに、照の初めて臨川王の佐吏と爲るは、江州に在り、國臣に擢《ぬきん》でらるるは、文帝の時に在り。孝武の時に及び、臨海王子頊《しぎよく》の前軍掌書記と爲り、荊州に在り。明帝立ちて、子頊命を拒み、子頊敗れて、亂兵のために殺さる。此れ何をか都に還ると云ふや。亂兵の殺す所の者は子頊なりと云ふが若《こと》きは、則ち子頊の傳に、頊事敗れ、死を賜はる、年十一なりと云ふ。且つ子頊は命を拒むを以つて死するに、其の幕僚は尚ほ敢へて都へ還らんや。五臣の注は、事理に昧《くら》し。此れ蓋し義慶の江州に在るに從ひて國侍郎に擢でられし時ならん」と言う。

　呉摯父も最初の出仕の時であるとして、張溥本の詩の題に「上」字があることを根拠に、「蓋し臨川王義慶に從ひて江州に赴くならん。古は官に到るを『上る』と爲す。此れは臨川王潯陽に上り、鮑自ら官に上るに非ざるなり。義慶は元嘉九年を以つて荊州に鎭す。鎭に在ること八年、改められて江州を授かり、鮑を引きて佐吏と爲す。此の詩を觀れば、則ち義慶江州に上り、即ち以つて鮑自ら隨ふ。鮑は是れ時に始めて出仕すれば、蓋し元嘉十七年に當たるならん。義慶荊州より江州に移る、故に『掩泣望荊州』と云ふ。明遠には『登大雷岸與妹書』有り、此の詩と恉は同じ」と言う。

　しかし、錢仲聯はその翌年のことであるとして、「按ずるに、此の詩は照臨川王（義慶）に從ひて江州より南《なん》兗《えん》に移りし時に作る所なり。五臣の注の誤りは、方氏（東樹）之れを辨じて已に明らかなり。呉（摯父）說も亦た未だ審らかならず。此の詩の起句に云はく、『昨夜宿南陵、今旦入蘆洲』と。『南陵』は尋陽の東のかたに在り、若《も》し荆州より江州に赴くこと有らば、南陵に由る無し、且つ亦た『都に還る道中』と曰《い》ふに應ぜず。亦た按ずるに、此の詩の『文選』の題は『還都道中』と爲し、毛扆《まうい》校宋本の鮑集は『潯陽還都道中』に作り、皆『上』の字無し、則ち『上』の字は誤衍と爲す。此の詩は蓋し即ち潯陽を發する時に作りしならん。梁章鉅の『文選旁証』に『都は、揚州に都するを謂ふなり、と注す』と。姜氏臯曰はく『宋書に、揚州は魏・晉は壽春を治とし、晉は呉を平らげて、建業を治とすと。太平寰宇記に、元帝江を渡るも、揚州は常に建業を治として移らずと。景定建康志に、亦た六朝の揚州を論ずれば、恆《つね》に建業を治とし、後始めて廣陵一郡の名と爲すと』と」と言う。

昨夜宿南陵　　昨夜は南陵に宿り
今旦入蘆洲　　今旦は蘆洲に入る
客行惜日月　　客行は日月を惜しむも
崩波不可留　　崩波は留むべからず
侵星赴早路　　星を侵して早路に赴き
畢景逐前儔　　景を畢《つ》くして前儔《ぜんちう》を逐《お》ふ
鱗鱗夕雲起　　鱗々として夕雲起こり
獵獵晩風遒　　獵々として晩風遒《はや》し
騰沙鬱黄霧　　騰沙は黄霧を鬱《こ》くし
翻浪揚白鷗　　翻浪は白鷗を揚ぐ
登艫眺淮甸　　艫《みよし》に登りて淮甸《わいでん》を眺め
掩泣望荆流　　泣くを掩《おほ》ひて荊流を望む
絶目盡平原　　目を絶《きは》めて平原を尽くし
時見遠烟浮　　時に遠烟の浮くを見る
倏忽坐還合　　倏忽《しゆくこつ》として坐ろ還《ま》た合するも
俄思甚兼秋　　俄《には》かに甚だ秋を兼ぬるを思ふ
未嘗違戸庭　　未だ嘗て戸庭を違《さ》らざるに
安能千里遊　　安ぞ能く千里に遊ばんや
誰令乏古節　　誰か古節に乏しく
貽此越郷憂　　此の郷を越ゆるの憂ひを貽《のこ》さしめんや

＊題、張溥本・『詩紀』は「上潯陽還都道中」に作り、『文選』は「還都道中作」に作る。

＊「晩」字、『文選』は「曉」に作り、張溥本・『詩紀』に「一

に『曉』に作る」という。
＊「飃」字、『詩紀』・『文選』は「翻」に作る。
＊「忽」字、『文選』は「悲」に作る。

潯陽から都へ還る道中にて

昨夜は南陵に宿り
今朝は蘆州に入った
旅人は月日の過ぎるのを惜しむが
波のように過ぎゆく時間は留めおくことが出来ない
星の沈まぬ夜を侵して先の路を急ぎ
日が暮れたあとも先を行く仲間を追った
鱗のようにもくもくと夕雲が湧き
ひゅうっと夜風（夜明けの風）が激しく吹く
舞い上がった砂が黄色い霧を濃密にし
逆巻く大波が白い鴎を舞い上がらせる
船の舳先に上って淮の郊外を眺めやり
顔を覆って涕を流しながら荊州の川の流れを望み見た
目のとどく限り平原の彼方を見やると
ちょうど目に入ったのは彼方に立った靄かすみ
あっという間にまたひとりでに吹き寄せられてきたが
瞬く間にひどく時節を費やしたことが思われる
我が家の庭の内を出ようとも思わないのに
どうして千里を旅することなどできようか
誰にも古人のような節操を無くさせ
他国に仕えるこのような悔いを残させることはできないのである

1　昨夜宿南陵、今旦入蘆洲、
［南陵・蘆洲］ともに安徽省内の地名。一説に一般名詞。『文選』注で李善は『宣城郡圖經』を引いて「南陵縣西南水路一百三十里」（南陵県は西南のかた水路すること一百三十里なり）という。また、庾仲雍の「江圖」を引いて「蘆洲至樊口二十里、伍子胥初渡處也。樊口至武昌十里」（蘆洲は樊口に至ること二十里、伍子胥の初めて渡りし処なり。樊口は武昌に至ること十里なり）といい、「然れども此の蘆洲は下に在り、子胥の渡る所の處

に非ず」という。

黄節は朱蘭坡の説を引き、「『方輿紀要』を案ずるに、今の繁昌縣に南陵戍有り、縣の西南のかたに在り、下のかた江渚に臨む』と。胡氏曰はく『六朝の時は、江州の東の堺は南陵に盡く』と。蓋し江津の要處を謂ひ、今の南陵縣に非ざるならん。義熙六年、盧循建康を攻めて克たず、南のかた尋陽に還るに、其の黨の范崇民を留めて南陵に據らしむ。此れに據れば則ち南陵は尋陽の下のかたに在り。而して『江圖』の蘆洲は、武昌縣の西のかた三十里に在り、『水經』江水三篇注に『邾縣の故城は、南のかた蘆洲に對す、亦た之れを羅州と謂ふ』と云ふ、是れなり。蓋し尋陽の上流に在るならん。應に先づ南陵に宿り、而る後に蘆洲に入るべからず、故に注は之れを辨ず。今亦た未だ能く其の處を指さず」と言い、自ら「按ずるに、蘆洲は、蘆荻の洲を謂ふのみ。起の對句は必ずしも地名ならず、謝康樂の『石門新營所住』詩に、『躋險策幽居、披雲臥石門』と。豈に幽居するに亦た地名を以つてせんや」と言って、一般名詞とする。

2 客行惜日月、崩波不可留、

［崩波］飛び散る波。『文選』五臣注で呂向は「日月を惜しみ、疾く還るに務むるなり。『崩波』は猶ほ奔波のごときなり」という。郭璞の「江賦」に「駭湖浪而相礧」（湖浪に駭けば相礧《ころが》す）とあり、李善は「言ふこころは、客行は既に日月を惜しむに、兼ねて崩波の上は、少《しばら》くも留むべからざるなり」という。これに対して胡克家の「文選考異」では、「注の『駭湖浪而相礧』は、陳景雲の『『湖』は、『崩』の誤りなり』と云ふ、是れなり。各本皆誤れり」と言う。また張雲璈の『選學膠言』では「『崩波』は、即ち奔波なり、客行の勞を謂ふなり。注は未だ的《あ》たらざるに似たり。黄士珣は『崩波留むべからずは、即ち借りて日月に喩ふるを以つて、日月の去るは、波の崩るるがごとく、留め挽くべからざるを言ふに似たり。波の上の文は昨夜・今旦、下の文は星を侵し・景を畢へ・夕雲・曉風、日に復た一日、正に極めて其の日月の速きこと崩るる波のごときを形《あら》はす、故に惜しむべきのみ。二語は一氣にして相生ず』と云ふ」と言う。

3　侵星赴早路、畢景逐前儔、

[侵星] 夜行くこと。聞人倓は「『星を侵す』は、猶ほ星を戴くがごときなり」と言う。

[早路]『文選』五臣注で李周翰は、「『早路』は、早に路を取るなり」と言う。

[畢景] 日暮れ。『拾遺記』前漢・下に「畢景忘歸、乃至通夜」（畢景に帰るを忘れ、乃ち通夜に至る）とあり、今人の齊治平氏は「畢景は、日影已に尽くるなり、日暮を謂ふ」と言う。李周翰は「『景を畢くす』は、落日なり」と言う。

[前儔] 聞人倓は「『前儔』は、先んじて行く者なり」と言う。

4　鱗鱗夕雲起、獵獵晩風遒、

[鱗鱗…]『文選』五臣注に「『鱗鱗』は、雲の貌なり」と言う。

[雲起] 阮籍の「大人先生傳」に「驚風奮而遺樂兮、雖雲起而亡憂」（驚風奮ふも楽しみを遺し、雲起くと雖も憂ひ亡し）とある。

[獵獵] 風の吹く音。『文選』五臣注に「『獵獵』は、風の聲なり」と言う。

[遒] にわか。『廣雅』に「『遒』は、急なり」と言う。

5　騰沙鬱黄霧、翻浪揚白鷗、

[鬱] 濃い。『三國志』呉志の薛綜注に「鬱霧冥其上、鹹水蒸其下」（鬱霧其の上に冥《くら》く、鹹水其の下に蒸す）とある。

[黄霧]『漢書』成帝紀に「黄霧四塞」（黄霧四もに塞ぐ）とある。

[翻浪…] 聞人倓は「浪翻へれば則ち鷗起つ」と言う。

6　登艫眺淮甸、掩泣望荊流、

[艫] 船のへさき。『漢書』音義に「李斐曰、『艫、船前頭刺櫂處也』」（李斐曰はく、「艫は、船の前頭の櫂を刺す処なり」と）という。

[掩泣] 涙を覆う。『楚辭』離騷に「長太息而掩涕兮」（長《ひさ》しく太息して涕を掩ふ）とあり、『文選』五臣注に「泣くを掩ふは、臨海王を憶ふなり」と言う。

［荆流］銭仲聯は「『荆流』は、潯陽の九派の水を指す。『書』禹貢に『荆及衡陽惟荆州。江・漢朝宗于海、九江孔殷』（荆より衡陽に及ぶは惟だ荆州なるのみ。江・漢朝するがごと海を宗とし、九江孔《はなは》だ殷んなり）と。照の詩語は此れに本づく」と言う。方東樹は五臣注の「……臨海王を憶ふ」を誤りであるとし、「五臣注は『荆流』の二字を執るを誤る。竊かに意《おも》へらく『荆流』・『淮甸』は特だ泛く潯陽の地勢を指すのみ、所以《ゆゑ》に『泣くを掩ふ』と云ふは、下に即いて郷を思ふのみ」と言う。

7　絶目盡平原、時見遠烟浮、

［絶目…］李善は「『絶』は、猶ほ盡くすがごとし」という。方東樹は「『絶目』の四句は、次第遞《たが》ひに眺望を承く」と言う。

［遠烟］黄節は「『遠煙』は、天なり。『平原』は、地なり」と言う。後の梁の簡文帝の「應令」詩にも「遠煙生じて山勢を含む」と見える。

8　倏忽坐還合、俄思甚兼秋、

［倏忽］黄節は「『倏悲坐還合』は、『莊子』天地篇に『天地と合するを爲せば、其の合すること緡緡として、愚なるがごとく昏なるがごとし』と云ひ、郭注に『坐忘而自合耳、非照察以合之』（坐忘して自ら合するのみにして、照察して以つて之れに合するに非ず）と曰《い》ふ。詩は蓋し倏然として悲しみ至れば、則ち坐忘して天地と合するならん」と言うが、銭仲聯は「各本皆『倏忽』に作り、黄注の引きて『倏悲』に作るは、版本の據るべき無し」と言う。

［坐還合、…］黄節は「『還』は、旋ると讀む」と言う。聞人倓は「『坐還合』は、『遠煙』を承け、『甚兼秋』は、『荆を望む』を承く」と言い、李光地は『榕村詩選』で「『倏忽坐還合』は、前に去途の易きを望むなり。『俄思甚兼秋』は、追つて來途の久しきを思ふなり」と言う。

［俄思］黄節は「『俄焉として又た思ひ、甚だ秋を兼ぬる有るなり』」と言う。

［兼秋］二、三年が経つ。李善は「『兼』は、猶ほ三たびのごときなり」といい、『詩』王風「采葛」の「一日不

見、如三秋」（一日見ざれば、三秋のごとし）を引く（梁章鉅の『文選旁証』に「注の『一日不見、如三秋』は、今の『詩』は『秋』の字の下に『兮』の字有り」と言う）。

9　未嘗違戸庭、安能千里遊、

［未嘗…］方東樹は「『未嘗』の四句は、未だ何の謂ひかを詳らかにせず」と言う。

［戸庭］我が家の庭。『易』節に「不出戸庭、無咎」（戸庭を出でずんば、咎無し）とあるのを踏まえる。

［千里］古歌に「離家千里客、戚戚多思復」（家を離れて千里に客たれば、戚々として思ひの復《かへ》ること多し）とある。

10　誰令乏古節、貽此越郷憂、

［誰令…］元の方回は「此の詩は尾句絶えて佳し。古人の節を守り、輕がるしくは出仕せざれば、則ち焉んぞ郷を越ゆるの憂ひ有るを得んや」と言う。また呉伯其は「古へは男子は生まれながらにして弧を懸け、志は四方に在り、憂ひ貽《のこ》りて郷を越ゆるがごときは、古節に非ず。參軍豈に古節に乏しからんや。古への所謂る志は四方に在りは、乃ち志を得て道を行なひ、四方を經營するなり。今は一官自ら守り、風塵に僕僕たるのみ、豈に所謂る志を得て道を行ふ有らんや」と言う。

［古節］張衡の「思玄賦」に「慕古人之貞節」（古人の貞節を慕ふ）とある。

［越郷］郷里を離れる。『左傳』襄公十五年に「小人懷璧、不可以越郷」（小人は璧を懐き、以つて郷を越ゆべからず）とある。

［貽…憂］憂いをのこす（『漢語大詞典』の見解による）。後世の唐の李華の「慶天府司馬徐府君碑」に「不貽憂於墳墓、孝也」（憂ひを墳墓に貽《のこ》さざるは、孝なり）と見える。聞人倓は「此れ自責の辭なり」と言う。

還都道中三首

王紹會・劉心明氏は「この三首は宋の文帝（劉義隆）の元嘉十七年（四四〇年）初冬に作られたものであろう。鮑照は元嘉十六年（時に鮑照は二十六歳と推定）に初めて出仕し、臨川王劉義慶の国侍郎となったと思われる。当時、義慶は衞軍将軍・江州（今の江西省九江市西南）刺史で、潯陽にいた。元嘉十七年十月、義慶は任を南兗州《なんえん》（治所は今の江蘇省揚州市西北に在る）刺史に改められ、鮑照もまた義慶に随って一たん都の建康（今の江蘇省南京市）に還り、あわせて家に帰省したが、すぐに道を京口（今の江蘇省鎮江市）に取り、広陵（今の江蘇省揚州市）に赴任した。この詩は江州から建康に返る途中で作られたものであろう」と言う。（『謝靈運・鮑照詩選譯』による）。

　錢仲聯は「詔あつて臨川王鎮を南兗州に徙すは、元嘉十七年十月戊午に在り、初三日と爲す。照の『還都道中』第二首に『寒律驚窮蹊』、『湖上冰結洑』、『夜分霜下淒』と云ひ、『還都口號』に『鉦歌首寒物、歸吹踐開冬』と云ひ、『行京口至竹里』に『冰閉寒方壯』と云ひ、『發後渚』に『從軍乏衣糧、方冬與家別』と云ふは、皆明らかに初冬を言ふ。此れらの數詩は、殆ど皆一時の作る所なり」と言う。

其一

悦懌遂還心　悦懌《えつえき》して還心を遂げ
踊躍貪至勤　踊躍《ようやく》して至勤を貪る
鳴鷄戒征路　鳴鶏に征路を戒め
暮息落日分　暮れに落日の分に息ふ
急流騰飛沫　急流　飛沫を騰《あ》げ
回風起江濆　回風　江濆に起こる
孤獸啼夜侶　孤獣は夜の侶《とも》に啼き
離鴻噪霜群　離鴻は霜の群に噪《さわ》ぐ
物哀心交橫　物哀れにして心は交横と
聲切思紛紜　声切にして思ひは紛紜《ふんうん》たり
歎慨訴同旅　歎慨して同《とも》に旅せんことを訴ふるも
美人無相聞　美人には相聞く無し

其二

風急訊灣浦　風急にして湾浦を訊《と》ひ
裝高偃檣舳　装高くして檣舳《しやうじく》を偃《やす》む
夕聽江上波　夕べに聴く江上の波
遠極千里目　遠く極む千里の目

寒律驚窮蹊　寒律は窮蹊に驚き
爽氣起喬木　爽気は喬木に起こる
隱隱日沒岫　隠隠たり日の没する岫《くき》
瑟瑟風發谷　瑟瑟たり風の発する谷
鳥還暮林諠　鳥は還りて暮林諠《かまびす》しく
潮上水結洑　潮は上りて水結洑《めぐ》る
夜分霜下淒　夜分　霜下りて凄《すさま》じく
悲端出遙陸　悲端　遥陸より出づ
愁來攅人懷　愁ひ来りて人懐に攅《あつ》まれば
羇心苦獨宿　羇心　独り宿るを苦しむ

其三

久宦迷遠川　宦を久しくすれば遠川に迷ひ
川廣每多懼　川広ければ毎《つね》に懼《おそ》れ多し
薄止閭邊亭　薄《いささ》か止まる閭辺《りよへん》の亭
關歷險程路　関歴す険程の路
霮䨴冥寓岫　霮䨴《たんたい》たり冥寓の岫《くき》
濛昧江上霧　濛昧たり江上の霧
時涼籟爭吹　時涼しければ籟《らい》争つて吹き
流洊浪奔趣　流れ洊《しき》りなれば浪奔りて趣く
測焉增愁起　測焉として増愁起こり
搔首東南顧　首を掻《か》きて東南のかた顧る
茫然荒野中　茫然たり荒野の中
擧目皆凜素　目を挙ぐれば皆凜素《りんそ》たり
回風揚江泌　回風は江泌《かうひつ》に揚がり
寒□棲動樹　寒□は動樹に棲《す》まふ
太息終晨漏　太息して終《つひ》に晨漏
企我歸飆遇　我が帰飆《きへう》の遇ふを企つ

其の二
＊「水」字、張溥本・『詩紀』は「冰」に作る。
＊「淒」字、張溥本は「凄」に作る。
其の三
＊「關」字、張溥本は「閲」に作る。
＊「寓」字、張溥本は「隅」に作る。
＊「趣」字、本集・張溥本・『詩紀』は「一に『注』に作る」といい、呉摯父は「『趣』は『注』に作る是なり」という。
＊「測」字、張溥本・『詩紀』は「惻」に作る。

＊「寒□」、「四庫全書」本『詩紀』は「□」に「鴉」を入れる（「寒鴉」は唐代には見えている）。

都に還る道中三首

其の一
喜ばしいことに還りたい思いを遂げられ
心躍らせ貪るように苦労を買った
夜明けを告げる鶏が道行きを命じ
暮れかた落日の時分になって休んだ
急な川の流れは飛沫をあげ
旋風が大川の水際に起こる
連れのない獣は夜をともにする連れを求めて啼き
群を離れた大鳥は霜をともに浴びる群を求めて噪ぐ
禽獣が哀れげであると我が心も困惑し
鳴き声が切ないと吾が思いも乱れる
ため息をつくほどの慨きを道連れに訴えても
美人は（側に居らず）聞いてはくれない

其の二
風が急に吹いてきたので入り江はどこかと問い
軍装も仰々しいので帆と船梶は休めた
夕方であったので大川（長江）の波の音を聴き
目の限りに千里の方を眺めやった
冬の寒さが道無き小道に突然起こり
冷たく澄んだ気が喬木から立ち上る
暗くなって日は山の穴に沈み
風が谷からひゅうと吹き起こる
鳥が還ってきて夕暮れの林は騒がしく
潮が満ちてきて水が渦を作っている
夜はひどく霜が降り
悲しみの発端が遥かなる地平から生じる
愁いがやってきて胸中に広がると
旅心は独り寝に苦しむことになる

其の三
長いこと差遣の役人をしているとどこまでも続く
　川で迷うことがあり

川が広いと事あるたびに恐い思いもたくさんする
しばらくは町の門近くの路傍の旅宿(茶屋)で休めるが
険しい路程を経ることは体験させられる
雲の垂れ込めた薄暗い水辺の洞穴
もうろうと煙った大川（長江）のほとりの霧
時折しも冷ややかな時節で万籟が鳴り
川の流れは再三寄せてきてはさざ波がはしる
傷ましいことに益々愁いが募り
頭をかきながら東南の方を振り返った
遠く広がった荒れ野は
目をやると皆寒々としている
旋風が大川(長江)の流れの狭まったところから巻き
　上がり
寒々とした響きが揺れ動く木々にまつわりつく
明け方の水時計が時を告げ終わったことにため息を
　つき
私の帰る方向に吹く風が吹くのをつま先立って待ち
　望むのである

其一

1　悦懌遂還心、踊躍貪至勤、

[悦懌]よろこばしい。『詩』小雅「頍弁」に「庶幾説懌」(庶幾はくは説懌たらんことを)とあるのを踏まえる。

[還心]帰りたい気持ち。『史記』留侯世家に「示天下無還心」(天下に還心無きを示す)とある。

[踊躍]心躍るさま。『楚辭』九章に「心踴躍其若湯」(心は踴躍として其れ湯のごとし)とある。

[至勤]この上ない労。(旅の)骨折り。『漢書』陳湯傳に「故宗正劉向上疏曰、……吉甫之歸、周厚賜之。其『詩』曰、『吉甫燕喜、既多受祉、來歸自鎬、我行永久。』千里之鎬、猶以爲遠、況萬里之外、其勤至矣」(故宗正劉向上疏して曰はく、「……吉甫の帰るや、周厚く之れに賜ふ。其れ『詩』に曰はく、『吉甫燕し喜び、既に多く祉《さいはひ》を受く、来たりて鎬より帰れば、我が行永く久し』と。千里の鎬すら、猶ほ以つて遠しと為す、況んや万里の外の、其れ勤め至れるをや」と)とあり(『詩』とは、小雅「六月」)、『説文』に「勤、労也」(勤は、労するなり)という。黄節は「『踴躍貪至勤』、心の踊躍たるは、貪る

所の者乃ち勤労の至れる者なるを謂ふなり」と言う。

2 鳴鶏戒征路、暮息落日分、

［鳴鶏］夜明けを告げる鶏。張衡の「西京賦」に「陳寶鳴鶏在焉」（陳宝の鳴鶏焉《ここ》に在り）とある。

［落日分］落日の時分。『史記』暦書に「紬績日分、率應水徳之勝」（日分を紬績し、率《したが》ひて水徳の勝つに応ず）とある（日の分度を計って、暦を組み立て、水徳に克つ土徳に帰す）。また「落日」は、謝靈運の「盧陵王墓下作」詩に「曉月發雲陽、落日次朱方」（暁月に雲陽を発し、落日に朱方に次《やど》る）とある。

3 急流騰飛沫、回風起江濆、

［飛沫］木華の「海賦」に「飛沫起濤」（飛沫涛を起こす）とある。

［回風］『楚辭』九章「悲回風」に「悲回風之搖蕙兮」（回風の蕙を揺らすを悲しむ）とある。

［濆］みぎわ。『水經』江水注に「有方山、山形方峭、枕側江濆」（方山有り、山形方峭、江濆に枕側す）とあり（「枕側」は、沿う）、『説文』に「濆、水厓也」（濆は、水厓なり）という。

4 孤獸啼夜侶、離鴻噪霜群、

［霜群］ともに旅をしながら霜を浴びる群。唐の孟郊の「離思」詩の「孤鴻憶霜群、獨鶴叫雲侶」（孤鴻霜群を憶ひ、独鶴雲侶を叫ぶ）は、鮑照のこの句を踏まえる。

［鴻］一般に大型の雁の類をいう（王紹曾・劉心明譯注『謝靈運・鮑照詩選譯』の見解による）。

5 物哀心交横、聲切思紛紜、

［交横］入り乱れる。鮑照の常套語で、宋玉の『楚辭』九辯に「葉菸邑而無色兮、枝煩挐而交横」（葉は菸邑して色無く、枝は煩挐して交ごも横《ほしい》ままなり）とある（「菸邑」は、しなびる。「煩挐」は、ごちゃごちゃになる）。

［紛紜］班固の「東都賦」に「萬騎紛紜」（万騎紛紜たり）とある。

6　歎慨訴同旅、美人無相聞、

［同旅］ともに旅する者。『晉書』戴若思傳に「若思岸に登りて、胡牀に據り、同旅を指麾すれば、皆其の宜しきを得たり」と言う。

［美人］家の親しい者（王紹曾・劉心明譯注『謝靈運・鮑照詩選譯』の見解による）。『楚辭』九章に「思美人兮、擥涕而竚眙、媒絶路阻兮、言不可結而詒」（美人を思ひ、涕を擥《はら》ひて竚眙するも、媒絶え路阻まれて、言結びて詒《おく》るべからず）とある。

其二

7　風急訊灣浦、裝高偃檣舳、

［訊］『公羊傳』僖公十年「君嘗訊臣矣」の注に「上問下曰訊」（上の下に問ふを訊と曰ふ）とある。聞人倓は「以つて風を避くべきの處を問ふなり」と言う。

［裝］旅支度する。ととのえた軍裝。許愼の『淮南子』注に「裝、束也」（装は、束ぬるなり）とあると言う（『文選』注引）。

［偃］休める。『説文』に「偃、僵也」（偃は、僵《たふ》すなり）とある。「偃帆」（帆を偃《やす》む）の意。

［檣］帆柱。『呉志』孫和傳の裴松之注に「有鵲巣於帆檣」（鵲の帆檣に巣くふ有り）とあり、『玉篇』に「檣、帆柱也」（檣は、帆柱なり）という。

［舳］船のとも。舵《かじ》のあるところ。『漢書』武帝紀の顔師古注に「舳、船後持柂處也」（舳は、船の後ろの柂《かぢ》を持する処なり）とある。

8　夕聽江上波、遠極千里目、

［夕聽…］『楚辭』九章に「馮崑崙以瞰霧兮、隱岐山以清江。憚涌湍之礚礚兮、聽波聲之洶洶」（崑崙に馮りて以つて霧を瞰《み》、岐山に隠れて以つて江を清しとす。涌湍の礚々たるを憚り、波声の洶々たるを聴く）とある。

［遠極…］宋玉の「招魂」に「目極千里兮傷春心」（目は千里を極めて春心を傷ましむ）とある。

9　寒律驚窮蹊、爽氣起喬木、

［寒律］冬。謝惠連の「雪賦」に「玄律窮、嚴氣升」（玄律窮まり、厳気升る）とある。

[驚窮蹊]「窮」は、行き詰まる。この句は顔延之の「秋胡行」詩（第三章）の「離獸起荒蹊、驚鳥縱橫去」（離獸荒蹊に起こり、驚鳥縱橫に去る）を踏まえたか。

[爽氣]『晉書』王徽之傳に「西山朝來、殊有爽氣」（西山朝に来たれば、殊に爽気有り）という。

[喬木]『詩』小雅「伐木」に「出自幽谷、遷于喬木」（幽谷より出で、喬木に遷る）とある。

10 隱隱日沒岫、瑟瑟風發谷、

[瑟瑟] 風の音。古楽府「陌上桑」に「風瑟瑟、木椱椱」（風瑟々として、木椱々たり）とある。

[風發谷]『詩』大雅「桑柔」に「大風有隧、有空大谷」（大風に隧《みち》有り、空なる大谷有り）とあり、聞人倓注に引く「毛詩詁」に「風出谷中」（風谷中より出づ）という。

11 鳥還暮林諠、潮上水結洑、

[洑]『廣韻』に「洑、洄流也」（洑は、洄流するなり）という。

12 夜分霜下凄、悲端出遙陸、

[夜分]『後漢書』光武帝紀に「夜分乃寐」（夜分は乃ち寐ぬ）とある。

[霜下]『洞冥記』に「中有寒荷、霜下方香盛」（中に寒荷有り、霜下れば方《まさ》に香り盛んなり）とある。

[悲端] 悲しみの始まり。謝靈運の「登臨海嶠初發彊中作」詩に「茲情已分慮、況乃協悲端」（茲《こ》の情すら已に慮りを分かつ、況や乃ち悲端に協ふをや）とある。

13 愁來攢人懷、羈心苦獨宿、

[攢]『蒼頡篇』に「攢、聚也」（攢は、聚《あつ》まるなり）とある。

[羈心] 謝靈運の「七里瀨」詩に「羈心積秋晨、晨積展遊眺」（羈心秋晨に積もり、晨に積もれば遊眺を展《ひら》く）とあり、『韻會』に「羈、旅寓也」（羈は、旅寓なり）という。

[獨宿]『後漢書』方術傳・下に「獨宿無侶」（独り宿れば侶無し）とある。

其三

14　久宦迷遠川、川廣每多懼、

[久宦]『史記』張釋之傳に「有兄仲同居。釋之曰、久宦減仲之産」（兄の仲の居を同じくする有り。釋之曰はく、宦を久しくすれば仲の産を減ずと）とある。

[川廣] 陸雲の「九愍」に「將結軌而世狹、願援楫而川廣」（将に軌を結ばんとするも世狭く、楫《かぢ》を援《ひ》くを願ふも川広し）とある。

15　薄止閻邊亭、關歷險程路、

[薄止] とまる。『鹽鐵論』刺復に「心憧憧若渉大川、遭風而未薄」（心は憧々として大川を渉るがごとく、風に遭ふも未だ薄《とどま》らず）とある（「薄」は「泊」に通ず）。錢振倫は、『說文』に「薄、迫也」（薄は、迫るなり）とあると言うが、黄節は王引之の説を引いて、「薄は、發聲なり。『詩』の『葛覃』に曰はく『薄汙我私、薄澣我衣』（薄《いささ》か我が私を汚《すす》ぎ、薄か我が衣を澣《あら》はん）と。又た『芣苢』に曰はく『薄言采之』（薄《いささ》か言《ここ》に之れを采る）と。傳に曰はく『薄は、辭なり』と」と言い、「『薄止』は、猶ほ『薄汙』『薄澣』のごときなり」と言う。

[閻]『說文』に「閻、里門也」（閻は、里の門なり）という。

16　霮䨴冥寓岫、濛昧江上霧、

[霮䨴…] 雲が立ちこめる。王延壽の「魯靈光殿賦」に「雲覆霮䨴、洞杳冥兮」（雲覆ひて霮䨴と、洞は杳冥たり）とあり、『文選』五臣注で呂延濟は「霮䨴《たんたい》は、繁雲の貌なり」と言う。

[濛昧] けぶるさま。張載の「霖雨」詩に雨の様子を詠み、「濛昧日夜墜」（濛昧として日夜に墜つ）とある。

17　時涼籟爭吹、流洊浪奔趣、

[籟] 物の出す音。『莊子』齊物論に「地籟則衆竅是已、人籟則比竹是已」（地籟は則ち衆竅是れのみ、人籟は則ち比竹是れのみ）とある。

[洊] しきりに、たびたび。『易』坎に「水洊至」（水洊《しき》りに至る）とあり、『爾雅』に「洊、再也」（洊は、再びするなり）という。

〔奔趣〕『晉書』索靖傳に「玄螭狡獸嬉其間、騰猨飛鼯相奔趣」（玄螭狡獣其の間を嬉しみ、騰猨飛鼯相ひ奔趣す）という。呉摯父は「趣」は「注」に作るのを是とすると言って根拠を示さないが、後世の孟浩然や李白、杜甫らの詩句には「奔注」の語が散見できる。

18　測焉増愁起、搔首東南顧、

〔惻焉〕『漢書』宣元六王傳に「朕惻焉不忍聞、爲王傷之」（朕惻焉として聞くに忍びず、王のために之れを傷む）とあり、顔師古の注に「惻は、痛むなり」と言う。）

〔搔首〕心落ち着かず、頭を掻く。『詩』邶風「靜女」に「愛而不見、搔首踟躕」（愛するも見えず、首を搔きて踟躕す）とある。

19　茫然荒野中、擧目皆凛素、

〔擧目〕目を挙げて見る。『晉書』王導傳に「周顗……曰、風景不殊、擧目有江河之異」（周顗……曰はく、風景殊ならざるも、目を挙ぐれば江河の異なる有り）とある。

〔凛〕寒いさま。『説文』に「凛、寒也」（凛は、寒きなり）とある。

20　回風揚江泌、寒□棲動樹、

〔回風〕つむじ風。『楚辭』悲回風に「悲回風之搖蕙兮、心冤結而内傷」（回風の蕙を揺るがすを悲しみ、心は冤《うら》み結ぼれて内に傷まし）とある。

〔泌〕狭間から流れ出る流れ。『説文』に「泌、俠流也」（泌は、流れを俠むなり）とある。

〔動樹〕風に揺れる樹木。『洛陽伽藍記』大覺寺に「春風樹を動かせば則ち蘭紫葉を開き、秋霜草に降《お》るれば則ち菊黄花を吐く」と言う。

21　太息終晨漏、企我歸飆遇、

〔太息〕曹植の「雑詩」（其三）に「太息終長夜、悲嘯入青雲」（太息して長夜を終へ、悲嘯して青雲に入る）とある。

〔晨漏〕『漢書』五行志・下に「建始元年八月戊午、晨漏未盡三刻、有兩月重見」（建始元年八月戊午、晨漏未だ三刻を尽くさざるに、両月重ねて見ゆる有り）とある。

［歸颻］「歸風」と類義であれば、木華の「海賦」に「或乃萍流而浮轉、或因歸風以自反」（或は乃ち萍のごと流れて浮転し、或は帰風に因りて以つて自ら反る）とあり、陸機の「悲哉行」にも「願託歸風響、寄言遺所欽」（願はくは帰風の響くに託し、言を寄せて欽《うやま》ふ所に遺《おく》らん）とある。

還都口號

「口號」は、口を衝いて出てきた詩を書き取ったことを意味する。「古詩の標題用語で、口のままに吟の成ることを表す。『口占』と似ていて、南朝梁の簡文帝の『仰和衞尉新渝侯巡城口號』に始めて見られ、のち詩人に襲用されるようになった」という（『漢語大詞典』の見解による）。鮑照のこの「口號」も同じものであるとすると、梁の簡文帝以前にその存在が認められることになる。

この詩の成立時期に関しては4の［開冬］の注釈を参照されたい。

分壤蕃帝華　壌を分かちて帝華を蕃《ふ》やし
列正藹皇宮　正を列して皇宮を藹《さか》んにす
禮讌及年暇　礼讌　年ごとに暇あるに及び
朝奏因歲通　朝奏　歳ごとに通ずるに因る
維舟歇金景　舟を維《つな》ぎて金景を歇《つ》くし
結棹俟昌風　棹《さを》を結びて昌風を俟《ま》つ
鉦歌首寒物　鉦歌《しやうか》　寒物に首《しゆ》たり
歸吹踐開冬　帰吹　開冬を践む
陰沈煙塞合　陰沈として煙塞合し
蕭瑟涼海空　蕭瑟として涼海空し
馳霜急歸節　馳霜は帰節を急《せ》かせ
幽雲慘天容　幽雲は天容を惨《いた》ましむ
旌皷貫玄塗　旌皷《せいこ》　玄塗を貫き
羽鷁被長江　羽鷁《うげき》　長江を被ふ
君王遲京國　君王は京国を遅《ま》ち
遊子思鄉邦　遊子は郷邦を思ふ
恩世共渝洽　恩と世と共に渝洽《ゆかふ》し
身願兩扳逢　身と願ひと両つながら扳逢《はんほう》す
勉哉河濟客　勉めんかな河済の客

勤尓尺波功　　勤爾たる尺波の功を

＊「尓」字、張溥本・『詩紀』は「爾」に作る。

都に還る際に口をついて
　出たままに吟詠する

宗室の国に土地を分与して朝廷の繁華を殖やし
徳ある宗室を並べて皇室を繁栄させる
宗室が朝廷の宴に呼ばれると年が閑かに過ぎ
来朝し謁見すると毎年が無事に過ぎていく
舟を岸に繋いで西日を見送り
舟棹を結びつけて秋風が過ぎるのを待った
出航の銅鑼に合わせて歌うと冬の景物が現れ始め
帰途に就く歌「騎吹曲」で冬の始まりとなった
垂れ込める靄が城塞に起こり
寒々とした涼気が海上を寂しくする
到来した霜が帰りの時を急かせ
ほの暗い雲が天空を惨めにさせる
宗室の旗と太鼓は道の遥か遠くまで並び
鷁首の舟は長江いっぱいに連なる
宗室は帝都に帰るのを待ち望み
旅人は故郷を思う
御恩も世もともにあまねく潤い
自らの欲求も願いもともに叶う
東海出身の旅人として足りないところを補い
短い生涯の業績づくりにたゆまず励むとしよう

1　分壌蕃帝華、列正藹皇宮、

［帝華］帝都。聞人倓は「詩意は皇都を以つて『帝華』と爲す」と言う。

［列正］「正」は「長」、すなわち長官の意。『左傳』隠公六年に「翼之九宗五正」（之れを翼《たす》くるは九宗と五正なり）とあり、注に「五正、五官之長」（五正は、五官の長なり）という。『尚書』武成には「列爵惟五、分土惟三」（爵を列ぬること惟だ五のみ、土を分くること惟だ三のみ）とある。また『史記』三王世家の索隠に「宗正、

官名、必以宗室有徳者爲之」（宗正は、官名なり、必ず宗室の徳有る者を以つて之れと為す）とあるが、『周禮』天官によれば「宮正、掌王宮之戒令」（宮正は、王宮の戒令を掌る）とある。

2 禮讌及年暇、朝奏因歳通、

［禮燕］『史記』梁孝王世家に「諸侯王朝見天子、漢法凡當四見耳。始到、入小見。到正月朔旦、奉皮薦璧玉賀正月、法見。後三日、爲王置酒、賜金錢財物。後二日、復入小見、辭去。凡留長安不過二十日。小見者、燕見於禁門内、飲於省中、非士人所得入也」（諸侯王の天子に朝見するは、漢の法は凡て当に四見すべきのみ。始め到れば、入りて小《しばら》く見《まみ》ゆ。正月の朔旦に到り、皮を奉り璧玉を薦めて正月を賀するに、法もて見ゆ。後三日、王の為に置酒し、金銭財物を賜る。後二日、復た入りて小く見え、辞去す。凡そ長安に留まるは二十日に過ぎず。小く見ゆる者は、燕もて禁門の内に見え、省中に飲み、士人の入るを得る所に非ざるなり）とある。

［朝奏］諸王の朝貢。『宋書』禮志に「魏制、藩王不得朝覲。明帝時有朝者、皆由特恩、不得以爲常。晉太始中、有司奏、諸侯之國、其王公以下入朝者、四方各爲二番、三歳而周、周則更始。若臨時有解、卻在明年來朝之後更滿三歳乃復、不得從本數。朝禮執璧、如舊朝之制。不朝之歳、各遣卿奉聘。奏可。江左王侯不之國、其有授任居外、則同方伯刺史二千石之禮、亦無朝聘之制。此禮遂廢」（魏の制は、藩王朝覲するを得ず。明帝の時に朝する者有り、皆特恩に由り、以つて常と為すを得ず。晋の太始中、有司奏し、諸侯の国は、其の王公以下の入朝する者、四方各おの二番と為し、三歳にして周り、周れば則ち更に始まる。若し時に臨んで解く有らば、卻つて明年に在りて来朝の後更に三歳を満たして乃ち復し、本の数に従ふを得ず。朝礼は璧を執り、旧朝の制のごとし。朝せざるの歳は、各おの卿を遣はして聘を奉ずと。奏可《き》かる。江左の王侯は国に之《ゆ》かず、其れ任を授けて外に居れば、則ち方伯刺史の二千石の礼に同じく、亦た朝聘の制無し。此の礼遂に廃さる）とある。

［歳通］歳ごとに貢ぎ物を献ずる。『齊書』紀僧眞等傳論に「賄賂日に積もり、苞苴年ごとに通ず」と言う（「苞

苴」も、袖の下）。

3　維舟歇金景、結棹俟昌風、

［維］つなぐ。『詩』小雅「白駒」に「縶之維之」（之れを縶《つな》ぎ之れを維《つな》ぐ）とあり、傳に「維、繫也」（維は、繫ぐなり）という。

［金景］西日。班固の「東京賦」寶鼎詩に「吐金景兮歊浮雲」（金景を吐きて浮雲を歊《む》す）とあり、『文選』五臣注で呂延濟は「景は、光なり。言ふこころは鼎の光色歊然《けうぜん》として雲を出だして紛紜たるなり」と言う。銭仲聯は「上の句は落日に隨ひて舟を停むるを謂ふ。金景は、西日なり。『春秋繁露』五行相生に『西方は金なり』と」と言う。

［昌風］秋風。張衡の「東京賦」に「俟閶風而西遐」（閶風を俟《ま》ちて西のかた遐かなり）とあり、注に「閶風、秋風也」（閶風は、秋風なり）という。また『廣雅』には「大風曰昌」（大風を昌と曰ふ）という。銭仲聯は「下の句の『昌風』は、即ち閶闔の風、西風なり。『淮南子』天文訓の『涼風至四十五日、閶闔風至』（涼風の至ること四十五日、閶闔の風至る）の高誘注に『兌卦之風』（兌の卦の風なり）と。『易』説卦の孔穎達『正義』に『兌、位是西方之卦』（兌は、位是れ西方の卦なり）と。照の都に還るは、江行して西より東に向かふ、故に西風を俟ちて船を發するなり」と言う。

4　鉦歌首寒物、歸吹踐開冬、

［鉦歌］軍中で歌う鐃歌。何承天の「朱路篇」に「三軍且莫喧、聽我奏鐃歌」（三軍且つ喧しくする莫かれ、聽け我が鐃歌を奏するを）とあり、『説文』に「鉦、鐃類也、似鈴、柄中上下通」（鉦は、鐃の類なり、鈴に似、柄中上下通ず）という。また「鐃、小鉦也」（鐃は、小さき鉦なり）ともいい、黄節は「鉦歌は、鐃歌なり」と言う。

［歸吹］「鐃吹」の「吹」で、軍中で奏でる笛類。黄節は「建初録」に「務成・黄爵・玄雲・遠期、皆騎吹曲」（務成・黄爵・玄雲・遠期は、皆騎吹曲なり）とあるのを引き、「歸吹は、騎吹なり。詩は蓋し舟を舍《お》いて陸するを言ふならん」と言う。

［開冬］初冬。銭仲聯は「『宋書』文帝紀を按ずるに、臨川王義慶は元嘉十七年十月に於いて南兗州刺史と爲れ

ば、詩に『開冬』と云ふは、之れと合ふ」と言う。

5　陰沈煙塞合、蕭瑟涼海空、

［陰沈］雲が暗く垂れ込めるさま。『禮記』月令に「行秋令、則天多沈陰、淫雨蚤降、兵革並起」（秋令を行へば、則ち天に沈陰多く、淫雨蚤《つと》に降り、兵革並びに起こる）とあり（「兵革」は、武器と甲冑）、蔡邕の「月令章句」に「陰者、密雲也。沈者、雲之重也」（陰は、密雲なり。沈は、雲の重なるなり）という。

［蕭瑟］晩秋のもの寂しいさま。『楚辭』九辯に「蕭瑟兮草木、搖落而變衰」（蕭瑟たり草木、揺れ落ちて変はり衰ふ）とある。

6　馳霜急歸節、幽雲慘天容、

［歸節］使者が帰朝するときの旗印。『漢書』汲黯傳に「臣謹以便宜持節、發河内倉粟以振貧民。請歸節、伏矯制辠」（臣謹んで便宜を以つて節を持し、河内の倉粟を発して以つて貧民を振はん。帰節を請ひ、伏して制辠を矯めん）とある。古代の使者は節を持って使いに出、命を完うした後、節を君に還した（『漢語大詞典』の見解によったが、『大漢和辭典』では「歸る時」としている）。

［幽雲］王褒の「九懷」に「觀幽雲兮陳浮」（幽雲を観れば陳《つら》なり浮かぶ）とある。

［天容］後世の斉の張融の「海賦」に「天容を鮷渚に照らし、河色を訬潯に鏡《て》らす」と言う。

7　旌鼓貫玄塗、羽鷁被長江、

［旌鼓］『後漢書』董卓傳に「大陳旌鼓而還」（大いに旌鼓を陳《つら》ねて還る）とある。

［羽鷁］大鳥を画いた舟。『淮南子』本經訓に「龍舟鷁首、浮吹以娯」（龍舟に鷁首、浮き吹きて以つて娯しむ）とあり（「浮吹」は、水の上を行きながら楽器を演奏する）、注に「鷁、大鳥也。畫其象著船首」（鷁は、大鳥なり。其の象を画きて船首に著くるなり）という。

8　君王遲京國、遊子思鄉邦、

［遲］今や遅しと待ちかねる。『正韻』に「欲速而以彼爲緩曰遲」（速やかならんと欲して彼を以つて緩しと為す

を遅《ま》つと曰ふ）とあると言う。

［京國］曹植の「王仲宣誄」に「我公實嘉、表揚京國」（我が公実に嘉く、京国を表揚す）とある。

［遊子］『史記』高祖紀に「謂沛父兄曰、遊子悲故郷」（沛の父兄に謂ひて曰はく、遊子は故郷を悲しむと）とあるのを踏まえる。

［郷邦］『後漢書』度尚傳に「徐字伯徐、丹陽人、郷邦稱其膽智」（徐字は伯徐、丹陽の人なり、郷邦其の胆智を称ふ）とある。

9　恩世共渝洽、身願兩扳逢、

［渝］あふれる。木華の「海賦」の「趵踔湛瀲、沸潰渝溢」の『文選』李善注に「『渝』も、亦た溢《あふ》るるなり」と言う。銭振倫は「『渝』は疑ふらくは當に『淪』に作るべし」と言う。

［扳］たぐり寄せる。銭振倫は「『扳』は『攀《よ》づ』に同じ」と言う。

10　勉哉河濟客、勤尓尺波功、

［河濟客］『書』禹貢に「濟河惟兗州」（済河は惟だ兗州のみ）とある。黄節は「『宋書』の本傳を按ずるに、照は東海の人なり、故に『河濟の客』と曰ふ。『爾（尓）』は、自らを謂ふなり」と言う。

［尺波］微波。人生の少しも留まっていないことに喩える。陸機の「長歌行」に「寸陰無停晷、尺波豈徒旋」（寸陰晷《ひかげ》を停むる無し、尺波豈に徒らに旋らんや）とあり、『文選』李善注に「言ふこころは日は景を停むる無く、川は波を旋らさず、以つて年命の流れ行き、曾《かつ》て止息する無きに喩ふるなり」と言う。

還都至三山望石頭城

「三山」について、聞人倓の引く山謙之の『丹陽記』に「江寧の北のかた十二里の濱の江に三山相接する有り、即ち名づけて三山と爲す。舊時の津濟の道なり」と言い、『一統志』には「三山は江寧府の西南のかた五十七里に在り、下は大江に臨み、三峯排列す、故に名づく」と言う。また「石頭」については、『名勝志』に「石頭城は、一に土塢城と名づけ、歴代用ゐ以つて積貯す。諸葛亮建業に使ひして曰はく、石城は虎のごと踞《うづくま》り、王業の根基なりと。孫權に勸めて之れに都せしめ、始めて山に甓を加ふるに因つて城と爲す」と言う。

制作年代の考証に関しては、11の注釈を参照されたい。

泉源安首流　泉源　首流安らかに
川末澄遠波　川末　遠波澄む
晨光被水族　晨の光は水族を被ひ
曉氣歇林阿　暁の気は林阿に歇《や》む
兩江皎平迴　両江　皎《けう》として平らかに迴《はる》かに
三山鬱駢羅　三山　鬱として駢《なら》び羅《つら》なる
南帆望越嶠　南帆　越嶠《ゑつけう》を望み
北榜指齊河　北榜《ほくばう》　斉河を指す
關扃繞天邑　関扃《くわんけい》のごと天邑に繞《めぐ》り
襟帶抱尊華　襟帯のごと尊華を抱く
長城非壑嶮　長城は壑嶮《かくけん》に非ざるも
峻岨似荊芽　峻岨《しゆんそ》たること荊芽に似たり
攢樓貫白日　攢楼《さんろう》は白日を貫き
摛堞隱丹霞　摛堞《ちてふ》は丹霞を隠す
征夫喜觀國　征夫は国を観るを喜び
遊子遲見家　遊子は家を見るを遅《ま》つ
流連入京引　流連たり入京の引
躑躅望鄉歌　躑躅たり望郷の歌
彌前歎景促　彌《いよ》いよ前《すす》めば景の促《みぢ》かきを歎き
逾近勌路多　逾《いよ》いよ近づけば路の多きに勌《う》む
偕萃猶如茲　偕《とも》に萃《あつ》まるすら猶ほ茲《かく》のごとし
弘易將謂何　弘く易《か》はるをば将《は》た謂何《いかん》せん

都に還り三山までたどり着いた
ところで石頭 の都城を望む

流れの源から安らかな流れが始まり
最後の河口の波まで遠く澄み渡っている
早朝の光が水中の生き物を覆い

夜明けの大気が林のある丘から退いてゆく
二筋の大川は白く輝いてどこまでも平らかであり
三山は木々が生い茂って三峰並び連なっている
帆の向く南には越の鋭く高い山が望まれ
榜《かい》を引く北には斉の大川がある
閂のように山川は天子の町を囲って包み込み
襟や帯のように山川は尊く華やかな帝都を守り固めている
長城といえどもこの断崖のような深い険しさはなく
険しく防ぐさまは荊《いばら》の鋸状の芽のように鋭い
多くの高楼は真昼の太陽を貫き
連なる姫垣は赤霞を包み隠している
遠征の兵士は国を見ることを喜び
旅人は家を見るのを今や遅しと待ちかねている
「入京の曲」でずっと此処にいたくなり
「望郷の歌」で余所には行きたくなくなる
我が家の方向に進むほど日が暮れてしまわないかと歎き
家が近づくほど路がまだあるのかと辛くなる
多く集まって旅をしてきた者たち（車僕）でさえこうであるからには
徳を広め平定を行ってきた者なら口に出して言うまでもあるまい

1　泉源安首流、川末澄遠波、

［泉源］『書』禹貢の「導沇水」の傳に「泉源爲沇、流去爲濟」（泉源を沇と為し、流れ去るを済と為す）とある。

［安首流］『楚辭』九歌「湘君」に「令沅湘兮無波、使江水兮安流」（沅湘をして波を無からしめ、江水をして安らかに流れしむ）とあり、聞人倓は「按ずるに、泉は之れ源なり、故に『首流』と曰ふ。源を去ること遠し、故に『川末』と曰ふ」と言う。方東樹は「首の二句は江平らかにして波無しと言ふに過ぎざるも、而も措語新特なり」と評する。

2　晨光被水族、曉氣歇林阿、

［晨光］朝日の光。何晏の「景福殿賦」に「晨光内照」（晨光内に照る）とある。

［水族］張衡の「西京賦」に「操組䱇、殄水族」（組䱇を操《さら》ひ、水族を殄《た》つ）とあり、注に「綜曰、族、類也」（綜曰はく、族は、類なり）という。

［歇］気が晴れる。『博雅』に「歇、泄也」（歇は、泄《も》るるなり）というと言うが、後の蕭子顯の「奉和昭明太子……」詩には「氣歇連松遠、雲昇秋野平」（気歇《や》みて連松遠く、雲昇りて秋野平らかなり）と言う。

3　兩江皎平迥、三山鬱駢羅、

［兩江］建康城の内と外を流れる長江の二支流、秦淮河か。聞人倓の引く「史正志碑」には「秦淮源出句容・溧水兩山間、自方山合流、至建康分爲二、一支入城、一支繞城外」（秦淮源は句容・溧水両山の間に出で、方山より合流して、建康に至り分かたれて二と為り、一支は城に入り、一支は城外を繞る）という。あるいは、三山から石頭城を望むと、中洲があるために長江が二分して見えるが、それを言ったものか。

［駢羅］並行して連なる。王逸の『楚辭』九思「哀歳」に「群行兮上下、駢羅兮列陳」（群行して上下し、駢羅して列陳す）とある。鮑照自身の「河清頌」にも「秀星駢羅」と見える。

4　南帆望越嶠、北榜指齊河、

［越嶠］越の高山。顔延之の「和謝監靈運」詩に「跂予間衡嶠」（跂《つまだ》つ予は衡嶠に間《へだ》てらる）とあり、『爾雅』釋山に「鋭而高、嶠」（鋭くして高きは、嶠なり）という。

［北榜］「榜」は、舟を漕ぐかい。あるいは、舵。『楚辭』九章「渉江」に「齊呉榜以擊汰」（呉榜を斉《ととの》へて以つて汰《なみ》を擊つ）とあり（「擊汰」は、波を打ち、舟を漕ぐ）、聞人倓は「按ずるに、江は南のかた越に通じ、北のかた齊に通ずるを言ふなり」と言う。

5　關扃繞天邑、襟帶抱尊華、

［關扃］かんぬき。『戰國策』楚策に「秦下兵攻衞陽、晉必關扃天下之匈」（秦兵を下して衞陽を攻むれば、晉は必ず天下の匈を関扃せん）とある。

［天邑］帝都。班固の「典引」に「革滅天邑」（天邑を革滅す）とあり、蔡邕の注に「天邑、天子邑也」（天邑は、

天子の邑なり）という。また、『書』多士に「肆予敢求爾于天邑商」（肆《ゆゑ》に予敢て爾を天邑の商に求めん）という。

［襟帯］張衡の「西京賦」に「巖險周固、襟帶易守」（巌険しく周固ければ、襟帯のごと守り易し）とある。

［尊華］帝都。聞人倓は「按ずるに、本集の『還都口號』に『分壤藩帝華、列正藹皇宮』と。詩意は皇都を以つて『帝華』と爲す。此《こ》こに『尊華』と云ふは、猶ほ『帝華』のごときなり」と言い、黄節は「『説文』に『尊は、高きの稱なり』と。『爾雅』に『絶高なるを京と曰ふ』と。『尊華』は、猶ほ『京華』のごときなり」と言う。

6　長城非壑嶮、峻岨似荆芽、

［長城…］左思の「蜀都賦」に「至乎臨谷爲塞、因山爲嶂、峻岨塍埒長城、豁險呑若巨防」（至れるかな谷に臨みて塞と為り、山に因りて嶂と為る、峻岨として長城を塍埒とし、豁険として呑むこと巨防のごとし）とあるのを踏まえる。

［荆］いばら。聞人倓は「格物論」に「荆、小木叢生、枝莖婆娑、葉刻缺而龜澀」（荊は、小木にして叢生し、枝茎は婆娑として、葉は刻缺して亀渋なり）と言い、『本草』に「荆枝對生、一枝五葉或七葉、如楡、長而尖、有鋸齒」（荊枝は対生し、一枝は五葉或は七葉にして、楡のごとし、長くして尖り、鋸歯有り）と言うのを引き、「按ずるに、石城は嵯峨として、但に江に枕するに因りて其の険しきを見るのみならず、蓋し其の峻岨の形の、直に荊芽の刻缺するがごときを言ふ」と言う。

7　攢樓貫白日、摛堞隱丹霞、

［攢］あつまる。司馬相如の「上林賦」に「攢立叢倚」（攢《あつま》りて立ち叢《あつま》りて倚る）とある。

［貫白日］『南史』宋高祖紀に「精貫白日」（白日を精貫す）とある。また『戰國策』魏策・四に「白虹貫日」（白虹日を貫く）という。

［摛堞］連なる姫垣。『増韻』に「摛、布也」（摛《ち》は、布くなり）という。また『韻會』に「堞、城上女牆」（堞《てふ》は、城上の女牆なり）という。

［丹霞］魏の文帝の「芙蓉池」詩に「丹霞夾明月、華星出雲間」（丹霞明月を夾み、華星雲間を出づ）とある。

8　征夫喜觀國、遊子遲見家、

［觀國］国の様子を見る。『宋書』孝武帝紀に「觀國之美」（国の美を観る）とあり、『易』觀に「六四、觀國之光、利用賓于王」（六四は、国の光を観れば、賓たるを王に用ふるに利あり）とある。

［遲］今や遅しと待ちかねる。『正韻』に「欲速而以彼爲緩曰遲」（速かならんと欲して而して彼を以つて緩しと為すを遅と曰ふ）とあると言う。

［家］当時、鮑照の家は建康の近くの僑県に在った。銭仲聯は「此に『遊子遲見家』と云ひ、『發後渚』詩に『方冬與家別』と云へば、是の時の照の家は殆ど建康に居るを知るべし」と言う。

9　流連入京引、躑躅望郷歌、

［流連］ここに留まっていたいさま。顔延之の「五君詠」に「流連河裏游、惻愴山陽賦」（流連として河裏に游び、惻愴として山陽に賦す）とある。

［引・歌］聞人倓の引く『詩説』に「載始末曰引、方情曰歌」（始末を載するを引と曰ひ、情を放つを歌と曰ふ）という。ともに詩歌であるが、叙事と抒情のちがいがある。黄節は『文選』李善注の「鼓吹曲に古入朝曲有り」と言うのを引いて、「入京引は疑ふらくは『古入朝曲』を謂ふならん」と言い、また魏の文帝の「燕歌行」の「慊慊思歸戀故郷、何爲淹留寄他方」（慊々として帰るを思ひて故郷を恋ふれば、何為れぞ淹留して他方に寄る）を引いて、「所謂郷を望むの歌なり」と言う。

10　彌前歎景促、逾近勩路多、

［景促］日没が早い。陸機の「思婦賦」に「顧靈暉之景促、恆立表以望之」（霊暉の景の促《みぢか》きを顧み、恒に表を立てて以つて之れを望む）とある。

［勩］『玉篇』に「勩、勞也」（勩は、労するなり）という。

11　偕萃猶如茲、弘易將謂何、

［偕萃］同行の者。『説文』に「偕、俱也」（偕は、俱にするなり）とある。また『周禮』注に「萃、猶副也」（萃は、猶ほ副《そ》ふのごときなり）という。黄節は「『周禮』に『車僕、掌戎路之萃、廣車之萃、闕車之萃、輕車之萃』（車

僕は、戎路の萃、広車の萃、闕車の萃、軽車の萃を掌る）と。『萃』は、車僕を謂ふなり。上文の長城峻阻にして、攢樓摛堞あるは、舟を舍《お》いて陸すれば、路の多きを謂ふなり。車僕すら猶ほ勧《う》む、『詩』（「周南」巻耳）に『我が僕痡《や》む、云《ここ》に何ぞ吁《かな》しき』と云ふ所なれば、則ち『王道蕩蕩たる』、『王道平平たる』は之れ何をか謂はんや」と言う。方東樹はこの詩が荊州からの還りに作られたとする説を否定し、『昭昧詹言』で「注家は『明遠荊州より還れば、當時必ず之れが爲めに副ふ者有らん、故に偕萃と曰ふ』と謂ふ。按ずるに子頊大明五年九月を以つて封ぜられ、泰始二年八月誅せらる、凡て六年、明遠荊州に在りて與に禍を同じくすれば、其れ偕萃從容として都に還る無きは知るべきなり」と言う。

[弘易] 大いなる徳によって易える。「弘」は「宏」。『易』坤に「含宏光大」（宏きを含むこと光大なり）とある。「易」は、何晏の『論語』注に「易、和易也」（易は、和らぎ易《か》はるなり）という。聞人倓は、「按ずるに、明遠臨海王の參軍と爲りて荊州に從へば、當時必ず之れが爲めに副ふ者有らん、故に『偕萃』と曰ふ。『景促』を歎じ、『路多』に勧むこと、偕萃を以つてしてすら猶ほ此くのごとし、將た含宏和易なるは之れ何をか謂はんや」と言う（「含宏」は、寛大なる徳）。錢振倫は「『宏易』の辭は、迂曲にして通じ難し。疑ふらくは『宏易』は或は『孔易』の誤りならん」と言う（「孔易」は、民を導く者が大いに感化する）。黄節は「『宏易』は、猶ほ蕩平のごときなり。長途の險仄なるを歎じ、遭ふ所の艱困なるに喩ふるなり」と言う（「蕩平」は、平定する）。

過銅山掘黄精

「銅山」について、聞人倓は山の名であるとし、庾仲雍の『江圖』を引いて「姑孰より直瀆に至ること十里、東のかた丹陽を通れば、南のかた銅山有り、一に九井山と名づく」と言う。これに関して黄節は、『漢書』地理志に「丹陽の故《もと》の鄣郡は、元封二年名を更め、銅官有り」とあり、桓寬の『鹽鐵論』に「丹章有金銅之山」（丹章に金銅の山有り）というのを挙げ、「即ち丹陽の銅山なり」と言う。方東樹は「大小の銅山は、揚州府の揚子縣に在り」と言う。
「黄精」は『博物志』巻五「方士」に「太陽之草、名曰黄精、餌而食之、可以長生」（太陽の草は、名づけて黄精と曰ひ、餌して之れを食さば、以つて長生すべし）とある。

土肪閟中經　土肪は中経に閟《と》ざされ
水芝韜内策　水芝は内策に韜《つつ》まる
寶餌緩童年　宝餌は童年を緩《ゆる》くし
命藥駐衰曆　命薬は衰暦を駐《とど》む
矧蓄終古情　矧《いは》んや終古の情を蓄《たくは》へ
重拾煙霧迹　重ねて煙霧の迹を拾ふをや
羊角摟斷雲　羊角は断雲を摟《す》まはせ
榼口流隘石　榼口《かふこう》は隘石《あいせき》を流す
銅溪晝沈森　銅渓は昼に沈森として
乳竇夜涓滴　乳竇《にゆうとう》は夜に涓滴《けんてき》たり
既類風門磴　既に風門の磴《いしざか》に類し
後象天井壁　後に天井の壁に象る
蹀蹀寒葉離　蹀々《てふてふ》として寒葉は離れ
灇灇秋水積　灇々《そうそう》として秋水は積もる
松色隨野深　松色は野に随つて深く
月露依草白　月露は草に依つて白し
空守江海思　空しく守る江海の思ひ
豈愧梁鄭客　豈に愧ぢんや梁・鄭の客
得仁古無怨　仁を得るは古へに怨む無く
順道今何惜　道に順ふは今何をか惜まんや

＊題の「過」字、張溥本は「遇」に作る。
＊「策」字、『初學記』は「籍」に作り、張溥本・『詩紀』に「一に『籍』に作る」という。
＊「曆」字、張溥本は「歷」に作る。
＊「摟」字、張溥本・『詩紀』は「樓」に作る。
＊「石」字、張溥本は「日」に作る。
＊「溪」字、張溥本・『詩紀』は「谿」に作る。
＊「沈森」、張溥本は「深沈」に作る。
＊「後」字、張溥本・『詩紀』は「復」に作る。
＊「象」字、張溥本・『詩紀』は「像」に作る。
＊「愧」字、張溥本は「懷」に作る。

銅山で黄精を掘り
取っている所に立ち寄る

土中の脂の塊の秘密は『中経』にしたためられ
水中の芝草の秘密は『内策』にしたためられている
得難い滋養分は若さを保ち
延命の薬は老い行く齢をくい止める
ましていつまでも久しくありたいとの気持ちを持ち
たびたび仙人の足跡を尋ねている者ならなおさら欲
しいであろう
羊の角のような険しい峰はちぎれ雲を宿し
壺の口のような谷間はつかえ詰まった石を押し流し
ている
銅山の渓谷は昼でも木々に覆われて静まりかえり
鍾乳洞は夜でも鍾乳が滴り続けている
風門の石の坂に似ている上に
天球の壁にも似ている
冬枯れの木の葉がはらはらと散り
秋の川水がどうっと量を増す
松の色は野の変化とともに深まり
月を宿す露は草に降りて白く輝く
隠遁の気持ちを抱きながら無駄にしているが
列子や荘子に対して見苦しい気はしない
仁を手に入れれば怨みは抱かないと孔子が言った
うに
道に逆らわなければ今ここで何を惜しむことがあろう

1　土肪閟中經、水芝韜内策、

［土肪］「土膏」、「土乳」のような土の栄養分、滋養分のことか。『説文』に「肪、肥也」（肪は、肥なり）とある。

［閟］かくれる。聞人倓は「凡そ隠れて發せざるを閟と曰ふ」と言う。

［中經］書名であろう。『隋書』經籍志には、書の分類として「魏秘書郎鄭默始制中經、秘書監荀勗又因中經更著新簿、分爲四簿、總括群書」（魏の秘書郎鄭默始めて中経を制し、秘書監の荀勗又た中経に因つて更に新簿を著はし、分けて四簿と為し、群書を総括す）と見える。方東樹は『中經』は必ず『山海經』中山經を用ふるな

らん」と言う。なお、現行の『山海經』中山經には堊《しろつち》や赭《あかつち》は見えているが、「土肪」は見えない。

［水芝］ひときわ秀でた蓮。聞人倓の引く「羊公服黄精法」に「黄精は、芝草の精なり」とあるという。また、晋の崔豹の『古今注』に「芙蓉、一名荷華、生池澤中、實曰蓮。花之最秀異者、一名水芝、一名水花。……」（芙蓉は、一に荷華と名づけ、池沢の中に生ず、実は蓮と曰ふ。花の最も秀でて異なる者は、一に水芝と名づけ、一に水花と名づく。……）とある。

［韜］『廣韻』に「韜、藏也」（韜は、蔵するなり）という。

［内策］外に出さない、内々の書策を言うか。「策」は、『儀禮』聘禮の鄭玄注に「策、簡也」（策は、簡なり）といい、本来は紙の代わりに用いた竹のふだ。方東樹は「東漢は七緯を以つて内學と爲せば、此の黄精を服するは、或ひは緯書に出づるならん、故に『内策』と曰ふ」と言う。

2　寶餌緩童年、命藥駐衰曆、

［餌］滋養分のある食物。『玉篇』に「餌、食也」（餌は、食なり）という。

［童年］聞人倓は「『童年』は、猶ほ弱年のごときなり」と言う。

［命藥］長命の薬。聞人倓は『史記』三皇本紀の「神農氏嘗百草、始有醫藥」（神農氏百草を嘗め、始めて医薬有り）を引き、「『命藥』は、命を續くるの藥なり」と言う。

［衰曆］老化。聞人倓は「『衰曆』は、猶ほ衰年のごときなり」と言う。

3　矧蓄終古情、重拾煙霧迹、

［矧蓄…］聞人倓は「不死を求めて黄精を採るを謂ふなり」と言う。

［終古情］これまでもこれからも久しくありたいと思う気持ち。『楚辭』九章「哀郢」に「去終古之所居兮、今逍遙而來東」（終古の居る所を去り、今逍遥として来たりて東す）とある。

［煙霧迹］仙化の迹。「煙霧」は、霧。後の江淹の「雜體

詩三十首」班婕妤「詠扇」には「畫作秦王女、乘鸞向煙霧」（畫きて作る秦の王女の、鸞に乘りて煙霧に向かふを）と見え、『洞冥記』巻一に「果見赤氣如煙霧來」（果たして赤気の煙霧の来たるがごときを見る）という。また、後世の元の方鳳は「三洞」詩で「風痕霧迹化異物、龍首昂左尾右旋」（風痕霧迹異物と化し、龍首昂がりて左し尾右に旋る）と言い、異物化した迹を「霧迹」と言っている。

4　羊角棲斷雲、榼口流隘石、

［羊角］高い山。王褒の「九懐」昭世に「登羊角兮扶輿」（羊角に登りて輿を扶《たす》く）とあり、王逸注に「陞彼高山、徐顧眄也」（彼の高山に陞《のぼ》り、徐ろに顧み眄むなり）という。方東樹は「『羊角』の六句は、銅山を寫す」と言う。

［榼口］樽や桶の口。聞人倓は『淮南子』氾論訓の「霤水足以盈壺榼」（霤水は以つて壺榼に盈たすに足る）を引き、「榼口は、澗の淺きに喩ふるなり」と言い、「又た、羊角は峯高ければ、雲斷たれんと欲して其の棲まふを冀ひ、榼口は水小さければ、石隘《せま》きに當たりて其の流れを通ぜんことを願ひ、以つて年命の長からざれば、大藥を得んことを庶《こひねが》ひ、或ひは以つて終古の情を慰むべきに喩ふるなり」と言う。

［流…石］劉峻の「辨命論」に「放勳之世、浩浩襄陵、天乙之時、焦金流石」（放勳の世は、浩々として陵に襄《のぼ》り、天乙の時は、金をも焦がし石をも流す）とある（「放勳」は、堯帝。「天乙」は、湯王）。

5　銅溪晝沈森、乳竇夜涓滴、

［沈森］「森沈」に同じく、薄暗いさま。聞人倓は『文選』注の「森、盛貌」（森は、盛んなる貌なり）、および『風俗通義』山澤「沈」の「沈、莽也。言其平望莽莽無涯際也」（沈は、莽なり。言ふこころは平らかに望めば莽々として涯際無きなり）を引く。

［乳竇］後世の范成大は「山の洞穴の中は、凡そ石脈の湧く處、乳牀と爲し、融結して下垂し、其の端は輕薄にして、中空、水乳且つ滴り且つ凝る」と言う。

［涓滴］液の滴るさま。『増韻』に「涓滴、水點、又瀝下

也」（涓滴は、水点じ、又た瀝《したた》り下るなり）という。

6　既類風門磴、後象天井壁、

［風門］地名。『水經注』には「屈縣有風山、上有穴如輪、風氣蕭瑟不止。當其衝所、略無生草。蓋衆風之門也」（屈県に風山有り、上に穴の輪のごとき有り、風気蕭瑟として止まず。其の衝く所に当つては、略ぼ草を生ずる無し。蓋し衆風の門ならん）とあるが、聞人倓は鮑堅の『武陵記』を引いて「風門の山に、石門有り、地を去ること百餘丈なり。將に風の起こるを欲せんとすれば、（此の門に）隱隱として黒氣の上がる有り、須臾にして（黒風の競つて起こる有り）天に竟《つ》く（朗州に在り）」と言い、黄節は方東樹が「風門の磴は、注家『武陵記』を引く」と言うのを引いて、「按ずるに『廣東通志』に『韶州府乳源縣は、北のかた行けば風門に出で、梯を度りて諸嶺を上下すれば、磴道崄巇として、尺寸陡絶す』と」と言う（「磴道《たうどう》」は、石を敷きつめた登山道）。

［天井］地名。聞人倓は日月星辰の点在する天を指すとし、陸機の「挽歌」詩の「臥観天井懸」（臥して天井の懸かるを観る）を引くが、黄節は関所名とし、『漢書』成帝紀の「陽朔二年詔『秋關東大水、流民欲入函谷・天井・壺口・五阮關者、勿苛留』」（陽朔二年詔あつて「秋関東大水あり、流民の函谷・天井・壺口・五阮関に入らんと欲する者は、苛留せしむる勿かれ」と）および應劭注に「天井在上黨高都」（天井は上党の高都に在り）というのを引く。

7　蹀蹀寒葉離、灇灇秋水積、

［蹀蹀］『楚辭』九章「哀郢」の洪興祖の補注には「跳は、行く貌なり」と言うが、聞人倓は「按ずるに、『蹀蹀』は、動く貌なり」と言い、方東樹は「『蹀蹀』は、掘る時の景を寫し、甚だ妙なり」と言う。

［灇灇］大水の注ぐさま。謝靈運の「於南山往北山經湖中瞻眺」詩に「俛視喬木杪、仰聆大壑灇」（俛《ふ》して喬木の杪《こずゑ》を視、仰ぎで大壑の灇《そそ》ぐを聆《き》く）とある。

8　松色隨野深、月露依草白、

［月露］月光に輝く露。後世の謝朓の「高松賦」には「懷

風陰而送聲、當月露而留影」（風陰を懷いて聲を送り、月露に當たりて影を留む）と見える。

9　空守江海思、豈愧梁鄭客、

［空守］方東樹は「『空守』の四句は、自ら作意を述ぶるも、晦くして未だ亮らかならず」と言う。

［梁・鄭］ともに地名。聞人倓は「列子は、鄭の人なり。鄭は、戰國の梁の地なり」と言い、錢振倫は「莊子は、蒙の人なり。蒙は梁の地と爲す。即ち並びに莊・列を指すも亦た可なり。然れども語は迂晦なり。『史記』張儀傳に『鄭より梁に至ること二百餘里なり』と。疑ふらくは此れ明遠自ら行蹤を述ぶると爲さん、説は下篇（「見賣玉器者」詩）に詳らかなり」と言う。

10　得仁古無怨、順道今何惜、

［得仁］『論語』堯曰篇に「欲仁而得仁、又焉貪」（仁を欲して仁を得れば、又た焉んぞ貪らんや）とある。

［順道］『魏志』鍾繇傳注に「順道者昌、逆德者亡」（道に順ふ者は昌《さか》え、德に逆ふ者は亡ぶ）とあり、『禮記』祭統に「孝者畜也、順於道不逆於倫、是之謂畜」（孝者の畜《やしな》ふや、道に順ひて倫に逆らはず、是れを之れ畜ふと謂ふ）という。

日落望江贈荀丞

荀丞について、呉摯父は「荀伯子及び子の赤松は、均しく尚書左丞と爲る。伯子は元嘉十五年に卒し、東陽太守に官たれば、明遠は蓋し尚ほ未だ出でざるならん。赤松は元凶の殺す所と爲り、史は文學有りと言はず。此の荀丞は左丞と稱せず、殆ど別の一人ならん。伯子の族弟の昶《ちゃう》、字は茂祖は文藝を以つて中書郎に至り、子の萬秋、字は元寶も亦た才學を用つて自ら顯はるるも、皆丞に官たる者無し」と言う。それに対し、錢仲聯は「按ずるに『宋書』禮志に『大明三年尚書左丞の荀萬秋をして五路禮圖を造《つく》らしむるに、四年正月戊辰、尚書左丞籍田儀注を奏す』等の語有り、則ち是の時萬秋は尚書左丞と爲る。本集の『月下登樓連句』の句を連ぬる者に荀萬秋有り、照故《もと》より萬秋と舊有るを知る。此の詩の贈る所の者は、當に即ち萬秋なるべし。詩に『延頸望江陰』及び『君居帝京内』の語有り、水の南を『陰』と曰へば、是れ照の大明三年に於いて江北に客と作《な》りし時に此れを作り遙かに荀丞に江南なる者に寄するなり」と言い、荀萬秋であるとする。

王紹曾・劉心明氏もこの説を承けて、「孝武帝の大明二年（四五八）、鮑照は秣陵の令から永嘉（今の浙江省温州市）の令に轉じたが、翌年、罪を得て職を解かれている。その後の一時期、鮑照は長江北岸に流浪の旅に出ている。この詩はその時に作られたものである。荀丞は、荀昶の子の荀萬秋を指す。……」と言う（『謝靈運・鮑照詩選譯』）。

旅人乏愉樂　　旅人は愉楽に乏しく
薄暮增思深　　薄暮　増すます思ひ深し
日落嶺雲歸　　日落ちて嶺雲帰り
延頸望江陰　　頸を延ばして江陰を望む
亂流瀠大壑　　乱流は大壑に瀠《あつ》まり
長霧匝高林　　長霧は高林を匝《めぐ》る
林際無窮極　　林際は窮極する無く
雲邊不可尋　　雲辺は尋ぬべからず
惟見獨飛鳥　　惟だ見る独り飛ぶ鳥の
千里一揚音　　千里に一たび音を揚ぐるのみなるを
推其感物情　　其の物に感ずるの情を推せば
則知遊子心　　則ち知らん遊子の心
君居帝京内　　君は居り帝京の内
高會日揮金　　高会　日に金を揮《ふる》ふ
豈念慕群客　　豈に念はんや群を慕ふの客の
咨嗟戀景沈　　咨《し》嗟《さ》して景の沈むを恋ふるを

日暮れに長江を望み見ながら荀丞に贈る

旅人というのは楽しみが少なく
日没が迫るとますます物思いに沈むことになる
日が暮れて峰の雲が山に帰ると
首を延ばして長江の南の方を望み見た

あちこちからの流れが大きな谷にそそぎ込み
どこまでも漂う霧が高木の林をとりまいている
林は際限なく続き
雲はどこまで続くのか切りがない
ただ一羽孤独に飛ぶ鳥が
千里を行く途中で一度鳴き声を揚げたのが見えただけである
その鳥に心動かされ多感になる気持ちを推し量れば
旅人の心も分かろうというもの
それを君は都の中にいて
立派な集まりで毎日散財を惜しまずにいる
どうして仲間に会いたがっている旅人が
嘆き悲しんで沈み行く陽光を惜しく思っていることなど気にとめてくれようか

1　旅人乏愉樂、薄暮增思深、

[旅人]『易』旅に「旅人先笑後號咷」（旅人は先づ笑ひ後に号咷す）とある。張玉穀は「旅人に樂しみ乏しく、薄暮に思ひを増すは、即ち末句の景を戀ふるの意に對す」と言う（『古詩賞析』）。

[薄暮]日暮れが迫る。魏の武帝の「苦寒行」に「薄暮無宿棲」（暮れに薄《せま》りて宿の棲まふ無し）とある。

2　日落嶺雲歸、延頸望江陰、

[延頸]遠くを見やるさま。『後漢書』竇武傳に「天下雄俊知其風旨、莫不延頸企踵、思奮其知力」（天下の雄俊其の風旨を知り、頸を延ばして踵を企《つまだ》て、其の知力を奮はんことを思はざる莫し）とある。

3　亂流灇大壑、長霧匝高林、

[亂流]謝靈運の「登江中孤嶼」詩に「亂流趨正絶、孤嶼媚中川」（乱流正絶に趨き、孤嶼中川に媚ぶ）とあり、『爾雅』釋水に「正絶流曰亂」（正に流れを絶《わた》るを乱と曰ふ）というが、ここは横から流れ込んで流れを乱すというよりも、多くの川が一カ所に流れ込むことを言う。

[灇]あつまる。『詩』大雅「鳧鷖」に「鳧鷖在潨」（鳧鷖潨に在り）とあり、傳に「潨、水會也」（潨は、水の会《あつ》まるなり）という。また『集韻』に、「潨、或作灇」

（灇は、或いは瀿に作る）という。

［大壑］東方朔の『楚辭』七諫に「聽大壑之波聲」（大壑の波声を聴く）とある。

［高林］謝靈運の「石壁立招提精舍」詩に「絶溜飛庭前、高林映牕裏」（絶溜庭前に飛び、高林牕裏に映ゆ）とあり、『列子』黄帝に「遊吾園者、不思高林曠澤、寢吾庭者、不願深山幽谷」（吾が園に遊ぶ者は、高林曠澤を思はず、吾が庭に寝ぬる者は、深山幽谷を願はず）という。

4　林際無窮極、雲邊不可尋、

［雲…尋］『晉書』羊祜傳に「高山尋雲霓、深谷肆無景」（高山に雲霓を尋ね、深谷に景無きを肆《ほしいまま》にす）とある。

5　惟見獨飛鳥、千里一揚音、

［飛鳥］黄節は曹植の「雜詩」の「孤雁飛南遊、過庭長哀吟。翹思慕遠人、願欲托遺音」（孤雁飛びて南のかた遊び、庭を過ぎて長《ひさ》しく哀吟す。思ひを翹《あ》げて遠人を慕ひ、遺音に托せんと欲するを願ふ）と、さらに「飛鳥繞樹翔、噭噭鳴索群。願爲南流景、馳光見我君」（飛鳥樹に繞《めぐ》りて翔け、噭噭として鳴きて群を索む。願はくは南のかた流るる景と為り、光を馳せて我が君を見んことを）とを引き、「此の篇の『惟見』以下の數句の意の自《よ》りて出づる所なり」と言う。

［揚音］声を出す。宋玉「神女賦」に「含然諾其不分兮、喟揚音而哀歎」（然諾を含むも其れ分かたず、喟として音を揚げて哀歎す）とある。張玉穀は「獨鳥音を揚ぐは、落ちて遊子心傷むに到れば、群を慕ふの意已に含みて内に在り」と言う。

6　推其感物情、則知遊子心、

［遊子］『史記』高祖紀に「謂沛父兄曰、『遊子悲故郷』」（沛の父兄に謂ひて曰はく、「遊子は故郷を悲しむ」と）とある。

7　君居帝京内、高會日揮金、

［高會］立派な者たちの集まり。左思の「呉都賦」に「昔者夏后氏朝群臣於茲土、而執玉帛者以萬國、蓋亦先王之所高會、而四方之所軌則」（昔者夏后氏群臣を茲《こ》の土に

朝し、而して玉帛を執る者は万国を以つてす、蓋し亦た先王の高会する所にして、而して四方の軌則する所ならん）とあり、劉淵林の注に「左傳曰、禹會諸侯於塗山、執玉帛而朝者萬國」（左伝に曰はく、禹諸侯を塗山に会し、玉帛を執りて朝する者は万国たらしむと）という。

［揮金］金をまく。張協の「詠史詩」に「揮金樂當年、歳暮不留儲」（金を揮ひて当年を楽しみ、歳暮に儲へを留めず）とある。

8　豈念慕群客、咨嗟戀景沈、

［豈念…］張玉穀は「後の四句は荀の方に當《まさ》に意を得て舊交を念はざるに就きて收め住《とど》むるのみなるも、而も己の群を慕ひ景を戀ふるは、已に其の念はざるの中に在りて點ずること明らかなり」と言う（『古詩賞析』）。

行樂至城東橋

「行樂」は、漢の楊惲《やううん》の「報孫會宗書」に「人生行樂耳、須富貴何時」（人生は行楽するのみ、富貴を須《もち》ふるは何《いづ》れの時ぞ）とあるのに基づき、遊びを言う。ただし張溥本は「樂」を「藥」に作る。

劉坦之が宋本の「行樂」を承けて張溥本の「行藥」は「行樂」に作るべきであるとしている点に関し、黄節は誤りであるとして『北史』邢巒傳の『孝文行藥するに因りて、司空府の南のかたに至り、巒の宅を見る』は是れ行藥にして、當に五臣注の劉良の云ふ所の『服藥するに因りて、行きて之れを宣導す』のごとくなるべし。梁茝林曰はく『潘安仁藥するに宣勞を以つてするは、蓋し此の意に即《つ》くならん』と。杜詩の『行藥頭涔涔』も、當に亦た此れに本づく」と言う（「宣導」・「宣勞」は、気晴らし、慰労）。

劉坦之は「行樂」説を採り、「此れ明遠に感ずる有りて作るなり。言ふこころは晨を侵して將に出でて遊び、遠郊を眺めんとして、城東の門に至り、方《はじ》めて且《まさ》に景物を延覽せんとするに、而るに行く者の塵、已に飛びて路を塞げり。夫《か》の宦に遊び利に從ふの徒を觀れば、擾擾營營として、先を爭ふこと萬里、各おの百年の身のために累《わづら》はされざるもの莫し。百年の幾ばくも無きを知らず、惟だ當に此の少壯の時に及んで、芳榮を開布すべきのみなるは、何ぞ乃ち徒らに自ら章を含みて、盛年の失ふを驚くなる。且つ尊貴にして徳有るの者は、形に役せらるるを免れずと雖へども、猶ほ以つて名を後世に揚ぐるを得。孤賤にして聞こゆる無き人のごときは、乃ち亦た其の間に奔走し、坐《そぞ》ろ衰老するを見れば、端《まさ》に誰がためにして辛苦するかを知らずと。蓋し亦た人に時に及んで自ら樹《た》つるを勉めしむるならん」と解釈する。

陳胤倩は、「行藥」は無官の者の富貴を忘れられない歎きの様子であるとして、「行藥の間身、莊馗に於いて人の奔走するを見れば、自らを顧みて何爲る者ぞやと。未だ富貴の人を忘れずんば、安んぞ能く歎かざらんや」と言う（「間身」は、無官の身。「莊」は六方向に達する道、「馗」は九箇所から交わる道）。

鷄鳴關吏起　鷄鳴きて関吏起き
伐皷早通晨　皷《つづみ》を伐《う》ちて早《つと》に晨《あした》を通ず
嚴車臨迴陌　車を厳《いまし》めて迴《はる》かなる陌《みち》に臨み
延瞰歷城闉　延瞰して城闉《じやういん》を歴《ふ》
蔓草緣高隅　蔓草は高隅に縁り
脩楊夾廣津　脩楊は広津を夾《はさ》む
迅風首旦發　迅風　首旦に発し
平路塞飛塵　平路　飛塵に塞がる
擾擾遊宦子　擾々《ぜうぜう》たり遊宦の子
營營市井人　営々たり市井の人
懷金近從利　金を懐きて近く利に従ひ
撫劍遠辭親　剣を撫して遠く親に辞す
爭先萬里塗　先を争ふ万里の塗《みち》
各事百年身　各おの事《つか》ふ百年の身
開芳及稚節　芳を開くは稚節に及び
含綵吝驚春　綵を含むは驚春を吝《を》しむ
尊賢永照灼　尊賢は永く照灼し
孤賤長隱淪　孤賤は長く隠淪す
容華坐銷歇　容華は坐ろ銷歇《せうけつ》すれば
端爲誰苦辛　端《まさ》に誰がためにか苦辛する

＊題の「樂」字、張溥本・『詩紀』・『文選』は「藥」に作る。

＊「塗」字、五臣本『文選』は「途」に作る。
＊「含」字、張溥本・李善本『文選』は「合」に作る。
＊「綵」字、李善本『文選』は「采」に作り、五臣本は「彩」に作る。
＊「照」字、『文選』は「昭」に作る。
＊「銷」字、張溥本・『文選』は「消」に作る。

散歩して城の東の橋にまで至る

朝鶏が鳴くと関所の役人が目を覚まし
太鼓を叩いて早くも夜明けを知らせる
車を仕度して遥かに続く大通りに出
遠く見渡しながら城下の東の端まで行ってみた
つる草が高い城壁の隅に這い
長く垂れた楊《やなぎ》が広々とした川の渡しを囲んでいる
すばやい風が朝早くに起ち
平らかな路も舞い上がる砂塵でいっぱいである
入り乱れているのは仕官している者たちであり
あくせくとしているのは市場に集まる人々である
金を持っている者は近か場で利を追い求め
剣を握っている者は遠くから係累を振り切って来ている
万里の長い道のりを先を争い
それぞれが自分の一生にふり回されている
花が咲いているのは若い時であり
色づく頃には行く春を勿体ないと思うようになる
偉人や賢者はいつまでも輝くものの
独りぼっちの下層階級は落ちぶれたまま変わらない
容貌の華やかさはいつの間にか消えて無くなるのに
いったい誰のために苦労しているのだろう

1　鶏鳴關吏起、伐鼓早通晨、

［鶏鳴］『史記』孟嘗君傳に「關法、鶏鳴出客」（関の法は、鶏鳴きて客を出だす）とある。呉伯其は「張溥本」に従って「行藥」説を採り、『鶏鳴』云云は、是れ蚤《つと》に起き、『擾擾』云云は、更に蚤に起くる者有り。然れども我の鶏鳴きて起き、陌に臨みて闉を歴るは、只だ行藥を爲すのみにして、初めより利を爲さず。彼の擾擾とし

て營營たるの徒は、盡く是れ孳孳として利を爲す者なり」と言う。

[伐鼓]鼓を打つ。『詩』小雅「采芑」に「鉦人伐鼓」(鉦人鼓を伐つ)とあり、「伐鼓淵淵」(鼓を伐ちて淵々たり)とある。

2　嚴車臨迥陌、延瞰歴城闉、

[嚴車]車を整える、門を出る仕度をする。『楚辭』九思「逢尤」に「嚴載駕兮出戲遊」(載駕を厳《いまし》めて出でて戯れ遊ぶ)とある。

[延瞰]宋玉の「神女賦」に「望余帷而延視」(余が帷を望みて延視す)とあり、『廣雅』に「瞰、視也」(瞰は、視るなり)という。

[闉]城郭の隅。『詩』鄭風「出其東門」の「出其闉闍」の毛傳に「闉、城曲也」(闉は、城の曲《くま》なり)とある。

3　蔓草縁高隅、脩楊夾廣津、

[蔓草…]『詩』鄭風「野有蔓草」に「野有蔓草、零露漙兮」(野に蔓草有り、零露漙《したた》る)とある。呉伯其は「『蔓草』の四句は、是れ景を寫さず、正に人を寫す。高隅は人行きて至らず、故に蔓草を生ずるのみ。修楊道を夾むがごときは、正に是れ人の行く所の通津にして、路を塞ぐの飛塵は、正に是れ擾擾として營營たるの人の蹴り起こす所なり」と言う。

[高隅]城壁の上方。嵇康の「雜詩」に「皎皎朗月、麗于高隅」(皎々たる朗月、高隅に麗し)とある。

4　迅風首旦發、平路塞飛塵、

[迅風]『楚辭』遠遊に「軼迅風於清源兮」(迅風を清源に軼《す》ぐ)とある(「軼」は、過ぎる、追い越す)。

[旦發]黄節は『詩』に「明發不寐」(明発寐ねず)とあり、疏に「至旦而明、則地開發」(旦に至りて明ければ、則ち地開け発《ひら》かる)というのを引き、「旦發は、猶ほ明發のごとし」と言うが、「旦發暮還」(『晉書』荀晞傳)、「夕聞旦發」(『魏書』趙郡王幹傳)等の例もあることから、「首旦」を夜明けととり、「旦發」は「旦に発す」と訓ずるものとし、意味については暫く措きたい。

[平路]安全な道。『楚辭』遠遊に「爲余先乎平路」(余

せる)。

がために平路に先んぜしむ) とある (「先」は、案内さ

5　擾擾遊宦子、營營市井人、

[擾擾]乱れるさま(1の呉伯其の説を参照)。枚乘の「七發」其九に「其波涌而雲亂、擾擾焉若三軍之騰裝」(其の波は涌きて雲は乱れ、擾々焉として三軍の騰装のごとし) とある。

[遊宦] 陸機の「爲顧彦先贈婦」詩 (其二) に「遊宦久不歸、山川脩且闊」(宦に遊びて久しく帰らず、山川脩《なが》く且つ闊し) とあり、『漢書』淮南王に「薄昭……予厲王書……曰『……遊宦事人……』」(薄昭の……厲王に書を予《あた》へて……曰はく「……宦に遊びて人に事ふ……」と) という。

[營營]『列子』天瑞に「林類曰『吾又安知營營而求生之非惑乎』」(林類曰はく「吾又た安んぞ営々として生を求むるの惑ふに非ざるを知らんや」と) とある。

[市井]『莊子』徐無鬼篇に「商賈無市井之事則不比」(商賈は市井の事無ければ則ち比《たの》しまず) とあり、司馬彪は「九夫爲井、井有市」(九夫を井と為し、井に市有り) という。また『漢書』貨殖傳序に「商相與語財、利於市井」(商相与に財を語れば、市井に利あり) とある。

6　懷金近從利、撫劍遠辭親、

[懷金]『後漢書』耿弇傳に「耿弇曰『……虜掠財物、劫掠婦女、懷金玉者、至不生歸』」(耿弇曰はく「……財物を虜掠し、婦女を劫掠し、金玉を懐く者は、生きながらは帰らざるに至る」と) とある。また、『抱朴子』に「夫程鄭・王孫・羅裒之徒、乘肥衣輕、懷金挾玉者爲之倒屣」(夫《か》の程鄭・王孫・羅裒の徒は、乗肥え衣軽く、金を懐き玉を挟む者にして之れがために屣を倒《さかしま》にす) とあり、『説文』に「懷、藏也」(懐は、蔵するなり) という。

[從利]『漢書』董仲舒傳に「萬民之從利也、如水之走下」(万民の利に従ふや、水の下に走るがごとし) とある。

[撫劍]『左傳』襄公二十六年に「子朱怒、撫劍從之」(子朱怒り、剣を撫して之れに従ふ) とある。

[辭親] 親しい者のもとを去る。『烈女傳』節義「秋潔」に秋胡子の妻が秋胡子に言った言葉として「妻曰『子束

髪辭親往仕』」（妻曰はく「子束髪すれば親を辭して仕に往く」と）とある。

7　爭先萬里塗、各事百年身、

［爭先］王羲之の「答許詢」詩に「爭先非吾事、靜照在忘求」（先を争ふは吾が事に非ず、静照は求むるを忘るるに在り）とある。

［百年］人の一生。『抱朴子』勤求に「幼弱則未有所知、衰邁則歡樂並廢、……況於全百年者、萬未有一乎」（幼弱なれば則ち未だ知る所有らず、衰邁なれば則ち歓楽並びに廃す、……況んや百年を全くする者に於いてをや、万に未だ一つも有らず）とあり、『文選』李善注に引く『養生經』に「黄帝曰、上壽百年」（黄帝曰はく、上寿は百年なりと）という。

8　開芳及稚節、含綵吝驚春、

［開芳…］李善は「草を以つて人に喩ふるなり。草の芳を開くは、宜しく少節に及ぶべし。既に彩を含むを以つてすれば、理として驚春を惜しむ。夫れ草の春を驚くは、花葉必ず盛え、盛ゆれば必ず衰ふる有ればなり、固より當に惜しむべき所なり」と言う。

　呉伯其は「『開芳』の二句は、舊注に人當に光を韜《かく》すべしと謂ふも、上文に於いては義通ぜず。余參軍の『詠史』詩に、『繁華及春媚』の五字有るを觀、忽ち此の二句の解を得たり。此の詩の『及』の字『春』の字は、即ち『詠史』の『及』の字『春』の字なり。『稚節』も亦た『春』なり。『開芳』は即ち『繁華』なり。人若《も》し志を得て要津に據らば、少年の際に在りては、何等繁華なる。他人は此の繁華を見て、未だ驚かざる者有らず。其の光彩を韜斂するがごとき者は、則ち以つて悔吝《くわいりん》と爲さざること鮮《すくな》し。故に『驚春を吝しむ』と曰ふなり」と言う。

　李榕村は「芳を開くは當に稚節に及ぶべきも、此れを過ぐれば則ち蹉跎たり、此れ世人の春に驚く所以なり。惟だ采を含む者は則ち吝しみて春に驚くを肯ぜず、其れ亦た唐人の所謂『心自有所待、甘爲物華誤』（心に自ら待つ所有れば、甘んじて物華のために誤らる）なる者か。末の四句は即ち此の意を申ぶ。而して以つて自らを其の照灼を羨まずして、其の隠淪に甘んずる者なりと道《い》ふ。容華銷《と》け歇くるに至りて、而して辛苦する所の者は、誰と爲すかを知らず。所謂『含采吝驚春』なる者は此れなり」と言う（「物華」は、自然の景物）。

［稚節］春（前の「開芳…」注の呉伯其の説を参照）。陸機の「桑賦」に「亹稚節以夙茂、蒙勁風而後凋」（稚節を亹《うつく》しくして以つて夙に茂り、勁風を蒙りて而る後凋む）とある。

［含綵］曹毘の「冶城賦」に「含彩可以寶珍」（彩りを含みて以つて宝珍たるべし）とある。

［吝］惜しむ。『易』繋辭傳に「悔吝者、憂虞之象也」（悔吝とは、憂虞の象なり）とあり、また孔安國の『尚書』傳には「吝、惜也」（吝は、惜しむなり）という。なお、この「吝」字について元の方回は「各」に作るべきだとし、『文選』は『吝』の字に注し、殊に力を費やす。豈に上文に『各事百年身』有るを以つての故に、此の句に於いて『各』の字を避けて以つて『吝』の字と爲さんや。愚見を以つて之れを決すれば、當に『開芳及稚節、含綵各驚春』に作るべし。此れ蓋し行藥の際に、夫《か》の芳を開き綵を含むの藥物の、未だ老いざるの時に及ぶを見れば、皆春に驚くの色有るに感ずる有るらん。以つて夫の仕宦して劍を撫し市井に金を懐くの徒に譬ふ。然れども當時の所謂る尊くして賢き者は、永久に光り顯らかにして、吾が曹の孤にして賤しき者は、則ち隠淪に終はり、坐ろ衰老と成れば、誰がためにか空しく辛苦するや。故に曰はく此れ志を得ざるの詩なりと」と言う。

9　尊賢永照灼、孤賤長隠淪、

［尊賢］『説苑』政理に「子賤……至單父、請其耆老尊賢者、而與之共治單父」（子賤……単父に至り、其の耆老と尊賢の者に、而ち之れと共に単父を治めんことを請ふ）とある。

［孤賤］『後漢書』文苑傳に「黄香上疏讓曰、『臣江・淮孤賤、愚朦小生』」（黄香疏を上《たてまつ》りて讓りて曰はく、「臣は江・淮の孤賤にして、愚朦なる小生なり」と）とある。

［隠淪］うらぶれる。李善は「『隠淪』は、幽隠沈淪するを謂ふなり」と言う。

10　容華坐銷歇、端爲誰苦辛、

［容華坐銷歇］陸機の「長歌行」に「容華宿夜零、無故自消歇」（容華宿夜に零《しぼ》み、故無くして自ら消歇す）とある。

［端爲］畢竟するところ、結局。「端」は、「究竟、到底」の意の副詞（『漢語大詞典』の見解による）。

［苦辛］「古詩」に「轗軻長苦辛」（轗軻として長く苦辛す）とある。

答客

この詩は、寒門の士たる自らの心情を吐露している。「この詩は別に楚辭より出典を得ていないが、發想法として『楚辭』卜居に學ぶ所が多いと考える。それに彼はこの詩で、何ら掩飾することなく眞情をあらわし、作品の制作動機を語っている」と言う（伊藤正文氏）。

幽居屬有念　幽居して屬《ちか》ごろ念ふ有るも
含意未連詞　意を含みて未だ詞を連ねず
會客從外來　客の外より来たるに会へば
問君何所思　問ふ君何の思ふ所ぞと
澄神自惆悵　神を澄ませて自ら惆悵《ちうちやう》とし
嘿慮久迴疑　黙し慮りて久しく迴疑するかと
謂賓少安席　謂《い》はく賓少《しばら》く席に安んぜよ
方爲子陳之　方《まさ》に子のために之《の》れを陳べんと
我以華門士　我華門《ひつもん》の士たるを以つて
負學謝前基　学に負《そむ》きて前基に謝す
愛賞好偏越　愛賞は偏越なるを好み
放縱少矜持　放縦にして矜持《きんぢ》すること少なし
專求遂性樂　専ら性を遂ぐるの楽しみを求め
不計緝名期　名を緝《をさ》むるの期を計らず
歡至獨斟酒　歓び至れば独り酒を斟《く》み
憂來輒賦詩　憂ひ来たれば輒ち詩を賦す
聲交稍希歇　声交　稍く希歇し
此意更堅滋　此の意更に堅滋す
浮生急馳電　浮生は馳電を急《せ》かせ
物道險絃絲　物道は絃絲を険しくす

深憂寡情謬　深く情寡《すくな》きの謬りを憂ひ
進伏両睽時　進むと伏すると両つながら時に睽《そむ》く
願賜卜身要　願はくは身を卜ふの要を賜はり
得免後賢嗤　後賢の嗤《わら》ひを免るるを得んことを

＊題の「荅」字、『詩紀』は「答」に作る。
＊「偏」字、張溥本・『詩紀』は「徧」に作る。
＊「聲交」、本集に「一に『交友』に作る」とある。
＊「睽」字、張溥本・『詩紀』は「暌」に作る。

旅人の問いに答える

隠棲して近ごろ思うことがあるが
考えはあるもののまだ言葉に出していなかった
他の土地からやって来た旅人に会ったところ
あなたは何を考えているのかと聞く
心を消沈させていきおい失意の悲しみのみを表し
考えを口に出さず長い間ああでもないこうでもない
　と考えていた
旅人にしばらくお座りいただくことにし
やっとあなたのためにお話ししましょうと切り出し
た
私は寒門出身の士で
学問もせずに先人の築いた礎石からかけ離れています
好みといえば偏って非常識なものが好きで
勝手気ままで誇れるものは有りません
ひたすら嗜好に適う楽しみばかりを求め
名を築く時のことを計画したことがありません
嬉しいことがあれば一人で酒を飲み
心配事があればそのたびに詩を作ります
友と話すことが次第に無くなると
そんな気持ちがあらためて断固として盛んになります
はかない人生は稲妻のように速く過ぎ
人の進路は真っ直ぐな糸のように危険なものです
どうしたいのかの気持ちに乏しいという筋違いを犯
　すことがひどく心配で
出仕も隠棲もともに気持ちの折り合いがつかずにい

ます
できることなら我が身の将来を知る要諦をあなたか
ら授かり
後世の賢者に嘲笑されないように済めばと思います

1　幽居屬有念、含意未連詞、

[幽居] ひっそり暮らす。『禮記』儒行に「幽居不淫」(幽居して淫らならず)とある。
[屬] 近頃。『後漢書』呉漢傳に「屬者恐不與人」(属《ちか》ごろ人と与にせざるを恐る)とあり、注に「屬、猶近也」(属とは、猶ほ近ごろのごときなり)という。また『魏志』賈詡傳に「屬適有所思、故不即對耳」(属ごろ適《たま》たま思ふ所有り、故に即ちには対せざるのみ)とある。
[含意]「古詩十九首」に、「含意倶未申」(意を含みて倶に未だ申べず)とある。

2　會客從外來、問君何所思、

[客…]「古詩十九首」に「客從遠方來」(客遠方より来たる)とある。

3　澄神自惆悵、嘿慮久迴疑、

[澄神] 曹植の「七啓」序に「飛遯離俗、澄神定靈」(飛遯して俗を離れ、神を澄まして霊を定む)とある。
[惆悵] 歎き悲しむさま。陶潜の「歸去來兮辭」に「奚惆悵而獨悲」(奚《なん》ぞ惆悵として独り悲しむ)とある。

4　謂賓少安席、方爲子陳之、

[安席]『戰國策』楚策・一に「楚王曰、寡人臥不安席、食不甘味、心搖搖如懸旌而無所終薄」(楚王曰はく、寡人臥するも席に安んぜず、食するも味を甘しとせず、心は揺々として旌を懸くるがごとく、而して終に薄《いた》る所無し)とある。

5　我以蓽門士、負學謝前基、

[蓽門] 粗末な小さい門。『左傳』襄公十年に「蓽門圭竇之人」(蓽門圭竇の人)とある(「圭竇」は、くぐり門、正門横の小さい出入口)。
[前基]『水經』巻四「河水又南、崌谷水注之」の酈道元注には「……山南に石室有り、……東廂の石上は、猶ほ

杵臼の跡を伝へ、庭中に亦た舊宇の處有り、尚ほ前基を髣髴たらしめ、……」と言い、『齊書』王慈傳にも「陛下萬國の齊聖群生を保合し、當に前基の弊軌を刪り、皇斉の孝則を啓くべし」と言う。

6　愛賞好偏越、放縱少矜持、

［愛賞］『宋書』謝晦傳に「高祖深加愛賞、群僚莫及」（高祖深く愛賞を加へられ、群僚に及ぶもの莫し）とある。

［矜持］誇り。『晉書』王羲之傳に「王氏諸少並佳、然聞信至、咸自矜持」（王氏の諸少は並びに佳きも、然れども信の至るを聞けば、咸《みな》自ら矜持す）とある。

7　專求遂性樂、不計緝名期、

［遂性］性に適う。嵇康の「答難養生論」に「然松柏之生、各以良殖遂性」（然れども松柏の生は、各おの良殖を以つて性を遂ぐ）とある。

8　歡至獨斟酒、憂來輒賦詩、

［斟酌］注ぎ足りないのを「斟」、注ぎ過ぎるのを「酌」という。『蜀志』諸葛亮傳に「斟酌損益」（損益を斟酌す）とある。

［賦詩］『左傳』襄公二十八年に「賦詩斷章、余取所求焉」（詩を賦し章を断じ、余求むる所を取る）とある。

9　聲交稍希歇、此意更堅滋、

［聲交］語らいによる交流。『禽經』に「鶴以聲交而孕」（鶴は声の交はるを以つて孕む）とある。

10　浮生急馳電、物道險絃絲、

［馳電］晋の「白紵舞歌辭」に「人生世間如電過」（人の世間に生くるは電の過ぐるがごとし）とある。

［絃絲］楽器の弦のように真っ直ぐである。『續漢書』五行志に「京都童謠云、『直如絃、死道邊、曲如鈎、反封侯』」（京都の童謡に云ふ、「直ぐなること絃のごときは、道辺に死し、曲れること鈎《かぎ》のごときは、反つて侯に封ぜらる」）とある。

11　深憂寡情謬、進伏兩睽時、

［寡情］気持ちの込め方が乏しい。陸機の「文賦」に「言寡情而鮮愛、辭浮漂而不歸」（言は情寡くして愛鮮《すくな》く、辞は浮き漂ひて帰せず）とある。

12　願賜卜身要、得免後賢嗤、

［卜身］己が身の処し方を占う。王逸の『楚辭・卜居』章句」序に「……屈原履忠貞之節、而見嫉妬、念讒佞之臣、承君順非、而蒙富貴、己獨忠直、而身放弃、心迷意惑、不知所爲、乃往至太卜之家、稽問神明、決之蓍龜、卜己居世、何所宜行、冀審要策、以定嫌疑、……」（……屈原忠貞の節を履《ふ》みて、而も嫉妬せられ、讒佞の臣の、君の非に順ふを承けて、而も富貴を蒙り、己《おの》れ独り忠直にして、而も身は放弃せらるるを念ひ、心迷ひ意惑ひて、為す所を知らず、乃ち往きて太卜の家に至り、神明に稽問して、之れを蓍亀に決し、己が世に居るを卜ひ、何をか宜しく行ふべき所ぞと、冀はくは要策を審らかにし、以つて嫌疑を定めん、……）とある。

［後賢］『越絶書』第十五「越絶篇敍外傳記」に「賜見『春秋』改文尚質、……亦發憤記呉越章句、其篇以喩後賢」（賜『春秋』の文を改め質を尚ぶを見て、……亦た発憤して呉越の章句を記せば、其の篇は以つて後賢を喩《さと》すなり）とある。

白雲

白雲を見ながらやがてそれに乗り仙化する主体の思い、すなわち自らの思いを、「游仙詩」の体で詠む。

探靈喜解骨　　霊を探して喜びて骨を解き
測化善騰天　　化を測りて善く天に騰《あが》る
情高不戀俗　　情高くして俗を恋はず
厭世樂尋仙　　世を厭《いと》ひて仙を尋ぬるを楽しむ
錬金宿明館　　金を錬りて明館に宿り
屑玉止瑤淵　　玉を屑《けつ》りて瑤淵に止まる
鳳歌出林闕　　鳳歌して林闕《りんけつ》を出で
龍駕渡蓬山　　龍駕して蓬山を渡る

凌崖采三露　崖を凌《のぼ》りて三露を采り
攀鴻戲五煙　鴻に攀《よ》ぢて五煙に戯る
昭昭景臨霞　昭々として景は霞に臨み
湯湯風媚泉　湯々として風は泉に媚《こ》ぶ
命娥雙月際　娥を双月の際に命じ
要媛兩星間　媛を両星の間に要《もと》む
飛虹眺卷河　虹を飛ばして巻河を眺め
汎霧弄輕絃　霧を汎《う》かべて軽絃を弄ぶ
笛聲謝廣賓　笛声　広賓に謝せば
神道不復傳　神道　復た伝はらず
一逐白雲去　一たび白雲を逐ひて去らば
千齡猶未旋　千齢　猶ほ未だ旋《めぐ》らざらん

＊「渡」字、張溥本・『詩紀』は「戻」に作る。

白雲

霊妙なる境地を求めて喜んで尸解し
仙化を考えてうまく天に翔け上がる
気持ちは高尚で世俗を慕わず
俗世に嫌気がさせば仙を求めることを楽しむ
金を錬るために夜光る館に泊まり
玉を紛にするために仙界の瑶水に憩う
鳳の歌とともに林間の宮殿を出で
龍の挽く車で蓬莱山を飛び越える
高山の崖に登って三色の露を採取し
鴻に乗って慶雲と遊ぶ
輝く日の光は霞に映え
流れる風は泉を渡って行く
常娥を月に呼び出し
織女を天の川に誘う
虹を飛ばしてその上から曲がりくねる天の川を眺め
霞を浮かべてその上で軽快な弦楽を奏でるのである
笛の音とともに多くの賓客に別れを告げれば
遊仙の方法は二度とわからない
一たび白雲につき従って行ってしまえば
千年経っても戻ってこないのである

1　**探靈喜解骨、測化善騰天、**

［解骨］尸解仙。『史記』封禪書に「宋毋忌・正伯僑・充尚・羨門高最後皆燕人。爲方僊道、形解銷化、依於鬼神之事」（宋毋忌・正伯僑・充尚・羨門高最も後《おく》れ皆燕の人なり。仙道に方《のつと》り、形解けて銷化し、鬼神に依るの事を為す）とあり、服虔注に「尸解なり」という。黄節は白雲との関連から、『易』に「雲從龍」（雲は龍に従ふ）というのを引き、「『解骨』・『騰天』は、龍を謂ふなり。『拾遺記』に『方丈之山東有龍場、有龍皮骨如山阜、布散百頃。遇其蛻骨之時、如生龍』（方丈の山の東に龍場有り、龍の皮骨の山阜のごとき有り、百頃に布散す。其の蛻骨の時に遇へば、龍を生むがごとし）とあり、『説文』に『龍春分而登天、秋分而入川』（龍は春分にして天に登り、秋分にして川に入る）とあり」と言う。これに拠れば、龍の脱皮、脱骨を言う。

［測化］変化を知る。顧覬之の「定命論」に「聖人聰明深懿、履道測化」（聖人は聡明にして深懿、道を履み化を測る）とある（「懿」は、大きく深く立派であること）。

2　**情高不戀俗、厭世樂尋仙、**

［厭世］『莊子』天地篇に「華封人曰、『千歳厭世、去而上仙。乘彼白雲、至於帝鄕』」（華の封人曰はく、「千歳世を厭ひ、去りて上仙す。彼の白雲に乗りて、帝郷に至る」と）とある。

3　**錬金宿明館、屑玉上瑤淵、**

［錬金・屑玉］仙化の方術。『魏書』釋老志「道家」に「金を化して玉を銷《とか》し、符を行ひて水を勑《いまし》むるに至りては、奇方妙術、万等千条、上なるは羽化して天を飛ぶと云ひ、次なるは災を消して禍を滅すと称す」と言う。

［明館］夜光の館。郭憲の『洞冥記』巻三に「明莖草……亦名洞冥草、帝令剉此草爲泥、以塗雲明之館。夜坐此館、不加燈燭」（明茎草は……亦た洞冥草とも名づく、帝此の草を剉《き》りて泥と為し、以つて雲明の館に塗らしむ。夜此の館に坐するに、灯燭を加へず）とある。

［瑤淵］美しい川の渕。陶淵明の「讀山海經」詩（其三）に「亭亭明玕照、落落清瑤流」（亭々たり明玕の照き、落々たり清瑤の流れ）とあり、『文選』李善注に引く『山

海經』西山經に「鍾山之東曰瑤岸」（鍾山の東を瑶岸と曰ふ）という。

4　鳳歌出林闕、龍駕渡蓬山、

［鳳歌］鳳凰のうたう歌。『山海經』海外西經に「軒轅之丘、……鸞鳥自歌、鳳鳥自舞」（軒轅の丘は、……鸞鳥自ら歌ひ、鳳鳥自ら舞ふ）とある。

［林闕］林の中に建つ宮闕。孫綽の「遊天台山賦」に「朱闕玲瓏於林間」（朱闕林間に玲瓏たり）とある。

［龍駕］龍の挽く車に乗る。『楚辭』九歌「雲中君」に「龍駕兮帝服」（龍駕して帝服す）とあるのを踏まえる。

［蓬山］『山海經』海内東經に「蓬萊山在海中」（蓬萊山は海中に在り）とある。

5　凌崖采三露、攀鴻戲五煙、

［三露］老いた者が飲むと若返るという黒・青・黄三色の露。郭憲の「洞冥記」巻二に「（武）帝曰『何謂吉雲。』（東方）朔曰『……雲起、五色照入、著於草樹、皆成五色露珠、甚甘。』帝曰『吉雲露可得乎。』朔乃東走、至夕而返、得玄露青露。盛青琉璃、……跪以獻帝。遍賜群臣、群臣得嘗者、老者皆少」（武帝曰はく「何をか吉雲と謂ふ」と。東方朔曰はく「……雲起こり、五色照りて入り、草樹に著《あらは》るれば、皆五色の露珠と成り、甚だ甘し」と。帝曰はく「吉雲の露は得べきか」と。朔乃ち東のかた走り、夕べに至りて返り、玄露・青露を得たり。青き琉璃に盛り、……跪《ひざまづ》きて以つて帝に献ず。遍く群臣に賜へば、群臣の嘗《な》むるを得たる者、老いたる者も皆少《わか》し）とある。

［五煙］五色の瑞雲。『宋書』符瑞志に「雲有五色、太平之應也、曰慶雲。若雲非雲、若煙非煙、五色紛縕、謂之慶雲」（雲に五色あり、太平の応なり、慶雲と曰ふ。雲のごときも雲に非ず、煙のごときも煙に非ず、五色紛縕たり、之れを慶雲と謂ふ）という。

［攀鴻］鴻に乗る。郭璞の「遊仙詩」に「駕鴻乘紫煙」（鴻に駕して紫煙に乗る）とある。

6　昭昭景臨霞、湯湯風媚泉、

［昭昭］陸機の「擬迢迢牽牛星」詩に「昭昭清漢輝、燦

燦光天歩」（昭々たり清漢の輝き、燦々たり光天の歩み）とある。

［湯湯］流れるさま。『書』堯典に「湯湯洪水方割」（湯々として洪水は方《まさ》に割《そこな》ふ）とあり、注に「湯湯、流貌」（湯々は、流るる貌なり）という。

7　命娥雙月際、要媛兩星間、

［娥］嫦娥。『淮南子』覧冥訓に「羿請不死之藥於西王母、嫦娥竊以奔月」（羿不死の薬を西王母に請ふに、嫦娥窃みて以つて月に奔る）とある。

［雙月］二艘の月の船。『洞冥記』巻三に「影娥池中有遊月船・觸月船」（影娥池の中に遊月船・触月船有り）とある。

［要媛］美女と約束する。曹植の「洛神賦」に「解玉佩以要之」（玉佩を解きて以つて之れに要《もと》む）とあり、『文選』李善注に「要、屈也」（要は、屈するなり）、『廣雅』に「要、約也」（要は、約するなり）という。また『説文』に「媛、美女也」（媛は、美女なり）とある。

［兩星］牽牛星と織女星。錢振倫の注に、焦林の『大斗記』を引いて「天河之西、有星煌煌、與參俱出、謂之牽牛。天河之東、有星微微、在氐之下、謂之織女。世謂之雙星」（天河の西に、星の煌々たる有り、参と俱に出づ、之れを牽牛と謂ふ。天河の東に、星の微々たる有り、氐の下に在り、之れを織女と謂ふ。世に之れを双星と謂ふ）という。

8　飛虹眺巻河、汎霧弄輕絃、

［飛虹］『楚辭』九懷「株昭」に「乘虹驂蜺兮」（虹に乗じ霓を驂ず）とある。

［巻］曲がりくねる。『詩』大雅「巻阿」の毛傳に「巻、曲也」（巻は、曲がるなり）とある。

［汎霧］霧に乗る。『漢武内傳』に「東方朔乘雲飛去、仰望、大霧覆之、不知所在」（東方朔雲に乗りて飛び去り、仰ぎ望めば、大霧之れを覆ひて、在る所を知らず）とある。

9　笛聲謝廣賓、神道不復傳、

［笛聲］仙化に際して吹く笛の音。劉向の『列仙傳』王子喬に「王子喬、周靈王太子晉也。好吹笙、作鳳皇鳴。

遊伊・洛之間、道士浮丘公接以上嵩高山。三十餘年後、求之於山上、見桓良曰、『告我家、七月七日待我於緱氏山巓』。至時果乘白鶴駐山頭、望之不得到、擧手謝時人、數日而去」（王子喬は、周の霊王の太子晋なり。笙を吹くを好み、鳳皇の鳴を作《な》す。伊・洛の間に遊び、道士浮丘公接して以つて嵩高山に上る。三十餘年の後、之れを山上に求むれば、桓良を見て曰はく、「我が家に告げよ、七月七日我を緱氏山の巓に待てと」と。時に至れば果たして白鶴に乘りて山頭に駐まる、之れを望むも到るを得ず、手を擧げて時人に謝し、數日にして去る）とある。

[神道] 形が無く、見ることも知ることもできない道。『易』觀に「觀天之神道、而四時不忒、聖人以神道設教、而天下服矣」（天の神道を觀れば、而ち四時忒《たが》はず、聖人神道を以つて教へを設くれば、而ち天下服せり）とあり、疏に「神道者、微妙無方、理不可知、目不可見、不知所以然而然、謂之神道」（神道なる者は、微妙にして方無く、理として知るべからず、目も見るべからず、然《しか》くして然る所以を知らず、之れを神道と謂ふ）という。

10 一逐白雲去、千齢猶未旋、

[白雲] 2の「厭世」の注を参照されたい。

[未旋] 戻ってこない。『詩』小雅「黄鳥」に「言旋言歸、復我邦族」（言に旋り言に歸り、我が邦族に復《かへ》る）とある。

和王丞

王丞は、王僧綽。聞人倓は『宋書』を引いて、「王僧《さう》綽《しやく》は初め江夏王義恭の司徒參軍と爲り、始興王の文學秘書丞に轉ず」と言う。

制作年代に関して、黄節は「呉摯父曰はく『宋書に、僧綽は元嘉二十六年尚書吏部郎と爲る、と。此の詩は二十六年以前の作なり。蓋し臨川王服竟はり田里に歸る時ならん』と」と言うが、錢仲聯は『宋書』王僧綽傳に『僧綽は初め始興王の文學秘書丞・司徒左長史・太子中庶子と爲り、元嘉二十六年を以つて尚書吏部郎に徙る』と。按ずるに、此の詩は晩《おそ》きに至るも當に二十五年の前に作らるるべし。蓋し僧綽は初め始興王の文學と爲りし時、照は國侍郎と爲り、同に王府に在り、遂に相款洽す。故に僧綽轉じて秘書丞と爲り、此の唱和の作有り。呉摯父の説は是に非ず」と言う。

限生歸有窮　　限れる生は窮まり有るに帰するも
長意無已年　　長き意は年を已《を》ふる無し
秋心日迴絶　　秋心　日に迴《はる》かに絶え
春思坐連綿　　春思　坐ろ連綿たり
銜協曠古願　　曠古の願ひに銜《ふく》み協ひ
斟酌高代賢　　高代の賢を斟酌《しんしゃく》す
遯迹倶浮海　　迹を遯《のが》れて倶に海に浮かび
採藥共還山　　薬を採りて共に山に還る
夜聽横石波　　夜に聴く石に横たはる波
朝望宿巖煙　　朝に望む岩に宿る煙
明澗予沿越　　明澗は予《よ》沿ひ越え
飛羅子縈牽　　飛羅は子《し》縈《ひ》り牽く
性好必齊遂　　性の好みは必ず斉《ひと》しく遂げ
迹幽非妄傳　　迹の幽なるは妄《みだ》りには伝ふるに非ず
滅志身世表　　志を身と世の表に滅し
藏名琴酒間　　名を琴と酒の間に蔵せん

＊「意」字、本集・張溥本・『詩紀』並びに「一に『憶』に作る」と言う。
＊「横」字、張溥本は「黄」に作る。
＊「予」字、張溥本・『詩紀』は「子」に作る。
＊「沿」字、『詩紀』は「沿」に作る。
＊「子」字、張溥本・『詩紀』は「予」に作る。

文学秘書丞の王僧綽に唱和する

限り有る人生は行き詰まるものなのに
限りない願い事は止むことがない
秋のもの思いが日毎に薄れてゆくと
春のもの思いがいつの間にか続いている
遠き好き時代の人の願った事に合わせようと考え
昔の良き先賢のことをあれこれ思い描いてみた
世俗から足跡を消すために君と船に乗って海に出よう

仙薬を採りに一緒に山に戻ろう
夜は石の上を洗う波の音を聞き
朝は岩場に立ちこめる靄を眺めるのである
輝く谷水に沿って君は渡り行き
頭上に真っ直ぐ延びた蔓を私はからめ取り手ぐり寄せる
本性の趣くままを必ず一緒に仕遂げれば
崇高な足跡が世に伝わらぬ(むだに伝わる)はずがない
俗世への志を我が身我が世の外で断ち切り
名声も琴や酒の楽しみの中に仕舞ってしまおう

1　限生歸有窮、長意無已年、

［限生］限りある命。『莊子』養生主に「吾生也有涯」(吾が生くるや涯有り)とある。聞人倓は「按ずるに、此れ即ち陶公の所謂『世短意常多』なり」と言い、方東樹は『限生』の二句は、即ち『人生不滿百』の意なり、陶公は之れを衍《し》きて五字と爲し、更に言簡にして意足れり。此の二句は再び衍くと雖も、而も但だ新妙なるを見るのみにして、其の襲ふを見ず。句重なり字澀り、造語の妙の人に在るを悟るべし」と言う。なお、鮑照の「學陶彭澤體」詩の「長憂非生意、短願不須多」の二句も、陶淵明の「世短意常多」の句を踏まえる。

［長意］絶えることのない思い。銭振倫は『白虎通』著龜を引いて「龜之爲言久也、蓍之爲言耆也、久長意也」(亀の言を為すや久しきなり、蓍の言を為すや耆《お》ゆるなり、久長の意なり)と言うが、上の［限生］の注に引く方東樹の説に従いたい。

2　秋心日迥絶、春思坐連綿、

［秋心・春思］聞人倓は「按ずるに、『秋心』『春思』は、相續きて絶えざるなり、所謂『長意無已年』なり」と言い、方東樹も『秋・春』の二句は、即ち上の『長意無已』を承く」と言う。「春思」は、曹植の「雜詩」に「春思安可忘、憂戚與我幷」(春思安んぞ忘るべけんや、憂戚我と幷はせり)とある。

［迥絶］人里から遠く隔たる。潘岳の「上客舍議」に「諸劫盜、皆起于迥絶、止乎人衆」(諸劫盜は、皆迥絶に起こり、人衆に止む)とある。

［連緜］謝靈運の「過始寧墅」詩に「巖峭嶺稠疊、洲縈渚連緜」（巌峭しくして嶺稠畳と、洲縈《めぐ》りて渚連綿たり）とある。

3　銜協曠古願、斟酌高代賢、

［銜協］心に適《かな》い、心に懐く。聞人倓は「銜は、含むなり。『篇海』に『協は、合ふなり』と」と言う。

［曠古願・高代賢］聞人倓は「按ずるに、言ふこころは轍を古人の願ひに合する有るなり」と言う。「曠」は摯虞の「左丘明讃」に「曠代彌休」（曠代弥いよ休む）とあり、『博雅』に「曠、遠也」（曠は、遠きなり）という。方東樹は「所謂『古願・高賢』とは、即ち下の管・龐二人を指すなり」と言う。

［斟酌］『後漢書』鄭興傳に「興好古學、尤明左氏・周官、長於歷數、自杜林・桓譚・衞宏之屬、莫不斟酌焉」（興古学を好み、尤も左氏・周官に明るく、歴数に長ずれば、杜林・桓譚・衛宏の属より、斟酌せざる莫し）とある。『蜀志』諸葛亮傳に「至于斟酌損益、進盡忠言」（斟酌損益に至りては、進みて忠言を尽くす）とあり、唐の李賢の注に「斟酌は、其の意の指すを取るを謂ふなり」と言う。もと、注ぎ足りないのを「斟」と言い、注ぎすぎるのを「酌」と言う。

4　遯迹倶浮海、採藥共還山、

［遯迹］足跡を消す。『晉書』文苑傳「李充」に「遁迹永日、尋響窮年」（迹を遁れて日を永くし、響きを尋ねて年を窮む）とあり、鮑照の「秋夜」詩（其二）にも「遁跡避紛喧」と見える。

［浮海］海へ逃れる。『三國志』管寧傳に「管寧……天下大亂、聞公孫度令行於海外、遂與原及平原王烈等至於遼東」（管寧……天下大いに乱れ、公孫度の令の海外に行はるるを聞き、遂に原及び平原の王烈等と遼東に至る）とあり、『論語』公冶長に「道不行、乘桴浮於海」（道行はれずんば、桴《いかだ》に乗りて海に浮かばん）という。

［採藥］『後漢書』逸民傳に「龐公……攜其妻子登鹿門山、因採藥不返」（龐公……其の妻子を携へて鹿門山に登り、因りて薬を採りて返らず）とある。

5　夜聽横石波、朝望宿巖煙、

［夜聽］聞人倓は「澗流横ぎりて石上を過ぐ、故に『横石波』と曰ふ。山煙早《つと》に巖間に屯《あつ》まる、故に『宿巖煙』と曰ふなり」と言う。

［望…煙］『易林』豫之第十六「觀」に「十里望煙、散渙四方」（十里に煙を望めば、四方に散渙たり）とある。

6　明澗予沿越、飛羅子縈牽、

［飛羅］真っ直ぐのびた枝。孫綽の「遊天台山」賦に「攬樛木之長羅、援葛藟之飛莖」（樛木の長羅を攬《と》り、葛藟の飛茎を援《ひ》く）とあり、潘岳「河陽縣作」詩の「飛莖」の張銑注（『文選』）に「飛莖は、直生の枝なり」と言う。

7　性好必齊遂、迹幽非妄傳、

［必齊遂］必ず一緒に思いを遂げる。聞人倓は「言ふこころは、兩人性は幽棲を好み、志は必ず遂ぐるを期し、庶はくは虚しく其の名を傳ふるに至らざることをとなり」と言い、方東樹は「按ずるに、『南史』は僧綽の始興王の秘書丞と爲るを載せず、沈約の『宋書』と詳略同じからず。僧綽の仕跡は、能く歸退するの人に非ず。此れ當に是れ虚志を以つて相期望すべし。故に後に『必齊遂』云ぬんと云ふは、祝願の辭なり」と言う。

8　滅志身世表、藏名琴酒間、

［滅志］俗情を消す。聞人倓は「『滅志』は、其の俗情を銷《け》すを言ふなり」と言う。後世の何遜も「窮鳥賦」で「既に志を雲霄に滅し、遂に心に園沼に甘んず」と言う。

［身世］自身と俗世。『晉書』呂光載記に「史臣曰、昔……隗囂干紀、靡終身世」（史臣曰はく、昔……隗囂紀を干《をか》し、身世を終ふる靡《な》し）とあり、鮑照の「四賢詠」にも「身世兩相棄」と見える。

秋夜二首

其一

夜久膏既竭　　夜久しくして膏既に竭《つ》くるも
啓明旦未央　　啓明　旦《あした》に未だ央《なか》ばならず

環情倦始復　環情　始復するに倦み
空闇起晨裝　空闇に晨装を起こす
幸承天光轉　幸ひに天光の転ずるを承け
曲景入幽堂　曲景　幽堂に入る
徘徊集通隟　徘徊として集まりて隙を通り
宛轉燭迴梁　宛転として燭《て》らして梁に迴《めぐ》る
帷風自卷舒　帷の風は自ら巻舒《けんじょ》し
簾露視成行　簾の露は視《み》すみす行を成す
歳役急窮晏　歳役は窮と晏を急にし
生慮備温涼　生慮は温と涼を備ふ
絲紈夙染濯　絲紈《しくわん》　夙《つと》に染濯《せんたく》せられ
綿綿夜裁張　綿々として夜に裁張せらる
冬雪旦夕至　冬雪　旦夕に至り
公子乏衣裳　公子　衣裳に乏し
華心愛零落　華心は零落を愛し
非直惜容光　直《ただ》に容光を惜しむのみに非ず
願君翦衆念　願はくは君よ衆念を翦《き》り
且共覆前觴　且《しばら》く共に前觴を覆《くつがへ》さんことを

＊「闇」字、張溥本・『詩紀』は「閨」に作り、本集・『詩紀』に「一に『閣』に作る」とある。
＊「景」字、張溥本・『詩紀』は「影」に作る。
＊「翦」字、『詩紀』は「剪」に作る。

秋の夜

其の一
夜もずいぶん時間が経って灯火はもう消え尽きても
明けの明星が出ていて朝はまだ明け切らない
繰り返す感情は反復するのに飽きあきし
人気のない薄暗い早朝に(夫君の所に)出かける支度を始めた
折り良く太陽がまた昇り
屈曲した陽光が奥の部屋まで射し込んでくる
陽光は行きつ戻りつしながら集まって隙間を通り抜け
巡るように照らしながら梁を回る
風がそれにつれて帷《とばり》を巻き上げ

露が見るみるうちに簾に筋状に連なる
一年の賦役は乏しくても平穏でもいづれにしても急
かされるが
生活の心配は寒暖に備えること
白絹の繊維を早くから染め上げ
幾夜もかけて仕立てて来ている
冬の雪が朝夕に降るようになると
夫君は着る物がなくなる
華やぐ心は凋《しぼ》みがちで
花咲いているのを惜しんでいるだけではすまない
できることなら君よ多くの心配事を断ち切り
しばし一緒に馴染みの酒壺を飲み干しましょう

1　夜久膏既竭、啓明旦未央、

［啓明］明けの明星。『詩』小雅「大東」に「東有啓明、西有長庚」（東のかたに啓明有り、西のかたに長庚有り）とあり、傳に「日且出、謂明星爲啓明」（日且《まさ》に出でんとするに、明星を謂ひて啓明と為す）という。

2　環情倦始復、空闇起晨裝、

［環情］繰り返す感情。傅玄の「朝時篇怨歌行」詩に「情思如循環、憂來不可遏」（情思循環するがごとく、憂ひ来たりて遏《つ》くべからず）とある。

［晨裝］明けがた旅支度をする。陶潛の「始作鎮軍參軍經曲阿作」詩に「投策命晨裝、暫與田園疏」（策を投げて晨装を命じ、暫く田園と疏《うと》し）とある。

3　幸承天光轉、曲景入幽堂、

［天光］太陽。張衡の「東京賦」に「消啓明、掃朝霞、登天光於扶桑」（啓明を消して、朝霞を掃ひ、天光を扶桑に登す）とある。『左傳』荘公二十二年に「有山之材、而照之以天光」（山の材にして、之れを照らすに天光を以つてする有り）とあり、疏は「上天は明を以つて下に臨み、之れを照らすに天光を以つてす」と言う（山の資源を陽光が照らし、豊かにすること）。

［幽堂］張協の「七命」に「幽堂晝密、明室夜朗」（幽堂昼に密かに、明室夜に朗《あき》らかなり）とある。

［曲影］『史記』平津侯傳に「未有樹直表而得曲影者也」

（未だ直表を樹《た》てて曲れる影を得る者有らざるなり）とあり、『抱朴子』に「明鏡擧則傾冠見矣、羲和照則曲影覺矣」（明鏡挙がれば則ち傾冠見《あら》はれ、羲和照れば則ち曲影覚《さと》らる）とあり、王僧孺の「與何炯書」に「不能早從曲影、遂乃取疑邪徑」（早に曲影に従ふ能はず、遂に乃ち疑ひを邪径に取る）とある。）

4　徘徊集通隟、宛轉燭迴梁、

［通隟］隙間ができて（物を）通す。『韓非子』亡徴に「木之折也必通蠹、牆之壞也必通隙」（木の折るるや必ず蠹《と》を通し、牆の壊るるや必ず隙を通す）とある。

5　帷風自卷舒、簾露視成行、

［卷舒］巻いたり広がったりする。何劭の「贈張華詩」に「四時更代謝、縣象迭卷舒」（四時更《こも》ごも代謝し、県象迭《たが》ひに巻舒す）とあり、『淮南子』人間訓に「詘伸贏縮卷舒」（詘伸し贏縮し巻舒す）という。

6　歳役急窮晏、生慮備温涼、

［生慮］生活の心配。謝靈運の「鄰里相送方山」詩に「積痾謝生慮、寡欲罕所厥」（積痾生慮を謝《さ》り、欲寡くして厥く所罕れなり）とある。

［温涼］暖かさと寒さ。歳月。季節の変化。陶潜の「閑情賦」に「嗟温涼之異氣、或脱故而服新」（温涼の気を異にするを嗟《なげ》き、或は故《ふる》きを脱ぎて新しきを服す）とある。また陸機の「門有車馬客行」に「拊膺攜客泣、掩淚敍温涼」（膺《むね》を拊《な》でて客を携へて泣き、涙を掩ひて温涼を叙ぶ）とあり、呂向の注（『文選』）に「敍別離之歲月」（別離の歳月を叙ぶ）という。

7　絲紈夙染濯、綿綿夜裁張、

［紈］白絹。『説文』に「紈、素也」（紈は、素なり）とある。

［綿綿］應璩の「百一詩」に「秋日苦作短、遙夜邈綿綿」（秋日短しと作《な》すを苦しみ、遥夜邈として綿々たり）とある。

8　冬雪旦夕至、公子乏衣裳、

[衣裳]『易』繫辭下に「黄帝堯舜、垂衣裳而天下治」(黄帝堯舜、衣裳を垂れて天下治まる) とある。

9　華心愛零落、非直惜容光、

[華心] 若く盛んな心。黄節は鮑照の「觀漏賦」に「纓華思於奔月」(華思を奔月に纓《めぐ》らす) とあると言い、「『華心』は、猶ほ『華思』のごときなり」と言う。

[零落]『楚辭』離騷に「惟草木之零落兮、恐美人之遲暮」(草木の零落するを惟《おも》ひ、美人の遅暮するを恐る) とある。

[容光] 姿。張華の「情詩」に「佳人處遐遠、蘭室無容光」(佳人遐か遠きに処り、蘭室に容光無し) とあり、徐幹の「室思」詩に「端坐而無爲、髣髴君容光」(端坐して為す無く、髣髴たり君が容光) という。

10　願君翦衆念、且共覆前觴、

[衆念] 多くの気がかり。陶淵明の「閑情賦」に「惆惆不寐、衆念徘徊」(惆々として寐ねず、衆念徘徊す) とある。

[覆…觴] 杯中の酒を飲み干すことから、これ以上は飲めないこと。劉琨の「答盧諶詩」に「澄醪覆觴、絲竹生塵」(澄醪は觴を覆へし、絲竹は塵を生ず) とあり、鄒陽の「酒賦」に「縱酒作倡、傾碗覆觴」(酒を縦ままにして倡を作《な》し、碗を傾けて觴を覆へさん) という。

其二

遁跡避紛喧　　跡《あと》を遁《のが》れて紛喧を避け
貿農棲寂寞　　農に貿《か》へて寂寞に棲む
荒徑馳野鼠　　荒径には野鼠馳せ
空庭聚山雀　　空庭には山雀聚《あつ》まる
既遠人世歡　　既に人世の歓びに遠ざかり
還頼泉卉樂　　還た泉卉の楽しみに頼る
折柳樊場圃　　柳を折りて場圃に樊《まがき》し
負綆汲潭壑　　綆《つるべなは》を負ひて潭壑に汲む
霽旦見雲峯　　霽《は》れたる旦に雲の峰を見
風夜聞海鶴　　風の夜に海鶴を聞く
江介早寒來　　江介　早に寒来たり

白露先秋落　白露　秋に先んじて落つ
麻壟方結葉　麻壟《まろう》　方《まさ》に葉を結び
瓜田已掃籜　瓜田　已に籜《たく》を掃《はら》ふ
傾揮忽西下　傾揮（暉）忽ち西のかた下り
迴景思華幕　景を迴らせば華幕を思ふ
攀蘿席中軒　蘿に攀《よ》ぢて中軒に席するも
臨觴不能酌　觴《さかづき》に臨んで酌む能はず
終古自多恨　終古　自ら恨み多く
幽悲共淪鑠　幽悲　共に淪鑠《りんしゃく》す

＊「貿」字、張溥本は「貨」に作る。『字彙』に「貿は、俗の『貿』字なり」という。
＊「負」字、張溥本は「貞」に作る。
＊「揮」字、張溥本・『詩紀』は「暉」に作り、銭仲聯は「『揮』に作るは、誤りなり」という。

其の二
身を隠して騒々しさを避け
農業をする程度の寂しさの中で暮らすようになった
荒れた小道には野鼠が走り
人気のない庭には山雀が集まってくる
人の世の歓びから遠ざかった上に
湧き水に生える草々の楽しみにまですがる
柳を折って田畑の垣根を作り
つるべ縄を背負って深い谷の水を汲み上げに行く
晴れた朝には雲の峰が目に入り
風の夜には海鶴の鳴き声が聞こえる
大川の辺りは早くから寒さが到来し
秋の訪れる前から白い露が降りる
麻畑ではいま葉が付いたばかりなのに
瓜畑ではもうすっかり枯葉も無くなっている
傾く太陽がたちまち西に沈むと
移り行く光とともに花園に居たいと思うようになる
絡んだつた葛《かづら》を手繰って帰り格子窓の長廊下に座ったが
杯に向かっても飲むことが出来ない
古来ずっと秋の夜は恨みが多いもの
奥深い悲しみとともに我が身は消沈していく

1　遁跡避紛喧、貧農棲寂寞、

［遁跡］俗世から足跡を消す。董仲舒の「士不遇賦」に「卞随・務光遁迹于深淵」（卞随・務光迹を深渕に遁《のが》る）とある。

［貧農］星川清孝氏は「農業をする代わりの程度の閑職にいて」とする。聞人倓は『亢倉子』の「農攻食、賈攻貨」（農は食を攻め、賈は貨を攻む）を引き、商業と農業の利の意とするが、黄節は「本集の『蕪城賦』の『孳貨鹽田』は、此れ『貨農』を言ひ、利を農より生むを謂ふなり」と言い、方東樹の言を引いて、「『貨』は定めて是れ『貸』字の誤りならん。『詩』の『代食』の意を用ふ。『代』と『貸』とは、古字通ず。注家『亢倉子』の『農攻食、賈攻貨』を引くは、是に非ず。此の下に並びに『攻貨』の語意無し」と言う。

2　荒徑馳野鼠、空庭聚山雀、

［荒徑…］方東樹は「『荒徑』の十二句は、田園の景を寫し、直ちに目に即するを書し、全く畫意を得。……」と言い、また「『荒徑』の二句は、陶の『弱湍馳文魴』を模して、全く陶より出づ。……」と言う。

［野鼠］『漢書』蘇武傳に「蘇武……掘野鼠去草實而食之」（蘇武……野鼠の草実を去るを掘りて之れを食らふ）とある。鮑照の「蕪城賦」にも見える。

［空庭聚山雀］蘇伯玉の妻の「盤中」詩に「空倉雀、常苦饑」（空倉の雀、常に飢ゑに苦しむ）とある。

3　既遠人世歡、還頼泉卉樂、

［泉卉］「卉」は、草類の総称。『説文』に「『卉』、草之總名」（「卉」は、草の総名なり）という。

4　折柳樊場圃、負綆汲潭壑、

［折柳樊場圃］「樊」は、まがきを作る。『詩』齊風「東方未明」に「折柳樊圃、狂夫瞿瞿」（柳を折りて圃に樊《まがき》すれば、狂夫瞿々たり）とあり、傳に「樊、藩也」（樊は、藩なり）という（「瞿瞿《くく》」は、あわてて何もできないさま）。

「場圃」は、刈り入れ場、畑地。『周禮』地官に「場人、掌國之場圃」（場人は、国の場圃を掌る）とあり、疏に

「場圃連言、同地也。春夏爲圃、秋冬爲場」（場圃は連ねて言へば、地に同じきなり。春夏を圃と爲し、秋冬を場と爲すなり）という。

［綆］井を汲むつるべ。『莊子』至樂篇に「綆短者不可以汲深」（綆短かき者は以つて汲むこと深かるべからず）とあり、『説文』に「綆、汲井綆」（綆は、井を汲むの綆なり）という。

［潭壑］鮑照の「登廬山」詩にも「氛霧承星辰、潭壑洞江汜」と見える。

5　霽日見雲峯、風夜聞海鶴、

［雲峯］謝靈運の「初發入南城」詩に「雖未登雲峯、且以歡水宿」（未だ雲峰に登らずと雖も、且《まさ》に以つて水宿を歓ばんとす）とある。

［海鶴］『西京雜記』巻三に「茂陵富人袁廣漢、……築園、……其中致江鷗・海鶴・……」（茂陵の富人袁広漢、……園を築き、……其の中に江鴎・海鶴・……を致す）とある。

6　江介早寒來、白露先秋落、

［江介］長江の界隈。曹植の「雜詩」（其五）に「江介多悲風、淮泗馳急流」（江介悲風多く、淮泗急流を馳す）とあり、『楚辭』九章「哀郢」に「悲江介之遺風」（江介の遺風を悲しむ）という（「介」は「界」におなじく、縁辺の地一帯。「遺風」は、疾風）。

［早寒］顔延之の「秋胡詩」に「春來無時豫、秋至恆早寒」（春来たるも時として豫《よろこ》ぶ無く、秋至れば恒に早に寒し）とある。

［白露］『楚辭』九辯に「白露既下百草兮、奄離披此梧楸」（白露既に百草に下りて、奄《ひさ》しく此の梧楸に離披たり）とある。

7　麻壟方結葉、瓜田已掃籜、

［麻壟］麻畑のある丘。『詩』王風「丘中有麻」に「丘中有麻」（丘中に麻有り）とあり、『説文』に「丘、壟也」（丘は、壟なり）という。また『韻會』に「壟は、田中の高き處なり」と言う。

［結葉］葉が着く。沈約の「詠檐前竹」詩に「萌開籜已

垂、結葉始成枝」と言う。黄節は『廣雅』に「結は、曲るなり」とあるのを引いて丸まった葉とし、「此に『結葉』と言ふは、葉の巻曲するを謂ふなり」と言う。

[瓜田] 曹植の「君子行」詩に「瓜田不納履」（瓜田に履を納れず）とある。

[掃籜] 枯れ木の皮。謝靈運の「於南山往北山經湖中瞻眺」詩に「初篁苞緑籜、新蒲含紫茸」（初篁緑籜に苞まれ、新蒲は紫茸を含む）とあり、毛傳に「籜、槁也」（籜は、槁なり）という。鄭玄の箋には「槁謂木葉也、木葉槁、待風乃落」（槁は木の葉を謂ふなり、木の葉槁《か》るれば、風を待ちて乃ち落つ）といい、疏には「毛以爲落葉謂之籜」（毛は以つて落葉之れを籜と謂ふと為す）という。

8　傾揮忽西下、迴景思華幕、

[傾揮…] 「傾暉」に作れば、傾く太陽。方東樹は『傾暉』の六句は、情を言ひて歸宿す。『華幕』は、朝旭を言ふなり、流光迅速にして常なるべからざるを謂ふ」と言う。ただし「華幕」を「朝旭」とする説は採らない。下の「華幕」の注を参照。

[迴景] 西に移る陽光。晉の夏侯湛の「秋可哀」詩に「秋可哀兮哀秋日之蕭條、火迴景以西流」（秋は哀れむべく秋日の蕭条たるを哀れめば、火は景を迴らせて以つて西のかた流る）とある（「景」は、天体の運行）。また謝靈運の「酬從弟惠連」詩には「分離別西川、迴景歸東山」（分離して西川に別れ、景を迴《かへ》して東山に帰る）とある（「景」は、我が身）。

[華幕] 垂れる花の作る幕。聞人倓は張華の「武帝哀策文」に「華幕弗陳、器必陶素」（華幕は陳ねず、器は必ず素を陶しむ）とあるのを引くが、黄節は方東樹が「孫興公の『遂初賦』序に曰はく『少慕老・莊、仰其風流、乃經始東山、建五畝之宅。帶長阜、倚茂林、孰與坐華幕擊鐘鼓者同年、而語其樂哉』（少《わか》くして老・莊を慕ひ、其の風流を仰ぎて、乃ち東山に経始し、五畝の宅を建つ。長阜を帶び、茂林に倚れば、孰か華幕に坐し鐘鼓を撃つ者と年を同じくし、而して其の楽しみを語らんや）と。『華幕』は此れを用ひ、意は親切なり。注に張華を引くは、何ぞ與《あづ》からんや。乃ち信に古人の詩を讀みて其の本事に從はざれば、則ち其の志を逆《むか》ふる能はず、豈に淺學

の及ぶ所ならんや」と言うのを引く（「經始」は、始める計画を立てる）。後世の中唐の章孝標の「蜀中上王尚書」詩にも「梓桐花幕碧雲浮、天許文星寄上頭」と言う。

9　攀蘿席中軒、臨觴不能酌、

［攀蘿…］つた葛にかじり付く。『水經注』に「攀蘿捫葛」（蘿に攀ぢり葛を捫《な》づ）とあり、謝靈運の「嶺表賦」に「蘿蔓絶攀、苔衣流滑」（蘿蔓は攀づるを絶ち、苔衣は流れ滑らかなり）という。また梁の范雲の「送沈記室夜別」詩にも「捫蘿正憶我、折桂方思君」と言うことから、つた葛を手繰り寄せ、たどり着くこと。方東樹は『攀蘿』の四句は、另《ほか》に一意を換へ、以つて懷抱を寄す」と言う。

［席中軒］「軒」は、格子窓のある長廊下。左思の「魏都賦」に「周軒中天、丹墀臨猋」（周軒天に中たり、丹墀猋《つむじかぜ》に臨む）とあり、注に「長廊有窗、而周迴者」（長廊に窗有り、而して周迴する者なり）という。「中軒」は王融「詠秋胡妻」詩の「景落中軒坐、悠悠望城闕」、江淹「爲蕭驃騎録尚書事到省」表の「燿纓上序、鏘珮中軒」（纓を上序に燿かせ、珮を中軒に鏘《さか》んにす）等に用例が見られ（「上序」は、国立の大学）、「漢語大詞典」の見解によれば「軒中」であるとする。

10　終古自多恨、幽悲共淪鑠、

［幽悲］ひそかな悲しみ。潘岳の「寡婦賦」に「退幽悲於堂隅兮、進獨拜於牀垂」（退きては幽かに堂隅に悲しみ、進みては独り牀垂に拝する）とある。

［淪鑠］融けて無くなる。聞人倓は「『博雅』に「淪、没也」（淪は、没するなり）とあり、『楚辭』注に「鑠、化其渣滓也」（鑠は、其の渣滓《さし》と化するなり）とある」と言う（「渣滓」は、かす）。

觀圃人藝植

「圃人」は、畑造りの職人、庭や畑を造るおかかえ庭師。

善賈笑蠶漁　　善賈は蚕と漁とを笑ひ
巧宦賤農牧　　巧宦は農と牧とを賤しむ

遠養遍關市　遠く養ふは関市に遍《あまね》く
深利窮海陸　深く利するは海陸を窮む
乘軺實金羈　軺《せう》に乗るは実に金羈にして
當鑪信珠服　鑪《ひどこ》に当たるは信に珠服なり
居無逸身伎　身を逸《たの》しむの伎《わざ》無きに居れば
安得坐粱肉　安んぞ粱肉に坐するを得んや
徒承屬生幸　徒らに生に属するの幸ひを承け
政緩吏平睦　政緩《ゆるや》かにして吏平睦なり
春畦及耘藝　春畦は耘藝《うんげい》に及び
秋場早芟築　秋場は早に芟築《さんちく》す
澤閲既繁高　沢は閲《み》れば既に繁りて高く
山營又登熟　山は営めば又た登りて熟す
抱插壠上飡　插《すき》を抱く壠上の飡《そん》
結茅野中宿　茅を結ぶ野中の宿
空識己尚淳　空しく識る　己の淳なるを尚ぶを
寧知俗飜覆　寧んぞ知らんや　俗の飜覆するを

＊「鑪」字、張溥本・『詩紀』は「壚」に作る。
＊「識」字、『詩紀』は「織」に作る。
＊「插」字、張溥本・『詩紀』は「鍤」に作る。
＊「壠」字、張溥本は「壟」に作る。
＊「飡」字、張溥本・『詩紀』は「餐」に作る。
＊「飜」字、張溥本・『詩紀』は「翻」に作る。

おかかえ庭師の植え付けを見る

商売上手は養蚕業・漁業を笑い
巧妙な役人は農業・牧畜業を賤しむ
父母に食べさせようとする者は関所近くの市場まで
出向き
さかんに利を得ようとする者は海陸を歩き尽くす
軽やかな車に乗れば金の手綱を着け
酒屋を開けば珠飾りの服を着る
身を閑適にできる技の発揮できない所にいる者は
どうして米の飯や肉の料理にありつけよう
ただ何もしないで生きてゆける幸いだけを被り
政治は緩やかで役人にも苦しめられないだけである

春の畑では耕しては植え
秋の庭では早々と刈り入れ場を作ることができる
沢地の農地は高々と繁り
山地の農地も稔り熟す
鋤を抱えて畝で食事をし
茅の家を造って野に住む
何も知らずに自分の純朴さだけを知る者が
どうして世俗が不安定なものであることに気づこうか

1　善賈笑蠶漁、巧宦賤農牧、

［善賈］商売上手な商人。『史記』范雎蔡澤傳贊に「長袖善舞、多錢善賈」（長袖は舞を善くし、銭多きは賈を善くす）とある。

［巧宦］出世上手な役人。潘岳の「閑居賦」序に「司馬安四至九卿、而良吏書之題以巧宦之目」（司馬安四たび九卿に至り、而して良吏之れを書して題するに巧宦の目《もく》を以つてす）とある。

2　遠養遍關市、深利窮海陸、

［遠養］父母を養うために遠く出向く。『尚書』酒誥に「肇牽車牛遠服賈、用孝養厥父母」（肇《はじ》め車牛を牽きて遠く賈に服《したが》ひ、孝を用つて厥《そ》の父母を養ふ）とある。『公羊傳』宣公十二年には「廝・役・扈・養」と見え、いずれも雑役のしもべで、「廝」は薪とり、「役」は水くみ、「扈」は馬の世話、「養」は料理をする。

黄節はこれ以下の四句が司馬相如を想起させることについて、「『遠養』の四句は、蓋し計然・范蠡・子貢・卓氏を用つて、皆蠶・漁・農・牧を重んぜず、而して別に術を以つて利を致す者なりと言はん。『當壚』『珠服』は、且つ古辭『羽林郎』の『胡姬年十五、春日獨當壚。長裾連理帶、廣袖合歡襦。頭上藍田玉、耳後大秦珠』（胡姫年十五、春日独り壚に当たる。長裾に連理の帯、広袖に合歓の襦なり。頭上は藍田の玉、耳後は大秦の珠なり）を用ゐ、借りて文君の事を用つて卓氏を紱ぶれば、意は司馬相如に在らざるなり」と言う。

［關市］交通の要路で開かれる市。『周禮』天官「大宰」に「九賦、……七曰關市之賦」（九賦は、……七に曰は

く関市の賦なりと）とあり、『史記』貨殖列傳に「計然曰、『平糴齊物、關市不乏、治國之道也。』范蠡乗扁舟遊於江湖、之陶爲朱公。以爲陶、天下之中、諸侯四通、貨物所交易也、乃治産積居、遂至巨萬」（計然曰はく、「平《へい》糴《てう》物を斉へ、関市乏しからざるは、治国の道なり」と。范蠡扁舟に乗りて江湖に遊び、陶に之きて朱公と為る。以つて陶は、天下の中にして、諸侯四通し、貨物交易する所なりと為し、乃ち産を治めて居を積み、遂に巨万に至る）とある（「平糴」は、凶作の時に政府が穀物を安く売り出す）。

［窮海陸］後漢の李尤の「函谷關賦」に「涯浦零中、以窮海陸」（涯浦の零中に、以つて海陸を窮む）とある（「涯浦」は、水のほとり。「零中」は、雨の中の意であろう）。

3　乗軺實金羈、當鑪信珠服、

［乗軺］「軺《せう》」は、馬一頭だての軽い車。『史記』季布傳に「朱家乗軺車之洛陽」（朱家は軺車に乗つて洛陽に之く）とあり、索隠に「案、軺車謂輕車、一馬車也」（案ずるに、軺車は軽車を謂ふ、一馬の車なり）という。また、『史記』貨殖列傳に「子貢……廢著鬻財於曹・魯之間、結駟連騎、束帛之幣以聘享諸侯」（子貢は……著を廃して財を曹・魯の間に鬻《ひさ》ぎ、駟を結び騎を連ね、束帛の幣以つて聘せられて諸侯を享く）とある。

［金羈］「羈」は、馬具のおもがい。曹植の「白馬篇」詩に「白馬飾金羈、聯翩西北馳」（白馬金羈を飾り、連翩として西北に馳す）とある。

［當鑪］「鑪」は「盧」に同じく、もともと火床《ひどこ》、火入れの意で、ここは酒店。『漢書』司馬相如傳に「司馬相如之臨邛、盡賣車騎、買酒舍。乃令文君當盧、相如身自著犢鼻褌、與庸保雜作、滌器於市中」（司馬相如臨邛に之《ゆ》き、尽く車騎を売りて、酒舎を買ふ。乃ち文君をして盧に当たらしめ、相如は身自ら犢鼻褌を著けて、庸保と雑作し、器を市中に滌《あら》ふ）とある。また、『史記』貨殖列傳に「蜀卓氏即鐵山鼓鑄、運籌策、傾滇・蜀之民、富至僮千人」（蜀の卓氏は鉄山に即きて鼓鑄し、籌策を運らせ、滇・蜀の民を傾け、富は僮千人に至る）とある。

［珠服］左思の「呉都賦」に「矜其宴居、則珠服玉饌」（其の宴居を矜《ほこ》れば、則ち珠服玉饌なり）とある。

4　居無逸身伎、安得坐粱肉、

［逸身］『列子』楊朱に「可在樂生、可在逸身。故善樂生者不窶、善逸身者不殖」（生を楽しむに在るべし、身を逸《のが》るるに在るべし。故に善く生を楽しむ者は窶《やつ》れず、善く身を逸るる者は殖えず）とある（「殖」は、金儲けする）。

［粱肉］大粟（米やコーリャンの類）と肉食。『戰國策』趙策・三に「富不與粱肉期而粱肉至」（富みとは粱肉と期せずして粱肉至るなり）とあり、聞人倓は「按ずるに、言ふこころは居に安んじ利を獲るの術無くんば、何んぞ能く坐して粱肉を致さんや」と言う。

5　徒承屬生幸、政緩吏平睦、

［屬生幸］聞人倓は、『『左傳』注に『屬、適也』（属は、適《たま》たまなり）と」とあると言い、「我が生に幸ひ多きを言ふなり」と言う。

［吏平睦］『管子』明法解に「平吏之治官也、行法而無私、則奸臣不得其利焉」（平吏の官を治むるや、法を行ひて私無ければ、則ち奸臣は其の利を得ず）とある。聞人倓は、「平睦は、猶ほ和平のごときなり」と言う。

6　春畦及耘藝、秋場早芟築、

［畦］『説文』に「田五十畝曰畦」（田五十歩を畦と曰ふ）とある。

［場…築］『詩』豳風「七月」に「九月築場圃」（九月場圃を築く）とある（「場圃」は、刈り取った穀類を収める庭）。

［芟］くさぎる。『説文』に「芟、刈艸也」（芟は、艸を刈るなり）とある。

7　澤閲既繁高、山營又登熟、

［澤・山］『周禮』太宰に「九職、一曰三農、生九穀。二曰園圃、毓草木。……」（九職は、一に曰はく三農、九穀を生む。二に曰はく園圃、草木を毓《はく》む。……）とあり、「三農」は注に「山農、澤農、平地農也」（山農、沢農、平地農なり）という。また、『風俗通義』山澤「澤」に「水草交厝、名之爲澤」（水草交はり厝《まじ》はる、之れを名づけて澤と為す）とある。

〔閲〕『説文』に「閲、察也」（閲は、察するなり）とある。

〔登熟〕良く稔る。『越絶書』越絶外傳「記呉王占夢」第十二に「其民殷衆、禾稼登熟」（其の民殷《にぎは》ひて衆く、禾稼登熟す）とある。

8　抱插壠上飡、結茅野中宿、

〔插〕農具、すき。『鹽鐵論』巻五に「秉耒抱鍤、躬耕躬織者寡」（耒を秉りて鍤《すき》を抱き、躬《みづか》ら耕し躬ら織る者寡し）とあり、『釋名』に「鍤、插也。插地起土也」（鍤は、插すなり。地に插して土を起こすなり）という。「壠」は「壟」の別体。

〔結茅〕茅を編んで庵を作る。『拾遺記』後漢に「任末……依林木之下、編茅爲庵」（任末は……林木の下に依り、茅を編んで庵と為す）とある。

9　空識己尚淳、寧知俗飜覆、

〔己〕黄節は「『己』は、自らを謂ふなり」と言う。

〔尚〕聞人倓は「『尚』は、崇きなり、貴きなり」と言う。

（〔醇〕人情に厚い。『老子』に「其政悶悶、其民醇醇」（其の政悶々として、其の民醇々たり）とある。）

〔飜覆〕陸機の「君子行」に「休咎相乘躡、飜覆若波瀾」（休と咎《きう》と相乗り躡み、飜覆すること波瀾のごとし）とあり、『文選』五臣注で呂延濟は「飜覆は、定らざるなり」と言う（「休咎」は、吉凶）。

詠採桑

樂府の「採桑」曲について、郭茂倩は『樂府詩集』で「樂苑に、『採桑は、羽調曲なり、又た楊下採桑有り』と。考ふるに『採桑』は本《もと》と清商西曲なり」と言う。呉兆宜は『玉臺新詠』注で、「按ずるに、相和歌詞相和曲なり、樂府に又た『採桑度』有り、亦た『採度』と曰ひ、此れと異なる」と言う。

黄節は「此れ古辭の『陌上桑』に擬するなり。『宋書』樂志に、『大曲は十五曲なり。三に曰はく羅敷行、一は曰はく日出東南隅行、一は曰はく艷歌羅敷行、亦た曰はく日出行なり』と。『採桑曲』は『陌上桑』に擬し、明遠の此の篇は、最も古意を得たり。魏武の『駕虹蜺』篇、魏文の『棄故郷』篇のごときは、皆『陌上桑』と題するも、古辭に渉る無し。朱秬堂の『樂府正義』に『曹氏父子の擬する所の二篇は、一は則ち自づから神仙の侶と爲る有りと言ひ、一は則ち軍に萬里に從ふと言ひ、室家の思ひ有り、言外に意を見、其の宗を離れず、此れ漢・魏擬古の法なり』と謂ふは、非なり」と言う。

呉摯父は「孝武の宮闈瀆亂にして、殷姫に傾惑す、詩は殆ど此れがために作る」と言うが、詩中の「君」は不遇の士のように思われる。

季春梅始落　季春　梅始めて落ち
工女事蠶作　工女　蚕作に事《つか》ふ
(明鏡淨分桂　(明鏡　分桂を浄《きよ》くし
光顔畢苕蕚)　光顔　苕蕚《せうがく》を畢《つ》くす)
採桑淇洧間　桑を採る淇洧《きゐ》の間
還戲上宮閣　還《ま》た戯る上宮の閣
早蒲時結陰　早蒲　時に陰を結び

晩篁初解籜　晩篁　初めて籜《たく》を解く
藹藹霧洒閨　藹々として霧は閨に洒《そそ》ぎ
融融景盈幕　融々として景は幕に盈つ
乳鷰逐草蟲　乳燕は草虫を逐ひ
巣蜂拾花蘂　巣蜂は花蘂を拾ふ
是節最暄妍　是の節は最も暄妍《けんけん》にして
佳服又新爍　佳服は又た新爍《しんしやく》たり
綿歎對迴塗　歎きを綿《つら》ねて迴《はる》かなる塗《みち》に対《むか》へば
揚歌弄場藿　歌を揚げて場藿《ぢやうくわく》を弄ぶ
抽琴試杼思　琴を抽《ひ》きて試みに思ひを杼《の》ぶれば
薦珮果成託　珮を薦めて果たして託すを成す
承君郢中美　君が郢《えい》中の美を承はり
服義久心諾　義に服して久しく心に諾《うべな》ふ
衞風古愉豔　衞風は古より愉艶にして
鄭俗舊浮薄　鄭俗は旧《もと》より浮薄なり
靈願悲渡湘　霊の願ひは湘を渡るを悲しみ
宓賦笑漄洛　宓《ふく》の賦は洛を漄《わた》るを笑ふ
盛明難重來　盛明は重ねては来たり難し
淵意爲誰涸　渕意　誰がためにか涸れん

君其且調絃　君　其れ且《しばら》く絃を調へよ
桂酒妾行酌　桂酒　妾《わ》れ酌むを行はん

＊題の「詠」字、張溥本・『詩紀』並びに無し。
＊「工女」、『玉臺』は「女工」に作る。
＊本集は、「季春梅始落、工女事蠶作」の下に「一本下に『明鏡淨分桂、光顔畢苕蕚』の二句有り」と注する。
＊「洧」字、『樂府』は「澳」に作る。
＊「篁」字の下に、『樂府』・『詩紀』は「一に『竹』に作る」とある。
＊「藹藹」、『詩紀』は「靄靄」に作る。
＊「洒」字、張溥本は「滿」に作る。『詩紀』は「集は『灑』に作る」という。
＊「蘂」字、張溥本・『詩紀』・『玉臺』は「蕚」に作る。
＊「是」字、錢振倫注に「一に『景』に作る」とある。
＊「爍」字、張溥本・『詩紀』・『玉臺』は「爍」に作る。
＊「綿」字、張溥本・『詩紀』に「『玉臺』は『斂』に作る」とあり、『樂府』・『玉臺』は「欽」に作る。
＊「廻」字、『樂府』は「回」に作る。
＊「揚」字、『玉臺』は「陽」に作る。
＊「杼」字、張溥本・『詩紀』は「抒」に作り、『樂府』は「紆」に作り、『玉臺』は「佇」に作る。
＊「靈」字、『玉臺』は「虚」に作る。
＊「宓」字、『玉臺』は「空」に作る。
＊「漄」字、張溥本・『詩紀』は「渥」、『玉臺』は「濹」に作り、『樂府』は下に「一に『景』に作る」とある。

桑を採るのを詠む

春も末になって梅の実が落ち始めると
女工たちは養蚕の仕事にとりかかる
衞の淇水と鄭の洧水のあたりで桑を刈り取り
その後さらに上宮の地の台閣で遊ぶ
早生の蒲が折りしも陰を作るほどになり
晩生の竹藪の筍も皮を落とし始めた
霧が台閣の寝室に盛んに降り注ぎ
春の陽光が明るく垂れ幕いっぱいに当たる
雛に餌をやる燕は草の虫を逐い
巣作りの蜂も芍薬の花の蜜を集めている
今の時節は最も暖かで麗しく

春先に着替えた服もさらに新しく輝いている
嘆きを懐き続けて遥かな旅路に在る旅人は
声が揚がって「馬に畑の豆の葉を」の歌で引き留められる
琴を手にして試しに思いを打ち明ければ
佩び玉が解かれ手渡されて思い通りに気持ちが通じる
貴君のすばらしい歌の美しさを承り
恩義を受け入れようとずっと心に決めていました
衞の国の風俗は昔からあだっぽく
鄭の国の風俗はもともと軽薄です
湘水の神女に会いたいと願って屈原が湘水を渡ったことを悲しみ
洛水の神女に再会したいと歌って曹植が洛水を渡ったことを笑います
盛んなときは二度と来ません
心底の気持ちは他の人のために尽くすことはありません
しばし貴君よ琴の弦を調えられよ
私は桂の香のお酒を注いでさしあげましょう

1　季春梅始落、工女事蠶作、

［季春］晩春。曹植の「槐賦」に「在季春以初茂」（季春に在りて以つて初めて茂る）とあり、『禮記』月令に「季春之月、日在胃、昏七星中、旦牽牛中」（季春の月、日は胃に在り、昏は七星の中、旦は牽牛の中なり）という。

［梅始落］『詩』召南「摽有梅」に「摽有梅、其實七兮」（摽《う》つに梅有り、其の実は七つ）とあり、箋に「興者、梅實尚餘七、未落喩始衰也。謂女二十春盛而不嫁、至夏則衰」（興なる者は、梅の実尚ほ七つを餘し、未だ落ちざるは始めて衰ふるに喩ふるなり。女二十にして春盛んなるも嫁せざれば、夏に至りて則ち衰ふるを謂ふなり）という。

［工女］『淮南子』泰族訓に「繭之性爲絲、然非得工女煮以熱湯而抽其統紀、則不能成絲」（繭の性は絲と為るも、然れども工女の煮るに熱湯を以つてし而して抽くに其れ統紀するを得るに非ざれば、則ち絲を成す能はず）とある。

2 （明鏡淨分桂、光顔畢苕蕚、）

［分桂］未詳。「分桐」などという時と同じ造語構造か。

［光顔］『無量壽經』巻上に「今日世尊、諸根悦豫、姿色清淨、光顔巍巍、如明淨鏡、影暢表裏」（今日の世尊、諸根は悦豫し、姿色は清浄なり、光顔は巍々として、明浄なる鏡の、影は表裏に暢るがごとし）とある。

［苕蕚］ノウゼンカヅラの花。美人の顔の形容。『史記』趙世家に「美人熒熒兮、顔若苕之榮」（美人熒々として、顔は苕の栄のごとし）とあり、また王粲の「七釋」にも「紅顔照耀、曄若苕榮」（紅顔照り耀き、曄《はなさ》くこと苕の栄《はな》のごとし）とある。

3 採桑淇洧間、還戲上宮閣、

［淇洧］『詩』衛風「淇奥」に「瞻彼淇奥、緑竹猗猗」（彼の淇奥を瞻れば、緑竹猗々たり）とある。

［上宮］衛の地名。台閣があった。『詩』鄘風「桑中」に「期我乎桑中、要我乎上宮、送我乎淇之上矣」（我と桑中に期し、我を上宮に要め、我を淇の上《ほとり》に送る）とあり、王應麟は『通典』に『衛州の衛縣に上宮臺有り』と」と言う。

4 早蒲時結陰、晩篁初解籜、

［蒲］呉兆宜の引く『續述征記』に「鳥當沈湖中有十臺、皆生結蒲、云秦始皇遊此臺、結蒲繫馬、自此蒲生則結」（鳥当の沈湖の中に十台有り、皆結蒲を生ず、云はく秦の始皇此の台に遊ぶに、蒲を結んで馬を繫げば、此れより蒲生ずれば則ち結ぶと）とあるが、採らない。

［結陰］蔭を作る。左思の『魏都賦』に「碩果灌叢、圍木竦尋、篁篠懷風、蒲陶結陰」（碩果は叢に灌ぎ、囲木は竦尋し、篁篠は風を懐き、蒲陶は陰を結ぶ）とある（「竦尋」は、高く聳える）。

［篁］『戰國策』燕策に「薊丘之植、植于汶篁」（薊丘の植うるは、汶の篁に植う）とあり、注に「竹田曰篁」（竹田は篁と曰ふ）という。呉兆宜の按語には「半筍は之れを初篁と謂ふ、謝靈運の詩に『初篁苞緑籜』と」と言う。

［籜］落ち葉、或いは、まさに落ちようとしている枯葉。『詩』の毛傳には「籜、槁也」（籜は、槁なり）とあり、鄭玄の箋には「槁謂木葉也、木葉槁、待風乃落」（槁は木の葉を謂ふなり、木の葉の槁は、風を待ちて乃ち落つ）とある。「籜」は『詩』では「蘀」に作り、鄭風「蘀

兮」、豳風「七月」、小雅「鶴鳴」に見える。

5　藹藹霧洒闉、融融景盈幕、

［藹藹］多く盛んなさま。陶淵明の「和郭主簿」詩（其一）に「藹藹堂前林、中夏貯清陰」（藹々たり堂前の林、中夏に清陰を貯ふ）とある。

［融融］暖かいさま。揚雄の「太玄」進に「次四、日飛懸陰、萬物融融」（次の四は、日飛びて陰を懸け、万物融々たり）とあり、司馬光の集注に「日飛びて天に登り、陰を離れて絶すること遠ければ、万物融々然として、昭明せざる莫きなり」と言う。

6　乳鶯逐草蟲、巣蜂拾花藥、

［草蟲］バッタ。『詩』召南「草蟲」の「喓喓草蟲」の傳に「草蟲、常羊也」（草虫は、常羊なり）とあり、集傳に「草蟲は、蝗の屬なり、奇音にして青色なり」と言う。

［花藥］芍薬。鮑照の「三日詩」にも、「時艶憐花藥、服淨俛登臺」と見える。『宋書』徐湛之傳には、「果竹繁茂、花藥成行」（果竹繁茂し、花薬行を成す）という。

7　是節最暄妍、佳服又新爍、

［暄妍］暖かく美しい。鮑照自身の「春羈」詩にも「暄妍正在茲」と見え、「採菱歌」にも「暄新」「妍華」が対となって見える。『素問』五運行大論には「東方生風、……其性爲暄」（東方風を生じ、……其の性は暄と為す）という。

8　綿歎對迥塗、揚歌弄場藿

［迥塗］左思の「魏都賦」に「綿綿迥塗、驟山驟水」（綿々たる迥かなる途、山を驟《は》せ水を驟す）とある。

［揚歌］晋の孫楚の「登樓賦」（『藝文類聚』引）に「牧豎吟嘯於行陌、舟人鼓枻而揚歌」（牧豎行陌に吟嘯し、舟人枻を鼓して歌を揚ぐ）とある。

［場藿］賢者を留めようとする歌。『詩』小雅「白駒」に「皎皎白駒、食我場藿」（皎々たり白駒、我が場藿を食《は》ましむ）とあり、鄭玄の注に「白駒、刺不能留賢也」（白駒は、賢を留むる能はざるを刺《そし》るなり）という。

9　抽琴試杼思、薦珮果成託、

［抽琴］『韓詩外傳』巻一に「孔子南遊適楚、……有處子佩璜而浣者。孔子曰『彼婦人其可與言矣乎。』……抽琴去其軫、以授子貢曰、『善爲之辭、以觀其語。』」（孔子南のかた遊びて楚に適《ゆ》くに、……処子の璜を佩して浣《あら》ふ者有り。孔子曰はく「彼の婦人は其れ与に言《かた》るべきか」と。……琴を抽きて其の軫《ことぢ》を去り、以つて子貢に授けて曰はく、「善く之れがために辞《かた》り、以つて其の語を観よ」と）とある。

［薦珮］帯び玉を解いて与える。曹植の「洛神賦」注に引く『神仙傳』に、「江妃二女、遊於江濱、逢鄭交甫、交甫不知何人也、目而挑之、女遂解佩與之。交甫行數歩、空懷無佩、女亦不見」（江妃の二女、江浜に遊び、鄭交甫に逢ふ、交甫何人かを知らざるや、目して之れに挑み、女遂に佩を解きて之れに与ふ。交甫行くこと数歩、空しく懐へば佩無く、女も亦た見えず）とある。

10　承君郢中美、服義久心諾、

［郢中美］崇高な歌曲。『戰國策』楚策（宋玉「對楚王問」）に「客有歌於郢中者、其始曰下里巴人、國中屬而和者數千人、其爲陽阿薤露、國中屬而和者數百人、其爲陽春白雪、國中屬而和者數十人、引商刻羽、雜以流徵、國中屬而和者、不過數人而已。是其曲彌高、其和彌寡」（客に郢中に歌ふ者有り、其の始め下里巴人を曰ふや、国中の属きて和する者数千人なり、其の陽阿薤露を為すや、国中の属きて和する者数百人なり、其の陽春白雪を為すや、国中の属きて和する者数十人なり、商を引き羽を刻し、雜ふるに流徴を以つてすれば、国中の属して和する者、数人に過ぎざるのみ。是れ其の曲弥いよ高ければ、其の和すること弥いよ寡し）とある（『新序』にも同じ話がある）。

［服義］宋玉の「招魂」に「身服義而未沫」（身は義に服して未だ沫《や》まず）とある。

11　衞風古愉豔、鄭俗舊浮薄、

［愉豔］顔延之の「蜀葵贊」に「愉豔衆葩」（愉艶なり衆葩）とある。

12　靈願悲渡湘、宓賦笑瀍洛、

〔靈〕屈原の号の靈均。一説に、自らの霊気。屈原は自らの霊気を揚げ、湘水の神女に会いたいと歌った。『楚辭』九歌「湘君」に「横大江兮揚靈」（大江を横ぎりて霊を揚ぐ）とあり、「揚靈兮未極」（霊を揚げて未だ極まらず）とある。また湘夫人には「靈之來兮如雲」（霊の来たるは雲のごとし）とあり、神の霊気を言うとする。

〔宓〕洛水の神女。曹植の「洛神賦」に「余朝京師、還濟洛川。古人有言、斯水之神、名曰宓妃」（余京師に朝し、還《ま》た洛川を済る。古人に言へる有り、斯の水の神は、名づけて宓妃《ふくひ》と曰ふと）とある。曹植は神女と道を殊にし、再会はできないことを恨んだ。

13　盛明難重來、淵意爲誰涸、

〔盛明〕班婕妤の「自悼賦」に「蒙聖皇之渥惠兮、當日月之盛明」（聖皇の渥恵を蒙むり、日月の盛明なるに当たる）とある。

14　君其且調絃、桂酒妾行酌、

〔桂酒〕『楚辭』九歌「東皇太一」に「蕙肴蒸兮蘭藉、奠桂酒兮椒漿」（蕙と肴と蒸《すす》め蘭は藉《し》き、桂酒と椒漿とを奠《すす》む）とあり、王逸注に「桂酒、切桂置酒也」（桂酒は、桂を切りて酒に置くなり）という。

詠雙鷰二首

この二首は、政治的な背景が色濃く寓意されているようにも読める。

其一

雙鷰戲雲崖　　双燕　雲崖に戯るるも
羽翰始差池　　羽翰　始めて差池《しち》たり
出入南閨裏　　出入す南閨の裏《うち》
經過北堂陲　　経過す北堂の陲《ほとり》
意欲巣君幕　　意は君が幕に巣くはんと欲するも
層楹不可窺　　層楹《そうえい》　窺ふべからず

沈吟芳歳晩　　沈吟すれば芳歳の晩《おく》れ
徘徊韶景移　　徘徊すれば韶景《せうけい》の移る
悲歌辭舊愛　　悲歌して旧愛を辞し
銜涙覓新知　　涙を銜《ふく》みて新知を覓《もと》む

其二

可憐雲中鷰　　憐むべし雲中の燕
旦去暮來歸　　旦《あした》に去り暮に来たり帰る
自知羽翅弱　　自ら知る羽翅《うし》の弱く
不與鵠爭飛　　鵠《くぐひ》と争ひ飛ばざるを
寄聲謝飛鵠　　声を寄せて飛鵠《ひこく》に謝す
往事子毛衣　　往くゆく子が毛衣に事《つか》ふと
瑣心誠貧薄　　瑣心《さしん》　誠に貧薄なれば
叵忝節榮衰　　節の栄衰するを忝《を》しみ叵《がた》し
陰山饒苦霧　　陰山　苦霧饒《おほ》く
危節多勁威　　危節　勁威多し
豈但避霜雪　　豈に但に霜雪を避くるのみならんや
當儆野人機　　当に野人の機を儆《つつし》むべし

其の一
＊「翰」字、『玉臺』は「翮」に作り、『詩紀』に「一に『翮』に作る」という。
＊「涙」字、『玉臺』は「泥」に作る。
其の二
＊「忝」字、『詩紀』は「希」に作る。
＊「當」字、本集・『詩紀』ともに「一に『復』に作る」という。

つがいの燕を詠む

其の一
つがいの燕が雲のあたりで遊んでいたが
尾羽は不ぞろいに伸び始めたばかりである
南の寝室の中に出入りし
北の部屋のあたりを飛んでみる
ご主君の垂れ幕の中に巣くおうとするのであるが
高い柱の中は覗い知れない
無くなりかけた春に思案に暮れ
過ぎゆく春景色の中で所在ないままである

一緒に過ごしてきた相手との決別に悲しく鳴き
涙を溜めながら新しい相手を探すことになる

其の二
あわれむべきは雲間を飛ぶ燕
朝方に飛んでゆき夕暮れには帰ってくる
自分の羽の弱いのを分かっていて
大鳥と飛翔を争うことはしない
飛ぶ大鳥に言葉をかけては恐縮し
常々あなたのような羽を望んでいるのだと言う
大きなはかりごとを持たない心は信に貧弱で
時節にも栄え衰えが有るのを注意しない
北地の陰山は人を苦しめる濃霧が立ち込めることが
　多く
危険に脅えなければならない時節には脅威もたくさ
　んある
霧や雪を避けるばかりでなく
野外に住む者の罠も警戒しなければならない

其一

1　雙鸞戲雲崖、羽翰始差池、

［雲崖］雲の峰。左思の「雜詩」に「明月出雲崖、皦皦流素光」（明月雲崖を出で、皦々として素光を流す）とある。

［差池］伸ばし広げる。また、長短不ぞろいのさま。『詩』邶風「燕燕」に「燕燕于飛、差池其羽」（燕々于《ここ》に飛ぶ、差池たり其の羽）とあり、箋に「『差池其羽』、謂張舒其尾翼」（「差池其羽」は、其の尾翼を張舒するを謂ふなり）という。

2　出入南闈裏、經過北堂陲、

［北堂］古くは、婦人の部屋。陸機の「擬明月何皎皎」詩に「安寢北堂上、明月入我牖」（安寢す北堂の上、明月我が牖《まど》に入る）とあり、『儀禮』士昏禮に「婦洗在北堂」（婦の洗ふは北堂に在り）という。

3　意欲巣君幕、層楹不可窺、

［巣君幕］「古詩」に「思爲雙飛燕、銜泥巣君屋」（思《ここ》に

双飛の燕と為り、泥を銜みて君が屋に巣くはん）とある。

［層楹］「層」は、高い。「楹」は、堂前の柱。

4　沈吟芳歳晩、徘徊韶景移、

［沈吟］物思いに耽る。「古詩十九首」に「馳情整中帶、沈吟聊躑躅」（情を馳せて中帯を整へ、沈吟して聊か躑躅す）とある。

［芳歳］梁の元帝の『纂要』に「正月は孟春なり、亦た……芳歳と曰ふ」と言う。

［韶景］春景色。梁の元帝の『纂要』に「春は青陽と曰ひ、……景は、……韶景と曰ふ」と言う。

5　悲歌辭舊愛、銜涙覓新知、

［悲歌］陶淵明の「怨詩楚調示龐主簿鄧治中」詩に「慷慨獨悲歌、鍾期信爲賢」（慷慨して独り悲歌し、鍾期信に賢なりと為す）とあり、『史記』貨殖列傳に「中山地、……丈夫相聚游戲、悲歌慷慨」（中山の地は、……丈夫相聚りて游戯し、悲歌慷慨す）という。

［舊愛］曹植の「閨情」詩（其二）に「人皆棄舊愛、君豈若平生」（人皆旧愛を棄つるに、君豈に平生のごとくならんや）とある。

［新知］陶淵明の「乞食」詩に「情欣新知歡、言詠遂賦詩」（情に新知の歓びを欣び、言詠して遂に詩を賦す）とあり、『楚辭』九歌「少司命」に「悲莫悲兮生別離、樂莫樂兮新相知」（悲しきは生別離より悲しきは莫く、楽しきは新相知より楽しきは莫し）という。

其二

6　可憐雲中鷰、旦去暮來歸、

［雲中］『楚辭』雲中君に雲の神の住まいを言い、「猋遠擧兮雲中」（猋《へう》として遠く雲中に挙がる）とある。

［來歸］『詩』小雅「六月」に「來歸自鎬、我行永久」（鎬より来たり帰り、我が行永く久し）とある。

7　自知羽翅弱、不與鵠爭飛、

［鵠…飛］阮籍の「詠懷詩」に「寧與燕雀翔、不隨黄鵠飛」（寧ろ燕雀と翔くるも、黄鵠に随つて飛ばず）とある。

8　寄聲謝飛鵠、往事子毛衣、

［寄聲］伝言、ことづて。陶潛の「丙辰歳八月中於下潠田舍穫」詩に「司田眷有秋、寄聲與我諧」（司田秋り《みの》有るを眷み、声を寄せて我と諧《かな》ふ）とあり、『漢書』趙廣漢傳に「亭長寄聲謝我。……」（亭長声を寄せて我に謝す。……）とある。

［往事…］黄節は『往事』は、往きて従事するを謂ふなり。『子』は鵠を謂ひ、『毛衣』は飛ぶを謂ふ」と言う。

9　瑣心誠貧薄、叵丟節榮衰、

［瑣心］器の小さいこと。この語は「拜侍郎上疏」にも見える。黄節は、『爾雅』釋訓に「瑣瑣、小也」（瑣々は、小さきなり）とあり、郭璞の注に「才器細陋」（才器細陋なるなり）というと言い、『瑣心』は、燕の自ら大計を知らざるを謂ふなり」と言う。

［叵］…がたし。『説文』に「叵、不可也」（叵は、可らざるなり）とある。

［丟］惜しむ。『廣韻』に「吝、俗作丟」（吝は、俗に丟に作る）とある。黄節は「『叵丟節榮衰』は、則ち鵠のために『悔吝を榮衰の節に貽《のこ》すべからず』と進言するなり」と言う。

［榮衰］黄節は「往きて高飛するに従事するは、榮えなり。霧の勁威に苦しむは、則ち衰への當に儆《いまし》むべきなり」と言い、『易』節の「初九、不出戸庭、無咎」（初九は、戸庭を出でずんば、咎無し）と象の「知通塞也」（通塞を知るなり）を引き、「『榮衰』は、猶ほ通塞のごとし」と言う。

10　陰山饒苦霧、危節多勁威、

［陰山］『漢書』匈奴傳に「侯應曰『臣聞北邊塞至遼東、外有陰山、東西千餘里』」（侯応曰はく「臣聞く北辺の塞より遼東に至る、外に陰山有り、東西千餘里なり）とある。

［危節］草木を凋落させる時節。陸機の「演連珠」に「勁陰殺節、不凋寒木之心」（勁陰殺節も、寒木の心を凋《いた》めず）とあり、黄節は『危節』は、猶ほ殺節のごときなり」と言う。

11　豈但避霜雪、當儆野人機、

［野人］鳥獣を射ようと狙う者。『孟子』萬章・上に「此非君子之言、齊東野人之語也」（此れ君子の言に非ず、斉東の野人の語なり）とある。また『戰國策』楚策・四に、「黄鵠因是以遊乎江海、淹乎大沼、俯噣鱔鯉、仰齧蔆衡、奮其六翮、而淩清風、飄搖乎高翔、自以爲無患、與人無爭也。不知夫射者方將修其碆盧、治其矰繳、將加己乎百仞之上、被齔磻、引微繳、折清風而抎矣。故晝遊乎江湖、夕調乎鼎鼐」（黄鵠是れに因りて以つて江海に遊び、大沼に淹しくし、俯しては鱔鯉を噣《ついば》み、仰ぎては蔆衡《かんあふひ》を齧み、其の六翮を奮ひ、而して清風を淩ぎ、飄揺乎として高く翔け、自ら以つて患ひ無しと為し、人と争ふ無きなり。知らず夫の射る者の方に将に其の碆盧を修め、其の矰繳《いくるみ》を治めんとし、将に己れに百仞の上に加へ、齔磻《やじり》を被り、微繳を引き、清風に折けて而して抎《お》ちんとするを。故に昼には江湖に遊び、夕べには鼎鼐に調へらる）とある。

發後渚

「後渚」について、聞人倓は「後渚は建業城外の江の上《ほと》りに在り。『齊書』張融傳の『融の出でて封溪の令と爲るや、從叔の永は後渚を出でて之れを送る』は、即ち此れなり」と言う。

作詩時期について、錢仲聯は「詩は建業にて作れば、應《まさ》に『行京口至竹里』一首の前に列すべし」と言い、さらに「此の詩は前の『還都道中』・『還都口號』・『行京口至竹里』と與《とも》に、皆明らかに初冬なりと言ひ、皆一時の作る所なり」と言う。

江上氣早寒　江上　気早《つと》に寒く
仲秋始霜雪　仲秋　霜雪を始む
從軍乏衣粮　軍に従ふは衣粮に乏しく
方冬與家別　方《まさ》に冬にして家と別かる
蕭條背郷心　蕭條たり郷に背《そむ》くの心
悽愴清渚發　悽愴として清渚に発す
涼埃晦平皐　涼埃　平皐《へいかう》を晦《くら》くし

飛潮隱脩樾　　飛潮　脩樾《しうゑつ》を隠す
孤光獨徘徊　　孤光　独り徘徊し
空煙視昇滅　　空煙　視《み》すみす昇り滅《き》ゆ
塗隨前峯遠　　塗《みち》は前峰に随つて遠く
意逐後雲結　　意は後雲を逐つて結ぼる
華志忿馳年　　華志は馳年を忿《を》しみ
韶顏慘驚節　　韶顔《せうがん》は驚節を惨《いた》む
推琴三起歎　　琴を推《お》して三たび歎きを起こせば
聲爲君斷絶　　声は君のために断絶す

＊「粮」字、張溥本・『詩紀』は「糧」に作る。
＊「忿」字、張溥本・『詩紀』は「分」に作る。

後渚を出発する

長江の辺りは早くから寒くなり
秋の半ばには霜や雪が降り始める
従軍するには衣糧が不足するが
冬を前にして家に別れを告げてきた
わびしく故郷を棄てるような気持ちで
心傷めて清らかな渚を出発するのである
冷たい砂埃が平らかな沢地を暗く覆い
飛び散る波が長く延びた木々の陰を見えなくする
ぽつんと光る太陽は一つさまよい
捉え所のない靄はみるみる昇っては薄らいでいく
道は行く手の峰まで遠く続き
気持ちは後からすがる雲を追い払うにつけ鬱いでくる
若く盛んなときに立てた志を思うと年の往くのが惜しまれ
艶のあった顔を思うとはっとする季節の変化に惨めになる
琴を弾くのを止めて三度の食事ごとに溜息をつくと
声は君のために出なくなってしまうのである

1　**江上氣早寒、仲秋始霜雪、**
［氣早寒］『禮記』月令「季秋」に「是月也霜始降則百工休。乃命有司曰、寒氣總至、民力不堪、其皆入室」（是

の月なるや霜始めて降れば則ち百工休む。乃ち有司に命じて曰はく、寒気総て至れば、民力堪へず、其れ皆な室に入ると）とある。

［仲秋］『禮記』月令に「仲秋之月、陽氣日衰、水始涸」（仲秋の月、陽気日に衰へ、水始めて涸る）とあり、黄節は「詩は江上早に寒ければ、則ち已に霜雪ふれるを言ふ。始は、初めなり」と言う。また銭仲聯は「次句は仲秋の時已に開き始めて霜雪を見るを言ひ、寒さの早きを言ふのみにして、仲秋に於いて後渚を發するを謂ふに非ざるなり」と言う。

2　従軍乏衣粮、方冬與家別、

［衣粮］『漢書』嚴助傳に「令發兵行數千里、資衣糧入越地」（兵を発して行かしむること数千里、衣糧を資けて越の地に入る）とある。

［方冬…］「方」について、黄節は『文選』の李善注を引いて「『方』は、猶ほ『將』のごときなり」と言うが、銭仲聯は「『方』は、應《まさ》に『將』に訓ずるべからず。『廣雅』釋詁に『方は、始めなり』と。『方冬』は、始めて冬に入るなり。『還都口號』注に詳らかなり」と言う。陳胤倩は「家に別るるは固より悲しく、方《まさ》に冬なるは尤も慘まし」と言う。

3　蕭條背郷心、悽愴清渚發、

［清渚］鮑照の「登大雷岸與妹書」にも「遨神清渚」（神を清渚に遨《あそ》ばしむ）と見える。

4　涼埃晦平皐、飛潮隱脩樾、

［涼埃…］『莊子』逍遙遊篇に天地の間のさまを言って「野馬也、塵埃也」（野馬あり、塵埃あり）とある（「野馬」は、かげろう）。呉摯父は「『涼埃』の二句は世の亂るるを喩ふ」と言うが、方東樹は「『涼埃』の四句は、正に景を寫す」と言う。「涼」は、鮑照の「思秋賦」にも「秋水兮駕浦、涼煙兮冒江」（秋水浦に駕し、涼煙江を冒す）と見える。

［平皐］平らかに広がる沢地。司馬相如「哀秦二世賦」に「注平皐之廣衍」（平皐の広衍たるに注ぐ）とあり、『漢書』地理志に「河内郡縣平皐」（河内の郡県は平皐なり）

という。

［樧］木蔭。『玉篇』に「楚謂兩木交陰之下曰樧」（楚は兩木陰を交はすの下を謂ひて樧と曰ふ）という。

5　孤光獨徘徊、空煙視昇滅、

［孤光…］梁の沈約の「詠湖中雁」詩に「群浮動輕浪、單汎逐孤光」（群れて浮かぶは輕き浪を動かし、單り汎かぶは孤つの光を逐ふ）とある。『文選』五臣注で張銑は「孤、猶遠也」（孤は、猶ほ遠きがごとし）と言う。銭仲聯は『孤光』は、日を指す」と言い、呉摯父は「『孤光』は自らを比す」と言う。

［空煙］呉摯父は「『空煙』は世事の變幻を喩ふるなり」と言う。

［昇滅］上昇し次第に消滅する（『漢語大詞典』の見解による）。

6　塗隨前峯遠、意逐後雲結、

［塗…遠］『史記』伍子胥傳に「吾日暮塗遠、吾故倒行而逆施之」（吾日暮れて塗《みち》遠し、吾故に倒しまに行ひ逆に之れを施す）とある（逆さまに行い逆さまに為すとは、正道に逆らう）。

7　華志紛馳年、韶顏慘驚節

［華志…］聞人倓は「『華志』は、華年の志なり」と言い、黄節は「『華年』は、猶ほ『庾中郎別』詩に云ふ所の『藻志』にして、皆明遠の自ら造るの詞なり」と言う。張玉穀は「『華志』・『韶顏』は、豪華の志は、馳逐の年に分散し、韶令の顏は、節序の變に慘傷するを言ふなり。『馳年を分かつ』を以って上の『家に別かる』を結び、『驚節を慘む』を以って上の『方《はじ》めて冬なり』を結ぶ」と言う。

［韶］『集韻』に「韶、美也」（韶は、美なり）という。

［驚節］聞人倓は「按ずるに、『驚節』は、時節の變るに驚くなり。結ぶ所の意は、華年と分かる、故に顏は慘みを爲す」と言う。

8　推琴三起歎、聲爲君斷絶、

［推琴］琴を弾くのを止め、前に押しやる。『莊子』讓王篇に「孔子窮于陳蔡之間、……而弦歌于室。……子路・

子貢相與言曰『……弦歌鼓琴、未嘗絶音、君子之無恥也、若是乎。』……孔子推琴、喟然而歎曰『由與賜細人也』」（孔子陳蔡の間に窮まり、……而して室に弦歌す。……子路・子貢相与に言ひて曰はく「……弦歌して琴を鼓し、未だ嘗て音を絶やさず、君子の恥づる無きや、是《か》くの如きか」と。……孔子琴を推し、喟然として歎じて曰はく「由と賜とは、細人なり」と）とある。

［三起歎］『左傳』昭公二十八年に「惟食忘憂、吾子置食之間三歎、何也」（惟だ食は憂ひを忘るるのみなるに、吾子食を置くの間に三たび歎ずるは、何ぞや）とある。

［君］黄節は「『君』字は、自らを指すなり。又た『淮南子』覽冥訓に『夫有改調一絃、其於五音無所比、鼓之而二十五絃皆應、此未始異于聲、而音之君已形矣』（夫れ一絃を改調する有り、其の五音に於けるや比ぶ所無く、之れを鼓せば二十五絃皆応ず、此れ未だ始めより声に異ならずして、而して音の君已に形はるるなり）と曰ひ、高誘注に『一絃とは、宮音なり、音の君なり』と。此の詩の『聲爲君斷絶』は、宮音の斷たるるを謂ふなり」と言うが、錢仲聯は「黄注の第二解は轉《うた》た第一解の長ぜりと爲すに如かず」と言い、宮音というよりも鮑照自らを指すとする。

數詩

創作動機について、宋の范晞文は『對牀夜話』で「卦名・人名及び建除等の體は、世に之れ有ること多きも、獨り此れを以つて戲れと爲す者無きのみ」と言うが、元の方回は「此れ遊戲の翰墨なり。金石絲竹の八音、建除滿平の十二辰、角亢氐房の二十八宿のごとき、皆巧みなるを得難きを作るを以つて工みなりと爲し、詩の自然なる者に非ざるなり。數なる者は、一より十に至る。始めに『一身仕關西、家族滿山東』と云ひ、末に『十載學無就、善宦一朝通』と云ふ、意は全く此に在り。寒士の學は、十載なるも成らず、巧宦の人は、一朝にして顯に通ずること、前の九韻に云ふ所のごときを謂ふのみ」と言う（「角亢氐房」は、星宿）。

鮑照のこの作は、必ずしも「遊戲の翰墨」とのみ言い切れないものを含むように思われる。

一身仕關西　　一身　関西に仕へ
家族滿山東　　家族は山東に満つ
二年從車駕　　二年　車駕に従ひ
齋祭甘泉宮　　斎《ものいみ》して甘泉宮に祭る
三朝國慶畢　　三朝　国慶畢《を》はり
休沐還舊邦　　休沐して旧邦に還る
四牡輝長路　　四牡《しぼ》　長路に輝き
輕蓋若飛鴻　　軽蓋は飛鴻のごとし
五侯相餞送　　五侯　相餞送《せんそう》し
高會集新豐　　高会して新豊に集まる
六樂陳廣坐　　六楽　広坐に陳《つら》なり
祖帳揚春風　　祖帳は春風を揚ぐ
七盤起長袖　　七盤　長袖起ち
庭下列歌鍾　　庭下に歌鍾を列ぬ
八珍盈雕俎　　八珍　雕俎《てうそ》に盈ち
綺肴紛錯重　　綺肴《きかう》は紛として錯重《さくちよう》す
九族共瞻遲　　九族　共に瞻遅《みま》ち
賓友仰徽容　　賓友は徽容を仰ぐ
十載學無就　　十載にして学は就《な》る無きも
善宦一朝通　　善宦は一朝にして通ず

＊題、『詩紀』は「數名詩」に作り、『文選』は『數詩』に作る」という。
＊「輝」字、張溥本・『詩紀』・『文選』は「曜」に作る。
＊「祖」字、張溥本・『詩紀』・『文選』は「組」に作る。
＊「雕」字、『詩紀』・『文選』は「彫」に作る。
＊「遲」字の下、五臣本『文選』は「去」の衍字あり。

数え歌

一人その身が都に仕えると
一族は華山以東の地にあふれ出す
二年目には天子の御幸に従い
身を清めて甘泉宮詣でにお供する
三つぞろい（歳・月・日の初め）の元旦の慶賀を済ませると

休みをもらって故国に帰省することになる
四頭立ての馬車はどこまでも光輝いて帰途につき
軽やかな車蓋は飛ぶ大鳥のようである
五大侯が餞別の宴を催してくれて
立派な宴は漢の高祖の新郷さながらに人が集まる
六代の古典音楽が広々とした宴席で奏でられ
餞別の宴の垂れ幕が春風に翻る
七つの盤上の舞では振り袖の美女が繰り出し
庭には歌の調子を整える鐘が並ぶ
八つの珍味が美しい大皿に盛られ
飾った料理が何種類も出される
九家族全員が帰りを待ち望み
客人や友人は結構な姿を仰ぎ見るだろう
十年経っても学問は成就しないのに
上手な官僚ともなれば栄達は朝飯前である

1　一身仕關西、家族滿山東、

［一身］『孔子家語』賢君に「恭敬忠信、四者可以正國、豈特一身」（恭・敬・忠・信、四者は以つて国を正すべし、豈に特に一身のみならんや）とある。

［關西］『漢書』蕭何傳に「王犕尉曰『……蕭何守關中、搖足則關西非陛下所有』」（王犕尉曰はく「……蕭何関中を守り、足を揺らさば則ち関西は陛下の有する所に非ざるなり」と）とある（「搖足」は、挙動のあること）。

［山東］関東、華山以東。『漢書』朱建傳に「高帝問群臣、群臣皆山東人」（高帝群臣に問へば、群臣皆山東の人なり）とあり、「趙充國傳贊」にも「秦漢以來、山東出相、山西出將」（秦漢以来、山東は相を出だし、山西は将を出だす）とある。

2　二年從車駕、齋祭甘泉宮、

［二年］改元の二年目。『漢書』成帝紀に「元延二年春正月、行幸甘泉」（元延二年春正月、甘泉に行幸す）とある。

［從］揚雄の「甘泉賦」に「正月從上甘泉」（正月上《しやう》に甘泉に従ふ）とある。

［車駕］天子の車。蔡邕の「獨斷」に「不敢指斥天子、故但言車駕」（敢て天子を指斥せず、故に但だ車駕と言ふのみ）という。

［甘泉宮］『漢書』郊祀志・上に「武帝……作甘泉宮、中爲臺室、……置祭具、以致天神」（武帝……甘泉宮を作り、中に台室を為《つく》りて、……祭具を置き、以つて天神を致す）とある。

3　三朝國慶畢、休沐還舊邦、

［三朝］「三朝」は、歳・月・日の最初の朝、すなわち正月一日。『漢書』谷永傳に「（谷）永對曰『食之三朝之會』」（谷永対《こた》へて曰はく「之れを三朝の会に食せん」と）とある。『文選』五臣注で呂向は「三朝」は、正朝を謂ふなり、歳の朝、月の朝、日の朝是れなり」という（「正朝」は、一月一日）。

［國慶］『周禮』秋官「司寇」に「若國有福事、即令慶賀之」（若《も》し国に福事有らば、即ち之れを慶賀せしむ）とある。

［休沐］官僚の休暇。『漢書』張安世傳に「（張）安世……休沐未嘗出」（張安世……休沐未だ嘗て出でず）とある。

［舊邦］くに、郷里。王粲の「贈蔡子篤」詩に「言戻舊邦」（言《ここ》に旧邦に戻る）とある。

4　四牡輝長路、輕蓋若飛鴻、

［四牡］雄馬四頭立て。『詩』小雅「采薇」等に「駕彼四牡」（彼の四牡に駕す）とある。

［輕蓋…］石崇の「還京」詩に「迅風翼華蓋、飄颻若鴻飛」（迅風華蓋を翼《たす》け、飄颻として鴻の飛ぶがごとし）とあり、焦氏『易林』巻二・師之第七「震」に「鴻飛在陸、公出不復」（鴻飛びて陸に在れば、公出でて復《かへ》らず）という。

5　五侯相餞送、高會集新豐、

［五侯］『文選』李善注に引く『漢書』元后傳に「成帝悉封舅王譚・王立・王根・王逢時・王商爲列侯。五人同日封、故世謂之五侯」（成帝悉《ことごと》く舅の王譚・王立・王根・王逢時・王商を封じて列侯と為す。五人日を同じくして封ぜらる、故に世に之れを五侯と謂ふ）とある。

［高會］盛んな宴。『漢書』高帝紀・上に「漢王遂入彭城……置酒高會」（漢王遂に彭城に入り……置酒して高会す）とある。

［新豐］出世後の郷里を言う。李善注に引く『三輔舊事』

に「太上皇思慕郷里、高祖徙豐・沛商人、立爲新豐也」（太上皇郷里を思慕すれば、高祖豊・沛の商人を徙して、立どころに新豊と為す）とある。

6　六樂陳廣坐、祖帳揚春風、

［六樂］黄帝から周武に至る六代の音楽。『周禮』春官宗伯に「凡六樂者、文之以五聲」（凡そ六楽なる者は、之れを文《かざ》るに五声を以つてす）とあり、鄭玄の注に「此固所以存六代之樂」（此れ固より六代の楽を存する所以なり）という。

［廣坐］『史記』魏公子列傳に「侯生……曰『……公子自迎嬴於衆人廣坐之中……』」（侯生……曰はく「……公子……自ら嬴を衆人広坐の中に迎ふ……」と）とある。

［祖帳］人が遠くに旅立つのを見送る際、郊外の路傍に餞別のために設けた幕。旅立ちを見送る際の酒宴を指すこともある（『漢語大詞典』の見解による）。「祖送」の「帷《とばり》」の意で、後世の唐代の詩文にはよく見られる。（［組帳］嵇康の「贈秀才」詩に「組帳高褰」（組帳高く褰《かか》ぐ）とある。）

7　七盤起長袖、庭下列歌鍾、

［七盤］七枚の盤鼓を地に置き、舞い手がその上を往来する舞（張震澤『張衡詩文集校注』による）。張衡の「舞賦」に「歴七盤而屣躡」（七盤を歴て屣《くつ》もて躡む）とあり、同じく張衡「南都賦」の「怨西荊之折盤」の李善注に「西荊は即ち楚の舞なり。折盤は、舞ふ貌なり。張衡に『七盤舞賦』有り、咸《みな》折盤を以つて七盤と爲すなり」と言う。

［長袖］上手な舞い手。『韓非子』五蠹に「長袖善舞、多錢善賈」（長袖は善く舞ひ、多銭は善く賈ふ）とある。

［歌鍾］歌うときの音階を調える一そろいの鐘。『國語』晉語・七に「鄭伯嘉來納女樂二八、歌鍾二肆。……公錫魏絳女樂一八、歌鍾一肆」（鄭伯嘉来たりて女楽二八、歌鍾二肆を納む。……公魏絳に女楽一八、歌鍾一肆を錫ふ）とある。

8　八珍盈雕俎、綺肴紛錯重、

［八珍］『周禮』天官「冢宰」に「珍用八物」（珍しきは八物を用ふ）とあり、鄭玄注に「珍、謂淳熬・淳母・炮

豚・炮牂・擣珍・漬・熬・肝膋也」（珍は、淳熬・淳母・炮豚・炮牂・擣珍・漬・熬・肝膋を謂ふなり）という。

［綺肴…］目も綾な料理。應璩の「與公琰書」に「繁俎綺錯、羽爵飛騰」（繁俎綺錯し、羽爵飛騰す）とある。

9　九族共瞻遲、賓友仰徽容、

［九族］『尚書』皋陶謨の「惇敍九族」（惇《あつ》く九族に叙す）の、孔安國の傳に「九族、高祖玄孫之親也」（九族は、高祖玄孫の親なり）という。

［徽容］結構な姿。張載の「送鍾參軍」詩に「善建理不拔、闡道播徽容」（善建《た》たば理として抜かず、道を闡《あき》らかにすれば徽容を播《ま》く）とある。

10　十載學無就、善宦一朝通、

［十載…］『漢書』張釋之傳に「張釋之……事文帝、十年不得調」（張釈之……文帝に事へ、十年なるも調せらるるを得ず）とあり、『文選』五臣注で呂向は「學ぶこと十年なるを大成と曰ふ。就《な》る無しと言ふ者は、謙るなり」と言う（「謙」は、謙遜する）。

［善宦…通］『漢書』汲黯傳に「（司馬）安文深巧善宦、四至九卿」（司馬安は文深にして善宦たるを巧み、四たび九卿に至る）とある（「文深」は、細かい）。「通」は、通宦、すなわち高位高官に達する。後の『陳書』王沖傳の「沖に子三十人有り、竝《なら》びに通官に至る」や、『北史』平恆傳の「祖の視と父の儒、並びに慕容に仕へて通宦と爲る」に見られる「通」に同じ。

［一朝］後の『魏書』劉靈助傳には「靈助本と寒微なるも、一朝にして此に至り、自ら謂ふ方術堪能にして能く衆を動かすと」と見える。

建除

古代の術数家（「建除家」）は、「建つ、除く、満つ、平らぐ、定む、執る、破る、危ぶむ、成る、収む、開く、閉《と》づ」の十二の人事を、それぞれ天文の十二辰に配当したが、後世、これを天文を見て人事の吉凶を占う方法に使うようになった。

顧炎武の『日知録』に、『建除』の名は、斗よりして起こる。始めは『太公六韜』に見え、『牙門を開くは常に建《とら》に背き破《さる》に向く』と云ふ。『越絶書』に『黄帝の元は、執《ひつじ》・辰《たつ》・破《さる》・巳《み》なり。覇王の氣は、地戸に見《あら》はる』と。『淮南子』天文訓に『寅を建と爲し、卯を除と爲し、辰を滿と爲し、巳を平と爲し、午を定と爲し、未を執と爲し、申を破と爲し、酉を危と爲し、戌を成と爲し、亥を收と爲し、子を開と爲し、丑を閉と爲す』と。『漢書』王莽傳に『十一月壬子は建《とら》に直《あた》り、戊申は定《うま》に値《あ》ふ』と。蓋し是れ戰國の後の語なり。『史記』日者列傳に建除家有り」と言う（「斗」は、十二星座。「地戸」は、天門に対して言う）。

建旗出燉煌　旗を建てて燉煌を出で
西討屬國羌　西のかた属国の羌《きやう》を討つ
除去徒與騎　徒と騎とを除去し
戰車羅萬箱　戦車　万箱を羅《つら》ぬ
滿山又填谷　山に満ち又た谷を填《うづ》め
投鞍合營墻　鞍を投じて営墻に合す

平原亘千里　平原　千里に亘《わた》り
旗鼓轉相望　旗鼓　転《うた》た相望む
定舍後未休　舎を定めて後未だ休まず
後驛勑前裝　後駅　前装を勑《ととの》ふ
執戟無暫頃　戟《ほこ》を執りて暫くも傾むく無く
彎弧不解張　弧を彎《ひ》きて張るを解かず
破滅西零國　破滅す　西零の国
生虜郅支王　生虜す　郅支《しつし》の王
危亂悉平蕩　危乱　悉《ことごと》く平蕩し
萬里置關梁　万里　関梁を置く
成軍入玉門　軍を成して玉門に入れば
士女獻壺漿　士女　壺漿を献ず
收功在一時　功を収むるは一時に在るも
歷世荷餘光　世を歴て餘光を荷ふ
開壤襲朱紱　壌を開きて朱紱《しゆふつ》を襲《かさ》ね
左右佩金章　左右に金章を佩《お》ぶ
閉帷草太玄　帷を閉ぢて太玄を草す
茲事殆愚狂　茲《こ》の事　殆ど愚狂ならん

＊題、張傅本・『詩紀』は「建除」の下に「詩」の字あり。
＊「墻」字、張溥本・『詩紀』は「牆」に作る。
＊「後駅」、張溥本・『詩紀』は「候騎」に作る。
＊「勑」字、張溥本・『詩紀』は「敕」に作る。
＊「戟」字、張溥本・『詩紀』は「戈」に作る。
＊「傾」字、張溥本・『詩紀』は「頓」に作る。

建て除く（人事の）詩

軍旗を建てて敦煌から出撃し
西方の属国である羌の反乱を討伐する
歩兵と騎兵とをのけて
戦車一万台をつらねた
山いっぱいになり谷を埋め
鞍ははずして軍営の囲いとして積み上げた
原野は平らかに千里にわたって広がり
軍旗や軍鼓が次第に相互に望まれるほどである
宿営を決めた後も休むことなく
斥候の騎兵は先鋒として軍備を整える
戈を手にしたまましばしも陣形を崩さず
弓は引き絞ったままでいる
かくて西（先）零国を破り
郅支《しつし》王を生け捕りにした
危かった乱はことごとく平定され
万里に関所と橋梁とを設けた
軍を整えて玉門関に戻ると
士人や女性が酒を振る舞ってくれる
手柄を立てるのは一瞬のことであるが
何年も光輝けるのである
土地をもらって朱の裳裾を何枚も重ね着し
左右の腰には金印を佩びることになる
幕を下ろした中で「太玄経」を著わしていた者がいたが
それは愚かで偏頗に等しい

1　建旗出燉煌、西討屬國羌、

[建旗]『史記』淮陰侯傳に「信建大將之旗鼓」（信大将の旗鼓を建つ）とある。
[燉煌]『漢書』地理志に「敦煌郡、武帝後元年分酒泉置」

（敦煌郡は、武帝の後元の年酒泉を分かちて置く）とある。

［羌］『漢書』趙充國傳に「是時光祿大夫義渠安國使行諸羌。先零豪言、願時渡湟水北。是後羌人旁緣前言、抵冒渡湟水。神爵元年、時充國年七十餘、上使問誰可將者、對曰、『亡踰於老臣者矣。』充國引兵至先零在所、虜久屯聚解弛、望見大軍、棄車重欲渡湟水、道阸狹、充國徐行驅之、虜赴水溺死者數百、降及斬首五百餘人」（是の時光禄大夫の義渠安国使して諸羌に行く。先零豪言し、願はくは時に湟水を渡りて北せんと。是の後羌人前言に旁縁し、抵冒して湟水を渡る。神爵元年、時に充国年七十餘、上誰か将たるべき者ぞと問はしむれば、対へて曰はく、「老臣を踰《こ》ゆる者亡し」と。充国兵を引きて先零の在所に至れば、虜久しく屯聚して解弛し、大軍を望見して、車を棄て重ねて湟水を渡らんと欲するも、道阸狹《あいけふ》なれば、充国徐ろに行きて之れを駆り、虜水に赴きて溺死する者数百、降りて斬首に及ぶこと五百餘人なり）とある（「先零」は、羌族。「旁縁」は、前言に沿うを良しとする。「抵冒」は、決まりに背く）。

2　除去徒與騎、戰車羅萬箱、

［徒］歩兵。『左傳』隱公四年に「敗鄭徒兵」（鄭の徒兵を敗る）とある。

［騎］『禮記』曲禮・上に「前有車騎」（前に車騎有り）とある。

［箱］大きな車の荷受け。『説文』に「箱、大車牝服也」（箱は、大車の牝服なり）とある。

3　滿山又填谷、投鞍合營墻、

［填谷］谷がいっぱいになる。『漢書』五行志に「秦始皇務欲廣地、塹山填谷」（秦始皇務めて地を広げんと欲し、山を塹り谷を填む）とある。

［投鞍］鞍を積み上げる。『漢書』韓安國傳に「高帝圍於平城、匈奴至者投鞍高如城者數所」（高帝平城を囲まれ、匈奴の至る者鞍を投じて高きこと城のごとき者数か所なり）とある。

［營墻］とりで。『汲冢周書』王會解に「成周之會、……周公旦主東方、所之青馬黒髭、謂之母兒。其守營墻者、衣青、操弓執矛」（成周の会は、……周公旦東方を主ど

り、之《ゆ》く所は青馬黒鬛にして、之れを母児と謂ふ。其れ営墻を守る者は、青を衣《き》、弓を操り矛を執る）とある。

4　平原亘千里、旗鼓轉相望、

［旗鼓］（1の「建旗」の注を参照されたい。）

5　定舍後未休、後驛勑前裝、

［勑］ととのえる。『漢書』息夫躬傳に「可遣大將軍行邊兵、敕武備、斬一郡守、以立威」（大将軍をして辺兵を行かしめ、武備を敕へて、一郡の守を斬り、以つて威を立つ）とあり、顔師古注に「敕は、整ふるなり」と言う。

［候騎］『史記』匈奴傳に「候騎至雍甘泉」（候騎雍の甘泉に至る）とあり、注に「候、邏騎」（候は、邏騎なり）という。）

6　執戟無暫傾、彎弧不解張、

［戈］『禮記』檀弓・下に「能執干戈以衞社稷」（能く干戈を執りて以つて社稷を衛る）とある。）

（［頓］『左傳』襄公四年に「甲兵不頓」（甲兵頓《つま》かず）とあり、注に「頓、壞也」（頓は、壊るるなり）という。）

［彎弧］弓を引きしぼる。班固の「幽通賦」に「昔衞叔之御昆兮、昆爲寇而喪予、管彎弧欲斃讐兮、讐作后而成己」（昔衞叔の昆を御するや、昆は寇を為して予を喪《ほろぼ》せり、管弧を彎《ひきしぼ》りて讐を斃《たふ》さんと欲するや、讐は后と作りて己を成せり）とある（「昆」は、兄。「御」は、迎える。「后」は、主君）。

7　破滅西零國、生虜郅支王、

［西零］すなわち「先零」（羌族）のこと（1の「羌」の注を参照されたい）。黄節は史岑の「出師頌」の「西零不順」（西零順はず）を引き、『文選』李善注に「西零は、即ち先零なり」と言い、『史記』趙世家の正義に「西先聲相近」（西と先は声相近し）というと言い、さらに『愼子』に「毛嬙、先施」とあるのを引いて、「西」は亦た「先」にも作ると言う。

［郅支］匈奴の單于の名。『漢書』陳湯傳に「匈奴呼韓邪單于已稱北藩、唯郅支單于叛逆、未伏厥辜。臣延壽臣

湯、將義兵、行天誅、斬郅支首及名王以下、宜縣首槀街蠻夷邸間」（匈奴の呼韓邪単于は已に北藩と称するも、唯だ郅支単于のみ叛逆し、未だ厥《そ》の辜《つみ》に伏せず。臣延寿と臣湯、義兵を将《ひき》ゐ、天誅を行ひ、郅支を斬り首は名王以下に及び、宜しく首を槀街の蛮夷の邸間に県《か》くべし）とある。

8　危亂悉平蕩、萬里置關梁、

［關梁］関所とそり橋。『史記』孝文帝紀に「孝文皇帝臨天下、通關梁、不異遠方」（孝文皇帝天下に臨むに、関梁を通じ、遠方を異とせず）とある。

9　成軍入玉門、士女獻壺漿、

［成軍］『左傳』僖公五年に「火中成軍、虢公其奔」（火中して軍を成せば、虢《くわく》公其れ奔る）とある（「火」は鶉火星）。

［玉門］玉門関。『後漢書』班超傳に「超自以久在絶域、年老思土、上疏曰、『臣不敢望到酒泉郡、但願生入玉門關』」（超自ら以つて久しく絶域に在り、年老いて土を思ひ、上疏して曰はく、「臣敢て酒泉郡に到るを望まず、但だ生きながらにして玉門関に入るを願ふのみ」と）とある。

［壺漿］壷に入れた飲料。『孟子』梁惠王・下に「簞食壺漿、以迎王師」（簞食壺漿、以つて王師を迎ふ）とある。

10　收功在一時、歴世荷餘光、

［收功］手柄を得る。『漢書』揚雄傳に「藺生收功於章臺」（藺生功を章台に収む）とある。

11　開壤襲朱紱、左右佩金章、

［開壤］封土をもらう。後世の『梁書』高祖紀に「誠は艱難に著はれ、功は帳幕に參《まじ》ふ、開壤を錫賦し、厥《そ》の庸を式表す」と言う。

［朱紱］朱の膝覆い。『易』困に「朱紱《ふつ》方來」（朱紱方《しゆふつまさ》に来たる）とあり、注に「紱與韍同、蔽膝也」（紱《ふつ》は韍と同じく、膝を蔽《おほ》ふなり）という。

［金章］爵位などを賜るときに賜る銅の印。徐爰の『宋書』に「武帝登祚、加顔延之金章紫綬、領湘東王師」（武

帝祚に登るに、顔延之に金章紫綬を加へられ、湘東王の師を領せしむ）とあり、孔稚圭「北山移文」の「紐金章、綰墨綬」の注に「金章は、銅印なり」と言う。

12　閉帷草太玄、茲事殆愚狂、

［太玄］揚雄の著『太玄經』。『漢書』揚雄傳に「時丁傅・董賢用事、諸附離之者、或起家至二千石。時雄方草『太玄』、有以自守、泊如也」（時に丁傅・董賢事を用ゐ、諸ろの附離する者、或は家を起こして二千石に至る。時に雄方に『太玄』を草し、以つて自ら守ること有り、泊如たり）とある（「附離」は、寄りつく、「泊如」は、心閑かなさま）。

從過舊宮

宋王朝の開基とそれに対する鮑照の見方の現れた詩。

宋の武帝は、徐州の彭城縣綏里《すゐり》（今の江蘇省徐州銅山県）の人。その宗廟については、『宋書』禮志に「宋の武帝初め晉の命を受けて、宋王と爲るに、宗廟を彭城に建つ。魏・晉の故事に依り、一廟を建つ。初め高祖開封府君・曾祖武原府君・皇祖東安府君・皇考處士府君・武敬臧后を祠るは、諸侯五廟の禮に從ふなり。既に尊位に即き、乃ち七世右北平府君・六世相國掾府君を增祠して七廟と爲す。高祖崩じ、神主廟に升《あ》ぐるに、猶ほ昭穆の序に從ひ、廟殿亦た構へを改めず、晉初の魏に因るがごときなり」とある。

この詩の制作年代に関連しては、『宋書』衡陽文王義季傳に「（義季は）元嘉二十二年、進められて豫州を督し梁郡に之《ゆ》き、徐州刺史に遷る」とあることから、錢振倫は「前に『征北世子誕育上表』有り、意は頗る義季と爲すかと疑はる。此れ或いは其の辟《め》す所と爲り、（鮑照は）之れに從ひて任に之《ゆ》くか」と言い、元嘉二十二～二十三年、衡陽王に從い、徐州に在った時とする（このことに関しては、10の注釈を参照されたい）。

肅裝屬雲旅　　裝を肅んで雲旅に屬《つ》き
奉軔承末塗　　軔《むながい》を奉じて末塗を承る

嚴恭履桑梓　厳かに恭しく桑梓《さうし》を履《ふ》み
加敬覽枌楡　敬《つつま》しきを加へて枌楡《ふんゆ》を覧る
靈命蘊川瀆　霊命　川瀆《せんとく》に蘊《こ》もり
帝寶伏篇圖　帝宝　篇図に伏す
虎變由石紐　虎変するは石紐《せきぢう》由《よ》りし
龍翔自鼎湖　龍翔するは鼎湖自《よ》りす
功冠生民始　功は生民の始めに冠たり
道妙神器初　道は神器の初めに妙たり
宮陛留前制　宮陛は前制を留め
歌思溢今衢　歌思は今衢《きんく》に溢《あふ》る
餘祥見雲物　餘祥は雲物に見《あら》はれ
遺像存陶漁　遺像は陶《すゑ》し漁するに存す
泉流信清泌　泉流は清き泌《ひつ》に信《まか》せ
原野實甘荼　原野は甘き荼を実たす
豈伊愛酆鄗　豈に伊《こ》れ酆鄗《ほうかう》を愛せん
天險兼上腴　天険は上腴《じやうゆ》を兼ぬ
東秦邦北門　東秦は北門に邦《くに》すれば
非親誰克居　親に非ざれば誰か克《よ》く居らん
仁聲日月懋　仁声　日月のごと懋《つと》め
惠澤雲雨敷　恵沢　雲雨のごと敷く
盧令美何歇　盧は令として美何ぞ歇《つ》きんや
唐風久不渝　唐風　久しく渝《か》はらず
微臣逢世慶　微臣　世の慶《めでた》きに逢ひ
征賦備人徒　征賦　人の徒たるを備ふ
空費行葦徳　空しく費やす行葦《かうゐ》の徳
採束謝生芻　束を採りて生芻《せいすう》を謝す

＊「前」字、本集並びに『詩紀』に「一に『昔』に作る」とある。

王に従って彭城にある（宋の）武帝の故宮に立ち寄る

旅装を整えて雲集する旅団につき従い
軍馬を率いて旅程の最後まで行くよう承った
厳かに恭しく宋朝の開基の地に足を踏み入れ
敬礼しながら朝廷の故郷の土地を見た

小川大河が帝を出す天命を体し
上帝の英智が文章や図に記されている
大人物が虎のように石紐の地から生まれ
龍のように鼎湖の地から翔け上がった
功業は民の生まれた時から第一位であり
道義は人が造物となった時から優れていた
宮殿のきざはしには先代の典範が遺され
思慕の歌が現在の巷には溢れている
有り余るほどの瑞祥が景物の変化の中に見出され
昔の遺風が河浜での焼き物や漁猟に残っている
泉は清らかに澄んで流れ
原野には甘い荼《にがな》が実を結ぶ
どうして周の文王のように酆や鄗の地だけを好もう
自然の要害の地である上に最も肥沃な地こそ好いのである
ここ東秦は北の守りの管《かぎ》となる所に封地があり
親王でなければ居られない
仁政の声誉が挙がるよう日や月のように勉め
田畑への恵みが行き渡るよう雲や雨のように施している
君子の猟犬の施す美徳は尽きることなく
堯帝の遺風はいつまでも変わらない
微賤な私はめでたい世に生まれ合わせ
賦税として人夫役を提供する
草木にまで及ぶ徳を無駄に浪費しているのだから
一束の刈りたての馬草しか供えられないのを詫びるほかない

1　肅裝屬雲旅、奉靷承末塗、

［雲旅］雲集する軍隊。「雲」は王肅の「格虎賦」に「羽騎雲布、蘭車星陳」（羽騎雲のごと布かれ、蘭車星のごと陳なる）とある。「旅」は『説文』に「旅、軍五百人也」（旅は、軍五百人なり）とある。

［靷］牛馬が車を牽く綱、むながい。『説文』に「靷、引軸也」（靷は、引き軸なり）とある（「軸」は、つな）。

［末塗］行く末、終着点。『韓非子』顯學篇に「授車就駕、而觀其末塗、則臧獲不疑駑良」（車を授け駕に就け、而して其の末塗を観れば、則ち臧獲も駑か良かを疑はず）

とある（「臧獲」は、馬を見分けられない者）。

2　嚴恭履桑梓、加敬覽枌楡、

［嚴恭］おごそか且つ恭敬。『書』無逸に「嚴恭寅畏」（厳恭にして寅畏なり）とあり、傳に「言太戊嚴恪恭敬」（言ふこころは太戊厳恪《げんかく》にして恭敬なり）という（「太戊」は、殷の中宗）。

［桑梓］親が子孫の生計の資にと桑と梓を遺し植えた故事から、恭敬すべき親の居た故郷をいう。『詩』小雅「小弁」に「維桑與梓、必恭敬止」（維《こ》れ桑と梓と、必ず恭敬にして止む）とある。

［枌楡］『漢書』郊祀志に「高祖祷豐枌楡社」（高祖豊の枌楡社を祷る）とある。鄭注に「枌楡、郷名也」（枌楡《ふんゆ》は、郷の名なり）というが、晉灼注には「枌、白楡也。社在豐東北十五里」（枌は、白楡なり。社は豊の東北のかた十五里に在り）という。

3　靈命蘊川瀆、帝寶伏篇圖、

［靈命］天命。『晉書』儒林傳に「會上天降怒、姦惡自亡、社稷危而復安、靈命墜而復構」（上天の怒りを降し、姦悪の自ら亡ぶに会はば、社稷危きも復た安らかに、霊命墜つるも復た構ふ）とある。

［川瀆］張衡の「西京賦」に「蕩川瀆、簸林薄」（川涜を蕩かし、林薄を簸《あふ》る）とある（「簸」は、あおりあげる意）。

［篇圖］瑞祥を知らせる文や図。班固の「東都賦」に「啓靈篇兮披瑞圖」（霊篇を啓き瑞図を披く）とある。

4　虎變由石紐、龍翔自鼎湖、

［虎變］虎の模様のように変化に富んだ新制度を作る。『易』革に「大人虎變」（大人虎のごと変はる）とある。

［石紐］地名。『蜀志』秦宓傳に「禹生石紐、今之汶山郡是也」（禹は石紐に生まる、今の汶山郡は是れなり）とある。

［龍翔］陸機の「七微」に「聳浮柱而虬立、施飛檐以龍翔」（浮柱を聳えしめて虬《みづち》立ち、飛檐を施して以つて龍翔く）とある。

［鼎湖］湖の名。『史記』封禪書に「黄帝采首山銅、鑄鼎於荆山下。鼎既成、有龍垂胡髯下迎黄帝。黄帝上騎、群臣後宮從上者七十餘人、龍乃上去。餘小臣不得上、乃悉

持龍髯、龍髯抜墮、墮黄帝之弓。百姓仰望黄帝既上天、乃抱其弓與胡髯號。故後世因名其處曰鼎湖、其弓曰烏號」（黄帝首山の銅を采り、鼎を荊山の下に鋳る。鼎既に成れば、龍有り胡髯を垂らして下りて黄帝を迎ふ。黄帝上騎し、群臣後宮の従ひて上る者七十餘人、龍乃ち上りて去る。餘の小臣は上るを得ず、乃ち悉く龍の髯を持てば、龍の髯抜け墮ち、黄帝の弓を墮とす。百姓黄帝の既に天に上るを仰ぎ望み、乃ち其の弓と胡髯とを抱きて号ぶ。故に後世因つて其の処を名づけて曰はく鼎湖、其の弓は曰はく烏号と）とある。

5　功冠生民始、道妙神器初、

[生民]『詩』大雅「生民」に「厥初生民、時維姜嫄」（厥《そ》の初め民を生む、時に維《こ》れ姜嫄なり）とあり、『詩』序に「生民、尊祖也。后稷生於姜嫄、文武之功、起於后稷、故推以配天焉」（生民は、祖を尊ぶなり。后稷姜嫄より生まれ、文武の功は、后稷より起こる、故に推して以つて天に焉れを配す）という。

[道妙] 道が悟られる。『荘子』齊物論に「夫子以爲孟浪之言、而我以爲妙道之行也」（夫子は以つて孟浪の言と為し、而して我は以つて妙道の行ひと為す）とある（「孟浪」は、取り留めのないこと）。

[神器] 神の創造物。『老子』二十九に「天下神器、不可爲也、爲者敗之」（天下の神器は、為すべからざるなり、為す者は之れを敗る）とあり、王弼注に「神、無形無方也。器、合成也。無形以合、故謂之神器也」（神は、形無く方無きなり。器は、合して成るなり。形無くして以つて合す、故に之れを神器と謂ふなり）という。また河上公の注には「器、物也。人乃天下神物也」（器は、物なり。人は乃ち天下の神物なり）とある。

6　宮陛留前制、歌思溢今衢、

[宮陛]『後漢書』董卓傳に「馳賫赦書以令宮陛、内外士卒皆稱萬歳」（馳せて赦書を賫《もたら》し以つて宮陛に令すれば、内外の士卒皆万歳を称す）とあり、『説文』に「陛、升高階也」（陛は、高階に升るなり）という。

[前制] 前代の制度。『魏書』釋老志に「任城王の澄曰はく、前制は追往の辜《つみ》無く、後旨は自今の恕《ゆるし》を開く、悠悠

たり世情、遂に忽ち法を成す」と言う。

［歌…］街路で民が頌歌する。『列子』仲尼篇に「堯乃微服游於康衢、聞兒童謠曰、『立我烝民、莫非爾極。不識不知、順帝之則』」（尭乃ち微服して康衢に游び、児童の謡ふを聞けば曰はく、「我が烝民に立《つぶ》するは、爾の極みに非ざる莫し。識らず知らず、帝の則に順ふ」と）とある（「立」は、粒の意）。

7　餘祥見雲物、遺像存陶漁、

［雲物］雲気の変化。『左傳』僖公五年に「凡分至啓閉、必書雲物」（凡そ分・至・啓・閉は、必ず雲物を書す）とあり、杜預の注に「雲物は、氣色の災變なり」と言う。

［陶漁］陶器を造り、魚を捕る。『史記』五帝紀に「舜耕歴山、漁雷澤、陶河濱」（舜歴山に耕し、雷沢に漁し、河浜に陶す）とあり、『孟子』公孫丑・上に「自耕稼陶漁以至爲帝、無非取於人者」（自ら耕稼陶漁して以つて帝と為るに至るは、人に取るに非ざる者無し）という。

8　泉流信清泌、原野實甘荼、

［泉…泌］「泌」も、泉水。『詩』陳風「衡門」に「泌之洋洋、可以樂飢」（泌として之れ洋々たり、以つて飢ゑを楽しむべし）とある。

［原…荼］「荼」は、にがな。『詩』大雅「緜」に「周原膴膴、菫荼如飴」（周の原は膴々として、菫荼飴のごとし）とあり、傳に「荼は、苦菜なり」という。

9　豈伊愛豐鄗、天險兼上腴、

［豐鄗］周王朝開基の地。『漢書』郊祀志に「太王遷國于郊梁、文王興于豐・鄗。由此言之、郊梁・豐・鄗之間、周舊居也」（太王国を郊梁に遷し、文王豐・鄗に興る。此れ由り之れを言へば、郊梁・豐・鄗の間は、周の旧居なり）とある。

［天險］『易』坎に「天險不可升也」（天の険しきは升るべからざるなり）とある。

［上腴］肥沃な土地。班固の「西都賦」に「華實之毛、則九州之上腴焉」（華実之れ毛すれば、則ち九州の上腴なり）とある。

10　東秦邦北門、非親誰克居、

［東秦］戦国時代の斉の地（今の山東省）。漢の都に匹敵する富強を誇った。『史記』高祖紀に「田肯賀上曰、『秦、形勝之國、帯河阻山、懸隔千里、秦得百二焉。齊地方二千里、持戟百萬、齊得十二焉。此東西秦也。非親子弟莫可使王齊矣。』」（田肯上を賀して曰はく、「秦は、形勝の国にして、河を帯びて山に阻まれ、懸隔すること千里、秦は百の二を得たり。斉の地は方二千里、戟《ほこ》百万を持ち、斉は十の二を得。此れ東西の秦なり。親子弟に非ざれば齊に王たらしむべき莫し）とある。彭城は徐州に在り、戦国時代は宋の地である。魯を挟んでいるが、斉に近いので、「東秦」と言ったか。

［邦］黄節は「『尚書』序に『武王既に殷に勝ち、諸侯を邦ず』と云ひ、『史記』は序を録して『封』に作れば、蓋し古へは通ずるならん。『釋名』に『邦、封也、封有功於是也』（邦は、封なり、功有るを是れに封ずるなり）と」と言う。

［北門］北門の管《かぎ》、北門の鎖鑰。『左傳』僖公三十二年に「鄭人使我掌其北門之管」（鄭人我をして其の北門の管を掌らしむ）とある。

［非親］張衡の「劍閣銘」に「形勝之地、匪親勿居」（形勝の地は、親しきに匪ざれば居る勿かれ）とあるのを踏まえる。銭振倫は「按ずるに、此れは彭城王義康を謂ふ」とし、「論國制啓」の注で「前に『征北世子誕育表』有り、既に臆定して義季と爲せるも、此の啓（「論國制啓」）に『伏して彭城國の舊制を見るに、猶ほ數卷有り』と云へば、則ち必ず曾《かつ》て彭城（義康）の僚屬と爲る者なり。『宋書』衡陽文王義季傳に『元嘉二十二年、進められて豫州を督して梁都に之き、徐州刺史に遷る』と。意は明遠隨ひて彭城に至る、故に詩中に亦た『從過舊宮』の作有るなり。惟《た》だ啓中の語意は、必ずしも定めて徐州にて作る所と爲さず、或は事後追憶して之れに及ぶか」と言うが、銭仲聯は「按ずるに、『宋書』衡陽文王義季傳に、義季徐州刺史と爲るは元嘉二十二年に在り、二十四年に至り彭城に薨《みまか》る。而も彭城王義康は則ち二十二年十二月に范曄の謀反の連及するに因りて、廢せられて庶人と爲り、二十八年に至りて死を賜る。照は此の時安んぞ敢へて『仁聲』、『惠澤』等の語を以つて義康を歌頌せんや、竊《ひそ》かに謂へらく此の下の數句は、乃ち義季を謂ふ

のみならん」と言う。

11　仁聲日月懋、恵澤雲雨敷、

[仁聲]『孟子』盡心・上に「仁言不如仁聲之入人深也」(仁言は仁声の人に入ることの深きに如かざるなり)とある。

[懋]つとめる。『書』伊訓に「古有夏先后、方懋厥徳、罔有天災」(古の有夏の先后は、方に厥《そ》の徳に懋め、天災有る罔《な》し)とある。また『書』冏命に「惟公懋徳、克勤小物」(惟だ公のみ徳に懋め、克《よ》く小物に勤む)とあり、孔穎達の疏に「勉めて徳を行ふに力《つと》め、能く小事に勤む」と言う。

[日月・雲雨]『後漢書』鄧騭傳に「託日月之末光、被雲雨之渥澤」(日月の末光に託し、雲雨の渥沢を被る)とある。

[恵澤]『漢書』鄭崇傳に「朕幼而孤、皇太太后、……教道以禮、至於成人、恵澤茂焉」(朕幼くして孤、皇太太后、……道を教ふるに礼を以つてし、人と成るに至り、恵沢茂る)とある。

12　盧令美何歟、唐風久不渝、

[盧令]猟犬とその鈴の音。『詩』齊風「盧令」に「盧令令、其人美且仁」(盧令々として、其の人美且つ仁なり)とあり、毛傳に「盧、田犬。令令、纓環聲。言人君能有美徳、盡其仁愛、百姓欣而奉之、愛而樂之。順時遊田、與百姓共其樂、同其獲、故百姓聞而説之、其聲令令然」(盧は、田犬なり。令々は、環を纓《まと》ふの声なり。言ふこころは人君能く美徳有り、其の仁愛を尽くせば、百姓欣びて之れに奉じ、愛して之れを楽しむ。時に順ひて田に遊び、百姓と其の楽しみを共にし、其の獲るを同にす、故に百姓聞きて之れを説《よろこ》び、其の声令々然たり)という。

[唐風]陶唐氏すなわち堯帝の遺風。『左傳』襄公二十九年に「爲之歌唐、曰『思深哉、其有陶唐氏之遺民乎』」(之れがために唐を歌ひて、曰はく「思ひ深きかな、其れ陶唐氏の遺民有りや」と)とある。

[不渝]かわらない。『詩』鄭風「羔裘」に「彼其之子、舍命不渝」(彼の其の子、命を舍《お》きて渝《かは》らず)とある。

13　微臣逢世慶、征賦備人徒、

［征賦…］鮑照が人徒として貢献したのは故郷（徐州の上黨あるいは東海）での事であるとし、錢振倫は『宋書』州郡志の「徐州刺史彭城を治む、舊領郡は十二、東海太守有り」を引く。黄節は「本傳に『照は、東海の人なり』と。故に『征賦備人徒』と曰ふ」と言う。錢仲聯は「虞炎の『鮑集』序に『本と上黨の人なり』と。此の上黨は亦た徐州に屬す。『宋書』州郡志に『徐州淮陽郡上黨の令は、本と郡に流寓し、併省してより來《こ》のかた配す』と」と言う。

［人徒］『管子』立政に「六畜人徒有數」（六畜人徒に数有り）とあり、『經籍纂詁』に「人徒は、輿隷の屬なり」と言う。

14　空費行葦徳、採束謝生芻、

［行葦］路傍の葦。『詩』大雅「行葦」に「敦彼行葦、牛羊勿踐履」（敦きかな彼の行葦、牛羊も履《くつ》を践む勿かれ）とあり、『詩』序に「行葦、忠厚也。周家忠厚、仁及草木。故能内睦九族、外尊事黄耇、養老乞言、以成其福禄焉」（行葦は、忠厚きなり。周家忠厚く、仁は草木に及ぶ。故に能く内は九族を睦み、外は黄耇《くわうこう》に事ふるを尊ぶ、老を養ひて言を乞ひ、以つて其の福禄を成す）という。

［生芻］刈ったばかりの馬草。『後漢書』徐穉傳に「郭林宗有母憂、穉往弔之、置生芻一束於廬前而去。衆怪不知。林宗曰『此必南州高士徐孺子也』」（郭林宗に母の憂ひ有り、穉往きて之れを弔ひ、生芻一束を廬前に置きて去る。衆怪むも知らず。林宗曰はく「此れ必ず南州の高士徐孺子なり」と）とあるのを踏まえる。錢振倫は「按ずるに、此れ舊宮に過ぎりて義康を懷ふなり」と言う。

従拜陵登京峴

「拜陵」は、帝陵に拜謁する。錢振倫は『宋書』禮志を引き、「晉の宣帝詔を遺《のこ》し、子弟群官皆陵に謁するを得ざらしむ。江左の初めに逮《およ》び、元帝崩じて後、諸公始めて陵に謁し陵を辭するの事有り。蓋し眷同・友執の情に率《したが》ひて擧ぐるに由れば、洛京の舊に非ざるならん。安帝の元興元年に至り、桓謙奏して曰はく、武皇帝の詔を尋《つ》いで、乃ち人主諸王をして陵を拜せしめざるは、豈に惟に百僚宜しく遵奉すべしと謂ふのみならんやと。義熙の初めに及び、又た江左の舊に復《かへ》す。宋の明帝又た群臣の初めて拝して陵に謁し、而して辭するは故のごとしと斷ず」と言う。

また「京峴《けいけん》」については、「武帝紀」に「旭孫混を生み、始めて江を過ぎ、晉陵郡の丹徒縣の京口里に居り」とあり、『唐類函』に「京口記に、城を去ること九里、白石峴有り、山の東のかたは皆白石なり、と」というと言い、晉陵郡の丹徒県の京口里にある山で、白石峴のことであるとする。

黄節は、陵を拝するのに従って鮑照が京峴山に登った詩は、恐らくは元嘉十七年九月二十六日に元皇后を長寧陵に葬った時の作であろうと言い、「『元和志』に『永寧陵は丹徒縣の東南のかた三十五里に在り、宋の武帝の父翹《げう》追尊して孝皇帝陵と曰ふ』と。『宋書』后妃列傳に、孝穆趙皇后高祖を生み、丹徒の官舎に殂《みまか》り、縣の東郷の練壁里雩山に葬る。宋の初め、號謚を追崇し、陵を興寧と曰ふ。孝懿蕭皇后興寧陵と墳を合す。武帝の胡婕妤文帝を生みて丹徒に葬られ、陵を熙寧と曰ふ。以上の諸陵は皆丹徒に在り、當時の拝陵の禮の、之れを文帝紀に見るは、元嘉四年二月、丹徒に行幸し、京陵に謁すれば、則ち其の擧ぐれば復た擧ぐ。本詩の陵を拝するに從ひて京峴に登り、孟冬十月に屬すとは、疑ふらくは即ち元嘉十七年九月二十六日に元皇后を長寧陵に葬りし時の作ならん。長寧陵は即ち顔延之の哀策文の所謂『南のかた國門を背にし、北のかた山園に首たる』者にして、亦た丹徒に在り。哀策の序に云ふ『皇帝親《みづ》から祖饋に臨み、躬《みづか》ら宵載を瞻、群臣相從ふ』と。策文の所謂『僕人節を按じ、馬を服《そ》へて轅を顧みる』は、明遠禮畢《を》はりて京峴に登る、故に曰はく『孟冬十月の交』と。『讀史方輿紀要』に『京峴山は丹徒縣の東のかた五里に在り、一名丹徒峴、相傳ふるは即ち秦の時に鑿つ所王氣を泄《もら》す處を以つてすと。鎮江志に云ふ、北のかたを京山と爲す。又た西南のかた五里を峴山と爲す、と』と」と考証する。

錢仲聯は黄節の制作年代考証を否定し、恐らくはそれは世祖の孝建年間中の事であろうと言い、考証を加えて「黄注は此の詩を以つて元嘉十七年冬の作と爲す。按ずるに照は宋の明帝の泰始二年に死し、虞炎の『鮑照集』序に『時に年五十餘なり』と稱すれば、上のかた溯りて元嘉十七年に至れば、照の年才《わづ》かに二十五六なり、詩中に云ふ所の『疲れ老いて舊邦に還る』なる者と合はず。疑ふらくは是れ世祖の孝建年中の事ならん、照年四十餘、時に方《はじ》めて中書舍人・秣陵の令と爲れば、較《ほ》ぼ合ふに似たり。然れども陵を拜するの事は『宋書』及び『南史』世祖紀に於いて徴する無ければ、敢へて説を鑿たず」と言う。

孟冬十月交　　孟冬　十月の交
殺盛陰欲終　　殺盛んにして陰終らんと欲す
風烈無勁草　　風烈《はげ》しくして勁草無く
寒甚有凋松　　寒甚しくして凋松《てうしよう》有り
軍井氷晝結　　軍井　氷　晝に結び
士馬氈夜重　　士馬　氈《せん》　夜に重ぬ
晨登峴山首　　晨に登る峴山の首《いただき》
霜雪凝未通　　霜雪　凝りて未だ通ぜず
息鞍循隴上　　鞍を息《いこ》はせて隴上に循《したが》ひ
支劒望雲峯　　劍を支へて雲峰を望む
表裏觀地嶮　　表裏に地の嶮しきを觀
昇降究天容　　昇降して天の容《かたち》を究む
東岳覆如礪　　東岳　覆《おほ》ふこと砺《と》のごとく
瀛海安足窮　　瀛海《えいかい》　安んぞ窮むるに足りんや
傷哉良永矣　　傷しいかな良《まこと》に永かる
馳光不再中　　馳光　再びは中せず
衰賤謝遠願　　衰賤するは遠願を謝し
疲老還舊邦　　疲老するは旧邦に還る
深徳竟何報　　深徳　竟に何にか報いん
徒令田陌空　　徒らに田陌《でんぱく》をして空しからしむ

*「嶮」字、『詩紀』は「險」に作る。
*「岳」字、張溥本・『詩紀』は「嶽」に作る。

陵墓の参拝につき従って京峴山に登る

冬の始めの十月ともなると
木を枯らす殺気が盛んで陰気さえ無くなりそうである

激しい風に耐えられる草は無く
ひどい寒さで枯れる松さえある
軍の井戸には昼間でも氷が張り
兵士も馬も夜には毛氈を重ね掛けする
明け方に京峴山の頂に登ってみたが
霜や雪が凍っていてまだ頂までは通られない
鞍を休めて小高い丘のほとりに身をよせ
剣を杖がわりについて雲の峰を眺めた
視界の内外に目をやって地の険しさを観
上下に目をやって天空の姿を見極めた
東の山は粗砥をかけたように平らかに伏せ
外海など突きとめるまでもない
傷ましいほどに永い時を経
過ぎ去った陽光は二度と南中しないのである
衰えて将来うだつが上がらない上は未来の願いも消
　え去《ゆ》くのであるから
疲れて年老いた上は故郷に帰ろう
深い徳にもとうとう報いられず
無駄に田畑を留守にしただけのことであった

1　孟冬十月交、殺盛陰欲終、

［十月交］『詩』小雅「十月之交」に「十月之交、朔日辛卯」（十月の交、朔日は辛卯なり）とある。

［殺盛］『禮記』月令に「仲秋之月……殺氣浸盛、陽氣日衰」（仲秋の月……殺気浸ること盛んに、陽気日に衰ふ）とある。

2　風烈無勁草、寒甚有凋松、

［勁草］『後漢書』王覇傳に「光武謂覇曰、潁川從我者皆逝、而子獨留努力、疾風知勁草」（光武覇に謂ひて曰はく、潁川の我に従ふ者は皆逝き、而して子のみ独り留りて力を努むれば、疾風に勁草を知ると）とある。

3　軍井氷晝結、士馬氈夜重、

［軍井］『周禮』夏官「挈壺氏」に「挈壺氏、掌挈壺、以令軍井」（挈壺《けっこ》氏は、壺を挈《ひっさ》ぐるを掌り、以つて軍井に令す）とあり、注に「謂爲軍穿井成、挈壺懸其上、令軍中士衆皆望見、知此下有井」（軍のために井を穿ちて成し、壺を挈げて其の上に懸け、軍中の士衆をして皆望み

見しむれば、此の下に井有るを知るを謂ふ）という。

［氈］毛織物。「胡符十八拍」に「氈裘爲裳兮、骨肉震驚」（氈裘裳と為すも、骨肉震驚す）とあり、『漢書』蘇武傳に「天雨雪、武臥嚙雪、與氈毛并咽之」（天雪を雨《ふ》らせば、武臥して雪を嚙み、氈毛と并せて之れを咽《の》む）とある。また『淮南子』齊俗訓に「胡人見麻不知其可以爲布也。越人見毳不知其可以爲旃也」（胡人は麻を見るも其の以つて布と為すべきを知らざるなり。越人は毳を見るも其の以つて旃と為すべきを知らざるなり）という（「毳」は、柔らかい獣毛。「旃」は「氈」に同じ）。

4　晨登峴山首、霜雪凝未通、

［霜雪］『大戴禮記』曾子天圓に「陰氣勝則凝爲霜雪」（陰気勝れば則ち凝りて霜雪と為る）とある。

5　息鞍循隴上、支劔望雲峯、

［息鞍］軍馬を休める。『宋書』禮志一に「成帝咸康三年、國子祭酒袁瓌・太常馮懷又上疏曰、『……昔魏武帝身親介冑、務在武功、猶尚息鞍披覽、投戈吟詠、以爲世之所須者、治之本宜崇』」（成帝の咸康三年、国子祭酒の袁瓌・太常の馮懷又た疏を上《たてまつ》りて曰はく、「……昔魏の武帝身親ら介冑し、務めは武功に在りてすら、猶ほ尚ほ鞍を息めては披覧し、戈《ほこ》を投げては吟詠し、以つて世の須《もち》ゐる所の者は、治の本より宜しく崇ぶべきものなりと為す」と）とある。

6　表裏觀地嶮、昇降究天容、

［表裏］『左傳』僖公二十八年に「子犯曰、表裏山河、必無害也」（子犯曰はく、表裏は山河なれば、必ず害無きなり）とあり、錢仲聯は「表裏とは、猶ほ内外のごときなり」と言う。

［地嶮］『易』習に「地險、山川丘陵也」（地険しきは、山川丘陵なり）とある。

7　東岳覆如礪、瀛海安足窮、

［東岳］泰山を「東岳」と言うことがある。

［如礪］永い時を経ること。『史記』高祖功臣年表序に「封爵之誓曰、『使河如帶、泰山若厲』」（封爵の誓ひに曰は

く、「河をして帯のごとく、泰山をして厲《あらと》のごとくならしめん」と）とある。

［瀛海］九州の外にある大海。『論衡』談天に「九州之外、更有瀛海」（九州の外に、更に瀛海有り）とある。『孟子』の傳には「騶衍以爲中國外如赤縣神州者九、乃所謂九州也。於是有裨海環之、如此者九、乃有大瀛海環其外」（騶衍以為《おも》へらく中国の外の赤県神州のごとき者は九、乃ち所謂九州なり、是に於いて裨海の之れを環る有り、此《かく》のごとき者は九、乃ち大瀛海の其の外を環る有り、と）という。

8　傷哉良永矣、馳光不再中、

［再中］再び南中する。『史記』封禪書に「新垣平曰、『臣候日再中』。頃之、日卻復中」（新垣平曰はく、「臣日の再び中するを候ふ」と。之れを頃《しばら》くして、日卻つて復た中す）とある。「不再中」は、死者の戻らないこと。

9　衰賤謝遠願、疲老還舊邦、

［謝遠願］謝靈運の「永初三年七月十六日之郡初發都」詩に「如何懷土心、持此謝遠度」（如何せん土を懐ふの心、此れを持して遠度に謝せん）とあり、『文選』李善注に「思玄賦曰、願得遠度以自娯」（思玄の賦に曰はく、願はくは遠度を得て以つて自ら娯しまん）と言う。

10　深徳竟何報、徒令田陌空、

［田陌空］「田陌」は、田を東西にはしるあぜ道。『史記』秦本紀に「爲田開阡陌」（田を為りて阡陌を開く）とあり、索隱に引く『風俗通』に「南北曰阡、東西曰陌」（南北するを阡と曰ひ、東西するを陌と曰ふ）という。

黄節は『後漢書』陳蕃傳の「陳蕃諫桓帝曰、『當今之世、有三空之戹、田野空、朝廷空、倉庫空』」（陳蕃桓帝を諫めて曰はく、「当今の世に、三空の戹《くるしみ》有り、田野空しく、朝廷空しく、倉庫空し」と）を引き、「本傳に、照秣陵の令に遷り、文帝以つて中書舍人と爲す、故に収句に『深徳竟何報、徒令田陌空』と云ふは、秣陵に宰たりて政績の言ふべき無きを謂ふなり」と言う。これに関し、銭仲聯は『宋書』の本傳は照の秣陵の令と爲り、中書舍人と爲るの世祖の時に在るを言はず、黄注は但だ『南史』の本傳に據るのみ、按ずるに虞炎の『鮑集』序には『孝武の初め、海虞の令に除せられ、太學博士に遷りて中書舍人を兼ね、出でて秣陵の令と爲る』と云ひ、文帝の時に在るを言はざるも、炎は鮑照の時を去ること遠からざれば、言は當に信ずべし」と言う。

臨川王服竟還田里

鮑照が初めて仕えた劉義慶が亡くなり、その服喪期間があけて郷に帰ったときに作ったとされる詩で、制作年代が当時の服喪期間の諸説により、元嘉二十一年説と、二十三年説とに分かれる。王紹曾・劉心明は「元嘉二十一年（四四四年）正月、臨川王の劉義慶が都の建康で亡くなる。鮑照はすぐに臨川王の世嗣ぎに書をたてまつり、自ら侍郎の職を解き、あわせて義慶のために三ヶ月の喪に服す。四月、服喪期間が明けると、その年の秋に、故郷に帰る。この詩は恐らくその時に作られたものであろう」と言う（『謝靈運・鮑照詩選譯』）。

黄節は呉摯父の説を引いて「義慶は元嘉二十一年に死ねば、服の竟《を》はるは二十三年なり。十七年に江州に鎭してより、此《ここ》に至りて始めて八年なり。詩に『捨耨將十年』と云ふは、豈に鮑の臨川王に隨ふは江州より始まらずや。抑《そもそ》も未だ義慶に遇はずして、已に田里を離れ、詩併せて之れを數ふるか」と言う。錢仲聯は「詩に『捨耨將十齡』と言ふは、乃ち擧げて數を成せば、必ずしも泥《なづ》まず、蓋し『將』の字は本より未だ滿ちざるの意なり。呉摯父は此れを以つて元嘉二十三年の作と爲す、蓋し以つて舊君のために宜しく三年の喪に服すべしと爲すならん。『儀禮』喪服を按ずるに、舊君のために齊衰を服するは三月なりと。『宋書』禮志に『魏の世は或ひは舊君のために服すること三年なる者ならん。晉の泰始四年に至りて、尚書の何楨、故《もと》より綱紀吏を辟擧するも、違《たが》ふか適ふかを許らず、皆舊君の齊衰《しさい》を服すること三月なるに反すと奏す。是《ここ》に於いて詔書もて其の奏を下せば、適ふ所は貴賤と無く、悉く同《とも》に古典に依る』とあれば、則ち晉の泰始より以後、即ち古典に依りて三月の喪を行へば、宋の世は當に其の制に仍《よ》るべし。故に臨川王卒して、照は三月の喪に服し、服竟《を》はりて郷に還る。『宋書』文帝紀に據れば、臨川王劉義慶は元嘉二十一年正月に卒すれば、此の詩は應《まさ》に元嘉二十一年に作らるるべし」と言う。

「服」は、喪に服す。『儀禮』の疏に「衰裳齊牡麻經の綬無き者は、舊君のためにす。傳に曰はく『舊君のためにすとは、孰れをか謂ふや。焉れに仕ふるのみなる者なり。何を以つて齊衰を服すること三月なりや。民と同じくするを言ふなり』と」とある。

「臨川王」（劉義慶）については、『宋書』臨川烈武王道規傳に「字は道則、高祖の少弟なり。高祖命を受け、追つて臨川王に封ず。子無く、長沙景王の第二子義慶を以つて嗣と爲す。永初元年、臨川王を襲封す。元嘉九年、出でて荆州刺史と爲る。十六年、江州刺史に改めらる。十七年、南兗州刺史と爲る。文義を愛好し、聚《おほ》くの文學の士を招けば、近遠必ず至る。大尉の袁淑、文當時に冠たり、義慶江州に在り、請ふて衞軍諮議參軍と爲す。其の餘の呉郡の陸展、東海の何長瑜・鮑照ら、並びに辭章の美を爲し、引きて佐史國臣と爲す」といい、また「義慶廣陵に在りて疾有り、而して白虹城を貫き、野麕府に入る、心甚だ之れを惡み、固より陳《の》べて還るを求む。太祖州を解くを許し、本號を以つて朝に還る。元嘉二十一年、京邑に薨る、時に年四十二なり。追つて侍中司空を贈られ、謚を康王と曰ふ」とある。

送往禮有終　往くを送りて終り有るに礼し
事居慙懦薄　居るに事《つか》へて懦薄《だはく》なるを慙づ
税駕罷朝衣　駕を税《と》きて朝衣を罷《や》め
歸志願巣壑　帰志もて巣壑を願ふ
尋思邈無報　思ひを尋《つ》ぐも邈《ばく》として報ゆる無く
退命愧天爵　命を退きて天爵に愧づ
捨耨將十齡　耨《すき》を捨てて将に十齢ならんとするに
還得守場藿　還《ま》た場藿《じやうくわく》を守るを得たり
道經盈竹笥　道経　竹笥《ちくし》に盈ち
農書滿塵閤　農書　塵閤《ぢんかふ》に満つ
愴愴秋風生　愴愴として秋風生じ
戚戚寒緯作　戚戚として寒緯作《な》る

豐霧粲草華　豊霧　草華に粲《かがや》き
高月麗雲崿　高月　雲崿《うんがく》に麗はし
屏跡勤躬稼　跡を屏《しりぞ》けて躬《みづか》ら稼《う》うるに勤め
衰疾倚芝藥　衰疾あれば芝薬に倚《たの》む
顧此謝人羣　此れを顧みて人群に謝す
豈直止商洛　豈に直《ただ》に商洛に止まるのみならんや

＊「往」字、張溥本・『詩紀』は「舊」に作る。
＊「居」字、張溥本・『詩紀』は「君」に作る。
＊「閤」字、張溥本・『詩紀』は「閣」に作る。

臨川王の服喪期間が終わって田舎に帰る

旧君である亡き臨川王（劉義慶）殿下の葬送には礼を
　尽くしたが
旧君に仕えるに当たっては脆弱であった自分が恥ず
　かしい
そこで馬を解き放って朝服を着るのをやめ
思いどおり古巣のある谷間に帰ることを願った
あれこれ思いを巡らしてみても遥か手の届かない遠
　くの殿下にお返しなどできず
命に添えなかったことは徳義上申し訳なく思う
鋤を棄ててもう十年近くなったが
また畑の豆の葉を見守ることができるようになった
道教の書物は竹の箱に多く詰めたままになっており
農業書も塵まみれの楼閣に多く仕舞ったままである
秋風がすさまじく吹き
秋のコオロギが寂しげに声を立てている
たっぷりの霧が草中に咲く花に輝き
高く懸かる月が雲の峰々に美しい
引退して自ら耕すことに勤め
衰弱した病気の身は畑の薬草に頼ろう
そのために人群を去るのであり
商山四皓のようにひたすら商山に乱世を避けるだけ
　ではないのである

1　送往禮有終、事居慙懦薄、

［有終］物事を最後まで全うする。『禮記』喪服四制に「喪不過三年、苴衰不補、墳墓不培。祥之日、鼓素琴、告民有終也」（喪は三年を過ぎざれば、苴衰も補はず、墳墓も培はず。祥の日、素琴を鼓し、民に終はる有るを告ぐるなり）とある（「苴衰《しょさい》」は、苴麻で作った喪服）。

［懦薄］憶病で情が薄い。『孟子』萬章・下に「聞伯夷之風者、懦夫有立志。聞柳下恵之風者、薄夫敦」（伯夷の風を聞く者は、懦夫も志を立つる有り。柳下恵の風を聞く者は、薄夫も敦し）とある。

2　税駕罷朝衣、歸志願巣壑、

［税駕］馬を解いて休む。『史記』李斯傳に「我未知所以税駕也」（我れ未だ駕を税《と》く所以を知らず）とあり、注に「税駕、猶解駕、言休息也」（駕を税くは、猶ほ駕を解くがごとく、休息するを言ふなり）という。

3　尋思邈無報、退命愧天爵、

［天爵］天の与える爵位。『孟子』告子・上に「仁義忠信樂善不倦、此天爵也。公卿大夫、此人爵也。古之人脩其天爵、而人爵從之」（仁義忠信善を楽しんで倦まず、此れ天爵なり。公卿大夫は、此れ人爵なり。古の人は其の天爵を脩めて、人爵は之れに従ふ）とある。

4　捨耨將十齡、還得守場藿、

［場藿］畑の豆の葉。『詩』小雅「白駒」に「皎皎白駒、食我場藿」（皎々たり白駒、我が場藿を食む）とある。

5　道經盈竹笥、農書滿塵閣、

［道經］『漢書』藝文志「諸子略」に「道家者流、蓋出於史官。歴記成敗・存亡・禍福・古今之道、然後知秉要執本、清虚以自守、卑弱以自持、此君人南面之術也」（道家者の流は、蓋し史官より出づ。成敗・存亡・禍福・古今の道を歴記し、然る後要を秉《と》り本を執り、清虚にして以つて自ら守り、卑弱にして以つて自ら持するを知る、此れ君人南面の術なり）とある。引退して読むに相応しい書の意であろう。

［竹笥］ひつ。『漢書』戴良傳に「許嫁、疎裳・布被・竹

笥・木履以遣之」（嫁するを許すは、疎裳・布被・竹笥・木履、以つて之れを遣はす）とあり、『説文』に「笥、飯及衣之器也」（笥は、飯及び衣の器なり）という。

［農書］『漢書』藝文志「諸子略」に「農家者流、蓋出農稗之官。播百穀、勤耕桑、以足衣食。故八政一曰食、二曰貨。孔子曰、所重、民食」（農家者の流は、蓋し農稗の官より出づ。百穀を播き、勤めて桑を耕し、以つて衣食に足る。故に八政は一に曰はく食、二に曰はく貨なりと。孔子曰はく、重んずる所は、民と食なりと）とある。

6　愴愴秋風生、戚戚寒緯作、

［寒緯］コオロギ。『古今注』魚蟲に「莎鶏、一名促織、一名絡緯」（莎鶏は、一に促織と名づけ、一に絡緯と名づく）という。

7　豐霧粲草華、高月麗雲崿、

［崿］張衡の「西京賦」李善注引「文字集略」に「崿、崖也」（崿は、崖なり）という。

8　屏跡勤躬稼、衰疾倚芝藥、

［芝藥］『史記』封禪書に「復遣方士求神怪采芝藥以千數」（復た方士を遣はして神怪を求め芝薬を采らしむるは千を以つて数ふ）とある。

9　顧此謝人羣、豈直止商洛、

［商洛］秦末の乱世を避けて商雒の山深くに隠棲した四人の老隠者、所謂「商山四皓」を指す。班固の「西都賦」に「商雒縁其隈」（商雒其の隈を縁どる）とあり、注に「商雒、山名」（商雒は、山の名なり）という。また『漢書』王貢傳に「漢興有園公・綺里季・夏黄公・角里先生、此四人者、當秦之世、避而入商雒深山」（漢興こりて園公・綺里季・夏黄公・角《ろく》里先生有り、此の四人は、秦の世に当たり、避けて商雒の深山に入る）とある。

巻第四　詩

（鮑氏集巻第六）

行京口至竹里

王紹曾・劉心明氏は「元嘉十七年（四四〇年）初冬、詩人は京口に道を取って広陵に赴任したが、京口まで行く途中で、路すがら竹里山を経、この詩を作った。……竹里山は、今の江蘇省句容県の北に在り、六朝時代は京口から都の建康までの交通の要路でもあった」と言う（『謝靈運・鮑照詩選譯』）。

「京口」は、今の江蘇省鎮江市（南京の東）で、孫權が呉の都を蘇州からここに遷し、後に建康に遷都するまでの間、京城があった。『宋書』武帝紀に「旭孫混を生み、始めて江を過ぎ、晉陵郡丹徒縣の京口里に居り」とある。

「竹里」は江蘇省句容県の北にある山。銭振倫は『江乘地記』を引いて、「城の東のかた十五里の竹里山は、王塗の經る所にして、甚だ傾きて險しく、行く者號して翻車峴《けん》と爲す。鮑照に『登翻車峴』詩有り」と言う。

高柯危且竦
鋒石横復仄
複澗隱松聲
重崖伏雲色
冰閉寒方壮
風動鳥傾翼
折志逢凋嚴
孤遊値曛逼
兼塗無憩鞍
半菽不遑食
君子樹令名
細人効命力
不見長河水
清濁倶不息

＊「折」字、張溥本・『詩紀』は「斯」に作る。

高柯《かうか》は危くして且つ竦《そび》え
鋒石は横たはりて復た仄《かたむ》く
複澗は松声を隠し
重崖は雲色を伏す
氷閉ざして寒さ方《まさ》に壮《さか》んに
風動きて鳥翼を傾く
志を折りて凋《しぼ》むの厳しきに逢ひ
孤遊して曛《たそがれ》の逼るに値《あ》ふ
塗《みち》を兼ぬるも鞍を憩はす無く
菽《まめ》を半ばにするも食するに遑あらず
君子は令名を樹《た》て
細人は力を命ずるを効《いた》す
見ずや長河の水の
清濁　倶に息はざるを

京口に行く途中、竹里までやって来て
休みなく流れるのを

高い所の木の枝は危なげに張り
尖った岩は横たわり傾いている
浅く深く層をなして流れる谷川の水は松の葉擦れの
　音を含み
階段状になった両岸の崖には雲の色が微かに映って
　いる
氷がはって寒さは今やちょうど勢いを増し始め
風が起って鳥が翼を傾けている
挫折したところで物を衰えさせる厳しい寒さと出会い
孤独な旅の最中にさし迫る日暮れとぶつかってし
　まった
日に夜を継ぐ旅では鞍をはずす暇はなく
豆を半分混ぜた雑炊さえ食べる遑がない
君子は名声を築こうとし
小人は力を使役されるのである
見たことがあるだろう
大河の水が澄んでいても濁っていてもいずれにせよ
休みなく流れるのを

1　高柯危且竦、鋒石横復仄、

［高柯］高い枝。陶潜の詩（聯句）に「高柯擢條幹、遠眺同天色」（高柯条幹を擢んで、遠く眺むれば天色に同じ）とある。伊藤正文氏は「高柯」と「鋒石」に関し、「凋落しても、衰えることなく、愈々その堅固さを見せる志操の象徴」と言う（「鮑照詩論稿」）。

［危竦］「竦」は音ショウ、すくむ。あるいは、聳える。潘尼の「西道賦」に道の悪さを詠み、「支體爲之危竦、形骸爲之疲曳」（支体之れがために危竦し、形骸之れがために疲曳す）とある（「疲曳」は、疲れる）。

［仄］『漢書』鼂錯傳に「險道傾仄、且馳且射」（険道傾き仄くも、且つ馳せ且つ射る）とある。

2　複澗隱松聲、重崖伏雲色、

［複澗］幾本もはしる谷川。『水經注』河水・五に「石城山……複澗重嶺、欹疊若城」（石城山は……複澗重嶺、欹《そば》だち畳なはりて城のごとし）とある。

［松聲］宋玉の「高唐賦」に「不見其底、虚聞松聲」（其の底を見ず、虚しく松の声を聞く）とある。

［重崖］『爾雅』に「重厓岸」（厓を重ぬるは岸なり）とあり、注に「兩厓累者爲岸」（両厓累《かさ》なる者を岸と為す）という。銭振倫は「厓」字について「又た『崖』に作る」と言う。

［雲色］『史記』天官書に「凡候歳美惡、謹候歳始。……各以其時用雲色占種所宜」（凡そ歳の美悪を候ふは、謹んで歳の始めを候ふなり。……各おの其の時を以つて雲の色を用つて種の宜しき所を占ふなり）とある（「種」は、種類）。

3　冰閉寒方壮、風動鳥傾翼、

［冰閉］黄節は『大戴禮』夏小正の「合冰必於南風、解冰必於南風、生必於南風、收必於南風」（冰を合するは必ず南風に於いてし、冰を解くは必ず南風に於いてし、生ずるは必ず南風に於いてし、収むるは必ず南風に於いてす）の「合冰必於南風」を引き、「『閉』は、猶ほ『合』のごときなり」と言う。

4　折志逢凋嚴、孤遊値曛逼、

［孤遊］陶潛の「扇上畫贊」に「緬懷千載、託契孤游」（緬《はる》かに懐ふこと千載、託して孤游するを契らん）とある。

［曛逼］黄昏が迫る。『楚辭』思美人「與纁黄而爲期」の王逸注に「纁黄、蓋黄昏時也。纁一作曛」（纁黄は、蓋し黄昏の時ならん。纁は一に曛《たそがれ》に作る）という。

5　兼塗無憩鞍、半菽不遑食、

［兼塗］通常の倍を行く。魏の明帝の「善哉行」に「兼塗星邁、亮茲行阻」（塗を兼ねて星に邁《ゆ》き、亮《まこと》に茲の行阻まる）とある。

［憩鞍］『宋書』禮志に「成帝咸康三年、袁瓌馮懷上疏曰、『昔魏武身親甲冑、務在武功、猶尚息鞍披覽、投戈吟詠、以爲世之所須者、治之本宜崇』」（成帝の咸康三年、袁瓌・馮懐疏を上《たてまつ》りて曰はく、「昔魏武身づから甲冑に親しみ、務めは武功に在りてすら、猶ほ尚ほ鞍を息はして披覧し、戈《ほこ》を投げて吟詠し、以つて世の須つ所の者は、治の本より宜しく崇むるべきなりと為す」と）という（「披覧」は、書物をひもとく）。

［半菽］「菽」は、豆類。『漢書』項籍傳に「卒食半菽」（卒は半菽を食む）とあり、注に「士卒食蔬菜、以菽雑半之」（士卒は蔬菜を食み、菽《まめ》を以つて雑ふること之れを半ばにす）という。

6　君子樹令名、細人効命力、

［君子・細人］『禮記』檀弓・上に「君子之愛人也以徳、細人之愛人也以姑息」（君子の人を愛するや徳を以つてし、細人の人を愛するや姑息を以つてす）とある（「姑息」は、一時しのぎ）。

［令名］『禮記』内則に「父母雖没、将爲善、思貽父母令名、必果」（父母没すと雖も、将に善を為し、父母の令名を貽《のこ》すを思はんとすれば、必ず果たさん）とある。

［命力］努めるよう命ぜられる。『説文』に「命、使也」（命は、使ふなり）とあり、銭振倫は『命力』は、人の爲に役せられて力を致すなり」と言う。

7　不見長河水、清濁倶不息、

［長河］鮑照の「冬至」詩にも「長河結蘭紆、層氷如玉岸」（長河結びて蘭紆と、層氷玉岸の如し）と見える。

［清濁］『詩』邶風「谷風」に「涇以渭濁」（涇は渭を以つて濁る）とあり、毛傳に「涇渭相入而清濁異」（涇と渭と相入りて清濁異なる）という。

登飜車峴

「飜車峴」は竹里山の呼び名。「峴」は小さいながらも高い嶺。銭振倫は『江乗地記』を引き、「城の東のかた四十五里の竹里山は、王塗の經し所なり、甚だ傾き険しく、行く者號して翻車峴と爲す。鮑照に『登飜車峴』詩有り」と言う。

この詩の制作時期について、王紹曾・劉心明氏は「大明六年（四六二年）秋、臨海王劉子項が荊州（今の湖北省江陵）刺史となる。鮑照は江北を一時流浪したあと建康に返って家居していたが、この時に起用されて臨海王の前軍行参軍となり、内命を掌ることになる。まもなくすぐに前軍刑獄参軍に遷る。この詩は鮑照が建康から荊州に赴く途中で作ったものではないか。……」と言う（『謝霊運・鮑照詩選譯』）。

高山絶雲霓　　高山　雲霓《うんげい》を絶ち
深谷斷無光　　深谷　断たれて光無し
晝夜淪霧雨　　昼夜　霧雨に淪《しづ》み
冬夏結寒霜　　冬夏　寒霜を結ぶ
淖坂既馬嶺　　淖坂《だうはん》は既に馬嶺にして
磧路又羊腸　　磧路《せきろ》も又た羊腸なり
畏塗疑旅人　　塗《みち》を畏るれば旅人たるを疑ひ
忌轍覆行箱　　轍を忌めば行箱を覆《くつがへ》す
昇岑望原陸　　岑《みね》に昇りて原陸を望み
四眺極川梁　　四眺して川梁を極む
遊子思故居　　遊子は故居を思ひ
離客遲新郷　　離客は新郷を遅《ま》つ
知新有客慰　　新を知れば客の慰むる有るも
追故遊子傷　　故を追へば遊子傷まし

＊題の「飜」字、張溥本・『詩紀』は「翻」に作る。
＊「嶺」字、張溥本・『詩紀』は「領」に作る。
＊「知新」、張溥本・『詩紀』は「新知」に作る。

車を覆すという名の険しい山に登る

高い山は雲や霞を下に遠ざけ
深い谷は陽の光が全くとどかない
昼も夜も霧にけぶる雨の中に没し
冬も夏も冷たい霜が降りている
泥だらけの坂は馬の頚という名の山のように急であり
石だらけの路は羊の腸という山坂のように細く曲がりくねっている
不気味な山路は旅人として行くことを途惑わせ
轍を踏んで後続車もまた覆りはしないかと嫌になる
険しい峰に上って原野を望めば
四方に（故郷に続く）川や橋が眺められた
旅人には故郷の家が思われ
故郷を去った者には新しい土地が待ち遠しい

新しい土地や人と知り合えれば人には慰めになるが故郷や古なじみを追慕すると旅人の心は傷むのである

1　高山絶雲霓、深谷斷無光、

[雲霓]「霓」は、雨後虹にそって現れる彩色のある弧。司馬彪の「贈山濤」詩に「上凌青雲霓、下臨千仞谷」（上は凌ぐ青き雲霓、下は臨む千仞の谷）とある。

2　晝夜淪霧雨、冬夏結寒霜、

[霧雨]鄒陽の「諫呉王書」に「浮雲出流、霧雨咸集」（浮雲出でて流れ、霧雨咸《み》な集まる）とある。

[寒霜]後の北周の王褒の「和張侍中看獵」詩には「嚴冬桑柘《さうしや》慘《むご》く、寒霜馬騎肥ゆ」と見える。

3　淖坂既馬嶺、磧路又羊腸、

[淖]『説文』に「淖、泥也」（淖は、泥なり）とある。

[馬嶺]山名。『華陽國志』南中志に「僰道……有牛叩頭・馬搏頰坂、其險類如此」（僰道《ぼくだう》に……牛叩頭・馬搏頰坂《ばはくけふはん》有り、其の険しきこと類すること此くのごとし）とある。また黄節の引く『續漢郡國志』の「荊州桂陽郡、郴、有客嶺山」の注に「湘中記曰『縣南十數里有馬嶺山』」（湘中記に曰はく、「県の南のかた十数里に馬嶺山有り」）とある。銭振倫は「明遠將に荊州に客たらんとし、山川の感ずる所、馬嶺・羊腸、似たること當に此れを指すべし」と言う。（[馬領]『漢書』地理志下に「北地郡、縣十九、馬領」（北地郡は、県十九、馬領）とあり、顔師古の注に「川形似馬領、故以爲名。領、頸也」（川形馬領に似たり、故に以つて名と為す。領は、頸なり）という。）

[磧]石の多い水辺。『説文』に「磧、水陼有石者」（磧は、水陼に石有る者なり）とある。

[羊腸]陂《さか》の名。『史記』魏世家の注に「羊腸坂道在太行山上」（羊腸坂の道は太行山の上に在り）という。また黄節の引く『續漢郡國志』の「南郡、夷道」の注に「荊州記曰『縣東南有羊腸山』」（荊州記に曰はく「県の東南のかたに羊腸山有り」と）とある。

4　畏塗疑旅人、忌轍覆行箱、

[畏塗]通る人が毎日死ぬような路。『莊子』達生篇に「夫

畏途者、日殺一人、則父子兄弟相戒」（夫れ畏途なる者は、日に一人を殺せば、則ち父子兄弟相戒む）とある。また『管子』戒に「以任重行畏途、至遠期、惟君子乃能矣」（任の重きを以つて畏途を行き、遠期に至るは、惟だ君子のみ乃ち能《よ》くす）とある。

［旅人］『易』旅に「旅人先笑後號咷」（旅人先づ笑ひ後號咷す）とある。

［覆］『韓詩外傳』巻五に「前車覆、而後車不誡、是以後車覆也」（前車覆へり、而して後車誡めざれば、是を以つて後車覆へるなり）とある。

［箱］大きな車の荷受け。『説文』に「箱、大車牝服也」（箱は、大車の牝服なり）とある。

5　昇兮望原陸、四眺極川梁、

［原陸］張衡「東京賦」に「勸稼穡于原陸」（稼穡《かしょく》を原陸に勧む）とある（「稼穡」は、農業）。

［川梁］「梁」は、反り橋。曹植の「贈白馬王彪」詩に「欲濟川無梁」（済らんと欲するも川に梁無し）とある。

6　遊子思故居、離客遲新郷、

［遊子］『史記』高祖紀に「謂沛父兄曰、『遊子悲故郷。』」（沛の父兄に謂ひて曰はく、「遊子故郷を悲しむ」と）とある。

［新郷］『晉書』庾袞傳に「袞攜其妻子適林慮山、事其新郷、如其故郷」（袞其の妻子を携へて林慮山に適《ゆ》き、其の新郷に事ふること、其の故郷のごとし）という。

7　知新有客慰、追故遊子傷、

［新知］新たな友。陶潜の「乞食」詩に「情欣新知歡、言詠遂賦詩」（情は新知の歡びを欣び、言詠して詩を賦するを遂ぐ）とあり、『楚辭』九歌「小司命」に「悲莫悲兮生別離、樂莫樂兮新相知」（悲しきは生別離より悲しきは莫く、楽しきは新たに相知るより楽しきは莫し）という。

冬日

巖雲亂山起　　厳雲　山を乱《わた》りて起こり
白日欲還次　　白日　次《やど》に還らんと欲す
曛霧蔽窮天　　曛霧《くんむ》　窮天を蔽《おほ》ひ
夕陰晦寒地　　夕陰　寒地を晦《くら》くす
煙霾有氛氳　　煙霾《えんばい》に氛氳《ふんうん》たる有り
精光無明異　　精光に明異なる無し
風急野田空　　風急にして野田空しく
饑禽稍相棄　　飢禽は稍《やうや》く相棄つ
含生共通閉　　含生は通閉を共にし
懷賢孰爲利　　賢を懐ひて孰《たれ》か利を為さん
天規苟平圓　　天規　苟しくも平円なれば
寧得已偏媚　　寧ぞ偏《かた》より媚ぶるに已むを得んや
寫海有歸潮　　海に写《そそ》ぐは潮を帰《かへ》す有るも
衰容不還稚　　衰容は稚《わか》きに還らず
君今且安歌　　君今且《しばら》く安歌し
無念老方至　　老いの方《まさ》に至るを念ふ無かれ

＊「雲」字、張溥本・『詩紀』は「風」に作る。
＊「孰」字、張溥本・『詩紀』は「敦」に作り、銭振倫は「『敦』は疑ふらくは當に『孰』に作るべし」という。
＊「規」字、張溥本・『詩紀』は「窺」に作る。
＊「寫」字、張溥本・『詩紀』は「瀉」に作る。
＊「稚」字、張溥本は「穉」に作る。

冬の日

冬の雲が山に紛れて湧き起こり
太陽は冬の宿に戻ろうとしている
夕霧は冬空を覆い
夕闇は冬の大地を暗くする
霾は土煙りて朦朧とし
月明かりは殊さらには輝くことがない
風がにわかに吹いて野の田畑は人気が無くなり
飢えた鳥はしだいに仲間を棄て始める
人間は天候の順不順にかかわらず皆共に生活し

古の賢者の生活を思慕して誰も利を考えない
天の目が仮りにも平等であるなら
もはや偏って愛しむことはできないはず
それを海に注ぐものには波という永遠の反復がある
　のに
衰える我が容姿は若返ることがない
君よしばしの間でも安らかに憩い
老いが目の前にあることを思い悩むこと無かれ

1　嚴雲亂山起、白日欲還次、

［嚴雲］冬の雲。「嚴」は、冬の寒気を表す。陶淵明の「歳暮和張常侍」詩に「厲厲氣遂嚴、紛紛飛鳥還」（厲々として気遂に厳しく、紛々として飛鳥還る）とある。

［次］日の宿るところ。『禮記』月令に「季冬之月、日窮於次、月窮於紀」（季冬の月は、日は次《やど》に窮まり、月は紀に窮まる）とあり、鄭玄は「言日月星辰運行於此、皆周匝於故處也。次、舍也」（言ふこころは日月星辰此に運行し、皆故処を周匝《しうさふ》するなり。次は、舎なり）という。

2　曛霧蔽窮天、夕陰晦寒地、

［曛］『楚辭』思美人「與纁黃而爲期」の王逸注に「纁黃、蓋黃昏時也。纁一作曛」（纁黄は、蓋し黄昏の時ならん。纁は一に曛に作る）とある。

［窮天］冬の日没の空。顔延之の「北使洛」に「陰風振涼野、飛雲瞀窮天」（陰風涼野を振るひ、飛雲窮天を瞀《くら》くす）とあり、『文選』李善注に「『窮天』は、季冬の日月窮まり盡くるを謂ふなり」と言う。

［夕陰］謝靈運の「永初三年七月十六日之郡初發都」詩に「秋岸澄夕陰、火旻團朝露」（秋岸夕陰澄み、火旻《くわびん》朝露団《したた》る）とある。

3　煙霾有氛氳、精光無明異、

［霾］土煙る。『楚辭』九懷「陶壅」に「霾土忽兮塺塺」（霾土忽ちにして塺々《ばいばい》たり）とあり、『爾雅』に「風而雨土爲霾」（風ふきて土を雨ふらすを霾《ばい》と為す）という。

［氛氳］盛んに乱れるさま。『楚辭』橘頌「紛氳宜脩」の王逸注に「紛氳、盛貌」（紛氳は、盛んなる貌なり）とある。

［精光］澄んだ輝き。司馬相如の「長門賦」に「起視月之精光」（起ちて月の精光を視る）とある。

4　風急野田空、饑禽稍相棄、

［野田…］曹植に「野田黄雀行」があり、「抜劍捎羅網、黄雀得飛飛」（剣を抜きて羅網を捎《きりはら》へば、黄雀飛び飛ぶを得たり）という。

5　含生共通閉、懷賢孰爲利、

［含生］人々。曹植の「對酒行」（『文選』注引）に「含生蒙澤」（含生沢《めぐみ》を蒙る）とある。

6　天規苟平圓、寧得已偏媚、

［天規…］天は円い。銭振倫の引く『周髀算經』に「天圓如張蓋」（天の円きこと蓋を張るがごとし）とあると言う。（［天窺］黄節は『天窺』は、猶ほ『尚書』に言ふ所の『天視』のごときなり」と言う。）

［媚］いつくしむ。『詩』大雅「春齊」の毛傳に「媚、愛也」（媚は、愛するなり）とある。

7　寫海有歸潮、衰容不還稚、

［寫海…］黄節は『禮記』の「天地不通、閉塞而成冬」（天地通ぜず、閉塞して冬と成る）を引き、「言ふこころは人は天地の間に生まれ、通閉の理を逃るる所無し。若し閉塞の時に在り、饑禽の相棄つるがごとくなれば、則ち是れ利を爲すのみ。人は禽獸に非ず、孰か此《かく》のごときを爲さんや。是を以つて古への賢者を懷ふ有るなり。相棄つるの事を顧みるに、天も亦た免れ難し。天苟も平圓ならば、何を以つて偏へに海を愛し、而して潮を歸すこと有らしめ、人に於いては則ち其の復た稺《わか》かるを許さざらんや」と解する。

8　君今且安歌、無念老方至、

［安歌］ゆっくり歌う。『楚辭』九歌「東皇太一」に「疏緩節兮安歌」（節を疏緩にして安らかに歌ふ）とあり、王逸注に「徐歌也」（徐ろに歌ふなり）という。

［老方至］『論語』述而に「不知老之將至云爾」（老いの将に至らんとするを知らずと爾《し》か云ふ）とあり、『左傳』昭公元年に「諺所謂老將至而耄及之者」（諺に所謂る老

の将に至らんとして而して耄《おいぼ》れの之れに及ぶ者なり）とある。

詠史

史実や歴史上の事件を詠むというよりも、左思の「詠史」八首の其五などと趣向を同じくし、史上の特定の人物の生き方を取り上げている。鮑照の代表作の一つである（中森健二氏「鮑照の文学」に詳しい）。

劉坦之は「此の篇は本より時事を指すも、而も託すに史を詠ずるを以つてす。故に言ふこころは漢時の五都の地は、皆富豪を尚び、三川の人は、多くは名利を好む。或ひは經を明らかにして出仕し、或ひは金を懐きて來りて遊び、一時の京城に駢集せざる莫く、而して其の服飾車徒の盛んなること此のごとし。譬《たと》へば則ち四時の、寒暑は各おの異なるも、而も今日の繁華は、正に春陽の明らかに媚《うつく》しきがごとし。是の時に當たり、惟だ君平のみ之れ成都に在り、身を修めて自ら保ち、富貴を以つて其の心を累《わずら》はさず、故に獨り窮して寂寞に居り。身は既に世を棄てて仕へず、世も亦た君平を棄てて任ぜざるなり。然れば此れ豈に明遠處を退きて既に久しく、而して因りて以つて自ら況《たと》へんやと」と言う。

元の方回は「此の詩は八韻にして、七韻を以つて繁盛すること彼のごときを言ひ、一韻を以つて寂寞なること此のごときを言ふ。左太沖の『詠史』第四首も亦た八韻にして、前四韻は京城の豪侈なるを言ひ、後ろ四韻は子雲の貧樂を言ふも、蓋し一意ならん。明遠の多くは志を得ざるの辭を爲《つく》りて、夫《か》の寒士下僚の達せざるを憫《あはれ》み、而して夫の物を逐ひ利に奔る者の苟も賤しくして恥無きを惡《にく》み、篇ごとに必ず意を斯れに致す。……」と評する。

五都矜財雄　　五都は財雄を矜《ほこ》り
三川養聲利　　三川は声利を養ふ
百金不市死　　百金は市に死せず
明經有高位　　明経には高位有り
京城十二衢　　京城は十二の衢《く》

飛甍各鱗次　飛甍《ひばう》　各おの鱗のごと次ぐ
仕子彯華纓　仕子は華纓《くわえい》を彯《ひるが》へし
遊客竦輕轡　遊客は軽轡《けいひ》を竦《あ》ぐ
明星晨未稀　明星　晨《あした》に未だ稀《まれ》ならざるに
軒蓋已雲至　軒蓋　已に雲のごと至る
賓御紛颯沓　賓御　紛として颯沓し
鞍馬光照地　鞍馬　光りて地を照らす
寒暑在一時　寒暑は一時に在り
繁華及春媚　繁華は春媚《しゅんび》に及ぶ
君平獨寂寞　君平　独り寂寞として
身世兩相棄　身世　両《ふた》つながら相棄つ

＊「晨」字、五臣本・六臣本『文選』、は「辰」に作る。梁章鉅の『文選旁証』に、「六臣本『晨』を『辰』に作るは、誤りなり」という。
＊「稀」字、『詩紀』は「晞」に作る。
＊「寞」字、李善本『文選』は「漠」に作る。

歴史というものを詠む

五大都市に住む者は財貨で勢いあることを自慢し
三大河川沿いに住む者は名声や利を得ることに懸命である
百金ある者は(身を自重して)市場のもめごとで命を落とすようなことはせず
経書に明るい者は高位が保証される
都は十二の大路がはしり
建物の天空に波打つ甍が鱗のように整然と並んでいる
出仕しようとする者は冠の紐を長く靡かせ
旅人は軽やかな馬の轡を引いている
夜明けの明星がまだ薄れないうちに
高級車や華蓋つきの車がはやくも雲のように集まる
貴賓や付き人たちがごった返して殺到し
立派な鞍を乗せた馬は輝いて地に光を落とすほどである
寒さも暑さもほんの一瞬のこと
華やかさは春にこそひときわ美しく盛んである

厳君平だけが一人静かさを守り
自身も世も両方とも棄てている

1　**五都矜財雄、三川養聲利、**

［五都］『漢書』食貨志・下に「王莽……遂於長安及五都立五均官、更名長安東西市令及雒陽・邯鄲・臨淄・宛・成都市長、皆爲五均司市師」（王莽……遂に長安及び五都に於いて五均官を立て、名を長安東西市令及び雒陽・邯鄲・臨淄・宛・成都市長に更め、皆五均司市師と為す）とある。

［矜］『尚書』大傳の鄭玄注に「矜、夸也」（矜は、夸《ほこ》るなり）という。

［財雄］『漢書』敍傳・上に「班壹……當孝惠・高后時、以財雄邊」（班壹……孝恵・高后の時に当たり、財を以つて辺に雄たり）とある。

［三川…］『戰國策』秦策一に「張儀曰、爭名於朝、爭利於市。今三川周室、天下之朝市」（張儀曰はく、名を朝に争ひ、利を市に争ふ。今の三川の周室は、天下の朝市なり）とあり、韋昭の注に「有河・洛・伊、故曰三川」（河・洛・伊有り、故に三川と曰ふ）という。

2　**百金不市死、明經有高位、**

［不市死］棄市の刑に遭わない。『史記』越王勾踐世家に「陶朱公曰『吾聞千金之子、不死於市』」（陶朱公曰はく「吾聞く千金の子は、市に死せず」と）とある。王紹曾・劉心明氏は「昔は斬刑に処せられると決まったときは市で刑が執行された。それを『市死』という」と言う（『謝靈運・鮑照詩選譯』）。

［明經］経書を修めた者。『漢書』夏侯勝傳に「夏侯勝常謂諸生曰『士病不明經。經術苟明、其取青紫、如俯拾地芥』」（夏侯勝常に諸生に謂ひて曰はく「士は経に明らかならざるを病む。経術苟しくも明らかなれば、其の青紫を取ること、俯して地芥を拾ふがごとし」と）とある。

3　**京城十二衢、飛甍各鱗次、**

［十二衢］門のある十二の都大路。班固の「西都賦」に「披三條之廣路、立十二之通門」（三条の広路を抜き、十二の通門を立つ）とある。

[飛甍] 屋根瓦。左思の「呉都賦」に「飛甍舛互」（飛甍舛互す）とある（「舛互《せんこ》」は、入り交じる）。
[鱗次] 後漢の李尤の「辟雍賦」に天子の大学の建物の様子を詠み、「攢羅鱗次」（攢《あつ》まり羅なり鱗のごと次ぐ）とある。

4 仕子髟華纓、遊客竦輕轡、

[髟] 長く垂らす。『廣韻』に「髟髟、長組之貌」（髟髟は、長き組《くみひも》の貌なり）という。
[華纓] 冠の組み紐。曹植の「七啓」に「散燿垂文、華組之纓」（燿きを散じ文を垂る、華組の纓）とある。
[竦…轡] くつわを上に向ける。『楚辭』九懐「昭世」に「竦余駕兮入冥」（余が駕を竦《あ》げて冥に入る）とあり、『廣雅』に「竦、上也」（竦は、上ぐるなり）という。

5 明星晨未稀、軒蓋已雲至、

[明星]『詩』鄭風「女曰鷄鳴」に「明星有爛」（明星に爛《かがや》く有り）とあり、鄭玄は「明爛然也」（明るくして爛然たるなり）という。
[晨] 銭仲聯は許巽行の『文選筆記』を引き、『説文』に『辰は、房星なり』と。又た『晨は、早昧の爽やかなるなり。臼に从ひ、辰に从ふ、辰は亦た聲なり』と。丮夕を夙と爲し、臼辰を晨と爲すは、皆意を同じくす。曟は、房星にして、民の田時なる者と爲す。晶に从ひ、辰の聲。或は省きて晨に作る。此に『明星辰未稀』と云へば、則ち早昧の爽やかなるなり。字は當に晨に作るべきも、今の經典通じて晨に作る」と言い、また梁章鉅の『文選旁証』を引き、「六臣本『晨』を『辰』に作るは、誤りなり」と言う。
[稀]『説文』に「希、疏也」（希は、疏《とほ》るなり）とあり、李善は「『希』は『稀』と通ず」という。梁章鉅は『文選旁証』で、「今の『説文』禾部の『稀は、疏るなり』には、別に『希』の字無し。此れ必ず是れ正文は『希』に作るなり。注に『説文』の『稀』を引くは、以つて『希』と通ずと爲すなり」と言う。これに拠れば、「稀」は「希」に作るのが是である。
[軒蓋] 車の屋根覆い。『説苑』臣術に「翟黃乘軒車、載華蓋。……田子方曰『何子賜車輿之厚也』。翟黃對曰

『……爵祿倍、以故至於此』」（翟黄軒車に乗りて、華蓋を載す。……田子方曰はく「何ぞ子車輿を賜ふことの厚きや」と。翟黄対へて曰はく「……爵祿倍し、故を以つて此れに至る」と）とある。

［雲至］『淮南子』主術訓に「先王之政、四海之雲至而修封彊」（先王の政、四海の雲至りて封彊を修む）とあり、注に「立春後、四海出雲」（立春の後、四海雲を出だす）という。また『尚書』中候に「青雲浮至」（青雲浮き至る）とある。

6　賓御紛颯沓、鞍馬光照地、

［御］孔安國の『尚書』傳に「御、侍也」（御は、侍するなり）とある。

［颯沓］錢仲聯は「『颯沓』は、衆の盛んなる貌」と言う。

［鞍馬］呉質の「答東阿王書」に「情踴躍於鞍馬」（情は鞍馬に踴躍たり）とある。

［光照地］『新序』雜事に「魏文侯曰『……段干木光乎德、寡人光乎地』」（魏の文侯曰はく「……段干木は徳に光り、寡人は地に光る」と）とある。

7　寒暑在一時、繁華及春媚、

［寒暑］『易』繫辭・上に「日月運行、一寒一暑」（日月運行すれば、一に寒く一に暑し）とある。

［繁華］應璩の「與曹長思書」に「春生者、繁華也」（春に生ずる者は、繁華なり）とある。錢仲聯は「此の二句は比と爲す。炎涼の世態、一時に見ゆ、故に百花爭つて濃春の時節に趁《おもむ》きて媚を爭ひ、猶ほ仕ふる者の時に及んで功名を追逐するがごときなり」と言う。

8　君平獨寂寞、身世兩相棄、

［君平］蜀の嚴君平。「蜀四賢詠」にも詠まれている。『漢書』王貢兩龔鮑傳序に「蜀有嚴君平、卜於成都市、日閲數人、得百錢、足自養、則閉肆下簾而授老子」（蜀に嚴君平有り、成都の市に卜して、日に数人を閲《み》、百銭を得て、自らを養ふに足れば、則ち肆《みせ》を閉ぢ簾を下して老子を授く）とある。

［寂寞］『楚辭』遠遊に「野寂寞其無人」（野寂寞として其れ人無し）とある。

［世…棄］『莊子』達世に「夫欲勉爲形者、莫如棄世、棄

世則無累矣」（夫れ勉めて形を為さんと欲する者は、世を棄つるに如くは莫し、世を棄つれば則ち累《わづら》ふ無し）とあり、李善は「身は世を棄てて仕へず、世は身を棄てて任ぜざるを言ふ」と言う。

結二句に関して、呉伯其は「世を擧げて繁華なること此《かく》のごとくんば、安くんぞ君平を棄てざるを得んや、君平も亦た安んぞ世を棄てざるを得んや。詩に『兩相』の字を用ふるは、之れを激しくするの言有り。畢竟世先づ君平を棄てて、君平始めて世を棄つるのみ。李太白の詩の、此の五字を以つて衍《し》きて十字と爲し、『君平既に世を棄て、世も亦た君平を棄つ』と云ふは、恰も是れ君平先づ世を棄てり。太白の意の下文の『變を觀るは尤も易を大とし、玄を探りて群生を化す』云云を興起するも、亦た夫子の既に老いて用ひられず、退きて刪述するの意のごとく、故に先づ訣絶の詞を作るのみなるを知らず。畢竟君平身を終ふるまで世を棄てんと欲せざるなり」と言う。

從庾中郎遊園山石室

この一篇は「鮑照の山水詩」と言われている。

「園山」については未詳。『後漢書』光武帝紀「發掘園陵」の唐の李賢注に「『園』は塋域を謂ひ、『陵』は山墳を謂ふ」とあるのに拠れば、墓のある山。

「庾中郎」が誰なのかも未詳。聞人倓は『宋書』を引いて「庾悅、字は仲豫、鄢陵の人なり。高祖京邑を定むるに、武陵王遵制を承けて悅を以つて寧遠將軍・安遠護軍・武陵内史と爲す。病を以つて職を去る。鎭軍諮議參軍に府版し、車騎從事中郎に轉ず」と言うが、呉摯父は「庾中郎は、庾永なり。元嘉二十二年、竟陵王誕の北中郎録事參軍に除せらる。『宋書』に『永書史を涉獵し、能く文章を爲し、隷書を善くし、音律・騎射・雜藝に曉《さと》し。元嘉二十三年、華林園・玄武湖を造り、並びに永をして監統せしむ。凡そ諸制署、皆受くれば則ち永に於いてす』と。此の園山の石室は、殆ど華林園に即いて造る所なり」と言う。これに対して錢振倫は、『南史』・『宋書』を考ふるに、呉氏は乃ち誤りて張永の事を以つて庾永に屬せしむ。聞人倓の以つて庾悦と爲すも、亦た非なり。『宋書』に庾悦の中郎と爲るは、一に晉の元興二年に在り、桓玄簒逆して、中書侍郎に徙り、劉裕の京邑を定むる時に在りて、武陵王遵旨を承けて悦を以つて寧遠將軍・安遠護軍・武陵內史と爲す。病を以つて職を去る。鎭軍諮議參軍に府版し、車騎從事中郎に轉ず。劉毅請ふて撫軍司馬と爲すも、就《つ》かず。其の時は照尚ほ未だ生まれず」と言う。今は、いづれとも決めかねる。

荒塗趣山楹　　荒塗　山楹《さんえい》に趣き
雲崖隱靈室　　雲崖　霊室を隠す
崗澗紛縈抱　　崗澗　紛として縈《めぐ》り抱き
林障沓重密　　林障　沓《あは》さり重なりて密なり
昏昏磴路深　　昏々として磴路《とうろ》は深く
活活梁水疾　　活々として梁水は疾《はや》し
幽隅秉晝燭　　幽隅には昼燭を秉《と》り
地牖窺朝日　　地牖《ちいう》には朝日を窺ふ
怪石似龍章　　怪石は龍章に似
瑕壁麗錦質　　瑕壁は錦質を麗しくす
洞庭安可窮　　洞庭は安《いづく》んぞ窮むべけん
漏井終不溢　　漏井は終《つひ》に溢れず
沈空絶景聲　　沈空　景声を絶ち
崩危坐驚慄　　崩危　坐ろ驚慄《けいりつ》す
神化豈有方　　神化　豈に方《みち》有らんや
妙象竟無述　　妙象　竟《つひ》に述ぶる無し
至哉鍊玉人　　至れるかな玉を錬るの人
處此長自畢　　此《ここ》に処《を》りて長く自ら畢《を》はる

＊「靈」字、本集並びに『詩紀』は「一に『虚』に作る」と言う。
＊「壁」字、張溥本は「璧」に作る。

庾《ゆ》中郎に従って園山の石室に遊ぶ

荒れた小道を山房に向かうと
雲の壁が神々しい石室を覆い隠している
小高い山間の谷水が幾重にも周りを取り巻き
林と平らかな山頂とが繋がり重なって隙間もない

ほの暗い石段の通り路は奥深く
勢いのよい反り橋のかかった川水はすばやく流れている
ほの暗い物陰では昼間でも灯火を手にし
岩地に開いた連子窓には朝日が射す
珍しい石は龍の模様のようであり
玉の瑕のような岩壁は錦織の肌理が麗しい
洞庭湖は決して尽きることなく
多くの雨水を受ける漏井は決して溢れることがない
どこまでも深い湖は日の光や物音を遮り
崩れかけて危なげなため池には得も言われず驚かされ慄かされる
不思議な（神々しい）感化は途方もなく
霊妙さを象ろうにも結局言葉に出来ない
至高であるのは玉を粉にして錬る人
このようなところでずっと自分なりに一切を済ませている

1　荒塗趣山楹、雲崖隠靈室、

［荒塗］董仲舒の「士不遇賦」に「懼荒塗而難踐」（荒塗を懼れて践み難し）とある。

［山楹］山小屋。莊忌の「哀時命」に「鑿山楹而爲室兮」（山楹を鑿ちて室と為す）とあり、『卓氏藻林』に「山楹、山房也」（山楹は、山房なり）という。

［雲崖・靈室］左思の「雜詩」に「明月出雲崖」（明月雲崖を出づ）とあり、聞人倓は「按ずるに、『雲崖』は、猶ほ雲峯と言ふがごときなり。『靈室』は、室煙雲縹緲たるの中に在り、仙靈の居る所のごときなり。言ふこころは、我庾中郎に従ひて荒塗よりして園山に向かひ、雲峯の間に隱隱として石室有るを見るなり」と言う。

2　嵓澗紛縈抱、林障沓重密、

［縈］めぐる。『廣韻』に「縈、繞也」（縈は、繞るなり）という。

［障］上の平らな山。聞人倓は『爾雅』釋山を引いて「山上正、章」（山上正しきは、章なり）と言い、『集韻』に「通作障」（通じて障に作る）とあると言うが、『爾雅』釋

山「疏」には「山形上平者、名章」（山形の上平らかなる者は、章と名づく）という。

[沓]聞人倓は「按ずるに、沓は、合ふなり」と言う。

3　昏昏磴路深、活活梁水疾、

[磴]石橋。孫綽の「遊天台山賦」に「跨穹窿之懸磴」（穹窿の懸磴に跨がる）とあり、『文選』李善注に「懸磴、石橋也」（懸磴は、石橋なり）という。

[活活]水の流れるさま。『詩』衞風「碩人」に「北流活活」（北のかた流れて活々たり）とある。

4　幽隅秉晝燭、地牖窺朝日、

[幽隅]ほの暗い場所。張衡「七辨」に「無爲先生淹在幽隅」（無為先生淹しく幽隅に在り）とある。

[秉晝燭]「古詩」に「胡不秉燭遊」（胡ぞ燭を秉りて遊ばざる）とある。

[地牖窺]『老子』四十七章に「不出戸知天下、不窺牖知天道」（戸を出でずして天下を知り、牖を窺はずして天道を知る）とある。

5　怪石似龍章、瑕璧麗錦質、

[怪石]『尚書』禹貢に「厥貢……鉛松怪石」（厥《そ》の貢ぐは……鉛・松・怪石なり）とある。

[龍章]龍のような紋様。『晉書』趙至傳に「表龍章於裸壤」（龍章を裸壤に表す）という。

（[瑕璧]聞人倓は「按ずるに、『瑕璧』は石壁の苔蘚斑剥し、瑕《きず》有るがごときを言ふなり」と言い、黄節は郭璞の「巫咸山賦」の「瑕石を潛ませ、蘭茝を揚ぐ」を引いて「『瑕璧』は亦た猶ほ瑕石のごとし」と言う。）

[錦質]左思の「蜀都賦」に、魚に様々な鱗、様々な色があり、模様がある様を詠み、「差鱗次色、錦質報章」（鱗を差《たが》へ色を次ぎて、錦質あり報章あり）とある。

6　洞庭安可窮、漏井終不溢、

[洞庭]『水經注』湘水注に「洞庭湖……湖水廣圓五百餘里、日月若出没於其中」（洞庭湖は……湖水の広く円きこと五百餘里、日月其の中に出没するがごとし）とある。

[漏井]ため池。『周禮』天官「宮人」に「爲其井匽、除

其不蠲、去其惡臭」（其の井匽《せいえん》を為《つく》り、其の蠲《いさぎよ》からざるを除き、其の悪臭を去る）とあり、注に「漏井所以受水潦者」（漏井は水潦を受くる所以の者なり）という。

7　沈空絶景聲、崩危坐驚懍、

［沈空…］聞人倓は『沈空』の句は、『洞庭』・『漏井』を承け、『崩危』の句は、『怪石』・『瑕壁』を承く」と言う。

8　神化豈有方、妙象竟無述、

［神化］神霊のなす技。『淮南子』繆稱訓に「心之精者、可以神化、而不可以導人」（心の精なる者は、以つて神化すべきも、以つて人を導くべからず」）とある。また『拾遺記』炎帝神農に「至徳備於冥昧、神化通於精粋」（至徳冥昧に備はり、神化精粋に通ず）とあり、『易』繋辭・下に「神而化之、使民宜之」（神にして之れを化し、民をして之れを宜しくせしむ）という。

［妙象］郭璞の「遊仙」詩（其八）に「明道雖若昧、其中有妙象」（明道は昧きがごとしと雖も、其の中に妙象有り）とある。

9　至哉錬玉人、處此長自畢、

［玉］鮑照の「白雲」詩に「錬金宿明館、屑玉止瑤淵」（金を錬りて明館に宿り、玉を屑りて瑤淵に止まる）と見え、後世の『魏書』釋老志に「至於化金銷玉、行符勅水、奇方妙術、萬等千條」（金を化し玉を銷《と》かし、符を行ひ水を勅《いまし》め、奇方妙術、万等千条に至る）とある。

白礪山東望震澤

錢振倫は『湖州府志』を引いて「礪山《れいざん》は、山石以つて礪《あらと》を作るべし。俗に糲山と名づくるは、非なり」と言う。また『尚書』禹貢の「震澤厎定」の傳に「震澤は、呉の南の太湖なり」とある。

瀾漫潭洞波　　瀾漫たり潭洞《たんどう》の波
合沓崿嶂雲　　合沓たり崿嶂《がくしやう》の雲
漲島遠不測　　漲島《ちやうたう》は遠くして測らず
崗澗近難分　　崗澗は近くして分かち難し

幽篁愁暮見　幽篁　暮に見るを愁ひ
思鳥傷夕聞　思鳥　夕べに聞くを傷む
以此藉沈痾　此れを以つて沈痾《ちんあ》に藉《か》り
棲迹別人群　迹を棲《す》まはせて人群に別る
結言非盡書　言を結ぶは書を尽くすに非ず
有念豈敷文　念ひ有るも豈に文を敷かんや

礪山から東の方の震沢を望む

砕け飛び散って深い淵の洞にあたる波
幾重にも重なって崖の険しい峰にわく雲
隆起した沙地なのか島なのか遠景は様子が分からず
山の背なのか谷間なのか近景も見分けがつきにくい
ほの暗い竹叢を夕方に見るのはもの寂しく
伴侶を思う鳥の声を夕方に聞くのは心傷む
そこで持病にかこつけ
隠棲しようと人群に別れを告げた
言うのを止めたのは書けば尽くせるからではなく
心に思ってもどうしても文に出来ないのである

1　**瀾漫潭洞波、合沓崿嶂雲、**

［爛漫］分散するさま。王延壽の「魯靈光殿賦」に「流離爛漫」（流離して爛漫たり）とあり、李善注に「流離爛漫は、分散して遠ざかる貌なり」という。

［合沓］重なり混み合うさま。王褒の「洞簫賦」に「薄索合沓」（薄索として合沓たり）とあり、李善注に「合沓は、重なり沓《あは》さるなり」という。

［崿］張衡の「西京賦」の李善注に「崿、崖也」（崿は、崖なり）とある。

2　**漲島遠不測、崗澗近難分、**

［漲］砂が堆積する。謝靈運の「山居賦」に「崑漲緬曠」（崑漲緬曠たり）とあり、自注に「漲者、沙始起、將欲成嶼」（漲とは、沙始めて起こり、将に嶼を成さんと欲するなり）という。

［崗］「岡」に同じ。小高い山の尾根。

3　幽篁愁暮見、思鳥傷夕聞、

［幽篁］『楚辭』九歌に「余處幽篁兮、終不見天」（余幽篁に処り、終に天を見ず）とある。また『戰國策』燕策に「薊丘之植、植于汶篁」（薊丘の植は、汶の篁に植う）とあり、注に「竹田曰篁」（竹田を篁と曰ふ）という。

［思鳥］伴侶を思う鳥。陸機の「赴洛」詩（其二）に「亹亹孤獸騁、嚶嚶思鳥吟」（亹々《びび》として孤獸騁せ、嚶々《あうあう》として思鳥吟ず）とあり、また「贈從兄車騎」詩に「斯言豈虚作、思鳥有悲音」（斯の言豈に虚しく作さんや、思鳥に悲音有り）とある。

4　以此藉沈痾、棲迹別人群、

［沈痾］長い間癒えない病。『晉書』樂廣傳に「客豁然意解、沈痾頓愈」（客豁然として意に解し、沈痾頓《とみ》に愈《い》ゆ）という。

［棲迹］隠棲する。曹植の「釋愁文」に「趣假路以棲迹」（假《はる》かなる路に趣いて以つて迹を棲《すま》はす）とある。

5　結言非盡書、有念豈敷文、

［結言］『楚辭』離騷に「解佩纕以結言兮、吾令蹇修以爲理」（佩纕を解きて以つて言を結び、吾蹇修をして以つて理を為さしむ）とある（「蹇修」は、媒介、仲人役を担う者）。「離騷」の「結言」は約束し誓うの意であるが、ここは『文心雕龍』哀吊に「結言摸詩」（言を結び詩を摸す）と言うように、言葉を綴り終わるの意であると思われる。

［敷文］文に述べる。『晉陽秋』に「謝安優游山水、以敷文析理自娯」（謝安山水に優游し、文を敷き理を析くを以つて自ら娯しむ）とあり、謝靈運の「山居賦」にも「研書賞理、敷文奏懷」（書を研きて理を賞し、文を敷きて懷ひを奏す）とある。

登雲陽九里埭

雲陽の九里埭について、聞人倓は『呉志』孫權傳の「嘉禾三年、詔あつて曲阿を復して雲陽と爲なす」を引いて、「按ずるに、雲陽は、即ち今の鎮江府丹陽縣なり、九里埭は縣の西に在り」と言う。
　この詩について方東樹は、題と内容との不一致を指摘して「此れは是れ空しく知音に遇はざるを懐ひ感ずるを詠ずるの作にして、題に於いて全く相蒙《おほ》はず。……」と言う。制作年代の推定に関しては2の注釈を参照されたい。

宿心不復歸　宿心　復たとは帰らず
流年抱衰疾　流年　衰疾を抱く
既成雲雨人　既に成る雲雨の人
悲緒終不一　悲緒　終《つひ》に一ならず
徒憶江南聲　徒らに憶ふ江南の声
空録齊后瑟　空しく録す斉后の瑟
方絶縈絃思　方《まさ》に絶たん絃に縈《めぐ》らすの思ひを
豈見繞梁日　豈に見んや梁に繞《めぐ》るの日を

＊題の「埭」字の下、本集は「一に『塚』に作る」とある。

雲陽の九里の埭《いぜき》に登る

以前の志は二度と取り戻すことなく
年が流れ行くにつれて体は衰え病みがちになる
雲と雨とが別れるように二度と会えない人となった
　上は
悲しみの元もとうとう一つではなくなった
心の通い合いを歌った江南の民歌を忘れないでいる
　ことなど何の意味もなく
斉君の好みがかわった話を書き止めておくことも何
　の意味もない
たった今弦に思いをめぐらすことを止めたのである
どうしてすばらしい音色が部屋の中に響きわたる日
　などあり得ようか

1　宿心不復歸、流年抱衰疾、

[宿心]嵆康の「幽憤」詩に「内負宿心、外恧良朋」（内に宿心に負《そむ》き、外に良朋に恧《は》づ）とあり、『文選』呂向注に「宿心は、宿昔の本心を謂ふなり」と言う。

[流年] 傳毅の「迪志詩」に「徂年如流、尠茲暇日」(徂《ゆ》く年は流るるがごとく、茲の暇日鮮《すくな》し)とある。

[衰疾] 謝靈運の「遊南亭」詩に「藥餌情所止、衰疾忽在斯」(薬餌は情の止むる所、衰疾忽として斯《ここ》に在り)とあり、李善注に「餌藥既に止む、故に衰病有り」と言う。

2 旣成雲雨人、悲緒終不一、

[雲雨] 別離の喩え。聞人倓は顔延之の「和謝監」詩の「朋好雲雨乖」(朋《とも》として好きも雲雨のごと乖《さか》る)を引き、「夫れ雲合すれば斯《すなは》ち雨のごと散ず、雲一たび雨と爲れば、則ち離れて復たとは合せず。故に鮑以つて自らを謂ふ」と言うが、黄節は『論衡』の「雲散水墜、成爲雨矣」(雲散じ水墜ち、成りて雨と為る)と魏の應瑒の「侍五官中郎將建章臺集」詩の「欲因雲雨會、濯翼陵高梯。良遇不可値、伸眉路何階」(雲雨の会ふに因りて、翼を濯ひ高梯に陵《のぼ》らんと欲す。良遇は値ふべからず、眉を伸ばすも路何ぞ階《すす》まんや)とを引き、「本傳に『照始めて嘗て義慶に謁すれば、未だ知られず』と言ふ。此の篇或いは當時の作ならん」と言う。

[悲緒] 悲しみの起こる発端。謝靈運の「長歌行」に「覽物起悲緒、顧己識憂端」(物を覧て悲緒を起こし、己を顧みて憂端を識る)とある。

3 徒憶江南聲、空録齊后瑟、

[江南聲] 歌曲名。聞人倓は、『古今樂録』に「江南弄」の諸曲があると言う。鮑照の友人である湯惠休の「江南思」には、「幽客海陰路、留戍淮陽津。垂情向春草、知是故鄉人」(幽客海陰の路、戍を留む淮陽の津。情を垂れて春草に向かへば、知る是れ故郷の人なりと」)と詠う。

[齊后瑟] 主君の好みで家臣にも親疎の生ずる喩え。斉は、宣王の代は王の好みに合わせて竽を好む家臣が近づき、子の湣王の代になると瑟にかわった故事が『韓非子』にある。聞人倓は『韓非子』に「齊宣王問康倩曰、『儒者鼓瑟乎。』對曰、『不也。夫瑟、以小絃爲大聲、大絃爲小聲、是大小易序、貴賤易位。儒者以爲害義、故不鼓。』宣王曰、『然。』」(斉の宣王康倩に問ひて曰はく、「儒者は瑟を鼓すか」と。対へて曰はく、「不《しからざ》るなり。夫

れ瑟は、小絃を以つて大声を為し、大絃は小声を為す、是れ大小序を易へ、貴賤位を易ふ。儒者は以つて義を害すると為す、故に鼓せず」と。宣王曰はく、「然り」と。）とあると言うが、黄節は『韓非子』に「齊宣王使人吹竽、必三百人。南郭處士請爲王吹竽、宣王説之、廩食以數百人。宣王死、湣王立、好一一聽之、處士逃」（斉の宣王人をして竽《ふえ》を吹かしむること、必ず三百人なり。南郭処士請ふ王のために竽を吹かんことを、宣王之れを説《よろこ》び、廩食すること数百人を以つてす。宣王死し、湣王立ちて、一一を好みて之れを聞けば、処士逃ぐ）とあると言い、「『一一』は、瑟なり。韓愈曰く『王は竽を好み而も子は瑟を鼓す、工みなりと雖も、其れ好まざるを如何せんや』と」と言う。

4　方絶縈絃思、豈見繞梁日、

［縈絃・繞梁］曲に思いを込める。陸機の「演連珠」に「繞梁之音、實縈絃所思」（梁を繞《めぐ》るの音は、実に絃に思ふ所を縈《めぐ》らす）とあり、李善注に「曲を縈らすの絃とは、絃被ひて曲を縈らせ而して伸びざる者を謂ふなり」という。聞人倓は「按ずるに、縈曲《えいきょく》の絃は、思ひ梁を繞りて以つて妙なるを盡くす。今此の思ひ已に絶ゆれば、則ち豈に梁を繞るの日有らんや」と言う。

與伍侍郎別

伍侍郎は未詳。黄節は「伍侍郎は蓋し王國の侍郎ならん。詩中に鄢郢《えんえい》淮海を用ゐるは、呉摯父云ふ『此れ當に荆州に在りしの作なるべし、伍は當に淮海に赴くべきなり』と」と言う。

「侍郎」については、『宋書』百官志・下に「王國は、晉の武帝初めて師・友・文學各一人を置く。太守を改めて内史と爲し、相及び僕を省く。郎中令・中尉・大農有り三卿と爲す。大國は左右常侍各三人を置き、郎中を省いて、侍郎二人を置く。宋氏以來、一《もつぱ》ら晉制を用ふ」とあり、また「王國公三卿・師・友・文學は、第六品なり」とある。

民生如野鹿
知愛不知命
飲齕具攢聚
翹陸欻驚迸
傷我慕類心
感爾食苹性
漫漫鄢郢塗
渺渺淮海逕
子無金石質
吾有犬馬病
憂樂安可言
離會孰能定
欽哉慎所宜
砥徳乃爲盛
貧遊不可忘
久交念敦敬

民生は野鹿のごとく
愛を知りて命を知らず
飲齕《いんこつ》するは具に攢聚《さんしう》するも
翹陸《けうりく》するは欻《たちま》ち驚迸《きやうはう》す
我が類を慕ふの心を傷み
爾が苹《へい》を食むの性に感ず
漫漫たり鄢郢《えんえい》の塗《みち》
渺渺《べうべう》たり淮海の逕《みち》
子《し》には金石の質無く
吾には犬馬の病有り
憂と楽と安《いづく》んぞ言ふべけん
離と会と孰《いづ》れか能く定めん
欽《つつ》しいかな　宜しくする所に慎み
徳を砥《と》ぎて乃ち盛んなるを為す
貧遊は忘るべからず
久交　敦敬なるを念はん

*「塗」字、張溥本・『詩紀』は「途」に作る。
*「爾」字、本集は「尓」に作る。

伍侍郎と別れる

庶民の一生は野の鹿のようなもので
互いに知り合い慈しみはするものの運命が分かっていない
水を飲み草を食むときはそろって集まりはするが
つま立ち飛び跳ねたかと思うとたちまちびっくりして散って行く
仲間を慕う私の気持ちは傷つくが
蓬を皆で食もうとする鹿のような君の懇意には感動する
だらだらと続く鄢・郢への道のり
遠く霞む淮・海への細道
君にも金属や石のような堅い性質は無いだろうし
私には主人に利をもたらせ得ない犬や馬のような病いがある
そのことが悲しいとも楽しいともどちらとも口に出させず
別れるとも会おうともどちらとも決めさせないので

ある
滅多なことをせぬよう用心し
徳を磨き盛んにするよう努めよう
貧しいときの遊学の交わりは忘れられるものではなく
長年の交友は心厚く尊敬し合う気持ちを持ち続ける
　ものなのである

1　民生如野鹿、知愛不知命、

［野鹿］『莊子』天地に「至徳之世、不尚賢、不使能、上如標枝、下如野鹿」（至徳の世は、賢を尚ばず、能を使はず、上は標枝のごとく、下は野鹿のごとし）とある。

［知命］『易』繫辭・上に「樂天知命、故不憂」（天を楽しみて命を知る、故に憂へず）とある。

2　飲齕眞攅聚、翹陸欻驚迸、

［飲齕・翹陸］「齕」は、食む。「翹」は、足をあげる。『莊子』馬蹄篇に「齕草飲水、翹足而陸、此馬之眞性也」（草を齕《は》み水を飲み、足を翹《あ》げて陸するは、此れ馬の真性なり）とある。陳胤倩は「『飲齕』の二句は奔鹿を畫《えが》くがごとし」と言う。

［攅］『蒼頡篇』に「攅、聚也」（攅は、聚《あつま》るなり）とある。

［欻］張衡の「西京賦」薛綜注に「欻之言忽也」（欻は之れ忽ちなるを言ふなり）という。

［迸］『説文』に「迸、走散也」（迸は、走り散るなり）とある。

3　傷我慕類心、感爾食苹性、

［慕類］劉安の「招隱士」に「獼猴兮熊羆、慕類兮以悲」（獼猴と熊羆と、類を慕ひて以つて悲しむ）とある。

［食苹］河原よもぎを食む。懇意誠意が生ずるという。『詩』小雅「鹿鳴」に「食野之苹」（野の苹を食む）とあり、傳に「苹、萍也。鹿得萍、呦呦然鳴而相呼、懇誠發乎中、以興嘉樂賓客、當有懇誠、相招呼以成禮也」（苹は、萍なり。鹿は萍を得れば、呦呦然として鳴きて相呼び、懇誠中より発せらる、興を以つて賓客を嘉楽するは、当に懇誠有り、相招き呼びて以つて礼を成すべきなり）という。

4　漫漫鄢郢塗、渺渺淮海逕、

[漫漫] 涯てしないさま。揚雄の「甘泉賦」に「指東西之漫漫」(東西の漫々たるを指す)とあり、李善注に「漫漫は、厓際無きの貌なり」と言う。

[鄢郢] 司馬相如の「上林賦」に「鄢郢繽紛、激楚結風」(鄢郢は繽紛として、激楚風を結ぶ)とあり、李善注に「李奇曰、鄢、今宜城縣也。郢、楚都也」(李奇曰はく、鄢は、今の宜城県なり。郢は、楚の都なり)という(「激楚」は、曲名)。また『史記』蘇秦傳の「正義」に「鄢鄉故城、在襄州率道縣南九里。安郢城、在荆州江陵縣東北六里」(鄢郷の故城は、襄州率道県の南のかた九里に在り。安郢城は、荊州江陵県の東北のかた六里に在り)という。

[渺渺] 嚴忌の『楚辭』哀時命に「魂渺渺而馳騁兮」(魂渺々として馳騁す)とある。

[淮海] 揚州。『書』禹貢に「淮海惟揚州」(淮・海は惟だ揚州のみ)とある。

5　子無金石質、吾有犬馬病、

[金石]「古詩」に「人生忽如寄、壽無金石固」(人生は忽として寄するがごとく、寿には金石の固き無し)とある。

[犬馬病] 家臣として国に利をもたらせ得ないこと。『孔叢子』論勢第十六に「(子順)辭曰、臣有犬馬之疾、不任國事」(子順辞して曰はく、臣に犬馬の疾有り、国事に任へず)とある。

6　憂樂安可言、離會孰能定、

[憂樂] 漢の荀悦の『申鑒』雜言・上に「爲世憂樂者、君子之志也」(世のために憂ひ楽しむ者は、君子の志なり)とあり、『左傳』襄公三十一年に「憂樂同之、事則従之、教其不知、而恤其不足」(憂楽は之れを同じくし、事は則ち之れに従ひ、其の知らざるを教へ、而して其の足らざるを恤《うれ》ふ)という。鮑照の「四賢詠」にも「蟲篆散憂樂」と見えている。

[離會] 会うと離れると。『穀梁傳』や『公羊傳』に、二国が会するも考え方が一致しない集まりを「離會」という用例があるが、採らない。

7　欽哉慎所宜、砥徳乃爲盛、

［欽哉］『書』舜典に「欽哉欽哉、刑之恤哉」（欽しまんかな欽しまんかな、刑のみ之れ恤《あは》れまんかな）とある。堯典に「欽若昊天」（欽しむこと昊天のごとし）とあるように、天などを畏れ敬うことをいう。

［所宜］為すべきこと。『漢書』翟方進傳に「方進爲小吏號遲、頓不及事、廼從汝南蔡父相問己能所宜」（方進小吏と為りて遅しと号し、頓《とみ》に事に及ばず、廼《すなは》ち汝南の蔡父に従つて己の能く宜しくすべき所を相問ふ）とあり、注に「言從何術藝可以自達」（言ふこころは何の術芸にか従つて以つて自ら達すべきと）という。

［砥徳］徳を磨く。『淮南子』道應訓に「文王砥徳脩政」（文王徳を砥ぎ政を脩む）とあり、焦氏『易林』大有之第十四「渙」や鼎之第五十「姤」に「砥徳砺材」（徳を砥ぎ材を礪《と》ぐ）という。

8　貧遊不可忘、久交念敦敬、

［貧遊］貧賤の交わり。『後漢書』宋宏傳に「貧賤之交不可忘」（貧賤の交はりは忘るべからず）とある。

［敦敬］『管子』形勢篇に「敦敬忠信、臣下之常也」（敦敬忠信なるは、臣下の常なり）とあり、また『荀子』強國篇に「及都邑官符、其百吏肅然、莫不恭儉敦敬、忠信而不楛、古之吏也」（都邑の官符に及び、其の百吏肅然として、恭倹敦敬ならざるは莫し、忠信にして楛ならざるは、古の吏なり）とある（「楛」は、ぞんざいの意）。

呉興黄浦亭庾中郎別

「呉興の黄浦」について、聞人倓は「浙江の湖州府は、三國の時は呉に屬し、呉興と曰ふ。『輿地紀勝』に『黄浦は一に黄檗澗と名づけ、烏程縣に在り』と」と言い、錢振倫は「顔眞卿の『妙喜寺碑』に『杼山の陽に妙喜寺有り、寺の前に黄浦橋有り、橋の南のかたに黄浦亭有り、宋の鮑照の盛侍郎及び庾中郎を送つて詩を賦するの所なり。其の水は黄檗山に出づ、故に黄浦と號す』と」とあると言う。

「庾中郎」については、聞人倓は『宋書』に『庾悦、字は仲豫、鄢陵の人なり。高祖京邑を定め、武陵王遵制を承り悦を以つて寧遠將軍・安遠護軍・武陵内史と爲す。病ひを以つて職を去る。鎭軍府諮議參軍に府版し、車騎從事中郎に轉ず』と」と言う。なお、呉摯父は「庾永」であるとするが、錢仲聯は「庾永」は「張永」を誤ったものであり、「庾悦」とするのもまた誤りであるとする。

風起洲渚寒　風起こりて洲渚寒く
雲上日無輝　雲上りて日に輝き無し
連山眇煙霧　連山　煙霧眇《はる》かに
長波迥難依　長波　迥《はる》かにして依り難し
旅鴈方南過　旅鴈　方《まさ》に南のかた過ぎ
浮客未西歸　浮客　未だ西のかた帰らず
已經江海別　已に江海を経て別れ
復與親眷違　復た親眷《しんけん》と違《たが》ふ
奔景易有窮　奔景《ほんけい》は窮まり有り易く
離袂安可揮　離袂《りしう》は安んぞ揮《ふる》ふべけん
懽觴爲悲酌　懽觴は悲酌と為り
歌服成泣衣　歌服は泣衣と成る
温念終不渝　温念　終《つひ》に渝《か》はらず
藻志遠存追　藻志　遠く存追す
役人多牽滯　役せらるる人は牽滞《けんたい》多く
顧路慙奮飛　路を顧みて奮飛するを慙づ
昧心附遠翰　昧《くら》き心は遠翰《ゑんかん》に附し
炯言藏佩韋　炯《あき》らかなる言は佩韋に蔵せん

呉興の黄浦亭で庾《ゆ》中郎と別れる

風が起こって川の中洲の浜は寒く
雲がわき上がって日も照らない
連なる山々は靄や霧で遠く霞み
遠くまで続く波は遥か彼方まで乗じがたい
旅の雁は今や南に向かって渡って行くが
あてのない旅人の私はまだ西に帰れないでいる
大川や海のある土地を通ってきた上に
身近の信ずる者とも別れることになった
駆けゆく日の光がたやすく沈もうとしているのに

別離の袖などどうして振れよう
歓びの杯さえも悲しく酌み交わすことになり
歌を謳うための服も涙で濡れることになってしまった
君の温かい気持ちはずっと変わらないだろうから
立派な素志はどこまでも追憶したい
出仕の身は拘束が多く
行路を振り返ると奮起すべきであった事に対して面
目もない
我が愚かな心は遠く行く翼に託し
戒めとして君の明察ある言葉を革帯の中にしまって
おこう

1　風起洲渚寒、雲上日無輝、

［洲渚］河の中洲。曹植の「與司馬仲達書」に「蓋以洲渚爲營壁、江淮爲城塹而已」（蓋し洲渚を以つて営壁と為し、江淮を城塹と為すのみ）とあり、後世の『魏書』刁雍傳に「今艾山北河中有洲渚、水分爲二。西河小狹、水廣百四十歩」（今艾山の北の河の中に洲渚有り、水分かたれて二と為る。西の河は小さく狭く、水の広きこと百四十歩なり）と言う。

［雲上］『後漢書』逸民傳賛に「遠性風疎、逸情雲上」（性を風の疎《とほ》るに遠ざけ、情を雲の上るに逸《のが》る）とあり、『易』需象に「雲上于天、需君子以飲食宴樂」（雲天に上る、君子を需《もと》むるに飲食宴楽を以つてす）という。

2　連山眇煙霧、長波迴難依、

［眇］遠く見えにくい。聞人倓の引く『尚書』傳に「眇眇微微」（眇々として微々たり）とあり、『博雅』に「眇、遠也」（眇は、遠きなり）とあると言う。

［長波］どこまでも続く波。木華の「海賦」に「長波涾㴸、池涎八裔」（長波涾㴸として、八裔に池涎たり）とある。また、聞人倓の引く郭象の『莊子』注には「其長波之所蕩、高風之所扇」（其れ長波の蕩《うご》く所にして、高風の扇ぐ所なり）とある。

［波…依］波に乗る。（「依風」等と同様の表現であると思われる。）孫綽の「望海賦」に「華組依波而錦披、翠綸扇風而繡擧」（華組は波に依りて錦披らき、翠綸は風を扇ぎて繡挙ぐ）とある。

3　旅鴈方南過、浮客未西歸、

[旅鴈] 謝靈運の「九日從宋公戲馬臺集送孔令」詩に「季秋邊朔苦、旅雁違霜雪」（季秋辺朔苦しく、旅雁霜雪を違《さ》る）とある。

[浮客] 謝惠連の「西陵遇風獻康樂」詩に「悽悽留子言、眷眷浮客心」（悽々たり留子の言、眷々たり浮客の心）とある。

4　已經江海別、復與親眷違、

[江海] 四方の土地。『莊子』讓王篇に「中山公子牟謂瞻子曰、『身在江海之上、心居魏闕之下、奈何。』瞻子曰、『重生。重生則利輕』」（中山公子牟瞻子に謂ひて曰はく、「身は江海の上に在るも、心は魏闕の下に居るは、奈何ん」と。瞻子曰はく、「生を重んず。生を重んずれば則ち利軽し」と）とある。

[親眷] 親類や親しい人。『魏志』毛玠傳に「文帝爲五官將、親自詣玠、屬所親眷」（文帝五官将と為るに、親自《みづか》ら玠に詣《いた》り、親ら眷る所に属す）とある。

5　奔景易有窮、離袖安可揮、

[奔景] 沈みゆく陽光。張華の「白紵舞歌辭」に「羲和馳景逝不停、春露未晞嚴霜寒」（羲和景を馳せ逝きて停らず、春露未だ晞かずして厳霜寒し）とある。

[袖…揮] 阮籍の「詠懷詩」（其十九）に「寄顏雲霄閒、揮袖淩虛翔」（顔を寄す雲霄の間、袖を揮ひ虚を凌ぎて翔く）とある。「奮起する貌」の意（『漢語大詞典』の見解による）。

6　懽觴爲悲酌、歌服成泣衣、

[懽觴…] 歓んで酌み交わす杯。「古辭」に「窓前滌歡爵、帳裏縫舞衣」（窓前に歓びの爵《さかづき》を滌《あら》ひ、帳裏に舞の衣を縫ふ）とある。鮑照が「望孤石」詩に「歡酌每盈衷」というう時の「歡酌」も同じであろう。

7　温念終不渝、藻志遠存追、

[温念] 『爾雅』に「温、温柔也」（温は、温柔なり）とあり、疏に「寛緩和柔也」（寛緩にして和柔なり）という。方東樹は『温念』の六句は、統べて彼此の情を述

ぶ。此れ客中に歸るを送る、故に彼の素志を渝《か》へざるを贊へ、己の相從ふを得ざるに感じて奮飛せんと欲するなり」と言う。

[不渝] かわらない。『詩』鄭風「羔裘」に「舍命不渝」(命を舍《す》つるも渝《かは》らず)とあり、『爾雅』釋言に「渝、變也」(渝は、變はるなり)という。

[藻志] 立派な志。聞人倓は『尚書』傳に「藻、水草之有文者」(藻は、水草の文有る者なり)とあると言い、「按ずるに、其の志を美《ほ》むるの辭なり。言ふこころは其の志は久しく遠しと雖も猶ほ之れを存すべく、以つて追憶するを待つなり」と言う。黄節は「本集の『河清頌』の『蠢行藻性』、『舞鶴賦』の『鍾浮曠之藻質』、『凌煙樓銘』の『藻思神居』および此の篇の『藻志』は、皆明遠の自ら造るの詞なり。『詩品』の所謂『善く形狀寫物の詞を製る』なる者なり」と言う。

[志…存] 志を保持する。『水經注』湽水に「學道遭難逢危、終無悔心、可以牢神存志」(道を学びて難に遭ひ危きに逢ひ、終に悔ゆる心無きは、以つて神を牢《かた》くし志を存すべし)と言う。

8　役人多牽滯、顧路慙奮飛、

[役人] 使役される人。『左傳』僖公十六年に「城鄫、役人病」(鄫に城すれば、役せらるる人病む)とあり、聞人倓は「『役人』は、自らを謂ふなり」と言う。

[牽滯] 繋ぎ留める。聞人倓は「『牽』は、羈牽するなり。『滯』は、留滯するなり」と言う。「羈留する」(繋ぎ留める)の意(『漢語大詞典』の見解による)。

[奮飛] 『詩』邶風「柏舟」に「靜言思之、不能奮飛」(言を静かにして之れを思ひ、奮飛する能はず)とある。

9　昧心附遠翰、烱言藏佩韋、

[附] 『集韻』に「『附』、託也」(「附」は、託するなり)という。

[遠翰] 遠く行く者に喩える。聞人倓は『翰』は、毛羽なり。『遠翰』は、遠く行く者を謂ふ」と言う。

[烱言] 明察ある言葉。『玉篇』に「『烱烱』、明察也」(「烱々」は、明察なり)という。

[佩韋] 帯び物のなめし革。『韓非子』觀行に「西門豹之性急、故佩韋以自緩。董安于之性緩、故佩弦以自急」(西

門豹の性は急なり、故に韋を佩びて以つて自ら緩くす。董安于の性は緩かなり、故に弦を佩びて以つて自ら急にす）とあり、聞人倓は「按ずるに、庾は歸るも鮑は歸るを得ず、別るる時に庾には必ず慰藉の言有り。故に鮑は同《とも》に客と爲るも昧き心は先づ歸る者を送り、聊か子の言を用ゐて以つて佩韋に當て、歸心の過急に至らざらんことを庶ふと云ふなり」と言う。これについて方東樹は、「收二句は、注に『別るる時に庾には必ず慰藉の言有り、故に藏して佩韋と爲す』と云ふのみと言ふ。……」と言う。

送別王宣城

『宋書』王僧達傳に「王僧達は、瑯邪の人なり、宣城太守と爲る」と言う。

制作時期に関して、黄節は、呉摯父の「僧達は臨川王義慶の壻たり。其の宣城太守と爲るは、元嘉二十七、八年の間に在り。僧達の『求解職表』に『宣城に涖《のぞ》むを賜はり、仲春任に移るも、方《まさ》に冬にして便ち虜の南侵に値《あ》ふ』と云ふは、是れ元嘉二十七年なり。又た『宣城の民庶、闕に詣《いた》りて請はる。還務未だ期せざるに、兄を亡くして奄《たちま》ち棄背せられ、郡を帶して都に還るを賜はる。曾《かつ》て未だ淹《ひさ》しくは積まざるに、復た義興に除せらる』と云ふ。按ずるに、僧達の再び宣城に涖《のぞ》むは、元嘉二十八年に在り、表に云ふ『還務未だ期せずして』は、則ち任を去るは二十九年に在るなり」という説を引く。錢仲聯は「照の詩に『既逢青春獻、復値白蘋生』と云ふは、蓋し『禮記』の『季春之月、萍始生』の語を用ゐしならん、僧達の宣城の『解職表』に云ふ所の『仲春任に移る』の語と合へば、則ち此の詩は蓋し元嘉二十七年に作られしならん」と言う。

發郢流楚思　　郢《えい》を発《た》ちて楚思を流し
涉淇興備情　　淇《き》を渉りて備情を興す
既逢青春獻　　既に青春の献ぜらるるに逢ひ
復値白蘋生　　復た白蘋《はくひん》の生ずるに値《あ》ふ
廣望周千里　　広く望めば周《あま》ねきこと千里

江郊藹微明　江郊　藹《あい》として微かに明るし
簾爵自惆悵　簾爵　自ら惆悵《ちうちやう》と
歌管爲誰清　歌管　誰が為《ため》にか清き
潁陰騰前藻　潁陰《えいいん》に前藻を騰《あ》げ
淮陽流昔聲　淮陽に昔声を流す
樹道慕高華　道を樹《た》てて高華を慕ひ
屬路佇深馨　路に屬《つ》きて深馨《しんけい》を佇《ま》たん

＊「簾」字、張溥本は「擧」に作る（銭仲聯は「宋本、『爵』を『簾』に作る」と言うが、通行本には見えない）。

宣城太守の王僧達との送別に際し

楚の都郢を出発するに際しては楚の悲しみを訴え
朝歌の地の淇水を渉る時には衛の悲しみが起こる
春たけなわになったかと思うと
もう白い蘋の生える春の終わりとなっている
広く周囲千里を眺めやると

長江の原野は木が生い茂って明るさが乏しい
酒杯を挙げると自ずと悲しみが起こり
歌や笛の伴奏の清らかさも誰のためにもならない
潁水の南では昔の太守黄覇と同じ名声を揚げられ
淮水の北では昔の太守汲黯と同じ名声が伝わるはず
わたしは道を樹立すべく高いところに咲く華を慕い
あなたの行った路を仰いで深遠な芳り（名声）を待ち
　望むことにしよう

1　發郢流楚思、渉淇興衛情、

［郢］司馬相如「上林賦」の「鄢郢繽紛、激楚結風」注に「郢《えい》、楚都也」（郢は、楚の都なり）という。

［流…思］陸機の「鼓吹賦」に「咏悲翁之流思、怨高臺之難臨」（悲翁の思ひを流すを咏《よ》み、高台の臨み難きを怨む）とある。

［淇］衛にある川の名。『詩』邶風「泉水」に「亦流於淇」（亦た淇に流る）とあり、傳に「淇、水名」（淇は、水の名なり）という。『詩』衛風「竹竿」には「淇水滺滺、檜楫松舟、駕言出遊、以寫我憂」（淇水は滺々として、桧

の楫《かぢ》に松の舟、駕して言《ここ》に出でて遊び、以つて我が憂ひを写《のぞ》く）とある。

［傭情］「傭」は、『名勝志』に「屬彰徳府、古朝歌地」（彰徳府に属し、古の朝歌の地なり）という。

［興…情］晋の湛方生の「秋夜」詩に「履代謝以惆悵、覩搖落而興情」（代謝を履みて以つて惆悵とし、揺落を覩て而して情を興こす）とある。

2　既逢青春獻、復値白蘋生、

［青春］『楚辭』大招に「青春受謝、白日昭只」（青春謝《さ》るを受け、白日昭《かがや》く）とある（「謝」は、冬が去る）。

［獻］歳が始まる。『楚辭』招魂に「獻歳發春兮」（献歳春を発す）とあり、注に「獻、進。言歳始來進、春氣奮揚、萬物皆感氣而生」（献は、進むなり。言ふこころは歳始めて来たり進み、春気奮揚し、万物皆気に感じて生ずるなり）という。

［蘋生］白い水草の生え始める晩春。『楚辭』九歌「湘夫人」に「登白蘋兮騁望」（白蘋に登りて騁望す）とある（「蘋に登る」は、汀に生える草を踏んで行く）。聞人倓および銭仲聯は『禮記』の「季春之月、萍始生」（季春の月、萍始めて生ず）を踏まえるとする。

3　廣望周千里、江郊藹微明、

［藹］木が鬱蒼と茂るさま。『玉篇』に「藹、樹繁密貌」（藹は、樹の繁密なる貌）という。

4　簾爵自惆悵、歌管爲誰清、

［簾爵］未詳。

［歌管…清］謝靈運の「江妃賦」に「奏清管之依微」（清管の依微たるを奏づ）とあり、また陶潛の「諸人共遊周家墓柏」詩に「清歌散新聲、緑酒開芳顔」（清歌新声を散じ、緑酒芳顔を開く）とある。

5　潁陰騰前藻、淮陽流昔聲、

［潁陰］潁水の南。『漢書』地理志に「潁陽・潁陰・臨潁三縣、皆屬潁川郡」（潁陽・潁陰・臨潁の三県は、皆潁川郡に属す）とあり、『漢書』黄覇傳に「黄覇爲潁川太守、治爲天下第一」（黄覇潁川の太守と為り、治は天下

第一と為す）とある。

［前藻］先賢のすぐれた言葉。『宋書』謝靈運傳に「敷衽論心、商攉前藻」（衽《えり》を敷き心を論じ、前藻を商攉す）という（「敷衽」は、心をひらく）。

［淮陽］漢の汲黯が大守となったところ。聞人倓は『漢書』地理志の「淮陽國、高帝十一年置」（淮陽国は、高帝の十一年置く）と、『漢書』汲黯傳の「汲黯爲東海太守、學黄老言、治官民、好清淨。多病、臥閤内不出。歳餘、東海大治」（汲黯東海の太守と為り、黄老の言を学び、官民を治めて、清浄を好む。病多く、閤内に臥して出でず。歳餘、東海大いに治まる）を引き、「按ずるに、東海は即ち今の淮安府海州なり」と言う。これに対して黄節は、『漢書』汲黯傳の「上以淮陽、楚地之郊也、召黯拜爲淮陽太守、黯伏謝、不受印綬。上曰、「君薄淮陽邪。吾今召君矣。顧淮陽吏民不相得、吾徒得君臥而治之」（上《しやう》淮陽の、楚地の郊なるを以つて、黯を召して拜して淮陽の太守と爲さしむるも、黯伏して謝し、印綬を受けず。上曰はく、『君淮陽を薄しとするか。吾れ今君を召せり。淮陽の吏民の相得ざるを顧み、吾れ徒《た》だ君を得て臥して之れを治めしむるのみ』と。）を引き、さらに王鳴盛の「『地理志』に淮陽國有りて、淮陽郡無し。表傳を以つて之れを考ふるに、高帝の子友高帝の十一年を以つて立ちて淮陽王と爲り、惠帝の元年王を趙に徙せば、則ち國除かれて郡と爲る。高后假りに惠帝の子強を立つるを以つて淮陽王と爲す。強死し、武を以つて代ふ。文帝立ち、武誅せらるれば、則ち國又た除かれて郡と爲る。文帝の子武は文帝の三年を以つて立ちて淮陽王と爲り、王十年にして梁に徙れば、則ち國又た除かれて郡と爲る。景帝の子餘景帝の二年を以つて淮陽王と爲り、王三年にして魯に徙れば、則ち國又た除かれて郡と爲り、後宣帝の子欽元康三年を以つて立ちて淮陽王と爲り、子及び孫に傳へ、凡そ國有ること六・七十年、王莽の時に至つて絶ゆ。郡國展轉として改易すること、凡そ八・九次、終に國と爲る。地志は最後の元始を以つて據ると爲す、故に國と言ひて、而も中間の沿革は倶に略するなり」を引いて、「聞人倓注は『地理志』の淮陽國を引くも、而も汲黯の淮陽に守たるを引かず、乃ち東海を以つて淮陽と釋《と》くに至る、故に之れを辯ずること此く

のごとし」と言い、東海ではなく、淮陽であるとする。

6　樹道慕高華、屬路佇深馨、

［樹道］道を立てる。賈誼の『新論』に「積道者以信、樹道者以人」（道を積む者は信を以つてし、道を樹つる者は人を以つてす）とある。

［高華］『晉書』王恭傳に「少有美譽、清操過人、自負才地、高華恒有宰輔之望」（少《わか》くして美誉有り、清操人に過ぎ、自ら才地を負ふ、高華恒《ひさ》しく宰輔の望有り）とあり、聞人倓は「按ずるに、『高華』は、即ち黄覇・汲黯を指すなり」と言う。

［屬路］行く先の路を望み、関わりを持ち続けること。聞人倓は「『屬路』は、宣城の路に屬《つ》く人なり」と言うが、王宣城の行動を指すとすれば、採らない。

［佇深馨］孫綽の「太平山銘」に「流風佇芳、翔雲停藹」（流風芳を佇ませ、翔雲藹を停む）とあり、また「天台山賦」に「惠風佇芳於陽林、醴泉涌溜於陰渠」（恵風芳を陽林に佇ませ、醴泉《れいせん》溜を陰渠に涌《わ》かしむ）とある。『佩文韻府』に引く『晉書』に「化盛隆周、垂馨千祀」（化は隆んなる周に盛んにして、馨《かをり》を千祀に垂る）という。

送從弟道秀別

この詩の手法について、黄節は「古辭『飲馬長城窟行』の『青青河畔草、緜緜思遠道。遠道不可思、夙昔夢見之。夢見在我傍、忽覺在他郷。他郷各異縣、展轉不可見』は、銜《ふく》み接して下る。此の篇の首の六句は、略ぼ其の法を變ず。同時の謝靈運の『七夕詠牛女』詩の『火逝首秋節、明經弦月夕。月弦光照戸、秋首風入隙』、『長歌行』の『朽貌改顔色、悴容變柔顔。變改苟催促、容色烏盤桓』のごとき、尤も此の篇と相類す」と言い、上の聯の語を下の聯が承ける、「銜み接して下る」表現方式を用いていることを指摘する。

參差生密念　　參差《しんし》として密念を生じ
躑躅行思疑　　躑躅《てきちょく》として行くゆく思ひ疑ふ
疑思戀光景　　疑ひ思ふは光景を恋ひ

密念盈歳時　　密念は歳時を盈《み》たす
歳時多阻折　　歳時は阻折すること多く
光景乏安怡　　光景は安怡《あんい》に乏し
以此苦風情　　此れを以つて風情に苦しみ
日夜驚懸旗　　日夜　懸旗に驚く
登山臨朝日　　山に登りて朝日に臨み
揚袂別所思　　袂《たもと》を揚げて思ふ所に別る
浸淫旦潮廣　　浸淫《しんいん》として旦潮広がり
瀾漫宿雲滋　　瀾漫として宿雲滋《しげ》し
天陰懼先發　　天陰れば先づ発するを懼《おそ》るるも
路遠常早辭　　路遠ければ常に早《つと》に辞す
篇詩後相憶　　篇詩もて後に相ひ憶ひ
杯酒今無持　　杯酒　今は持する無し
遊子苦行役　　遊子は行役に苦しむ
冀會非遠期　　冀はくは会ふことの遠く期するに非ざらんことを

＊「思疑」、張溥本・『詩紀』は「思悲」に作る。
＊「疑思」、張溥本・『詩紀』は「悲思」に作る。宋本に「『疑』は一に『悲』に作る」とある。
＊「盈」字、張溥本は「彌」に作る。宋本・張溥本・『詩紀』に「一に『彌』に作る」とある。

従弟の道秀との送別に際し

ぎくしゃくと思いが募りはじめ
行き悩むと次第に疑いの思いが起こる
疑いの思いとは明るい光は有るのかというものであり
募る思いとは年月が押し詰まってしまうというものである
年月は順調にいかないことが多く
明るい光は安らぎと和らぎをもたらすべく照ってはくれない
そのために詩情は苦しめられ
日夜旗のはためくように眠れず落ちつかないのである
山に登って朝日と向かい合いながら
袖を揚げて大切な人と別れる

しだいに満ちて朝の波は広がり
まとまり無く夕べの雲は垂れ込める
空が翳っていると先に出発するのは恐いが
道のりが長いのでいつも早朝に別れを告げることに
なる
詩を贈り合うことでこの後も互いに忘れないように
すれば
杯の酒は今は手にしなくてもよい
旅人は旅のお役目が辛いだろうが
出来ることならばこの次に会うのはそれほど遠くな
い日の約束でありたい

1　參差生密念、躑躅行思疑、

［參差］不ぞろいのさま。『楚辭』九歌「湘君」に「吹參差兮誰思」（參差として吹きて誰をか思ふ）とあり、王逸注に「參差、洞簫也」（参差は、洞簫なり）という（「洞簫」は、長さが不ぞろいの笛）。ここは、「念ひ」が不ぞろいであること。黄節は「下に故に云ふ『別所思』と」と言う。

［躑躅］うろたえるさま。『古今注』に「羊躑躅、花黄、羊食之則死、見之則躑躅分散、故名」（羊躑躅《つつじ》は、花黄なり、羊之れを食《は》めば則ち死し、之れを見れば則ち躑躅として分散す、故に名づく）という。黄節は「又た本集の『贈故人馬子喬』詩に、『躑躅城上羊、攀隈食玄草』と。此の送別の詩も蓋し亦た此れに取る有らん」と言う。

2　疑思戀光景、密念盈歳時、

［光景］日の光と恩恵の両義を持つと思われる。謝靈運の「初發石首城詩」に「日月垂光景、成貸遂兼茲」（日月光景を垂れ、成すと貸《ほど》こすと遂に茲《こ》れを兼ぬ）とあり（「成貸」は『老子』にある語で、完成させ助ける意）、『史記』封禪書に「其光景動人民、唯陳寶」（其れ光景の人民を動かすは、唯だ陳宝のみ）とある。

3　歳時多阻折、光景乏安怡、

［光景］『楚辭』九章「惜往日」に「慚光景之誠信兮、身幽隱而備之」（光景の誠に信なるに慚ぢ、身は幽隠して之れに備ふ）とあり、『説文』に「景、光也」（景は、光

なり）という。2の注釈も併せて参照されたい。

［怡］たのしむ。『楚辭』九章「哀郢」に「心不怡之長久兮」（心の怡しまざること之れ長く久し）とあり、王逸注に「怡、樂貌也」（怡は、楽しむ貌なり）という。

4　以此苦風情、日夜驚懸旗、

［風情］『晉書』袁弘傳に「弘有逸才、文章絶美、曾爲詠史詩、是其風情所寄」（弘に逸才有り、文章絶美なり、曾《かつ》て詠史詩を為《つく》る、是れ其の風情の寄る所なり）という。

［懸旗］銭振倫は『戰國策』楚策・一の「楚王曰、寡人臥不安席、食不甘味、心搖搖如懸旌而無所終薄」（楚王曰はく、寡人臥するも席に安んぜず、食するも味を甘しとせず、心は揺々として旌を懸けて終に薄る所無きがごとし）を引いて、「『懸旗』は、即ち『懸旌』の意なり」と言う。また鮑照の「紹古辭」七首の其二に「離心壯爲劇、飛念如懸旗」（離心壮んに劇しきを為し、飛念旗を懸くるがごとし）と見える。黄節は『楚辭』九歌の「乘回風兮載雲旗。悲莫悲兮生別離」（回風に乗りて雲旗を載す。悲しみは生ながらにして別離するより悲しきは莫し）を引く。

5　登山臨朝日、揚袂別所思、

［揚袂］そでを揚げる。舞うさま。曹植の「酒賦」に「或揚袂屢舞」（或は袂を揚げて屢しば舞ふ）とある。

6　浸淫旦潮廣、瀾漫宿雲滋、

［浸淫］『漢書』食貨志・下に、しだいに溢れ広がるさまを言い、「浸淫日廣」（浸淫日に広し）とある。『説文』には「浸淫、隨理也」（浸淫は、理に随ふなり）とあり、南唐の徐鍇の『説文』繫傳に「臣鍇曰、『隨其脈理而浸漬也』」（臣鍇曰はく、「其の脈理に随ひて浸漬するなり」と）と言う。

［瀾漫］王褒の「洞簫賦」に「悼悷瀾漫、亡耦失疇」（悼悷瀾漫として、耦《つれ》を亡くし疇《とも》を失ふ）とあり、『文選』李善注に「瀾漫は、分散するなり。『上林の賦』に『瀾漫として遠く遷る』と」と言う。

7 天陰懼先發、路遠常早辭、

[先發] まず行動に出ること。『漢書』項籍傳に「先發制人、後發制於人」（先んじて発すれば人を制し、後《おく》れて発すれば人に制せらる）とある。

8 篇詩後相憶、杯酒今無持、

[杯酒…] 『世説新語』任誕篇に「畢卓常謂人曰、給酒數百斛船、四時甘味置兩頭、左手持蟹螯、右手持酒杯、拍浮酒船中、便足了一生矣」（畢卓常に人に謂ひて曰はく、酒数百斛を船に給し、四時の甘味は両頭に置き、左手に蟹の螯《はさみ》を持ち、右手に酒の杯を持ち、酒船中に拍浮すれば、便ち一生を了《を》はるに足れりと）とある。

9 遊子苦行役、冀會非遠期、

[遊子苦行役] 『詩』魏風「陟岵」に「父曰嗟予子、行役夙夜無已」（父曰はくああ予が子、行役して夙夜已む無し）とある。

[遠期] 遠い約束。陸機の「長歌行」に「遠期鮮克及、盈數固希全」（遠く期するは克《よ》く及ぶ鮮《すくな》く、数を盈たすは固より全うすること希なり）とあり、李善注に「管子に曰はく、『任の重き者は身に如くは莫く、期の遠き者は年に如くは莫し』と」と言う。

贈傅都曹別

「傅都曹」について、聞人倓は「『宋書』に『傅亮、字は季友、初め建威參軍桓謙の中軍行參軍と爲り、又た劉毅の撫軍記室參軍と爲る』と」と言い、傅亮であるとするが、黄節は「『宋書』を按ずるに、亮の記室と爲るは、義熙三・四年の間に在り、照尚ほ未だ生まれず。亮の本傳は又た其の都曹と爲なるを言はず、其の卒するは元嘉三年に在り、時に照才《わづ》かに十三・四歳なり。此の傅都曹は亮に非ず、聞の説は是に非ず」と言う。

「都曹」は、『宋書』百官志に「都官の尚書は、都官・水部・庫部・功部の四曹を領す」とある。

軽鴻戲江潭　　軽鴻は江潭《かうたん》に戯れ

孤鴈集洲沚　孤鴈は洲沚《しうし》に集ふ
邂逅兩相親　邂と逅とは両《ふた》つながら相親しみ
縁念共無已　縁と念とは共に已《や》む無し
風雨好東西　風雨は東西するを好み
一隔頓萬里　一たび隔つれば頓《とみ》に万里なり
追憶栖宿時　追憶す栖宿の時
聲容滿心耳　声容は心耳に満つ
日落川渚寒　日落ちて川渚寒く
愁雲繞天起　愁雲　天を繞《めぐ》つて起つ
短翮不能翔　短翮《たんかく》は翔《か》くる能はず
徘徊煙霧裏　徘徊す煙霧の裏《うち》

連れのない雁が中州の浜に仲間を求めにきた（あなたと私である）
ばったりと出会ったのか巡り会ったのか両者ともに親しみあい
縁ができたのか思い慕ったのか二人とも交を絶つことはなかった
風の星と雨の星とはそれぞれ東と西とに分かれることを好むと言うが
一度隔たってしまうとすぐに万里の彼方に離ればなれになる
林や水辺で一緒に過ごした時のことを思い出しては
声や姿が心に耳にいっぱいに溢れ出る
日が沈んで川沿いの渚は寒くなり
もの悲しい雲が空一面に湧き起こる
雁（私）の短い翼では飛びたってついて行くことはできず
靄や霧の中でうろたえるのである

＊「日落」、張溥本・『詩紀』は「落日」に作る。

傅都曹との別れに際して贈る

軽々と飛ぶ菱喰い（大雁）が深く水を湛えた大川の辺りで水遊びをしていると

1　輕鴻戲江潭、孤鴈集洲沚、

［鴻・鴈］聞人倓は、「『輕鴻』は、傳に喩《たと》へ、『孤雁』は自らに喩ふ」と言う。『毛詩』箋に「小曰鴈、大曰鴻」（小なるは鴈と曰ひ、大なるは鴻と曰ふ）とある。張玉穀は「詩は三層に分かちて看る。前四句は前日の偶たま聚《あつま》りて契合するを追念し、中四句は目前の忽ち散じて思ひを繫ぐを正敍し、後の四句は遙かに後日の獨り居て聚り難きを寄せ、純《もつぱ》ら鴻・雁を以つて比と爲すは、猶ほ是れ古格なるがごとし」と言う。

［江潭］大川の水辺。また、深み。『楚辭』漁父に「遊於江潭、行吟澤畔」（江潭に遊び、沢畔に行吟す）とある。

［孤鴈］曹植の「離繳雁」賦に「憐孤鴻之偏特、情惆焉而内傷」（孤鴻の偏へに特《ひと》りなるを憐れみ、情は惆焉《ちうえん》として内に傷む）とある。

2　邂逅兩相親、縁念共無已、

［邂逅］「邂」・「逅」ともに期せずして逢う意。『詩』鄭風「野有蔓草」に「邂逅相遇、適我願兮」（邂逅として相遇ひ、我が願ひに適《かな》へり）とあり、傳に「邂逅、不期而會」（邂逅は、期せずして会ふなり）という。

［縁念］黄節は「縁」と「念」を仏教用語であるとし、「『維摩經』に曰はく、『影の身に從ふがごとく、業縁生じ見ゆ』と。僧肇曰はく、『身は、衆縁の成る所なり。縁合すれば則ち起こり、縁散ずれば則ち離る』と。『金光明經』の所謂『明無きは行ひに縁り、行ひは識るに縁り、識るは名づくるに縁り、名づくるは色に縁り、色は六入に縁り、六入は觸るるに縁り、觸るるは受くるに縁り、受くるは愛に縁り、愛は取るに縁り、取るは有るに縁り、有るは生るるに縁り、生るるは滅するに縁る』なり。『維摩經』に曰はく、『諸法は相待たず、乃ち一念の住《とど》まらざるに至る』と。疏に曰はく、『一念には六十刹那有り、一刹那には六十生滅有り。生じ住まり異なり滅ぶは、刹那刹那にして、停住するを得ず』と。本詩の所謂『縁念共無已』なり」と言う。『玉篇』に「縁、因也」（縁は、因るなり）という。

3　風雨好東西、一隔頓萬里、

［風雨好…］錢仲聯は「按ずるに、『風雨』の句の『好』

の字は去聲なり。語は『尚書』洪範の『星有好風、星有好雨』（星に風を好む有り、星に雨を好む有り）、僞孔傳の『箕星好風、畢星好雨』（箕星は風を好み、畢星は雨を好む）、孔穎達正義の『箕、東方木宿、畢、西方金宿』（箕は、東方の木宿、畢は、西方の金宿なり）に本づく。」と言う。

［東西］『列子』黄帝に「隨風東西」（風に随ひて東西す）とある。張玉穀は「言ふこころは風雨に遭ひて東西のかた分かれ飛ぶなり」と言う。

4　追憶栖宿時、聲容滿心耳、

［栖宿］共に一緒に在ったことを鴻雁のそれで喩えた。『漢書』朱博傳に、「常有野鳥數千、棲宿其上、晨去暮來」（常に野鳥の有ること数千、其の上に棲まひ宿り、晨に去り暮れに来たる）とあり、『禽經』に「凡禽、林曰栖、水曰宿」（凡そ禽は、林なるを栖《すま》ふと曰ひ、水なるを宿ると曰ふ）とある。

［心耳］『左傳』昭公元年に「於是有煩手淫聲、慆堙《たういん》心耳、乃忘平和」（是に於いて煩手淫声有り、心耳を慆堙し、乃ち平和を忘る）とある（「煩手」は、手を妄りに動かして楽器を演奏する。「慆堙」は、みだしふさぐ）。

5　日落川渚寒、愁雲繞天起、

［日落］謝靈運の「登臨海嶠」詩に「日落當棲薄、繫纜臨江樓」（日落ちて当に棲まひ薄まるべく、纜を繫ぎて江楼に臨む）とあり（「薄」は、とどまる）、鮑照自身の詩にも「日落嶺雲歸、延頸望江陰」（日落ちて嶺雲帰り、頸を延ばして江陰を望む）とある。

［愁雲］班婕妤の「擣素」賦に「佇風軒而結睇、對愁雲之浮沈」（風軒に佇みて睇《ながしめ》するを結び、愁雲の浮沈するに対す）とある。

6　短翮不能翔、徘徊煙霧裏、

［短翮］短い翼。「翮」は、羽のつけ根。聞人倓は「『短翮』は、謙辭なり。首の比體に通ず」と言う。首句の「輕鴻」「孤鴈」との呼応を言う「首の比體に通ず」という点について、黄節は「樂府の『枯魚過河泣、何時悔復及。作書與魴鱮、相教愼出入』（枯魚河を過ぎて泣くも、何

れの時にか悔ゆるも復た及ばん。書を作りて魴鱮に与へ、相教へて出入を慎ましめん）、曹植の『鶴』詩の『雙鶴倶遨遊、相失東海傍。雄飛竄北朔、雌驚赴南湘。棄我交頸歡、離別各異方。不惜萬里道、但恐天網張』（双鶴倶に遨遊し、相失ふ東海の傍ら。雄は飛びて北朔に竄《のが》れ、雌は驚きて南湘に赴く。我が頸を交はすの歓びを棄て、離別して各おの方を異にす。万里の道を惜しまず、但だ恐る天網の張るを）は、皆首の比體に通ず。三百篇の後、惟だ樂府のみ間ま之れ有り。贈別の詩は多くは見ざるなり。應瑒の『侍五官中郎將建章臺集』詩も、亦た雁を以つて相喩ふるも、然れども祇《た》だ半篇なるのみ」と言う。

和傅大農與僚故別

傅某に付いては未詳。「大農」は、晋制の三卿の一つ。『宋書』百官志・下に「王國は、晉の武帝初めて師・友・文學各一人を置く。太守を改めて内史と爲し、相及び僕を省く。郎中令・中尉・大農有り三卿と爲す。大國は左右常侍各三人を置き、郎中を省いて、侍郎二人を置く。宋氏以來、一《もつぱ》ら晉制を用ふ」とある。

「僚故」は、もとからいる属吏で、たとえば『宋書』范曄傳に「元嘉九年、彭城太妃薨、將葬、祖夕、僚故並集東府」（元嘉九年、彭城太妃薨り、将に葬らんとして、祖するの夕、僚故並びに東府に集まる）と見える。

絶節無緩響　　絶節には緩響無く
傷鴈有哀音　　傷鴈には哀音有り
非同年歳意　　年歳の意を同《とも》にするに非ずして
誰共別離心　　誰か別離の心を共にせんや
伊昔謬通塗　　伊昔《いせき》　通塗を謬まり
冠屣預人林　　冠屣《くわんし》　人林に預く
浮江望南嶽　　江に浮かびて南嶽を望み
登潮窺海陰　　潮を登りて海陰を窺ふ
孰謂遊居淺　　孰か謂ふ遊居浅しと
慕美久相深　　美を慕ふは久しく相深し
萋萋春草秀　　萋々として春草秀で

嚶嚶喜候禽
辰物盡明茂
尊盛獨幽沈
之子安所適
我方栖舊岑
墜歡豈更接
明愛邈難尋

嚶々《あうあう》として候禽を喜ぶ
辰物　尽《ことごと》く明茂するも
尊盛のみ独り幽沈す
之の子　安《いづ》くにか適《ゆ》く所ぞ
我　方《まさ》に旧岑に栖《す》まふ
墜歓　豈に更に接《つ》がんや
明愛　邈《ばく》として尋ね難し

＊「共」字、張溥本に「一に『異』に作る」とあり、『詩紀』に「集は『異』に作る」という。
＊「塗」字、『詩紀』に「一に『望』に作る」という。

傅大農の「僚故と別れる」詩に唱和する

壮絶な音楽には緩やかな音響はそぐわず
傷ついた鴈には悲しい鳴き声がつきもの
年月をともに過ごした僚友でなくて
誰が別離の思いに共鳴できよう
以前進路を誤り
冠と履を多くの人士達の中に預けてしまったことがある
長江に船を浮かべて南の山を望み見
潮流を遡って海の南まで覗くことになった
誰が大した旅ではないと言えよう
すぐれたものを慕う心は以降深まることになったのである
のびのびと春の草は生長し
ちいちいと季節の鳥は嬉しそう
時節の物はすべて明るく盛んなのに
尊く勢いのある人だけが暗く沈んでいる
その人はどこに行くのだろうか
私は元の山に棲みはじめたばかりなのに
過ぎゆく歓びならもうこれ以上は交わせず
大いなる友愛は遥か彼方で求めにくくなってしまう

1　**絶節無緩響、傷鴈有哀音、**
［絶節］非凡な音楽。陸機の「演連珠」に「臣聞絶節高

唱、非凡耳所悲」（臣聞く絶節高唱は、凡耳の悲しむ所に非ずと）とある。

［傷鴈］傷つけられたことのある雁。『戰國策』楚策・四に「……其飛徐者、故瘡痛也。鳴悲者、久失群也」（……其の飛ぶこと徐ろなる者は、故より瘡《きず》痛むなり。鳴くこと悲しき者は、久しく群を失ふなり）とある。

2　非同年歳意、誰共別離心、

［同年歳］黄節は漢の「敦煌長史武班碑」の「金鄉長河間高陽史恢等、追維昔日同歳郎署」（金鄉は河間・高陽・史恢等に長たり、昔日の同歳の郎署を追維す）を引いて、「『同年歳』は、同僚を謂ふなり」と言い、さらに『風俗通義』の「語有曰、白頭如新、交蓋如舊、簞食壺漿、會於樹陰」（語に曰《い》へる有り、白頭にして新たなるがごとく、蓋を交へて旧なるがごとし、簞食壺漿もて、樹陰に会すと）を引いて、「別れに臨んで脊脊たるは、念ひ報い効すに在り。何ぞ同歳相臨んで拱默すべき有りや」と言う（「報効」は恩返しの意で、『風俗通』過譽篇に「臨別脊脊、念在報効」と見える）。

3　伊昔謬通塗、冠屣預人林、

［通塗］みち。『墨子』迎敵祠に「築薦通塗」（通塗を築き薦む）とある。

［冠屣］冠と履き物。『淮南子』人間訓に「今人待冠而飾首、待履而行地。冠履之於人也、寒不能煖、風不能障、暴不能蔽也。然而冠冠履履者、其所自託者然也」（今の人冠を待ちて首を飾り、履を待ちて地を行く。冠履の人に於けるや、寒きも煖むる能はず、風ふくも障《ふせ》ぐ能はず、暴《あら》きも蔽ふ能はざるなり。然り而して冠を冠り履を履く者、其の自ら託す所の者は然るなり）とあり、『玉篇』に「屣、履也」（屣《し》は、履なり）という。

［人林］人が多いこと。陳琳の「爲袁紹檄豫州」檄に「士林」の語が見え、李善注に「林、喩多也。司馬遷書曰、列於君子之林」（林は、多きを喩ふるなり。司馬遷の書に曰はく、君子の林に列すと）という。

4　浮江望南嶽、登潮窺海陰、

［南嶽］灊《せん》の天柱山、あるいは安徽の霍山。『史記』封禪書に「上巡南郡、至江陵而東、登禮灊之天柱山、號曰南

岳」（上南郡を巡り、江陵に至りて東し、灊の天柱山に登礼し、号して南岳と曰ふ）とあるが、黄節は「按ずるに、南岳は安徽の霍山と爲す。元嘉十六年、照臨川王義慶に隨ひて江州に往けば、江程の經る所なり。孝武の初め、照海虞の令と爲る。海虞は江・海の交に瀕《せま》る、故に『登潮窺海陰』と云ふ」と言う。

[海陰] 海虞県をいう。

5　孰謂遊居淺、慕美久相深、

[遊居] 旅をして或る土地に留まること。班彪の「冀州賦」に「夫何事於冀州、聊託公以遊居」（夫れ何ぞ冀州に事ふる、聊か公に託して以つて遊居せん）とある。

6　萋萋春草秀、嚶嚶喜候禽、

[萋萋] 盛んに茂るさま。『詩』周南「葛覃」に「維葉萋萋」（維《こ》の葉萋々たり）とある。

[嚶嚶] 鳥の鳴くさま。『詩』小雅「伐木」に「鳥鳴嚶嚶」（鳥鳴くこと嚶々たり）とある。

[候禽]「候鳥」に同じく、季節の推移に応じて巣を変える鳥。晋の陸雲の「贈鄭曼季往返詩」（其三）に「潛介淵躍、候鳥雲翔」（潛介淵に躍り、候鳥雲に翔く）とある。

7　辰物盡明茂、尊盛獨幽沈、

[尊盛] 位が高く勢いが盛んなこと。『漢書』宣帝紀に「自在民間、聞知霍氏尊盛日久」（自ら民間に在り、霍氏の尊盛なること日に久しきを聞き知る）とあり、『説苑』敬愼に「祿位尊盛、而守以畏者勝」（祿位尊盛にして、而も守るに畏れを以つてする者は勝つ）という。

[幽沈]『文子』自然に「道爲之命、幽沈而無事」（道として之の命を爲せば、幽沈にして事無し）とある。

8　之子安所適、我方栖舊岑、

[舊岑] なじみの山。謝靈運の「過始寧墅」詩に「剖竹守蒼海、挂帆過舊山」（竹を剖《わ》りて蒼海を守り、帆を挂けて旧山に過ぎる）とある。

9　墜歡豈更接、明愛邈難尋、

［墜歡…接］愛が冷める。『後漢書』光武郭皇后紀論に「愛升、則天下不足容其高、歡隊、故九服無所逃其命」（愛升れば、則ち天下も其の高きを容るるに足らず、歡隊つれば、故より九服も其の命を逃るる所無し）とある（「墜」は「隊」に同じ。「九服」は、畿内）。また、司馬遷の「報任少卿書」に「未嘗銜杯酒、接慇懃之餘歡」（未だ嘗て杯酒を銜《ふく》まざるに、慇懃の餘歡に接す）とある。

送盛侍郎餞候亭

「候亭」は、物見台のある宿駅。唐代の詩文には「傳置具車、候亭出餞」（孫逖「送李郎中赴京序」）、「候亭相屬、不齎萬里之糧。年廩屢登、又美曾孫之稼」（王珪「女弟子致語」）、「已擧候亭火、猶愛村原樹」（韋應物「乘月過西郊渡詩」）等と見える。

「侍郎」は、『宋書』百官志に「王國は、晉の武帝初めて師・友・文學各一人を置く。太守を改めて內史と爲し、相及び僕を省き、郎中令・中尉・大農有りて三卿と爲す。大國は左右の常侍各三人を置き、郎中を省き、侍郎二人を置く。宋氏以來、一《もっぱ》ら晉制を用ふ」とある。

霑霜襲冠帶　霑《うるほ》へる霜は冠帶を襲ひ
驅駕越城闉　駕を驅りて城闉《じやういん》を越ゆ
北臨出塞道　北のかた塞を出づるの道に臨み
南望入郷津　南のかた郷に入るの津を望む
高墉宿寒霧　高墉《かうよう》は寒霧を宿し
平野起秋塵　平野は秋塵を起こす
君爲坐堂子　君は堂に坐するの子《し》たるも
我乃負羈人　我は乃ち羈《き》を負《お》ふの人なり
欣悲豈等志　欣《よろこ》びと悲しみと豈に志を等くせん
甘苦誠異身　甘きと苦きと誠に身を異にす
結涕園中草　涕を結ぶ園中の草
憔悴悲此春　憔悴として此の春を悲しむ

＊「羈」字、張溥本は「覊」に作る。

盛侍郎の帰るのを見送り、
候亭で餞別する

たっぷりと水分を含んだ霜を冠や帯におきながら
馬車に鞭打って城内の幾重もの門を通り外に出る
北方の辺塞に向かう道に在りながら
南方の故郷に続く渡し場を眺めやる
小高い城郭の土壁には冷たい霧がかかり
平らかな原野には秋の土埃が起っている
君はお屋敷に座る人となり
私は遠征に使われる身である
欣ぶ者と悲しむ者とどうしてそれぞれの志が同じで
　あろう
味わいの甘い物と苦い物とは身の上が全く逆である
涕を庭の草にこぼし
やつれ果てて今年の春を悲しむことになる

1　霑霜襲冠帶、驅駕越城闉、

［襲…帶］謝荘の「泰始元年改元大赦詔」に「日月所照、梯山航海。風雨所均、刬衽襲帶」（日月の照らす所は、山に梯《はしご》し海を航《わた》る。風雨の均しき所は、衽《おくみ》に刬《い》れ帯を襲《かさ》ぬ）とあるが、採らない。ただし、鮑照は「襲」を「おそふ」ではなく、「かさぬ」の意で用いることが多い。

［冠帶］冠と束帯をつけた者。官吏や士人。「古詩」に「冠帶自相索」（冠帯自ら相索む）とある。

［城闉］城門の一。謝荘の「宋孝武宣貴妃誄」に「照殊策而去城闉」（殊策を照《あき》らかにして城闉を去る）とあり（「殊策」は、死者の徳を讃える策文）、李善注に「闉は、城の曲《くま》の重門なり」と言う。また『魏書』崔光傳に「近くは城闉に在り、宮廟に面接せしむ」と言い、『説文』に「闉、城曲重門」（闉は、城の曲の重門なり）とある。

2　北臨出塞道、南望入鄕津、

［出塞］『後漢書』和帝紀論に「偏師出塞、則漠北地空」（偏師塞を出づれば、則ち漠北地空し）とある（「偏師」は、一編成部隊）。

3　高墉宿寒霧、平野起秋塵、

[高墉] 高い城壁。『易』解に「公用射隼于高墉之上」（公用つて隼を高墉の上に射る）とあり、疏に「墉は、牆なり」と言う。また謝靈運の「會吟行」に「層臺指中天、高墉積崇雉」（層台中天を指し、高墉崇雉を積む）とある（「崇雉」は、城壁の上に建てられた姫垣）。

[秋塵] 「代陳思王京洛篇」にも「但恐秋塵起、盛愛逐衰蓬」と見える。

4　君爲坐堂子、我乃負羈人、

[坐堂] 危険な場所に身を置かないこと。司馬相如の「上書諫獵」に「千金之子、坐不垂堂」（千金の子は、坐するに堂に垂せず）とある（「垂堂」は、危険な場所に身を置くこと）。

[負羈] 馬に乗り出征する。『左傳』僖公二十四年に「臣負羈紲、從君巡於天下」（臣羈紲を背《せお》ひ、君に從ひて天下に巡る）とある。

5　欣悲豈等志、甘苦誠異身、

[甘苦] 『史記』燕召公世家に「燕王弔死問孤、與百姓同甘苦」（燕王死を弔ひ孤を問ひ、百姓と甘苦を与にす）とある。

6　結涕園中草、憔悴悲此春、

[悲此春] 陸機の「春詠」詩に「節運同可悲、莫若春氣甚」（節運ぐり同に悲しむべきは、春気の甚《し》しきに若くは莫し）とある。また、『詩』豳風「七月」に「春日遲遲、采蘩祁祁、女心傷悲」（春日遲々たり、蘩を采ること祁々《きき》たり、女心傷み悲しむ）とあり、毛傳に「春女悲、秋士悲。感其物化也」（春は女悲しみ、秋は士悲しむ。其の物の化するに感ずるなり）という。

與荀中書別

荀中書について、銭振倫は「按ずるに、後の聯句に荀中書萬秋有るも、未だ即ち其の人か否かを知らず」と言う。これに対し、黄節は呉摯父の言を引き、「此れ荀昶《ちやう》なり。荀伯子傳に云ふ、『昶は元嘉の初め文義を以つて中書郎に至る』と」と言うが、銭仲聯は「按ずるに、元嘉の初めは、照は年才《わづ》かに十數歳なるのみ。呉の説は是に非ず。此の荀中書は、乃ち萬秋なり」と言う。（但し、鮑照の生年を呉丕績らの説に従って九年繰り上げれば、この限りでない。）

「中書」は、『宋書』百官志に「中書令一人、中書舎人一人、中書侍郎四人、中書通事舎人四人」とある。

勞舟厭長浪　　勞舟は長浪に厭《あ》き
疲旆倦行風　　疲旆《ひはい》は行風に倦《う》む
連翩感孤志　　連翩《れんぺん》として孤志に感じ
契闊傷賤躬　　契闊《けいくわつ》として賤躬《せんきゆう》を傷む
親交篤離愛　　親交は離愛に篤きも
眷戀置酒終　　眷恋《けんれん》として置酒終《を》ふ
敷文勉征念　　文を敷きて征念に勉むれば
罷落慰愁容　　罷落《ひらく》　愁容を慰む
思君奇渉洧　　君を思ひて洧《ゐ》を渉るを奇とし
撫己謠渡江　　己を撫して江を渡るを謠《うた》ふ
慙無黄鶴翅　　黄鶴の翅《つばさ》無きを慙づれば
安得久相從　　安んぞ久しく相從ふを得んや
願遂宿知意　　願はくは宿知の意を遂げ
不使舊山空　　旧山をして空しからしめざらん

＊「罷落」、張溥本・『詩紀』は「發藻」に作る。
＊「奇」字、張溥本・『詩紀』は「吟」に作る。

荀中書と別れる

酷使されている小舟はいつまでも続く大波を嫌い
（舟車の旅人の）ぼろぼろの旗は吹き続ける風にうんざりする
風が旗を翻すと孤独な心はさいなまれ
大波が小舟を遠くへやると不遇の身は傷つけられる
親しい者同士の交わりは別れる者への情が強く
後ろ髪を引かれる思いで酒宴を終わる
文を作って旅行く者の思いを励まし

詩を詠んでもの悲しい我が身を慰める
君のことを思いながら心を繋ぐ「洧《い》を渉る」の詩を吟じ
自分を慰めながら君子が野に在るのを歎く「江を渉る」の詩を謡う
つがいで飛ぶ黄鶴のような翼を持っていないので
ずっと一緒には付き添っていられないことを恥じるばかり
できることなら旧交を温め続け
故郷にのこる者の期待を繋いで欲しいものである

1 **勞舟厭長浪、疲旆倦行風、**

［旆］旗先につける燕尾状の旗足。また広く旗を指す。『詩』商頌「長發」に「武王載旆、有虔秉鉞」（武王旆を載せ、鉞《まさかり》を秉るを虔《つつし》む有り）とあり、毛傳に「旆、旗也」（旆《はい》は、旗なり）という。また、『爾雅』に「繼旐曰旆」（旐《ちょう》に継ぐを旆と曰ふ）という。

2 **連翩感孤志、契闊傷賤躬、**

［連翩］どこまでも寄る辺無いさま。曹植の「白馬篇」に「連翩西北馳」（連翩として西北のかた馳す）とあり、「吁嗟篇」にも「飄颻周八澤、連翩歷五山」（飄颻として八澤を周り、連翩として五山を歴《ふ》）とある。また張衡の「思玄賦」には「繽連翩兮紛暗曖」（繽として連翩とし紛として暗曖たり）とあり、呂延濟注に「繽連翩、盛下來貌」（繽として連翩たりとは、盛んに下り来たる貌なり）と言う。

［契闊］遠く隔たるさま。『詩』邶風「撃鼓」に「生死契闊」（生死契闊たり）とあり、集傳に「契闊、隔遠之意」（契闊は、隔遠の意なり）と言う。

3 **親交篤離愛、眷戀置酒終、**

［親交］『莊子』山木篇に「親交益疏、徒友益散」（親交益ます疎く、徒友益ます散ず）とある。

［眷戀］人恋しいさま。曹植の「懷親賦」に「情眷戀而顧懷、魂須臾而九反」（情は眷恋として顧み懐ひ、魂は須臾にして九たび反る）とある。

［置酒］陸機の「擬古詩」に「置酒迎風館」（迎風の館に置酒す）とある。

4　敷文勉征念、罷落慰愁容、

［敷文］文を作る。謝靈運の「山居賦」に「研書賞理、敷文奏懷」（書を研き理を賞し、文を敷き懐ひを奏す）とあり、『晉陽秋』にも「謝安優游山水、以敷文析理自娯」（謝安山水に優游たり、文を敷き理を析《わ》くるを以つて自ら娯しむ）とある。

［罷落］未詳。（［發藻］陸機の「塘上行」に「發藻玉臺下」（藻を発す玉台の下）とある。）

5　思君奇渉洧、撫己謡渡江、

［渉洧］『詩』鄭風「褰裳」に「子惠思我、褰裳渉洧」（子恵みて我を思はば、裳を褰《から》げて洧《ゐ》を渉る）とある。

［渡江］歌曲の名。銭振倫は『孔子家語』致思に「童謠曰、『楚王渡江、得萍實、大如斗、赤如日。剖而食之、甜如蜜』」（童謡に曰はく、「楚王江を渡り、萍の実を得、大なること斗のごとく、赤きこと日のごとし。剖《わ》りて之れを食らへば、甜きこと蜜のごとし」）とあると言うが、黄節は『撫己謡渡江』は、蓋し屈原の『渉江』の九たび余を稱へ、八たび吾を稱ふの意を用ふるならん」と言う。これに従えば、『楚辭』渉江と同じ思いを歌うことになる。

また、王獻之の「桃葉歌」を「渡江曲」と言い、「桃葉復桃葉、渡江不用楫」（桃葉復た桃葉、江を渡るに楫《かぢ》を用ゐず）とあり（「桃葉」は、妾の名）、『晉書』祖逖傳にも「帝乃以逖爲奮威將軍、……仍將本流部曲百餘家渡江、中流撃楫而誓曰『祖逖不能清中原而復濟者、有如大江』」（帝乃ち逖を以つて奮威将軍と為す、……仍《な》ほ本流の部曲百餘家を将ゐて江を渡るに、中流にて楫を撃ちて誓ひて曰はく「祖逖中原を清むる能はずして復た済《わた》る者ならば、大江のごとき有らん」と）とある。

6　慙無黄鶴翅、安得久相從、

［黄鶴］蘇武の「古詩」に「願爲雙黄鵠、送子倶遠飛」（願はくは双《つが》ひの黄鵠と為り、子を送りて倶に遠く飛ばんことを）とあり、『述異記』に「荀瓌憩江夏、黄鶴樓上

望、西南有物飄然降自雲漢、乃駕鶴之賓也。賓主歡對辭去、跨鶴騰空、眇然烟滅」（荀瓌江夏に憩ふに、黄鶴楼の上より望めば、西南のかた物の飄然として雲漢より降る有り、乃ち鶴に駕するの賓なり。賓主歓び対して辞し去るに、鶴に跨がりて空に騰り、眇然として烟のごと滅ゆ）とある。

7　願遂宿知意、不使舊山空、

［宿知意］昔からの知り合いとしての気持ち。旧交。鮑照の「代白頭吟」に「何慚宿昔意」の句が見える。

［舊山］謝靈運の「過始寧墅」詩に「枉帆過舊山」（帆を枉《ま》げて旧山に過《よ》ぎる）とある。

喜雨　奉勅作

營社達群陰　　社を営みて群陰達し
屯雲揜積陽　　雲を屯《あつ》めて積陽を揜《おほ》ふ
河井起龍蒸　　河井は龍蒸を起こし
日魄斂遊光　　日魄は遊光を斂《をさ》む
族雲飛泉室　　雲を飛泉の室に族《あつ》め
震風沈羽郷　　風を沈羽の郷《さと》に震ふ
升雰浹地維　　升雰は地維《ちゐ》に浹《あま》ねく
傾潤瀉天潢　　傾潤は天潢《てんくわう》より瀉《そそ》ぐ
平灑周海嶽　　平らかに灑《そそ》ぎては海岳に周《あま》ねく
曲潦溢川荘　　曲りて潦《たま》りては川荘に溢る
驚雷鳴桂渚　　驚雷　桂渚に鳴り
迴涓流玉堂　　迴涓《くわいけん》　玉堂に流る
珍木抽翠條　　珍木は翠条を抽《ぬ》きんで
炎卉濯朱芳　　炎卉《えんき》は朱芳を濯《あら》ふ
闟市欣九賦　　関市は九賦を欣《よろこ》び
京廩開萬箱　　京廩《けいりん》は万箱に開く
無謝堯爲君　　堯の君と為るに謝する無ければ
何用知栢篁　　何ぞ栢篁《はくくわう》を知るを用ゐんや

＊題の「勅」字、張溥本は「敕」に作る。
＊「屯雲」、張溥本・『詩紀』に『藝文』は『連宮』に作る」とある。

＊「濯」字、張溥本・『詩紀』は「擢」に作り、『詩紀』に「『藝文』は『耀』に作る」という。
＊「篁」字、張溥本・『詩紀』は「皇」に作る。

雨が降ったのを喜ぶ

祭壇を設けて祈り陰の気を充満させ
雲を一カ所に集めて陽の気を遮る
河や井戸からは雨の気配である龍蒸が起ちのぼり
太陽と月は浮遊する光をしまう
群がる雲が水中にあるというその家から飛び出し
雷を伴った風がその郷から吹く
起ちのぼる霧は大地を吊っている四方の綱の辺りまで立ちこめ
こぼれ落ちた湿気が天の溝にまで降り注ぐ
平らかに降り注いで海山を覆い
曲がりくねりながら溜まって河筋に溢れる
雷が天の柱の渚で鳴り響き
小川が崑崙の西王母の住居から流れ出す
木が珍しい玉のような緑の枝を延ばし
草が炎のような赤い花を咲かせる
関所の市場ではすべての賦税が準備できて笑いが出るほど喜び
都の倉が賦税を運ぶ一万輛もの箱車のために開かれることになる
堯帝が主君であることに感謝する必要もなく
柏皇の政治などお呼びでない

1　營社達群陰、屯雲揜積陽、

[營社] 土地神（陰気の神）を祭る。『禮記』郊特牲に「天子大社、必受霜露風雨、以達天地之氣也」（天子大いに社《まつ》れば、必ず霜露風雨を受け、以つて天地の気に達す）とある。
[屯雲] 左思の「魏都賦」に「蓄爲屯雲、泄爲行雨」（蓄《たくは》ふれば屯雲と為り、泄《も》るれば行雨と為る）とある。
[積陽]『淮南子』天文訓に「積陽之熱氣生火、火之精者爲日」（積陽の熱気は火を生じ、火の精なる者を日と為

す）とある。

2 河井起龍蒸、日魄斂遊光、

［龍蒸］龍が雲の湧くように起つ。『史記』魏豹・彭越傳に「太史公曰、……得攝尺寸之柄、其雲蒸龍變、欲有所會其度」（太史公曰はく、……尺寸の柄を摂るを得ば、其れ雲のごと蒸し龍のごと変じ、其の度に会する所有らんと欲す）とある（「柄」は、権柄。「度」は、度量）。

［日魄］『春秋繁露』第十「新察名號」に「陰之行不得于春夏、而月之魄常厭于日光」（陰の行くは春夏に得られず、而して月の魄は常に日光に厭はる）とあるのに拠れば、「日魄」は、太陽。

3 族雲飛泉室、震風沈羽郷、

［族雲］雲をあつめる。『莊子』在宥篇に「雲不待族而雨」（雲族《あつま》るを待たずして雨ふる）とあり、『釋文』に「族、聚也」（族は、聚るなり）という。

［泉室］水中の住まい。左思の「呉都賦」に「窮陸飲木、極沈水居。泉室潛織而巻綃、淵客慷慨而泣珠」（陸を窮めて木に飲み、沈むを極めて水居す。泉室に潜み織りて綃を巻き、淵客慷慨して珠を泣く）とあり、注に「俗傳、鮫人從水中出曾寄寓人家、積日賣綃」（俗に伝ふ、鮫人水中より出でて曾《かつ》て人の家に寄寓し、積日綃を売ると）という（綃は、うす絹）。

［沈羽郷］羽人（飛行できる人）のいる仙郷。『楚辭』遠遊に「仍羽人於丹丘兮、留不死之舊郷」（羽人に丹丘に仍《よ》り、不死の旧郷に留まる）とあり（「仍」は、因る）、注に「『山海經』言、有羽人之國、或曰、人得道、身生毛羽也」（『山海經』に言ふ、羽人の国有り、或るひと曰はく、人道を得ば、身に毛羽を生ずるなり）という。

4 升雰浹地維、傾潤瀉天潢、

［雰］『玉篇』に「雰、霧氣也」（雰は、霧の気なり）という。

［地維］大地を吊るという綱。『列子』湯問に「共工氏與顓頊爭爲帝、怒而觸不周之山、折天柱、絶地維」（共工氏顓頊《せんぎょく》と帝と為るを争ひ、怒りて不周の山に触れ、天柱を折り、地維を絶つ）とある。

［天潢］『史記』天官書に「西宮咸池、曰天五潢。五潢、五帝車舍」（西宮の咸池は、天五潢と曰ふ。五潢は、五帝の車舎なり）とある。また、黄節は同じく『史記』天官書の「王良旁有八星絶漢、曰天潢」（王良の旁に八星の漢を絶つ有り、天潢と曰ふ）を引き、星の名であるとする。

5　平灑周海嶽、曲潦溢川莊、

［海嶽］梁の王僧孺の「懺悔禮佛文」に「含辰象之正氣、畜海嶽之淳靈」（辰象の正気を含み、海嶽の淳霊を畜ふ）と言い、「河清頌」にも「澄波海嶽、鏡流葱山」と見える。

［曲潦］「潦」は、水がたまり、溢れる。『禮記』月令に「孟春之月……行冬令、則水潦爲敗」（孟春の月……冬令を行はば、則ち水潦《たま》りて敗るるを為す）とある。

［川莊］蔡邕の「月令章句」に「衆流注海曰川」（衆流の海に注ぐを川と曰ふ）とある。また、『爾雅』に「五達謂之康、六達謂之莊」（五達は之れを康と謂ひ、六達は之れを莊と謂ふ）とあり、「莊」は六方から集注すること。

6　驚雷鳴桂渚、迴涓流玉堂、

［桂渚］桂水の渚。『水經』匯水注に「匯水出桂陽縣盧聚、東南過含洭縣、南出洭浦關、爲桂水」（匯水は桂陽県の盧聚に出で、東南のかた含洭県を過ぎ、南のかた洭浦関を出で、桂水と為る）とある。

［涓］『説文』に「涓、小流也」（涓は、小流なり）とある。

［玉堂］西王母の家。『十洲記』に「崑崙有流精之闕、碧玉之堂、西王母所居也」（崑崙に流精の闕、碧玉の堂有り、西王母の居る所なり）とある。

7　珍木抽翠條、炎卉濯朱芳、

［珍木］劉楨の「公讌詩」に「月出照園中、珍木鬱蒼蒼」（月出でて園中を照らし、珍木鬱として蒼々たり）とある。

［翠條］翠色の枝。晋の夏侯湛の「苦寒謠」に「松隕葉於翠條、竹摧柯於緑竿」（松は葉を翠条に隕《お》とし、竹は柯《えだ》を緑竿に摧く）とある。

［朱芳］潘尼の「石榴賦」に「朱芳赫奕」（朱芳赫奕たり）とある。

8　闕市欣九賦、京廩開萬箱、

［九賦］九つ全ての賦税。『周禮』天官「大宰」に「大宰、以九賦斂財賄」（太宰は、九賦を以つて財賄を斂む）とある。

［京廩］『論衡』程材に「京廩如丘、孰與委聚如坻」（京廩の丘のごときは、委聚することの坻のごときに孰与《いづ》れぞ）とある（「坻」は、中州、島）。

［萬箱］一万台の箱車。『詩』小雅「北山之什」甫田に「乃求千斯倉、乃求萬斯箱」（乃ち千斯の倉を求め、乃ち万斯の箱を求む）とある。

9　無謝堯爲君、何用知栢篁、

［栢篁］『莊子』胠篋《きよけう》に「昔容成氏・大庭氏・柏皇氏・……軒轅氏・……尊盧氏・……伏羲氏、……若此之時、則至治已」（昔容成氏・大庭氏・柏皇氏・……軒轅氏・……尊盧氏・……伏羲氏、……此《かく》のごときの時、則ち至つて治まるのみ）とある。雨さえ降れば政治にたよる必要のないことを言う。

詠蕭史

『藝文類聚』七十八では、晋の張華の作（『張茂先集』に「詠蕭史」詩として所収）となっているが、逯欽立氏は『樂府詩集』では鮑照の作としていると言い、『詩紀』の説を承け、この詩の詞格が晋人に似ていないことから、『樂府詩集』が正しいとする。

蕭史愛少年　蕭史　少《わか》き年を愛し
嬴女忝童顔　嬴女《えいじよ》　童顔を忝《を》しむ
火粒願排棄　火粒　排棄を願ひ
霞霧好登攀　霞霧　登攀を好む
龍飛送天路　龍飛びて天路に送り
鳳起出秦關　鳳起ちて秦関を出づ
身去長不返　身去りて長く返らず
簫聲時往還　簫声　時に往還す

＊題、張溥本・『詩紀』・『樂府』は「蕭史曲」に作る。
＊「少」字、張溥本・『詩紀』・『樂府』は「長」に作る。『詩紀』

に「一に『少』に作る」とある。
＊「送」字、張溥本・『詩紀』・『樂府』は「逸」に作る。『藝文』は「竟」に作り、『詩紀』に「一に『竟』に作る」とある。
＊「霧好」、『樂府』は「好忽」に作る。

蕭史の曲

蕭史は若さが大切であると考え
秦の姫君は不老が貴重であると考えた
二人で五穀の食を止めたいと願い
霞や霧に乗ることを求めた
龍が飛んできて天への路に送り出し
鳳とともに飛びたって秦の関所を出ていった
姿形は行ってしまってずっと返らず
簫の音が折りしも聞こえただけである

1　蕭史愛長年、嬴女𠫤童顔、

[蕭史]『列仙傳』に「蕭史者、秦繆公時人也、善吹簫、繆公有女號弄玉、好之、公遂以妻焉。遂教弄玉作鳳鳴。居數十年、吹似鳳聲、鳳皇來止其屋。爲作鳳臺、夫婦止其上、不下數年、一旦皆隨鳳皇飛去。故秦氏作鳳女祠、有簫聲」（蕭史なる者は、秦の繆公の時の人なり、善く簫を吹く、繆公に女《むすめ》有り弄玉と号す、之れを好めば、公遂に以つて妻《めあ》はす。遂に弄玉をして鳳鳴を作《な》さしむ。居ること数十年にして、吹くこと鳳声に似たれば、鳳皇来たりて其の屋に止まる。為に鳳台を作り、夫婦其の上に止まり、下らざること数年にして、一旦皆《とも》に鳳皇に随ひて飛び去る。故に秦氏鳳女の祠を作り、簫声有り）とある（銭仲聯は胡克家の『文選考異』を踏まえ、「鳳女詞」の「詞」字は当に「祠」に作るべきであると言う）。

[嬴女] 蕭史とともに昇仙した秦の姫様。『史記』秦本紀に「秦之先帝、顓頊之苗裔。大費佐舜調馴鳥獸、是爲柏翳。舜賜姓嬴氏」（秦の先帝は、顓頊《せんぎょく》の苗裔なり。大費舜を佐《たす》けて鳥獣を調馴し、是れ柏翳と為る。舜姓嬴氏を賜ふ）とある。

[𠫤]『説文』に「吝、惜也」（吝は、惜しむなり）とあり、俗に「恡」に作るという。『廣韻』は「吝」を俗に

「厺」に作るという。

2　火粒願排棄、霞霧好登攀、

［火粒］五穀をいう。道家は養生のために穀物を食べるのを止める。『禮記』王制の「東方曰夷、被髪分身、有不火食者矣……。北方曰狄、衣羽毛穴居、有不粒食者矣」注に「不火食、地氣暖、不爲病。不粒食、地氣寒、少五穀」（火食せざるは、地気暖かく、病を為さず。粒食せざるは、地気寒く、五穀少なし）とある。

［排棄］すてる。後の梁の陶弘景の「與梁武帝論書啓」には「非排棄所可黜、涅而不緇」（排棄して黜《しりぞ》くべき所に非ずんば、涅《そ》むるも緇《くろ》まず）と言う（「涅」は、黒く染める）。

3　龍飛送天路、鳳起出秦關、

［龍飛・鳳起］『楚辭』離騒に「爲余駕飛龍兮、雜瑤象以爲車」（余が為に飛龍に駕し、瑶象を雑へて以つて車と為す）とあり、また「吾令鳳皇飛騰兮、又繼之以日夜」（吾鳳皇をして飛騰せしめ、又た之れに継ぐに日夜を以つてす）とある。王逸の『楚辭章句』序に「虬龍鸞鳳、以託君子」（虬龍鸞鳳は、以つて君子を託すなり）という。

［天路］枚乘の詩に「美人在雲端、天路隔無期」（美人雲端に在り、天路隔たりて期無し）とある。

［秦關］『史記』蘇秦傳に「秦、四塞之國」（秦は、四塞の国なり）とあり、唐の張守節の「史記正義」に「東に黄河有り、函谷・蒲津・龍門・合河等の関有り。南に南山及び武関・嶢関有り。西に大隴山及び隴山関・大震・烏蘭等の関有り。北に黄河の南塞有り）と言う。

4　身去長不返、簫聲時往還、

［簫聲］1の［蕭史］注参照。

贈故人馬子喬六首

其一

躑躅城上羊　　躑躅《てきちよく》たり城上の羊

攀隈食玄草　　隈に攀《よ》ぢて玄草を食む

倶共日月輝　　倶に日月の輝きを共にするに
昏明獨何早　　昏明　独り何ぞ早き
夕風飄野籜　　夕風　野籜《やたく》を飄《ひるが》へし
飛塵被長道　　飛塵　長道を被《おほ》ふ
親愛難重見　　親愛は重ねては見《あ》ひ難し
懷憂坐空老　　憂ひを懐きて坐ろ空しく老ゆ

其二

空灰滅更燃　　空灰は滅して更に燃ゑ
夕華晨更鮮　　夕華は晨《あした》に更に鮮かなり
春冰雖暫解　　春氷　暫くは解くと雖も
冬水復還堅　　冬水　復た還た堅し
佳人捨我去　　佳人　我を捨てて去り
賞愛長絶紘　　賞愛　長く紘を絶つ
歡至不留日　　歓び至るも日を留めず
感物輒傷年　　物に感じて輒《すなは》ち年を傷ましむ

其三

松生隴坂上　　松は生ふ隴坂《ろうはん》の上
百尺下無枝　　百尺　下に枝無し
東南望河尾　　東南は河尾を望み
西北隱崑崖　　西北は崑崖を隠す
野風振山籟　　野風　山籟を振へば
朋鳥夜驚離　　朋鳥　夜驚き離る
悲涼貫年節　　悲涼　年節を貫き
葱翠恆若斯　　葱翠《そうすゐ》として恒《つね》に斯《か》くのごとし
安得草木心　　安《いづく》んぞ草木の心を得
不怨寒暑移　　寒暑の移るを怨みざらんや

其四

種橘南池上　　橘を種う南池の上
種杏北池中　　杏を種う北池の中
池北既少露　　池北は既に露少なく
池南又多風　　池南も又た風多し
早寒逼晩歳　　早寒　晩歳に逼《せま》れば
衰恨滿秋容　　衰恨　秋容に満つ
湘濱有靈鳥　　湘浜に霊鳥有り
其字曰鳴鴻　　其れ字《あざな》して鳴鴻と曰《い》ふ

一挹繒繳痛　一たび繒繳《そうしやく》の痛みを挹《く》めば
長別遠無雙　長く別れ遠ざかりて双《つが》ふ無し

其五

皎如川上鵠　皎《しろ》きこと川上の鵠《くくひ》のごとく
赫似握中丹　赫《あか》きこと握中の丹に似たり
宿心誰不欺　宿心　誰か欺かざる
明白古所難　明白は古の難しとする所なり
憑楹觀皓露　楹《はしら》に憑《よ》りて皓《しろ》き露を観
灑酒盪憂顏　酒を灑《そそ》ぎて憂ひの顔を盪《あら》ふ
永念平生意　永く念ふ平生の意
窮光不忍還　窮光　還すに忍びず
淹流徒攀桂　淹流《えんりう》して徒らに桂に攀《よ》ぢ
延佇空結蘭　延佇して空しく蘭を結ぶ

其六

雙劒將離別　双剣　将に離別せんとし
先在匣中鳴　先づ匣中《かふちゆう》に在りて鳴く
煙雨交將夕　煙と雨とは交はりて将に夕べならんとし
從此忽分形　此れより忽として形を分く
雌沈呉江裏　雌は沈む呉江の裏《うち》
雄飛入楚城　雄は飛んで楚城に入る
呉江深無底　呉江深くして底無く
楚闕有崇扃　楚闕《そけつ》には崇《たか》き扃《くわんぬき》有り
一爲天地別　一たび天地の別れを為せば
豈直限幽明　豈に直《ただ》に幽と明とを限るのみならんや
神物終不隔　神と物と終《つひ》に隔らずんば
千祀儻還幷　千祀《せんし》　儻《も》しくは還《ま》た幷《あ》はん

其一
＊「見」字、張溥本・『詩紀』は「陳」に作り、『詩紀』に「集は『見』に作る」という。

其二
＊「空」字、張溥本・『詩紀』・『玉臺』は「寒」に作る。
＊「燃」字、張溥本・『玉臺』は「然」に作る。
＊「水」字、張溥本・『玉臺』は「冰」に作る。
＊「復還」、『玉臺』は「還復」に作る。
＊「絃」字、張溥本・『詩紀』・『玉臺』は「縁」に作る。

＊「日」字、『玉臺』は「時」に作る。
＊「感物」、『玉臺』は「毎感」に作る。
其三
＊呉兆宜は「此の首は亦た『張茂先集』にも見え、題は『擬古』に作る」と言う。
其五
＊「流」字、張溥本・『詩紀』は「留」に作る。
其六
＊「離別」、『玉臺』は「別離」に作る。
＊「忽」字、張溥本・『詩紀』・『玉臺』は「遂」に作る。
＊「裹」字、『玉臺』は「水」に作る。
＊「闕」字、『玉臺』は「城」に作る。張溥本・『詩紀』は「關」に作り、「一に『闕』に作る」という。

古なじみの友人馬子喬に贈る

其の一
城郭の辺りを行きつ戻りつする羊
城郭の隅によじ登って黒ずんだ草を食んでいる

日月の輝きは皆が共有するはずなのに
夕方の訪れがなぜ一人だけ早いのだろう
夕方の風が野の竹の皮を舞い上がらせ
舞い上がった土埃が長く延びた路を覆う
親しい者も二度と一緒になることはなく
憂いを懐いたまま満たされずに老いていく

其の二
燃えかすでも火が消えた後にさらに燃え
夕方しぼんだ花も明け方にはさらに鮮やかである
春の薄氷はしばらく融けてはいても
冬の水は再びまた凍る
佳人がわたしを見捨てていってしまう時
愛《め》でたくても琴はもう弾いてもらえない
歓びの時が到来しても一日ももたず
季節の物に触れるにつけ寄る年波に心傷めることになる

其の三
松が隴坂のほとりに生えていて
高さは百尺もあって下の方はよじ登れる枝が無い
東南側は黄河の尻尾まで見渡せ
西北側は河源の崑崙山の崖まで覆うほど
野の風が山の音をうならせ
群鳥は夜ともなれば驚いて互いに離ればなれとなる
一年四季を通じて悲しくものがなしい場所でも
このように松は変わらず青々としている
松柏草木のような心を手に入れ
寒暑の移り変わりを怨まないことなど私には出来そうにない

其の四
南の木の橘を南の池の畔に植え
北の木の杏を北の池の中州に植えた
池の北は恵みの露が少なく
池の南は風が吹くことが多い
他よりも早く訪れる寒さに年の暮れが迫り
衰えに伴う後悔で秋枯れの姿を全体に呈している
湘水の畔には不思議な鳥がいて
その呼び名を鳴鴻と言う
一度いぐるみの痛みを知ってからは
ずっと遠ざかり別れたまま連れを持たないでいる

其の五
川の畔のクグイのように白く輝き
手に取った丹砂のように真っ赤な真心
その変わらぬ志も欺かない者はおらず
偽りのない心も昔から維持しにくいものと決まっている
丸柱にもたれ掛かって露の白さをあらためて見
酒を酌んで愁い顔を消し去る
いつまでも宿願を持ち続けたいが
乏しくなる光陰はとり戻すことが出来ない
動きのとれないまま意味なく高潔な桂の枝をつかみ
佇んだまま芳しい蘭の花を空しく腰に着けるのである

其の六
二ふりで一対の剣が引き裂かれようとする時
何はさておき箱の中で鳴く
靄と雨の（隠逸の）交わりも夕暮になろうとする時は
それを境にあっという間に分離の形になるのである
雌の剣は呉江の中に沈み
雄の剣は飛んで楚の城門に入る
呉江は深くて底が無く
楚の城門には高い門扉がある
一たび天と地とに別れたからには
ただ上と下とに区切られているだけでは終わらない
神仙界の物なら隔てられ続けることなく
千年後にはひょっとしてまた一緒になるであろう

其一

1　躑躅城上羊、攀隈食玄草、

［躑躅］うろたえる。崔豹の『古今注』に「羊躑躅花、羊見之躑躅分散、故名羊躑躅」（羊躑躅花は、羊之れを見れば躑躅として分散す、故に羊躑躅と名づく）とある。

［玄草］未詳。寒地などの厳しい条件下に生える草か。一説に、枯れ草（『漢語大辞典』の見解による）。曹植の「洛神賦」に「采湍瀬之玄芝」（湍瀬の玄芝を采る）とあり、注に「本草曰、黒芝一名玄芝」（本草に曰はく、黒芝は一に玄芝と名づく）という。

2　倶共日月輝、昏明獨何早、

［倶共…］陳胤倩は「言ふこころは城上獨り早《つと》に日を見、己が獨り悲しむを興す」と言う。

［昏明］薄暗い夕暮時。『列子』湯問に「將旦昧爽之交、日夕昏明之際」（将に旦ならんとするの昧爽の交、日の夕べの昏明の際）とある。

3　夕風飄野籜、飛塵被長道、

［夕風］陸雲の「答顧處微」詩に「朝華未厭、夕風已扇」（朝華未だ厭かざるに、夕風已に扇る）とある。

［籜］乾いた木の皮。枯れ葉。謝靈運の「於南山往北山經湖中瞻眺」詩に「初篁苞緑籜」（初篁緑籜を苞む）とある。『詩』の毛傳には「籜、槁也」（籜は、槁なり）と

あり、鄭玄の箋には「槁謂木葉也、木葉槁、待風乃落」（槁は木の葉を謂ふなり、木の葉槁《か》るれば、風を待ちて乃ち落つ）といい、疏には「毛以爲落葉謂之籜」（毛は以つて落葉は之れを籜と謂ふと為す）という。

4　親愛難重見、懐憂坐空老、

［親愛］『韓非子』難三に「凡人於其親愛也、始病而憂、臨死而懼、已死而哀」（凡そ人の其の親愛に於けるや、始めて病みて憂ひ、死に臨みて懼れ、已に死して哀れむ）とある。

其二

5　空灰滅更燃、夕華晨更鮮、

［空灰…燃］一度消えた燃え殻もまた燃え上がる。『抱朴子』刺驕に「是猶炙冰使燥、積灰令熾矣」（是れ猶ほ氷を炙りて燥かしめ、灰を積みて熾《さか》んならしむるがごとし）とあり、『史記』韓長孺傳に「蒙獄吏田甲辱安國。安國曰『死灰獨不復然乎』」（蒙の獄吏田甲安国を辱しむ。安国曰はく「死灰独り復た然《も》えざらんか」と）という（「蒙」は、県名）。

6　春冰雖暫解、冬水復還堅、

［春冰］張衡の「髑髏賦」に「冬水之凝、何如春冰之消」（冬水の凝るは、春氷の消ゆるに何如ん）とあり、『尚書』周書「君牙」に「心之憂危、若蹈虎尾渉於春冰」（心の憂危は、虎の尾を踏み春の氷を渉るがごとし）という。

［水…堅］『説文』に「氷、水堅也」（氷は、水の堅きなり）という。

7　佳人捨我去、賞愛長絶絃、

［賞愛］『南史』張緒傳には「（齊の）武帝……常に賞玩し咨嗟して曰はく、此の楊柳の風流にして愛すべきこと、張緒當年の時に似たりと。其の賞愛せらるること此くのごとし」と言う。

［絶絃］『呂氏春秋』本味に「鍾子期死、伯牙破琴絶弦、終身不復鼓琴、以爲世無足復爲鼓琴者」（鍾子期死し、伯牙琴を破りて弦を絶ち、終身復たとは琴を鼓せず、以つて世に復た為に琴を鼓するに足る者無しと為す）とある。

8　歡至不留日、感物輒傷年、

［不留日］まる一日を経ない。『逸周書』大匡解に「哭不留日」（哭するは日を留めず）とある。

其三

9　松生隴坂上、百尺下無枝、

［隴坂］大きな坂の名。『秦州記』に「隴阪九曲、不知高幾里」（隴阪九曲し、高きこと幾里なるかを知らず）とある。『漢書』地理志注には、「應劭曰、天水有大阪、名曰隴坂」（応劭曰はく、天水に大阪有り、名づけて隴坂と曰ふ）という。

［百尺…］枚乗の「七發」（其一）に「龍門之桐、高百尺而無枝」（竜門の桐は、高きこと百尺にして枝無し）とあり、注に「……魯連子曰、東方有松樅、高千仞而無枝也」（……魯連子曰はく、東方に松樅有り、高きこと千仞にして枝無きなり）という。

10　東南望河尾、西北隱崑崖、

［河尾］黄河の河口付近。『史記』夏本紀「北播爲九河、同爲逆河」（北のかた播《し》きて九河と為り、同《とも》に逆河を為す）の注に「鄭玄曰、下尾合名曰逆河、言相向迎受也」（鄭玄曰はく、下尾の合するを名づけて逆河と曰ふ、言は相向ひ迎へて受くるなり）という。

［崑崖］黄河の水源。『水經』河水・一に「崑崙墟在西北、去嵩高五萬里、地之中也。其高萬一千里、河水出其東北陬」（崑崙の墟は西北に在り、嵩・高を去ること五万里、地の中なり。其の高きこと万一千里、河水其の東北の陬《すみ》より出づ）とある。

11　野風振山籟、朋鳥夜驚離、

［山籟］山の音。『莊子』齊物論篇に「地籟則衆竅是已、人籟則比竹是已」（地籟は則ち衆竅是れのみ、人籟は則ち比竹是れのみ）とある（「比竹」は、笙笛のたぐい）。

［朋鳥］三羽の鳥。『禽經』に「一鳥曰隹、二鳥曰雔、三鳥曰朋、四鳥曰乘」（一鳥を隹と曰ひ、二鳥を雔と曰ひ、三鳥を朋と曰ひ、四鳥を乗と曰ふ）とある。

12　**悲涼貫年節、葱翠恒若斯、**

［悲涼］顔延之の「秋胡詩」に「原隰多悲涼」（原隰に悲涼多し）とあり、『文選』李善注に引く宋均『春秋緯』注に「涼、愁也」（涼は、愁ひなり）という。

［葱翠］青緑の輝き。王延壽の「魯靈光殿賦」に「葱翠紫蔚、礧碨瓌瑋、含光晷兮」（葱翠紫蔚、礧碨たり瓌瑋たり、光晷を含む）とある。

13　**安得草木心、不怨寒暑移、**

［安得…］銭仲聯は李光地の『榕村詩選』を引き、「末句に言ふこころは、安んぞ人此の草木の心のごとく、以つて寒暑の移るを怨まざるべきを得んや。一に松柏も亦た草木なるのみ、何を以つてか寒暑の移るを怨まざること此くのごときなると説く。一に惟だ松柏のみ能く然り、其の他の草木の心、安んぞ寒暑の移るを怨まざるを得んやと説く」と言う。

其四

14　**種橘南池上、種杏北池中、**

［種橘・種杏］『述異記』巻下に「杏園洲在南海中、洲中多杏、海上人云仙人種杏處」（杏園洲は南海の中に在り、洲中に杏多く、海上の人仙人杏を種ゑし處なりと云ふ）とあり、また「越多橘柚園」（越には橘柚の園多し）とある。ただし「橘」は南の木であり、「杏」は北の木である。

15　**池北既少露、池南又多風、**

［露］恩沢、庇護の喩え。

16　**早寒逼晩歳、衰恨滿秋容、**

［早寒］顔延之の「秋胡詩」に「春來無時豫、秋至恒早寒」（春来たるも時の豫《たの》しみ無く、秋至れば恒に早に寒し）とある。

［晩歳］歳の暮れ。『詩』の「何草不黄、何日不行」の鄭箋に「用兵不息軍旅、自歳始草生而出、至歳晩矣、何草而不黄乎」（兵を用ゐて軍旅を息めず、歳始まり草生ず

るよりして出で、歳の晩《く》るるに至れり、何の草にして黄ばまざるや）とある。

17　湘濱有靈鳥、其字曰鳴鴻、

［湘濱］張衡の「思玄賦」に「哀二妃之未從兮、翩繽處彼湘濱」（二妃の未だ従はずして、翩繽として彼の湘浜に処《を》るを哀れむ）とある。

［鳴鴻］謝靈運の「登池上樓」詩に「潛虬媚幽姿、飛鴻響遠音」（潜虬は幽姿を媚《うつく》くし、飛鴻は遠音を響かす）とある。

18　一挹繒繳痛、長別遠無雙、

［繒繳］鳥を捕る道具。いぐるみ。漢の高帝の「鴻鵠歌」に「雖有繒繳、將安所施」（繒繳有りと雖も、将た安にか施す所ぞ）とある。また『三輔黄圖』に「佽飛具繒繳以射梟鴈」（佽飛繒繳を具へて以つて梟鴈を射る）とあり、注に「箭有綸曰繒。繳即綸也」（箭に綸《いと》有るを繒と曰ふ。繳は即ち綸なり）という。

其五

19　皎如川上鵠、赫似握中丹、

［皎］『詩』小雅「白駒」に「皎皎白駒」（皎々たる白駒）とあり、張載の「羽扇賦」に「鵠質皦鮮、玄的點鋒」（鵠質にして皦鮮、玄的鋒に点ず）とある（「玄的」は、化粧の一種、つけぼくろ。「皦」は、「皎」に同じ）。

［赫］真っ赤。『詩』邶風「簡兮」に、赤土で赤ら顔を形容し、「赫如渥赭」（赫きこと渥赭《あくしや》のごとし）とある。

［握中］劉琨の「重贈盧諶」詩に「握中有懸璧、本自荊山璆」（握中に懸璧有り、本と荊山の璆《たま》よりす）とある。

［丹］郭璞の「遊仙詩」（其六）に「陵陽挹丹溜」（陵陽に丹溜を挹《く》む）とあり、注に「包朴子曰、流丹者、石芝赤精。蓋石流黄之類也。事見太一玉英」（包朴子に曰はく、流丹なる者は、石芝の赤精なり。蓋し石流黄の類ならん。事は太一玉英に見ゆ）という。

20　宿心誰不欺、明白古所難、

［宿心］嵆康の「幽憤」詩に「内負宿心、外恧良朋」（内に宿心に負《そむ》き、外に良朋に恧《は》づ）とある。

［明白］『老子』十章に「明白四達、能無知乎」（明白にして四達すれば、能く知る無からんや）とある。

21　憑楹觀皓露、灑酒盪憂顏、

［憑楹］丸柱にもたれる。王粲の「登樓賦」に「憑軒檻以遙望兮、向北風而開襟」（軒檻に憑りて以つて遥かに望み、北風に向かひて而して襟を開く）とある。

［皓露］白く光る露。謝瞻の「答靈運」詩に「開軒滅華燭、月露皓已盈」（軒《まど》を開きて華燭を滅すれば、月露皓《しろ》くして已に盈つ）とある。

22　永念平生意、窮光不忍還、

［窮光］日がすっかり暮れることか。呉の韋曜の「博奕論」に「窮日盡明、繼以脂燭」（日を窮め明を尽くし、継ぐに脂燭を以つてす）とある。

23　淹流徒攀桂、延佇空結蘭、

［淹留］『楚辭』招隱士に「攀桂枝兮聊淹留」（桂枝に攀《よ》ぢて聊か淹留す）とある。）

［延佇］たたずむ。『楚辭』離騷に「結幽蘭而延佇」（幽蘭を結びて而して延佇す）とある。

其六

24　雙劍將離別、先在匣中鳴、

［雙劍～神物…］「匣劍《かふけん》」は人材の埋没していることに喩える。『晉書』張華傳に「斗・牛の間に、常に紫氣有り。豫章の人雷煥、緯象に妙達し、以爲へらく寶劍の精上りて天に徹ると。華即ち煥を補して豐城の令と爲さしむ。煥縣に到りて、獄屋の基を掘り、地に入ること四丈餘、一石函を得たり、中に雙劍有り、並びに題を刻し、一は龍泉と曰ひ、一は太阿と曰ふ。一劍を送りて華に與へ、一劍は自ら佩ぶ。華の煥に報ずるの書に曰はく、『詳しく劍の文を觀るに、乃ち干將なり。莫邪何ぞ復た至らざる。然りと雖も、天生の神物は、終《つひ》に當に合するべきのみ』と。華誅せられ、劍の在る所を失ふ。煥卒し、子の華州の從事と爲る、劍を持して行き延平津を經るに、劍忽ち腰間に於いて躍り出て水に墮つ。人をして水に沒して之れを取らしむるに、劍を見ず、但だ兩龍の、各お

の長さ数丈、蟠縈《はんえい》して文章有るを見るのみ」と言う。

25　煙雨交将夕、従此忽分形、

［煙雨］鮑照の「観漏賦」にも「聊弭志以高歌、順煙雨而沈逸」と見える。

［分形］変化する。張衡の「西京賦」に「奇幻儵忽、易貌分形」（奇幻儵忽として、貌《かたち》を易へ形を分く）とあり、薛綜の注に「易貌分形、變化異也」（貌を易へ形を分くとは、変化して異るなり）という。

26　雌沈呉江裏、雄飛入楚城、

［雌・雄］二たふりの名剣「干將」と「莫邪」（24を参照）。

27　呉江深無底、楚闕有崇扃、

［楚闕］（「呉江」の対を「楚闕」であるとした場合、『史記』伍子胥傳「昭關」注に「其の関は江西に在り、乃ち呉・楚の境なり」という。黄節は『宋書』州郡志の『江州豫章郡豐城縣』は即ち今の江西南昌府にして、晉の揚州の豫章郡なり。詩に『呉江楚闕』を用ゐるは、蓋し豐城を切りて言ふならん」と言う。）

［崇扃］「扃《けい》」は、門を閉ざすかんぬき。『説文』に「扃、門之關也」（扃は、門の関なり）という。

28　一為天地別、豈直限幽明、

［幽明］地面の暗さと、天上の明るさ。『禮記』祭儀に「祭日于壇、祭月于坎、以別幽明、以制上下」（日を壇に祭り、月を坎《あな》に祭り、以つて幽と明とを別け、以つて上下を制す）とあり、『易』繫辭・上に「仰以觀于天文、俯以察于地理、是故知幽明之故」（仰ぎては以つて天文を観、俯しては以つて地理を察す、是の故に幽明の故を知る）という。

29　神物終不隔、千祀儻還并、

［神物］天が創った不思議な物。二ふりの剣、干將と莫邪。『晉書』張華傳に「天生の神物は、終《つひ》に當に合すべし」と言う（24を参照）。

採菱歌七首

『爾雅翼』に「呉・楚の風俗は、菱の熟する時に當たり、士女子相與《とも》に之れを採る、故に採菱の歌の以つて相和する有り、繁華流蕩の極みと爲す」とあり、『古今樂録』に「採菱曲に和して云ふ、『菱歌の女、佩を解きて江陽に戯る』と」という。

其一

驚舲馳桂浦　舲《れい》を驚《は》せて桂浦を馳せ
息棹偃椒潭　棹《さを》を息はせて椒潭《せうたん》に偃《ふ》す
簫弄澄湘北　簫弄《せうろう》　湘北を澄ませ
菱歌清漢南　菱歌　漢南を清くす

其二

弭榜搴蕙荑　榜《さを》を弭《や》めて蕙荑《けいい》を搴《と》り
停唱紉薫若　唱《うた》を停めて薫若を紉《むすぶ》ぶ
含傷拾泉花　傷みを含みて泉花を拾ひ
縈念採雲萼　念ひを縈《めぐ》らして雲萼を採る

其三

睽闊逢暄新　睽闊《けいくわつ》として暄《あたた》かく新たなるに逢ひ
悽怨値妍華　悽《いた》み怨みて妍華《けんくわ》なるに値《あ》ふ
秋心不可盪　秋心　盪《うご》かすべからず
春思亂如麻　春思　乱れて麻のごとし

其四

要豔雙嶼裏　艶なるを要《もと》む双嶼《さうしよ》の裏《うち》
望美兩洲間　美なるを望む両洲の間
裛裛風出浦　裛裛《でうでう》として風は浦を出で
容容日向山　容容として日は山に向ふ

其五

煙曀越障深　煙は曀《かげ》りて越障深く
箭迅楚江急　箭《や》は迅やかにして楚江急がし
空抱琴中悲　空しく琴中の悲しみを抱き
徒望近關泣　徒らに近関を望みて泣く

其六

緘歎淩珠淵　歎きを緘ぢ《と》て珠淵を淩《のぼ》り
收慨上金堤　慨きを収めて金堤に上る
春芳行歇落　春芳　行くゆく歇《つ》き落ち
是人方未齊　是の人　方《まさ》に未だ斉《ひと》しからず

其七

思今懐近憶　今を思ひて近憶を懐き
望古懐遠識　古を望みて遠識を懐く
懐古復懐今　古を懐ひ復た今を懐ひ
長懐終無極　長く懐ひて終《つひ》に極まる無し

其の一
＊「驚」字、張溥本・『詩紀』・『樂府』は「驁」に作る。
＊其一の下二句、『樂府』に「一に『弄弦瀟湘北、歌菱清漢南』に作る」とある。
其の二
＊「榜」字、張溥本は「謗」に作る。
＊「紉」字、『樂府』は「納」に作る。
＊「拾」字、張溥本は「捨」に作る。
＊「縈」字、張溥本・『詩紀』は「營」に作る。
其の三
＊「睽」字、張溥本・『詩紀』は「暌」に作る。
＊「不可盪」、『詩紀』に「『樂府』は『殊不那』に作る」とあり、『樂府』に「一に『愁心不可蕩』に作る」とある。
其の四
＊「容容」の下、張溥本・『詩紀』は「『樂府』は『沈沈』に作る」とある。
其の五
＊「曀」字、『樂府』は「噎」に作る。
＊「障」字、張溥本・『詩紀』・『樂府』は「嶂」に作る。
＊「中」字、『詩紀』に「『樂府』は『心』に作る」とある。
＊「近闕」、『詩紀』に「『樂府』は『弦開』に作る」とある。
其の七
＊「終無」、張溥本・『詩紀』・『樂府』は「無終」に作る。

菱の実採りの歌

其の一
窓付きの舟をあちらこちら動かして桂の茂る水辺を
　走り回り
棹を休ませ漕ぐのを止めて椒の茂る静かな淵で休み
　をとる
澄んだ湘水の北では簫の曲が奏でられ
清らかな漢水の南では菱の実採りの歌が唱われる

其の二
漕ぐのを止めて蕙や荑などの香草を採り
唱うのをやめて薫や杜若などの香草を探した
心に懐く傷みを忘れようとして菱の花を拾い
宿願を遂げることを託して雲間に浮く霊芝の花を採る

其の三
遠く離ればなれのまま春の暮れを迎え
怨みを懐いたまま美しい花の時となった
熟した実を秋に結ぼうとする気持ちに変わりは無いが
春の物思いは麻のように乱れる

其の四
艶やかな人に「一対」という名の嶼《しま》の中で会おうとし
美しい人を「二つ」という名の二つの中洲の間で求めた
風がヒュウと水辺に立ち
日がゆっくりと山に傾く

其の五
靄に覆われ風の吹く越の山は奥深く
楚の大川の流れは矢のように速く急である
琴の音に意味もなく悲しみを込め
一番早く出られる関所を求めてただ泣くばかり

其の六
嘆きを抑えて美しい玉のような淵を渡りきり
憤慨するのを止めて堅固な堤にのぼった
春の花の香りがじきに消え尽きようとするのに

この人はまだその花の香りと競えずにいる

其の七
今を考えては最近の忘れられない人を思い慕い
昔を思いやっては過去の識者を思い慕う
昔を慕いまた今を思い
思い慕い続けてしまいまで辿り着かない

其一

1　驚舲馳桂浦、息棹偃椒潭、

［舲］窓のある船。『楚辭』九章「渉江」の「乗舲船余上沅兮」の王逸注に「舲、船有窗牖者也」（舲は、船に窗牖有る者なり）という。

［桂浦・椒潭］黄節は「『桂浦』・『椒潭』は必ずしも地名を指さず。亦た『離騒』の『申椒菌桂』の義なり。『九歌』に『鼂《あした》に江皋に馳騖し、夕に節を北渚に弭《や》む』と。意並びに之れに仿《なら》ふ」という。宋玉の「風賦」に「徘徊於桂椒之間、翺翔於激水之上」（桂椒の間に徘徊し、激水の上に翺翔す）とあり、晉の「淫豫歌」に「金沙浮轉多、桂浦忌經過」（金沙浮くこと転《うた》た多く、桂浦経過するを忌む）とある。

2　簫弄澄湘北、菱歌清漢南、

［弄］曲。王褒の「洞簫賦」に「時奏狡弄」（時に狡弄を奏づ）とあり、『文選』張銑注に「狡は、勇なり。弄は、曲なり」と言う。

［湘北］『説文』に「湘水出零陵陽海山、北入江」（湘水は零陵の陽海山に出で、北のかた江に入る）とある。

［漢南］『爾雅』に「漢南曰荊州」（漢南は荊州と曰ふ）とある。

其二

3　弭榜搴蕙荑、停唱紉薫若、

［弭］押さえ止める。『楚辭』離騒の「弭節」の王逸注に「弭、按也」（弭は、按《おさ》ふるなり）という。

［榜］『楚辭』九章「渉江」の「齊呉榜以擊汰」の王逸注に「榜、船櫂也」（榜は、船の櫂なり）という。

［搴］『楚辭』離騒の「朝搴阰之木蘭兮」の王逸注に「搴、

取也」（搴は、取るなり）という。

［蕙］『楚辭』離騒の「豈維紉夫蕙茝」の王逸注に「蕙、香草也」（蕙は、香草なり）という。

［紉］探しもとめる。『楚辭』離騒の「豈維紉夫蕙茝」の王逸注に「紉、索也」（紉は、索《もと》むるなり）という。

［若］『楚辭』九歌「雲中君」の「華采衣兮若英」の王逸注に「若、杜若也」（若は、杜若なり）という。

［薫］『説文』に「薫、香草也」（薫は、香草なり）とある。

4　含傷拾泉花、縈念採雲蕚、

［泉花］ここは、菱の花。黄節は「泉花は、即ち菱の花を指す。泉花と曰ふは、猶ほ本集の『秋夜』詩の『泉卉』のごとく、皆明遠の自ら造りし詞なり」と言う。

［雲蕚］『廣韻』に「華外曰蕚、華内曰蕊」（華外を蕚と曰ひ、華内を蕊と曰ふ）という。「雲蕚」と言ったことに関し、黄節は「張衡の『西京賦』の『鷁首《げきしゅ》を浮かべ、雲芝を翳ふ』の薛綜注に『芝草及び雲氣を畫き、以つて船の覆飾と爲すなり』と。此れも亦た船の幔に畫く所の雲華を言ひ、故に念ひを營むと曰ふ」という。

其三

5　睽闊逢暄新、悽怨値妍華、

［睽闊］「乖闊」等に同じく、両者が遠く隔たっていることであろう。

［暄］春の暮れ。『玉篇』に「暄、春晩也」（暄は、春の晩なり）という。

6　秋心不可盪、春思亂如麻、

［盪］うごく。『左傳』荘公四年に「楚武王入告夫人鄧曼曰、『余心蕩。』」（楚の武王入りて夫人の鄧曼に告げて曰はく、『余が心蕩《うご》けり』と）とある。

［……如麻］黄節は「菱は秋に熟し、水に在りて移らず、故に秋心盪《うご》くべからずと曰ふ。秋より以つて春に溯る、故に睽闊と曰ひ、故に春思と曰ふ。麻は水中に在り、『詩』の『漚麻《おうま》』のごとし。皆眼前の物なり」というが、季節は晩春で、遠く隔たっている二人が秋に会う約束を確かめていると解したい。

其四

7　要豔雙嶼裏、望美兩洲間、

[要] 約束を求める。曹植「洛神賦」に「解玉佩以要之」(玉佩を解きて以つて之れを要《もと》む) とあり、李善注には「要は、屈するなり」というが、『廣雅』に「要、約也」(要は、約するなり) という。

[望美] 「美」は、美人。『楚辭』九歌「小司命」に「望美人兮未來」(美人を望めども未だ来たらず) とある。

8　褭褭風出浦、容容日向山、

[褭褭] しなやかに揺れるさま。『説文』に「褭、以組帶馬也」(褭は、組を以つて馬に帯ぶるなり) といい、『韻會』に「褭、或作裊」(褭は、或いは裊に作る) という (「褭」は、馬の飾り紐)。『楚辭』九歌「湘夫人」に「嫋嫋兮秋風」(嫋々たり秋風) とあり、錢振倫は「『六書故』に『嫋、與裊通』(嫋は、裊と通ず) といふ。疑ふらくは『嫋』は書いて『裊』に作り、而して又た転じて『褭』に作るのみならん」と言う。

[容容] 『楚辭』九歌「山鬼」に「表獨立兮山之上、雲容容兮而在下」(表だ《た》独り立つ山の上、雲は容容として下に在り) とある。

其五

9　煙曀越障深、箭迅楚江急、

[曀] 曇り、風が吹く。『爾雅』に「陰而風爲曀」(陰りて風ふくを曀と為す) とある。

[障] 山。謝靈運の「晩出西射堂」詩に「連障疊巘崿、青翠杳深沈」(連障畳なはりて巘崿と、青翠杳《えう》として深沈たり) とある。

[箭迅] 『愼子』(逸文) に「河之下龍門、其流駛如竹箭、駟馬追弗能及」(河の龍門を下るは、其の流れ駛《はや》きこと竹箭のごとく、駟馬もて追ふも及ぶ能はず) とある。

10　空抱琴中悲、徒望近關泣、

[近關] 『左傳』襄公十四年に「衞獻公戒孫文子・寧惠子食、皆服而朝、日旰不召、而射鴻于囿。二子從之、不釋皮冠而與之言、二子怒。孫文子如戚、孫蒯入、公飲之酒、使大師歌巧言之卒章。大師辭、師曹請爲之。初公有嬖妾、

使師曹誨之琴。師曹鞭之、公怒、鞭師曹三百。故師曹欲歌之以怒孫子、以報公。公使歌之、遂誦之。蒯懼、告文子。文子曰、『君忌我矣。弗先、必死。』并帑於戚、而入見蘧伯玉曰、『君之暴虐、子所知也。大懼社稷之傾覆、將若之何。』對曰、『君制其國、臣敢奸之。雖奸之、庸知愈乎。』遂行、從近關出」（衞の献公孫文子・寧惠子を戒めて食せしむ、皆《とも》に服して朝するに、日旰《く》るるも召されず、而して鴻を囿《その》に射る。二子之れに從ふに、皮冠を釈かずして之れと言《かた》れば、二子怒る。孫文子戚に如《ゆ》き、孫蒯《かい》入れば、公之れに酒を飲ましめ、大師をして『巧言』の卒章を歌はしむ。大師辞すれば、師曹之れを為さんことを請ふ。初め公に嬖妾有り、師曹をして之れに琴を誨《をし》へしむ。師曹之れを鞭うてば、公怒り、師曹に鞭うつこと三百なり。故に師曹之れを歌ひて以つて孫子を怒らしめ、以つて公に報いんと欲す。公之れを歌はしむれば、遂に之れを誦す。蒯懼れ、文子に告ぐ。文子曰はく、「君我を忌めり。先んぜざれば、必ず死せん」と。帑《つまこ》を戚に并せ、而して入りて蘧伯玉に見えて曰はく、「君の暴虐なるは、子の知る所なり。大いに社稷の傾覆するを懼るるも、将《は》た之れを若何せん」と。対へて曰はく、「君其の国を制すれば、臣敢て之れを奸せんや。之れを奸すと雖も、庸《なん》ぞ愈《まさ》るを知らんや」と。遂に行き、近関より出づ）とあり、孔穎達の疏に「『周禮』司關注云、『關、界上之門也。』衞都不當竟中、其界有遠有近。欲速出竟、故從近關出也」（『周禮』の司関注に云ふ、「関とは、界上の門なり」と。衞の都は竟《さかひ》の中ばに当たらず、其の界に遠き有り近き有り。速やかに竟を出でんと欲す、故に近関より出づるなり）という。黄節は「明遠の此の篇は、蓋し事に感じて作りしならん」と言う。

其六

11　緘歎凌珠淵、收慨上金堤、

［珠淵］物を深く隠す。班固の「東都賦」に「捐金於山、沈珠於淵」（金を山に捐《す》て、珠を淵に沈む）とあり、『莊子』天地篇に「藏金於山、藏珠於淵、不利貨財、不近貴富」（金を山に蔵し、珠を淵に蔵し、貨財を利せず、貴富に近づかず）という。

［金堤］司馬相如「子虚賦」に「相與獠於蕙圃、媻姍教窣、

上平金堤」（獠《かり》を蕙圃に相与にし、媻姍教窣として、金堤に上る）とあり、顔師古注に「水の堤塘の堅きこと金のごときを言ふなり」と言う（「獠」は、猟）。

12　春芳行歇落、是人方未齊、

[春芳…歇]應璩の「與從弟君苗君胄書」に「結春芳以崇佩、折若華以翳日」（春芳を結びて以つて佩を崇び、若華を折りて以つて日を翳ふ）とあり、『楚辭』九章に「薠蘅槁而節離兮、芳以歇而不比」（薠蘅槁《か》れて節離れ、芳は歇《つ》くるを以つて比《なら》ばず）とある。

[未齊]そろって並ぶことの無いこと。黄節は、『文選』李善注に「比は、合ふなり」とあり、『詩』小雅「六月」の「比物四驪」の鄭玄注に「毛馬は其の色を斉はせ、物馬は其の力を斉はす」とあって、「比」を「齊」と釈くことから、「『未齊』は、人の春芳と比《なら》ぶ能はざるを言ふなり」と言う。

其七

13　思今懷近憶、望古懷遠識、

[遠識]應劭『風俗通』正失「孝文帝」に「如其聰明遠識、不忘數十年事」（如し其れ聰明遠識なれば、数十年の事を忘れざらん）とある。

14　懷古復懷今、長懷終無極、

[終無極]『左傳』僖公二十四年に「女徳無極、女怨無終」（女の徳は極まる無く、女の怨みは終はる無し）とある。

山行見孤桐

「孤桐」は琴の良材。『尚書』禹貢に「嶧陽孤桐」（嶧陽の孤桐）とあり、傳に「嶧山之陽特生桐、中琴瑟」（嶧山の陽《みなみ》は特り桐を生じ、琴瑟に中《あ》つ）という。

桐生叢石裏　　桐は生ふ叢石の裏《うち》
根孤地寒陰　　根は地の寒陰に孤たり

上倚崩峯勢　上は崩峰の勢に倚《よ》り
下帯洞阿深　下は洞阿の深きを帯ぶ
奔泉冬激射　奔泉は冬に激射し
霧雨夏霖淫　霧雨は夏に霖淫《りんいん》たり
未霜葉已肅　未だ霜ふらざるに葉は已に粛《しぼ》み
不風條自吟　風ふかざるに条《えだ》は自ら吟ず
昏明積苦思　昏明に苦思を積み
晝夜叫哀禽　昼夜に哀禽叫ぶ
棄妾望掩淚　棄妾《きせふ》は望みて涙を掩《おほ》ひ
逐臣對撫心　逐臣は対して心を撫づ
雖以慰單危　以つて単危を慰むと雖も
悲涼不可任　悲涼は任《た》ふべからず
幸願見雕斲　幸《ね》願《が》はくは雕斲《てふたく》せられ
爲君堂上琴　君が堂上の琴と為らんことを

＊「峯」字、張溥本・『詩紀』は「岸」に作る。
＊「淫」字、張溥本・『詩紀』は「霪」に作る。

山歩きして一本聳える桐の木を見る

桐の木は岩場に生え
根は寒々とした土地の陰に孤独に這う
表面は崩れる崖の勢いに任せているが
下の方は水洞の岸づたいに奥深くまで延びている
迸る泉《たき》は冬になると激しくしぶきを飛ばし
霧や雨は夏になると長期に亘って降り注ぐ
まだ霜も降りないのに葉はもはや凋み
風も吹かないのに長い枝は自ら鳴っている
夕方にはひどい物思いに駆られ
昼も夜も哀しげな鳥たちが叫んでいる
棄てられた婦人は（この桐を）眺めて涙を手で覆い
左遷された家臣は向かい合って心を鎮めようとする
しかし独りぼっちの頼り無さは慰められたとしても
悲しみには耐えられない
できることなら伐り採られ
殿御のお屋敷の琴となって欲しいものだ

1　桐生叢石裏、根孤地寒陰、

[根孤]『晏子春秋』内篇・雑上に「魯昭公曰『吾少之時、……内無拂而外無輔。……譬之猶秋蓬也、孤其根而美枝葉、秋風一至、根且抜矣』」（魯の昭公曰はく、「吾れ少《わか》きの時、……内に払ふ無くして外に輔け無し。……之れを譬へば猶ほ秋の蓬のごときなり、其の根を孤にして枝葉を美しとするも、秋風一たび至れば、根且《まさ》に抜けんとせり」と）とある。

[地寒]門地の低いのに喩える。『晉書』楊方傳に「方在都邑搢紳之士咸厚遇之、自以地寒不願久留」（方都邑に在るに搢紳の士咸《みな》厚く之れを遇するも、自らは地寒きを以つて久しく留るを願はず）という。

2　上倚崩峯勢、下帯洞阿深、

[阿]『玉篇』に「阿、水岸也」（阿は、水の岸なり）という。

3　奔泉冬激射、霧雨夏霖淫、

[霖淫]雨が降り続くさま。『爾雅』釋天に「久雨謂之淫、淫謂之霖」（久しく雨ふるは之れを淫と謂ひ、淫なるは之れを霖と謂ふ）とある。

4　未霜葉已肅、不風條自吟、

[肅]しぼむ。『詩』豳風「七月」に「九月肅霜」（九月肅として霜ふる）とあり、傳に「肅、縮也。霜降而收縮萬物」（肅は、縮むなり。霜降りて万物を収縮せしむ）とある。

[不風]『西京雜記』巻五「董仲舒天象」に「太平之世、則風不鳴條、開甲散萌而已」（太平の世なれば、則ち風は条《えだ》を鳴らさず、甲を開き萌を散ずるのみ）とある。

5　昏明積苦思、晝夜叫哀禽、

[苦思]ひどい物思い。『戰國策』韓策に「對曰『此安危之要、國家之大事也。臣請深惟而苦思之』」（対へて曰はく『此れ安危の要にして、国家の大事なり。臣請ふ深く惟《おも》ひて之れを苦《はなは》だ思はんことを』と）とある。

6　棄妾望掩涙、逐臣對撫心、

［棄妾］禰衡の「鸚鵡賦」に「放臣爲之屢歎、棄妻爲之歔欷」（放臣之れが為に屢しば歎じ、棄妻之れが為に歔欷す）とある。

［掩涙］左思の「嬌女詩」に「掩涙倶向壁」（涙を掩ひて倶に壁に向かふ）とある。

［撫心］宋玉の「神女賦」に「於是撫心定氣」（是に於いて心を撫し気を定む）とある。

7　雖以慰單危、悲涼不可任、

［單危］独りぼっちで頼るところがない。『戰國策』秦策に「大者宗廟滅覆、小者身以孤危、此臣之所恐耳」（大者は宗廟滅覆せられ、小者は身孤危を以つてす、此れ臣の恐るる所なるのみ）とあり、また『楚辭』九章「惜誦」に「曰有志極而無旁、終危獨以離異兮」（曰はく志の極まる有るも旁《そ》ふ無く、終に危ふく独りにして以つて離れ異なると）とある。

8　幸願見雕斲、爲君堂上琴、

［堂上琴］『桓子新論』琴道篇に「昔神農氏繼庖羲而王天下、……于是始削桐爲琴、繩絲爲絃」（昔神農氏庖羲を継ぎて天下に王たり、……是に於いて始めて桐を削りて琴と為し、絲を縄なひて絃と為す）という。

巻第五　詩

（鮑氏集巻第七）

見賣玉器者　并序

玉の鑑定に仮託して、人材を見抜く在り方を問う。

「玉器」は、『穆天子傳』二に「癸巳至於羣玉之山……、天子於是取玉版三乘、玉器服物」（癸巳群玉の山に至り……、天子是に於いて玉版三乘、玉器服物を取る）とあり（「玉器服物」は、腕環・佩《お》び玉のたぐい）、『周禮』春官・典瑞注に「玉器、謂四圭・祼圭之屬」（玉器は、四圭・祼圭《くわんけい》の属を謂ふ）という（「圭」は、方形の玉）。

この詩の制作年代に関しては、王紹曾・劉心明氏は「元嘉二十二年（四四五年）、衡陽王劉義季は命を受けて豫州梁郡（今の安徽省碭山《とうざん》縣）を督し、徐州（今の江蘇省徐州市）の刺史に遷った。この年、鮑照は衡陽王の招きに應じて梁郡に至り、職を任かされたが、間もなくしてさらに衡陽王が徐州に遷ってゆくのに随った。この期間に在って、鮑照は洛（今の河南省洛陽市一帶）を旅し、併せてこの詩を書いた」と言う（『謝靈運・鮑照詩選譯』）。

銭振倫は「按ずるに、前の『臨川王服竟還田里』詩の『此れを顧みて人羣を謝る、豈に直《ただ》に商洛に止まるのみならんや』、『遇銅山掘黄精』詩の『空しく守る江海の思ひ、豈に梁鄭の客たるを懐はんや』、之れを此の詩の云ふ所に合すれば、是れ明遠に實に洛に遊ぶの迹有り。『宋書』衡陽文王義季傳を考ふるに、元嘉二十一年、都督南兗・徐・兗・青・冀・幽六州諸軍事・征北大將軍・開府儀同三司・南兗州刺史と爲る。二十二年、督を豫州に進められて梁郡に之《ゆ》き、徐州刺史に遷せられ、二十四年、彭城に薨る。豈に義慶既に薨り、明遠即ち義季に依る、故に前に『征北世子誕育上表』有り、既に之れに梁に従ひ、旋《めぐ》つて之れに徐に従ふ、故に復た『從過舊宮』の詩、及び『河清』作頌有り、始めて王朝に仕へんや。惜しむらくは史に專らは傳ふる無く、未だ能く其の仕履を詳らかにせざるのみならんことを」と言う。

序

見賣玉器者、　玉器を売る者を見るに、

或人欲買、　或る人買はんと欲するも、

疑其是珉、　其れ是れ珉なるかと疑ひ、

不肯成市、　市を成すを肯ぜず、
聊作此詩、　聊か此の詩を作りて、
以戯買者。　以つて買ふ者に戯る。

涇渭不可雜　涇《けい》と渭は雑《まぢ》ふべからず
珉玉當早分　珉《びん》と玉も当に早《つと》に分かつべし
子實舊楚客　子　実に旧楚の客
蒙俗謬前聞　俗を蒙りて前聞を謬る
安知理孚采　安んぞ理の孚采を知らんや
豈識質明温　豈に質の明温を識らんや
我方歷上國　我　方《まさ》に上国を歴《へ》
從洛入函轅　洛より函に轅《ながえ》を入る
揚光十貴室　光を揚ぐ十貴の室
馳譽四豪門　誉れを馳す四豪の門
奇聲振朝邑　奇声は朝邑を振はせ
高價服鄉村　高価は郷村を服せしむ
寧能與爾曹　寧《な》んぞ能く爾《なんぢ》が曹《やから》と
瑜瑕稍辨論　瑜《ゆ》と瑕《か》と稍《や》や弁論せんや

＊「貴」字、『詩紀』は「貫」に作る。

玉製の器を売る者を見る

序

玉製の器物を売っている者を見ていたところ、ある人が買おうとしながら、玉に似た石ではないかと疑い、取引しようとしない。そこで少しばかりこんな詩を作り、買おうとする者をからかった。

澄んだ涇水と濁った渭水は清濁がはっきりとしているように
石か本物の玉かは初めから見分けられるものだ
君は本当に昔の楚の国の出身者らしく
俗説に惑わされ昔ながらの言い伝えで筋違いの判断をしているのだ
君は玉の肌理の輝きや彩りが分からないし
玉の質の透明度や滑らかさを識別できない

私はちょうど中原の文化国家を経巡って
洛陽から函谷関・轘轅関に入ってきたところだ
多くの貴族の家で優れた才能を知られ
四大豪族すべての家で名声を博してきた
優れているという声誉は都の街角にまで響きわたり
徳を備えているという評価は村里をも感服させている
君のような見聞の無い輩と
どうして美玉かきず玉かをのんびりと語り合い弁別などしていられようか

1　見賣玉器者、或人欲買、疑其是珉、不肯成市、聊作此詩、以戲買者。

［珉］玉に似た石。『禮記』聘義に「敢問君子貴玉而賤珉者、何也」（敢へて問ふ君子玉を貴びて珉《びん》を賤しむは、何ぞやと）とあり、注に「碈、石似玉」（碈《びん》は、石の玉に似たるなり）という。

［成市］売り買い、取り引きする。

2　涇渭不可雜、珉玉當早分、

［涇渭］「涇」は甘粛省に源を発する澄んだ川の涇水、「渭」は濁った渭水で、陝西省で清濁が合流する。『詩』邶風「谷風」に「涇以渭濁」（涇は渭を以つて濁る）とある。

3　子實舊楚客、蒙俗謬前聞、

［楚客］玉か玉石かは判然としているのに、楚の出身者は前例に惑わされて判別できない。銭振倫の引く晋の孔衍撰『琴操』に「卞和得玉璞、以獻懷王。王使樂正子占之、言玉石、以爲欺謾、斬其一足。懷王死、子平王立。和復獻之、又以爲欺、斬其一足。平王死、子立爲荊王。和欲獻之、恐復見害、乃抱玉而哭。涕盡繼之以血。荊王使剖之、中果有玉、乃封和爲陵陽侯、辭不受」（卞和《くわ》玉璞を得、以つて懐王に献ず。王楽正子をして之れを占はしむるに、玉石なり、以つて欺き謾《あざむ》くなりと言へば、其の一足を斬る。懐王死し、子の平王立つ。和復た之れを献ずるに、又た以つて欺くと為し、其の一足を斬る。平王死に、子立ちて荊王と為る。之れを献ぜんと欲するも、

復た害せらるるを恐れ、乃ち玉を抱きて哭す。涕尽き之れに継ぐに血を以ってす。荊王之れを剖《さ》かしむれば、中に果たして玉有り、乃ち和を封じて陵陽侯と為さんも、辞して受けず）とある。同様の話は『韓非子』和氏にも見える。

［蒙俗］斉の竟陵王蕭子良の『淨住子』奉養僧田門二十七には「俗を蒙るの幽心を發き、正道の遐《はる》かなる趣を啓く」と言う。

［前聞］『禮記』檀弓・上に「我未之前聞也」（我未だ之れを前に聞かざるなり）とある。

4　安知理孚采、豈識質明温、

［孚采］彩り。『禮記』聘義に「孚尹旁達」（孚尹旁ねく達す）とあり、注に「孚、讀爲浮。尹、讀如竹箭之筠。浮筠、謂玉采色也」（孚は、読みて浮と為す。尹は、読みて竹箭の筠《ゐん》のごとし。浮筠《ふゐん》は、玉の采りの色を謂ふなり）という（「筠」は、青々としてつやのあること）。

［明温］玉の質感。『詩』秦風「小戎」に「温其如玉」（温かきこと其れ玉のごとし）とあり、箋に「温然如玉、玉有五徳」（温然として玉のごとしとは、玉に五徳有るなり）という。

5　我方歴上國、從洛入函轘、

［上國］呉・楚など南方の国に対し、中原の文化先進国である各諸侯国を指す。『左傳』成公七年に「是以始大、通呉于上國」（是を以つて始めて大にして、呉を上国に通す）とあり、昭公二十七年の孔穎達疏に引く服虔注に「上國、中國也。蓋以呉辟在東南、地勢卑下、中國在其上流、故謂中國爲上國也」（上国は、中国なり。蓋し呉は辟《かたよ》りて東南に在り、地勢卑下、中国は其の上流に在るを以つてす、故に中国を謂ひて上国と為すなり）という。ここは「舊楚の客」に対して「我」の優位をいう。

［函・轘］河南省の函谷関と轘轅関。『水經注』洛水に「洛水又東出關、惠水右注之、世謂之八關水。靈帝中平元年、置函谷關・廣城・伊闕・轘轅・旋門・平津・孟津等八關、都尉官治此」（洛水又た東して関を出で、恵水右のかた之れに注ぐ、世に之れを八関水と謂ふ。霊帝の中平元年、函谷関・廣城・伊闕・轘轅・旋門・平津・孟津等八

関を置き、都尉官此れを治む）とある。

6　揚光十貴室、馳譽四豪門、

（[揚芳]『中論』下「夭壽」に「槌鐘擊磬、所以發其聲也。煮鬯燒薫、所以揚其芬也」（鐘を槌ち磬を擊つは、其の声を発する所以なり。鬯《にほひざけ》を煮薫を焼くは、其の芬《かを》りを揚ぐる所以なり）とある。）

[十貴] 銭振倫は、潘岳の「西征賦」に「窺七貴於漢庭」（七貴を漢庭に窺ふ）とあり、注に「漢庭七貴、呂・霍・上官・丁・趙・傅・王、並后族也」（漢庭の七貴とは、呂・霍・上官・丁・趙・傅・王、並びに后族なり）というと言い、「『十貴』は、未だ詳らかならず」と言う。また黄節は、『史記』孝景本紀に「中五年夏、立皇子舜爲常山王、封十侯」（中五年夏、皇子舜を立てて常山王と為し、十侯に封ず）とあると言い（「中五年」は、中元五年）、「『十貴』は、疑ふらくは此れを指すならん」と言う。

7　奇聲振朝邑、高價服鄉村、

[朝邑] 鮑照のこの文脈から判断すれば、京城、都市（『漢語大詞典』の見解による）。

[高價] すぐれて立派であるという高い評価。『後漢書』邊讓傳に「若復隨輩而進、非所以章瓌偉之高價、昭知人之絶明也」（復た輩に随つて進むがごときは、瓌偉なるの高価を章らかにし、人を知るの絶明を昭らかにする所以に非ざるなり）とある。

8　寧能與爾曹、瑜瑕稍辨論、

[瑜瑕] 美玉ときず玉。『禮記』聘義に「瑕不揜瑜、瑜不揜瑕」（瑕は瑜を揜《おほ》はず、瑜は瑕を揜《おほ》はず）とある。

従登香爐峯

詩は、香爐峯が優れた才能を蓄える人物の棲むにふさわしい山であることを詠む。

香爐峯は、『後漢書』に「廬山は潯陽の南に在り、東南のかたに香爐山有り、其の上は氛氳として香煙のごとし」とある。

制作時期に関して、黄節は『宋書』の「臨川王義慶江州に在り、文學の士を招聚すれば、近遠必ず至る。大尉の袁淑、文當時に冠たり、義慶江州に在り、請ふて衛軍諮議參軍と爲す。其の餘の呉郡の陸展、東海の何長瑜、鮑照等、並びに辭章の美と爲し、引きて佐史國臣と爲す」を引き、「此の篇は蓋し明遠義慶に從ひて香爐峯に登りて作るなり」と言う。また、錢振倫は「『宋書』文帝本紀を考ふるに、義慶元嘉十六年夏四月詔あつて江州に鎭し、次年十月に至つて改められて南兗《なんえん》を督す、其の間相距たること十有九月、照の從ひて廬山に登るは、當に此の十數月の中《うち》に在るべし」と言う。

辭宗盛荊夢　　辞宗は荊・夢を盛んにし
登歌美鳧繹　　登歌するは鳧《ふ》・繹《えき》を美《ほ》む
徒收杞梓饒　　徒らに杞《き》梓《し》の饒《おほ》きを収むるは
曾非羽人宅　　曽《かつ》て羽人の宅に非ず
羅景藹雲扃　　景を羅《つら》ねて雲扃《うんけい》を藹《さか》んにし
沾光扈龍策　　光を沾《うるほ》して龍策に扈《したが》ふ
御風親列涂　　風を御して列涂《れつと》に親しみ
乘山窮禹迹　　山に乗じて禹迹を窮む
含嘯對霧岑　　嘯を含みて霧岑に対《むか》ひ
延蘿倚峯壁　　蘿を延べて峰壁に倚《よ》る
青冥搖煙樹　　青冥たり揺煙の樹
穹跨負天石　　穹跨《きゆうくわ》たり負天の石
霜崖減土膏　　霜崖は土膏を減じ
金澗測泉脉　　金澗は泉脈を測る
旋淵抱星漢　　旋淵《せんえん》は星漢を抱き
乳竇通海碧　　乳竇《にゆうとう》は海碧に通ず
谷館駕鴻人　　谷は館《やど》す鴻に駕するの人
巖棲咀丹客　　巌は棲《す》まはす丹を咀《か》むの客
殊物藏珍怪　　殊物は珍怪を蔵し
奇心隱仙籍　　奇心は仙籍を隠す
高世伏音華　　高世　音華を伏し
綿古遁精魄　　綿古　精魄を遁《のが》す
蕭瑟生哀聽　　蕭瑟《せうしつ》として哀聴を生じ
參差遠驚覩　　参差《しんし》として遠く驚き覩《み》る
慙無獻賦才　　賦才を献ずる無きを慙《は》ぢ
洗汙奉毫帛　　汚れを洗ひて毫帛《かうはく》を奉ぜん

＊「滅」字、張溥本・『詩紀』は「滅」に作る。
＊「迹」字、張溥本・『詩紀』は「跡」に作る。
＊「穹」字、張溥本は「窮」に作る。

臨川王に従って香炉峰に登る

楚辞の大家は楚や夢《ぼう》の地を盛んに歌いあげ
詩経の歌人は魯の鳧山や繹山を賛美する歌を奉った
無駄に有用な人材をたくさん集めたというだけでは
得道して身体に羽毛の生えた仙人の棲む所とは言えないのである
陽光を一面に細やかに輝かせて雲の館を盛大にし
輝きを行き渡らせて龍の馭の後に従わせる
風を操って列子の途《みち》に親しみ
山に入って禹帝の足跡を追究する
嘯こうとして霧のかかった鋭い峰と向かい合い
蔓を手繰って峰の岩壁を伝う
青空を背景にして霞んだ樹林が揺れ動き
大空は天に突き出た石を背負っている
霜ふる崖は（あまりに高くて）土の肌が見えず
輝く谷川は（あまりに深くて）川脈までが分かる
水のめぐる淵は天の河を映し出し
鍾乳洞は仙郷の碧海の青さと通じている
谷には鴻に跨る人が住み
岩には金丹を飲む者が住んでいる
とりわけすぐれた者は珍しく不思議な薬餌を蓄え
非凡な心の持ち主は仙人の籍を隠し持っている
世から抜んでたすぐれた名声ある者が隠れ棲み
ずっと昔からすぐれた精神の持ち主が遁れてきている
物静かに哀しい調べが起こり
高く低くはっとするような景色を遠くに見せている
歌を献上するだけの才能がないことを恥じながら
せめて身を清めて筆と紙を奉る次第である

1　辭宗盛荆夢、登歌美鳧繹、

［辭宗］辞賦作家の中の宗家。『漢書』叙傳・下に「多識博物、有可觀采、蔚爲辭宗、賦頌之首」（多識博物は、観

て采るべき有り、蔚《さか》んに辞宗と為れば、賦頌の首なり）とあり、『後漢書』列女傳に「學窮道奥、文爲辭宗」（学は道の奥を窮め、文は辞宗と為る）とある。黄節は「辭宗は、當時の文學の士、屈・宋を視て盛んなりと爲すを謂ふ。歌ひて義慶を頌ぎ、之れを魯侯に比ぶ。其の時義慶は江州刺史を以つて南兗州・徐・兗・青・冀・幽の六州諸軍事を都督し、一《もつぱ》ら魯侯の鳧・繹を保有するがごときなり。鳧・繹は二山の名なり。『元和郡縣志』に『鳧山は、兗州鄒縣の東南のかた三十八里に在り。繹山は、鄒縣の南のかた二十里に在り』と」と言う。

［荊・夢］ともに旧楚の地名。『尚書』禹貢に「荊及衡陽惟荊州。……雲土夢作乂」（荊より衡陽に及ぶは惟《こ》れ荊州なり。……雲土・夢は作《な》し乂《をさ》まる）とある（「雲土・夢」は、古代の雲夢の澤）。方東樹は『昭昧詹言』に「起句は蓋し宋玉の高唐の事を用ゐて切題と爲すも、注家は知らず」と言う。

［登歌］祭典等で歌いことほぐ。『禮記』文王世子に「登歌清廟、既歌、而語以成之也」（歌を清廟に登せ、既に歌ひて、而して語りて以つて之れを成すなり）とある。

［鳧・繹］兗州（旧魯）の鳧山と繹山。『詩經』魯頌「閟宮」に「保有鳧繹、遂荒徐宅」（鳧・繹を保有し、遂に徐の宅を荒らす）とある（徐は、地名）。

2　徒收杞梓饒、曾非羽人宅、

［杞梓］良材。『左傳』襄公二十六年に「杞梓皮革、自楚往也」（杞梓皮革は、楚より往くなり）とある（良材が楚から晋に流れ、実用されること）。黄節は郭璞の詩の「杞梓南荊に生え、奇才應に世に出づべし」を引き、『杞梓』は、人才の盛んなるに喩へ、義慶を歌頌し、魯侯の鳧・繹を保有するに比するも、然れども未だ茲の山の羽人の宅と爲し、景を羅ね光を沾ほし、記すべきと爲すに若かざるなるを謂ふ」と言う。

［羽人］飛行できる人。『楚辭』遠遊の「仍羽人於丹丘兮、留不死之舊鄉」（羽人に丹丘に仍《よ》り、不死の郷に留る）王逸注に引く『山海經』に「有羽人之國、不死之民或曰人得道、身生毛羽也」（羽人の国、不死の民有り、或ひと曰はく人道を得れば、身に毛羽を生ず）とある。『山海經』には「海外南經」の「羽民國」、「海外東經」の「毛

民國」、「大荒南經」の「羽民之國」等が見えている。

3　羅景藹雲扃、沾光扈龍策、

［羅景］照りわたる陽光。『廣雅』に「羅、列也」（羅は、列《つら》なるなり）という。また、聞人倓は「景は、日景なり」と言う。

［雲扃］雲の中。聞人倓は「雲扃は、猶ほ雲扉のごときなり」と言う。

［扈］つき従う。『韻會』に「扈、尾也。後從曰扈」（扈は、尾なり。後より從ふを扈《こ》と曰ふ）と言う。

［龍策］龍。『後漢書』費長房傳に「費長房……以杖投陂、顧視則龍也」（費長房……杖を以つて陂に投げ、顧み視れば則ち龍なり）とある（「杖」は「策」と同じ意）。

4　御風親列涂、乘山窮禹迹、

［列涂］列子が行った路。『莊子』逍遙遊篇に「列子御風而行」（列子風を御して行く）とあり、聞人倓は「『列涂』は、列子風を御するの途なり」と言う。

［乘山］山に登る。『尚書』益稷に「予乘四載、隨山刊木」（予四載に乘り、山に隨ひ木を刊る）とあり、傳に「山乘樏」（山は樏に乘る）という（「予」は、禹帝。「樏」は、山行のかんじき）。

［禹迹］『左傳』襄公四年に「芒芒禹迹、畫爲九州」（芒々たり禹の迹、画きて九州と為る）とある。

5　含嘯對霧岑、延蘿倚峯壁、

［延］手繰り寄せる。『集韻』に「延、及也」（延は、及ぶなり）という。

6　青冥搖煙樹、穹跨負天石、

［青冥］ほのぐらい。張衡の「南都賦」に「攢立叢駢、青冥盰瞑」（攢《あつま》り立ちて叢り駢《なら》び、青冥たり盰瞑たり）とあり、李善注に「言ふこころは林木攢まり羅なり、衆色幽昧なり」という。また『楚辭』九章「悲回風」に「據青冥而攄虹兮、遂儵忽而捫天」（青冥に拠りて虹を攄《の》べ、遂に儵忽として天捫《な》づ）とあり、王逸の注に「上至玄冥、舒光耀也。所至高眇不可逮也」（上は玄冥に至り、光耀を舒ぶるなり。至る所は高眇にして逮《およ》ぶべからず）という。

『漢書』五行志注には「冥、暗也」（冥は、暗きなり）とある。

［穹跨］一面に高大なさま。司馬相如の「上林賦」に「觸穹石、激堆埼」（穹石に触れ、堆埼に激す）とあり、李善注に「張揖曰はく、穹石は、大石なり」という。『廣韻』には「穹、高也」（穹は、高きなり）という。また『説文解字』に「跨、渡也」（跨は、渡るなり）とある。

［負天］『莊子』逍遙遊篇に「背負青天」（背に青天を負ふ）とある。聞人倓は「按ずるに、言ふこころは、搖煙の樹は葱然たる者にして、望み窮むるに因りて晦し、負天の石は穹然たる者にして、遠く跨ぐがごとくして來たる」と言う。

7 霜崖減土膏、金澗測泉脉、

［減］「減」字、張溥本は「滅」に作り、聞人倓は「石を見て土を見ず、故に『滅』と云ふ」と言う。

［土膏］沃土。『國語』周語に「自今至于初吉、陽氣俱蒸、土膏其動」（今より初吉に至り、陽気倶に蒸れ、土膏其れ動く）とある。黄節は『水經注』を引き、「『尋陽記』に曰はく、『廬山の上に三石梁有り、長きこと數十丈にして、廣きこと尺に盈たず、杳然として底無し。呉孟弟子を將《ひき》ゐて山に登り、此の梁《はし》を過ぐるに、一翁の桂樹の下に坐るを見れば、玉杯を以つて甘露漿を承けて孟に與ふ。又た一處に至り、數人の孟のために玉膏を設くるを見る』と」と言い、又た「孤石の大湖の中に介立する有り、飛禽集まること罕れなり。其の上に玉膏の采るべき有りと言ふ」と言う。

［測泉脉］聞人倓は『泉脈』は、泉の從《よ》りて來たる所なり。言ふこころは、其の流るるに因りて其の源を測るなり」と言う。

8 旋淵抱星漢、乳竇通海碧、

［旋淵］渦巻く淵。『淮南子』俶眞訓に「湍瀬旋淵」（湍《たぎ》る瀬旋る淵）とある。聞人倓は「按ずるに、水は山の巔に在れば則ち高し、故に『星漢を抱く』と云ふ」と言い、方東樹は「『旋る淵』とは只だ倒景を言ふのみ、高きを言ふに非ざるなり。（聞人倓の）注は非なり」と言う。

［乳竇］聞人倓は范成大の語を引いて「山洞の穴中、凡

そ石脈の湧く處は乳牀と爲す、融け結びて下垂し、其の端は輕く薄く、中空にして、水乳且つ滴り且つ凝る」と言う。

［海碧］碧海。『十洲記』扶桑に「扶桑在東海東岸。登岸一萬里、東復有碧海。海廣狭浩汗、與東海等。水既不鹹苦、正作碧色、甘香味美」（扶桑は東海の東岸に在り。岸を登ること一万里、東のかた復た碧海有り。海の広狭は浩汗にして、東海と等し。水既に鹹苦ならず、正に碧色を作し、甘く香りて味は美し）とある（「浩汗」は、広々としている）。

9　谷館駕鴻人、巖棲咀丹客、

［駕鴻］郭璞の「遊仙」詩に「赤松臨上遊、駕鴻乗紫煙」（赤松上に臨みて遊び、鴻に駕して紫煙に乗る）とある。

［咀丹］『説文』に「咀、含味也」（咀は、味を含むなり）とあり、『抱朴子』金丹に「金液入口、則其身皆金色。老子受之於元君。黄金入火、百錬不消、埋之、畢天不朽、是謂金丹」（金液口に入れば、則ち其の身は皆金色なり。老子之れを元君より受く。黄金火に入れ、百錬するも消えず、之れを埋め、天を畢ふるも朽ちず、是れを金丹と謂ふ）とある。

10　殊物藏珍怪、奇心隱仙籍、

［珍怪］張衡の「温泉賦」に「覽中域之珍怪兮、無斯水之神靈」（中域の珍怪を覧るも、斯の水の神霊無し）とある。

［仙籍］聞人倓は『雲笈七籤』の「益すとは、精を益すなり。易《か》ふとは、形を易ふるなり。能く益し能く易ふれば、名は仙籍に上る」を引く。（『雲笈七籤』は後出の道書であり、鮑照の用語の本づく所でないこと、銭振倫の指摘を俟たない。）

11　高世伏音華、綿古遁精魄、

［高世］一世に抜ん出ている。『史記』趙世家に「夫有高世之名、必有遺俗之累」（夫れ高世の名有れば、必ず遺俗の累ひ有り）とある。

［綿古］古来つづくさま。『詩』王風「葛藟」の毛傳に「綿長、不絶之貌」（綿長は、絶えざるの貌なり）とある。

［精魄］精神。郭璞の「江賦」に「挺異人乎精魄」（異人を精魄に挺《ぬ》く）とあり、徐幹の『中論』夭壽に「夫形體者人之精魄也、徳義令聞人之榮華也」（夫れ形体は人の精魄にして、徳義・令聞は人の栄華なり）という。聞人倓は「按ずるに、言ふこころは、仙者の音徽は、已に潜隠して見えずと雖も、而も其の魂魄は、則ち長く遁《のが》れて死せざるなり」と言う。

12　蕭瑟生哀聽、參差遠驚覿、

［哀聽］聞人倓は「巖谷の草樹、忽かに哀音を生じ、能く人の聽を感ぜしむるなり」と言う。

［驚覿］目の当たりに見てはっと驚く。『佩文韻府』に引く後世元の戴良の詩に「既に近ければ已に欣んで覿、遠きこと無ければ亦た驚き覿る」と言い、『説文』に「覿、見也」（覿は、見るなり）とある。

13　塹無獻賦才、洗汙奉毫帛、

［獻賦］『東観漢記』班固傳に「(班)固數入讀書禁中、每行巡狩、輒獻賦頌」（班固数《しば》しば入りて書を禁中に読み、巡狩を行ふ毎に、輒ち賦頌を献ず）とある。

［毫帛］筆と紙（文字を書く白絹）。聞人倓は『毫帛』は、猶ほ毫素のごときなり」と言う（「毫素」は、筆と紙）。

夢歸鄉

銜淚出郭門　涙を銜《ふく》みて郭門を出で
撫劍無人逵　剣を撫す無人の逵《おほぢ》
沙風暗空起　沙風　暗空に起こり
離心眷鄉畿　離心　郷畿を眷《み》る
夜分就孤枕　夜分　孤枕に就《つ》き
夢想暫言歸　夢に想ふ暫らく言《ここ》に帰るを
孀婦當戶歎　孀婦　戸に当りて歎き
搔絲復鳴機　絲を搔《か》きて復た機を鳴らす
慊款論久別　慊款《けんくわん》として久しく別るるを論じ
相將還綺閨　相将《ひき》ゐて綺閨《きゐ》に還る
歷歷簷下涼　歴々として簷下《えんか》涼しく
朧朧帳裏輝　朧々《ろうろう》として帳裏輝く

刈蘭爭芬芳　蘭を刈りて芬芳を争ひ
採菊競葳蕤　菊を採りて葳蕤を競ふ
開奩奪香蘇　奩《くしげ》を開きて香蘇を奪ひ
探袖解纓徽　袖を探りて纓徽《えいき》を解く
寐中長路近　寐中なれば長路近きも
覺後大江違　覚めて後は大江違《へだ》つ
驚起空歎息　驚き起きて空しく歎息し
恍惚神魂飛　恍惚として神魂飛ぶ
白水漫浩浩　白水　漫として浩々《かうかう》と
高山壯巍巍　高山　壮として巍々《ぎぎ》たり
波瀾異往復　波瀾　往復を異にし
風雲改榮衰　風雲　栄衰を改む
此土非吾土　此の土は吾が土に非ず
慷慨當告誰　慷慨して当に誰にか告ぐべき

＊題、張溥本・『詩紀』に「『玉臺』は『夢還詩』に作る」という。
＊「暗」字、『玉臺』は「闇」に作る。
＊「空」字、『玉臺』は「塞」に作る。
＊「歎」字、『玉臺』は「笑」に作る。
＊「搔」字、張溥本・『玉臺』は「纚」に作る。
＊「絲」字の下、張溥本・『詩紀』は「外編『搔首』に作る」とある。
＊「闈」字、『玉臺』は「幃」に作り、張溥本は「門」に作る。
＊「歷歷」、『玉臺』は「靡靡」に作る。
＊「帳」字、『玉臺』は「窓」に作る。
＊「輝」字、張溥本・『詩紀』・『玉臺』は「暉」に作る。
＊「奪」字、『玉臺』は「集」に作る。
＊「寐」字、張溥本・『詩紀』は「夢」に作る。
＊「瀾」字、『玉臺』は「潮」に作る。
＊「雲」字、張溥本・『詩紀』は「霜」に作る。
＊「告」字、『玉臺』は「訴」に作る。

郷里に帰る夢

涙を呑んで城郭の門を出
人通りの絶えた大通りで剣の柄に手をかけた
砂塵を巻き上げた風が暗い空に起こると
引き裂かれた気持ちは都近郊の郷里に向くのである

夜中に独りぼっちの床に就くと
しばし自分が帰郷する夢を見る
独り残されていた妻は戸口近くでため息をつき
糸を繰りながらまた織機に腰掛けて音を立てる
ずっと別れていた間のことを心から語り
互いに手を取り合ってうすぎぬの帷の懸かる奥の寝
　室にもどる
軒下はすっきりと涼しく
帷の中にはぼおっと灯りがともる
切って飾った蘭の花とすばらしい香を争い
切りとってきた菊の花と盛んな美しさを競う
化粧箱を開いて香り草の香を独り占めにし
袖の中に手を入れて匂袋の紐をほどいた
夢の中では長い道のりも近いが
目覚めてみると大川で隔てられている
はっと目覚めて空しく嘆息すれば
消え入るように心は飛び去っていく
白い川の水は広漠と漲り
高い山は盛んにどっかと聳えている
さざ波や大波は思い思いに寄せては返し
風や雲は入れ替わり湧き起こっては消え去る
ここは我が郷里ではなく
慷慨の気持ちを誰にも訴えられずにいるのである

1　銜涙出郭門、撫劒無人逵、

[銜涙] 涙をのむ。劉爍の「壽陽樂」に「銜涙出傷門」（涙を銜みて傷門を出づ）とある。

[郭門]「古詩」に「出郭門直視」（郭門を出でて直ちに視る）とある。

[撫劍]『左傳』襄公二十六年に「子朱怒、……撫劍從之」（子朱怒り、……劍を撫して之れに従ふ）とある。

[逵] 九方に通ずる道。『説文』に「逵、九達道也」（逵《き》は、九達の道なり）とある。

2　沙風暗空起、離心眷郷識、

[離心] 一旦離れてしまった心。『楚辭』離騷に「何離心之可同兮、吾將遠逝以自疏」（何ぞ離心の同じかるべき、吾将に遠く逝きて以つて自ら疏からんとす）とある。

3　夜分就孤枕、夢想暫言歸、

［夜分］『後漢書』光武帝紀に「講論經理、夜分乃寐」（経理を講論し、夜分は乃ち寐ぬ）とある。

［言歸］『詩』周南「葛覃」に「言告師氏、言告言歸」（言《ここ》に師氏に告げ、言に言《わ》れ帰るを告ぐ）とある（「言」は、一説に我の意）。

4　孀婦當戸歎、搔絲復鳴機、

［孀婦］独居の婦人。黄節は『廣韻』に「孀、寡婦」（孀は、寡婦なり）とあるのを引き、「古詩に婦人を言ふは、必ずしも夫死して而る後に寡と稱せず。陳琳の『飲馬長城窟行』の『邊城に健少なる多く、内舍に寡婦多し。書を作りて内舍に與へ、便ち嫁して留住する莫からしむ』は、則ち是れ獨居するも亦た寡婦と稱するなり。此の詩の孀婦は、是れ夢中に其の妻を指すの言なり」と言う。

［當戸］入口の方を向く。

［繅絲］『春秋繁露』深察名號に「繭待繅而爲絲」（繭は繅るを待ちて絲と為る）とある。）

5　慊款論久別、相將還綺闈、

［慊款］誠意のあるさま。陳琳の「飲馬長城窟行」に「結髪行事君、慊慊心意間」（結髪してより行くゆく君に事へ、慊々たり心意の間）とあり、繁欽の「定情詩」に「中情既款款、然後剋密期」（中情既に款款として、然る後密期を剋《き》む）とある（「剋」は、きめる）。黄節は「慊は、誠意自ら足るなり。款も、亦た誠なり」と言う。

［綺闈］闈門。「闈」は、室内の小門。『禮記』雜記・下に「夫人至、入自闈門、升自側階」（夫人至り、闈門より入り、側階より升る）とあり、鄭玄の注に「宮中之門曰闈門、爲相通者也」（宮中の門は闈門と曰ふ、相通ずる者と為すなり）という。（［綺幃］曹植の「仲雍哀辭」に「羅幃綺帳」（羅幃と綺帳と）とあり、『説文』に「在房曰帷、在上曰幕」（房に在るを帷と曰ひ、上に在るを幕と曰ふ）といい、『廣雅』に「帷、幕帳也」（帷は、幕帳なり）という。「幃」は「帷」に同じ。）

6　歴歴簷下涼、朧朧帳裏輝、

［歴歴］すっきりとしたさま。「古詩十九首」に「衆星何

歴歴」（衆星何ぞ歴々たる）とある。

［朧朧］微かに明るいさま。晋の夏侯湛の「秋可哀」に「星朧朧以投光」（星朧々として以つて光を投ぐ）とある。

7　刈蘭爭芬芳、採菊競葳蕤、

［刈蘭］『左傳』宣公三年に「穆公有疾、刈蘭而卒」（穆公に疾ひ有り、蘭を刈るに卒す）とある（鄭の穆公は祖先から与えられた蘭の香を我が命と見做して愛した）。

［採菊］陶潛の「雜詩」に「采菊東籬下」（菊を采る東籬の下）とある。

［葳蕤］盛んなさま。王粲の「公讌」詩に「百卉挺葳蕤」（百卉挺《の》びて葳蕤たり）とある。

8　開奩奪香蘇、探袖解纓徽、

［奪香蘇］「香蘇」は、香草。枚乘の「七發」に「秋黄之蘇」（秋に黄ばみし蘇）とあり、『方言』に「蘇・芬・莽、草也。江・淮南楚之間曰蘇、自關而西曰草」（蘇・芬・莽は、草なり。江・淮南楚の間は蘇と曰ひ、関よりして西は草と曰ふ）という。『本草』中經「爵牀」の注に「今人名爲香蘇」（今の人名づけて香蘇と為す）とあり、『釋名』に「爵麻・香蘇・赤眼・老母草」（爵麻・香蘇・赤眼は老母草なり）という（「老母草」は、おもと）。

［探袖］王闓運は「『探袖』の句は褻に近し、補敍の太だ詳しきを以つてなり。古人は但だ『既に來たりて須臾ならず』と云ふのみ、未だ此《かく》のごとく瑣々たるを肯ぜず」と言う。

［纓徽］婦人の懐にする匂袋。嵇康の「琴賦」に「新衣翠粲、纓徽流芳」（新衣は翠粲《かが》やき、纓徽は芳りを流す）とある。李善注には「『爾雅』に曰はく『婦人の徽は之れを縭と謂ふ』と。郭璞曰はく『今の香纓なり』と」というが、黄節は「『爾雅』は『縭』に作り、『徽』には作らず。『徽』は、疑ふらくは琴徽を謂ふならん。『纓』は、系なり。『開奩奪香蘇、探袖解纓徽』は、秦嘉の『贈婦詩』の『芳香去垢穢、素琴有清聲』（芳香は垢穢を去り、素琴には清声有り）の意を用ふ」と言う。それに拠れば、琴の弦の意となる。

9　寐中長路近、覺後大江違、

［寐中］銭振倫の引く『韓非子』（現行の通行本に見えない）に「六國時、張敏與高惠二人爲友、毎相思不能相見、便於夢中往尋。但行至半塗、即迷不知路、遂回、如是者再三」（六国の時、張敏と高恵と二人友と為り、毎に相思ふも相見る能はず、便ち夢中に於いて往きて尋ぬ。但だ行きて半塗に至り、即ち迷ひて路を知らず、遂に回り、是のごとき者再三なるのみ）とあると言う。黄節は古詩の「獨宿累長夜、夢想見容輝」（独り宿りて長夜を累《わづら》ひ、夢に容《すがた》の輝くを見んことを想ふ）と楽府古辞の「遠道不可思、夙昔夢見之。夢見在我傍、忽覺在他鄉」（遠道は思ふべからず、夙昔夢に之れを見る。夢に見て我が傍に在るも、忽ち覚むれば他郷に在り）とを引き、「皆夢中の情況を述べ、此の詩の本づく所なり」と言う。

［大江］『楚辭』九歌「湘君」に「横大江兮揚靈」（大江を横ぎりて霊を揚ぐ）とある。

10　驚起空歎息、恍惚神魂飛、

［恍惚］司馬相如の「上林賦」に「芒芒恍惚」（芒々として恍惚たり）とある。

［神魂］傅玄の「朝時篇」に「魂神馳萬里」（魂神万里に馳す）とある。

11　白水漫浩浩、高山壯巍巍、

［白水…］「高山」との対に鑑み、「白水」はここでは個有名詞ではなく、普通名詞と解しておく。『列女傳』辯通傳「齊管妾婧」に「甯戚欲見桓公、宿齊東門之外、擊牛角而商歌、甚悲。桓公異之、使管仲迎之。甯戚稱曰、『浩浩乎白水。』管仲不知所謂。其妾笑曰、『古有白水之詩。詩不云乎。浩浩白水、儵儵之魚。君來召我、我將安居。國家未定、從我焉如。此甯戚之欲得仕國家也』」（甯戚桓公に見えんと欲し、斉の東門の外に宿り、牛角を撃ちて商歌し、甚だ悲し。桓公之れを異とし、管仲をして之れを迎へしむ。甯戚称して曰はく、「浩浩乎たり白水」と。管仲謂ふ所を知らず。其の妾笑ひて曰はく、「古に白水の詩有り。詩に云はずや。浩浩たる白水、儵儵として魚を之かしむ、君来たりて我を召さば、我将に安居せんとす、と。国家未だ定まらずんば、我に従へば焉如た

り」と。此れ甯戚の国家に仕ふるを得んと欲するなり」と）とある。黄節は「『白水漫浩浩、高山壯巍巍』は、亦た秦嘉の『贈婦詩』の『河廣無舟梁、浮雲起高山』（河広きも舟・梁無く、浮雲高山に起く）を用ふ」と言う。

［巍巍］高く大きいさま。『論語』泰伯篇に「大哉堯之爲君也、巍巍乎、唯天爲大、唯堯則之」（大なるかな堯の君たるや、巍々乎たり、唯だ天のみ大と為し、唯だ堯のみ之れに則る）とある。

12　波瀾異往復、風雲改榮衰、

［波瀾］（『玉臺新詠』は「波潮」に作り、「潮」について呉兆宜は『抱朴子』の「潮者、據朝來也。言汐者、據夕至也」（潮とは、朝に来たるに拠るなり。汐と言ふは、夕べに至るに拠るなり）を引く。）

［往復］郭璞の「江賦」に「自然往復、或夕或朝」（自ら然《しか》く往復し、或は夕べ或は朝なり）とある。

［榮衰］『漢書』韓安國傳に「韓安國曰『夫盛之有衰、猶朝之必莫也』」（韓安國曰はく、「夫れ盛んなるの衰ふる有るは、猶ほ朝の必ず莫《く》るるがごときなり」と）とある。

13　此土非吾土、慷慨當告誰、

［非吾土］王粲の「登樓賦」に「雖信美而非吾土兮」（信に美なりと雖も吾が土に非ず）とある。

從臨海王上荊初發新渚

臨海王については、『宋書』臨川烈武王道規傳に「臨海王子頊《しぎょく》荊州と爲るに、照前軍參軍と爲り、書記の任を掌る」とあり、さらに臨海王子頊傳に「大明五年、改められて臨海王に封ぜらる。其の年荊州刺史に從《うつ》る」とある。錢仲聯は『宋書』孝武本紀を按ずるに、大明六年秋七月庚辰、臨海王子頊《しぎょく》を以つて荊州刺史と爲す」と言う。黄節は「『宋書』に據れば、子頊は荊州に徙りし時、年六歳なり。明帝位に即くに、荊州兵を擧げて晉安王子《し》勛《くん》に應ず。子頊敗れ、荊州の治中の宗景・土人の姚儉ら兵を勒して城に入り、典籤の阮道豫・劉道憲及び明遠らを殺す。子頊を執へて降らしむ。子頊死を賜はるは、年十一歳なり。荊に上るは明遠の願ふ所に非ず、故に詞に悲鬱なる多し」と言う。黄節の指摘どおり、末句などを見ると、鮑照が前途の不安を感じていたことが分かる。
「新渚」は、都の金陵に在る。

客行有苦樂　　客行には苦楽有れば
但問客何行　　但だ客何《いづ》くにか行くと問ふのみ
扳龍不待翼　　龍に扳《よぢ》りて翼を待たず
附驥絶塵冥　　驥に附きて塵冥を絶つ
梁珪分楚牧　　梁珪　楚牧に分かたれ
羽鷁指全荊　　羽鷁《うげき》　全荊を指す
雲艫掩江汜　　雲艫《うんろ》　江汜《かうし》を掩《おほ》ひ
千里被連旌　　千里　連旌《れんせい》を被る
戻戻旦風遒　　戻々《れいれい》として旦風遒《すみ》やかに
嘈嘈晨鼓鳴　　嘈嘈《さうさう》として晨鼓鳴る
收纜辭帝郊　　纜《ともづな》を収めて帝郊を辞し
揚棹發皇京　　棹《さを》を揚げて皇京を発す
狐兎懷窟志　　狐兎　窟を懐ふの志
犬馬戀主情　　犬馬　主を恋ふるの情
撫襟同太息　　襟を撫して同《とも》に太息し
相顧倶涕零　　相顧みて倶に涕零つ
奉役塗未啓　　役を奉じて塗《みち》未だ啓かざるに
思歸思已盈　　帰るを思ひて思ひ已に盈つ

臨海王子頊殿下に従って荊の地に上るため初めて京師の新渚を出発する

旅には苦と楽とがあるが
聞けるのは旅人よ君はどこまで行くのかだけである
龍につかまれば翼など必要なく
驥尾に附けば俗世を脱けられる
あの梁王の封と同じしるしの玉が荊楚の刺史に分け
　与えられ
鷁首の船は荊州を治めに向かう
雲なす船団は長江の分流を埋め尽くし
連なる諸侯の旗は千里を埋め尽くす
ひゅうひゅうと朝風が勢いよく吹き
でんでんと明け方の太鼓が鳴る

とも綱を引き上げて京師の郊外で別れを告げ
櫂を操って京師を出発する
狐や兎のように古巣に居たい思いはあるが
犬や馬のように主君に付きそう気持ちもある
胸に手を当てて皆でため息をつき
互いに見合っては並んで涕を流す
扈従の旅路についてまだどれほども行かないうちに
帰りたいと思う気持ちで一杯になってしまった

1　客行有苦樂、但問客何行、

［苦樂］王粲の「従軍詩」に、「從軍有苦樂、但問所從誰」（従軍に苦楽有り、但だ問ふ従ふ所は誰ぞと）とある。

2　扳龍不待翼、附驥絶塵冥、

［扳龍］龍にすがる。『後漢書』光武紀に「天下士大夫捐親戚、棄土壤、從大王於矢石之間者、其計固望其攀龍鱗、附鳳翼、以成其所志耳」（天下の士大夫親戚を捐《す》て、土壌を棄て、大王に矢石の間に従ふ者は、其の計固より其の龍鱗に攀り、鳳翼に附き、以つて其の志す所を成すを望むのみ）とある（「矢石」は、戦）。黄節は「『扳龍不待翼』は、曹植の『蝙蝠賦』の『飛ぶに翼に假《か》りず』の義を用ふ」と言う。

［附驥］驥尾につく。『史記』伯夷傳に「顔淵雖篤學、附驥尾而行益顯」（顔淵学に篤しと雖も、驥尾に附して行ひ益ます顕はる）とある。

［絶塵冥］『莊子』田子方篇に「顔淵曰『……夫子奔逸絶塵、而回瞠若乎後矣』」（顔淵曰はく「……夫子奔逸して塵を絶し、而して回後に瞠若たり」と）とある（「瞠若乎」は、驚いて目をみはる）。また陸機の「擬古詩」に「綺窗出塵冥、飛陛躡雲端」（綺窗塵冥に出で、飛陛雲端を躡《ふ》む）とあり、『文選』五臣注で張銑は、「塵冥は、昏塵の外なり」と言う。

3　梁珪分楚牧、羽鷁指全荊、

［梁珪］「珪」は、諸侯を封ずるときに与える玉。「梁」は、『史記』梁孝王世家に「梁孝王武者、孝文皇帝子也、而與孝景帝同母。母、竇太后也」（梁の孝王武なる者は、孝文皇帝の子なり、而して孝景帝と母を同じくす。母は、竇

太后なり）とあり、銭振倫はさらに褚先生が「成王小弱の弟と樹下に立ち、一桐の葉を取りて以つて之れに與へて曰はく、『吾れ用つて汝を封ぜん』と。周公之れを聞き、進みて見えて曰はく、『天王弟を封ずるは、甚だ善し』と。成王曰はく、『吾れ直《ただ》に與に戯れしのみ』と。周公曰はく、『人主は擧ぐるを過《あやま》つ無く、當に戯言有るべからず、之れを言へば必ず之れを行ふ』と。是に於いて乃ち小弟を封ずるに應縣を以つてす」と言うのを引く。

［牧］『周禮』太宰の注に「牧、州長也」（牧は、州の長なり）という。

［羽鷁］船首に大鳥を画いた船。『淮南子』本經訓に「龍舟鷁首」（龍の舟に鷁の首）とあり、注に「鷁、大鳥也。畫其象著船首」（鷁は、大鳥なり。其の象を画きて船首に著すなり）という。

4　雲艫掩江汜、千里被連旃、

［艫］船のへさき。郭璞の「江賦」に「舳艫相屬」（舳艫相属《つら》なる）とあり、注に「舳、舟尾也。艫、船頭也」（舳は、舟尾なり。艫は、船の頭なり）という。

［江汜］「汜《し》」は、再び本流に戻る支流。陸機の「爲顧彦先贈婦」詩に「翻飛游江汜」（翻へり飛びて江汜に游ぶ）とあり、『詩』召南に「江有汜」（江に汜有り）詩がある。

［旃］裂いた羽の旗。『周禮』春官「司常」に「析羽爲旃」（羽を析《さ》くは旃と為す）とある。

5　戾戾旦風遒、嘈嘈晨鼓鳴、

［戾戾］風の吹くさま。黄節は『禮記』祭義の「卜三宮之夫人世婦之吉者、使入蠶于蠶室、奉種浴于川、桑于公桑、風戾以食之」（三宮の夫人世婦の吉なる者を卜ひて、入りて蠶室に蠶し、種を奉じて川に浴し、公桑に桑し、風戾《かわ》けば以つて之れを食はしむ）と、疏に「戾、乾也」（戾は、乾くなり）と言うのを引くが、銭仲聯は『戾戾』は、勁風に状り、方に『遒』字と相應ず」と言い、潘岳の「秋興賦」の「勁風戾而吹帷」（勁風戾《つよ》くして帷を吹く）と、李善注に「戾、勁疾之貌」（戾は、勁く疾きの貌なり）と言うのを引く。

［遒］『説文』に「遒、迫也」（遒は、迫るなり）とある。

［嘈嘈］王延壽の「魯靈光殿賦」注に「埤蒼曰、『嘈嘈、

聲衆也』」（埤蒼に曰はく、「嘈嘈は、声の衆きなり」と）という。

［晨鼓鳴］船出の太鼓。錢仲聯は「古代の江行は船を發するに鼓を撃つ、『晨鼓鳴』は、下の『揚棹發皇京』と相應ず」と言う。

6　收纜辭帝郊、揚棹發皇京、

［纜］船のともづな。『玉篇』に「纜、維舟索也」（纜は、舟を維《つな》ぐ索《つな》なり）という。

［揚棹］櫂を動かし、船出する。陶潛の「丙辰歲八月中于下潠田舍穫」詩に「束帶候鳴鷄、揚楫越平湖」（束帶して鳴鷄を候《うかが》ひ、楫《かぢ》を揚げて平湖を越ゆ）とある。

7　狐兔懷窟志、犬馬戀主情、

［狐兔］狐も兔もともに巣窟を恋う。『禮記』檀弓・上に「狐死正丘首、仁也」（狐死して正に首を丘にするは、仁なり）とある。また『戰國策』齊策に「狡兔有三窟、僅得免其死耳」（狡兔に三窟有れば、僅かに其の死を免《まぬが》るるを得るのみ）とある。

［犬馬］犬も馬もともに主を恋う。曹植の「上責躬應詔詩表」に「不勝犬馬戀主之情」（犬馬主を恋ふるの情に勝へず）とある。

8　撫襟同太息、相顧俱涕零、

［撫襟］『漢書』鄒陽傳に「脅肩低首、絫足撫衿」（肩を脅やかし首を低れ、足を累《かさ》ね衿を撫づ）とあり、陸雲の「爲顧彥先贈婦往返」詩（其二）にも「獨寐多遠念、寤言撫空衿」（独り寐ぬれば遠念多く、寤言して空衿を撫す）とある（「衿」は「襟」と通ず）。

9　奉役塗未啓、思歸思已盈、

［奉役］桓温の「薦譙元彥表」に「昔吾奉役、有事西土」（昔吾れ役を奉じ、西土に事《つか》ふる有り）とある。

［塗…啓］旅路に就く。陶淵明の「癸卯歲始春懷古田舍」詩に「夙晨裝吾駕、啓塗情已緬」（夙晨吾が駕を裝ひ、塗《みち》を啓けば情已に緬《はる》かなり）とあり、『晉書』楊皇后傳にも「告駕啓塗」（駕を告げて塗を啓く）とある。

望孤石

「孤石」については、『水經注』巻三十九「盧江水」に「宮亭湖中……有孤石、介立太湖中、……矗然高俊、……上生林木、而飛禽罕集。言其上有玉膏可採」（宮亭湖の中《うち》に……孤石あり、太湖の中に介立し、……矗《ちく》然として高く俊《すぐ》る、……上に林木を生じ、而して飛禽集ること罕れなり。其の上に玉膏の採るべき有りと言ふ）とある。
錢仲聯は「此れ當に是れ元嘉十六年冬、照江州に客たりし時の作なるべし」と言う。

江南多暖谷　　江南には暖谷多く
雜樹茂寒峯　　雜樹　寒峰に茂る
朱華抱白雪　　朱華は白雪を抱き
陽條熙朔風　　陽条は朔風に熙《ひか》る
蚌節流騎藻　　蚌節《ばうせつ》　騎（綺）藻を流し
輝石亂煙虹　　輝石　煙虹を乱す
泄雲去無極　　泄雲《せつうん》　去りて極まる無く
馳波往不窮　　馳波　往きて窮まらず
嘯歌清漏畢　　嘯歌すれば清漏畢《を》はり
徘徊朝景終　　徘徊すれば朝景終《を》はる
浮生會當幾　　浮生　会当《は》た幾《いば》くぞ
歡酌每盈衷　　酌むを歓びて毎《つね》に衷《ふところ》に盈たさん

＊「騎」字、張溥本・『詩紀』は「綺」に作る。

湖にひとつ聳える岩を眺めて

江南地方には暖かい渓谷が多く
様々な樹木が冬の寒い峰でも茂っている
芙蓉の赤い花が白い雪を抱き込むように咲き
陽当たりの好い南側に伸びる枝が北風に翻り光っている
蛤の筋目は光沢のある美しい模様を水に浮かべ
光輝く石は霞がかった虹色の光に反射している
山間から湧き出た雲は涯てしなく去り行き
走り抜ける波はとどまること無く流れて行く

心傷めて嘯き歌っていると澄んだ水時計の水も尽きさまようように朝日も夕暮れに向かう
人生はどれほどあるのだろうか
二人酌み交わす歓びの酒を胸中に滲みわたらせていたいものである

1　江南多暖谷、雑樹茂寒峯、

［雑樹］陶淵明の「桃花源詩」序に「中無雑樹」（中に雑樹無し）とある。

2　朱華抱白雪、陽條煕朔風、

［朱華］曹植の「公讌」詩に「秋蘭被長坂、朱華冒緑池」（秋蘭は長坂を被ひ、朱華は緑池を冒す）とあり、李善注に「朱華、芙蓉也」（朱華は、芙蓉なり）という。

3　蚌節流騎藻、輝石亂煙虹、

［蚌節］「蚌」は、海辺で光るはまぐり。「節」は、筋目。木華の「海賦」に「綾羅被光於螺蚌之節」（綾羅光を螺《ら》蚌《ばう》の節より被る）とあり、李善注に「言ふこころは沙汭《さぜい》の際は、文あること雲錦のごとく、螺蚌の節は、光ること綾羅のごとし」といい、曹植の「齊瑟行」の「蚌蛤被濱崖、光采如錦紅」（蚌蛤浜崖を被ひ、光采錦紅のごとし）を引く（「綾羅」は、美しい絹織物）。

［輝石］玉に似た石。『尚書』禹貢に「厥貢……鉛松怪石」（厥《そ》の貢ぐは……鉛松怪石）とあり、傳に「怪、異、好石似玉者」（怪は、異なり、好き石の玉に似たる者なり）という。

4　泄雲去無極、馳波往不窮、

［泄雲］岫《くき》から出た雲。左思の「魏都賦」に「窮岫泄雲」（窮岫雲を泄《も》らす）とある。

［馳波］司馬相如の「上林賦」に「馳波跳沫」（波を馳せ沫を跳ばす）とある。

5　嘯歌清漏畢、徘徊朝景終、

［嘯歌］左思の「招隱詩」（其二）に「何事待嘯歌、灌木自悲吟」（何事ぞ嘯歌するを待ち、木に灌ぎて自ら悲しみ吟ずるとは）とあり、『詩』小雅「白華」に「嘯歌傷

懐、念彼碩人」(嘯歌し傷み懐ひて、彼の碩人《せきじん》を念ふ)というが……

[朝景]朝日。『宋書』符瑞志に「朝景升躔、八維同映」(朝景升り躔《めぐ》り、八維同に映ゆ)とある。

6 浮生會當幾、歡酌毎盈衷、

[歡酌]鮑照の「紹古辭」にも「窗前滌歡爵、帳裏縫舞衣」(窓前に歓びの爵《さかづき》を滌ぎ、帳裏に舞衣を縫ふ)と見える。

登黄鶴磯

『楚辭』哀郢を意識した一篇。

「黄鶴磯」について、聞人倓は『九域志』を引き、「鄂州に黄鶴樓在り。『圖經』に『費文褘仙去し、鶴に駕して此《ここ》に來たり』と。陸氏曰はく『武昌の黄鵠山は、一に黄鶴山と名づく。黄鶴樓は黄鶴磯の上《ほと》りに在り』と」と言う。「鄂州」は、今の湖北省武昌県(当時の郢《えい》州江夏郡)の東側。

制作時期と場所については、注釈3及び4に引く銭仲聯の説を参照されたい。

木落江渡寒　　木落ちて江は寒さを渡し
鴈還風送秋　　鴈還りて風は秋を送る
臨流斷商絃　　流れに臨みては商絃を断ち
瞰川悲棹謳　　川を瞰《み》ては棹謳《たうおう》を悲しむ
適郢無東轅　　郢《えい》に適《ゆ》けば東轅《とうえん》無く
還夏有西浮　　夏《か》に還れば西浮有り
三崖隱丹磴　　三崖は丹磴《たんとう》を隠し
九派引滄流　　九派は滄流を引く
淚竹感湘別　　竹に涙しては湘の別れに感じ
弄珠懷漢遊　　珠を弄びては漢の遊びを懐ふ
豈伊藥餌泰　　豈に伊《こ》れ薬餌の泰《やす》らかにして
得奪旅人憂　　旅人の憂ひを奪ひ得んや

＊「還」字の下、張溥本・『詩紀』は「『藝文』は『遇』に作る」とある。

＊「竹」字、張溥本は「行」に作る。錢振倫は『行』は、疑ふらくは當に『竹』に作るべし」という。

黄鶴磯に登る

木の葉が落ちると長江には寒さが訪れ
鴈がかえると風は秋を送ってくる
流れに向かうと秋の音色の絃も断ち切られ
川を見おろすと舟歌も悲しげである
郢《えい》の地を目指すので車を東に向けることはできず
夏《か》に戻るので西に流されてゆく
三山は赤い石坂を隠し
九つの流れも青黒い水流を引き込んでいる
斑竹に涙しては湘夫人二人が舜帝に死別した故事に
　心動かされ
佩珠をめでては鄭交甫が漢皐の二女と約束できな
　かった故事を思う
薬や食べ物が安らぎを与えてくれるからといって
それでどうして旅人の憂いを取り除くことができよ
　うか

1　木落江渡寒、鴈還風送秋、

［木落］張載の「七哀」詩に「白露中夜結、木落柯條森」（白露中夜に結び、木落ちて柯条森《しづ》かなり）とあり、聞人倓は「按ずるに、『江渡寒』は、寒氣の江を渡りて來たるを言ふなり」と言う。王船山は「江…渡す」を「江の渡し」と解したか、「木の落つるは江渡の夙に寒きに因り、江渡の寒きは、乃ち木の葉に因らざるがごとし、試みに寒月の江渡に臨むに當たれば、則ち誠に然《しか》く乃ち爾り。故に生を經るの理は、詩の理に關せず、猶ほ浪子の情の、詩情に當たる無きがごとし」と言う。

　方東樹は「起の二句は時令の景を寫し、次の二句は登臨の情を敍ぶ。『適郢』の六句は正に望むを寫し、情は景物に事ふ。收は己が情を言ひ、前の『斷絃』『悲謳』に應ず。凡そ四段に分く。起句の興象は、清風萬古にして、『洞庭波兮木葉下』（洞庭波だちて木葉下る）に比すべし。……」と言う（「洞庭……」は、『楚辭』の句）。

2　臨流断商絃、瞰川悲棹謳、

[商絃]『淮南子』覽冥訓に「東風至而酒湛溢、蠶咡絲而商絃絶」(東風至りて酒湛《たた》へ溢れ、蚕絲を咡《くち》にして商絃絶ゆ)とある(商音は五音の中で弦が最も細く、急くと切れやすい。あたかも蚕が吐いた新しい糸が脆いのと同じである)。

　黄節は「『禮記』月令の『孟秋之月、其音商』(孟秋の月は、其の音は商なり)の鄭玄注に『秋氣和而商聲調』(秋気和して商声調ふ)と。『詩』に曰はく『臨流斷商絃』(流れに臨みて商絃を断つ)と。蓋し棹謳の悲しみを以つて其の和するを失ふなり。方植之曰はく『「臨流」の二語は、互文にして一意なり。絃を絶つは急に張るに由り、急に張るは悲しみの切なるに由るなり』と」と言う。

[瞰]『韻會』に「俯視曰瞰」(俯して視るを瞰と曰ふ)という。

[棹謳]舟歌。左思の「呉都賦」に「棹謳唱、簫籟鳴」(棹謳唱はれ、簫籟鳴る)とある。

3　適郢無東轅、還夏有西浮、

[適郢…]聞人倓は「『上林賦』注に『李奇曰はく、郢《えい》は、楚の都なり』と。按ずるに、郢は、即ち今の荊州府なり。武昌は荊州の西のかたに在り。『無東轅』とは、江の為に隔てられ、東轅は西のかたに通ずる能はざるなり。『楚辭』の『過夏首而西浮』注に、『夏首は、夏水の口なり。浮くとは、之れを進めずして自ら流るるなり』と」と言う。

　黄節は聞人説を否定し、「『還夏有西浮』と曰ふは、蓋し夏口は磯の西南のかたに在るなり。方植之は『「適郢」の二疊句は一意なり、言ふこころは郢と夏とを望めば、皆《とも》に西のかたに在るのみ。注は解を誤りて是に非ず』と曰ふ。按ずるに、郢は固より武昌の西のかたに在り、夏は亦た武昌の西のかたに在り、而して黄鶴磯は武昌に在り、故に郢・夏は皆《とも》に西のかたに在り」と言う。

　錢仲聯は「按ずるに、方の説は是なり。『楚辭』哀郢の『過夏首而西浮』の夏首は、夏水の首を指し、即ち夏水の源を江に發するの處にして、郢の東のかた、洞庭の西北のかたに在り、夏口に非ざるなり。黄注も亦た誤れり。明遠の此の詩は當に是れ荊州に赴くの道中に在りて武昌を過ぐるの作たるべし、故に其の語は爾《し》か云ふ」と言う。

4　三崖隱丹磴、九派引滄流、

［三崖］『説文』に「崖、山邊也」（崖は、山の辺なり）とある。黄節は『水經注』の「江之右岸、有船官浦、歴黄鶴磯西而南矣、直鸚鵡洲之下尾。船官浦東即黄鵠山、黄鵠山東北對夏口」（江の右岸に、船官浦有り、黄鶴磯の西のかたを歴て南すれば、直ちに鸚鵡洲の下尾なり。船官浦の東のかたは即ち黄鵠山なり、黄鵠山の東北のかたは夏口に対す）を引き、「此れに據れば、則ち磯の西南のかたを船官浦と爲し、直ちに下れば鸚鵡洲と爲し、東北のかたは夏口に對し、詩の所謂『三崖』なり」と言う。これに対して銭仲聯は、「按ずるに、黄注の船官浦・鸚鵡洲・夏口を以つて『三崖』と爲すは、疑ふらくは崖の義と合はざるならん。詩意の上の二句の郢に適きて夏に還るは、武昌以西に就いて言ふ。此の二句は則ち武昌以東に就いて言ふ。『三崖』は江寧の三山を指して言ふに似たり、地隔たりて已に遠し、故に隱没して見えざるなり。（『三山』は、『一統志』に『三山は江寧府の西南のかた五十七里に在り、下は大江に臨み、三峯排列す、故に名づく』と）」と言う。

［磴］石坂。『水經注』河水注に「羊腸坂在晉陽西北、石磴縈委、若羊腸焉」（羊腸坂は晋陽の西北のかたに在り、石磴縈委として、羊腸のごとし）とある。

［九派］郭璞の「江賦」に「流九派乎潯陽」（九派を潯陽に流す）とあり、『荊州記』に「江至潯陽、分爲九道」（江は潯陽に至りて、分かれて九道と為る）という。また『潯陽記』に「九江、一曰白烏江、二蜯江、三烏士江、四嘉靡江、五畎江、六源江、七廩江、八提江、九菌江」とある。謝靈運の「入彭蠡湖口」詩に「三江事多往、九派理空存」（三江事往くこと多く、九派理空しく存す）とあり、『説苑』君道に「禹鑿江以通於九派」（禹江を鑿ちて以つて九派に通ず）という。

5　淚竹感湘別、弄珠懷漢遊、

［竹淚］『博物志』史補に「堯之二女、舜之二妃、曰湘夫

人。舜崩、二妃啼、以涕揮竹、竹盡斑」（堯の二女、舜の二妃は、湘夫人と曰ふ。舜崩じ、二妃啼き、涕を以つて竹を揮へば、竹尽く斑らなり）とある。方東樹は『昭昧詹言』で「『涙竹』の二句は、韓公之れに擬して『斑竹啼舜婦、清湘沈楚臣』と曰ふ」と言う（「韓公」は、韓愈）。

［弄珠］鄭交甫が漢皐で佩珠を弄ぶ二女と契ろうとして、約《ちぎ》れなかった故事にもとづく。張衡の「南都賦」に「耕父揚光於清冷之淵、游女弄珠於漢皐之曲」（耕父光を清冷の淵に揚げ、游女珠を漢皐の曲《くま》に弄ぶ）とあり、李善注に『韓詩外傳』曰、『鄭交甫將南適楚、遵彼漢皐臺下、乃遇二女、佩兩珠、大如荊鷄之卵』」（『韓詩外伝』に曰はく、「鄭交甫将に南のかた楚に適《ゆ》かんとして、彼の漢皐の台下に遵《したが》ふに、乃ち二女の、両珠を佩び、大なること荊鶏の卵の如きに遇ふ」と）という。また聞人倓の引く『名勝志』に、「萬山在襄陽府城西、相傳鄭交甫所見遊女、居此山之下」（万山は襄陽府の城の西のかたに在り、鄭交甫の見る所の遊女は、此の山の下に居りと相伝ふ）とある。なお、郭璞の「江賦」の「感交甫之喪佩」の李善注には『韓詩内傳』曰、『鄭交甫遵彼漢皐臺下、遇二女、與言曰、願請子之珮。二女與交甫、交甫受而懐之、趍然而去十歩、循探之即亡矣。廻顧、二女亦即亡矣』」（『韓詩内伝』に曰はく、「鄭交甫彼の漢皐の台下に遵ふに、二女に遇ひ、言を与へて曰はく、願はくは子の珮を請はんと。二女交甫に与へ、交甫受けて之れを懐き、趍《すう》然《ぜん》として去ること十歩、循《めぐ》りて之れを探れば即ち亡くなれり。廻りて顧れば、二女も亦た即ち亡くなれり」）という。

この二句の典故は、いづれも二人の女性との離別を語っており、詩情と大いに関係があるところであると思われる。

6　豈伊藥餌泰、得奪旅人憂、

［藥餌］謝靈運の「遊南亭」詩に「藥餌情所止、衰疾忽在斯」（薬餌は情の止むる所なれば、衰疾忽ち斯に在り）とあり、後の宋代の『爾雅翼』には「枯犀の角は、能く邪惡を辟《さ》く、寧ろ心神の風熱を散ずるは、藥餌より良し」と言う。黄節は『藥餌』は、或いは『樂餌』に作

らん。『老子』に曰はく、『大象を執りて、天下に往けば、往きて害あらず、安平として泰らかなり。樂しみと餌とあれば、過客止まる』と。詩の三四句に『商絃』『棹謳』と言ふは、則ち樂しみなり。收句に『旅人』と言ふは、則ち過客なり」と言う。

［旅人憂］『易』旅に「旅人先笑後號咷」（旅人は先づ笑ひ後に号咷す）とある。

岐陽守風

「岐陽」は、山の名と水の名の二説がある。聞人倓は『毛詩』に「居岐之陽」（岐の陽に居る）とあり、『說文』に「岐、山名」（岐は、山の名なり）というと言う。錢振倫は『左傳』の「成有岐陽之蒐」（成に岐陽の蒐《かり》有り）の注に「岐山は、扶風の美陽縣の西北のかたに在り」ということから、「下の數首を合はせて之れを觀るに、明遠に陝より蜀に入るの迹有るに似たり」と言う。そして『宋書』臨海王子頊《しぎょく》傳の「前廢帝位に即き、本號を以つて荊・湘・雍・益・梁・寧・南北秦八州諸軍事を都督し、刺史は故のごとし。明帝位に即くに、督を雍州に解き、以つて鎭軍將軍丹陽の尹と爲す。尋《つ》いで本任に留まり、督を雍州に進められ、又た號を平西將軍に進めらる」を引き、「明遠の其の書記と爲るは、意ありて或は之れに隨つて行くか」と言う。

方東樹は「此の詩は洲風・江霧・楚越を說き、其れ雍州の岐に非ざること甚だ明らかなり、而るに注家覺《さと》らず、猶ほ『毛詩』・『說文』を引き、惑ひを蔽ふこと甚だし。歸太僕（熙甫）の『泌口志序』に、新安江は嚴陵を過ぎ、錢塘に入り、而して泌川の水琅璜の水と合し、岐陽山下に流ると言へば、則ち以つて越の地と爲すは知るべし」と言うが、黃節は「方氏は岐水の經たる所を知らず、竟に歸熙甫の『泌口志序』を引いて岐陽を證して越の地と爲すは、則ち大いに誤れり」と言い、『水經注』に「居岐之陽、非直因山致名、亦指水取稱。『淮南子』曰、『岐水出石橋山、東南流。』相如『封禪書』曰、『收龜於岐。』『漢書』音義曰、『岐、水名也。』謂斯水矣。南與橫水合、俗謂之小橫水、逕岐山西、又屈逕周城南、又歷周原下。水北即岐山矣。又東注雍水、雍水又南逕美陽縣之中亭川、合武水、世謂之赤泥峴。沿波歴澗、俗名大横水也」（岐の陽に居るは、直《ただ》ちには山に因つて名を致すのみに非ず、亦た水を指して称を取る。『淮南子』に曰はく、「岐水は石橋山に出で、東南のかた流る」と。相如の「封禅書」に曰はく、「亀を岐に収む」と。『漢書』音義に曰はく、「岐は、水の名なり」とは、斯の水を謂へり。南のかた横水と合し、俗に之れを小横水と謂ふ、岐山の西を逕《めぐ》り、又た屈して周城の南を逕り、又た周原の下を歴《ふ》。水北は即ち岐山なり。又た東して雍水に注ぎ、雍水は又た南して美陽県の中亭川を逕り、武水に合し、世に之れを赤泥峴《けん》と謂ふ。波に沿ひ澗を歴《へ》、俗に大横水と名づくるなり）と言うのを踏まえ、「此れに據れば、則ち洲風・江霧は、何ぞ岐水の陽に於いて波に沿ひ澗を歴て之れを見るべからざらんや。楚越に至るは、蓋し琴曲の『別鶴操』の『将に比翼に乖《さか》りて天端に隔たらんとすれば、山川悠遠にして路漫漫たり』の意を用ゐしならん、地を指して言ふに非ざるなり」と考証する。

銭仲聯は以上の諸説はみな是に非ず、「岐陽」は「陽岐」に作るのが是であるとし、「按ずるに、諸説は皆是に非ず。此の『岐陽』は乃ち『陽岐』の誤倒なり、北宋の初めの著述に引く所の鮑詩の題は尚ほ誤らず。陽岐は、山の名にして、江陵の東に在り、照臨海王子頊の參軍と爲り、子頊に隨つて荊州に赴くに必ず此《ここ》を經《ふ》、故に詩に『役人喜先馳、軍令申早發』の語有り。『太平寰宇記』巻一百四十六荊州石首縣に、『陽岐山は縣の西のかた一百歩に在り。宋の鮑明遠の〈陽岐守風〉詩に〈洲迴風正悲、江寒霧未歇〉と云ふは、即ち此れなり。〈荊州記〉に曰はく、〈山に出づる所無く、書するに足らず。本と南平の界に屬す、范玄平の記に云ふ、故老相承けて、胡伯始本縣の境に山無ければ、此の山を置くを以つて、計偕簿に上すと云ふと〉と』と云ふ。『水經注』巻三十五に、『江水は又た右して陽岐山の北を逕る』と云ふ。戴震の校本の下の注に、『即ち陽岐を考ふるに即ち今の石首縣西山にして、江の南岸に在り』と云ふ」と考證する。

差池玉縄高　　差池《しち》として玉縄《ぎょくじょう》高く
掩映瑤井没　　掩映《えんえい》として瑶井《えうせい》没す

廣岸屯宿陰　広岸　宿陰を屯《あつ》め
懸崖棲歸月　懸崖　帰月を棲《す》まはす
役人喜先馳　役人は先づ馳《は》するを喜び
軍令申早發　軍令は早《つと》に発するを申《かさ》ぬ
洲迴風正悲　洲迴《はる》かにして風正に悲しく
江寒霧未歇　江寒くして霧未だ歇《つ》きず
飛雲日東西　飛雲　日に東西し
別鶴方楚越　別鶴　方《まさ》に楚越なり
塵衣孰揮澣　塵衣　孰《たれ》か揮澣《きくわん》せん
蓬思亂光髮　蓬思　光髪を乱す

＊「映」字、張溥本・『詩紀』は「藹」に作り、本集に「一に『藹』に作る」とある。『詩紀』は「一に『映』に作る」という。

陽岐山にて風の動きを見守る

互い違いに玉縄の二つの星が天高く懸かり
覆い隠したかのように東井の星が沈む

広大な絶壁には昨夜の雲がまだ立ちこめ
切り立った断崖には沈みかけた月がまだ残っている
役目を帯びた者は人に先んじて行くのを嬉しがり
軍令も朝早くに発つよう繰り返し命ぜられる
川の中州は茫洋として今や風が悲しげに吹き
長江は冷たく霧が立ちこめたままである
空行く雲は毎日毎日東西に分かれ
伴侶を失った鶴は今や楚と越のように遠ざかってゆく
埃まみれの衣は誰が払い洗ってくれよう
すっきりしない思いで黒くつやのあった髪も乱れるのである

1　差池玉縄高、掩映瑶井沒、

[差池] 不ぞろいのさま。杜預の『左傳』注に「差池、不齊一」（差池は、斉一ならざるなり）とある。

[玉縄] 星の名。『春秋元命苞』に「玉衡北兩星爲玉縄」（玉衡の北の両星を玉縄と為す）とある。

[掩映] 覆うさま。（[掩藹] 曹植の詩に「芳風晻藹」（芳風晻藹たり）とあり、また王褒の「關塞篇」に「關塞恆

掩藹」（関塞恒に掩藹たり）とある）。

［瑤井］星の名。『春秋元命苞』に「東井八星主水衡」（東井の八星は水衡を主どる）とある（「水衡」は、水を掌る官名で、井星の別名でもある）。黄節は『漢書』天文志の「秦地於天官、東井輿鬼之分野」（秦の地は天官に於いては、東井輿鬼の分野なり）を引き、「岐陽は秦の境なり、故に瑤井を用ふ」と言うが、銭仲聯は郭璞の「江賦」の「若乃岷精垂曜於東井」（乃ち岷の精曜きを東井に垂るるがごとし）および李善注引『河圖括地象』の「岷山之地、上爲井絡」（岷山の地は、上を井絡と為す）を引き、「照は蓋し陽岐山の大江の濱に在るに因るならん、故に江よりして聯想して江の岷山を導くに及びて言ひて東井に及べば、黄の説は是に非ず」と言う。

2　廣岸屯宿陰、懸崖棲歸月、

［歸月］沈む月。聞人倓は「『歸月』は、猶ほ落月のごとし」と言う。

3　役人喜先馳、軍令申早發、

［役人］役せられる人。銭仲聯は、臨海王の参軍となり赴く自らをいうと言う。

［軍令］『淮南子』詮言訓に「軍多令則亂」（軍に令多ければ則ち乱る）とある。

［申（令）］命令を繰り返す。班固の「東都賦」に「申令三驅」（令を申ねて三たび駆く）とあり、孔安國の「尚書傳」に「師出以律、三申令之、重難之義」（師出づるに律を以つてし、三たび申ねて之れに令するは、難きを重ぬるの義なり）という。

4　洲迥風正悲、江寒霧未歇、

［風・霧］「風正悲」は、『楚辭』に「悲回風」がある。呉摯父は「『風・霧』は世に喩へ『雲・鶴』は自らに比す」と言う。

5　飛雲日東西、別鶴方楚越、

［飛雲］方東樹は「『飛雲』の四句は、情として宿に歸るを言ふ」と言う。

［雲…東西］陶淵明の「答龐參軍」詩に「我實幽居士、無復東西縁」（我は実に幽居の士なり、復た東西の縁無し）とあり、聞人倓の引く「夏后『鑄鼎繇』」に「逢逢白雲、一東一西」（逢ひ逢ふ白雲、一は東し一は西す）という。

［雲・鶴］呉摯父は「『風・霧』は世に喩へ『雲・鶴』は自らに比す」と言う。

［別鶴］陶淵明の「擬古詩」に「上絃驚別鶴、下絃操孤鸞」（上絃は別鶴に驚き、下絃は孤鸞を操る）とある。また晋の崔豹の『古今注』には「別鶴操」を載せる。

［楚・越］『莊子』徳充符篇に「自其異者視之、肝膽楚・越也」（其の異とする者よりして之れを視れば、楚・越を肝膽とするなり）とあり、疏に「楚越迢遞相去數千、而於一體之中起」（楚越は迢遞《てうてい》として相去ること数千、而して一体の中に於いて起こる）という。

6　塵衣孰揮澣、蓬思亂光髪、

［塵衣］陸機の「爲顧彦先贈婦」詩に「京洛多風塵、素衣化爲緇」（京洛風塵多く、素衣化して緇《くろ》と為る）とある。

［蓬思］すっきりしない思い。聞人倓は「蓬心」に同じとする。『莊子』逍遙遊篇に「夫子猶有蓬之心也夫」（夫子には猶ほ蓬の心有るかな夫《そ》れ）とあり、注に「蓬、非直達者也」（蓬は、直ちには達する者に非ざるなり）という。銭振倫は「末句は首《かうべ》は飛蓬のごときの意を兼ねて用ふ」と言う。

［光髪］つやのある髪。『左傳』昭公二十八年に「有仍氏生女、鬒黒而甚美、光可以鑑」（有仍氏女《むすめ》を生み、鬒黒にして甚だ美しく、光は以つて鑑《てら》すべし）とある。また潘岳の「西征賦」に「衞鬒髪以光鑑」（衞鬒髪にして以つて光鑑す）とあり、注に「『漢武故事』曰、衞子夫……得幸頭解、上見其美髪悦之」（『漢武故事』に曰はく、衞子夫……幸を得て頭解け、上其の美髪を見て之れを悦ぶ）という。鮑照の「芙蓉賦」にも「陋荆姫之朱顔、笑夏女之光髪」という。

在江陵歎年傷老

「江陵」は、『宋書』州郡志に「荊州刺史、江陵を治む」という。

銭振倫はこの詩の制作年代および鮑照の生年を推定し、「按ずるに、明遠の生年は考ふる無し。臨海王子頊は大明五年に出でて荊州に鎮するに係はる。此の詩は年を歎き老いを傷むを以つて題と爲す、約五十にして老いを稱するを以つて之れを許れば、當に晉末宋初に生まるべきに似たり。子頊の事敗るるに至るは、泰始四年に在り、上は大明を距つること凡そ六年、年當に幾《ほとん》ど六十に及ぶべきに似たり、惟《た》だ其の確かなる數を定むる能はざるのみ」と言うが、銭仲聯は『宋書』孝武帝紀に據れば、臨海王子頊の荊州刺史と爲るは是れ大明六年七月にして、五年に非ず、此の詩の寫す所の者は乃ち春景なれば、其の寫作の時間は大明七年春より早かる能はず。子頊事敗れ、照亂兵に死するは、乃ち泰始二年にして、四年に非ず。大明七年照年五十を以つて推算すれば、六十を去ること尚ほ遠きなり」と言う。

五難未易夷　五難は未だ夷《たひ》らげ易からず
三命戒淵抱　三命は淵《ふか》く抱くを戒む
方瞳起松髄　方瞳は松髄より起こり
頳髪疑桂脳　頳髪《ていはつ》は桂脳よりするかと疑はる
役生良自休　生を役するは良《まこと》に自ら休み
大患安足保　大患は安んぞ保つに足らんや
開簾窺景夕　簾を開きて景の夕べなるを窺ひ
備屬雲物好　備《つぶ》さに雲物の好きに屬《つ》く
翾翾燕弄風　翾翾《けんけん》として燕は風を弄び
嫋嫋柳垂道　嫋嫋《でうでう》として柳は道に垂る
池瀆亂蘋萍　池瀆《ちとく》には蘋萍《ひんへい》乱れ
園援美花草　園援には花草美し
節如驚灰異　節は灰の異なるを驚くがごとく
零落就衰老　零落して衰老に就《つ》く

＊「援」字、張溥本・『詩紀』は「楥」に作る。銭振倫は「『楥』は疑ふらくは當に『援』に作るべし。謝靈運に『田南樹園激流植援』（田南に園を樹て流れを激へて援を植う）の一首有り」と言う。銭仲聯も「按ずるに、『晉書』桑虞傳の

『園援に荊棘多し』、『梁書』何允傳の『林に即きて援を成す』、『御覧』四百七十二に引く『幽明録』の『散銭飛び至りて籬援に觸る』は、皆手に从ふ。『集韻』、『類篇』に至り、誤りて木旁に从ひ楥に作るは、籬を云ふなり」と言う。

江陵で年の過ぎゆくことを歎き
　　我が老いに心傷める

養生を妨げる五つの難問は簡単には片づけられず
運命の三つの掟を深く心の内に留め置いて戒めとする
長寿の印の四角な瞳は松髄の服用から始まり
赤い頭髪は桂脳の服用によるかと思われる
人に使われる一生なら本当に自分から止めにし
患いの大本である身体なら保つ価値もない
簾を開けて夕景色を見ると
どこもかしこもそろって好風景である
低く飛んで燕は風に遊び
揺れながら柳は道に垂れている
池や流れには水草があちこちに浮き
庭の間垣には草花が美しい
こんな好時節もお天気窺いの灰の粉が変化するよう
　なもの
衰微してすぐに廃れることになる

1　五難未易夷、三命戒淵抱、

［五難］梁の江淹の「雑體詩」注に「向秀『難嵆康養生論』曰、『養生有五難、名利不滅、此一難。喜怒不除、此二難。聲色不去、此三難。滋味不絶、此四難。神慮消散、此五難』」（向秀の『嵆康の養生論を難ず』に曰はく、「養生には五難有り、名利滅せず、此れ一難なり。喜怒除かず、此れ二難なり。声色去らず、此れ三難なり。滋味絶えず、此れ四難なり。神慮消散す、此れ五難なり」と）と言う。

［三命］『孝經援神契』に「命有三科、有受命以保慶、有遭命以謫暴、有隨命以督行」（命に三科有り、命を受けて以つて慶を保つこと有り、命に遭ひて以つて謫暴せらるる有り、命に随つて以つて行ひを督《み》ること有り）とある。

2　方瞳起松髄、赬髪疑桂脳、

［方瞳］四角な瞳。得仙のしるし。『抱朴子』巻六「微旨」に「若令吾眼有方瞳、耳出長頂、亦將控飛龍而駕慶雲、凌流電而造倒景」（若《も》し吾れをして眼に方瞳有り、耳は長頂を出でしむれば、亦た将《も》つて飛龍を控へて慶雲に駕し、流電を凌ぎて倒景に造《いた》らん）とある。

［松髄］『博物志』薬物に「松柏脂入地、千年化爲茯苓」（松柏の脂地に入れば、千年にして化して茯苓《ぶくりょう》と為る）とある。

［赬髪］嵆康の「答難養生論」に「赤斧以錬丹赬髪、涓子以朮精久延」（赤斧は丹を錬るを以つて髪を赬《あか》くし、涓《けん》子《し》は朮《うけら》の精を以つて久しく延ぶ）とある（「朮《ちゅう》」は、薬草の一）。

［桂脳］石桂英と石脳か。『十洲記』に「滄海島在北海中、……倶是大山、積石至多。……石脳・石桂英・流丹・黄子・石膽、……皆生於島」（滄海島は北海の中に在り、……倶に是れ大山にして、石を積むこと至つて多し。石脳・石桂英・流丹・黄子・石肝、……皆島に生ず）とある。

3　役生良自休、大患安足保、

［大患］我が身。『老子』に「吾所大患、爲吾有身」（吾が大いに患ふ所は、吾に身有りと為す）とある。

4　開簾窺景夕、備屬雲物好、

［雲物］気の変化したもの。『左傳』僖公四年に「凡分至啓閉、必書雲物、爲備故也」（凡そ分啓閉に至れば、必ず雲物を書す、備へと為すの故なり）とあり、注に「雲物、氣色災變也」（雲物は、気色の災変なり）という。

5　翾翾燕弄風、嫋嫋柳垂道、

［翾翾］小さく飛ぶさま。『韓詩外傳』巻九に「翾翾十歩之雀」（翾翾たる十歩の雀）とあり、『説文』に「翾、小飛也」（翾は、小さく飛ぶなり）という。

［嫋嫋］しなわせるさま。『楚辭』九歌に「嫋嫋兮秋風」（嫋嫋たり秋風）とあり、王逸注に「嫋嫋、風搖木貌」（嫋は、風木を揺らす貌なり）という。また『六書故』に「嫋、與裊通」（嫋は、裊《でう》と通ず）という。

6　池瀆亂蘋萍、園援美花草、

［瀆］みぞ。『爾雅』に「澮曰瀆」（澮は涜と曰ふ）とある。

［蘋萍］浮き草。謝靈運の「從斤竹澗越嶺溪行」詩に「蘋萍泛沈深、菰蒲冒清淺」（蘋萍沈深に泛かび、菰蒲清浅を冒す）とあり、『爾雅』に「萍、蓱、其大者蘋」（萍は、蓱なり、其の大なる者は蘋なり）とある。

［援］まがき。『釋名』に「垣、援也、人所依阻以爲援衞也」（垣は、援なり、人の依り阻む所は以つて援衞と為すなり）という。

7　節如驚灰異、零落就衰老、

［灰］気を候う灰。『後漢書』律暦志・上に「候氣之法、爲室三重、……密布緹縵、室中以木爲案、毎律各一、内庳外高、從其方位、加律其上、以葭莩灰、抑其内端、案暦而候之、氣至者灰去」（気を候《うかが》ふの法は、室を為すこと三重にして、……緹縵《ていばん》を密布し、室中木を以つて案《つくゑ》を為り、律ごとに各おの一つ、内は庳《ひく》く外は高くし、其の方位に従ひて、律を其の上に加へ、葭莩《かふ》の灰を以つて、其の内端を抑へ、暦を案じて之れを候へば、気至る者は灰去る）とある（「葭莩」は、葦の内膜）。

翫月城西門廨中

四韻を用いた換韻の体でできている。

王紹曾・劉心明氏は、五臣注『文選』の李周翰注に『廨』は、公府なり。時に照は秣陵の令と爲る」と言うのを承け、「宋の孝武帝劉駿の孝建三年（四五六年）、鮑照は太學博士兼中書舍人に抜擢されるが、間もなく秣陵（今の江蘇省江寧縣）の令に出される。この詩は概ね秣陵の縣令の時に作ったものであろう。『城西門』は、即ち秣陵縣の城の西門である。『廨』は、官署のこと」と言う（『謝靈運・鮑照詩選譯』）。

李善注『文選』は題の「廨」を「解」に作るが、これに関して錢仲聯は、許巽行の『文選筆記』を引き、「『解』は、公舍なり。『呉都賦』の『解署棊布』、許嘉徳案ずるに、『公廨』の字は古は『解』に作り、今は『廨』に作ると。『玉篇』・『廣韻』は『廨は、居賣の切、公廨なり』と、『集韻』は『廨は、公舍なり』と、『玉篇』は又た『解は、古隘の切、署なり』と曰ふ。是れ『解』と『廨』とは同じきなり」と言う。

なおこの詩は、鮑照の詩風である「靡嫚」を示すと言われる（向島成美氏「鮑照の詩風」）。

始見西南樓　始めて見ゆ西南の楼
纖纖如玉鉤　纖々として玉鉤のごとし
未映東北墀　未だ東北の墀《ち》に映えずして
娟娟似娥眉　娟々《けんけん》として娥眉に似たり
娥眉蔽珠櫳　娥眉は珠櫳《しゆろう》に蔽《おほ》はれ
玉鉤隔瑣窗　玉鉤は瑣窓《さそう》に隔てらる
三五二八時　三五二八の時
千里與君同　千里　君と同じくす
夜移衡漢落　夜移りて衡漢落ち
徘徊入戸中　徘徊して戸中に入る
歸華先委露　帰華は先づ露に委ね
別葉早辭風　別葉は早《つと》に風に辞す
客遊猒苦辛　客遊は苦辛を猒《いと》ひ
仕子倦飄塵　仕子は飄塵に倦《う》む
休澣自公日　休澣《きうくわん》　公よりするの日
宴慰及私辰　宴慰　私に及ぶの辰《とき》
蜀琴抽白雪　蜀琴は白雪を抽《ひ》き
郢曲發陽春　郢曲《えいきよく》は陽春を発す
肴乾酒未闋　肴乾《さかな》くも酒未だ闋《をは》らざるに
金壺啓夕淪　金壺　夕淪を啓く
迴軒駐輕蓋　軒を迴して軽蓋を駐め
留酌待情人　酌を留めて情人を待たん

＊題の「廨」字、『文選』は「解」に作り、『玉臺』には「廨中」の二字無し。
＊「見」字、張溥本・五臣本『文選』は「出」に作り、『詩紀』に「一に『出』に作る」とある。
＊「未」字、五臣本『文選』は「末」に作る。
＊「娥」字、『文選』・『玉臺』は「蛾」に作る。
＊「瑣」字、張溥本・『詩紀』は「鎖」に作り、『玉臺』は「綺」に作る。
＊「入」字、張溥本・『詩紀』・李善本『文選』・『詩紀』・『玉

臺』は「帷」に作る。
＊「戸」字、張溥本・『詩紀』に「『玉臺新詠』は『幌』に作る」とある。
＊「猒」字、張溥本・『詩紀』・『文選』・『玉臺』は「厭」に作る。
＊「苦辛」、『玉臺』は「辛苦」に作る。
＊「休」字、『詩紀』・『玉臺』は「沐」に作る。
＊「發」字、『玉臺』・五臣本『文選』は「繞」に作る。
＊「闋」字、『玉臺』・『文選』は「缺」に作る。
＊「壺」字、胡克家の『文選校異』に「袁本に善は『臺』に作ると云ふ。茶陵本は『臺』に作り、五臣は『壺』に作ると云ふ。案ずるに二本の見る所は非なり、尤は注に依りて校し、改めて之れを正せり」という。
＊「淪」字、『玉臺』は「輪」に作る。

城中の西門にある役所で月見をする

月は城中の西南の楼のあたりに見え始める頃には
ほっそりとして玉で作った鉤のようである
まだ東北の宮殿の塗り庭までは光がとどかない頃も
しなやかで美人の眉のようである
美人の眉は透かし窓で隠され
玉でできた鉤は玉くずを散りばめた窓で隔てられていた
十五夜十六夜の頃になると
千里の道のりも君と一緒
夜も更け北斗の中星も天の川も傾いてくると
月光はたちもとおるように家の中まで射し込んでくる
根本《ねもと》に帰る花びらが真っ先に月の露とともに落ち
枝を去る葉が早くも月夜の風とともに舞いはじめる
旅人は苦労に飽きあきし
仕官の身は塵埃にうんざりしてくる
お上から休暇をもらえる日
私的にくつろげる時
蜀の司馬相如のように「白雪」の曲を琴で弾き
楚の都郢《えい》の旅人のように「陽春」の曲を歌おう
酒の肴は乾いても酒はまだまだなのに
水時計は夜分の時を刻み始めてしまっている
帰宅して車を停め

酒を注いだまま君の来るのを待つとしよう

1　始見西南樓、纖纖如玉鉤、

[玉鉤] 玉製の鈎。『楚辭』招魂に「挂曲瓊些」（曲瓊に挂く）とあり、王逸注に「曲瓊、玉鉤也。……雕飾玉鉤、以懸衣物也」（曲瓊は、玉鉤なり。……玉鉤を雕飾して、以つて衣物を懸くるなり）という。また『西京雜記』巻四に「公孫乘『月賦』……曰、『……隱圓巖而似鉤、蔽脩堞而分鏡』」（公孫乘の「月賦」に……曰はく、「……円巌に隠れて鉤に似、修堞《しうてふ》を蔽ひて鏡を分く」と）とあり、新月の喩えに用いられる（「堞」は、姫垣）。

2　未映東北墀、娟娟似娥眉、

[東北] 『文選』五臣注で呂向は「月西南より出づれば、固より宜しく東北の階に映ゆるべきなり」と言う。

[墀] 『説文』に「墀、塗地也。『禮』『天子赤墀』」（墀《ち》は、地を塗るなり。『禮』に「天子の赤墀」と）とある。

[娟娟…] ほっそりとして美しいさま。司馬相如の「上林賦」に「長眉連娟」（長き眉連なりて娟《うつく》し）とある。

[娥眉] 『詩』衛風「碩人」に「螓首蛾眉」（螓《せみ》の首《かうべ》に蛾の眉）とある。

3　娥眉蔽珠櫳、玉鉤隔瑣窗、

[娥眉] 梁章鉅の『文選旁証』に「紀文達公云ふ『蛾眉・玉鉤の四字、始めて此の詩に見えて、遂に典故と成る』と」と言う。

[珠櫳] 「櫳」は、連子窓、格子窓。李善は「『珠櫳』は、珠を以つて疏を飾るなり」と言う。

[瑣窗] 連鎖紋様を施した窓。『楚辭』離騷に「欲少留此靈瑣兮、日忽忽其將暮」（少《しばら》く此の霊瑣に留まらんと欲するも、日忽々として其れ将に暮れんとす）とあり、王逸の注に「瑣、門鏤也、文如連瑣」（瑣は、門鏤なり、文あること瑣を連ぬるがごとし）という（「門鏤」は、門に画いた青い鎖文様）。『漢書』元后傳にも「曲陽侯根驕奢僭上、赤墀青瑣」（曲陽侯根奢を驕りて上を僭《こ》え、赤墀青瑣あり）とあり、顔師古の注に「孟康曰『以青畫戸邊鏤中、天子制也』……青瑣者、刻爲連環文、而青塗之也」（孟康曰はく「青を以つて戸辺の鏤中に画くは、天子

の制なり」と。……青瑣なる者は、刻して連環の文を為し、而して青く之れを塗るなり）という。李善は「『瑣窗』は、『窗』に瑣文を爲すなり」と言う。

4　三五二八時、千里與君同、

［二八］十六夜の月。『釋名』釋天に「望、月滿之名、月大十六日、小十五日」（望は、月滿つるの名なり、月の大なるは十六日、小なるは十五日なり）とある。

［千里］『淮南子』齊俗訓に「道德之論、譬猶日月也。……馳騖千里、不能易其處」（道德の論は、譬へば猶ほ日月のごときなり。……馳騖すること千里、其の処を易《か》ふる能はず）とある。呉伯其は「首の六句は、乃ち追つて未だ望《み》ちざる以前の初めて生まれし月の、光は猶ほ未だ滿たず、遠くを照らす能はざるの意を述ぶ。十五六夜に及んで、月滿てり、處として照らさざる無く、故に『千里與君同』と曰ふ。『君』は何人を指すや、即ち結語の『情人』是れなり」と言う。

5　夜移衡漢落、徘徊入戸中、

［衡・漢］北斗の中星《なかぼし》と天の河。『漢書』天文志に「用昏建者杓、……夜半建者衡」（用昏に建つる者は杓、……夜半に建つる者は衡なり）とあり、李善は『衡』は、斗の中央なり。『漢』は、天漢なり」と言う（「用昏」は、陽往き陰来たるの意）。また「大戴禮」夏小正に「七月……、漢案戸。漢也、案戸也者、直戸也、言正南北也」（七月、……漢戸に案《あ》たる。漢なり、案戸なる者は、戸に直たるなり、正に南北するを言ふなり）とある。

［徘徊］曹植の「七哀詩」に「明月照高樓、流光正徘徊」（明月高楼を照らし、流光正に徘徊す）とある。

6　歸華先委露、別葉早辭風、

［歸華］落花。李善は「歸華先づ委ぬとは、露のために墮《お》とさるるなり、……華落ちて本《もと》に向かふ、故に歸華と曰ふ」と言い、翼氏の『風角』の「木落ちて本に歸り、水流れて末に歸る」を引く。王闓運は「新月初めて出で、光景靈幻なり。此れ實寫を以つて虛景を傳ふるも、後人は再び語を著くる能はず。此の首の佳なるは首の八句

に在り。……」と言う。

〔別葉〕枝を去る葉。李善は「別葉早《つと》に辭するは、風のために隕《お》とさるるなり、……葉下りて枝を離る、故に別葉と云ふ」と言う。

〔風〕「露」と同様、月の縁語ではないか。後の用例になるが、たとえば同じく月を翫《め》でた唐の王昌齡の「東谿翫月」詩には、「光連虛象白、氣與風露寒」と言う。

7　客遊猒苦辛、仕子倦飄塵、

〔苦辛〕陸雲の「答張士然」詩に「靡靡日夜遠、眷眷懷苦辛」（靡々として日夜遠く、眷々として苦辛を懐く）とあり、「古詩」に「轗軻長苦辛」（轗軻として長く苦辛す）という。

〔飄塵〕陸雲の「答張士然」詩に「行邁越長川、飄颻冒風塵」（行き邁《ゆ》きて長き川を越え、飄颻として風塵冒す）とある。

8　休澣自公日、宴慰及私辰、

〔休澣〕休暇。『禮記』禮器に「晏平仲……澣衣濯冠以朝」（晏平仲……衣を澣《あら》ひ冠を濯ひて以つて朝す）とあり、『初學記』巻二十「假」に「急・告・寧は、皆休假の名なり。……書記の稱する所を歸休と曰ひ、亦た休急・休澣・取急・請急と曰ひ、又た長假・併假有り」と言う。

〔宴慰〕くつろぐ。『字林』に「醧、私宴飲也」（醧は、私《ひそ》かに宴飲するなり）という。また『方言』に「慰、居也」（慰は、居るなり）とある。王紹曾・劉心明氏『謝靈運・鮑照詩選譯』は、「宴」を「安」の意にとり、「安居」とする。

9　蜀琴抽白雪、郢曲發陽春、

〔蜀琴〕蜀の司馬相如は琴がうまかった。李善は「相如琴に工みにして蜀に處る、故に『蜀琴』と曰ふ」と言う。

〔白雪〕曲名。宋玉の「笛賦」に「師曠將爲白雪之曲也」（師曠将に白雪の曲を為《つく》らんとす）とある。

〔郢曲〕曲名。李善は「客郢中に歌ふ、故に『郢《えい》曲』と稱す」と言う。

〔陽春〕曲名。宋玉の「對楚王問」に「客有歌於郢中者、其爲陽春・白雪、國中屬而和者、不過數人」（客に郢中

に歌ふ者有り、其の陽春・白雪を為《つく》るや、国中の属《つ》きて和する者、数人に過ぎず）とある。

10　肴乾酒未闋、金壺啓夕淪、

［肴乾］時が経ち、料理が乾く。杜預の『左傳』注に「肴乾而不食」（肴乾きて食せず）とある。

［啓］金人（金属の像）が跪いて壺で水漏を承ける。黄節は『廣雅』に「啓、踞也」（啓は、踞《うづくま》るなり）といい、『詩』の「小雅」に「不遑啓居」（啓居するに遑あらず）とあって、王念孫は「『居』と『踞』とは聲相近し。『説文』に『居は、蹲《うづくま》るなり。踞は、蹲るなり』と。『居』と『踞』は一聲の轉にして、其の義は並に相近し」と言い（「踞」・「蹲」、ともに膝を立ててすわる）、張衡の「漏水制」に「鑄金仙人、居左壺、爲金胥徒、居右壺」（金仙人を鋳るは、左の壺に居り、金胥徒と為るは、右の壺に居り）とあるので、「金壺啓夕淪」は鑄る所の金人が踞って夕漏を承けるのであると言う。

［夕淪］「淪」は、さざ波。『爾雅』に「小波爲淪」（小波を淪と為す）とあり、陸機の「漏刻賦」に「伏陰蟲以承波、呑恒流其如挹」（陰虫を伏せて以つて波を承け、恒流を呑むこと其れ挹《く》むがごとし）とある（「陰蟲」は、ヒキガエル）。李善は「肴は乾くと雖も酒は未だ止《や》まざるに、金壺の漏は已に夕波を啓く」と言うが、黄節は『文選』劉良注に「『淪』は、猶ほ盡《つ》くのごときなり」と言うので、もし李善注に従えば、上に既に「衡漢落つ」と言っており、夜はもはや深くなっているのだから、どうしてもう「夕波始めて啓く」とは言えない、とも言う。

11　迴軒駐輕蓋、留酌待情人、

［迴軒］車を戻す。晋の盧諶の「覽古」詩に「屈節邯鄲中、俛首忍迴軒」（節を屈す邯鄲の中、首を俛《ふ》せて軒を迴すに忍びんや）とある。曹植の「與呉質書」に「墨翟不好伎、何爲過朝歌而迴車乎」（墨翟伎を好まざるに、何為れぞ朝歌を過ぎて車を迴さざる）といい、また『史記』司馬相如傳にも「道盡塗殫、迴車而還」（道尽き塗殫《みちつ》くれば、車を迴して還る）というのと同じ。

［情人］気に入った人。「子夜四時歌」秋歌に「情人不還臥、冶遊歩明月」（情人還《ま》たとは臥せず、冶遊して明月に

歩む）とある。4の「千里」の呉伯其注も参照されたい。

代挽歌

王公貴人を葬送するときの「薤露行」、士大夫庶人を葬送するときの「蒿里行」と同じく、「挽歌」も柩を挽く者が歌う（崔豹『古今注』による）。『樂府詩集』では「蒿里行」とともに「相和歌辭相和曲」に属する（「蒿里行」注を参照されたい）。ここは自らの挽歌に仮託して、壮士が居なくなったことを悼み嘆く。銭振倫は、明帝の泰始元年（四六五年）十一月、前年の孝武帝の大明八年五月に孝武帝が亡くなった後に立った前廃帝が弑せられ、明帝が立った事件が背景にあるとし、「呉摯父曰く、『彭・韓』の数句は、蓋し廃帝の弑せられ、人の賊を討つもの無きを傷むなり」と言う。この事件では、廃帝が弑される三ヶ月前の八月、鮑照のパトロン格であった柳元景らが皆殺されている。

この詩の文学上の価値として銭仲聯は鮑照の詩風である「俊逸」を認め、「呉摯父曰く、杜公の称する所の俊逸は、殆ど是れ此等なり」と言う。

獨處重冥下　　独り処《を》る重冥の下
憶昔登高臺　　憶ふ昔　高台に登るを
傲岸平生中　　傲岸《がうがん》たり平生の中
不爲物所裁　　物の裁く所と為らず
埏門只復閉　　埏門《えんもん》　只だ復た閉づれば
白蟻相將來　　白蟻　相ひ将に来たらんとす
生時芳蘭體　　生時は芳蘭の体なるも
小蟲今爲災　　小虫　今災ひを為す
玄鬢無復根　　玄鬢　復たとは根づく無く
枯髏依青苔　　枯髏《ころ》　青苔に依る
憶昔好飲酒　　憶ふ昔　飲酒を好み
素盤進青梅　　素盤に青梅を進むるを
彭韓及廉藺　　彭・韓及び廉《れん》・藺《りん》は
疇昔已成灰　　疇昔《ちうせき》に已に灰と成る
壯士皆死盡　　壮士　皆死に尽くれば
餘人安在哉　　餘人　安《いづく》んぞ在らんや

挽歌に代えて

ひとり黄泉路の地下にいて
以前高台に登ったときのことを思い出す
それまでは高慢に人を見下すほどで
人から抑えられ裁かれるようなことはなかった
それが墓穴の入り口が虚しくもとのように閉じられ
　ただけで
白蟻が寄って来るようになる
生きていたときは蘭のような芳しい体であったものが
小さな虫の災いを蒙ることになるのである
黒髪は二度と生えかわることなく
白骨には青い苔がむす
以前は飲酒が好きで
白い粗末な皿に青梅を置きつまみにしていたことが
　思い出される
彭越・韓信や廉頗・藺相如は
とっくの昔に灰となってしまった
壮士さえ皆死に絶えるのに
ほかの誰かが残るはずがない

1　**獨處重冥下、憶昔登高臺、**

［重冥］黄泉。陸機の「駕出北闕行」に「安寝重冥廬、天壌莫能興」（安寝す重冥の廬、天壌能く興くる莫し）とある。

2　**傲岸平生中、不爲物所裁、**

［傲岸］傲慢。驕りたかぶるさま。郭璞の「客傲」に「傲岸榮悴之際、頡頏龍魚之間」（栄悴の際に傲岸とし、龍魚の間に頡頏たり）とある。

3　**埏門只復閉、白蟻相將來、**

［埏門］墓道の入口。潘岳の「悼亡詩」（其三）の李善注に「『聲類』曰『埏、墓隧也』」（『聲類』に曰はく「埏は、墓隧なり」と）という。

［白蟻］『莊子』漁父篇に「莊子將死、弟子欲厚葬之。莊子曰、吾以天地爲棺。弟子曰、恐烏鳶之食夫子也。莊子曰、在上爲烏鳶食、在下爲螻蟻食、奪彼與此、何其偏也」

(荘子将に死せんとするに、弟子厚く之れを葬らんと欲す。荘子曰はく、吾天地を以つて棺と為すと。弟子曰はく、烏鳶の夫子を食らふを恐るるなりと。荘子曰はく、上に在りては烏鳶の食と為り、下に在りては螻蟻の食と為る、彼を奪ひて此れに与ふ、何ぞ其れ偏らんや）とある。

4　生時芳蘭體、小蟲今爲災、

[小蟲]『關尹子』(九)薬篇に「勿輕小物、小蟲毒身」(小物を軽んずる勿かれ、小虫も身を毒す）とある。

5　玄鬢無復根、枯髏依青苔、

[玄鬢] 黒髪。王粲の「七釋」に「鬒髪玄鬢」(鬒髪玄鬢）とある。

[枯髏] されこうべ。『博雅』に「頂顱謂之髑髏」(頂顱《ちやうろ》は之れを髑髏と謂ふ）と言う（「頂顱」は、あたま）。

6　憶昔好飲酒、素盤進青梅、

[飲酒] 陶淵明の「挽歌」に「在昔無酒飲、今但湛空觴」(昔に在りては酒の飲む無く、今は但だ空觴に湛《たた》ふるのみ）とある。

7　彭韓及廉藺、疇昔已成灰、

[彭韓] 漢の彭越と韓信。彭越も奇功を建てることが多かったが、韓信同様、高祖の怒りに触れ、さらし首になった。それぞれ『史記』彭越傳に「彭越者、昌邑人也」(彭越は、昌邑の人なり）云々とあり、『史記』淮陰侯傳に「淮陰侯韓信者、淮陰人也」(淮陰侯韓信は、淮陰の人なり）云々とある。

[廉藺] 廉頗と藺相如。『史記』廉頗藺相如傳に「廉頗者、趙之良將也。……藺相如者、趙人也。……卒相與驩、爲刎頸之交」(廉頗は、趙の良将なり。……藺相如は、趙の人なり。……卒に相与に驩《よろこ》び、刎頸の交はりを為す）とある。

8　壯士皆死盡、餘人安在哉、

[壯士]『戰國策』燕策に「風蕭蕭兮易水寒、壯士一去不復還」(風蕭々として易水寒く、壯士一たび去つて復た還らず）とある。

［餘人］ほかの人。何晏『論語』集解に「餘人暫有至仁時、唯回移時而不變」（餘人暫く仁に至る時有るも、唯だ回のみ時を移して変はらず）とある（「回」は、顔回）。

夜聽妓二首

其一

夜來坐幾時　夜より来《こ》のかた坐すること幾時《いくばく》ぞ
銀漢傾露落　銀漢　傾きて露落つ
澄愴入閨景　澄愴《ちようさう》として閨に入るの景
葳蕤被園藿　葳蕤《ゐずゐ》として園を被《おほ》ふの藿《くわく》
絲管感暮情　絲管　暮の情を感《うご》かし
哀音遶梁作　哀音　梁を遶《めぐ》りて作《おこ》る
芳盛不可恆　芳盛んなるも恒《ひさ》しかるべからず
及歲共爲樂　歳に及びて共に楽しみを為す
天明坐當散　天明　坐は当に散ずべく
琴酒駛弦酌　琴酒　弦酌を駛《はや》くす

其二

蘭膏消耗夜轉多　蘭膏消耗して夜は転た多く
亂筵雜坐更絃歌　筵を乱し坐を雑えて更に絃歌す
傾情逐節寧不苦　情を傾け節を逐ふは寧ろ苦しまず
特爲盛年惜容華　特り盛年の為に容華を惜しむのみ

＊「愴」字、張溥本・『詩紀』は「滄」に作る。
＊「絃」字、『詩紀』は「弦」に作る。

夜妓女の演奏を聴く

其の一

夜になってもうどのくらいこのようにしているのだろう
天の川が傾き露が落ち始めた
冷たく澄んで寝室に差し込む月の光
盛んに庭を覆う豆の花
管弦は老いを慨く気持ちを動かし
哀しげな音楽が梁をめぐって起こる

芳しく盛んなときは久しくは続かず
楽しめるときに皆で楽しむことになる
夜が明けたら一座は散会するのであるから
琴を弾きながら酒を注ぎ弦をせき立てて酌を促すことにしよう

其の二
蘭膏の灯火の減り方が夜は次第に多くなり
士女入り乱れての座はますます弦を掻き鳴らし歌を唱うことになる
気持ちを込めて節に合わせることなど何ら苦でないが
ただ今が盛んなときであるだけに華やかな容貌が惜しまれてならない

其一

1　夜來坐幾時、銀漢傾露落、

[銀漢] 白居易の『白帖』に「天河は之れを銀漢と謂ひ、亦た銀河と曰ふ」と言う。

[露落] 劉爍の「擬古」詩に「明月照高樓、露落皎玄除」（明月高楼を照らし、露落ちて玄除に皎《しろ》し）という（「玄除」は、庭）。

2　澄愴入閨景、葳蕤被園藿、

[愴] 『列子』湯問の「滄滄涼涼」注に「桓譚新論、亦述此事、作愴涼」（桓譚新論は、亦た此の事を述べて、愴と涼に作る）とある。『説文』には「滄、寒也」（滄は、寒きなり）とある。

[葳蕤] 草木のはじめて茂るさま。『楚辭』七諫「初放」に「上葳蕤而防露兮」（上は葳蕤《ゐずゐ》として露を防ぐ）とあり、王逸注に「葳蕤、草木初生貌」（葳蕤は、草木の初めて生ふる貌なり）という。また、王粲の「公讌詩」にも「百卉挺葳蕤」（百卉挺《ぬきん》でて葳蕤たり）とある。

[園藿] 畑の豆。阮籍の「詠懷詩」に「嘉樹下成蹊、東園桃與李。秋風吹飛藿、零落從此始」（嘉樹下蹊を成し、東園桃と李とあり。秋風吹きて藿を飛ばせば、零落此れより始まる）とある。

3 絲管感暮情、哀音遶梁作、

［暮情］晩年の情。銭仲聯は『晉書』王羲之傳に「謝安謂羲之曰、『中年以來、傷於哀樂。與親友別、輒作數日惡。』羲之曰、『年在桑楡、自然至此。須正頼絲竹陶寫、恒恐兒輩覺、損其樂懽之趣』」（謝安羲之に謂ひて曰はく、「中年以来、哀楽を傷む。親友と別るれば、輒《すなは》ち数日の悪しきを作《な》す」と。羲之曰はく、「年桑楡に在れば、自ら然《しか》く此《こ》こに至る。須らく正に絲竹に頼りて陶《たの》しみ写《そそ》ぐべきも、恒に児輩の覚り、其の楽懽の趣きを損なふを恐る」と）とあるのを引く（「桑楡」は、晩年）。

［哀音］魏の繁欽の「與魏文帝箋」に「潛氣内轉、哀音外激」（潜気内に転じ、哀音外に激し）とある。

［遶梁］歌声が部屋中に拡がる。『列子』湯問に「昔韓娥……過雍門、鬻歌假食、既去、而餘音繞梁欐、三日不絶」（昔韓娥……雍門を過ぎ、歌を鬻《ひさ》ぎて食を假り、既に去るに、餘音梁欐《りやうれい》を繞りて、三日絶えず）とある（「欐」も、はり）。

4 芳盛不可恆、及歳共爲樂、

［爲樂］「古詩」に「爲樂當及時、何能待來茲」（楽しみを為すは当に時に及ぶべし、何ぞ能く来茲を待たんや）とある。

5 天明坐當散、琴酒駛弦酌、

［駛］急く。『説文』に「駛、疾也」（駛は、疾きなり）とある。

其二

6 蘭膏消耗夜轉多、亂筵雜坐更絃歌、

［蘭膏］蘭の香を煉り込んだ灯火用の油。『楚辭』招魂に「蘭膏明燭、華容備些」（蘭膏燭を明かにし、華容備はる）とあり、王逸注に「蘭膏、以蘭香煉膏也」（蘭膏は、蘭香を以つて膏を煉るなり）という。

［亂筵］男女の入り乱れる宴席。『楚辭』招魂に「士女雜坐、亂而不分些」（士女坐を雑へ、乱れて分かれず）とある。

7　傾情逐節寧不苦、特爲盛年惜容華、

［盛年］蘇武の「答李陵」詩に「低頭還自憐、盛年行已衰」（頭を低れて還《ま》た自ら憐れむも、盛年行くゆく已に衰ふ）とある。

［逐節］節を付ける。陸機の「七徴」に「矯纖腰以逐節、頓皓足於鼓盤」（纖腰を矯《あ》げて以つて節を逐ひ、皓《しろ》き足を鼓盤に頓《とど》む）とある。

梅花落

「梅花落」は、『樂府詩集』では「横吹曲辭」漢横吹曲に属し、『樂府解題』に「漢の横吹曲は二十八解。李延年造《つく》るも、魏以來惟だ十曲を傳ふるのみ。一に曰はく黄鵠、二に曰はく隴頭、三に曰はく出關、四に曰はく入關、五に曰はく出塞、六に曰はく入塞、七に曰はく折楊柳、八に曰はく黄覃子、九に曰はく赤之揚、十に曰はく望行人。又た關山月、洛陽道、長安道、梅花落、紫騮馬、驄馬、雨雪、劉生の八曲有り、合はせて十八曲なり」と言い、郭茂倩は「梅花落は、本と笛中曲なり。唐の大角曲に亦た大單于、小單于、大梅花、小梅花等の曲有り、今も其の聲猶ほ存する者有り」と言う。

黄節は朱秬堂の説を引いて、「梅花落は、春和かなりしの候、軍士物に感じて歸るを懷ふ、故に以つて歌を爲す。唐の段安節の『樂府雜録』に曰はく、『笛は、羌樂なり、古に落梅花曲有り』と。此の詩は佳なりと雖も、軍樂に渉る無し」と言う。

また、押韻箇処の「花」と「實」が句意から言えば対を為しているにも拘わらず、形式上は章段があって換韻している点に関し、張玉穀は「『花』と『實』は句を疊ぬるも、而も韻を用ふるは卻つて上を收めて下を領《をさ》む。格法は漢の樂府の『有所思』の篇に比して更に奇にして横《ほしい》まなりと爲す」と言い、沈徳潜は「『花』字を以つて上の『嗟』字に聯《つら》ねて韻を成し、『實』字を以つて下の『日』字に聯ねて韻を成す、格法甚だ奇なり」と評価する。

中庭雜樹多　　中庭は雜樹多きも

偏爲梅咨嗟　偏《ひと》へに梅のために咨嗟《しさ》す
問君何獨然　問ふ君何ぞ独り然《しか》るかと
念其霜中能作花　其の霜中に能く花を作《な》すを念ふ
露中能作實　露中に能く実を作し
搖蕩春風媚春日　春風に揺蕩《えうたう》として春日に媚ぶ
念爾零落逐寒風　爾《なんぢ》の零落して寒風を逐ひ
徒有霜華無霜質　徒らに霜華有りて霜質無きを念ふ

* 「露」字、『詩紀』は「霜」に作る。
* 「寒風」、『樂府』は「風飈」に作る。

梅の花が散る

庭には雑多な樹木が数々あるが
ひとえに梅の木のためにのみ溜息が出てならない
梅に聞くがなぜ独りそうなのか
君が霜降る中で花を付けることのできるのが案じられる
露の滴る中で実を結ぶことができ
春風に揺れ動き春の太陽に愛嬌を振りまいている
君が落ちぶれて冷たい風に吹かれるままになり
ただ霜の花を置くだけで霜に堪える資質の無いのが案じられる

1　中庭雜樹多、偏爲梅咨嗟、

[中庭] 庭の中。班婕妤の「自悼賦」に「華殿塵兮玉階苔、中庭萋兮緑草生」（華殿塵まみれて玉階苔むし、中庭萋《せい》として緑草生ず）とある（「萋」は、さかんなさま）。

[雜樹] 陶潛の「桃花源記」に「中無雜樹」（中に雑樹無し）とある。

[咨嗟] なげく。『孔叢子』對魏王に「駑驥同轅、伯樂爲之咨嗟」（駑と驥と轅を同じくし、伯楽之れがために咨嗟す）とある。

2　問君何獨然、念其霜中能作花、

[君] 銭仲聯は『君』は、照自らを指す」と言う。

[其] 銭仲聯は『其』は、梅を指す」と言う。

3　露中能作實、搖蕩春風媚春日、

［作實］実をつける。実る。『詩』召南「摽有梅」に「摽有梅、實七兮」（摽《う》れて梅有り、実のること七つ）とあり、箋に「梅實尚餘七未落、喩始衰」（梅の実尚ほ七つを餘して未だ落ちざるは、始めて衰ふるに喩ふるなり）という。疏は毛傳を引いて「毛……以梅落喩男女年衰」（毛は……梅の落つるを以つて男女の年衰ふるに喩ふるなり）という。

［搖蕩］揺れ動く。『淮南子』本經訓に「搖蕩精神、感動血氣」（精神を揺蕩せしめ、血気を感動せしむ）とある。

4　念爾零落逐寒風、徒有霜華無霜質、

［爾］銭仲聯は「『爾』は、雑樹を指す。借りて節操無きの士大夫に喩ふ」と言うが、採らない。「梅花」の「落」つるという題に従う。鮑照は「中興歌」でも「梅花一時豔、竹葉千年色」と詠み、梅の花期が短いことを指摘している。

［霜華］王紹曾・劉心明氏は、「霜と同様の光と色」と解する（『謝靈運・鮑照詩選譯』）。

［霜質］寒さに耐える性質。謝靈運の「登永嘉緑嶂山」詩に「澹瀲結寒姿、團欒潤霜質」（澹瀲《たんれん》として寒姿を結び、団欒として霜質を潤ほす）とある。

古辭

鮑照には「紹古辭」七首があり、この詩はそれらとは別に扱われている。古風の形態に入るものと考えられる。王船山は「純《もっぱ》ら合まり淨く暢ぶ。參軍の短章は、固より此の古道を失はざる者有り」と言う（「純」は、清くまじりけの無いこと）。

容華不待年　　容華は年を待たざるに
何爲客遊梁　　何《なん》為《す》れぞ梁に客遊する
九月寒陰合　　九月　寒陰合《あつ》まり
悲風斷君腸　　悲風　君の腸を断つ
歎息空房婦　　歎息す空房の婦
幽思坐自傷　　幽思して坐ろ自ら傷ましむ
勞心結遠路　　労心　遠路に結ぼれ

惆悵獨未央　惆悵《ちうちやう》として独り未だ央《つ》きず

昔風に

美貌の衰えは過ぎゆく年を待ってくれないのに
なぜ梁の国に旅だって行くのか
秋九月ともなれば寒々と陰の気があつまり
悲しげな風が君の腸を断とうというもの
溜息をつくのは部屋に一人残された妻
じっと考え込んでいつの間にか自分を傷つけている
疲れた心で遠い旅先の夫のことを思い詰め
悲しみは一人まだまだ終らずにいる

1　容華不待年、何爲客遊梁、

［容華］容貌の華やかさ。曹植の「美女篇」に「容華曜朝日」（容華朝日に曜く）とある。

［客遊梁］『漢書』司馬相如傳に「梁孝王來朝、從游說之士齊人鄒陽・淮陰枚乘・吳嚴忌夫子之徒、相如見而說之、因客遊梁、得與諸侯・遊士居」（梁の孝王来朝し、游説の士の斉人鄒陽・淮陰の枚乗・呉の厳忌夫子の徒を従ふ、相如見て之れを説《よろこ》び、因りて梁に客遊し、諸侯・遊士と居るを得たり）とある。

2　九月寒陰合、悲風斷君腸、

［寒陰］『後漢書』郎顗傳に「顗曰、……政失其道、則寒陰反節」（顗曰はく、……政其の道を失へば、則ち寒陰節を反《かへ》す）とある。

［斷君腸］魏の文帝の「雜詩」に「向風長歎息、斷絶我中腸」（風に向ひて長《ひさ》しく歎息すれば、我が中腸を断絶す）とある。

3　歎息空房婦、幽思坐自傷、

［空房］班婕妤の「擣素賦」に「還空房而掩咽」（空房に還りて掩ひ咽ぶ）とある。

［幽思］深く考え込む。『史記』屈原傳に「故憂愁幽思而作『離騷』」（故に憂ひ愁ひ幽思して「離騒」を作る）とある。

4　勞心結遠路、惆悵獨未央、

［勞心］切ない胸の内。『詩』齊風「甫田」に「無思遠人、勞心忉忉」（遠き人を思ふ無く、勞心は忉々《たうたう》たり）とある（「忉忉」は、うれえるさま）。

［未央］まだ半ばにも達していないこと。『詩』小雅「庭燎」に「夜如何其、夜未央」（夜如何んぞ其れ、夜未だ央《つ》きず）とあり、「離騒」の「及年歳之未晏兮、時亦猶其未央」の王逸注に「央、盡也」（央は、尽くるなり）という。

可愛

風帷關珠帶
月幌垂霧羅
魏粲縫秋裳
趙豔習春歌

風帷　珠帯を関《と》ざし
月幌　霧羅を垂る
魏粲《ぎさん》　秋裳を縫ひ
趙艶　春歌を習ふ

＊「關」字、張溥本・『詩紀』は「閃」に作る。

いとおしいのは
風を防ぐ垂れ幕の中で玉をあしらった帯をしめ
月の照る垂れ幕の中で薄絹の裳を着け
魏の美女は秋に着る裳を縫い
趙の美人は春に唱う歌を習っている

1　風帷關珠帶、月幌垂霧羅、

［帷］屛風の一種。『説文』に「櫎、所以几器、从木、廣聲。一曰帷、屛風之屬是也」（櫎は、几器なる所以にして、木に从ひ、広の声。一に帷なりと曰へば、屛風の属ひ是れなり）とある。

［幌］謝惠連の「雪賦」に「月承幌而通輝」（月は幌を承りて輝きを通す）とあり、『玉篇』に「幌、帷幔也、帷幕也、帳也」（幌は、帷幔なり、帷幕なり、帳なり）という。

［霧羅］霧のように薄い絹。司馬相如の「子虚賦」に「雑纖羅、垂霧縠」（纖羅を雑へ、霧縠を垂る）とあり、郭璞の注に「司馬彪曰、纖、細也。張揖曰、縠、細如霧垂

以爲裳也」（司馬彪曰はく、纖は細きなり。張揖曰はく、縠は、細きこと霧の垂れて以つて裳を為すがごときなり）という。

2 魏粲縫秋裳、趙豔習春歌、

［魏粲］昔の魏国（後に唐に併合）の美人。『詩』唐風「綢繆」に「今夕何夕、見此粲者」（今夕は何の夕べぞ、此の粲なる者を見るとは）とあり、毛傳に「三女爲粲」（三女を粲と為す）という。黄節は「案ずるに、晉の獻公魏を滅し、魏は唐に入る、故に『魏粲』と稱す」と言う。

［縫裳］『詩』魏風「葛屨」に「摻摻女手、可以縫裳」（摻《さん》摻《さん》たる女の手、以つて裳を縫ふべし）とある。

［趙豔］趙の美人。「古詩」に「燕趙多佳人、美者顔如玉」（燕趙に佳人多く、美なる者は顔玉のごとし）とある。

［習春歌］『史記』樂書に「春歌青陽、夏歌朱明」（春歌は青陽、夏歌は朱明なり）とある（「青陽」は、歌曲名）。また、『漢書』阿武傳に「王褒頌漢徳作中和樂、武習歌之」（王褒漢の徳を頌して中和楽を作り、武之れを歌ふを習ふ）とある。

夜聽聲

辭郷不覺遠　郷を辭して遠きを覚えざるに
歡寡憂自繁　歡び寡《すくな》くして憂ひ自ら繁し
何用慰秋望　何を用つてか秋望を慰め
清燭視夜黀　清燭　夜に翻へるを視《み》んや

＊「黀」字、張溥本は「翻」に作る。

夜歌うのを聞く

故郷を離れてまだそう遠く来ていないはずなのに
歓びが減って憂いが次第に増してくる
秋景色のもたらす嘆きをどのように慰めよう
明るかった灯火が夜にほの暗くなるのは直視しがたいものである

1　辭郷不覺遠、歡寡憂自繁、

［辭郷］陸機の「爲顧彦先贈婦」詩に「辭家遠行遊、悠悠三千里」（家を辞して遠く行遊し、悠々たること三千里なり）とある。

［繁］謝靈運の「秋懐」詩に「耿介繁慮積、展轉長宵半」（耿介として繁慮積もり、展転として長宵半ばなり）とあり（「耿介《かうかい》」は、節操を守る）、『文選』五臣注で張銑は「繁憂は、憂ひ多きなり」と言う。

2　何用慰秋望、清燭視夜飜、

［秋望］『南史』劉諒傳に「王嘗游江濱、歎秋望之美」（王嘗て江浜に游び、秋望の美を歎ず）という（「王」は湘東王で、時に目を疾んでいた）。

［夜飜］陸機の「凌霄賦」に「日月翻其代序」（日月翻へつて其れ序を代ふ）とあり、黄節は「『夜翻』は、夜盡《つ》きて白に翻へるを謂ふなり」と言う。

酒後

この詩も旅の愁いを詠んでいる。

晨節無兩淹　晨《とき》と節と両《ふた》つながらは淹《とど》まる無く
年意不俱處　年と意と倶には処《を》らず
自非羽酌歡　羽酌の歓びに非ざるよりは
何用慰愁旅　何を用つてか愁旅を慰めん

酒を飲んで後

時間と季節と両方が両方ともいつまでも推移しないわけはなく
人生と我が思いも両方が両方とも変化しないでいることもない
羽根のついた酒杯で回し飲みするのでない限り
どうやって愁いばかりの旅を慰めようか

1　晨節無兩淹、年意不倶處、

［晨節］時節。「節」は、下句の「意」との対から、節操の意にもとれそうであるが、今は、黄節が魏の文帝曹丕の「孟津」詩を引いて「良辰啓初節、高會構歡娯」（良辰初節を啓き、高会歓娯を構ふ）とあると言い、「『辰』と『晨』とは通ず」と注するのに従う。

［年意］年齢および考え。陶潜の「雑詩」に「求我盛年歡、一毫無復意」（我が盛年の歓びを求むるに、一に毫も意を復《かへ》す無し）とある。

2　自非羽酌歡、何用慰愁旅、

［羽酌］羽觴。左右に翼を広げた雀にかたどった酒器。一説に、速く飲むよう促すために翠羽を挿した酒杯。『漢書』外戚傳・下に「顧左右兮和顔、酌羽觴兮銷憂」（左右を顧みれば顔を和がせ、羽觴を酌みて憂ひを銷す）とある。また『晉書』束晳傳に「晳曰はく『昔周公洛邑を成し、水を流すに因りて以つて酒を泛ぶ。故に逸詩に、羽觴波に随ふと云ふ』と」と言う。

講易

太学博士の時の作か。鮑照が『易』に関心のあったことを示す一首。

雲澤翔羽姫　　雲沢　羽姫翔《か》け
横益招逸人　　益を横《ほしいまま》にして逸人を招く
賁園無金尚　　園を賁《かざ》りて金の尚ぶ無ければ
履道易書紳　　道を履《ふ》みて紳《しん》に書き易し

＊「益」字、張溥本・『詩紀』は「蓋」に作る。
＊「逸」字、張溥本・『詩紀』は「益」に作る。

『易経』について語る

雲夢の沢に行って天翔ける神女と連れ合い
役立つことを進んでして志ある隠者を呼ぶ
庭を質素に飾って三公様以上に大切に招けば
平常心による道の銘記はたやすい

1　雲澤翔羽姫、横益招逸人、

[雲澤] 宋玉の「神女賦」に「楚襄王與宋玉遊於雲夢之浦、使玉賦高唐之事。其夜王寢、夢與神女遇」（楚の襄王宋玉と雲夢の浦に遊び、玉をして高唐の事を賦せしむ。其の夜王寝ぬるに、夢に神女と遇ふ）とある。また『説苑』正諫には「荆文王得如黄之狗、箘簬之矰、以畋於雲澤、三月不反、得舟之姫、淫、期年不聽朝」（荊の文王如黄の狗、箘簬の矰を得、以つて雲沢に畋《かり》し、三月反らず、舟の姫を得て、淫し、期年朝を聴かず）とある（原典の『呂氏春秋』直諫は、「如黄」を「茹黄」に、「箘簬」を「宛路」に、「雲澤」を「雲夢」に、「舟」を「丹」に、それぞれ作る）。黄節は『易』説卦傳第十一章の「兌爲澤、爲少女」（兌は沢と為し、少女と為す）を引き、「『雲澤』の句は、疑ふらくは『兌』の象を言ふならん」と言う（「兌」は、水分を蓄える沢地であり、妾となる末娘である）。

[羽姫] 徳のある女性。黄節は『易』の「漸、其羽可用爲儀」（漸は、其の羽用つて儀と為すべし）の干寶注に言う「婦徳既終、母教又明、有徳而可愛、有儀而可象、故曰『其羽可用爲儀』」（婦徳既に終き、母教又た明らかなり、徳有りて愛すべく、儀有りて象るべし、故に曰はく「其の羽は用つて儀と為すべし」と）を引き、「『羽姫』は或いは此の義を取るならん」と言う（「漸」は、すすめる。天翔る鴻の羽を漸《すす》めて儀式の飾りとし、有徳を表す）。

[横益]『易』益に「益、利有攸往、利渉大川」（益は、往く攸《ところ》有るに利あり、大川を渉るに利あり）とある。

[逸人]『後漢書』趙岐傳に「漢有逸人、姓趙名嘉、有志無時、命也奈何」（漢に逸人有り、姓は趙名は嘉、志有るも時無し、命なるかな奈何せんや）とある。

（[横蓋]『孔子家語』觀思に「孔子之剡、遭程子於塗、傾蓋而語終日」（孔子剡に之き、程子に塗《みち》に遭ひ、蓋を傾けて語ること終日なり）とある。黄節は『易』損六三の「一人行則得其友」（一人行へば則ち其の友を得）を引き、「『横蓋』の句は疑ふらくは『損』の象を言ふならん」と言う。）

（[益人]『抱朴子』に「鋭乃心於精義、吝寸陰以進徳者、益人也」（乃心を義を精しくするに鋭くし、寸陰を吝しみて以つて徳を進むる者は、人に益あるなり）とある

（「乃心」は、思念）。）

2　賁園無金尚、履道易書紳、

[賁園] 庭を飾る。『易』賁に「賁于丘園、束帛戔戔、吝、終吉」（丘園に賁《かざ》るに、束帛戔々たり、吝しまば、終に吉なり）とある。

[金尚] 王が三公を貴ぶような尚び方。黄節は『易』鼎・六五の「鼎黄耳金鉉」（鼎は黄耳あり金鉉あり）の干寶注に言う「凡擧鼎者、鉉也。尚三公者、王也。金喩可貴中之美也」（凡そ鼎を挙ぐる者は、鉉《つる》なり。三公を尚ぶ者は、王なり。金は中の美を貴ぶべきに喩ふるなり）を引いて、「按ずるに、『賁園無金尚』は、山林の人を延《ひ》き、素士の言を采るは、鼎の金を尚ぶを以つて之れを待せざるを謂ふ、蓋し優遇すること三公に過ぐるならん」と言い、三公よりも逸人を優遇することとする。

[履道] 道を修める。『易』履に「履道坦坦、幽人貞吉」（道を履むこと坦々として、幽人にして貞ならば吉なり）とある。

[書紳] 教わったことを（幅広の）帯に大切に書き付ける。『論語』衛靈公篇に「子張書諸紳」（子張諸《こ》れを紳に書く）とある。

王昭君

「王昭君」については、『琴操』に「昭君匈奴に在りて、帝の始め遇はれざるを恨み、怨思の歌を作り、後人名づけて昭君怨と爲す」とある。

王昭君は漢の文帝の諱《いみな》を避忌して王明君ともいうが、石崇の「王明君辭」序には、「……匈奴盛んに婚を漢に請ふに、元帝後宮の良家の子明君を以つて焉《こ》れに配す。昔は公主烏孫に嫁ぐに、琵琶のものをして馬上に樂を作り、以つて其の道路の思ひを慰めしむ。其の明君を送るも、亦た必ず爾るならん。其れ新しきの曲を造り、哀怨の声多し。故に之れを紙に叙すると爾《し》か云ふ」とある。

『樂府詩集』は「王昭君」は相和歌辭の「吟嘆」曲に属すると言い、『古今樂録』に引く張永の『元嘉技録』には「吟嘆」四曲の一曲で、石崇の歌辞に基づき、（鮑照の）当時でも歌を残していたとある、と言う。

既事轉蓬遠　既に転蓬に事《つか》へて遠ざかり
心隨鴈路絶　心は鴈路に随ひて絶ゆ
霜鞞旦夕驚　霜鞞《さうへい》　旦夕に驚き
邊笳中夜咽　辺笳《へんか》　中夜に咽《むせ》ぶ

＊「鞞」字、宋本は「輝」に作る。逯欽立氏は「輝」に作るのは誤りであるとする。今はこれに従って改めた。

王昭君

根を離れて転がり行く蓬のように遠く仕えることとなり
雁の行く路のように心は先が見えなくなる
霜降る中で鳴る騎馬民族の大鼓に朝晩はっとさせられ
辺境の地の蘆笛に夜通しむせび泣くのである

1　既事轉蓬遠、心隨鴈路絶、

［轉蓬］曹植の「雜詩」（其二）に「轉蓬離本根、飄颻隨長風」（轉蓬本根を離れ、飄颻として長風に随ふ）とある。

［心……絶］心が行き詰まり、先のないこと。謝靈運の「道路憶山中」詩に「楚人心昔絶、越客腸今斷」（楚人は心昔に絶え、越客は腸今に断たる）とある。鮑照の「東門行」にも「涕零心斷絶」と見える。

2　霜鞞旦夕驚、邊笳中夜咽、

［鞞］『釋名』に「鞞、助也、裨助鼓節」（鞞は、助くるなり、鼓節を裨助す）とある。黄節は大づづみのことであるとし、「鞞」は乃ち「鼙《へい》」の借字で、『説文』に「鼙《へい》は、騎鼓なり」とあるのを引いて、馬に跨ることを「騎」と言うが、「鼙《へい》」には四本の足が付いていて、四本の箸で支えるように地に置くことから、人が馬に跨っているように見えるので「騎鼓」といい、鮑照のこの詩に見えるのはそれである、と言う。

［笳］胡笳。『宋書』樂志に「杜摯『笳賦』云『李伯陽入西戎所造』」（杜摯の「笳の賦」に云ふ、「李伯陽西戎に

入りて造る所なり」と）という（杜摯は、三国魏の人）。

中興歌十首

元嘉三十年、孝文帝劉駿が元凶を討った後の作か（この詩の成立事情に関しては、中森健二氏「鮑照の文学」に詳しい）。銭振倫はこの時の「中興」について、『詩』序の「『蒸民』は、尹吉甫宣王を美《ほ》むるなり。賢に任せ能を使ひ、周室中興す」を引いて「此れ文帝を頌するなり」と言い、さらに「注は『河清頌』に詳し」と言う。すなわち宋の文帝の元嘉二十四年二月戊戌、河水・済水がともに清み、美瑞と見なされた時に、鮑照も「河清頌」を作っているが、それと同時の作と見ていると考えられる。これに関して黄節は、「『樂府詩集』は此れ雑歌謠辭に屬す。或いは『宋書』孝武帝紀の『元嘉三十年五月、京城を克《をさ》め、新亭を改めて中興亭と爲す』に據つて、以つて歌は當に此の時に作らるべしと爲す。按ずるに、歌中に一語の孝武帝の討逆の事に及ぶ無く、仍《な》ほ文帝を頌する者を以つて近しと爲す」と言う。

其一

千冬逢一春　　千冬　一春に逢ひ
萬夜見朝日　　万夜　朝日を見る
生平値中興　　生平　中興に値《あ》ひ
歡起百憂畢　　歓び起こりて百憂畢《を》はる

其二

中興太平運　　中興　太平運《めぐ》り
化清四海樂　　化清くして四海楽し
祥景照玉臺　　祥景　玉台を照らし
紫煙遊鳳閣　　紫煙　鳳閣に遊ぶ

其三

碧樓舍夜月　　碧楼　夜月を舎《やど》し
紫殿爭朝光　　紫殿　朝光を争ふ
綵墀散蘭麝　　綵墀《さいち》　蘭麝《らんじゃ》を散じ
風起自生芳　　風起こりて自ら芳りを生ず

其四

白日照前窗　　白日　前窓を照らし
玲瓏綺羅中　　玲瓏たり綺羅の中《うち》
美人掩輕扇　　美人　軽扇を掩《おほ》ひ
含思歌春風　　思ひを含みて春風を歌ふ

其五

三五容色滿　　三五に容色満つるも
四五妙華歇　　四五に妙華歇《か》く
已輪春日歡　　已に春日の歓びを輸《いた》せば
分隨秋光設　　分は秋光に随ひて設けらる

其六

北出湖邊戲　　北のかた湖辺に出でて戯れ
前還苑中遊　　前《すす》みて苑中に還りて遊ぶ
飛轂繞長松　　飛轂《ひこく》　長松に繞《めぐ》り
馳管逐波流　　馳管　波を逐ひて流る

其七

九月秋水清　　九月　秋水清らかに
三月春花滋　　三月　春花滋し
千金逐良日　　千金もて良日を逐ひ
皆競中興時　　皆中興の時を競ふ

其八

窮泰已有分　　窮と泰は已に分有り
壽夭復屬天　　寿と夭は復た天に属す
既見中興樂　　既に中興の楽しみを見れば
莫持憂自煎　　憂ひを持つて自らを煎《い》る莫かれ

其九

襄陽是小地　　襄陽《じやうやう》は是れ小なる地
壽陽非帝城　　寿陽は帝城に非ず
今日中興樂　　今日　中興楽しく
遙治在上京　　遥《はる》かに治むるは上京に在り

其十
梅花一時豔　　梅花　一時に艶《あでや》かに
竹葉千年色　　竹葉　千年に色づく
願君松栢心　　願はくは君の松栢の心
採照無窮極　　照を採りて窮極する無からんことを

＊「逢」字、張溥本・『詩紀』は「遅」に作る。『詩紀』に「一に『逢』に作る」とある。
＊「見」字、張溥本・『詩紀』は「視」に作る。
＊「憂」字、『樂府』は「年」に作る。
＊「舎」字、張溥本・『詩紀』・『樂府』は「含」に作る。
＊「綵」字、『樂府』は「彩」に作る。
＊「墀」字、張溥本・『詩紀』は「池」に作る。
＊「設」字、張溥本・『詩紀』・『樂府』は「没」に作る。
＊「治」字、張溥本・『詩紀』は「冶」に作る。

中興の歌

其の一
千年も続く長い冬の中で一度しかない春を心待ちにし
一万日の長い夜の中で朝日を見たようなものだ
生まれて初めて中興に出会い
喜びが湧き起こって多くの心配事が消えた

其の二
中興により泰平の世がめぐって来て
感化は清く天下は楽しんでいる
めでたい光が帝居の玉台を照らし
紫の靄が阿閣に起っている

其の三
碧楼に夜の月がかかり
紫殿は朝の光と輝きを争っている
美しい池には蘭の花が咲き
風が吹くと自然に芳香が漂う

其の四
真昼の太陽が手前の窓から射し込み
薄絹のとばりの中は明るく輝く
美女が軽やかな扇をかざし
思い思いに春風の中で歌っている

其の五
月は十五夜に美しさが充実し
二十日月で美しさは消えはじめる
もはや春の歓びを満喫したからには
時節は秋の光の弱まりとともに暮れて行く

其の六
北湖の水辺に出て遊び
さらに（船で）御苑まで戻って遊ぶ
軽やかな沙羅を着た女たちが高い松樹を囲み
笛を奏でると湖水の波とともに音が流れてくる

其の七
九月は秋の川水が清らかに澄み
三月は春の花が盛んに咲く
千金を費やして良い日を買い求め
秋も春も中興の時を争っている

其の八
窮するにも安泰にも運命というものがあり
長寿も夭折も天命しだいである
中興の楽しみに出会ったうえは
心配事で自分の心を傷めるようなことはない

其の九
襄陽はちっぽけな土地であり
寿陽は帝都ではない
今日の中興の楽しみは
建康の都でこそ素晴らしい

其の十
梅の花はこの一時に花咲き
竹の葉は千年たっても色が好い
出来ることなら松柏のようなあなたの変わらぬ心が
輝きを集め続けてやむことが無いようお願いしたい

其一

1　千冬逢一春、萬夜見朝日、

［朝日］曹植の「雑詩」に「高臺多悲風、朝日照北林」（高台悲風多く、朝日北林を照らす）とあり、李善注に「朝日は、君の明るきに喩へ、北林を照らすは、狭北を言ひて小人に喩ふ」と言う。

2　生平値中興、歡起百憂畢、

［百憂］『詩』小雅「無將大車」に「無思百憂」（百憂無きを思ふ）とある。

其二

3　中興太平運、化清四海樂、

［化清］教化の清らかなこと。清化。張衡の「靈憲」に「地以靈靜作合、承天清化、致養四時而後育、故品物用成」（地は霊の静かなるを以つて合《あつ》まるを作《な》し、天の清化を承け、四時を養ふを致して而る後育む、故に品物の用成る）という。

4　祥景照玉臺、紫煙遊鳳閣、

［玉臺］張衡の「西都賦」に「西有玉臺」（西に玉台有り）とあり、『漢書』の應劭注に「玉臺は、上帝の居る所なり」という。

［紫煙］郭璞の「遊仙詩」に「駕鴻乘紫煙」（鴻に駕して紫煙に乗る）とある。

［鳳閣］謝靈運の「擬魏太子鄴中集」詩に「朝遊登鳳閣、日暮集華沼」（朝に遊びて鳳閣に登り、日暮れて華沼に集ふ）とある。黄節は『中候握河紀』に、堯政に即くこと七十年、鳳鳥庭に止まる、伯禹拜して曰はく、昔帝軒象を提《ひっさ》ぐに、鳳阿閣に巣ぐふと」と言う。

其三

5　**碧樓舍夜月、紫殿爭朝光、**

［碧樓］晉の「子夜歌」に「碧樓冥初月、羅綺垂新風」（碧楼初月冥《くら》く、羅綺新風に垂る）とある。

［紫殿］『三輔黄圖』巻二「漢宮」甘泉宮に「武帝又起紫殿、雕文刻鏤、黼黻以玉飾之」（武帝又た紫殿を起こし、文を雕り鏤を刻して、黼黻《ふふつ》は玉を以つて之れを飾る）とある（「黼黻」は、ぬいとり紋様）。

6　**綵墀散蘭麝、風起自生芳、**

［綵墀］「綵」は「彩」に同じ。「墀」は、色を塗った地面。『説文』に「墀、涂地也」（墀は、地に涂《ぬ》るなり）とある。

［蘭麝］佳い香。『晉書』石崇傳に「婢妾數百人、皆蘊蘭麝、被羅縠」（婢妾数百人、皆蘭麝を蘊《こ》め、羅縠を被る）とある。

其四

7　**白日照前窗、玲瓏綺羅中、**

［玲瓏］『漢書』揚雄傳注に、「晉灼曰、玲瓏、明見貌也」（晋灼曰はく、玲瓏は、明るく見ゆる貌なり）とある。

［綺羅］薄絹のとばり。『新論』に「揚聲于章華之臺、炫燿于綺羅之堂」（声を章華の台に揚げ、燿《かがや》きを綺羅の堂に炫《かがや》かす）と言う。徐幹の「情詩」に「綺羅失常色、金翠暗無精」（綺羅は常色を失ひ、金翠は暗くして精無し）とあるのは、婦人のもすそ。

8　**美人掩輕扇、含思歌春風、**

［掩輕扇］『晉書』武元楊皇后傳に「卞藩女有美色、帝掩扇謂后曰、卞氏女佳」（卞藩の女に美色有り、帝扇を掩ひて后に謂ひて曰はく、卞氏の女佳し、と）とある。

［歌春風］『漢書』高祖紀に「高帝還過沛、置酒召父老子弟、撃筑自歌云、大風起兮雲飛揚」（高帝還りて沛を過ぎ、置酒して父老子弟を召き、筑を撃ちて自ら歌ひて云《い》はく、大風起こりて雲飛揚すと）とある。

其五

9　三五容色滿、四五妙華歇、

［三五……］「古詩」に月の満ち欠けを言い、「三五明月滿、四五詹兔缺」（三五に明月満ち、四五に詹兔《せんと》缺く）とある。

［容色］『論語』郷黨に「享禮有容色、私覿愉愉如也」（享礼には容色有り、私覿《してき》には愉々如たり）とある（「私覿」は、目下の者の私的な謁見）。

［妙華］花のような月の美しさ。班固の「竹扇賦」に「青青之竹形兆直、妙華長竿紛寔翼」（青々たるの竹は形兆直く、妙華と長竿と紛として寔《まこと》に翼《たす》く）とある（「形兆」は、かたち）。

10　已輸春日歡、分隨秋光設、

［分隨…］「分」は、時分、時節。盧諶の「贈劉琨一首并書」に「義由思深、分隨昵加」（義は思ひの深きに由り、分は昵《ちか》きの加はるに随ふ）とあり、『文選』李善注に「分は猶ほ節のごときなり」と言う。

（［隨……沒］繁欽の詩（『佩文韻府』引）に、「隨沒無所益、身死名不書」（没するに随つて益する所無く、身死して名書せられず）とある。）

其六

11　北出湖邊戲、前還苑中遊、

［北……湖］顔延之の「應詔觀北湖田收詩」注に「『丹陽郡圖經』曰、『樂遊苑、晉時藥園。元嘉中、築隄壅水、名爲北湖』」（『丹陽郡図経』に曰はく、「楽遊苑は、晋時の薬園なり。元嘉中、隄を築きて水を壅《ふさ》ぎ、名づけて北湖と為す」と）という。

12　飛縠繞長松、馳管逐波流、

［縠］うすぎぬ。宋玉の「神女賦」に「霧縠以徐步兮」（霧縠以つて徐ろに歩む）とあり、李善注に「縠は、今の軽紗なり」と言う。

其七

13　九月秋水清、三月春花滋、

［秋水］『荘子』秋水に「秋水時至、百川灌河」（秋水時

に至り、百川河に灌ぐ）とある。

14　千金逐良日、皆競中興時、

［良日］『漢書』高祖紀に「謹擇良日二月甲午、上尊號」（謹んで良日の二月甲午を択び、尊号を上《たてまつ》る）とある。

［競時］『列子』天瑞に「少不勤行、長不競時、故能壽若此」（少《わか》くして行に勤めず、長じて時を競はず、故に能く寿なること此くのごとし）とある。

其八

15　窮泰已有分、壽夭復屬天、

［窮泰］窮達。陸機の「贈馮文羆遷斥丘令」詩に「否泰苟殊、窮達有違」（否泰は苟《まこと》に殊なり、窮達は違ふ有り）とあり、李善注に「否泰は、『周易』の二卦の名なり」と言って、『列子』の「西門子謂北宮子『汝造事而窮、予造事而達。此厚薄之驗與』」（西門子謂ふ「北宮子曰はく、汝は事を造して窮し、予は事を造して達す。此れ厚薄の験か」と）を引く。

16　旣見中興樂、莫持憂自煎、

［自煎］曹植の「七歩詩」に「本是同根生、相煎何太急」（本より是れ同根に生ふるに、相煎ること何ぞ太だ急なる）とあり、『莊子』人間世篇に「山木自寇也、膏火自煎也」（山木は自らを寇《あだ》し、膏火は自らを煎る）という。

其九

17　襄陽是小地、壽陽非帝城、

［襄陽］襄陽楽をいうとする説と、本詩の成立に関わる人物柳元景の故郷をいうとする説などがある。『古今樂録』に「襄陽樂者、宋隨王誕之所作也。誕始爲襄陽郡、元嘉二十六年、仍爲雍州刺史、夜聞諸女歌謠、因而作之。所以歌和中有『襄陽來夜樂』之語也。』」（襄陽楽は、宋の随王誕の作る所なり。誕始め襄陽郡と為り、元嘉二十六年、仍《な》ほ雍州刺史と為り、夜諸女の謡を歌ふを聞き、因りて之れを作る。歌ひ和するの中に「襄陽夜の楽しみを来たす」の語有る所以なり）とある。「襄陽」は、『漢書』地理志に「襄陽縣屬南郡」（襄陽県は南郡に属す）とあり、注に「在襄水之陽」（襄水の陽に在り）という。

［壽陽］壽陽楽をいうとする説と、南平王劉鑠を指すとする説などがある。『宋書』武帝紀に「元熙元年正月、詔遣大使徵公入輔。又申前命、進公爵爲王。以徐州之海陵・東海・北譙・北梁、豫州之新蔡、兗州之北陳留、司州之陳郡・汝南・潁川、滎陽十郡増宋國。七月、乃受命、赦國内五歳刑以下、遷都壽陽」（元熙元年正月、詔あつて大使を遣はして公を徵して輔に入れしむ。又た前命を申《かさ》ね、公爵を進めて王と為す。徐州の海陵・東海・北譙・北梁、豫州の新蔡、兗州の北陳留、司州の陳郡・汝南・潁川、滎陽の十郡を以つて宋国に増す。七月、乃ち命を受け、国内の五歳の刑以下を赦し、都を寿陽に遷す）とある。

18　今日中興樂、遙治在上京、

［遙治］『荀子』非相に「美麗姚冶」（美麗にして姚冶なり）とあり、『説文』に「姚、美好貌、冶、妖也」（姚は、美好なる貌、冶は、妖なり）という。）

［上京］班固の「幽通賦」に「有羽儀於上京」（羽儀上京に有り）とある。銭振倫はここの「上京」は建康であろうと言う。

其十

19　梅花一時豔、竹葉千年色、

［梅花］当時の梅花の捉えられ方としては、例えば劉義慶の「遊鼉湖」詩に「暄景轉諧淑、草木日滋長。梅花覆樹白、桃杏發榮光」（暄景転《うた》た諧ぎ淑《やはら》く、草木日に滋り長ず。梅花は樹を覆ひて白く、桃杏は栄《はな》を発《ひら》きて光る）と見え、『宋書』（『初學記』引）には「武帝女壽陽公主、臥含章簷下、梅花落公主額上、成五出花、拂之不去、皇后留之、自是有梅花粧」（武帝の女《むすめ》寿陽公主、含章簷の下に臥するに、梅花公主の額上に落ち、五出花を成す、之れを払へども去らず、皇后之れを留め、是れより梅花粧有り）と見える。

20　願君松栢心、採照無窮極、

［松栢］『禮記』禮器に「如松柏之有心也」（松柏の心有るがごときなり）とある。

［採照］ここの「照」は、鮑照自身を示唆するものと考

えられる。

呉歌三首

本集の宋本は「二首」に作る。ここでは張溥本に従うが、其の一と其の二が酷似していることから、或いは二首説に従うのが是かとも思われる。

「呉歌」は、『通典』に「呉歌雑曲は、並びに江東・晉・宋より出でて以來、稍や増廣有り」という。この詩は夏口・樊口城という三国の時の争いの地を詠んでいる。

其一

夏口樊城岸　　夏口樊城《はんじやう》の岸は
曹公卻月戍　　曹公卻月《きやくげつ》の戍《まも》り
但觀流水還　　但だ観る流水の還るを
識是儂流下　　識る是れ儂《われ》の流し下すを

其二

夏口樊城岸　　夏口樊城《はんじやう》の岸は
魯公卻月樓　　魯公卻月《きやくげつ》の楼
觀見流水還　　観見す流水の還るを
識是儂淚流　　識る是れ儂《わ》が涙の流るるを

其三

人言荆江狹　　人は言ふ荊江は狭しと
荆江定自闊　　荊江は定めて自ら闊《ひろ》からん
五兩了無聞　　五兩も了《つひ》に聞く無し
風聲那得達　　風声那《なん》ぞ達するを得んや

＊其一は宋本に無い。
＊「魯」字、張溥本・『詩紀』・『樂府』は「曹」に作る。
＊「兩」字、張溥本・『詩紀』・『樂府』は「兩」に作る。

其の一
夏口・樊口の町ちかくの川岸は
曹操の卻月陣の戍楼のあったところ

流水が戻ってくるのを観ているだけで
おいらの涙も落ちるのだ

其の二
夏口・樊口の町ちかくの川岸は
魯公の卻月陣の楼のあったところ
流水が戻ってくるのを観ていると
おいらの涙も流れるのだ

其の三
人は荊の大川は狭いと言うが
荊の大川はきっとそれなりに広いに違いない
風を伺っても終いまでは聞こえてこないのは
風の音がとどかないのだ

其一

1　夏口樊城岸、曹公卻月戍、

［夏口樊城］夏口城は、湖北省武昌県（武漢）の西。樊城は、湖北省襄陽県の北にあるが、黄節は樊城ではなく夏口に隣接する樊口城であるとする。曹操が劉備を樊城から追撃して夏口・樊口まで追い込んだ史実に鑑みるに、黄節説が妥当であると思われる。『魏志』武帝紀に「建安十三年秋七月、公南征劉表。八月、表卒、其子琮代、屯襄陽。劉備屯樊。九月、公到新野、琮遂降。備走夏口。公進軍江陵、下令荊州吏民、與之更始」（建安十三年秋七月、公南のかた劉表を征つ。八月、表卒し、其の子琮代はりて、襄陽に屯す。劉備樊に屯す。九月、公新野に到り、琮遂に降る。備夏口に走る。公軍を江陵に進め、令を荊州の吏民に下して、之と更始せしむ）とあり（「更始」は、旧を改め、新を始める）、『水經注』に「江水又東、得豫章口、夏水所通也」（江水又た東し、豫章口を得、夏水の通ずる所なり）といい、また「江之右岸當鸚鵡洲南、有江水右迤、謂之驛渚。三月之末、水下通樊口水」（江の右岸は鸚鵡洲の南に当たり、江水の右に迤《めぐ》る有り、之れを駅渚と謂ふ。三月の末、水下りて樊口の水に通ず）という。樊口は樊城よりも南、夏口の下流に位置する。

［卻月戍］湖北省漢陽県（武漢）の東北にあった半円形

の城塞。『水經注』江水注に「沔左有郤月城、亦曰偃月壘」（沔左に郤月城有り、亦た偃月壘と曰ふ）とあり、錢振倫は『地理通釋』を引き（『佩文韻府』より引くか）、「洪氏曰、八陣魁六十有四、重易之卦也。郤月魁二十有四、作易之畫也。畫起於圓而神、故郤月之形圓。卦定於方以知、故八陣之體方」（洪氏曰はく、八陣は魁け六十有四、易の卦を重んずるなり。郤月は魁け二十有四、易の画を作るなり。画は円に起こりて神、故に郤月の形は円なり。卦は方に定まりて以つて知、故に八陣の体は方なり）という。

2　但観流水還、識是儂流下、

［流水還］後世の謝朓の「新亭渚別范雲」詩には「雲去蒼梧野、水還江漢流」と見える。

［流下］其の二の結句から涙の「流れ下る」ことと取っておきたい。

其二

3　夏口樊城岸、魯公郤月樓、

［夏口樊城岸］注釈の1を参照。

［魯公］曹操の場合も同様だが、魯公と「郤月」の関係については未詳。1の『水經注』にあるように「郤月城」は「偃月壘」とも言い、魯城と向かい合う。『三國志』魏志「楊阜傳」に「（楊阜）使從弟岳於城上作偃月營」と見えるが、それは隴の地での話である。

4　觀見流水還、識是儂淚流、

［觀］黄節は「『観』は、疑ふらくは『歡』の誤りならん。所謂『歡び』なり」という。

其三

5　人言荆江狹、荆江定自闊、

［荆江狹・闊］黄節は『水經注』の「江水又東、逕江陵縣故城南。禹貢『荆及衡陽惟荊州。』蓋即荆山之稱而制州名矣。江陵地東南傾、故緣以金隄、自靈溪始。江津戍南對馬頭岸、北對大岸、謂之江津口、江大自此始也。江水至

江津、非方舟避風、不可渉也」（江水又た東し、江陵県の故城の南を逕る。禹貢に「荊より衡陽に及ぶ惟れ荊州なり」と。蓋し荊山の称に即して州名を制したるなり。江陵は地東南のかた傾く、故に縁るに金隄を以つてするは、霊渓より始まる。江津戍の南のかたは馬頭岸に対し、北のかたは大岸に対す、之れを江津口と謂ひ、江の大なるは此れより始まるなり。江水は江津に至り、方舟の風を避くるに非ざれば、渉るべからざるなり）を引き、「詩の所謂狭闊の義は、蓋し此れを指すならん」という。

6　五雨了無聞、風聲那得達、

［五雨］未詳。張溥本に従い「五兩」に作れば、船尾につけて風を伺う鶏羽をいう（鍾優民『社會詩人鮑照』の見解による）。郭璞の「江賦」に「覘五兩之動靜」（五両の動静を覘《うかが》ふ）とあり、注に「許愼淮南子注曰、綄、候風也、楚人謂之五兩也」（許慎の淮南子注に曰はく、綄は、風を候ふなり、楚人之れを五両と謂ふなり）という。

與謝尚書莊三連句

連句について、錢仲聯は『類説』に引く「樂府解題」に「連句は漢の武帝の柏梁の宴にて作るより起こり、人ごとに一句を作り、連ねて以つて文を成すなり」というと言い、また、趙翼の『甌北詩話』に「聯句詩は、六朝以前は之れを連句と謂ふは、『梁書』及び『南史』に見ゆ」と言うのを引く。「柏梁」詩は一人一句であるが、以降は韻をもらい、二句あるいは四句を作る場合もある。この詩の韻字は平声の「澄」「勝」「凝」「興」（平水韻では「蒸」韻）であるが、「三連句」については未詳。

「謝莊」は、『宋書』謝莊傳に「字は希逸、陳郡陽夏の人なり。孝建元年吏部尚書を拜せらる。三年、坐して辭し疾ひ多く、官を免ぜらる。大明三年、起ちて都官尚書と爲る」とある。自然の景物を好んで詠み、また雑言詩には「兮」字を多用する等を特徴とした。

霞輝兮澗朗　　霞輝きて澗朗《あき》らかに
日靜兮川澄　　日静かにして川澄む

風輕桃欲開　　風軽やかにして桃開かんと欲し
露重蘭未勝　　露重くして蘭未だ勝《た》へず
水光溢兮松霧動　　水光溢れて松霧動き
山煙疊兮石露凝　　山煙畳なりて石露凝る
晻映晨物綵　　晻映《えんえい》として晨物綵《しんぶついろど》り
連綿夕羽興　　連綿として夕羽興こる

＊「晻」字、張溥本・『詩紀』は「掩」に作る。

謝荘とともに作った連句

霞は日に輝いて谷水は明るく透きとおり
一日は静かで川は澄みきっている
風が軽く吹いて桃は花開こうとし
露たっぷりの重さに蘭は堪えられない
水面は光溢れて松には霧がかかり
山は靄が幾重にも重なって岩石は露が滴っている
朝は景物が蔭を落として綾模様を織りなし
夕方は鳥が群なして舞い立つ

1　霞輝兮澗朗、日靜兮川澄、

［兮］『楚辭』系の詩文によく見られる助字であるが、謝荘の雑言詩にも頻出する。

［日静］『宋書』禮志に「高祖武皇帝、允協靈祇、有命自天、弘日靜之勤、立蒸民之極」（高祖武皇帝、允《まこと》に霊祇に協ひ、命の天よりする有り、日び静かなるの勤めを弘め、蒸民の極みを立つ）というが（「蒸民」は、多くの民）、ここの「日」は太陽の意であろう。

2　風輕桃欲開、露重蘭未勝、

［桃］『禮記』月令に「仲春之月、桃始華」（仲春の月、桃始めて華ひらく）とある。

3　水光溢兮松霧動、山煙疊兮石露凝、

［水光］後世の江淹の「悼室人」詩（其七）には「階前水光裂、樹上雪花團」（階前水光裂け、樹上雪花団《あつま》る）とある。『周髀算經』（『駢字類編』引）の「日兆月」の趙

嬰注には、「日者陽之精、譬猶火光、月者陰之精、譬猶水光」（日なる者は陽の精にして、譬へば猶ほ火の光のごとし、月なる者は陰の精にして、譬へば猶ほ水の光のごとし）と言う。

［松霧］謝荘の「孝武宣貴妃誄」に「鏘楚挽於槐風、遇邊簫於松霧」（鏘楚として槐風を挽き、辺簫に松霧に遇ふ）とある。

［山煙］顔延之の「贈王太常詩」に「松風遵路急、山煙冒壟生」（松風路に遵ひて急に、山煙壟《をか》を冒して生ず）とある。

［石露凝］漢の繁欽の「蕙詠」詩に「葩葉永彫悴、凝露不暇晞」（葩葉永《ひさ》しく彫悴し、凝露晞くに暇あらず）とある。

4　晻映晨物綵、連綿夕羽興、

［晻映］日にぼんやりと映えるさま。謝荘の「何尚之墓銘」に「晻映流芳、烟熅作義」（晻映として芳を流し、烟熅として義を作す）とあり、また「和元日雪花應詔詩」に「掩映順雲懸、搖裔從風掃」（掩映として雲の懸かるに順ひ、揺裔として風の掃ふに従ふ）とある。

［晨物綵］物が朝日で彩られること。『左傳』隠公五年に「講事以度軌量、謂之軌、取材以章物采、謂之物」（事を講じて以つて軌量を度る、之れを軌と謂ひ、材を取りて以つて物采を章らかにす、之れを物と謂ふ）とある（「軌量」は、法度。「物彩」は、装飾）。

［夕羽］夕日を浴びた鳥類。『水經注』㶟水に「晨鳧夕雁、泛濫其上、黛甲素鱗、潛躍其下」（晨鳧夕雁、其の上に泛濫し、黛甲素鱗、其の下に潜躍す）とある。

在荊州與張史君李居士連句

銭仲聯は趙翼の『陔餘叢考』を引き、「聯句は當に漢武の『柏梁』を以つて始めと爲すべし」と言う。

大明六年七月、臨海王子頊は荆州刺史となり、鮑照を前軍參軍、掌書記に任じた。四年後、子頊は挙兵に失敗して死を賜り、鮑照も乱兵に殺されるが、それまでの間に、荊州の同僚張某・李某と作ったものであろう。張・李の句は伝わらない。韻字は平声の「鞍」、「竿」（平水韻では「寒」韻)。

橋磴支古轍　橋磴《けうとう》は古き轍《わだち》を支へ
篁路拂輕鞍　篁路は軽き鞍を払ふ
三尹無喜色　三たび尹《いん》たるも喜びの色無く
一適或垂竿　一たび適ふは竿を垂るるに或《あ》り

＊題の「連」字、張溥本・『詩紀』は「聯」に作る。
＊題の「史」字、張溥本・『詩紀』は「使」に作る。
＊「古」字、張溥本・『詩紀』は「吾」に作る。

荊州にて張史君・李居士たちと作った連句

荊州の石橋はこれまで何台もの車が通るのを支え
竹藪の路は軽やかな馬を通してきている
三たび令尹となっても嬉しくはなく
専ら心に適うのはひょっとして釣り糸を垂れることか

1　**橋磴支古轍、篁路拂輕鞍、**

［橋磴］「磴」は、石橋。孫綽の「游天台山賦」に「跨穹隆之懸磴、臨萬丈之絶冥」(穹隆の懸磴を跨ぎ、万丈の絶冥に臨む)とあり、李善注に「懸磴は、石橋なり」と言う。

［古轍］以前の轍。古人の行迹にも喩える。

［篁］『戰國策』燕策に「薊丘之植、植于汶篁」(薊丘の植は、汶篁に植う)とあり、注に「竹田曰篁」(竹田を篁と曰ふ)という。

［輕鞍］鮑照の「詠史」詩にも「仕子彯華纓、遊客竦輕轡」(仕子は華纓を彯《なび》かせ、遊客は軽轡を竦《そび》やかす)と見える。

2　**三尹無喜色、一適或垂竿、**

［三尹］三たび宰相となる。楚の子文の故事に基づく。『論語』公冶長篇に「令尹子文三仕爲令尹、無喜色。三已之、無慍色」(令尹子文三たび仕へて令尹と為るも、喜びの色無し。三たび之れを已むるも、慍《うら》みの色無し)とある。

［垂竿］釣り糸を垂れる。晋の孫惠の「龜言賦」に「泛舟於清冷之淵、垂竿於巖澗之下」（舟を清冷の渕に泛かべ、竿を巌澗の下に垂る）とあり、『莊子』秋水篇に「莊子釣於濮水。楚王使大夫二往先焉、曰、願以境内累矣。莊子持竿不顧」（莊子濮水に釣る。楚王大夫二りをして往きて焉《こ》れに先んぜしめ、曰はく、願はくは境内を以つて子を累《わづら》はさんと。莊子竿を持して顧みず）という。

月下登樓連句

鮑照が博士となったことは、虞炎の『鮑照集』序には「孝武の初め、海虞の令に除せられ、太學博士に遷せられ、中書舎人を兼ぬ」とあるが、『宋書』の本伝は載せない。太学博士については、『宋書』百官志に「博士は秦官なり。魏より晉の西朝に及び、十九人を置く。左江の初め、減じて九人と爲す。皆何れの經を掌るかを知らず。元帝の末、『儀禮』・『春秋』・『公羊』の博士各一人を増し、合はせて十一人と爲す。後又た増して十六人と爲す。復たとは分けて五經を掌らず、而して之れを太學博士と謂ふなり。秩六百石なり」といい、また「國子博士二人、第六品なり」という。

鮑照以外の三人の事跡については未詳であるが、荀萬秋については『宋書』荀伯子傳に「伯子の族弟の昶、字は茂祖、文藝を以つて中書郎に至る。子の萬秋、字は元寶、亦た才學を用つて自ら顯はるるも、皆丞に官たる者無し」とある。なお、黄節は『宋書』禮志に「大明三年尚書左丞荀萬秋をして『五路禮圖』を造らしめ、四年正月戊辰、尚書左丞『籍田儀注』を奏す」等の語が有り、この時に尚書左丞であったのは萬秋ではないかと言う。

【鮑博士】

髴髣拂月光　髴髣《ふつはう》として月光を払ひ
繽紛篁霧陰　繽紛《ひんぷん》として霧陰を篁《あつ》む
樂來亂憂念　楽しみ来たりて憂念を乱し
酒至歇憂心　酒至りて憂心を歇《や》む

【王延秀】
露入覺牖高　　露入りて牖《まど》の高きを覚え
芳深測苑深　　芳り深くして苑《その》の深きを測る
清氣澄永夜　　清気　永夜に澄み
流吹不可臨　　流吹　臨むべからず

【荀原之】
密峯集浮碧　　密峰　浮碧を集め
疎瀾道瀛潯　　疎瀾　瀛潯《えいじん》を道びく
嗽玉延幽性　　玉に嗽《すす》ぎて幽性を延《の》べ
扳桂藉知音　　桂に扳《よ》ぢて知音に藉《か》る

【荀中書萬秋】
辰意事淪晦　　辰の意は淪晦を事とするも
良歡戒勿祲　　良き歓びは祲勿かれと戒む
昭景有遺駟　　昭と景には駟を遺はす有り
孤賈無留金　　孤と賈には金を留むる無し

＊「拂」字、張溥本・『詩紀』は「蘿」に作る。
＊「牗」字、張溥本・『詩紀』は「牖」に作る。
＊「芳深」、張溥本・『詩紀』は「螢蜚」に作る。
＊「潯」字、張溥本・『詩紀』は「尋」に作る。
＊「扳」字、張溥本・『詩紀』は「攀」に作る。
＊「遺」字、張溥本・『詩紀』は「遺」に作る。
＊「孤」字、張溥本・『詩紀』は「疏」に作る。

照る月の下で楼に登った時に作った連句

【鮑博士】
楼にはぼんやりと月の光が照り
盛んに霧が集まる
楽しくなってくるとつのる憂いは紛れ
酒が出されると心の憂いは消え去る

【王延秀】
露が入ってくることで窓が高いと分かり
蛍が飛ぶことで庭が奥深いと想像できる

清らかな空気が夜通し澄みわたっているので
笛を吹くことは許されない

【荀原之】
連なる峰々には浮き出るような碧が溢れ
ゆったりとした大波は大海の岸辺から続いている
玉で口を嗽いで深遠なる精神を養い
桂の枝を手折って知己を頼りとする

【荀中書萬秋】
時世は沈滞気味でも
良き友との宴会では悪い雰囲気にならぬよう戒めよう
燕の昭王・斉の景公は贅を尽くして馬だけを残して
　死んだが
漢の疏廣と陸賈は人を大切にし金など残さずに亡く
　なっている

【鮑博士】

1　鬅鬙拂月光、繽紛篁霧陰、

［鬅鬙］「鬙鬅」に同じであれば、『説文』に「鬙鬅、若似也」（鬙鬅は、似たるがごときなり）とある。

［繽紛］『楚辭』王逸注に「繽紛、盛貌」（繽紛は、盛んなる貌なり）とある。

2　樂來亂憂念、酒至歇憂心、

［憂念］『史記』陸賈傳に「呂太后時、諸呂擅權、右丞相陳平患之、……陸生曰、有憂念、不過患諸呂少主耳」（呂太后の時、諸呂權を擅にし、右丞相陳平之れを患ふ、……陸生曰はく、憂念有るは、諸呂の主を少《か》くを患ふに過ぎざるのみと）とある。

［憂心］『楚辭』九章「哀郢」に「登大墳以遠望兮、聊以舒吾憂心」（大墳に登りて以つて遠く望み、聊か以つて吾が憂心を舒べん）とあり、『詩』邶風「柏舟」に「憂心悄悄、慍于群小」（憂心悄々として、群小に慍《うら》まる）という。

【王延秀】

3　露入覺牖高、芳深測苑深、

[牖]まど。『禮記』月令に「孟冬之月、命有司曰、天氣上騰、地氣下降、天地不通、閉塞而成冬」（孟冬の月、有司に命じて曰はく、天の気上に騰がり、地の気下に降り、天地通ぜず、閉塞して冬と成ると）とあり、注に「使有司助閉藏之氣、門戸可閉閉之、窗牖可塞塞之」（有司をして閉蔵の気を助け、門戸の閉づべきは之れを閉ぢ、窗牖の塞ぐべきは之れを塞がしむ）とある。『書』顧命の注に「牖、謂窗也」（牖は、窗を謂ふなり）という。

（[蜚]『漢書』注に「師古曰、蜚、讀曰飛」（師古曰はく、蜚は、読みて飛ぶと曰ふ）とある。）

4　清氣澄永夜、流吹不可臨、

[流吹]笛の音。顔延之の「三月三日曲水詩」序に「搖玉鸞、發流吹」（玉鸞を揺《うご》かし、流吹を発す）とあり、李周翰注に「流吹は、笳簫の類なり」という。

【荀原之】

5　密峯集浮碧、疎瀾道瀛潯、

[瀛潯]「瀛」は、大きな湖。大海。謝恵連の「泛湖歸出樓玩月」詩に「日落泛澄瀛、星羅游輕橈」（日落ちて澄瀛に泛かび、星羅《つらな》りて軽橈を游ばす）とある（「橈」は、船を操る舵）。銭振倫は『瀛潯』は天潯・江潯の類のごとし」と言う（「潯」は、渕のある岸辺）。

6　漱玉延幽性、扳桂藉知音、

[漱玉]玉で口をすすぐ。陸機の「招隱詩」に「飛泉漱鳴玉」（飛泉鳴玉に漱ぐ）とある。

[扳桂]「扳」は、「攀」。たぐり寄せる。『楚辭』招隱士に「攀桂枝兮聊淹留」（桂枝に攀《よぢ》りて聊か淹留す）とある。

【荀中書萬秋】

7　辰意事淪晦、良歡戒勿祲、

[辰意]日、月、星辰の現わす天意。黄節は『左傳』杜預注の「日照晝、月照夜、星運行于天、昏明遞匝、民得取其時節、故三者皆爲辰也」（日照れば昼、月照れば夜、

星天に運行し、昏と明と逓《たが》ひに匝《めぐ》り、民其の時節を取るを得、故に三者皆辰《とき》と為す）を引き、『辰意』とは、三辰の示す所の意を謂ふ。諸《こ》れを人事に證すれば、則ち甚だ論晦、惟だ月下の良き歡びに當たつて、戒めて氛祲を示す勿きのみ」と言う。

［祲］妖気。『左傳』昭公十五年に「見赤黒之祲」（赤黒の祲を見る）とあり、杜預の注に「祲、妖氛也」（祲は、妖氛なり）という。

8　昭景有遺駟、孤賈無留金、

［昭・景］銭振倫は「『昭・景』は、燕の昭王・斉の景公を謂ふ」と言い、『戰國策』の「郭隗謂燕昭王曰、『古之人君、遣使者齎千金市千里馬於他國、未至、馬已死、買其骨五百金以歸。天下知君之好也、於是期年而千里之馬至者三焉。』」（郭隗燕の昭王に謂ひて曰はく、「古の人君、使者を遣はして千金を齎らし千里の馬を他国に市《あきな》はしむるも、未だ至らずして、馬已に死し、其の骨を買ふこと五百金にして以つて帰る。天下の君の好むを知るや、是に於いて期年にして千里の馬の至る者三なり」と）を引く。

［駟］四頭だての馬車。贅を尽くすをいう。『論語』季子篇に「齊景公有馬千駟、死之日、民無徳而稱焉。伯夷・叔齊餓于首陽之下、民到于今稱之」（斉の景公に馬千駟有り、死ぬるの日、民に徳として焉《こ》れを称《たた》ふる無し。伯夷・叔斉首陽の下に餓うるも、民今に到るまで之れを称ふ）とある（ここの「駟」は、馬を数える数量詞）。

［孤賈…］「孤」を「疏」に作れば、疏廣と陸賈。ともに金銭に執着しなかった。『漢書』疏廣傳に「廣既歸郷里、日令家共具設酒食、請族人故舊賓客與相娯樂。數問其家金餘尚有幾所、趣賣以供具」（広既に郷里に帰り、日に家をして共に具に酒食を設けしめ、族人・故旧・賓客に請ひて与に相娯楽す。数《しば》しば其の家の金餘の尚ほ幾《いくば》くの所か有ると問ひ、趣きて売りて以つて供具す）とあり、また、陸賈傳に「出所使越橐中裝、賣千金、分其子二百金、令爲生産」（越に使ひする所の橐《たく》中の装を出だし、売ること千金、其の子に二百金を分け、生産を為さしむ）とある（「橐」は、ふくろ）。

字謎三首

黄節は、『説文』に「謎とは、隠語なり」とあると言い、『漢書』藝文志「詩賦略」雑賦の「隠書十八篇」の顔師古注を引いて「『劉向別録』に『隠書なる者は、疑ふらくは其れ言ふに相問ふを以つてし、對《こた》ふる者慮りを以つて之れを思へば、以つて諭《さと》さざる無かるべし』と云ふ」と言う。

【井字】
二形二體　　二の形に二つの体
四支八頭　　四つの支《えだ》に八つの頭
四八一八　　四つの八に一つの八
飛泉仰流　　飛泉は流れを仰ぐ

＊「二體」の「二」字、張溥本・『詩紀』は「一」に作る。

【龜字】
頭如刀　　頭は刀のごとく
尾如鉤　　尾は鉤のごとし
中央横廣　　中央は横に広く
四角六抽　　四つの角は六たび抽《ひ》く
右面負兩刃　　右面は両刃を負ひ
左邊雙屬牛　　左辺は双《ふた》つながら牛に属す

【土字】
乾之一九　　乾《けん》の一九は
隻立無偶　　隻《ひと》り立ちて偶《なら》ぶ無く
坤之二六　　坤《こん》の二六は
宛然雙宿　　宛然として双《ふた》つながら宿す

文字のなぞなぞ

【井字の謎】
二の字の形ふたつで体をなし
四つに枝分かれして八つの頭がある
併せて五かける八すなわち四つの十からなり

泉が湧き出せば流れを仰ぎ見ることができる

【龜字の謎】

頭は刀
尾は鈎のようであり
中央は横に広がり
四角《よすみ》に六つの出っぱり
右側は二つの刀を背負い
左側は二つとも牛の象形である

【土字の謎】

陽爻は一人で立って並ぶものが無く（⚊）
陰爻は譲りあって二人とも休んでいる（⚋）

【井字】

1　二形二體、四支八頭、

［二體］『晉書』劉兆傳に「撰周易訓注、以正動二體、互通其文」（周易を撰びて訓注し、正動の二体を以つて、互ひに其の文を通ず）とある。

［四支］『春秋繁露』官制象天・第二十四に「人之身有四肢」（人の身に四肢有り）とある。

［八頭］郭璞「海外東經圖贊」の「天呉贊」に「耽耽水伯、號曰谷神。八頭十尾、人面虎身」（耽々たる水伯、号びて谷神と曰《い》ふ。八頭十尾、人面虎身なり）とある。

2　四八一八、飛泉仰流、

［四八一八］錢振倫は「按ずるに、『四八一八』は、合すれば則ち五八にして、五八、四十なり。四十は井の字と爲す」と言う。

［飛泉］湧き水。『後漢書』張衡傳に「漱飛泉之瀝液兮、咀石菌之流英」（飛泉の瀝液たるに漱ぎ、石菌の流英を咀《か》む）とある。

［仰流］桓温の「薦譙元彦表」に「幽遐仰流、九服知化」（幽遐流を仰ぎ、九服化を知る）とある。また「難蜀父老」に「二方之君鱗集仰流」（二方の君鱗集して流を仰ぐ）とある（二方とは西夷と南夷）。

【龜字】

3　**頭如刀、尾如鉤、中央橫廣、四角六抽、**

［橫廣］『漢書』揚雄傳に「假言……幽弘橫廣、絶于迩言」（仮《はる》かなる言は……幽弘にして横まに広がり、邇《ちか》き言を絶つ）とある。

［四角］四すみ。古詩「爲焦仲卿妻作」詩に「紅羅複斗帳、四角垂香嚢」（紅羅の複斗帳、四角に香嚢を垂る）とある（「複斗帳」は、蚊帳）。

4　**右面負兩刃、左邊雙屬牛、**

［負刃］刃物を背負う。『水經注』江水・二に「黃牛灘南岸、重嶺疊起。最外高崖間、有色如人、負刀牽牛、人黒牛黃、成就分明」（黄牛灘の南岸は、重嶺畳《たた》なはり起つ。最外の高崖の間に、色有り人のごとし、刀を負ひ牛を牽き、人は黒く牛は黄く、成就分明なり）とある（「色」は当に「石」に作るべし）。

【土字】

5　**乾之一九、隻立無偶、**

［乾］錢振倫は「按ずるに、乾は陽なり坤は陰なり。上の二句は陽の文を謂ひ、陽の爻は即ち一の字なり。下の二句は陰の文を謂ひ、二つの陰の爻は⚏、則ち十の字と爲すなり。合せて土の字と成る」と言う。

［無偶］並ぶものが無い。『魏志』管寧傳に「太僕陶丘一等薦寧曰、寧清高恬泊、擬跡前軌、徳行卓絶、海内無偶」（太僕の陶丘一《もつぱ》ら寧を薦めて曰はく、寧は清高恬泊、跡を前軌に擬し、徳行卓絶、海内に偶《なら》ぶ無し）とある。

6　**坤之二六、宛然雙宿、**

［坤］5の「乾」の注を参照されたい。

［宛然］譲るさま。『詩』魏風「葛屨」に「好人提提、宛然左辟」（好人提々として、宛然として左に辟《さ》く）とあり、集傳に「宛然、讓之貌、讓而辟者必左」（宛然は、譲るの貌なり、譲りて辟《さ》くる者は必ず左す）という。

［雙宿］つがいで巣くう。

巻第六　詩（鮑氏集巻第八）

擬行路難十九首

『樂府詩集』雑曲歌辭には『樂府解題』に曰はく、『行路難』は、世路の艱難および離別悲傷の意を備《つぶ》さに言ひ、多くは『君見ずや』を以つて首と爲すと。『陳武別傳』を按ずるに曰はく、武常に羊を牧するに、諸家の牧豎《ぼくじゅ》に歌謠を知る者有り、武遂に『行路難』を學ぶと。則ち起くる所は亦た遠し。……」とある。「君見ずや」等の十九首に共通する要素は、古辭を継承すると考えられる。

　錢仲聯は「『行路難』は本《も》と漢代の歌謠にして、晉人袁山松其の音調を改變し、新辭を製造す。古辭と袁の辭と、今は倶に佚せり。鮑照の此の詩は末首に『余二十弱冠の辰に當たる』と云ひ、後人此れに據りて照二十歳左右即ち元嘉十年左右に於いて『擬行路難』を作ると謂ふ。但だ第六首に『棄て置きて官を罷めて去る』と云ひ、鮑照元嘉十六年に於いて始めて臨川王の國侍郎と爲り、二十一年自ら解きて去れば、此れを距つること十年左右なり、則ち十八首は同一の時に作る所に非ざるなり」と言う。

　また陳沆（太初）も制作年代を推定し「卒章を案ずるに曰ふ『丈夫は四十彊にして仕ふるも、余は年二十弱冠の辰なり』と。則ち『行路難』は乃ち明遠の少《わか》きときの作なり。『宋書』・『南史』の臨川王義慶傳は并びに明遠の年歳を言はず、然れども其の詩を臨川に貢ぎ、列國の佐に引かるるは、實に元嘉十載の後に在り。則ち此の『行路難』は未だ遇せられざるの時に作らるる者にして、又た其の前に在り。即ち所謂『嘗て古樂府を爲り、文甚だ遒麗』なる者なり。其れ少帝の景平の際に當たり、元嘉の初めなるか。詩中の『杜鵑は古帝の魂にして、往日の至尊なるに惻愴たり』の語は、廢帝を除きて、更に指す所無きがごとし。此れに本づきて以つて全詩を讀めば、始めて富貴久長ならざるの嘆き、聲を呑みて敢へて言はざるの隱は、舉げて無病の呻き、假設の句に非ざるを知る。其の他の章のごときも、亦た兼ねて廬陵を悼み、別に放臣に感ずるの什有り。故に音は骯髒《かうさう》なるを專らとし、志は和平なるに乏しく、激しき有りて然らしめ、誠に在りて飾り難し。……」と言う。

「十八首」に作るもの（張溥本）があることに関し、『玉臺新詠』注で呉兆宜は「雑曲歌詞なり、照に十九首有り」と言う。また、銭仲聯は「宋本の題は『十九首』に作る。『樂府詩集』の題も亦た『十九首』に作り、第十三首の『亦た云ふ』以下の六句を以つて別に一首と爲す」と言う。

（擬行路難　其二）

其一は終章の其の十九とも呼応し、序章になっていると思われる。

奉君金巵之美酒　　君に奉る金巵《きんし》の美酒
瑇瑁玉匣之雕琴　　瑇瑁《たいまい》玉匣《ぎよくかふ》の雕琴《てふきん》を
七綵芙蓉之羽帳　　七綵芙蓉の羽帳
九華蒲萄之錦衾　　九華蒲萄の錦衾を
紅顔零落歳将暮　　紅顔零落して歳将に暮れんとし
寒光宛轉時欲沈　　寒光宛転として時沈まんと欲す
願君裁悲且減思　　願はくは君よ悲しみを裁ち且つ思ひを減じ
聽我抵節行路吟　　我が節を抵《う》つ行路の吟を聴かんことを
不見栢梁銅雀上　　見ずや栢梁銅雀の上
寧聞古時清吹音　　寧ろ古時清吹の音を聞くを

＊「巵」字、『樂府』に「一に『匜』に作る」という。
＊「美酒」、『玉臺』は「旨酒」に作る。
＊「瑇」字、『玉臺』は「玳」に作り、『詩紀』に「一に『玳』に作る」とある。
＊「雕」字、『樂府』は「彫」に作る。
＊「綵」字、『玉臺』は「彩」に作る。
＊「抵」字、『玉臺』は「折」に作る。
＊「寧」字、『玉臺』は「仍」に作る。

其の一
君に勧めよう金杯に入ったうま酒と
玳瑁を散りばめた箱入りの飾り彫りの琴と
多彩色の芙蓉の模様のあるカワセミの羽を織り込んだ帷と

幾色もの葡萄の模様のある錦織の布団を
若いときの艶のある顔は衰えて一年も間もなく暮れようとし
冬の陽光が移り巡って今にも沈もうとしている
できるならば君よ悲しむのを止めて愁いをやわらげ
私が打楽器を手にして行路難を唱うのを聞いて欲しい
ご存知のように栢梁台や銅雀台の上では
昔のような澄んだ笛の音が聞こえるのがいいのだから

1　奉君金巵之美酒、瑇瑁玉匣之雕琴、

［金巵］金の杯。後世の呉均の「別王謙詩」には「離歌玉絃絶え、別酒金巵空し」と言い、『説文』に「巵、酒漿器也」（巵は、酒漿の器なり）とある。

［瑇瑁］司馬相如の「子虚賦」に「其中則有神龜蛟鼉、玳瑁鼊黿」（其の中は則ち神亀蛟鼉、玳瑁鼊黿有り）とあり、『異物志』に「玳瑁如龜、生南海、大者如籧篨、背上有鱗、鱗大如扇、有文章。將作器、則煮其鱗如柔皮」（玳瑁は亀のごとし、南海に生じ、大なる者は籧篨のごとく、背上に鱗有り、鱗の大なること扇のごとし、文章有り。将に器を作らんとすれば、則ち其の鱗を煮ること柔皮のごとし）とある（「玳」は「瑇」の俗字）。

［玉匣］玉手箱。『新論』に「荆谿之珠、夜光之璧、薦之侯王、必藏之以玉匣、緘之以金縢」（荊谿の珠、夜光の璧は、之れを侯王に薦む、必ず之れを蔵するに玉匣を以つてし、之れを緘《と》づるに金縢を以つてす）とある。

2　七綵芙蓉之羽帳、九華蒲萄之錦衾、

［七綵・九華］多彩色の美しい飾り。『西京雜記』巻一に「高祖斬白蛇劍、劍上有七彩珠・九華玉爲飾」（高祖の白蛇を斬りし剣は、七彩の珠・九華の玉を以つて飾りと為す）とある。

［羽帳］聞人倓は「羽帳は、翠羽を以つて帳と爲すなり」と言う。

［蒲萄之錦衾］陸翽の『鄴中記』に「錦有葡萄文錦」（錦に葡萄の文錦有り）とある。以上の四句で四つの物を奉っていることに関し、張玉穀は「時光の逝き易く、徒に悲しむは益無きを以つて起こして、人に勸むるの言を作し、己に就いて説かざるは、幻なること甚だし。人

に勸めて憂ふること勿からしむるに、先づ進んで憂ひを解くの物を以つて、平らかに排して起こし、氣達すれば詞麗し。末は古を援きて證と爲し、簡峭なり」と言う（『古詩賞析』）。

3　紅顔零落歳將暮、寒光宛轉時欲沈、

［零落］『楚辭』離騷に「惟草木之零落兮、恐美人之遲暮」（草木の零落するを惟《おも》ひ、美人の遅暮を恐る）とある。

［寒光］「木蘭歌」に「朔氣傳金柝、寒光照鐵衣」（朔気金柝に伝はり、寒光鉄衣を照らす）とある。

［宛轉］移り変わるさま。顔延之の「秋胡詩」にも「超遙行人遠、宛轉年運徂」（超遥として行人遠く、宛転として年運徂く）とあり、李善は『文選』注で嚴忌の『楚辭』哀時命に「愁脩夜而宛轉兮」（脩夜を愁ひて宛転たり）というのを引く。

4　願君裁悲且減思、聽我抵節行路吟、

［裁・減］『三国志』呉志「韋曜傳」に「曜素飲酒不過二升、初見禮異時、常爲裁減、或密賜茶荈以當酒」（曜素より酒を飲むは二升に過ぎず、初めて見えて礼異なる時、常に裁減を為し、或は密かに茶荈《ちゃせん》を賜ひて以つて酒に当つ）とある（「禮異」は、特別な礼遇。「荈」は、おそ摘みの茶）。

［抵節］「節」は竹で編んで作った古代の打楽器（『鮑照詩撰譯』の見解による）。左思「蜀都賦」に「巴姫彈弦、漢女撃節」（巴姫弦を弾き、漢女節を撃つ）とあり、『宋書』樂志・一に「撫節悲歌、聲震林木、響遏行雲」（節を撫して悲歌すれば、声は林木を震はせ、響きは行雲を遏《とど》む）という。また『説文』に「抵、側撃也」（抵は、側らより撃つなり）という。黄節は『宋書』樂志の「革音有節」に引く傅玄の「節賦」に「口非節不詠、手非節不拊」（口は節に非ざれば詠はず、手は節に非ざれば拊たず）というのを引いて、「音《おん》は紙《し》なり、抵と異なれり、節は樂器なり、即ち鼓を拊つなり」と言う。

［行路］顔延之の「秋胡詩」に「驅車出郊郭、行路正威遲」（車を駆りて郊郭を出づれば、行路正に威遅たり）とある。

5　不見栢梁銅雀上、寧聞古時清吹音、

［栢梁］台の名。栢梁台。『漢書』武帝紀に「元鼎二年春、起栢梁臺」（元鼎二年春、柏梁台を起こす）とあり、『三輔舊事』に「以香柏爲之」（香柏を以つて之れを為《つく》る）という。

［銅雀］台の名。銅雀台。『三国志』魏志「武帝紀」に「建安十五年冬、作銅爵臺」（建安十五年冬、銅爵台を作る）とあり、『鄴中記』に「鄴城西北立臺、名銅雀臺」（鄴城の西北のかた台を立て、銅雀台と名づく）という。

［清吹］澄んだ笛の音。陶淵明の「述酒」詩に「王子愛清吹、日中翔河汾」（王子清吹を愛し、日中河汾に翔く）とあり、また「諸人共游周家墓柏下」詩にも「今日天氣佳、清吹與鳴彈」（今日天気佳し、清吹と鳴弾と）とある。

（擬行路難　其二）

洛陽名工鑄爲金博山　　洛陽の名工鋳《い》て金の博山を為《つく》り
千斲復萬鏤　　千斲《せんたく》し復た万鏤《ばんろう》して
上刻秦女攜手仙　　上に秦女手を携ふるの仙を刻む
承君清夜之歡娯　　君が清夜の歓娯を承り
列置幃裏明燭前　　列して幃裏《ゐり》明燭の前に置かる
外發龍鱗之丹綵　　外に龍鱗の丹綵《たんさい》を発し
内含麝芬之紫煙　　内に麝芬《じゃふん》の紫煙を含む
如令君心一朝異　　如《も》し君が心をして一朝に異らしめば
對此長歎終百年　　此の長歎に対して百年を終へん

＊「博」字、張溥本は「轉」に作る。
＊「復」字、『樂府』は無し。
＊「歡娯」、『樂府』に「一に『娯樂』に作る」という。
＊「令」字、張溥本・『詩紀』・『樂府』は「今」に作る。

其の二
洛陽の有名な職人が金を鋳て博山香炉を作り
何回も何回も削っては彫りつけ
てっぺんには秦姫と蕭史が手を携えて昇仙する姿を

彫刻した
澄み渡った夜に（香炉は）君に気に入られ
帷の中の明るい灯火の前に並べ置かれた
外側は龍鱗のような丹い模様を輝かせ
内側からは麝香の香る紫煙を漂わせた
もしも君の気持ちがある朝突然に変わってしまったら
このようなことは終生の長い嘆きとなってしまうだろう

1　洛陽名工鑄爲金博山、千斲復萬鏤、上刻秦女攜手仙、

［金博山］「博山」は海中にあるという伝説上の仙山（名山）。一説に華山に象り、秦の昭王がそこで天神と博《ばく》（すごろく）をしたので、名がついたと言う。「金博山」は博山に象った金の香炉。博山香炉は、銅または金・銀で作る。葛洪の『西京雜記』巻一に「五層の金の博山香爐」が見えている。聞人倓は呂大臨『考古圖』の「香爐は海中の博山に象る。下の盤は湯を貯へ、潤氣をして香を蒸さしめ、以つて海の四環に象る」を引くが、黄節は葛洪『西京雜記』の「長安巧工丁緩者、……作九層博山香爐、鏤爲奇禽怪獸、窮諸靈異、皆自然運動」（長安の巧工丁緩なる者、……九層の博山の香炉を作り、鏤《ゑ》りて奇禽怪獸を為し、諸霊異を窮むれば、皆自ら然《しか》く運動す）を引いて、「此の篇比に託し、古詩の『四坐且莫諠、願聽歌一言。請説銅爐器、崔巍象南山』の一篇より變じ來たる」と言う。

［斲］彫る。『禮記』檀弓・上に「木不成斲」（木は斲《き》るを成さず）とあり、孔穎達の疏に「斲、雕飾也」（斲は、雕飾するなり）という。

［秦女］秦姫、名は弄玉。『列仙傳』蕭史に「蕭史・弄玉、一旦夫婦同隨鳳飛去」（蕭史・弄玉、一旦夫婦同《とも》に鳳に隨つて飛び去る）とある。

［攜手仙］張玉穀は「設《か》りに閨怨を爲《つく》つて、人心の變り易きを嘆じ、『攜手の仙』を用つて比照するは、意有り」と言う（『古詩賞析』）。

2　承君清夜之歡娛、列置幃裏明燭前、

［承…歡］『楚辭』九章「哀郢」に「外承歡之汋約兮、諶

荏弱而難持」（外に歓を承けて之れ汋約《しゃくやく》たれば、諶《まこと》に荏弱にして持し難し）とあり、王逸は「言佞人承君歡顏、好其諂言、令之汋約然」（言ふこころは佞人君の歓顔を承け、其の諂言を好み、之れをして汋約然《しゃくやく》たらしむ）という（「汋約」は美好のさま）。

［清夜］魏の文帝の「於譙作」詩に「清夜延貴客、明燭發高光」（清夜貴客を延き、明燭高光を発す）とあり、晋の王嘉の『拾遺記』に「孫亮作琉璃屛風、甚薄瑩徹、毎于月下清夜舒之」（孫亮琉璃の屛風を作り、甚だ薄くして瑩徹《ひかり》る、毎に月下の清夜に于《お》いて之れを舒ぶ）とある。

3　外發龍鱗之丹綵、内含麝芬之紫煙、

［龍鱗］司馬相如の「子虛賦」に「衆色炫耀、照爛龍鱗」（衆色炫耀として、龍鱗を照爛す）とあり、郭璞は「如龍之鱗采也」（龍の鱗采のごときなり）という。

［丹綵］「景福殿賦」に「丹綵煌煌」（丹綵煌々たり）とある。

［麝芬］麝香。『説文』に「麝如小麋、臍有香、一名射父」（麝は小麋のごとし、臍に香有り、一に射父と名づく）とある。

4　如令君心一朝異、對此長歎終百年、

［心…異］曹植「東征賦」に「幡旗轉而心異兮、舟楫動而傷情」（幡旗転じて心異り、舟楫動きて情を傷ましむ）とある。

（擬行路難　其三）

璇閨玉墀上椒閣　　璇閨玉墀《せんけいぎよくち》椒閣《せうかく》に上れば
文牕繍戸垂羅幙　　文窓繍戸羅幕を垂る
中有一人字金蘭　　中《うち》に一人有り字《あざな》は金蘭
被服纖羅采芳藿　　纖羅を被服して芳藿《はうくわく》を采《と》る
春燕差池風散梅　　春燕差池《しち》として風梅を散らせば
開幃對景弄春爵　　幃《とばり》を開き景に対して春爵を弄ぶ
含歌攬涕恒抱愁　　歌を含み涕を攬《と》りて恒《つね》に愁ひを抱けば
人生幾時得爲樂　　人生幾時か楽しみを為すを得ん

や

寧作野中之雙鳧　寧《むし》ろ野中の双鳧《さうふ》と作《な》るも
不願雲間之別鶴　雲間の別鶴たるを願はざれ

＊「璇」字、『樂府』・『玉臺』は「璿」に作る。
＊「繡」字、『玉臺』は「綉」に作る。
＊「采」字、『樂府』は「蘊」に作る。
＊「差池」、張溥本・『詩紀』は「參差」に作る。
＊「幃」字、『玉臺』は「帷」に作る。
＊「景」字、『樂府』・『玉臺』は「影」に作る。
＊「春」字、『樂府』・『玉臺』は「禽」に作る。
＊「爵」字、『玉臺』は「雀」に作る。
＊「涕恆抱愁」、『玉臺』は「涙不能言」に作る。
＊「鶴」字、『樂府』に「一に『鵠』に作る」とある。

其の三
美しい玉飾りの寝室と玉敷きの庭のある椒を塗り込んだ暖かいお屋敷に上がると
飾り窓と透かし彫りの戸のある部屋には紗《うすぎぬ》の帳が下りている
中には金蘭と呼ばれる娘が一人いて
細織りの紗を着て香りの好い豆の葉を採って身につけている
春の燕が尾羽根を不揃いに展げ風が梅の花を散らすとき
帳を巻き上げ春景色を見ながら春の杯を味わう
歌うのをこらえ涙を拭って愁いを抱いているばかりであるなら
人生はいつまでも楽しむことができないだろう
いっそ野原のつがいの鴨となろうとも
雲間を翔る連れを失った鶴とはなることの無きように

1　璇閨玉墀上椒閣、文牕繡戸垂羅幕、

［璇閨］美玉で飾った寝室。『拾遺記』少昊に「白帝子答歌、……璇宮夜靜當窗織」（白帝子答へて歌ひ、……璇宮夜静かにして窓に当たりて織る）とある。

［玉墀］玉敷きの庭。（「墀」は丹や漆で塗った階庭）。漢の武帝の「落葉哀蟬曲」に「玉墀兮塵生」（玉墀に塵生

ず）とある。

［椒閣］「漢官儀」に「皇后房以椒涂壁、取其温暖」（皇后の房椒を以つて壁を涂《ぬ》るは、其の温暖なるを取るなり）とある。

［繡戸］美しく飾った戸。婦人の部屋の入口を言う。『新論』に「繡戸洞房」（繡戸洞房）とある。

［羅幕］うすぎぬの幕。陸機の「君子有所思行」詩に「邃宇列綺牕、蘭室接羅幕」（邃宇綺牕を列ね、蘭室羅幕を接ぐ）とある。

2　中有一人字金蘭、被服織羅采芳藿、

［金蘭］聞人倓は「按ずるに『金蘭』は『周易』の『二人心を同じくすれば、其の利は金を斷つ、同心の言は、其れ臭ふこと蘭のごとし』の意を取る、蓋し假設の辭ならん」と言う（『周易』は繫辭・上）。

［織羅］うすぎぬ。阮籍の「詠懷」詩（其十九）に「被服纖羅衣、左右珮雙璜」（纖羅の衣を被服し、左右に雙璜を珮ぶ）とある。

［采芳藿］『易林』屯之三・豫卦に「重菌厚席、循皐採藿。雖躓不懼、後反其宅」（菌を重ね席を厚くし、皐《さは》に循ひて藿を採る。躓くと雖も惧れず、後其の宅に反る）とある（藿は、豆の葉。その香をいう場合もある）。

3　春燕差池風散梅、開幃對景弄春爵、

［差池］不ぞろいに伸ばすさま。黄節は『詩』邶風に「燕燕于飛、差池其羽」（燕燕于《ここ》に飛び、差池たり其の羽）とあり、箋に「差池其羽、謂張舒其尾翼、興戴嬀將歸、顧視其衣服」（差池たり其の羽は、其の尾翼を張舒するを謂ひ、戴嬀《たいき》将に帰らんとして、其の衣服を顧み視るを興す）とあるのを引き、『詩』の義を用ゐて、上の『織羅を被服す』に比す」と言い（「戴嬀」は、陳の女性）、また「召南」摽有梅に「摽、落也、盛極則墮落者梅也」（摽は、落つるなり、盛え極まれば則ち墮ち落つる者は梅なり）とあるのを引き、『詩』の義を用ゐて、下の『人生は幾時ぞ』を起こす」と言う。

［爵］酒器。『玉篇』に「爵は、竹器なり、酒を酌む所以なり」と言う。

4　含歌攬涕恆抱愁、人生幾時得爲樂、

［含歌］声を低くして吟ずる（「低吟」）というのに等しい（『漢語大辞典』の見解による）。

［攬涕］涙を払う。曹植の「三良詩」に「攬涕登君墓、臨穴仰天嘆」（涕を攬りて君の墓に登り、穴に臨みて天を仰ぎて嘆ず）とあり、『楚辭』九章「思美人」に「思美人兮、攬涕而竚眙」（美人を思ひ、涕を攬りて竚み眙《み》る）とある。王夫之は「涕を攬るは、涙を揮ふなり」と言う。

［恆］いつも。不変なのではなく、（ここでは愁いを抱く）状況が一定していること。

［爲樂］楽府古辞の「滿歌行」に「爲樂未幾時」（楽しみを為して未だ幾ばくならざるの時）とある。

5　寧作野中之雙鳧、不願雲間之別鶴、

［雙鳧・別鶴］揚雄の「解嘲」に「乘雁集不爲之多、雙鳧飛不爲之少」（乘雁集まるも之れを多しと為さず、双鳧飛ぶも之れを少なしと為さず）とある（「乘雁」は一説に四羽の雁）。また蔡邕の「琴賦」に「別鶴東翔」（別鶴東のかた翔く）とある。

朱秬堂は「野鳧・雲鶴は、總べて一人を指す。言ふこころは貧賤に安んじて雙鳧と爲らんことを願ひ、富貴を希ひて別鶴とは爲らず、蓋し宦に遊ぶ者を指して言ふならん。身づからは別鶴と爲り、別に雙鳧を羨むがごときは、則ち蕩なり」と言う。

陳沆は「柏梁・銅雀は、是れ何人の遺制なる。七綵・九華は、是れ何人の供帳なる。玉墀・椒閣は、是れ何人の居處なる。而るに乃ち一たびなれば則ち『願君裁悲且減思』と曰ひ、再びなれば則ち『含歌攬涕恆抱愁、人生幾時得爲樂』と曰ふ、何爲する者ぞや。樂府の魏の咸陽王の宮人の歌に曰はく『可憐咸陽王、奈何作事誤。金牀玉几不得眠、夜蹈霜與露』と。其れ雲鶴は野鳧に如かずの謂か。行路の曲は、其れ雍門の琴に代はれるか」と言う（「雍門琴」は、雍門子周が孟嘗君の要請に応えて琴で悲しみの感情をうまく起こさせることができた故事から、すぐれた悲哀の曲調をいう）。

（擬行路難　其四）

寫水置平地　水を写《そそ》ぎて平地に置けば
各自東西南北流　各おの自ら東西南北のかた流る
人生亦有命　人生も亦た命有り
安能行歎復坐愁　安んぞ能く行くゆく歎じて復た坐《そぞ》ろ愁へんや

酌酒以自寛　酒を酌みて以つて自ら寛ぎ
舉杯斷絶歌路難　杯を挙げて路難を歌ふを断絶す
心非木石豈無感　心は木石に非ざれば豈に感無からんや
呑聲躑躅不敢言　声を呑み躑躅《てきちよく》して敢へて言《かた》らず

＊「寫」字、張溥本は「瀉」に作る。

其の四
水をこぼして平地にそのままにしておくと
それぞれ東西南北に流れていく
人の一生にもそれぞれの定めが有り
何かにつけ歎きもの寂しくしてばかりはいられない
酒を飲むことで自分をくつろがせ
杯を手にとったら行路難を歌うことは止めにする
心は木石ではないのだから感じることが無いわけではないが
声を出すのをこらえ行きつ戻りつはしても敢えてものは言うまい

1　寫水置平地、各自東西南北流、

［寫水］『世説新語』に「殷中軍問『自然無心於稟受、何以正善人少惡人多。』劉尹答曰『譬如寫水著地、正自縱横流漫、略無正方圓者。』一時絶嘆、以爲名通」（殷中軍問ふ「自ら然《し》かく心稟受に無ければ、何を以つて正善の人少なく悪人多きや」と。劉尹答へて曰はく「譬へば水を写《そそ》ぎて地に著くるがごとし、正に縦横より流れ漫《みだ》るれば、略ぼ正方円なる者無し」と。一時絶嘆し、以つて名通と為す）とある。また『周禮』考工記に「以澮瀉水」（澮を以つて水を瀉ぐ）とあり、『玉篇』に「瀉、傾也」（瀉は、傾くるなり）という。

2　人生亦有命、安能行歎復坐愁、

［有命］『論語』に「子夏曰、死生有命、富貴在天」（子夏曰はく、死生に命有り、富貴は天に在り）とある。

［行・坐］ふだんの何気ない立ち居振る舞い。唐の白居易の「答山驛夢」詩には「忘るる莫かれ平生行坐の處を」と言う。

3　酌酒以自寛、舉杯斷絶歌路難、

［自寛］『列子』天瑞に「孔子遊於太山、見榮啓期行乎郕之野、鹿裘帶索、鼓琴而歌。孔子問曰、先生所以樂何也。對曰、貧者士之常也、死者人之終也、處常得終、當何憂哉。孔子曰、善乎、能自寛者也」（孔子太山に遊び、栄啓期の郕《せい》の野に行き、鹿裘索を帶び、琴を鼓して歌ふを見る。孔子問ひて曰はく、先生の楽しむ所以は何ぞやと。対へて曰はく、貧は士の常なり、死は人の終はりなり、常に処りて終はりを得れば、当《は》た何をか憂へんやと。孔子曰はく、善いかな、能く自ら寛ぐ者なりと）とある（「郕」は、地名）。

［斷絶］人との交わりを断つことをいう場合もあるが、黄節は「『斷絶』は、歌の断絶するを謂ふなり。本集の『發後渚』詩の『聲爲君斷絶』（声君がために断絶す）なり」と言う。

4　心非木石豈無感、呑聲躑躅不敢言、

［心非木石］司馬遷の「報任少卿書」に「身非木石」（身は木石に非ず）とある。銭振倫は『晉書』夏統傳の「此呉兒木人石腸」（此の呉児は木人にして石腸なり）を引く。

［無感］陸機の「短歌行」に「豈曰無感、憂爲子忘」（豈に感ずる無しと曰はんや、憂ひ子がために忘る）とあり、嵆康の「養生論」に「泊然無感、而體氣和平」（泊然として感ずる無く、而して体気和やかにして平らぐ）という。

［呑聲］声を出さない、歌わない。馬融の「長笛賦」に「緜駒呑聲」（綿駒声を呑む）とある（「綿駒」は春秋時代の齊の人で、歌がうまかった）。

［躑躅］古詩に「沈吟聊躑躅」（沈吟して聊か躑躅す）とある。

(擬行路難　其五)

君不見河邊草　君見ずや河辺の草の
冬時枯死春滿道　冬時枯死するも春には道に満つるを
君不見城上日　君見ずや城上の日の
今暝沒盡去　今暝《きんめい》に没し尽きて去るも
明朝復更出　明朝に復た更に出づるを
今我何時當得然　今我何《いつ》れの時にか当《は》た然るを得んや
一去永滅入黄泉　一たび去れば永く滅して黄泉に入る
人生苦多歡樂少　人生は苦多くして歓楽少なければ
意氣敷腴在盛年　意気の腴《たの》しみを敷くは盛年に在り
且願得志數相就　且《しば》らく願はくは志を得ることの数《しば》しば相就《な》り
牀頭恒有沽酒錢　牀頭に恒《つね》に酒を沽《か》ふの銭有らんことを
功名竹帛非我事　功名の竹帛は我が事に非ず

存亡貴賤付皇天　存亡貴賤は皇天に付せん

＊「盡」字、『樂府』は「山」に作り、呉摯父は「『盡』は『山』に作る、是なり」と言う。張溥本・『詩紀』に「一に『山』に作る」とある。
＊「歡」字、『樂府』は「懽」に作る。
＊「牀」字、逯欽立は「當に『杖』に作るべし」と言う。
＊「付」字、『樂府』は「委」に作る。

其の五
君は川岸の草が
冬になって枯れても春には道一杯になるのを知っているだろう
君は町を照らす太陽が
この夕べに沈んでしまっても明朝にはまた出てくるのを知っているだろう
いま私は永遠にそうはいかず
一たび去って永眠すれば黄泉に逝ってしまうことになる
人生は苦しみが多く喜びは少ない

気持ちが愉快でいられるのは若い時なのである
せめてしばしの間でも思い通りになり
枕元にいつも酒を買う小銭が有るのがいい
名を挙げて記録に残ることなど私は願わない
死ぬも生きるも貴賤もみな大いなる天にお任せである

1　君不見河邊草、冬時枯死春滿道、

［枯死］王充の『論衡』氣壽に「物有爲實、枯死而墮。人有爲兒、夭命而傷」（物に実を為す有るも、枯死して堕つ。人に児を為す有るも、夭命にして傷む）とある。

2　君不見城上日、今暝沒盡去、明朝復更出、

［今暝］今日の日暮れ。謝靈運の「石壁精舍還湖中」詩に「林壑斂暝色、雲霞收夕霏」（林壑暝色を斂め、雲霞夕霏を収む）とあり、古詩の「爲焦仲卿妻作」に「晻晻日欲暝、愁思出門啼」（晻々として日暝れんと欲し、愁ひ思ひて門を出でて啼く）という。

3　今我何時當得然、一去永滅入黄泉、

［黄泉］『左傳』隱公元年に「不及黄泉、無相見也」（黄泉に及ばずんば、相見《まみ》ゆること無からんや）とあり、服虔の『左傳』注に「天玄地黄、泉在地中、故言黄泉也」（天玄く地黄にして、泉地中に在り、故に黄泉と言ふなり）という。

4　人生苦多歡樂少、意氣敷腴在盛年、

［歡樂少］晋の「白紵舞歌」詩に「樂時每少苦日多」（楽しき時は毎に少く苦しきこと日に多し）とある。

［敷腴］「敷愉」に同じく、悦ぶさま。古樂府に「顔色正敷愉」（顔色正に敷愉《ふゆ》たり）とある。「腴」は『廣韻』に「羊朱の切」とあり、「愉」も『唐韻』に「羊朱の切」とあって、音通である。

［盛年］蘇武の詩に「盛年行已衰」（盛年行くゆく已に衰ふ）とある。

5　且願得志數相就、牀頭恆有沽酒錢、

［得志］嵆康の「絶交書」に「四民有業、各以得志爲樂」

（四民に業有り、各おの志を得るを以つて楽しみと為す）とあり、『莊子』至樂篇に「樂全之謂得志」（全きを楽しむ之れを志を得と謂ふ）という。

［沽酒］「沽」は、売り買い。『論語』郷黨篇に「沽酒市脯不食」（沽酒・市脯は食はず）とある。

［牀頭…錢］『世説新語』に「王夷甫口未嘗言錢字、婦欲試之、令婢以錢繞牀不得行。夷甫呼婢曰『擧卻阿堵物』」（王夷甫は口に未だ嘗て銭の字を言はず、婦之れを試さんと欲し、婢をして銭を以つて牀を繞りて行くを得ざらしむ。夷甫婢を呼びて曰はく「阿堵物を挙げて却けよ」と）とある。「其の十八」の5「杖頭錢」の注も併せて参照されたい。

6　功名竹帛非我事、存亡貴賤付皇天、

［功名竹帛］『墨子』魯問に「書之於竹帛、鏤之於金石」（之れを竹帛に書き、之れを金石に鏤《ゑ》る）とある。また『後漢書』鄧禹傳に「禹見光武曰『但願明公威徳加于海内、于得效其尺寸、垂功名于竹帛耳』」（禹光武に見《まみ》えて曰はく「但だ願はくは明公の威徳の海内に加はらんことを、禹其の尺寸に效《なら》ふを得、功名を竹帛に垂るるのみ」と）とある。

［皇天］『楚辭』離騒に「皇天無私阿兮、覽民徳焉錯輔」（皇天に私阿する無く、民徳を覽て焉に輔けを錯《お》く）とあり、『左傳』僖公十五年に「君履后土、而戴皇天」（君は后土を履み、而して皇天を戴く）という。


（擬行路難　其六）

陳沆（太初）は「前章に嘆ずると言ひ、愁ふと言ひ、寛ぐと言ひ、感ずると言ひて、一つも寛ぐ所、愁ふる所、感ずる所は何事かを言はず、第だ一語の之れを結びて敢へて言はずと曰ふのみ。夫れ敢へて言はずとは、必ず尋常感遇の言に非ざるなり。此の章の案に對して食らはず、劍を抜きて柱を撃つに至り、其の感尤も五嶽臆に起こり、瞋髪冠を指すに幾《ちか》くして、亦た一つも言はず、但だ官を棄てて歸るを願ふと云ふのみ。明遠二十の年は、一命未だ沾《うるほ》はず、官の罷むるべき無ければ、即使《たと》ひ預設の詞なるを論ずる無きも、亦た必ず語は爲す有るより出でしならん。豈に未だ太行に渉らずして、先づ折坂を聞き、未だ高鳥を傷まずして、已に驚弦に墜つる者に非ずや。朝暮親の側にして、婦子歡聚すれば、豈に傅・謝夷滅の慘、鯨鯢水を失ふの吟有らんや。故に知る世路の屯艱は、是れ風氣の沮《はば》むを望むを以つてするのみなるを」と言う。

この陳沆の言によれば、「擬行路難」の制作は仕官前の仮設（「預設」）も疑われることになる。

對案不能食　　案に対して食ふ能はず
拔劒擊柱長歎息　　剣を抜き柱を撃ちて長く歎息す
丈夫生世會幾時　　丈夫の世に生くるは会《まさ》に幾時なるべき
安能蹀躞垂羽翼　　安んぞ能く蹀躞《てふせふ》として羽翼を垂れんや
棄置罷官去　　棄て置きて官を罷《や》めて去り
還家自休息　　家に還りて自ら休息す
朝出與親辭　　朝《あした》に出でて親と辞し
暮還往親側　　暮に還りて親の側に往く
弄兒牀前戲　　児の牀前に戯るるを弄《ろう》し
看婦機中織　　婦《つま》の機中に織るを看る
自古聖賢盡貧賤　　古より聖賢は尽く貧賤
何況我輩孤且直　　何ぞ況んや我輩の孤にして且つ直なるをや

＊「會」字、『樂府』は「能」に作り、「一に『會』に作る」という。
＊「蹀躞」、『樂府』は「疊燮」に作る。
＊「置」字、『樂府』は「檄」に作る。
＊「往」字、張溥本・『詩紀』は「在」に作る。

其の六
食卓についても物を食べることができず
剣を抜いて柱に切りつけ長いため息をついた
いっぱしの男が世に生きていられるのはどれ程もないのに
どうして道を行くのに翼を垂れていなければならな

いのか
放り出して役人を辞め
いきおい休むことにした
朝になれば親の家から出かけ
夕方には戻ってきては親の側に行く
寝台の前で遊んでいる子供達の相手をしながら
機織りをしている妻を看る
昔から聖人賢者はみな貧乏で身分も低い
まして小生のごとき寒門出の融通の利かない者なら
　なおさらである

1　對案不能食、抜劍撃柱長歎息、

［對案…］卓に向かう。『史記』萬石君傳に「子孫有過失、不誚讓、爲便坐、對案不食」（子孫に過失有るも、誚讓《せうじやう》せず、為に便ち坐し、案に対して食せず）とある（「誚讓」は、しかる）。

［抜劍撃柱］『漢書』に「高祖悉去秦儀法爲簡易。羣臣飲爭功、醉或妄呼、抜劍撃柱」（高祖悉く秦の儀法を去りて簡易と為す。群臣飲みて功を争ひ、酔ふて或は妄りに呼ばはり、剣を抜きて柱を撃つ）とある。

2　丈夫生世會幾時、安能蹀躞垂羽翼、

［蹀躞］行くさま。『韻會』に「蹀躞は、行く貌なり」と言う。

［垂羽翼］『易』明夷「初九」に「明夷于飛、垂其翼」（明夷《やぶ》れ于《ここ》に飛ぶも、其の翼を垂る）とある（「明夷」は、太陽の明るさが傷つく）。

3　棄置罷官去、還家自休息、

［棄置］魏の文帝の「雑詩」に「棄置勿復陳」（棄て置きて復た陳ぶる勿かれ）とある。

［罷官］張玉穀は「官を罷めて家に歸るの、正に樂しき事多きを寫し出だせば、乃ち空に憑きて想像し、景を賦すと作《な》して看る莫かれ」と言う（『古詩賞析』）。また沈徳潛は「家庭の樂しみは、豈に宦道の比すべきならんや、明遠も乃ち亦た俗見を免れざるか。江淹の『恨みの賦』も、亦た左に孺人に対し顧みて稚子を弄づるを以つて恨みと爲す、功名中の人、懐抱爾るを爾りとす」と評

する（「爾爾」は、かくのごとし）。

4　朝出與親辭、暮還往親側、

［朝出…］陳胤倩は「『朝出』の四句は、眞に樂しむべきを寫し得たり」と言う。

5　弄兒牀前戲、看婦機中織、

［弄兒］『漢書』金日磾傳に「日磾子二人、皆愛爲帝弄兒」（日磾は子二人、皆愛せられて帝の弄児と為る）とあり、『爾雅』には「弄、玩也」（弄は、玩づるなり）という。

6　自古聖賢盡貧賤、何況我輩孤且直、

［孤］鮑照の「解褐謝侍郎表」にも「臣孤門賤生」と見え、銭仲聯は「孤は、孤寒なるなり」と言う。

（擬行路難　其七）

王船山は詩に顕らかな背景が予想されることを指摘し、「六代の時事に熟さば、方に此の愁ふる所思ふ所の者の何なるかを知る。當時の忠孝劃《かへつて》地滅し盡《つ》くせば、猶ほ明遠忽然の一念有るがごときも、愴惻として言ふ能はず、其の志も亦た哀れなるのみ」と言う。

　詩の制作年代および背景については二説があり、朱秬堂は詩に「杜鵑」のことを言っていることから、それは位を禅ることを意味するので、零陵王に降され殺された晋の恭帝を悼んだものであるとして、「零陵の其の終はりを得ざるを傷むなり。零陵は位を劉裕に禪《ゆづ》り、秣陵に居り、兵を以つて之れを守る。褚妃と共に一室に處り、自ら食を牀前に煮る。飲食の資する所は、皆褚妃より出づ。詩に故に『飛走樹間啄蟲蟻』の句有り。卒《つひ》に逆を行ふに至る。晉より以前、魏の山陽、晉の陳留、猶ほ善く終ふるを得たり。莽の安定に於けると雖も、敢へて殺さざるなり。是れより以後、主を廢すれば殺さざる者無し、宋之れを啓くなり」と言う（四二一年説）。

　また、陳沆は当時の近くの出来事に口では言えない隠しごとがあったと言い、少帝を悼んだものであるとして、『宋書』に、少帝の景平二年、尚書僕射の傅亮・

司空の徐羨之・領軍將軍の謝晦ら將に帝を廢するを謀り、次第は當に廬陵王義眞に在るべきを以つて、先づ廢するを奏して庶人と爲らしめ、之れを殺さんとす。五月、乃ち帝を廢して滎陽王と爲し、既にして之れを弑し、迎へて宜郡王義隆を立つ、是れ文帝と爲すと。此れ詩の爲に作る所なり。此《こ》こに『言ふ能はず』と云ひ、前章に『敢へて言はず』と云ふ、其れ一を致すなり。『史記』齊世家に『秦齊を滅ぼし、王の建を遷して之れを松柏の間に處らしめ、餓ゑて死なしむ。國人之れを歌ひて曰はく、松や柏や、建を住《とど》めて共にする者は客かと』と。故に『但見松柏園』の語有り」と言う（四二四年説）。

愁思忽而至　愁思　忽ちにして至り
跨馬出北門　馬に跨《またが》りて北門を出づ
擧頭四顧望　頭を擧げて四顧して望めば
但見松栢園　但だ松栢の園の
荊棘鬱樽樽　荊棘　鬱として樽々たるを見る
　のみ
中有一鳥名杜鵑　中《うち》に一鳥有り名は杜鵑
言是古時蜀帝魂　言ふ是れ古時の蜀帝の魂なりと
聲音哀苦鳴不息　声音哀苦にして鳴きて息《や》まず
羽毛憔悴似人髡　羽毛の憔悴すること人髡《じんこん》に似
　たり
飛走樹間逐蟲蟻　樹間を飛走して虫蟻を逐《お》へば
豈憶往日天子尊　豈に往日の天子の尊きを憶《おも》は
　んや
念此死生變化非常理　此の死生の変化の常理に非ざ
　るを念ひ
中心惻愴不能言　中心惻愴として言ふ能はず

＊「樽樽」、張溥本・『詩紀』・『樂府』は「蹲蹲」に作る。
＊「逐」字、張溥本・『詩紀』・『樂府』は「啄」に作る。
＊「憶」字、『詩紀』は「意」に作る。

其の七
もの悲しい思いが急に起こり
馬に跨って町の北門を出た
あおむいて周囲を眺め回すと

松柏の庭園に
イバラが鬱蒼と蔓延《はびこ》っているのが見えるだけである
その中には杜鵑という名の鳥が一羽いて
昔の蜀の天子の魂だといわれている
哀しく苦しそうな声で鳴き続け
羽毛はやつれて人の添え髪（入れ髪）のようである
樹間を飛び回って虫けらを啄み
かつての天子の尊い面影は無い
このような死生の変化の一定でないのを思うにつけ
心は傷んで物が言えなくなってしまうのである

1　愁思忽而至、跨馬出北門、

［北門］魏の文帝の「於明津作」詩に「驅車出北門、遙望河陽城」（車を驅りて北門を出で、遥かに河陽の城を望む）とある。また『詩』邶風に「出自北門、憂心殷殷」（北門より出で、憂心殷々たり）とあり、傳に「北門、背明鄉陰」（北門は、明に背きて陰に鄉《む》かふ）という（「北門」は、仕えて志を得ない忠臣の歎きを詠む）。

2　擧頭四顧望、但見松栢園、荆棘鬱樽樽、

［擧頭］うなだれた頭をもたげる。『後漢書』鄧皇后紀に「（皇后）將去、擧頭若欲自訴」（皇后将に去らんとすれば頭を挙げ、自ら訴へんと欲するがごとし）とある（冤罪の者が無実を皇后に訴えた故事中の語）。

［但見松柏…］前掲（解題）の陳沆の説を参照。古詩に「出郭門直視、但見丘與墳。古墓犂爲殿、松柏摧爲薪」（郭を出でて門より直視すれば、但だ丘と墳とを見るのみ。古墓は犂かれて田と為り、松柏は摧かれて薪と為る）とある。

［荆棘］いばら。東方朔「七諫」怨思に「行明白而曰黒兮、荆棘聚而成林」（明白を行ふも黒と曰ひ、荊棘聚りて林を成す）とあり、注に「荆棘多刺、以喩讒賊」（荊棘刺すこと多ければ、以つて讒賊に喩ふ）という。また『皇覽』に「孔子塋中不生荆棘及刺人草」（孔子の塋中荊棘及び人を刺すの草を生ぜず）とある。

［樽樽］『集韻』に「樽は、林木の盛んなる貌」と言う。（［蹲蹲］『左傳』注に「蹲、聚也」（蹲は、聚まるなり）とある。）

3　中有一鳥名杜鵑、言是古時蜀帝魂、

[杜鵑] ホトトギス。『華陽國志』蜀志「總敍」に「魚梟王後有王曰杜宇、教民務農、號曰望帝、更名蒲卑。會有水災、其相開明決玉壘山以除水患、帝遂禪位於開明、升西山隱焉。時適二月、子鵑鳥鳴、故蜀人悲子鵑鳥鳴也」（魚梟王の後に王有り杜宇と曰ふ、民に教へて農に務めしめ、号して望帝と曰ふ、更に蒲卑と名づく。会《たま》たま水災有り、其の相開明玉塁山を決して以つて水患を除けば、帝遂に位を開明に禅り、西山に升りて隠る。時に適《たま》たま二月なれば、子鵑鳥鳴く、故に蜀人子鵑鳥の鳴くを悲しむなり）と言い、『成都記』に「望帝死、其魂化爲鳥、名曰杜鵑、亦曰子規」（望帝死し、其の魂化して鳥と為る、名づけて曰はく杜鵑と、亦た曰はく子規と）と言う。

4　聲音哀苦鳴不息、羽毛憔悴似人髡、

[哀苦]『呉志』華覈傳に「哀苦之餘民耳」（哀苦するは之れ餘民のみ）とある（「餘民」は、遺民）。

[憔悴]『易林』需之否に「毛羽憔悴、志如死灰」（毛羽憔悴し、志は死灰のごとし）とある。

[髡]『説文』に「髡、鬄髮也」（髡は、鬄髮なり）とある（「鬄髮」は、かもじ）。

5　飛走樹間逐蟲蟻、豈憶往日天子尊、

[飛走…] 前掲解題の朱秬堂の説を参照。

[蟲蟻]『後漢書』列女傳（班昭傳）に「自知言不足采、以示蟲蟻之赤心」（自らは知れり言は采《と》るに足らざるも、以つて虫蟻の赤心を示すと）とある。

6　念此死生變化非常理、中心惻愴不能言、

[常理] 陶淵明の「形贈影」詩に「草木得常理、霜露榮悴之」（草木常理を得、霜露之れを栄悴す）とある。

[惻愴] 心の砕け傷むさま。潘岳の「寡婦賦」に「心摧傷以惻愴」（心摧け傷みて以つて惻愴たり）とある。

（擬行路難　其八）

陳沆は『宋書』武五王傳および劉義眞の本紀を引き、「廬陵王義眞最も長じて先づ廢さる、故に『中庭五株桃、一株先作花』と云ふ。義眞正月を以つて廢せられ、新安郡に徙る、二月害に徙さるる所に遇ふ、故に『陽春沃若二三月、從風簸蕩落西家』と云ふ。元嘉元年八月、詔あつて義眞の靈柩并びに孫の脩華・謝妃の一時に倶に還るを迎へしむ、故に『西家思婦見悲惋、零涙霑衣撫心歎』と云ふ。義眞出でて歴陽に鎭し、表もて都に還らんことを求むるも、未だ發せずして廢せらる、故に『初送我君出戸時、何言淹留節迴換』と言ふなり。『牀席生塵明鏡垢』は其の死を哀れむなり」と言う。

それに対し、銭仲聯は「陳説は穿鑿して通ずべからず。桃先づ花を作すは、豈に王の廢せらるるを象徴するを得んや。義眞の新安に徙るや、謝妃從行す、何ぞ君の戸を出づるを送ると言ふを得んや。正月に廢せられ、二月に害に遇ふに、時節何ぞ嘗て迴換せんや。詩に思婦と云ひ、物を覩て人を懷へば、只だ別離の感を言ふのみにして、未だ亡きを悼むの痛みを見ざるなり」と言う。

『玉臺新詠』呉兆宜注がある。

中庭五株桃　　中庭の五株の桃
一株先作花　　一株先づ花を作《な》す
陽春沃若二三月　　陽春沃若《よくじやく》たり二三月
從風簸蕩落西家　　風に從ひて簸蕩《はたう》として西家に落つ
西家思婦見悲惋　　西家の思婦見て悲しみ惋《うら》み
零涙霑衣撫心歎　　涙を零《お》とし衣を霑《ぬ》らし心を撫《ぶ》して歎ず
初送我君出戸時　　初め我が君の戸を出づるを送りし時
何言淹留節迴換　　何ぞ言はんや淹留《えんりう》して節の迴り換はると
牀席生塵明鏡垢　　牀席は塵を生じて明鏡は垢《よご》れ
纖腰痩削髮蓬亂　　纖腰は痩せ削られて髮は蓬のごと乱る
人生不得恆稱意　　人生は恒《つね》には意に称《かな》ふを得ず

惆悵徙倚至夜半　惆悵徙倚《しい》として夜半に至る

＊「沃」字、張溥本・『詩紀』・『玉臺』は「妖」に作る。
＊「若」字、張溥本・『詩紀』・『玉臺』は「冶」に作る。
＊「二三月」、『樂府』に「一に『二月中』に作る」という。
＊「悲」字、『玉臺』は「之」に作り、『樂府』に「一に『之』に作る」という。
＊「霑」字、『詩紀』・『樂府』・『玉臺』は「沾」に作る。
＊「送我」、『樂府』は「我送」に作る。
＊「言」字、『玉臺』は「時」に作る。
＊「恆」字、『玉臺』は「常」に作る。

其の八

庭に五本の桃の木があり
一本が先ず花を着けた
それが春の初めの恵み多い二三月のうちに
風が吹き揺れ動いて西隣の家に落ちてしまった
西の家の物思いに耽る奥さんが見て歎き悲しみ
涙を流し衣を濡らし胸を抑えながら溜息をついた
最初我が君が戸口を出るのを見送った時
長い間帰らず時節が一と巡りするほどになるとは言
わなかったはず
寝床や敷物は埃がたまり綺麗な鏡も汚れて
細い腰はやせ細り髪も乱れてヨモギのよう
人生はいつも思い通りというわけにはいかず
怨みうろたえて夜が更けてゆく

1　中庭五株桃、一株先作花、

［中庭…］魏の文帝の「悼夭賦」に「歩廣廈而踟躕、覽萱草於中庭」（広廈を歩みて踟躕し、萱草を中庭に覧る）とあり、鮑照自身の樂府「梅花落」にも「中庭雜樹多、偏爲梅咨嗟」と見える。陳沆は、宋の武帝の五王のうち、廬陵王劉義眞が最も長じていて、まっ先に廃されたことをいうと言う（前掲の解題を参照）。

［桃］『易林』巻二師之第七「坤」に「春桃生花、季女宜家、受福且多、在師中吉、男爲邦君」（春桃花を生ずれば、季女家に宜しく、福を受くること且《まさ》に多からんとし、師に在れば吉に中《あ》たり、男は邦君と為らん）とある。

黄節は「『桃夭』の序に曰はく、『男女は正しきを以つてし、婚姻は時を以つてすれば、國に鰥《やもを》の民無きなり』と。此の詩は此れに託して興を起こす」と言う。

［作花］花をつける。鮑照自身の「梅花」詩にも「霜中能作花、露中能作實」と見える。

2　陽春沃若二三月、從風簸蕩落西家、

［陽春…］古詩に「陽春布徳澤、萬物生光輝」（陽春徳沢を布き、万物光輝を生ず）とある。陳沆は、劉義眞が正月を以つて廃され、新安郡に徙《うつ》され、徙った所で二月に害に遇ったことをいうと言う。

［沃若］艶麗であって、端正でないこと。『詩』衞風「氓」に「桑之未落、其葉沃若」（桑の未だ落ちざる、其の葉沃若たり）とあり、朱熹の集傳に「沃若は、潤澤の貌なり」と言う。（［沃冶］陸機の「文賦」に「或奔放以諧合、務嘈囋而沃冶」とある。）

［簸蕩］居場所を失う。晋の袁宏の『後漢紀』獻帝紀・二に「賊臣作亂、朝廷播蕩」（賊臣乱を作し、朝廷播蕩す）とあり、『左傳』の杜預の注に「播蕩は、流移して所を失ふなり」と言う。「簸」は「播」と音通。

［風…西家］黄節は『禮記』月令の「孟春之月、東風解凍」（孟春の月、東風凍るを解く）を引き、「風東よりす、故に花は西の家に落つ」と言う。

［西家］『易林』巻十一姤之第四十四「既濟」に「西家嫁子、借隣送女、嘉我淑姫、賓主倶喜」（西家子に嫁がしむるに、隣りに借りて女を送らしむ、我が淑姫を嘉《よみ》すれば、賓主倶に喜ぶ）とある。

3　西家思婦見悲惋、零涙霑衣撫心歎、

［西家…］陳沆は、元嘉元年八月、義眞の靈柩并びに孫の脩華・謝妃が一時倶に還ったのを迎えるよう詔があったことをいうと言う。

［思婦］陸機の「爲顧彦先贈婦」詩に「東南有思婦、長嘆充幽闥」（東南に思婦有り、長嘆幽闥に充つ）とある。

［悲惋］歎き悲しむ。劉琨の「勸進表」に「況臣等荷寵三世、位廁鼎司、承問震惶、精爽飛越、且悲且惋、五情無主」（況んや臣らの寵を三世に荷ひ、位は鼎司に廁《まぢ》はるるをや、問を承けては震惶し、精爽として飛越し、且つ

悲しみ且つ惋《うら》み、五情に主無し）とある。

［霑衣］衣を濡らす。古詩に「涙下沾裳衣」（涙下りて裳衣を沾《うるほ》す）とある。

［撫心歎］胸を掻いて歎く。曹植の「贈白馬王彪」詩に「感物傷我懐、撫心長太息」（物に感じて我が懐ひを傷ましめ、心を撫して長く太息す）とある。「撫…歎」は、…を掻き押さえて歎く意。劉琨の「贈盧諶」詩に「中夜撫枕歎、想與數子遊」（中夜枕を撫でて歎じ、数子と遊ぶを想ふ）とある等。

4　初送我君出戸時、何言淹留節迴換、

［初送…］陳沆は、義眞が都を出されて歴陽に鎮したとき、表をたてまつって還らんことを求めたが、いまだ発せずして廃されたことをいうと言う。

［出戸］古詩に「出戸獨彷徨、愁思當告誰」（戸を出でて独り彷徨すれば、愁思当《は》た誰にか告げん）とある。

［淹留］久しく留まる。宋玉の『楚辭』九辯に「蹇淹留而無成」（蹇として淹留して成る無し）とある（「蹇」は難渋する心理を表す）。錢仲聯は「此の句は何ぞ嘗て外に在りて淹留することの此くのごとく之れ久しく、季節の更まり換はるに至るに説き及ばんやと言ふ」と言う。

［迴換］時節が巡り戻ってくる。鮑照自身の「冬至」詩にも「景移風度改、日至晷迴換」と見える。

5　牀席生塵明鏡垢、纖腰瘦削髪蓬亂、

［牀席…］「牀席生塵」は、くつろぐ場所を使わないこと。『南史』の王微傳に「微常住門屋一間、尋書玩古、遂足不履地、終日端坐、牀席皆生塵埃、唯當坐處獨浄」（微常に門屋一間に住まひ、書を尋ね古を玩で、遂に足は地を履まず、終日端坐し、床席は皆塵埃を生じ、唯だ当坐の処のみ独り浄し）とあり、『越絶書』陳成恆傳に「孤身不安牀席、口不甘厚味」（孤身は牀席に安んぜず、口は厚味に甘んぜず）という。陳沆は、義眞の死を哀れんだことをいうと言う。

［明鏡垢］『莊子』徳充符に「鑑明則塵垢不止」（鑑明るければ則ち塵垢止まらず）とある。

［纖腰］張衡の「思玄賦」に「舒訬婧之纖腰兮」（訬婧《べうせい》の纖腰を舒ぶ）とある（「訬婧」は、たおやか）。

［瘦削］やせ細る。
［髮蓬亂］『詩』衞風「伯兮」に「自伯之東、首如飛蓬。豈無膏沐、誰適爲容」（伯の東するより、首は飛蓬のごとし。豈に膏沐無からんや、誰が適《ため》にか容を為すべき）とあり、毛傳に「婦人夫不在、無容飾」（婦人は夫在らざれば、容飾する無し）という。

6　人生不得恆稱意、惆悵徙倚至夜半、

［稱意］意に程よく適う。『呉志』是儀傳に「蜀相諸葛亮卒、權垂心西州。遣儀使蜀、申固盟好、奉使稱意」（蜀相諸葛亮卒すれば、權心を西州に垂る。儀をして蜀に使ひし、盟好を固めんことを申べしむれば、使ひを奉じて意に称へり）とある（使いの結果が孫權の意に適ったことを言う）。
［徙倚］さまよい、歩き回る。『楚辭』王逸注に「徙倚、猶低徊也」（徙倚は、猶ほ低徊のごときなり）とある。

（擬行路難　其九）

張玉穀は『古詩賞析』で「此れ『洛陽』の一首と意同じ。『此れに對して長嘆す』より、更に進むこと一層、尤も淒絶なるを覺ゆ」と言うが（「洛陽」の一首とは、「擬行路難」其の二）、陳沆は『詩比興箋』で「此れ故舊の臣の恩遇終はらざる者のために賦するなり。徐・傅・謝晦の流の、倚りて恩舊に恃み、專ら驕恣を擅《ほしいまま》にし、自ら夷滅を取るは、固より惜しむに足らず。然れども宋文是れに因りて疑忌益ます深し。道濟は宿將なるも、自ら長城を壞せり。明遠は文に工みなるも、謬つて累句に託せり。故に此の時に於いて已に預め之れを憂ふ。前（此の『剉蘗』）の章は幾を見ることの宜しく早かるべきを言ひ、次（前の『洛陽』）の章は恩寵の恃み難きを言ふなり」と言う。
呉兆宜、聞人倓の注がある。

剉蘗染黄絲　　蘗《げつ》を剉《き》りて黄絲を染むるも
黄絲歷亂不可治　　黄絲歴乱として治むべからず

我昔與君始相値
尓時自謂可君意
結帶與我言
死生好惡不相置
今日見我顔色衰
意中索寞與先異
還君金釵玳瑁簪
不忍見此益愁思

我昔君と始めて相値《あ》ひ
尓《そ》の時自ら謂ふ君が意を可とすと
帯を結びて我と言《かた》り
死生好悪も相置かずと
今日我が顔色の衰ふるを見
意中索寞として先と異なれり
君に還さん金釵《きんさい》玳瑁の簪《かんざし》
此の愁思を益すを見るに忍びず

＊「蘖」字、張溥本は「蘗」に作る。
＊「我昔」、『玉臺』は「昔我」に作る。
＊「尓」字、張溥本・『詩紀』は「爾」に作る。
＊「與我」、張溥本・『詩紀』は「與君」に作る。
＊「結帶與我言、死生好惡不相置」、『詩紀』・『樂府』に「一に『結帶與君何死生、好惡不擬相棄置』に作る」という。
＊「索寞」、『玉臺』は「錯寞」に作る。『樂府』に「一に『錯亂』に作る」といい、『詩紀』に「一に『錯漠』に作る」という。
＊「金」字、『詩紀』に「一に『玉』に作る」という。
＊「玳」字、『樂府』は「瑇」に作る。
＊「此」字、張溥本・『詩紀』は「之」に作る。

其の九
黄檗の木を切り刻んで黄色の絲を染めたが
黄色の絲は絡んで戻せない
私が以前あなたと始めて出会ったとき
その時は自分であなたの意に適ったと思いました
帯を結んで私と語らい
死ぬも生きるも好きも嫌いも関係ないと仰った
いま私の容顔の衰えたのを見て
心中むなしくなられ以前とは変わられました
あなたに金の髪差しと玳瑁の髪飾りを還しましょう
愁いが益すのを見せるのは辛いから

1　剉蘖染黄絲、黄絲歴亂不可治、

[剉蘖] 黄檗の木を切りきざむ。『玉臺新詠』呉兆宜注に引く『六書故』に、「剉は、斬截するなり」と言う。古楽府に「黄蘖向春生、苦心隨日長」（黄蘖春に向かひて生じ、苦心日に随ひて長ず）とあり、『説文』に「檗、黄木也」（檗は、黄木なり）という。
[黄絲]『呉越春秋』句踐歸國外傳に「越王允常使民男女

入山采葛、作黄絲布獻之」（越王允常民の男女をして山に入りて葛を采り、黄絲布を作りて之れを献ぜしむ）とある。

［絲…治］『左傳』隠公四年に「衆仲對曰、臣聞以徳和民、不聞以亂。以亂、猶治絲而芬之也」（衆仲対へて曰はく、臣徳を以つて民を和するを聞くも、乱を以つてするを聞かず。乱を以つてするは、猶ほ絲を治めて之れを芬《みだ》すがごときなり）とある。

2　我昔與君始相値、尓時自謂可君意、

［尓時］その時。あの時。『左傳』の杜預の注に「爾時之擧、不以己賢」（爾の時の挙は、己を以つて賢なりとせず）とある。

［可君意］意にかなう。「可」は、よしとする、聞き入れる。『漢書』陳湯傳に「武帝時、工楊光以所作數可意」（武帝の時、工の楊光作る所を以つて数《しば》しば意に可《よ》し）とあり、注に「可天子之意」（天子の意に可し）という。

3　結帶與我言、死生好惡不相置、

［結帶］『左傳』昭公十一年に「叔向曰、……朝有著定、會有表、衣有襘、帶有結」（叔向曰はく、……朝には著定有り、会には表あり、衣には襘有り、帯には結びめ有り）とあり（「著定」は、官位の定位置。「襘」は、襟の合わせ目）、『漢書』注に「帶、紳帶之結也」（帯とは、紳帯の結びなり）という。

［好惡］好き嫌い。『抱朴子』擢才に「且夫愛憎好惡、古今不鈞、時移俗易、物同賈異」（且つ夫れ愛憎好悪は、古今鈞《ひと》しからず、時移り俗易はれば、物同じきも賈《か》ふは異なる）とある。

［不相置］いづれも問題にしない。嚴君平の『道徳指歸論』に「爲之未有、治之未然、不置而物自安、不養而物自全」（之れを未だ有らざるに為し、之れを未だ然らざるに治むれば、置かずして物自ら安らかに、養はずして物自ら全し）という。

4　今日見我顔色衰、意中索寞與先異、

［索寞］むなしい。『小爾雅』に「索、空也。又寡夫曰索」

（索は、空しきなり。又た寡夫を索と曰ふ）とあり、黄節は「索莫は、猶ほ空莫と言ふがごとし」という。

5　還君金釵玳瑁簪、不忍見此益愁思、

［金釵］金のかんざし（二股になったもの）。曹植の「美女篇」に「頭上金爵釵、腰佩緑琅玕」（頭上に金の爵釵、腰に緑の琅玕を佩ぶ）とある。

［玳瑁簪］「簪」は髪飾り。楽府古辞の「有所思」に「何用問遺君、雙珠玳瑁簪」（何を用つてか君に遺るを問はん、双珠の玳瑁の簪なり）とある。また『史記』春申君列傳に「趙使欲夸楚、爲瑇瑁簪、刀劍室以珠玉飾之」（趙使楚に夸らんと欲し、玳瑁の簪を為り、刀剣の室は珠玉を以つて之れを飾る）とある。

（擬行路難　其十）

聞人倓の注がある。

君不見舜華不終朝　　君見ずや舜華《しゆんくわ》の朝《あした》を終へず
須臾淹冉零落銷　　須臾にして淹冉《えんぜん》として零落し銷《き》ゆるを
盛年妖豔浮華輩　　盛年妖艶《えうえん》たり浮華の輩《やから》
不久亦當詣冢頭　　久しからずして亦た当に冢頭《ちようとう》に詣《いた》るべし
一去無還期　　一たび去りて還る期無ければ
千秋萬歳無音詞　　千秋万歳　音詞無し
孤魂煢煢空隴間　　孤魂煢々《けいけい》として隴間《ろうかん》に空しく
獨魄徘徊遶墳基　　独魄徘徊として墳基を遶《めぐ》る
但聞風聲野鳥吟　　但だ風声と野鳥の吟を聞くのみにして
豈憶平生盛年時　　豈に平生の盛年の時を憶《おも》はんや
爲此令人多悲悒　　此れがために人をして悲悒《ひいふ》多からしむれば
君當縱意自熙怡　　君当に意を縦《ほしいまま》にして自ら熙怡《きい》すべし

＊「舜」字、張溥本・『詩紀』・『樂府』は「蕣」に作る。
＊「淹」字、張溥本・『詩紀』は「奄」に作る。
＊「冢」字、張溥本・『詩紀』は「塚」に作る。

其の十

君はむくげの花が朝の華やかさを全うせず
あっと言う間に凋んで落ちてしまうのを見たことが
　あるだろう
年若く艶やかで羽振り（調子）のよい者も
直ちに墓までつき進むことになる
一度逝ってしまったら二度と戻ることはなく
永久に音沙汰が無くなる
寄るべ無い魂はあてどなく土饅頭の辺りを浮遊し
伴れのない抜け殻はうろうろと墓地をさまよう
ただ風の音と野鳥の囀りだけが聞こえ
平生の年若かった時を思い出すことはない
それを思うと人は悲しみや不安が募ることになるが
君よ意のままに楽しくにこやかであれ

1　君不見舜華不終朝、須臾淹冉零落銷、

［舜華］ムクゲの花。『詩』鄭風に「有女同車、顔如瞬華」（女有り車を同じくし、顔は瞬華のごとし）とあり、毛傳に「舜、木槿也」（舜は、木槿なり）という。郭璞の「游仙詩」には「蕣華不終朝」（蕣華は朝を終へず）とある。「瞬」は「蕣」すなわちムクゲで、「槿」とも言う。『説文』に「蕣、木槿、朝華莫落者」（蕣は、木槿なり、朝に華さき莫《くれ》に落つる者なり）とあり、銭振倫は「今隷變じて蕣に作り、而して又た艸の頭を奪ひ去るのみ」と言う。『韻會』にも「木槿、朝花暮落者」（木槿は、朝に花さき暮れに落つる者なり）といい、陸佃は「一瞬の義を取るなり」と言う。

［淹冉］光陰のしだいに過ぎゆくさま。「奄冉」に同じ。陶潛の「間情賦」に「時奄冉而就過」（時は奄冉として就ち過ぐ）とあり、『抱朴子』任命に「年期奄冉而不久、托世飄迅而不再」（年期奄冉として久しからず、世に托すは飄迅として再びならず）という。

2　盛年妖豔浮華輩、不久亦當詣冢頭、

［盛年］陶潜の「雑詩」其六に「求我盛年歡、一毫無復意」（我が盛年の歓びを求むるは、一に毫《すこ》しも復た意《おも》ふ無し）とあり、李公煥の注に「男子の二十一より二十九に至るは則ち盛年と爲す」と言う。

［妖豔］魏の鍾會の「菊花賦」に「乃有毛嬙西施荊姫秦嬴、妍姿妖艶、一顧傾城」（乃ち毛嬙・西施・荊姫・秦嬴有り、妍姿妖艶、一たび顧みれば城を傾く）とある。

［浮華］『漢書』杜欽傳贊に「深陳女戒、終如其言、庶幾乎關雎之見微、非夫浮華博習之徒所能規也」（深く女戒を陳ぶること、終に其の言のごとく、庶幾《こひねが》はんか関雎《くわんしよ》の見の微なること、夫《か》の浮華博習の徒の能く規る所に非ざるを）とあり、『後漢書』章帝紀に「詔公卿已下、其擧直言極諫能指朕過失者各一人、……以巖穴爲先、勿取浮華」（公卿已下に詔し、其の直言極諫して能く朕が過失を指す者各おの一人を挙げ、……巌穴を以つて先と為し、浮華を取る勿からしむ）とあり、『後漢書』儒林傳序に「太初元年、梁太后詔大將軍至六百石、悉遣子就學、自是游學增盛至三萬餘生、然章句漸疎、而多以浮華相尚、儒者之風衰矣」（太初元年、梁太后大将軍の六百石に至るに詔して、悉く子をして学に就かしめ、是れより游学増ます盛んにして三万餘生に至る、然れども章句漸く疎くして、浮華を以つて相尚ぶこと多く、儒者の風衰へり）とある。

［冢頭］墳墓。『周禮』春官・序官「冢人」の鄭玄注に「冢、封土爲丘隴、象冢而爲之」（冢は、土を封じて丘隴を為《つく》り、冢に象りて之れを為る）とあり、賈公彦の疏に「『爾雅』を案ずるに、山頂を冢と曰ふと。故に冢に象りて之れを爲ると云ふなり」と言う。

3　一去無還期、千秋萬歳無音詞、

［一去…］荊軻の「荊卿歌」に「壯士一去兮不復還」（壮士一たび去りて復た還らず）とある。

［還期］戻ってくる時。謝靈運の「初去郡」詩に「理棹遄還期、遵渚騖脩坰」（棹を理めて還期を遄《すみ》やかにし、渚に遵ひて修坰に騖く）とあり、劉爍の「擬行行重行行」詩に「芳年有佳月、佳人無還期」（芳年には佳月有るも、佳人には還期無し）とある。

［千秋萬歲］『戰國策』楚策・一に「寡人萬歲千秋之後、誰與樂此」（寡人万歳千秋の後、誰か与に此れを楽しまんや）とある。

［音詞］音信。

4　孤魂煢煢空隴間、獨魄徘徊遶墳基、

［孤魂］「孤」は、身寄りの無いこと。「魂」は、精神として身体に在る陽気のことで、死ぬと「魂」として天に昇る。

［煢煢］『左傳』哀公十三年に「煢煢余在疚」（煢々として余疚《やま》ひに在り）とあり、「會箋」に「煢煢は、……孤特にして依る所無きの貌なり」という。

［隴間］墓の塚の間。『禮記』曲禮・上に「適墓不登壟」（墓に適《ゆ》くも壟に登らず）とあり、鄭玄は「壟、冢也」（壟は、冢なり）という。

［獨魄］「獨」は、伴う者が無いこと。また、陰気は肉体となり、死ぬと「魄」となって地に遺《のこ》ると言われる。

5　但聞風聲野鳥吟、豈憶平生盛年時、

［風聲］劉楨の「贈従弟詩」に「風聲一何盛、松枝一何勁」（風声一に何ぞ盛んなる、松枝一に何ぞ勁き）とある。

［野鳥吟］傅玄の「雜詩」に「蟬鳴高樹間、野鳥號東廂」（蝉は高樹の間に鳴き、野鳥は東廂に号ぶ）とある。

6　爲此令人多悲悒、君當縱意自熙怡、

［悲悒］悲しみ不安になる。『説文』に「悒、不安也」（悒は、安らかならざるなり）とある。

［縱意］遠慮せず、心の自由に委せる。魏の劉伶の「酒徳頌」に「幕天席地、縱意所如」（天を幕とし地を席とし、意の如く所を縦ままにす）とある。

［熙怡］楽しくにこやか。支遁の「述懐」詩（其二）に「熙怡安沖漠、優游樂靜閑」（熙怡《きい》安んぞ沖漠たる、優游として静閑を楽しむ）とある（「沖漠」は、ぼんやりしているさま）。

（擬行路難　其十一）

君不見枯籜走階庭　君見ずや枯籜《こたく》の階庭を走るを
何時復青著故莖　何《いづ》れの時にか復た青みて故茎に著《つ》かんや
君不見亡靈蒙享祀　君見ずや亡霊の享祀《きやうし》を蒙るを
何時傾盃竭壺罍　何《いづ》れの時にか盃を傾けて壺罍《こあう》を竭《つ》くさんや
君當見此起憂思　君当に此れを見て憂思を起こすべし
寧及得與時人爭　寧《なん》ぞ時人と争ふを得るに及ばんや
人生倏忽如絶電　人生は倏忽《しゆくこつ》として絶電のごとし
華年盛徳幾時見　華年の盛徳は幾《いく》ばくの時にか見《あら》はれんや
但令縦意存高尚　但だ意を縦《ほしいまま》にして高尚を存し
旨酒佳肴相胥讌　旨酒佳肴《かかう》もて相胥《とも》に讌するのみ
持此從朝竟夕暮　此れを持して朝《あした》より夕暮を竟《を》はれば
差得亡憂消愁怖　差《や》や憂ひを亡くして愁怖を消すを得ん
胡爲惆悵不能已　胡為《なんす》れぞ惆悵《ちうちやう》として已《や》む能はず
難盡此曲令君忤　此の曲に尽くし難く君をして忤《さから》はしめんや

＊「盃」字、張溥本・『詩紀』は「杯」に作る。
＊「及」字、『樂府』は「反」に作る。
＊「人生」、『樂府』は「生人」に作る。

其の十一
君は枯葉が階段の下の庭を舞って行くのを見たことがあるだろう
緑に色づいて再びもとの枝に戻るときはもう来ないのである
君は亡霊が祭られるのを見たことがあるだろう
杯を傾け壷の中の物を飲み干すことはもう無いのである

君は当然それを見て心を痛め気に病んだに違いなく
そのことは当今の人と論争するまでもないであろう
人生は一瞬の稲光のようにすばやく過ぎるものであり
若いときの盛んな華やかさが見られるのはどれ程の
　間も無い
ただ気持ちを自由にして高尚さを保ち
うま酒とうまい肴と両方をそろえて宴会を開くだけ
　である
そのような状態を朝から晩まで続けられれば
少しは心の傷みも無くなりもの寂しさで心驚かされ
　ることも無くなるだろう
それをどうして当てが外れていつまでも落胆し
この曲では表現しきれないからといって君を不快に
　させる必要があろうか

1　君不見枯籜走階庭、何時復青著故莖、

[枯籜] 枯れ木の皮の類。謝靈運の「於南山往北山經湖中瞻眺」詩に「初篁苞緑籜、新蒲含紫茸」（初篁緑籜に苞まれ、新蒲紫茸を含む）とある。『詩』の毛傳に「籜、槁也」（籜は、槁なり）とあり（「槁」は、木が枯れる、枯れ木）、鄭玄の箋に「槁謂木葉也、木葉槁、待風乃落」（槁は木の葉を謂ふなり、木の葉槁《か》るれば、風を待ちて乃ち落つ）といい、疏に「毛は以つて落ち葉は之れを籜と謂ふと爲す」と言う。

2　君不見亡靈蒙享祀、何時傾盃竭壺罌、

[階庭] 曹植の「雜詩」に「間房何寂寞、緑草被階庭」（間房何ぞ寂寞たる、緑草階庭を被ふ）とある。

[享祀] 祭祀。『易』困に「困于酒食、朱紱方來、利用享祀、征凶无咎」（酒食に困しみ、朱紱方《まさ》に来たる、用つて享祀するに利あり、征けば凶なるも咎无《な》し）とある（「朱紱」は、高位の者の膝掛け）。

[傾盃] 陶潛の「雜詩」に「一觴雖獨進、杯盡壺自傾」（一觴独り進むと雖も、杯尽くれば壷自ら傾く）とある。

[壺罌] 酒の入った壷、瓶。『説文』に「罌、缶也」（罌は、缶なり）とある。

3　君當見此起憂思、寧及得與時人爭、

[憂思] 曹操の「短歌行」二解に「慨當以慷、憂思難忘。何以解憂、唯有杜康」（慨《なげ》くは当に慷《いきどほ》るを以つてすべく、憂思忘れ難し。何を以つて憂ひを解かん、唯だ杜康有るのみ）とあり、『禮記』儒行に「雖危、起居竟信其志、猶將不忘百姓之病也、其憂思有如此者」（危しと雖も、起居竟に其の志を信ずるは、猶ほ将に百姓の病を忘れざらんとするがごときなり、其の憂思に此くのごとき者有り）という。

[時人] 同時代の人。『漢書』藝文志に「論語者、孔子應答弟子、時人及弟子相與言而接聞於夫子之語也」（論語なる者は、孔子弟子に応答し、時人及び弟子相与に言《かた》りて夫子の語に接聞するなり）とある。

4　人生倏忽如絶電、華年盛徳幾時見、

[人生…] 晋の白紵舞歌辞に「人生世間如電過」（人の世間に生くるや電の過ぐるがごとし）とある。

[倏忽]『楚辭』九章「悲回風」に「遂倏忽而捫天」（遂に倏忽として天を捫づ）とある（「捫」は、なでる、ふれる、達する）。

[絶電] 瞬時の稲光。晋の木華の「海賦」に「⿱雨儵昱絶電、百色妖露」（⿱雨儵昱たる絶電、百色の妖露）とある。

[華年] 若く盛んな時。後世の『魏書』王叡傳には「漸風訓於華年、服道教於弱冠」（風に漸《すす》むは華年に訓《をし》へられ、道に服《したが》ふは弱冠に教はる）と言う。

[盛徳] 盛んな気。『禮記』月令に「某日立春、盛徳在木」（某日立春、盛徳は木に在り）とあり、孔穎達の疏に「四時には各おの盛んなる時有り、春は則ち生と為す、天の生育の盛徳は木の位に在り、故に盛徳は木に在りと云ふ」と言う。

5　但令縱意存高尚、旨酒佳肴相胥讌、

[縱意] 遠慮無く自由にする。魏の劉伶の「酒徳頌」に「幕天席地、縱意所如」（天を幕とし地を席とし、意の如く所を縦ままにす）とある。

[高尚]『易』蠱に「不事王侯、高尚其事」（王侯に事《つか》へず、其の事を高尚にす）とある。

[旨酒佳肴]『詩』小雅「車舝」に「雖無旨酒、式飲庶幾。

雖無嘉肴、式食庶幾」（旨酒無しと雖も、ああ飲まん庶幾《こひねが》はくは。嘉肴無しと雖も、ああ食はん庶幾はくは）とある。

［胥讌］皆で宴飲する。『詩』大雅「韓奕」に「……清酒百壺、其肴維何。……籩豆有且、侯氏燕胥」（……清酒百壺、其の肴維れ何ぞや。……籩豆有ること且《おほ》く、侯氏胥《みな》に燕せん）とあり、毛傳に「胥、皆也」（胥は、皆なり）という。

6　持此従朝竟夕暮、差得亡憂消愁怖、

［消愁怖］後世の『顔氏家訓』雜藝には「彈棋も亦た近世の雅戲にして、愁ひを消し憒《みだ》れを釋く時之れを爲すべし」と言う。『玉篇』に「怖は、惶《おそ》るるなり」と言う。

7　胡爲惆悵不能已、難盡此曲令君忤、

［惆悵］当てが外れ、がっかりする。陶潛の「歸去來辭」に「奚惆悵而獨悲」（奚《なん》ぞ惆悵として独り悲しまんや）とあり、『楚辭』九辯に「惆悵兮而私自憐」（惆悵として私《ひそ》かに自らを憐む）という。

［忤］こちらに権利がないのにさからう。『説文』に「忤、逆也」（忤は、逆らふなり）とある。

（擬行路難　其十二）

今年陽初花滿林　今年の陽初　花林に満ち
明年冬末雪盈岑　明年の冬末　雪岑に盈ちん
推移代謝紛交轉　推移と代謝は紛として交《こも》ごも転ずるに
我君邊戍獨稽沈　我が君　辺戍《へんしゅ》　独り稽《とど》まり沈む
執袂分別已三載　袂《たもと》を執《と》り分別してより已に三載
迩來寂淹無分音　迩来《じらい》寂しさ淹《ひさし》くして分音無し
朝悲慘慘遂成滴　朝悲惨々として遂に滴るを成し
暮思遶遶最傷心　暮思遶々《ぜうぜう》として最も心を傷ましむ
膏沐芳餘久不御　膏沐《かうもく》の芳餘は久しく御《もち》ゐず
蓬首亂鬢不設簪　蓬首の乱鬢は簪《かんざし》を設けず
徒飛輕埃舞空帷　徒らに軽埃を飛ばして空帷を舞はしめ
粉筐黛器靡復遺　粉筐黛器《ふんきやうたいき》　復たとは遺《のこ》す靡《な》し

自生留世苦不幸　生れてより世に留まるは苦《はなは》だ幸ならず
心中惕惕恆懷悲　心中惕々《てきてき》として恒に悲しみを懐く

＊「明」字、逯欽立は「當に『去』に作るべし」と言う。
＊「寂淹」、『樂府』は「淹寂」に作る。
＊「設」字、『詩紀』は「飾」に作る。

其の十二
今年の春の初めには花が林いっぱいに咲いていたが
来年の冬の終わりには雪が山の尖った頂きいっぱいに積もるだろう
時節は移り物事は入れ替わって互いに転変するが
私のあなただけは辺境に遠征したまま一人留まっている
袂を分かち別れて三年
近ごろは寂しいまま音沙汰がない
朝起きたときの悲しみは惨めなもので涙を流すまでになり
夕暮れ時の物思いはまつわりついて最も心を傷つける
紅白粉や沐浴の香はずっと用いず
蓬のように乱れた髪も髪留めを使わない
埃を意味もなく散らしてあなたのいない部屋の帷は翻り
白粉入れや黛入れは二度と留め置くことはない
生まれて以来世に在るのはひどく不幸で
胸中想い焦がれつついつも悲しみを抱いている

1　今年陽初花滿林、明年冬末雪盈岑、

［岑］『爾雅』に「山小而高曰岑」（山小さくして高きを岑と曰ふ）とある。

2　推移代謝紛交轉、我君邊戍獨稽沈、

［推移］『後漢書』楊震傳に「王者心有所惟、意有所想、雖未形顏色、而五星以之推移、陰陽爲其變度」（王者心に惟《おも》ふ所有り、意に想ふ所有れば、未だ顏色に形《あら》はれずと雖も、而も五星之れを以つて推移し、陰陽為に其れ変度す）とある。

[代謝]『淮南子』俶眞訓に「二者代謝舛馳、各樂其成形」（二者代《こ》ごも謝して舛《そむ》き馳す）とあり、注に「代、更也。謝、敍也」（代は、更はるなり。謝は、叙ぶるなり）という。

[邊戍] 辺塞での国境警備。『後漢書』百官志・五に「郡當邊戍者、丞爲長吏」（郡の辺戍に当たる者は、丞を長吏と為す）とあり、『管子』揆度に「力足蕩游不作、老者譙之、當壯者遣之邊戍」（力足り蕩游して作さざるは、老者は之れを譙《せ》め、当に壮たるべき者は之れを辺戍に遣はす）という。

[稽沈] とどまっている。『管子』君臣・上に「是以令出而不稽」（是を以つて出だして稽《とど》めざらしむ）とあり、尹知章の注に「稽、留也」（稽は、留むるなり）という。また『後漢書』馬援傳注にも「稽、留也」（稽は、留むるなり）という。

3　執袂分別已三載、迩來寂淹無分音、

[執袂] 送行に当たって留恋の情を表す。晋の王嘉の『拾遺記』に「蕭鳳使玉門關、勸酒頻頻、謂兄曰、酔中庶分袂不悲」（蕭鳳玉門関に使ひし、酒を勧むること頻々、兄に謂ひて曰はく、酔中庶はくは袂を分かち悲しまざらんことをと）とある。

[三載] 国境警備の役目交替の時期が来たことを言う。『漢書』段會宗傳注に「如淳曰、邊吏三歳一更」（如淳曰はく、辺吏三歳に一たび更はる）とある。

[迩來] 近来。

[分音] 黄節は「『分音』は、別後の音問を謂ふなり」と言う。

4　朝悲慘慘遂成滴、暮思遶遶最傷心、

[慘慘] 憂えるさま。『詩』小雅「正月」に「憂心慘慘」（憂心惨々たり）とある。

[成滴] 涙を流す。黄節は『説文』に「有聲無涙曰悲」（声有りて涙無きを悲と曰ふ）とあるのを引いて、「悲しみ甚だしければ則ち涙せり、故に滴るを成すと曰ふ」と言う。

[遶遶] もの思いが続くさま。『後漢書』仲長統傳に「古來繞繞、委曲如瑣」（古来繞々として、委曲すること瑣のごとし）とある。黄節は『説文』に「思、从心、囟聲」（思は、心に从ひて、囟《し》の声）とあるのを引いて、「囟《ひよめき》は、

頂門の骨空なり。囟より心に至る、絲の相貫きて絶えざるがごとし、故に遶遶と曰ふ」と言う。

5　膏沐芳餘久不御、蓬首亂鬢不設簪、

〔膏沐〕頭髪を洗い、つやを出す。『詩』衛風「伯兮」に「自伯之東、首如飛蓬。豈無膏沐、誰適爲容」（伯の東してより、首は飛ぶ蓬のごとし。豈に膏と沐と無からんや、誰をか適《あるじ》として容を為さん）とあり（「適」は、主）、朱熹の集傳に「膏は、髪を澤《つや》する所以の者なり。沐は、首を滌ひ垢を去るなり」と言う。

〔不御〕「不御脂粉」と言えば、脂粉を用いない意（『大漢和辞典』の見解による）。

〔蓬首亂鬢〕右の「膏沐」の注釈を参照されたい。

6　徒飛輕埃舞空帷、粉筐黛器靡復遺、

〔空帷〕張華の「情詩」其二に「幽人守靜夜、迴身入空帷」（幽人静夜を守り、身を迴らせて空帷に入る）とあり、曹植の「雜詩」に「妾身守空閨」（妾身ら空閨を守る）という。

〔粉筐黛器〕化粧道具。『戰國策』楚策・三に「彼鄭周之女、粉白黛黒立於衢閭」（彼の鄭周の女、粉白く黛黒く衢閭《くりょ》に立つ）とある。

〔器…遺〕器物を留め置く。斉の王僧虔の「樂表」には「餘操を追つて長く懷ひ、遺器を撫して太息す」と言う。

7　自生留世苦不幸、心中惕惕恆懷悲、

〔惕惕〕恋い焦がれるさま。『詩』陳風「防有鵲巣」に「心焉惕惕」（心焉《ここ》に惕々たり）とあり、『爾雅』に「惕惕、愛也」（惕々は、愛するなり）という。黄節は「『爾雅』注に引く『韓詩』は、以爲へらく人を悦ぶ故に愛するを言ふなり」と言う。

（擬行路難　其の十三・其の十四）

『樂府詩集』は「亦云」以下を別の一首とする。

春禽喈喈旦暮鳴　　春禽喈喈《かいかい》として旦暮に鳴き

最傷君子憂思情　最も君子憂思の情を傷ましむ
我初辭家従軍僑　我初めて家を辞して軍僑《ぐんけう》に従ふに
榮志溢氣干雲霄　栄志溢気は雲霄《うんせう》を干《をか》す
流浪漸冉經三齡　流浪漸冉《ぜんぜん》として三齢を経《ふ》れば
忽有白髮素髭生　忽ち白髪素髭《そし》の生ずる有り
今暮臨水拔已盡　今暮水に臨みて抜きて已に尽くるも
明日對鏡復已盈　明日鏡に対《むか》へば復た已に盈つ
恐羈死爲□　恐らくは羈にて死して□と為れば
客思寄滅生空精　客思　滅するに寄せて空精を生ぜん
每懷舊郷野　毎《つね》に旧郷の野を懐ひ
念我舊人多悲聲　我が旧人を念ひて悲声多し
忽見過客問何我　忽ち見る過客の我に問何《もんか》するを
寧知我家在南城　寧《なん》ぞ知らんや我家の南城に在るを
荅云我曾居君郷　答へて云ふ我曽《かつ》て君が郷に居り
知君遊宦在此城　君が宦に遊びて此の城に在るを知ると
我行離邑已萬里　我が行　邑《むら》を離れて已に万里
今方羈役去遠征　今方《まさ》に羈役して去りて遠征す
來時聞君婦閨中　来たる時聞く君が婦《つま》の閨中にて
孀居獨宿有貞名　孀居《さうきよ》独宿して貞名有りと
亦云朝悲泣閑房　亦た朝に悲しみて閑房に泣くと云ひ
又聞暮思淚霑裳　又た暮に思ひて涙は裳《もすそ》を霑《うるほ》すと聞く
形容憔悴非昔悅　形容憔悴《せうすゐ》して昔の悦びに非ず
蓬鬢衰顔不復粧　蓬鬢《はうびん》衰顔　復たとは粧《よそほ》はず
見此令人有餘悲　此れを見れば人をして餘悲有らしむ
當願君懷不暫忘　当に願ふべくは君の懐ひて暫くも忘れざらんことを

＊「恐」の上、張溥本・『詩紀』は「但」の字有り。
＊「□」、張溥本・『詩紀』は「鬼客」に作り、銭仲聯は「宋本『鬼』の字缺く」という。
＊「羈」字、張溥本は「覊」に作る。
＊「荅」字、張溥本・『詩紀』・『樂府』は「答」に作る。

＊「羈」字、張溥本は「羈」に作る。
＊「朝悲」、張溥本・『詩紀』は「悲朝」に作る。
＊「閑」字、張溥本・『詩紀』・『樂府』は「閒」に作る。
＊「粧」字、張溥本・『詩紀』は「粧」に作り、『樂府』は「妝」に作る。

其の十三・十四

春の鳥たちが和やかに朝晩鳴くようになると
君子の心配の種は最も増えることになる
私が家を離れて隊に従軍したばかりの時は
壮んな気持ちと分に過ぎた気概が天をも衝くほど強かった
あちこちをさまよって三年が過ぎる頃になると
瞬く間に白髪が混じり白い髭が生えてきた
その日の夕暮れに水鏡に映して全て抜いても
翌日鏡を見るとまた一杯になっている
軍隊で死ぬことを心配し
旅人として抜け殻に宿るもぬけの精気だけになってしまうことを思うのである
故郷の野を思い出すたびに
古なじみが忘れられず悲しみの声を上げがちになる
そんなとき急に私に問いかける旅人と出会ったが
我が家が町の南にあったことが分かっているのだろうか
答えてくれて「私は以前あなたの故郷にいたことがあり
あなたが出征してこの町にいると分かってはいた
私の旅も町を離れてもはや一万里
今ちょうど仕事の旅で遠征に出向くところだった
出てくるときあなたの奥さんは寝室にいて
寡婦暮らしで一人家を守り貞淑の誉れが高いと聞いた」と言う
さらに「朝方は悲しそうにひっそりとした部屋で泣いていた」とも言い
「晩には物思いに耽り涙で裳裾が濡れていた
容姿はやつれて以前のような悦びの顔ではなくなり
髪は蓬のように乱れてやつれた顔は二度と化粧することはない

そんな様子を見れば人は尽きない悲しみを懐《いだ》かされ
てしまう
出来るならばあなたよ思い続けて片時も忘れないで
やって欲しい」とも言っていた

1　春禽喈喈旦暮鳴、最傷君子憂思情、

[春禽]『宋書』禮志・一に「春禽懐孕《くわいよう》すれば、蒐《あつ》まるも射ず」と言う。

[喈喈] 遠く聞こえる鳥の和やかな鳴き声。『詩』周南「葛覃」に「其鳴喈喈」（其れ鳴くこと喈々たり）とあり、傳に「喈喈、和聲之遠聞也」（喈々は、和声の遠く聞こゆるなり）という。

2　我初辭家從軍僑、榮志溢氣干雲霄、

[軍僑] 従軍して仮住まいする。『韻會』に「寄は、寓なり。本と僑に作る」と言う。

[榮志] 壮志（『漢語大詞典』の見解による）。

[溢氣] 孔融の「薦禰衡表」に「飛辯騁辭、溢氣坌涌」（弁を飛ばし辞を騁せ、溢気坌涌《ふんよう》す）とある（「坌涌」は、一起に湧き起こる）。

[干雲霄] 魏の何晏の「慶福殿賦」に「飛閣干雲、浮階乗虚」（飛閣雲を干《をか》し、浮階虚に乗ず）とある。また、『晉書』陶侃傳には「志は雲霄を凌ぎ、神機は獨り斷ず」と言う。

3　流浪漸冉經三齡、忽有白髪素髭生、

[流浪] 陶潛の「祭従弟敬遠文」に「余嘗學仕、纏綿人事、流浪無成、懼負素志」（余嘗て仕ふるを学び、人事に纏綿とす、流浪して成る無く、素志に負《そむ》くを懼る）とあり、晉の孫綽の「喩道論」に「鱗介之物、不達皐壤之事、毛羽之族、不識流浪之勢」（鱗介の物は、皐壌の事に達せず、毛羽の族は、流浪の勢ひを識らず）という。

[漸冉] しだいに。張衡の「思玄賦」に「恐漸冉而無成兮」（漸冉として成る無きを恐る）とある。東方朔の「七諫」沈江には「日漸染而不自知兮」（日に漸染として自らを知らず）とあり、王逸の注に「稍積爲漸、汚變爲染」（稍く積もるを漸と為し、汚れ変わるを染と為す）という。朱起鳳の『辭通』には宋玉の「九辯」に「漸冉而不

自知兮」（漸冉として自らを知らず）とあると言い、「按ずるに、冉と染は聲を同じくして通用す。……染の字は假りて漸と爲す」と言う。

［三齡］王粲の「從軍詩」に「昔人從公旦、一徂輒三齡」（昔人公旦に從ひ、一たび徂きて輒ち三齡なり）とあり、毛萇の詩序に「周公東征、三年而歸」（周公東のかた征きて、三年にして歸る）という。

［素髭］白くなった口ひげ。『説文』に「髭、本作頿、口上鬚也」（髭は、本と頿に作る、口上の鬚なり）とある。

4　今暮臨水拔已盡、明日對鏡復已盈、

［拔盡］白髪をすっかり拔く。應璩の「百一詩」に「醜《しう》麄《そ》人所惡、拔白自洗蘇」（醜麄は人の悪む所、白きを拔けば自ら洗はれ蘇へる）とある。

5　恐羈死爲□、客思寄滅生空精、

［寄滅］物として存在しないものを仮の宿とする。黄節は『老子』第十四章に「繩繩不可名、復歸於無物、是謂無狀之狀、無物之象、是謂恍惚」（繩々として名づくべからず、復た物無きに歸する、是れを狀無きの狀、物無きの象と謂ひ、是れを恍惚と謂ふ）とあるのを引いて、「物無しとは、是れ滅するなり」と言う。

［空精］空っぽの中に存在する本質。黄節は『老子』第二十一章に「孔德之容、惟道是從。道之爲物、惟恍惟惚。惚兮恍兮、其中有象。恍兮惚兮、其中有物。窈兮冥兮、其中有精」（孔《おほ》いなる徳の容は、惟だ道のみ是れ從ふ。道の物たるや、惟だ恍たり惟だ惚たり。惚たり恍たる、其の中に象有り。恍たり惚たる、其の中に物有り。窈《えう》たり冥たる、其の中に精有り）とあり（「窈」は、奥深い）、王弼の注に「孔、空也」（孔は、空しきなり）というのを引いて、「滅より空を生じ、空より精を生ずれば、則ち從前の『榮志溢氣盡く』なり」と言う。

6　每懷舊鄉野、念我舊人多悲聲、

［舊鄉野］『楚辭』離騷に「陟升皇之赫戲兮、忽臨睨夫舊鄉」（皇の赫戲《かくぎ》たるに陟升し、忽ち夫の旧郷を臨睨す）とある（「皇」は、大空。「赫戲」は、明るく輝く）。

［舊人］古なじみの人。王粲の「思友賦」に「行游目於

林中、睹舊人之故場」（行くゆく目を林中に游ばせ、旧人の故場《はか》を睹《み》る）とあり、『論衡』問孔に「孔子重賻舊人之恩」（孔子旧人の恩に賻《おく》るを重んず）という。

［悲聲］「傷歌行」に「悲聲命儔匹、哀鳴傷我腸」（悲声儔匹を命じ、哀鳴我が腸を傷ましむ）とあり、漢の王褒の「洞簫賦」に「故爲悲聲、則莫不愴然累欷」（故に悲声を為せば、則ち愴然として累《しば》しば欷《なげ》かざる莫し）という。

7　忽見過客問何我、寧知我家在南城、

［問何］錢振倫は「『何』は、疑ふらくは當に『向』に作るべし」と言うが、黄節は『漢書』賈誼傳に「大譴大何」（大《はなは》だ譴《せ》め大だ何《とが》む）とあり、注に「何、問也」（何は、問ふなり）というのを引いて、「『問何我』は、我を詰問するを謂ふなり」と言い、さらに漢の鐃歌「艾如張」曲に「艾而張羅夷于何」（艾《をさ》めて羅を張りて何《いづ》くをか夷《たひら》ぐ）とあるのを引いて、「何れの地なるかを謂ふなり。省文の『何をか言ふ』は、漢の文に句例有り。『酷吏傳』（田廣明傳）の『武帝問言何』（武帝問ふ『何をか言ふ』）とは是れなり。並びに采《と》るべし」と言う。

［南城］錢振倫は曹植の「美女篇」に「借問女安居、乃在城南端」（借問す女安くにか居ると、乃ち城南の端に在りと）とあるのを引くが、錢仲聯は『南城』は、地名なり。漢に南城縣有り、晉は南武城と名づけ、今の山東省費縣の西南に在り」と言う。

8　荅云我曾居君郷、知君遊宦在此城、

［遊宦］陸機の「爲顧彦先贈婦」詩に「遊宦久不歸、山川脩且闊」（宦に遊びて久しく帰らず、山川脩《なが》く且つ闊《ひろ》し）とある。

9　我行離邑已萬里、今方羈役去遠征、

［羈役］陶潛の「雜詩」其九に「遙遙從羈役、一心處兩端」（遥々として羈役に従ひ、心を一にするも両端に処り）とある。

10　來時聞君婦閨中、孀居獨宿有貞名、

［孀居］錢振倫に拠れば、『淮南子』注に「寡婦曰孀」（寡婦は孀と曰ふ）とあり、『日知録』に「寡とは夫無きの

稱なり、但だ夫有りて獨り守る者も、則ち亦た之れを寡と謂ふべし。『越絶書』の『獨婦山者、句踐將伐呉、徙寡婦獨山上、以爲死士示得專一』（独婦山なる者は、句践将に呉を伐たんとして、寡婦を独り山上に徙し、以つて死士の専一なるを示し得たりと為すなり）、陳琳の詩の『邊城多健少、内舍多寡婦』（辺城には健少なる多く、内舎には寡婦多し）は是れなり。鮑照の『擬行路難』の『來時聞君婦、閨中孀居獨宿有貞名』も亦た是れ此の義なり」というと言う。

［獨宿］劉向の『列女傳』魯寡陶嬰に「天命早寡兮、獨宿何傷、寡婦念此兮、泣下數行」（天早《つと》に寡なるを命ずれば、独り宿るは何ぞ傷ましき、寡婦此を念へば、泣下ること数行なり）とあり、『詩』豳風「東山」に「敦彼獨宿、亦在車下」（敦として彼独り宿り、亦た車の下に在り）という（「敦」は、ひとり動かぬ様）。

11　亦云朝悲泣閑房、又聞暮思涙霑裳、

［閑房］静まり返った部屋。曹植の「雜詩」に「閒房何寂寞、緑草被階庭」（間房何ぞ寂寞たる、緑草階庭を被ふ）とある。

［霑裳］「古詩」に「涙下沾裳衣」（涙下りて裳衣を沾す）とある。

12　形容憔悴非昔悦、蓬鬢衰顔不復糚、

［蓬鬢］乱れた髪。『詩』衞風「伯兮」に「自伯之東、首如飛蓬、豈無膏沐、誰適爲容」（伯の東するより、首は飛ぶ蓬のごとし、豈に膏沐無からんや、誰をか適《あるじ》として容を為さんや）とある（「適」は「嫡」に同じく、あるじの意）。

13　見此令人有餘悲、當願君懷不暫忘、

［餘悲］尽きない悲しみ。陶潛の「擬挽歌辭」其三に「親戚或餘悲、他人亦已歌」（親戚には餘悲或《あ》り、他人は亦た歌を已む）とある。

（擬行路難　其の十五）

君不見少壯從軍去　君見ずや少壮にして軍に従ひて去り
白首流離不得還　白首にして流離して還るを得ざるを
故郷窅窅日夜隔　故郷は窅々《えうえう》として日夜に隔たり
音塵斷絶阻河關　音塵は断絶して河関に阻まる
朔風蕭條白雲飛　朔風蕭条として白雲飛び
胡笳哀急邊氣寒　胡笳哀急にして辺気寒し
聽此愁人兮奈何　此を聴けば人を愁へしむるも奈何《いかん》せん
登山遠望得留顏　山に登り遠望して顔を留むるを得たり
將死胡馬跡　将に胡馬の跡に死せんとすれば
寧見妻子難　寧《なん》ぞ妻子の難を見んや
男兒生世轗軻欲何道　男児世に生まれては轗軻《かんか》として何をか道《い》はんと欲する
綿憂摧抑起長歎　綿憂摧抑《さいよく》して長歎を起こす

＊「急」字、張溥本・『詩紀』は「極」に作る。
＊「寧」字、張溥本・『詩紀』は「能」に作る。

其の十五
若いときに従軍して故郷を去り
白髪頭になってもさまよって戻ってこられないのを君は見たことがあるだろう
故郷はぼんやりとして日夜に遠ざかり
音信は途絶えて大河や関門に阻まれてしまう
北風がひゅうっと寂しげに吹いて白雲が飛び
北地の葦笛の哀れげな音が気を刺激して辺塞の空気は冷たい
そのようなことを聞けば人はもの悲しくなるがどうにもならず
山に登り遠く故郷を眺めやることで容顔を保つしかない
やがて北地の馬の足跡の上で野垂れ死ぬのであれば
妻子の苦難など見ることもない
男としてこの世に生まれたからには不遇でも不平は

言わないが
綿々と続く心配事に抑圧されて長い溜息ばかりをつくことになる

1　君不見少壮従軍去、白首流離不得還、

〔白首〕白髪頭。潘岳の「金谷集詩」に「投分寄石友、白首同所歸」（分を投じて石友に寄り、白首にして帰る所を同じくす）とあり（「石友」は、堅い交わりの友）、『史記』萬石君傳に「長子建老白首」（長子の建は老いて白首なり）という。

〔流離〕『漢書』劉向傳の顔師古注に「流離、謂亡其居處也」（流離は、其の居処を亡ふを謂ふなり）という。

2　故郷窅窅日夜隔、音塵斷絶阻河關、

〔窅窅〕暗くはっきりしない様。『鶡冠子』天則に「擧善不以窅窅、捨過不以冥冥」（善きを挙ぐるは窅々たるを以つてせず、過《あやま》てるを捨つるは冥々たるを以つてせず）とあり、陸佃の注に「不以潛晦、擧人之善」（潜晦を以つてせざるは、人を挙ぐるの善なり）という。

〔音塵〕音信。陸機の「思歸賦」に「絶音塵於江介、託影響乎洛湄」（音塵を江介に絶ち、影響を洛湄に託す）とあり、漢の蔡琰の「胡歌十八拍」其十に「故郷隔兮音塵絶、哭無聲兮氣將咽」（故郷隔たりて音塵絶え、哭くに声無くして気将に咽ばんとす）という。

〔河關〕大河と関所。陶潛の「擬古詩」其五に「我欲觀其人、晨去越河關」（我其の人を観んと欲し、晨に去りて河関を越ゆ）とある。

3　朔風蕭條白雲飛、胡笳哀急邊氣寒、

〔蕭條〕もの寂しげなさま。『楚辭』遠遊に「山蕭條而無獸兮」（山蕭条として獣無し）とあり、王逸注に「溪谷寂寥而少禽也」（渓谷寂寥として禽少なきなり）という。

〔胡笳〕『宋書』樂志に「杜摯笳賦云『李伯陽入西戎所造』」（杜摯の笳賦に云ふ「李伯陽西戎に入りて造る所なり」）という。

〔哀急〕後世の『文心雕龍』樂府第七には「聲節哀急なり」と言う。（〔哀極〕鮑照の「傷逝賦」にも「寒往暑來而不窮、哀極樂反而有終」と見える。）

［邊氣］辺地の煙霧（『漢語大詞典』の見解による）。

4　聽此愁人兮奈何、登山遠望得留顔、

［愁人］『楚辭』九歌「大司命」に「愁人兮奈何、願若今兮無虧」（人を愁へしむるを奈何せん、願はくは今のごとくして虧《か》く無からんことをと）とある。

［登山遠望］東方朔の「七諫」に「登巒山而遠望兮」（巒山に登りて遠望す）とある。

［留顔］顔に若さを保つ。宋の謝荘の「山夜憂」詩に「年去兮髪不還、金膏玉瀝豈留顔」（年去りて髪は還らず、金膏玉瀝も豈に顔を留めんや）とある。

5　將死胡馬跡、寧見妻子難、

［胡馬］「古詩」に「胡馬依北風」（胡馬北風に依る）とある。

［妻子］曹植の「白馬篇」に「父母且不顧、何言子與妻」（父母すら且つ顧みざるに、何ぞ子と妻とを言はんや）とある。

6　男兒生世轗軻欲何道、綿憂摧抑起長歎、

［轗軻］不遇のさま。「古詩」に「無爲守窮賤、轗軻長苦辛」（為す無くして窮賤を守り、轗軻として長く苦辛す）とある。また東方朔の「七諫」に「年既已過太半兮、然輡軻而留滯」（年既《すで》已に過ぐること太だ半ばなるも、然れども輡軻として留滞す）とあり、王逸の注に「輡軻、不遇也」（輡軻は、遇はざるなり）という。

［綿憂］尽きない憂い。「採桑」詩にも「綿歎對迴塗、揚歌弄場藿」と見える。

［摧抑］挫折と抑圧とで重苦しい。『三國志』魏志「田豫傳」に「爲校尉九年、其御夷狄、恆摧抑兼并、乖散彊猾」（校尉と為ること九年、其の夷狄を御するや、恒に摧抑して兼并し、彊猾《きやうくわつ》なるを乖散す）とある。

（擬行路難　其の十六）

君不見栢梁臺　　君見ずや栢梁台の
今日丘墟生草萊　　今日の丘墟　草萊を生ずるを

君不見阿房宮　　君見ずや阿房宮の
寒雲澤雉栖其中　　寒雲の沢雉《たくち》　其の中《うち》に栖《す》まふを
歌妓舞女今誰在　　歌妓舞女　今は誰か在らんや
高墳疊疊滿山隅　　高墳疊々《でふでふ》として山隅に満つ
長袖紛紛徒競世　　長袖紛々として徒らに世を競ふも
非我昔時千金軀　　我が昔時の千金の軀に非ず
隨酒逐樂任意去　　酒に随ひ楽しみを逐ひて意に任せて去り
莫令含歎下黄壚　　歎きを含みて黄壚《くわうろ》に下らしむる莫かれ

＊「栖」字、張溥本・『樂府』は「棲」に作る。
＊「疊疊」、張溥本・『詩紀』は「纍纍」に作り、『樂府』は「壘壘」に作る。

其の十六
漢の柏梁台も今では何一つ無い丘となり
あかざが生い茂っているのを君は見たことがあるだろう

秦の阿房宮も寒々とした雲が垂れ込め
沢地を好む雉がその中に巣くっているのを君は見たことがあるだろう
歌姫も舞姫も今は誰もいなくなり
高く盛られた土饅頭が累々と山間一杯に連なっている
長袖の舞手たちは入り乱れて徒らに世評を競ったことはあっても
自分の以前のような素晴らしい身体ではなくなってしまっている
酒に任せ楽しみに耽りながら思い通りに過ごし
嘆きを懐きながら黄泉路に就くようなことを誰にもさせてはならないのである

1　君不見栢梁臺、今日丘墟生草萊、
［栢梁］台名。『漢書』武帝紀に「元鼎二年春、起柏梁臺」（元鼎二年春、柏梁台を起こす）とあり、『三輔黄圖』臺榭に『三輔舊事』を引いて、柏梁臺は「以香柏爲梁也」（香柏を以つて梁と為すなり）という。

［丘墟］廃墟。『史記』李斯列傳に「國爲丘墟、遂危社稷」

（国丘墟と為り、遂に社稷を危ふくす）とある。

［草萊］あかざ。『説文』に「萊、蔓華也」（莱は、蔓華なり）とある（「蔓華」は、こぶなぐさ、かりやすに似た草）。

2　君不見阿房宮、寒雲澤雉栖其中、

［阿房宮］『史記』秦本紀に「營作朝宮渭南上林苑中。先作前殿阿房、東西五百歩、南北五十丈、上可以坐萬人、下可以建五丈旗」（営みて朝宮を渭南の上林苑の中に作る。先づ前殿の阿房を作り、東西のかた五百歩、南北のかた五十丈、上は以つて万人を坐すべく、下は以つて五丈の旗を建つべし）とある。

［寒雲］顔延之の「還至梁城」詩に「故國多喬木、空城凝寒雲」（故国には喬木多く、空城は寒雲を凝らす）とあり、陶潛の「歳暮和張常侍」詩に「向夕長風起、寒雲没西山」（夕べに向《なんな》んとして長風起こり、寒雲西山に没す）とある。

［澤雉］キジ。『莊子』養生主篇に「澤雉十歩一啄、百歩一飲、不蘄畜乎樊中」（澤雉十歩に一たび啄き、百歩に一たび飲み、樊中に畜せらるるを蘄《もと》めず）とある（「蘄」は「祈」と同音、音通で、もとめる意）。

3　歌妓舞女今誰在、高墳壘壘滿山隅、

［歌妓舞女］『後漢書』宦者傳論に「嬙媛侍兒歌童舞女之玩、充備綺室」（嬙媛・侍児・歌童・舞女の玩び、綺室に充備す）とある。

［高墳壘壘］墓が連なるさま。張載の「七哀詩」其一に「北芒何累累、高陵有四五」（北芒何ぞ累々たる、高陵有ること四五なり）とある。

［山隅］『易林』大有第十四「訟」に「虎臥山隅、鹿過後胸」（虎は山隅に臥し、鹿過ぐるも胸を後にす）とある（「胸」は、肉）。

4　長袖紛紛徒競世、非我昔時千金軀、

［長袖］曹植の「七啓」に「長袖隨風、悲歌入雲」（長袖風に随ひ、悲歌雲に入る）とあり、『後漢書』馬寥傳には「城中好大袖、四方全匹帛」（城中大袖を好めば、四方全て匹帛なり）という。

［千金軀］大切なからだ。陶潛の「飲酒」其十一に「客養千金軀、臨化消其寶」（客のごと千金の躯を養ふも、化するに臨んで其の宝を消す）とある（「客」は、客をもてなすように）。

5　隨酒逐樂任意去、莫令含歎下黄壚、

［黄壚］黄泉路。『淮南子』覽冥訓に「上際九天、下契黄壚」（上は九天に際《まじ》はり、下は黄壚に契る）とあり（「際」は、まじわる）、高誘注に「黄壚、黄泉下壚土也」（黄壚は、黄泉の下の壚土なり）という。

（擬行路難　其の十七）

君不見冰上霜　君見ずや氷上の霜の
表裏陰且寒　表裏　陰にして且つ寒きを
雖蒙朝日照　朝日の照きを蒙ると雖も
信得幾時安　信《まこと》に幾時か安らかなるを得んや
民生故如此　民生　故《もと》より此《かく》のごとし
誰令摧折強相看　誰か摧折《さいせつ》として強ひて相看《み》しめんや
年去年來自如削　年去り年来たりて自ら削るがごとく
白髮零落不勝冠　白髪零落して冠するに勝《た》へず

＊「冰」字、『樂府』は「水」に作る。
＊「故」字、『樂府』は「固」に作る。
＊「強」字、『樂府』は「彊」に作る。

其の十七
君は氷の上に霜が降りているのを見たことがあるだろう
表裏ともに陰気が篭もり冷えびえとしている
朝日に照らされることがあっても
どれほどの間も安らかではいられないのは間違いない
民の生活も昔からそれと同じで
誰かが粉々に摧いて無理やり見せるまでもない
一年が去り一年が来ればそれにつれて削られるように

白髪も抜け落ちて冠り物も載せられなくなる（止められなくなる）

1　君不見冰上霜、表裏陰且寒、

［冰上霜］『後漢書』劉陶傳に「臣敢吐不時之義於諱言之朝、猶冰霜見日必至消滅」（臣敢て不時の義を諱言の朝に吐くは、猶ほ冰霜の日を見て必ず消滅するに至るがごとし）とある（「諱言」は、諫言を忌み嫌う）。

［陰且寒］『後漢書』魯恭傳に「今始夏百穀權輿、陽氣胎養之時、自三月以來、陰寒不暖、物當化變而不被和氣」（今始夏にして百穀権輿し、陽気胎養の時なるも、三月より以来、陰寒にして暖かならず、物当に化変すべきも和気を被らず）とある（「權輿」は、芽生え始める）。

2　雖蒙朝日照、信得幾時安、

［朝日］曹植の「雜詩」に「高臺多悲風、朝日照北林」（高台に悲風多く、朝日は北林を照らす）とあり、李善は「朝日は、君の明るきに喩ふ」と言う。また、『拾遺記』炎帝神農に「築圓丘以祀朝日、飾瑤階以揖夜光」（円丘を築きて以つて朝日を祀り、瑤階を飾りて以つて夜光を揖《をさ》む）とあり、『宋書』樂志に「臣譬列星景、君配朝日暉」（臣は列星の景《ひかり》に譬へ、君は朝日の暉きに配す）という。

［日照］『宋書』闍婆婆達國傳に「衆寶莊嚴如須彌山、經法流布如日照明」（衆宝荘厳なること須弥山のごとく、経法の流布すること日照りて明るきがごとし）とある。

3　民生故如此、誰令摧折強相看、

［民生］民の生活。『左傳』宣公十二年に「民生在勤、勤則不匱」（民生は勤むるに在り、勤むれば則ち匱《とぼ》しからず）とある。

［摧折］打ちひしぐ。『漢書』賈山傳に「雷霆所撃、無不摧折」（雷霆の撃つ所、摧折せざる無し）とある。『晉書』孫惠傳に「履順討逆、執正伐邪、是烏獲摧冰、賁・育拉朽」（順を履み逆を討ち、正を執り邪を伐つは、是れ烏獲冰を摧き、賁・育朽を拉《くだ》くがごときなり）とある（「烏獲・賁・育」は、ともに戦国秦の勇士。「拉朽」は、朽ちたものをくだく、容易なたとえ）。

［強相看］李白の「秋浦歌」其六には「愁作秋浦客、強看秋浦花」とあり、司空圖の詩には「桃李更開須強看、明年兼恐聽歌聲」と言う等、後世では無理してでも看ることの意に解する。

4　年去年來自如削、白髪零落不勝冠、

［如削］黄節は「『削る』は、發落すること削然たるがごときを謂ふ」と言う（「發落」は、決着する）。

［不勝冠］冠をとめられない。『史記』萬石君傳に「子孫勝冠者在側、雖燕居必冠」（子孫の冠するに勝ふる者側に在らば、燕居すと雖も必ず冠す）とある（「燕居」は、暇でくつろぐ）。

＊「索」字の下、『樂府』は「一に『條』に作る」とある。

（擬行路難　其の十八）

君不見春鳥初至時　君見ずや春鳥の初めて至る時
百草含青倶作花　百草　青を含みて倶に花を作るを
寒風蕭索一旦至　寒風　蕭索《せうさく》として一旦に至れば
竟得幾時保光華　竟に幾時か光華を保つを得んや
日月流邁不相饒　日月　流れ邁《ゆ》きて相饒《のこ》さず
令我愁思怨恨多　我をして愁思し怨恨多からしむ

其の十八
春の渡り鳥がやってきたばかりの頃に
多くの草が青みて一斉に花を着けたのを君は見たことがあるだろう
冬の風がまつわりつくように吹きつける頃の朝ともなると
しばらくでも輝きを保つことはどうあがいても出来なくなる
日月は老いに向かって進み気持ちを汲んではくれず
私をもの悲しくさせ怨みがちにさせるのである

1 君不見春鳥初至時、百草含青倶作花、

［春鳥初至］『禮記』月令に「仲春之月、玄鳥至」（仲春の月、玄鳥至る）とあり、『周禮』に「羅氏仲春羅春鳥」（羅氏仲春春鳥を羅《あみ》かく）とある。

［百草］「古詩」に「四顧何茫茫、東風搖百草」（四顧すれば何ぞ茫々たる、東風百草を揺るがす）とあり、『莊子』庚桑楚に「夫春氣發而百草生」（夫れ春気発して百草生ず）という。

［草…青］『國語』魯語・上に「室如懸罄、野無青草、何恃而不恐」（室は罄《うつろ》を懸くるがごとく、野には青き草無し、何をか恃みて恐れざる）とある。

［作花］花をつける。鮑照の「梅花落」詩にも「念其霜中能作花、露中能作實」と見える。

2 寒風蕭索一旦至、竟得幾時保光華、

［寒風］陸機の「燕歌行」に「四時代序逝不追、寒風習習落葉飛」（四時序を代へて逝きて追はず、寒風習々として落葉飛ぶ）とある。

［蕭索］めぐり纏いつくさま。『史記』天官書に「若煙非煙、若雲非雲、郁郁紛紛、蕭索輪囷、是謂卿雲」（煙のごときも煙に非ず、雲のごときも雲に非ず、郁々紛々として、蕭索たり輪囷《りんきん》たり、是れ卿雲と謂ふ）とある（「輪囷」は、曲がりくねる）。

［光華］輝き。阮籍の「詠懷」詩（其七十五）に「色容豔姿美、光華耀傾城」（色容艶姿美しく、光華耀きて城を傾く）とあり、「尚書大傳」巻一下に「日月光華、旦復旦兮」（日月の光華は、旦《あした》し復た旦す）という。鮑照の「擬古」詩にも「宗黨生光華、賓僕遠傾慕」と見える。

3 日月流邁不相饒、令我愁思怨恨多、

［日月流邁］傅玄の「晉宣文舞歌」に「五行流邁、日月代征」（五行流れ邁き、日月代《こも》ごも征く）とあり、『書』秦誓に「日月逾邁」（日月逾《こ》え邁《すす》む）という。また、三国呉の韋曜の「博奕論」に「古之志士悼年齒之流邁、而懼名稱之不建也」（古の志士は年歯の流れ邁《ゆ》くを悼み、而して名称の建たざるを惧る）とある。

［相饒］気持ちを承け容れる。「饒」は寛容になる、ゆるす。應劭の『風俗通義』怪神「世間人家多有見赤白光爲

變怪者」に「公祖曰、怪異如此、救族不暇、何能致望於所不圖、此相饒耳」（公祖曰はく、怪異此くのごとくんば、族を救ふに暇あらず、何ぞ能く望みを図らざる所に致さんや、此れ相饒《ゆる》すのみならんと）とある（『捜神記』巻三にも同話あり）。

（擬行路難　其の十九）

其の五と類似している。

諸君莫歎貧　　諸君　貧を歎く莫かれ
富貴不由人　　富貴は人に由らず
丈夫四十強而仕　　丈夫は四十強にして仕ふるも
餘當二十弱冠辰　　餘は二十弱冠の辰《とき》に当たる
莫言草木委冬雪　　言ふ莫かれ　草木は冬雪に委ぬるも
會應蘇息遇陽春　　会《まさ》に応《まさ》に蘇息して陽春に遇ふべしと
對酒敍長篇　　酒に対して長篇を叙し
窮途運命委皇天　　窮途の運命は皇天に委ねん
但願樽中九醞滿　　但だ樽中に九醞《きううん》の満つるをのみ願ひ
莫惜床頭百箇錢　　床頭百個の銭を惜しむこと莫かれ
直得優游卒一歲　　直《た》だ優游として一歳を卒《を》ふるを得ば
何勞辛苦事百年　　何ぞ辛苦を労して百年に事《つか》へんや

＊「強」字、張溥本・『詩紀』・『樂府』は「彊」に作る。
＊「餘」字、張溥本・『詩紀』・『樂府』は「余」に作る。
＊「冬」字、『樂府』は「大」に作る。
＊「樽中」、『樂府』に「一に『金樽』に作る」とある。
＊「床」字、張溥本・『詩紀』・『樂府』は「牀」に作り、逯欽立は「當に『杖』に作るべし」という。
＊「箇」字、張溥本・『詩紀』は「個」に作る。
＊「得」字、張溥本・『樂府』は「須」に作り、『詩紀』に「一に『須』に作る」という。

其の十九
皆さんは貧しさを歎いてはならない
富や地位は人の思い通りにはいかないもの
いっぱしの男子たるや四十歳までには仕えるというが
私はもう二十歳という時期にある
草木も冬には降る雪に身を委せるとは言ってくれるな
必ずきっと休んだ後には春を迎えるのである
酒をやりながら長々と詩を作り
行き詰まりの定めは大いなる天に委せよう
酒樽の中に熟成した美酒を満たしていられればそれでよく
枕頭に置いた有り金を惜しむことはすまい
ひたすらゆったりと一年を暮らすことが出来れば
何か苦労して一生のことまで心配したりはしない

1　**諸君莫歎貧、富貴不由人、**

[富貴]『論語』顔淵篇に「死生有命、富貴在天」（死生に命有り、富貴は天に在り）とある。

2　**丈夫四十強而仕、餘當二十弱冠辰、**

[丈夫]『穀梁傳』文公十二年に「男子二十而冠、冠而列丈夫」（男子二十にして冠し、冠して丈夫に列す）とある。

[餘]一人称。鮑照の「行路難」では、他は全て一人称は「我」と言い、「余」とは言わない。「余」と「餘」に関しては、『史記』屈原傳に「定心廣志、餘何畏懼兮」（心を定め志を広くすれば、餘何をか畏懼せんや）とあり、司馬貞の「索隱」に『楚詞』は『餘』並びに『余』に作る」と言う。

[弱冠]『後漢書』胡廣傳に「甘（羅）・（子）奇顯用、年乖彊仕。終（軍）・賈（誼）揚聲、亦在弱冠」（甘羅・子奇の顕用せらるるは、年強仕に乖り、終軍・賈誼の声を揚ぐるは、亦た弱冠に在り）とあり、『禮記』曲禮に「二十曰弱冠、三十曰壯有室、四十曰彊而仕」（二十を弱と曰ひ冠す、三十を壮と曰ひ室有り、四十を彊と曰ひ仕ふ）という。

3　莫言草木委冬雪、會應蘇息遇陽春、

[冬雪]『魏志』焦先傳の注に「先自作一蝸牛廬、後爲野火所燒、先因露寢、冬雪大至、袒臥不移、人以爲死、就視如故」（先自ら一蝸牛の廬を作り、後に野火の焼く所と為る、先因りて露寝し、冬雪大いに至るも、袒臥して移らず、人以つて死せりと為し、就ち視れば故のごとし）とある。

[會應]まさに…べし。銭仲聯は張相の『詩詞曲語辭匯釋』を引き、「會は、猶ほ當のごときなり、應のごときなり。時に將に然らんとするの語氣を含むこと有り」と言う。

[蘇息]ひと息つく。『書』仲虺之語に「后來其蘇」（后来其れ蘇る）とあり、傳に「待我君來、其可蘇息」（我が君の来たるを待てば、其れ蘇息すべし）という。

4　對酒敍長篇、窮途運命委皇天、

[長篇]ここは「行路難」。後世の『文心雕龍』才略篇には「曹攄は長篇に清靡にして、季鷹は短韻に辨切なり」と言う。

[窮途]『魏志』阮籍傳に「籍率意獨駕、不由徑路、車迹所窮、輒痛哭而返」（籍意に率《したが》ひて独り駕し、径路に由らず、車迹の窮まる所、輒ち痛哭して返る）とある。

[委皇天]『楚辭』離騷に「皇天無私阿兮、覽民德焉錯輔」（皇天に私阿無く、民徳を覧て焉に輔けを錯《お》く）とあり、『宋書』蔡興宗傳に「（沈）慶之曰はく、『……但だ忠を盡くして國に奉じ、始終之れを以つてし、正に當に天に委ね命に任ずるのみ』と」と言う。

5　但願樽中九醞滿、莫惜床頭百箇錢、

[九醞]醸造を重ねた美酒。張衡の「南都賦」に「酒則九醞甘醴、十旬兼清」（酒なれば則ち九醞の甘醴、十旬にして兼ねて清し）とあり、注に「『魏武集』『上九醞酒奏』曰『三日一釀、滿九斛米止』。『廣雅』曰『醞、投也』」（『魏武集』の「上九醞酒奏」に曰はく「三日に一たび釀し、九斛の米を満たして止む」と。『廣雅』に曰はく「醞は、投ぐるなり」と）という。『西京雑記』には、正月元旦に仕込み、八月に成る酒で、別名醇酎とも言うとある。

〔床頭百箇錢〕「百錢」は有り金。『世説新語』に「王夷甫は口に未だ嘗て錢の字を言はず、婦之れを試さんと欲し、婢をして錢を以つて牀に繞らせ行くを得ざらしむ。夷甫婢を呼びて曰はく『擧げて阿堵物を卻けよ』と」と言う。

逯欽立は「牀」字は当に「杖」に作るべきだと言い、「杖頭錢」のことであるとする。『晉書』阮修傳に「修嘗步行以百錢掛杖頭、至酒店便獨酣暢、家無擔石晏如也」（修嘗て歩行するに百銭を以つて杖頭に掛け、酒店に至れば便ち独り酣暢し、家に担石無きも晏如たるなり）とある（「擔石」は、わずかな量）。

6　直得優游卒一歳、何勞辛苦事百年、

〔優游卒一歳〕『史記』孔子世家に「優哉游哉、維以卒歳」（優なるかな游なるかな、維だ以つて歳を卒へん）とあるのを踏まえる。

〔百年〕人の一生。曹植の「箜篌引」に「盛時不可再、百年忽我遒」（盛時は再びすべからず、百年忽ち我に遒《せ》まる）とあり、陶淵明の「飲酒」其三に「鼎鼎百年内、持此欲何成」（鼎々たり百年の内、此れを持して何をか成さんと欲する）とある（「鼎鼎」は、時が流れ留めることのできぬ様）。

松栢篇　并序

傅玄の「亀鶴篇」に擬作し、題を別の長寿の象徴である「松柏」で言い換えている。

陸機の「挽歌」詩との共通語彙が幾つか見られる。

換韻の体を用いているので、以下、韻ごとに章段に分けて訳注を施したい。

序

余患脚上氣四十餘日、　余脚上の気を患ふこと四十餘日、

知舊先借傅玄集、　知旧先に傅玄《ふげん》集を借《か》るるに、

以余病劇、遂見還。　余が病の劇しきを以つて、遂に還さる。

開袠適見樂府詩龜鶴篇。　袠《ふまき》を開きて適《たま》たま楽府詩亀鶴篇を見る。
於危病中見長逝詞、　危病の中《うち》に於いて長逝《ちやうせい》の詞を見、
惻然酸懷抱。　惻然として懐抱を酸《いた》ましくす。
如此重病、弥時不差、　此《か》くのごとき重病は、弥時《びじ》には差《い》えず、
呼吸之喘、擧目悲矣。　呼吸の喘《あへ》ぎ、目を挙げて悲しめり。
火藥間缺而擬之。　火薬間缺すれば之れに擬す。

＊「袠」字、張溥本は「衮」に作る。
＊「缺」字、張溥本・『詩紀』は「闕」に作る。

松柏のうた

序

私は脚の気を四十日あまり患った。旧知の者に『傅玄集』を貸してあったが、私の病がひどいので、そのまま返してよこした。帙を開くと、ちょうど楽府詩の「鶴亀篇」が目に入った。重病の時に「逝去」という語を目にすると、悲しくて心が辛くなる。このような重病は長い間良くならない。呼吸もしにくく、見るものすべて悲しくなる。火剤湯が効いている間に、その「亀鶴篇」に擬作することにした。

1　余患脚上氣四十餘日、知舊先借傅玄集、以余病劇、遂見還。

［傅玄集］『晉書』傅玄傳に「……文集百餘巻、世に行はる」と言う。

2　開袠適見樂府詩龜鶴篇。

［袠］ふまき。『説文解字』に「袠、書衣也」（袠は、書衣なり）という。
［龜鶴篇］現行の『傅玄集』には見えない。

3　於危病中見長逝詞、惻然酸懷抱。

［長逝］司馬遷の「報任少卿書」に「長逝者、魂魄私恨

無窮」（長く逝く者、魂魄私かに恨みて窮まり無し）とある。

4　如此重病、弥時不差、呼吸之喘、擧目悲矣。

［差］癒える。『魏志』張遼傳に「疾小差」（疾小《や》や差ゆ）とあり、『廣韻』に「差、楚懈切、病除也」（差は、楚懈の切、病除かるるなり）という。

［喘］『説文』に「喘、疾息也」（喘は、息を疾むなり）という。

［擧目］よく見る。李陵「重報蘇武書」に「擧目言笑、誰與爲歡」（目を挙げて言笑せんも、誰か与に歓びを為さん）とある。

5　火藥間缺而擬之。

［火藥］火剤湯。『韓非子』喩老に「病在腠理、湯熨之所及也。在肌膚、鍼石之所及也。在腸胃、火齊之所及」（病腠理に在れば、湯熨の及ぶ所なり。肌膚に在れば、鍼石の及ぶ所なり。腸胃に在れば、火斉の及ぶ所なり）とある。

松栢受命獨　　松栢は命を受くること独り
歷代長不衰　　代を歴て長く衰へず
人生浮且脆　　人生　浮且つ脆《もろ》く
鳦若晨風悲　　鳦若《いつじやく》として晨風《しんぷう》のごと悲し
東海迸逝川　　東海は逝川を迸《ほとばし》らせ
西山導落暉　　西山は落暉を導く
南郊悦籍短　　南郊は籍《せき》の短きを悦び
蒿里收永歸　　蒿里《かうり》は永く帰るを収む
諒無疇昔時　　諒《まこと》に疇昔《ちうせき》の時無く
百病起盡期　　百病　期を尽くすを起こす
志士惜牛刀　　志士は牛刀を惜しみ
忍勉自療治　　忍び勉めて自ら療治す
傾家行藥事　　家を行薬の事に傾け
顛沛去迎醫　　顛沛《てんはい》して去《ゆ》きては医を迎ふ
徒備火石苦　　徒らに火石の苦を備へ
奄至不得辭　　奄《たちま》ち辞するを得ざるに至る

＊「迸」字、『詩紀』は「并」に作る。
＊「郊」字、『詩紀』・『樂府』は「郭」に作り、『詩紀』に「一

に『郊』に作る」という。張溥本は「廓」に作り、「一に『郊』に作る」という。

松や柏は「独り在る」という天命を受け
何代もずっと衰えない
人生はといえばはかなく脆く
すばやく過ぎることといったらハヤブサのようでとても悲しい
東海は流れ逝く川を呼び込み
西山は落日を引き込む
生を司る南斗は鬼籍に記された短命に満足を感じ
蒿里はそこに永久に戻ってくる者を迎え入れる
明らかに以前とはちがい
万病は終わりの始まりである
志のある男児は引退という療法を採らず
我慢して自らを治療する
大金をはたいて高価な薬を投与し
よろよろしながら医者を呼びにゆく
火剤や石鍼の苦しみに耐えようとの心づもりも無駄でたちまちどうにもならなくなる

6　松栢受命獨、歷代長不衰、

［松柏…］『莊子』徳充符篇に「受命於地、惟松柏獨也在、冬夏青青」（命を地に受くるは、惟だ松柏のみ独り在り、冬夏に青々たり）とある。

7　人生浮且脆、鴥若晨風悲、

［脆］『老子』に「萬物草木之生也柔脆、其死也枯槁」（万物草木の生くるや柔脆、其の死するや枯槁）とある。

［鴥若…］すばやく飛ぶさま。『詩』秦風「晨風」に「鴥彼晨風」（鴥《いつ》たり彼の晨風）とあり、傳に「鴥、疾飛貌。晨風、鸇也」（鴥は、疾く飛ぶ貌。晨風は、鸇《はやぶさ》なり）という。

8　東海迸逝川、西山導落暉、

［東海］古辭「長歌行」に「百川東到海、何時復西歸」（百川東のかた海に到り、何れの時にか復た西のかた帰らん）とある。

［西山］揚雄「反騒」に「臨汨羅而自隕兮、恐日薄於西山」（汨羅に臨みて自ら隕《お》とし、日の西山に薄《せま》るを恐る）とある。

9　南郊悦籍短、蒿里收永歸、

［南郊］南斗のこと。『捜神記』巻三に「……南斗注生、北斗注死。凡人受胎、皆從南斗過北斗、所有祈求、皆向北斗也」（……南斗は生を注ぎ、北斗は死を注ぐ。凡そ人胎を受くるは、皆南斗より北斗に過《よ》ぎり、所有《あらゆ》る祈求は、皆北斗に向かふなり）とある。

［蒿里］黄泉のこと。詳しくは「蒿里行」の注を参照。

10　諒無疇昔時、百病起盡期、

［百病］『素問』に「百病所起、始以自怨」（百病の起くる所、始むるに自ら怨むを以つてす）とある。

［盡期］『莊子』養生主に天寿を全うする意の「盡年」という語が見えるが、「盡期」は死期の意であると思われる。

11　志士惜牛刀、忍勉自療治、

［牛刀］『論語』陽貨篇に「割鷄焉用牛刀」（鶏を割くに焉んぞ牛刀を用ゐん）とあり、黄節は「小病は大治せざるに喩ふ」という。

12　傾家行藥事、顛沛去迎醫、

［傾家］家財を費やす。『漢書』童恢傳に「傾家賑卹」（家を傾けて賑卹《しんじゅつ》す）とある（「賑卹」は、ほどこす、めぐむ）。

［行藥事］黄節は「行藥至城東橋」詩の「行藥」と同じであるとするが、錢仲聯は『行藥』と『行藥事』とは、一義に非ず」と言う。呉摯父は『行藥事』は當に『事行藥』に作るべし」と言う。

［顛沛］うろたえ、ひっくりかえる。『詩』大雅「蕩」に「顛沛之揭、枝葉未有害」（顛沛して之れ掲げらるるも、枝葉未だ害有らず）とある（「揭」は、根こそぎになる）。

13　徒備火石苦、奄至不得辭、

［火石］序の「火藥」の注を参照されたい。

龜齡安可護　亀齢　安んぞ護るべけんや
岱宗限已迫　岱宗　限り已に迫る
睿聖不得留　睿聖は留まるを得ず
爲善何所益　善を為すも何の益する所ぞ
捨此赤縣居　此の赤県の居を捨て
就彼黃壚宅　彼の黄壚《くわうろ》の宅に就《つ》く
永離九原親　永く九原の親を離れ
長與三辰隔　長く三辰と隔つ

＊「護」字、張溥本・『詩紀』・『樂府』は「獲」に作る。
＊「限」字、『詩紀』は「恨」に作り、注に「一に『限』に作る」という。

亀のような長生の寿命は得られるものでなく
岱山宗山に魂が召される期限は迫ってくる
齢九十でも怠けなかった衛武公でも留まってはいられず
善いことをしても長寿に益はない
中国の一区画であるこの土地を捨て
あの黄泉の宅に行き着く
永遠に天下の親族と離れ
ずっと日や月星から遠ざかるのである

14　龜齡安可護、岱宗限已迫、

［龜齡］長寿。郭璞「遊仙詩」の「寧知龜鶴年」の李善注に『養生要論』曰『龜鶴壽有千百之數、性壽之物也』」（「養生要論」に曰はく「亀鶴の寿には千百の数有り、性寿の物なり」）という。

［岱宗］魂を招く山。劉楨の「贈五官中郎將」詩に「常恐遊岱宗、不復見故人」（常に恐る岱宗に遊び、復たとは故人を見ざらんことを）とあり、注に「『援神契』曰『太山、天帝孫也、主召人魂』」（「援神契」に曰はく、「太山は、天帝の孫なり、人の魂を召くを主る」と）という。

15　睿聖不得留、爲善何所益、

［睿聖］明知をそなえた聖者。徐幹の「中論」に「衞武公年過九十、猶夙夜不怠。衞人頌其徳、爲賦淇澳、且曰睿聖」（衞武公年九十を過ぐるも、猶ほ夙夜怠らず。衞

人其の徳を頌し、為に淇澳を賦し、且つ睿聖と曰ふ）とある。

［爲善］『國語』齊語に「夫是、故民皆勉爲善」（夫れ是なり、故に民皆勉めて善を為す）とあり、『書』泰誓・中に「我聞吉人爲善、惟日不足」（我れ聞く吉人善を為すに、惟だ日足らざるのみと）という。

16　捨此赤縣居、就彼黄壚宅、

［赤縣］中国。『史記』孟子傳に「騶衍以爲儒者所謂中國者、於天下乃八十一分、居其一分耳。中國名曰赤縣神州」（騶衍以為《おも》へらく儒者の所謂中国とは、天下乃ち八十一分に於いて、居るは其の一分のみと。中国は名づけて赤県神州と曰ふ）とある。

［黄壚］黄泉の国。『淮南子』覽冥訓に「上際九天、下契黄壚」（上は九天に際《あ》ひ、下は黄壚に契る）とあり、注に「泉下有壚山」（泉下に壚山有り）という。

17　永離九原親、長與三辰隔、

［九原］天下、九州の大地。『國語』周語・下に「汨越九原、宅居九隩」（九原を汨越とし、九隩に宅居す）とある。

［三辰］日月星辰の光。『左傳』桓公二年に「三辰旂旗、昭其明也」（三辰の旂《き》旗《き》、其の明を昭らかにするなり）とあり、注に「三辰、日・月・星也」（三辰とは、日・月・星なり）という。

屬纊生望盡　　纊《くわう》に屬《つ》けば生望尽き
闔棺世業埋　　棺に闔《ふた》すれば世業埋む
事痛存人心　　事は存人の心を痛ましめ
恨結亡者懷　　恨みは亡者の懐ひに結ぼる
祖葬既云及　　祖葬　既に云《ここ》に及び
壙隧亦已開　　壙隧《くわうすゐ》　亦た已に開かる
室族內外哭　　室・族は内外に哭し
親踈同共哀　　親・踈は同《とも》に共に哀しむ
外姻遠近至　　外姻　遠近より至り
名列通夜臺　　名は通夜の台に列なる

＊「恨」字、張溥本は「根」に作る。

＊「隧」字、張溥本・『詩紀』・『樂府』は「𡑞」に作る。

重病人の息を確かめる綿が鼻に当てられると生きる
　望みは絶え
棺桶の蓋が閉じられると世の中で上げた業績も埋も
　れていく
することといえば生きている人の心を痛めることで
木の根が死んだ者の胸元にからみついてくる
初めて納棺されてからここまで来ると
墓穴がまた開く
妻や一族の者が内外で大声を上げて泣き
親しい者もそうでない者も皆一緒に哀悼の意を表する
外戚があちらこちらからやって来て
名前が長夜の台に記される

18　屬纊生望盡、闔棺世業埋、

［屬纊］「纊」は、鼻に当てて息の有無を見る綿。『禮記』喪大記に「疾病、男女改服、屬纊、以俟絶氣」（疾病は、男女服を改め、纊《わた》に属き、以つて気を絶つを俟つ）とある。

［世業］『後漢書』班彪傳に「方今豪傑帶周域者、皆無七國世業之資」（方今の豪傑の周域を帯ぶる者、皆七国の世業の資無し）とある。

19　事痛存人心、恨結亡者懷、

［存人］生ける人。黄節は「存人は、生存の人なり」と言う。『易』繫辭・上に「神而明之、存乎其人」（神にして之れを明らかにす、存せんかな其の人）とある。

20　祖葬既云及、壙隧亦已開、

［祖葬］使者を祀り、葬送する。『白虎通』崩薨に「祖於庭何。盡孝子之恩也。祖者、始也、始載於庭也。乘轜車、辭祖禰、故名爲祖載也」（庭に祖すとは何ぞや。孝子の恩を尽くすなり。祖とは、始めなり、始めて庭に載するなり。轜車《じしや》に乗せ、祖禰を辞す、故に名づけて祖載と為すなり）とある（「轜車」は、霊柩車）。

［壙隧］墓の坑道。『説文』に「壙、塹穴也」（壙は、塹穴なり）とあり、『玉篇』に「隧、墓道也」（隧は、墓の道なり）とある（「塹」は、ほり）。

21　室族内外哭、親疎同共哀、

［室族］家族。『後漢書』李膺傳に「幽深牢、破室族而不顧」（深牢に幽せられ、室族を破りて顧みず）とある。

22　外姻遠近至、名列通夜臺、

［外姻］『左傳』隠公元年に「士逾月、外姻至」（士月を逾ゆれば、外姻至る）とあり、注に「姻は、親しきなり」とある。

［通夜臺］夜の暗闇しか見えない高台。墳墓の中。陸機の「挽歌」詩に「送子長夜臺」（子を送る長夜の台）とあり、『文選』五臣注で李周翰は「墳墓一たび閉づれば、復たとは明を見る無し。故に長夜の臺と云ふ」と言う。

扶輿出殯宮　扶輿《ふよ》として殯宮を出で
低廻戀庭室　低廻として庭室を恋ふ
天地有盡期　天地には期を尽くす有るも
我去無還日　我去れば還る日無し
居者今已盡　居る者　今已に尽き
人事從此畢　人事　此れより畢《を》はる
火歇煙既沒　火歇《つ》きて煙既に没し
形銷聲亦滅　形銷《と》けて声亦た滅す
鬼神來依我　鬼神　来たりて我に依れば
生人永辭訣　生人　永く辞訣す
大暮杳悠悠　大暮は杳《えう》として悠々と
長夜無時節　長夜は時節無し
欝湮重冥下　欝湮《うついん》たり重冥の下
煩冤難具説　煩冤《はんゑん》として具《つぶ》さには説き難し

＊「大」字、張溥本は「天」に作る。
＊「湮」字、張溥本は「烟」に作る。

つむじ風のように仮もがりの宿を出
去りがてに家のまわりをめぐって恋しがる
天地は終わりを全うするが
私は去ってしまうと戻る日がない
墓を見守っていた者がもはやいなくなると
行事もそれで終わる
火が消えれば煙も消え

形が消えれば声も消える
鬼神がやってきて私の側に寄り
生きている人とは永遠に訣別する
いつまでも続く夜は暗く長く
そこに時節はない
狭く閉ざされた墓穴の中は
胸が塞がって曰わく言いがたい

23　扶輿出殯宮、低廻戀庭室、

［扶輿］「扶於」や「扶與」に同じく、つむじ風のように渦巻きながら上昇するさま。王褒の「九懷」昭世に「登羊角兮扶輿、浮雲漠兮自娯」（羊角に登りて扶輿とし、浮雲漠として自ら娯しむ）とある。

［殯宮］柩を置いておく部屋。もがりの宮。陸機の「挽歌」詩に「殯宮何嘈嘈、哀響沸中闈」（殯宮何ぞ嘈嘈たる、哀響中闈に沸く）とあり（「嘈嘈」は、哀しみの声が溢れるさま）、『儀禮』既夕禮に「遂適殯宮、皆如啓位」（遂に殯宮に適き、皆啓位のごとし）という（「啓位」は、柩を出すときに礼拝したもとの位置）。

［低廻］行きつ戻りつする。『楚辭』九章「抽思」に「低回夷猶、宿北姑兮」（低回夷猶として、北姑に宿る）とある（「北姑」は、地名）。

24　天地有盡期、我去無還日、

［盡期］10の注を参照。

25　居者今已盡、人事從此畢、

［居者］『左傳』僖公二十八年に「不有居者、誰守社稷」（居る者有らずんば、誰か社稷を守らん）とあり、僖公二十四年にも「居者爲社稷之守」（居る者は社稷の守りと為す）とある。

26　火歇煙既沒、形銷聲亦滅、

［火歇］命の火が消える。『莊子』養生主篇に「指窮于爲薪、火傳也。不知其盡也」（窮まることを薪を為《すす》むるに指すも、火は伝はるなり。其の尽くるを知らず）とあり、郭象注に「窮、盡也。爲薪、猶前薪也。前薪以指、指盡前薪之理、故火傳而不滅、心得納養之中、故命續而不絶、

明盡生也」（窮は、尽くるなり。薪と為るは、猶ほ薪を前むるがごときなり。薪を前むるに指すを以つてすれば、薪を前むるの理を指し尽くす、故に火伝はりて滅せず、心養を納むるの中《ちゅう》を得、故に命続きて絶えず、明尽く生ず）という。また『論衡』論死篇に「人死、猶火之滅也。火滅而燿不照、人死而知不惠、二者宜同一實」（人の死するは、猶ほ火の滅するがごときなり。火滅して燿照らず、人死して知恵ならず、二者は宜しく一実を同じくすべし）とある。

27 鬼神來依我、生人永辭訣、

［辭訣］訣別。鮑照の「請假」（第二）啓に「存沒永訣、不獲計見」（存すると没すると永く訣るれば、見るを計るを獲ず）と見える。

［生人］古詩「爲焦仲卿妻作」詩に「生人作死別、恨恨那可論」（生人死別を作せば、恨々として那《なん》ぞ論ずべけんや）とあり、『莊子』至樂篇に「視子所言、皆生人之累也、死則無此矣」（子《し》の言ふ所を視れば、皆生人の累《わづら》ひなり、死すれば則ち此れ無し）という。

28 大暮杳悠悠、長夜無時節、

［大暮］永久に夜であること。陸機の「挽歌」詩に「大暮安可晨」（大暮安んぞ晨《あした》なるべけんや）とあり、同じく「歎逝」賦「寤大暮之同寐」（大暮の同《とも》に寐ぬるに寤《さ》む）の李善注に「大暮猶長夜也」（大暮は猶ほ長夜のごときなり）という。

［長夜］曹植の「三良」詩に「攬涕登君墓、臨穴仰長嘆。長夜何冥冥、一往不復還」（涕を攬《と》りて君が墓に登り、穴に臨みて仰ぎて長《ひさ》しく嘆ず。長夜何ぞ冥々たる、一たび往きて復たは還らず）とある。

29 欝湮重冥下、煩冤難具説、

［欝湮］閉じ塞がる。『左傳』昭公二十九年に「物乃坻伏、欝湮不育」（物乃ち坻伏《しふく》すれば、欝湮《うついん》して育たず）とあり、注に「欝、滞也。湮、塞也」（欝は、滞るなり。湮は、塞がるなり）という。

［重冥］黄泉。「代挽歌」詩の注を参照。陸機の「駕言出北闕行」に「安寢重冥廬、天壤莫能興」（安寝す重冥の廬、天壌能く興こる莫し）とある。

［煩冤］胸が詰まり、塞がる。『楚辭』九章「思美人」に「蹇蹇之煩冤兮、滔滯而不發」（蹇蹇《けんけん》たるの煩冤《はんえん》、滔滞《とうたい》して発せず）とあり、注に「忠謀盤紆、氣盈胸也」（忠謀盤紆《ばんう》として、気胸に盈つるなり）という。

安寝委沈寞　　安寝して沈寞に委ね
戀戀念平生　　恋々として平生を念ふ
事業有餘結　　事業には結ぶを餘《のこ》す有り
刊述未及成　　刊述は未だ成すに及ばず
資儲無擔石　　資儲《しちょ》には石を担《にな》ふ無く
兒女皆孩嬰　　児女は皆孩嬰《がいえい》なり
一朝放捨去　　一朝　放ちて捨て去らば
萬恨纏我情　　万恨　我が情に纏《まと》ふ

＊「刊」字、『樂府』は「形」に作る。
＊「擔」字、『樂府』は「甔」に作る。
＊「捨」字、張溥本は「擒」に作る。

安らかな眠りを静けさに任せ
生きていた平素のことを恋しく思い続ける
仕事はやりかけのものがあり
文書の作成も出来上がっていない
蓄えは一抱え一石もなく
子どもは皆幼い
一旦係累を捨てて去るとなると
尽きない恨みが私の気持ちにまつわりつくことになる

30　安寝委沈寞、戀戀念平生、

［安寝］29「重冥」の注を参照。
［沈寞］もの静かで、寂しい。唐の無名氏の「薛昭傳」に「大其棺、廣其穴、……使魂不蕩空、魄不沈寂」（其の棺を大にし、其の穴を広くし、……魂をして蕩空ならざらしめ、魄をして沈寂ならざらしむ）と見え、「沈寞」はこの「沈寂」と同義であると言う（『漢語大詞典』の見解による）。

31　事業有餘結、刊述未及成、

［餘結］やり残し。『淮南子』繆稱訓に「君子行思乎其所結」（君子は行くゆく其の結ぶ所を思ふ）とあり、高誘注に「結は、終ふるを要むるなり」という。

32　資儲無擔石、兒女皆孩嬰、

［資儲］たくわえ。『後漢書』袁紹傳・上に「南軍穀少、而資儲不如北」（南軍穀少なく、而して資儲は北に如かず）とある。

［擔石］一抱えと、一石。僅かな量をいう。『漢書』揚雄傳に「家産不過十金、乏無儋石之儲、晏如也」（家産は十金に過ぎず、乏しきこと儋石の儲へ無きも、晏如たるなり）とある。

［孩嬰］こども『釋名』に「女曰嬰、男曰孩」（女は嬰と曰ひ、男は孩と曰ふ）という。

33　一朝放捨去、萬恨纏我情、

［纏情］世俗の情から離れられない。唐の道宣の『續高僧傳』には「北齊釋曇遷、嘗尋性識論、遂感心疾、専憑三寶、不以醫術纏情」（北斉の釈曇遷、嘗て性識論を尋ね、遂に心疾に感ずれば、専ら三宝に憑り、医術を以つて情に纏《まと》はず）と言う。

追憶世上事　　世上の事を追憶すれば
束教已自拘　　束教　已に自らを拘《とら》ふ
明發靡怡悆　　明発も怡《い》悆《よ》靡《な》く
夕歸多憂虞　　夕べに帰れば憂虞多し
撤閑晨逕流　　閑を晨逕の流るるに撤《なげう》ち
輟宴式酒濡　　宴を式酒の濡《した》たるに輟《や》む
知今瞑日苦　　今の瞑日の苦を知り
恨夫而時娛　　夫《か》の而《しか》る時の娯しみを恨む

＊「已」字、『樂府』は「以」に作る。
＊「悆」字、張溥本・『詩紀』は「愈」に作る。
＊「撤閑…」の二句、張溥本・『詩紀』は「輟閑晨逕荒、撤宴式酒濡」に作る。
＊「日」字、『詩紀』・『樂府』（・本集の「四部備要」本）は「目」に作る。
＊「夫」字、張溥本・『詩紀』・『樂府』は「失」に作る。

＊「爾」字、張溥本・『詩紀』・『樂府』は「而」に作る。

在世のことを憶い出してみるに
礼教が自分を縛っていた
朝になっても楽しくなく
夕方帰ってきた時には心配事が多かった
暇つぶしに出歩くと朝の道はぬかり
酒宴を終えると泥酔するほどであった
今の真っ暗な毎日の苦しさが分ってからは
あの時の娯しみを失ったのが恨まれる

34　追憶世上事、束教已自拘、

［束教］人を拘束する教え。袁宏「三國名臣序贊」に「豈非天懷發中、而名教束物者乎」（豈に天懐中に発して、名教の物を束ぬる者に非ずや）とある。

35　明發靡怡悆、夕歸多憂虞、

［明發］夜明け。『詩』小雅「小宛」に「明發不寐」（明発まで寐ねず）とある。

［怡悆］「悆」は「豫」に同じく、よろこぶ。嵇康の「琴賦」に「若和平者聽之、則怡養悅悆、淑穆玄眞」（若《も》し和平なる者之れを聴かば、則ち怡養《いやう》として悦悆《えつよ》す）とある。（『荀子』正論に「心至愈而志無所詘」（心至つて愈《たの》しくして志に詘《まが》る所無し）とある。）

［憂虞］うれい。『易』繋辭・上に「悔吝者、憂虞之象也」（悔吝《くわいりん》とは、憂虞の象なり）とある。

36　撤閑晨逕流、輟宴式酒濡、

［撤閑］未詳。（［轍間］『莊子』に「周昨來有中道而呼者、周顧視車轍中有鮒魚焉。……」（周昨《きのふ》来たるに中道にして呼ぶ者有り、周顧み視るに車轍の中に鮒魚有り……）とある。）

［逕流］未詳。（［逕荒］陶潛「歸去來辭」に「三徑就荒」（三径就ち荒る）とある。）

［酒濡］泥酔する。『易』未濟に「象曰、飲酒濡首、亦不知節」（象に曰はく、酒を飲みて首を濡らし、亦た節を知らず）とある。

37　知今瞑日苦、恨夫而時娯、

（［瞑目］死ぬ。『後漢書』馬援傳に「今獲所願、甘心瞑目」（今願ふ所を獲《う》れば、心に甘んじて目を瞑《つぶ》らん）とある。）

遙遙遠民居　遥遥として民居に遠ざかり
獨埋深壤中　独り深壌の中《うち》に埋まる
墓前人跡滅　墓前　人跡滅し
冢上草日豐　冢上《ちょうじゃう》　草日《ひ》に豊かなり
空牀響鳴蜩　空牀　鳴蜩《めいてう》響き
高松結悲風　高松　悲風結ぶ
長寐無覺期　長く寐ねて覚むる期無ければ
誰知遊者躬　誰か知らん遊者の躬《み》を

＊「牀」字、張溥本・『詩紀』は「林」に作る。
＊「響」字、張溥本は「止」に作る。
＊「遊」字、張溥本・『詩紀』・『樂府』は「逝」に作る。
＊「躬」字、張溥本・『詩紀』・『樂府』は「窮」に作る。

人の住み家から遥か遠ざかり
深い土の中にひとり埋もれている
墓の前から人の行き来はなくなり
土饅頭のほとりの草葉は日増しに深くなる
人気のない林は蟬の鳴き声が増し
高い松の木は悲しげな風が吹きつける
いつまでも寝入ったまま覚めることなく
亡くなった者の行き着くところは誰も分からない

38　遙遙遠民居、獨埋深壤中、

［民居］『禮記』王制に「地・邑・民居、必參相得也」（地・邑・民居は、必ず参《み》つながら相得《う》）とある。

39　墓前人跡滅、冢上草日豐、

［草］『禮記』檀弓・上に「朋友之墓、有宿草而不哭焉」（朋友の墓、宿草ありて哭かず）とある。

40　空牀響鳴蜩、高松結悲風、

［鳴蜩］セミ。『詩』豳風「七月」に「四月秀葽、五月鳴

蜩」（四月に秀萋《しうえう》あり、五月に鳴蜩あり）とある（「秀萋」は、草の名）。

41　長寐無覺期、誰知遊者躬、

［長寐］ずっと目覚めないこと。「古詩」に「潛寐黄泉下、千載永不寤」（潜かに寐ぬ黄泉の下、千載永く寤《さ》めず）とある。

［遊］魂を浮遊させる。『易』繫辭・上に「精氣爲物、遊魂爲變」（精気物と為り、遊魂変を為す）とある。

生存處交廣　　生存するは交りに処《を》ること広く
連榻舒華菌　　榻《たふ》を連ねて華菌を舒《の》ぶ
已沒一何苦　　已に没すれば一に何ぞ苦しき
梏哉不容身　　梏《くる》しきかな身を容れず
昔日平居時　　昔日　平居の時
晨夕對六親　　晨夕《しんせき》　六親に対す
今日掩奈何　　今日　掩《おほ》はれては奈何《いかん》せん
一見無諧因　　一たび見るに諧因《かいいん》する無し

＊「菌」字、『樂府』は「裀」に作る。

生きているときは交際も広く
椅子を並べ敷物を敷いてもてなした
もはや亡くなってからは何と苦しいことか
手枷をはめられ体を置いてはいられない
以前のふつうの生活の時は
朝晩両親兄弟妻子と向き合っていた
いま土で覆われてしまうとどうだろう
一度も打ち解けあうすべはない

42　生存處交廣、連榻舒華菌、

［處交］交遊。黄節は「交はりに處るとは、猶ほ友に處るがごときなり」という。

［交廣］古詩「爲焦仲卿妻作」に「交廣市鮭珍」（交はること広くして鮭珍を市《う》る）とある。

［連榻舒華菌］謝靈運の「擬太子鄴中集詩」魏太子に「澄觴滿金罍、連榻設華菌」（澄觴金罍《きんらい》に満たし、榻《たふ》を連ねて華菌を設く）とあり、『玉篇』に「牀狹而長、謂之榻」

（牀狭くして長き、之れを榻と謂ふ）と言い、『説文』に「菌、車重席也」（菌は、車の席を重ぬるなり）と言う。

43　已沒一何苦、梏哉不容身、

［梏］手枷をはめられて苦しい。「あし」と訓ずる。『説文』に「梏、手械也」（梏は、手の械《かせ》なり）という。

44　昔日平居時、晨夕對六親、

［平居］ふだんの状態。『戰國策』齊策に「此夫差平居而某王、強大而喜先天下之禍也」（此れ夫差《ふさ》平居にして王たるを某り、強大にして天下に先んずるを喜ぶの禍ひなり）とある。

［六親］『周禮』大司徒の注に「六親、父母兄弟妻子也」（六親とは、父・母・兄・弟・妻・子なり）という。

45　今日掩奈何、一見無諧因、

［諧因］交わり和む縁（『漢語大詞典』の見解に拠れば「諧合的因縁」と言う）。『史記』酷吏傳に「杜周爲廷尉二千石、繫者新故相因」（杜周廷尉と為ること二千石、繫者新故相因《よ》る）とある。

禮席有降殺　　礼席には降殺する有り
三齡速迴隙　　三齢　速かに隙を迴る
几筵就收撤　　几筵《きえん》は収撤《しゅうさつ》に就《つ》き
室宇改疇昔　　室宇は疇昔《ちゅうせき》を改む
行女遊歸途　　行女は帰途に遊び
仕子復王役　　仕子は王役に復す
家世本平常　　家世　本より平常なるも
獨有亡者劇　　独り亡者のみ劇《げき》する有り

＊「迴」字、張溥本・『詩紀』・『樂府』は「過」に作る。

葬礼のお務めは簡略になり
三年の喪は速やかに時が過ぎる
葬礼の敷物は取り除かれ
家も昔と違ってしまう
嫁にいった娘は嫁ぎ先に戻り
出仕している息子は国の仕事に復帰する

家は本来どおり平常となり
ただ亡くなった者だけがひどい

46　禮席有降殺、三齢速迴隙、

［禮席］後世の庾信の「和何儀同講竟述懷」詩に「安經讓禮席、正業理儒衣」（経に安んじて礼席を譲り、業を正して儒衣を理ふ）と見える。儀式用の席を言うか。

［降殺］「降禮」、「殺禮」および「降席」。「殺禮」は礼を簡略にすることで、「降禮」とも言う。『左傳』襄公二十六年に「自上以下、降殺以兩、禮也」（上よりして以つて下、降殺するに両つを以つてするは、礼なり）とあり、會箋に「殺、所界反」（殺は、所界の反）、「サイ」すなわち（封邑などの）礼数をそぎ減らす意という。また『孔子家語』觀郷射にも「貴賤既明、降殺既辨、和樂而不流、弟長而無遺」（貴賤既に明らかに、降殺既に辨ずれば、和楽にして流れず、弟長にして遺す無し）とある。「降」は「隆」の譌ともいい、「降禮」は、逆に礼を盛んにする意もある。

［迴隙］時の巡りが速いことか。（［過隙］黄節は「三齢隙を過ぐとは、三年の喪の畢はるを謂ふ」と言う。『禮記』三年問に「將由夫脩飾之君子、則三年之喪、二十五月而畢、若駟之過隙」（将に夫の脩飾の君子に由らんとすれば、則ち三年の喪は、二十五月にして畢はり、駟の隙を過ぐるがごとし）とある。）

47　几筵就收撤、室宇改疇昔、

［几筵］供物を載せる机と、地に敷く席。『禮記』檀弓・下に「有司以几筵、舍奠於墓左」（有司は几筵を以つて、奠を墓左に舎《お》く）とある。『詩』大雅「行葦」に「或肆之筵、或授之几」（或は之れを筵に肆《つら》ね、或は之れを几に授く）とある。

［室宇］『晉書』石崇傳に「（石崇）財産豊積、室宇宏麗」（石崇財産豊かに積み、室宇宏麗なり）とあり、『説文』に「宇、屋邊也」（宇は、屋の辺なり）という。

48　行女遊歸途、仕子復王役、

［行女］嫁いだ娘。『詩』衞風「竹竿」などに「女子有行」（女子に行く有り）とある。

［仕子］陸機「五等論」に「蓋企及進取、仕子之常志」（蓋し進取に企及するは、仕子の常志ならん）とある。

49　家世本平常、獨有亡者劇、

［家世］家、代々。『漢書』匡衡傳に「家世多爲博士者」（家は世《よ》よ博士と為る者多し）とある。鮑照の「升天行」にも「家世宅闕輔、勝帶宦王城」（家は世よ闕輔に宅し、帶に勝《た》ふるに王城に宦たり）と見える。「家世」は、家は代々の意で、ここは家族ほどの意であろう。

時祀望歸來　　時の祀《まつ》りは帰り来たるを望むも
四節靜塋丘　　四節　塋丘《えいきう》静かなり
孝子撫墳號　　孝子は墳《はか》を撫でて号するも
父子知來不　　父子　来たるを知るや不《いな》や
欲還心依戀　　還らんと欲して心は依《よ》り恋ひ
欲見絶無由　　見んと欲するも絶えて由る無し
煩冤荒隴側　　煩冤《はんゑん》す荒隴《くわうろう》の側
肝心盡崩抽　　肝心　尽《ことごと》く崩れ抽《ひ》かる
＊「子」字、張溥本・『詩紀』は「兮」に作る。
四季の祭祀の日には帰ることを待ち望むが
後は墓は静かである
孝行息子は墓をなでて大声で泣くが
来ていることが互いに分かるかどうか
戻りたくて心惹かれるが
会おうにも決して会うすべはない
荒れた墓のほとりで胸が塞がり
心はすっかり潰れてしまうのである
50　時祀望歸來、四節靜塋丘、

［時祀］四時のまつり。『周禮』地官「牧人」に「凡時祀之牲、必用牷物」（凡そ時祀の牲は、必ず牷物《せんぶつ》を用ふ）とあり（「牷」は、いけにえ）、注に「時祀、四時所常祀、謂山川以下四方百物」（時祀とは、四時に常に祀《まつ》る所にして、山川以下の四方の百物を謂ふ）という。

［歸來］魂が帰ってくる。『楚辭』招魂に「魂兮歸來」（魂よ帰り来たれ）とある。

［四節］四つの季節。曹植の「求通親親表」に「毎四節之會、塊然獨處」（四節の会する毎に、塊然として独り処る）とある。

［塋］墓。『説文』に「塋、墓也」（塋は、墓なり）という。

51　孝子撫墳號、父子知來不、

［撫墳號］杜甫の「哭台州鄭司戸蘇少監」詩の「情乖清酒送、望絶撫墳呼」（情は乖りて清酒もて送り、望は絶えて墳を撫して呼ぶ）に用いられている。

［父子］『孟子』梁恵王・下に「父子不相見、兄弟妻子離散」（父子相見ず、兄弟妻子離散す）とある。（［父兮］『詩』小雅「蓼莪」に「父兮生我、母兮鞠我」（父よ我を生み、母よ我を鞠《やしな》ふ）とある。）

52　欲還心依戀、欲見絶無由、

［依戀］心引かれるさま。古詩「爲焦仲卿妻作」に「擧手長勞勞、二情同依依」（手を挙げて長く労々と、二情同《とも》に依々たり）とある。

53　煩冤荒隴側、肝心盡崩抽、

［煩冤］29の注釈を参照されたい。『楚辭』九章「思美人」に「蹇蹇之煩冤兮、滔滞而不發」（蹇蹇たるの煩冤、滔滞して発せず）とあり、注に「忠謀盤紆、氣盈胸也」（忠謀盤紆として、気胸に盈つるなり）という。

［隴］（［壟］）『説文』に「壟、丘壟也」（壟は、丘壟なり）という。）

［心…崩抽］心が潰れ、さらけ出されることか。『宋書』明帝紀に「萬姓崩心、妻子不復相保」とある。また『後漢書』文苑傳に「抽心呈貌、非彫非蔚」とあり、『楚辭』九章「抽思」の清の蔣驥の注に「抽は、抜くなり。抽思は、猶ほ其の心思を剖露すと言ふがごとし」と言う。

侍宴覆舟山二首　勅爲柳元景作

「覆舟山」について、銭振倫は『寰宇記』を引き、「覆舟山は建康城の北のかた五里に在り、周囲三里、高さ三十一丈、狀は舟を覆すがごとし、因つて以つて名と爲す」と言う。建康城のすぐ北、玄武湖（眞武湖）近くにある。

「柳元景」については『宋書』巻七十七に本伝があり、「字は孝仁、河東解の人なり。少くして弓馬に便にして、勇を以つて聞こえ、太祖之れを嘉《よ》みす。上新亭《しやう》に至つて位に即くに、以つて侍中と爲し、左衞將軍を領し、……雝州刺史に轉ず。孝建中、復た領軍太子詹事と爲り、侍中を加へられ、尋《つ》いで驃騎將軍、本州大中正に轉ず。大明三年、尚書令に遷る。六年、司空に進み、侍中、令、中正は故のごとし。固より讓れば、乃ち侍中、驃騎將軍、南兗州刺史を授けらる。世祖晏駕するに、遺詔を受けて幼主を輔け、尚書令に遷りて、丹陽の尹を領し、侍中、將軍は故《もと》のごとし。元景將帥より起ち、當朝の理務に及び、長ずる所に非ずと雖も、宏雅の美有り」という。

黄節は、「題下の『勅あつて柳元景の爲に作る』は、蓋し元景宴に世祖に侍し、勅を奉じて詩を作り、明遠代《か》はりて之れが爲に作りしならん。『宋書』柳元景傳に、『世祖入りて元凶を討ち、以つて諮議參軍と爲し、中兵を領し、冠軍將軍を加へられ、太守は故のごとし、萬人を配して前鋒と爲す』、『元景潜かに新亭に至り、山に依りて壘を建て、東西のかた險に據る』、『上新亭に至つて位に即くに、元景を以つて侍中と爲し、左衞將軍を領し、使持節監雝・梁・南北秦四州荊州の竟陵・隨二郡諸軍事・前將軍・寧蠻校尉・雝州刺史に轉ず』と。蓋し其の時勅を奉じて作りしならん」と言う。

この黄節の説に対して錢仲聯は、「『宋書』孝武本紀を按ずるに、柳元景の雝州刺史と爲るは、元嘉三十年五月戊子に在り。黄氏は蓋し此の詩を以つて是の年の五月の作と爲すならん。照の此の詩に『繁霜』の語有れば、則ち應《まさ》に秋の後に作るべくして五月に非ざるなり。孝武の『覆舟山に遊ぶ』詩を按ずるに、『束髪して始めて怡衍《いえん》し、弱冠にして頗る流薄す。素想終に傾くる勿く、聿《ここ》に來たりて丘壑を果たす。層峰天維に亙《わた》り、曠渚地絡に綿《つら》なる。皐の神苑を列《つら》ぬるに逢ひ、壇の仙閣を樹《た》つるに遭ふ。松磴は青暉を含み、荷源は彤爍を煜《かがや》かす。川界に游鱗泳ぎ、巖庭に鳴鶴響く』と云ふ。時に孝武年方《まさ》に二十四なり」と言い、四五三年夏説を疑う。

其一

息雨清上郊　雨息《や》みて上の郊《かう》するを清め
開雲照中縣　雲を開きて中県を照らす
遊軒越丹居　軒《くるま》を遊ばせて丹居を越え
暉燭集涼殿　燭を暉《かがや》かせて涼殿に集まる
凌高躋飛楹　高きを凌《しの》ぎて飛楹《ひえい》を躋《ふ》み
追焱起流宴　焱《ほのほ》を追ひて流宴を起こす
⿰扌厷苑含靈群　⿰扌厷苑《こゑん》は含霊群れ
嵓庭藏物變　嵒庭《がんてい》は蔵物変ず
明暉爍神都　明暉　神都に爍《かが》やき
麗氣冠華甸　麗気　華甸《くわでん》に冠たり
目遠幽情周　目遠くして幽情周《あま》ねく
醴洽深恩遍　醴洽《れいうるほ》ひて深恩遍《あま》ねし

其二

繁霜飛玉闥　繁霜　玉闥《ぎょくたつ》に飛び
愛景麗皇州　愛景　皇州に麗《つら》なる
清蹕戒馳路　清蹕《せいひつ》は馳路を戒め
羽蓋佇宣遊　羽蓋は宣遊を佇《とど》む
神居既崇盛　神居　既に崇《たか》く盛んに
嵓嶮信環周　嵒嶮《がんけん》　信に環り周ねし
禮俗陶德聲　礼俗は徳声を陶《たの》しみ
昌會溢民謳　昌會は民謳溢《あふ》る
慙無勝化質　化に勝《た》ふるの質無く
謬從雲雨浮　謬《あやま》りて雲雨の浮かぶに従ふを慙づ

＊「⿰扌厷」字、張溥本・『詩紀』は「⿰木厷」に作り、逯欽立は「案ずるに即ち『抵』字ならん」という。
＊「暉」字、張溥本・『詩紀』は「輝」に作る。
＊「戒」字、『藝文』は「式」に作り、『詩紀』に「一に『式』に作る」という。逯欽立は「案ずるに『式』は乃ち『戒』の残りならん」という。
＊「遊」字、張溥本・『詩紀』は「游」に作る。黄節は「游」に作るものを是とする。
＊「浮」字、『詩紀』に「一に『遊』に作る」という。張溥本などが「遊」に作ることに関し、銭仲聯は「游・遊は義を同じくし、（第四句と）重ねて押すに似たり」というが、黄節は「前の『游』は既に是れ斿車を指せば、則ち此の句の動詞『遊』は、重ねて押すに非ず」という。

覆舟山の宴に侍する（勅命により柳元景のために作る）

其の一
雨後は天子の郊祀もすがすがしく
雲も去って国の中央が陽光に照らし出された
高級車を繰り出して丹塗りの宮殿を後にし
灯火を輝かせて清涼感ただよう離宮に集った
さらに高くにと丸柱の聳える高殿に上がり
陽光の移るのを逐いながら盛り上がる宴を始めた
駒よけで囲った庭には霊妙な生物が群れなし
岩を積んだ庭では万物が移り変わっている
明るい輝きは神々しい帝都を光輝かせ
麗しい気が華やかな土地に立ち込めている
遠く目を見やれば深い恩情が行きとどき
一夜酒が滲み渡れば深い恩恵がそこかしこに行きわたる

其の二
多くの霜が玉飾り門の間を舞い
薄暗い光が帝都に広がった
清らかな先払いの声が皇帝の通り路を払い清めると
皇帝の車の羽蓋が厳かに止まった
神の住まいは崇め尊ぶべく盛んになった上に
岩が険しくしっかりと周囲を取り囲んでいる
古式ゆかしい礼教を行う者は徳の名声の挙がることをよろこび
めでたい集まりには人々の謳歌が溢れている
徳化に堪え得るだけの素質がないのに
筋違いにも恩沢あふれる遊びに従っている自分が恥ずかしい

其一

1　息雨清上郊、開雲照中縣

［上郊］覆舟山のある都郊外。『史記』孝武本紀に「上郊雍、通回中道、巡之。春、至鳴澤、從西河歸」（上雍に郊し、回中の道を通り、之れを巡る。春、鳴澤に至り、

西河より帰る）とあり（「雍」は、五帝を祀る雍丘）、『淮南子』氾論訓に「天子處于郊亭、則九卿趨大夫走。……至尊居之也」（天子郊亭に処れば、則ち九卿趨《はし》り大夫走る。……至尊之れに居るなり）という。

［中縣］中国。『漢書』高祖紀に「詔曰『前時秦徙中縣之民南方三郡』」（詔あつて曰はく「前時の秦は中県の民を南方三郡に徙す」と）とあり、注に「中縣之民、中國縣民也」（中県の民とは、中国の県民なり）という。

2　遊軒越丹居、暉燭集涼殿

［軒］長柄の曲がった、覆いのある車。『説文』に「軒、曲輈藩車也」（軒は、曲輈の藩車なり）とある。

［丹居］丹塗りの建物。多くは宮殿。顔延之の「直東宮答鄭尚書」詩に「流雲藹青闕、皓月鑒丹宮」（流雲青闕に藹《さか》んに、皓月丹宮を鑒《て》らす）とある等。

［暉燭］光を輝かせる。古楽府「傷歌行」に「昭昭素明月、暉光燭我牀」（昭々たり素《しろ》く明るき月、暉光我が牀を燭らす）とある。

［涼殿］「子夜歌」に「窈窕瑤臺女、冶遊戯涼殿」（窈窕たり瑤台の女、冶遊として涼殿に戯る）とある。

3　凌高躋飛楹、追焱起流宴

［楹］宮殿の丸柱。『詩』小雅「斯干」に「有覺其楹」（覚ゆる有り其の楹）とあり、孔穎達の疏に「覺然として高大なる者有り、其れ宮殿の楹柱なり」と言う。

［焱］火花のような太陽の輝き。『楚辭』劉向の「九嘆」遠游に「日暾暾其西舍兮、陽焱焱而復顧」（日暾々として其れ西に舎《お》かれ、陽焱々として復た顧る）とあり、『説文』に「焱、火華也」（焱は、火華なり）という。

4　抾苑含靈群、嵓庭藏物變

［抾］馬よけ。『周禮』天官「掌舍」に「掌王之會同之舍、設梐枑再重」（王の会同の舍を掌るに、梐枑を設けて再び重ぬ）とあり、注に「梐枑《へいご》、謂行馬」（梐枑は、行馬を謂ふ）という。また『説文』にも「梐、行馬也」（梐は、行馬なり）という。黄節は『漢制考』を引き、「行馬は木を以つて蠐螂と為し、籓落を槧築し、用ゐて以つて陣を遮ぐ者なり」と言う（「行馬」は、漢以降の駒よ

せの呼び名）。

［含靈群］晋の庾闡の「渉江賦」に「且夫山川環怪、水物含靈、鱗千其族、羽萬其名」（且つ夫れ山川は怪を環《めぐ》らし、水物は霊を含み、鱗は其の族を千にし、羽は其の名を万にす）とある。

［嵒庭］岩肌を見せる山の懐。宋の孝武帝の『游覆舟山』詩に、「川界泳游鱗、巖庭響鳴鶴」（川界に游鱗泳ぎ、巌庭に鳴鶴響く）とあり、『説文』に「嵒、山巖也」（嵒は、山巌なり）とある。『正字通』には「嵒、同嵒」（嵒は、嵒に同じ）という。

［物變］『淮南子』泰族訓に「人之所知者淺、而物變無窮」（人の知る所の者は浅く、而も物の変ずるは窮まり無し）とある。

5　明暉爍神都、麗氣冠華甸

［甸］都城より五百里以内の地を「甸服」という。『書』禹貢に「五百里甸服」（五百里は甸服なり）とある。

6　目遠幽情周、醴洽深恩遍

［幽情］心の奥深くにある気持ち。後漢の傅毅の「舞賦」に「嚴顔和而怡懌兮、幽情形而外揚」（厳顔和ぎて怡懌《いえき》し、幽情形はれて外に揚がる）とある。

［醴］一夜で醸した酒。『説文』に「醴、酒一宿孰也」（醴は、酒一宿にして孰するなり）とある。

其二

7　繁霜飛玉闥、愛景麗皇州

［繁霜］『詩』小雅「正月」に「正月繁霜、我心憂傷」（正月繁霜あり、我が心憂ひ傷む）とある。

［玉闥］立派な門の内側。『詩』齊風「東方之日」に「在我闥兮」（我が闥に在り）とあり、傳に「闥、門内也」（闥は、門の内なり）という。また『釋文』には「門屏之間曰闥」（門屏の間を闥と曰ふ）という。

［愛景］薄暗い光。「愛」は「曖」に通じ、暗い意（『漢語大詞典』の見解による）。後晋の楽府「羣臣酒行歌」には「玉墀留愛景、金殿藹祥煙」（玉墀は愛景を留め、金殿は祥煙を藹《さか》んにす）と言う。

8　清蹕戒馳路、羽蓋佇宣遊

[清蹕] さきばらい。『漢官儀』注に「皇帝輦左右侍帷幄者、稱警、出殿則傳蹕、止行人清道也」（皇帝の輦の左右の帷幄に侍する者は、警と称し、殿を出づれば則ち蹕《ひつ》を伝へ、行く人を止めて道を清む）とある。

[馳路] 天子の進む路。『漢書』成帝紀注に「馳道、天子所行道也、若今之中道、絶横度也」（馳道は、天子の行く所の道なり、今の中道のごとく、横に度《わた》るを絶つなり）とある。

[羽蓋] 車の屋根覆い。蔡邕の「獨斷」に「凡乘輿車皆羽蓋」（凡そ輿車に乗るは皆羽蓋あり）とある。

[佇] 劉宋の傅亮の「爲宋公修張良廟教」に「塗次舊沛、佇駕留城」（塗《みち》みち旧沛に次《やど》り、駕を留城に佇《とど》む）とある。

[宣遊] あまねく巡る。王褒の『楚辭』九懷「通路」に「宣遊兮列宿、順極兮彷徉」（宣ねく列宿に遊び、極に順ひて彷徉す）とあると銭仲聯は言うが、黄節は「宣は、『説文』に曰く、『天子の宣室なり、宀に从ひて、亘の聲』と。徐鉉曰く『回に从ふは、風回轉し、陰陽を宣ぶる所以なり』と。游・斿は古へ通ず。司馬相如の『上林の賦』の『皮軒を前にし、道游を後ろにす』注に、『游は、斿車を謂ふなり』と、『周禮』春官に『斿車は旌を載す』と。宣游は、天子の斿車を謂ふ、故に上に羽蓋と言ふなり。宋本『遊』に作るは誤りなり。銭注に『楚辭』九懷を引くも亦た誤りなり」と言う。なお、『楚辭』九懷「通路」の宋の洪興祖の補注に「徧ねく六合を歴、衆星を視るなり。補に曰はく、文選に云う『將に北のかた度りて宣く游ぶ』と。宣は、徧《あまね》きなり」と言う。

9　神居既崇盛、嵒嶮信環周

[神居] 神の居住まい。司馬相如の「美人賦」に「門閤晝掩、曖若神居」（門閤昼に掩《おほ》はれ、曖として神居のごとし）とある。

[嵒嶮] けわしい。張衡の「西京賦」に「巖險周固、衿帯易守」（岩険しくして周り固く、衿帯のごと守り易し）とあり、『説文』に「嶮、阻難也」（嶮は、阻まれて難きなり）という。

10　禮俗陶徳聲、昌會溢民謳

［禮俗］『魏志』王粲傳注に「時阮籍曠遠不羈、不拘禮俗」（時に阮籍曠遠にして不羈、礼俗に拘らず）とあり、『周禮』天官「大宰」に「六曰、禮俗、以馭其民」（六に曰はく、礼俗、以つて其の民を馭す）といい、その注に「禮俗、昏姻喪紀舊所行也」（礼俗は、昏姻喪紀の旧より行ふ所なり）という。

［徳聲］有徳の声誉。張華の「勵志」詩に「勉志含弘、以隆徳聲」（志を勉まし弘きを含み、以つて徳声を隆んにす）とあり、蔡邕の「袁喬碑」に「于茲徳聲、發聞遐迩」（茲に于《お》いて徳声あり、聞を遐邇《かじ》に発す）という。

11　慙無勝化質、謬從雲雨浮

［雲雨］恩沢に喩える。應瑒の「建章臺集詩」に「欲因雲雨會、濯翼陵高梯」（雲雨の会に因り、翼を濯つて高き梯《はしご》を陵《しの》がんと欲す）とあり、また『後漢書』梁皇后紀に「願陛下思雲雨之均澤」（願はくは陛下雲雨の均しき澤《めぐ》みを思はんことを）とある。

登廬山二首

本集の宋本ではこの「登廬山」詩と「登廬山望石門」詩を併せて一つの題の「登廬山二首」（其一、其二）詩とするが、張溥本では分けて別の一首としている。銭振倫はこれ以下の三首、即ちこの「登廬山」詩と其二の「登廬山望石門」詩、および「従登香爐峯」詩について、「此の下の三篇は、皆臨川王に従つて江州にて作る所なり」と言う。

「廬山」は『唐書』地理志に「江州の潯陽縣に廬山有り」とある。

其一

懸裝亂水區　　裝を懸けて水区を乱《わた》り
薄旅次山楹　　旅に薄《いた》りて山楹《さんえい》に次《やど》る
千巖盛阻積　　千巌　盛んに阻積し
萬壑勢迴縈　　万壑　勢ひ迴縈《くわいえい》す
巃嵸高昔貌　　巃嵸《ろうしよう》として昔貌を高くし
紛紜襲前名　　紛紜として前名を襲ふ

洞間窺地脉　洞間は地脈を窺ひ
聳樹隱天經　聳樹《しょうじゅ》は天経を隠す
松磴上迷密　松磴《しょうとう》は上に迷密として
雲竇下縱橫　雲竇《うんとう》は下に縦横たり
陰冰實夏結　陰氷　実に夏に結び
炎樹信冬榮　炎樹　信に冬に栄ゆ
嘈囋晨鵾思　嘈囋《さうさん》として晨鵾《しんこん》は思ひ
叫嘯夜猨清　叫嘯《けうせう》として夜猿は清し
深崖伏化迹　深崖は化迹を伏し
穹岫閟長靈　穹岫《きうしう》は長霊を閟《と》ざす
乘此樂山性　此の山を楽しむの性に乗じ
重以遠遊情　重ぬるに遠遊の情を以つてせん
方躋羽人途　方《まさ》に羽人の途《みち》に躋《のぼ》り
永與煙霧并　永く煙霧と并《なら》ばん

＊「純」字、張溥本・『詩紀』は「亂」に作り、『詩紀』に「一に『純』に作る」という。
＊「間」字、張溥本・『詩紀』は「澗」に作る。
＊「聳」字、『詩紀』に「『藝文』は『竦』に作る」という。

廬山に登る

其の一

旅装束をからげて河川を渡り
旅をしながら山小屋に何泊もした
あまたの岩が盛ったように積み重なり
多くの谷が勢いに任せてめぐりめぐっている
峰は聳えて昔のままに高く
谷水はあちこちに散在していて名の通りである
洞窟や谷間からは地脈が覗かれ
聳え立つ木は天空を覆うほどである
松林の石坂は上の方で迷路のように塞がり
雲の湧く穴は下の方で四方八方に開いている
冷たい氷が実際に夏にも張り
炎の木と言われる桂が本当に冬に花開いている
明け方にはけたたましく鵾雉が悲しい思いで鳴き
夜には猿がよく通る清らかな声で啼く
深い崖には神々の迹が匿され
峰の穴には長生の神霊が潜んでいる

山を楽しむこのような生来の性質を利用し
併せて遠く仙界を求める気持ちを持ちたい
今や羽化した仙人の途を昇ることに精出し
永遠に靄や霧と一体になろう

1　懸裝亂水區、薄旅次山楹、

[懸裝] 旅支度。『晉書』戴若思傳に「遇陸機赴洛、船裝甚盛」（陸機の洛に赴くに遇へば、船裝甚だ盛んなり）とある。
[水區] 河川。左思の「呉都賦」に「開軒幌、鏡水區」（軒幌を開き、水区を鏡《て》らす）とあり、劉淵林の注に「水區は、河中也」（水区は、河中なり）と言う。
[薄旅] 旅先に泊まる。謝惠連の「西陵遇風」詩に「曲汜薄停旅、通川絶行舟」（曲汜停旅に薄《とま》り、通川行舟を絶つ）とあり、王逸の『楚辭』注に「泊、止也。泊與薄、古字通」（泊は、止まるなり。泊と薄とは、古字通ず）という。「旅」は『周易』旅卦の疏に「旅者、客寄之名」（旅とは、客寄するの名なり）とある。
[山楹] 山小屋。莊忌の「哀時命」に「鑿山楹而爲室」（山楹を鑿ちて室と為す）とあり、聞人倓の引く『卓氏藻林』に「山楹、山房也」（山楹は、山房なり）という。

2　千巖盛阻積、萬壑勢迴縈、

[千巖・萬壑]『晉書』顧愷之傳に「千巖競秀、萬壑爭流」（千巖競つて秀で、万壑争つて流る）という。
[阻積] 岩を積む。郭璞の「江賦」に「幽澗阻積」（幽澗阻まれ積まる）とある。
[縈] めぐる。陸雲の「爲顧彦先贈婦往返」詩に「郁郁寒水縈」（郁々として寒水縈る）とある。

3　巃嵸高昔貌、紛純襲前名、

[巃嵸] 高く険しいさま。司馬相如の「上林賦」に「巃嵸崔巍」（巃嵸《ろうしょう》崔巍たり）とあり、郭璞の注に「皆高峻貌也」（皆高く峻しき貌なり）という。
[昔貌] 宋の支曇諦の「廬山賦」に「昔哉壯麗、峻極氤氳」（昔なるかな壮麗たり、峻極まりて氤氳《いんうん》たり）とある。
[襲前名] 宋の支曇諦の「廬山賦」に「咸豫聞其清塵、抄

無得之稱名也」（咸《みな》豫め其の清塵を聞くも、抄して之れを得て名を称する無きなり）とあり、「聞人倓は「按ずるに、峯には各おの名有り、皆其の舊を襲ふを言ふなり」と言う。黄節は『昔貌』・『前名』は、疑ふらくは此《ここ》より出づ」と言って、鮑照の造語の可能性を示唆する。

4 洞間窺地脉、聳樹隱天經、

［地脈］『史記』蒙恬傳に「起臨洮、屬之遼東、城塹萬餘里、此其中不能無絶地脈」（臨洮に起こり、之れを遼東に属す、城塹万餘里、此れ其の中地脈を絶つ無かる能はず）とある。

［天經］天象。左思の「魏都賦」に「天經地緯、理有大歸」（天は経し地は緯し、理として大いに帰する有り）とあり、李善注に『新序』曰、單襄公曰、經之以天、緯之以地」（『新序』に曰はく、単襄公曰はく、之れを経するに天を以ってし、之れを緯するに地を以ってす）という。鮑照の「游思賦」にも「仰盡兮天經、俯窮兮地絡」（仰ぎては天経を尽くし、俯しては地絡を窮む）と見える。

5 松磴上迷密、雲竇下縱横、

［磴］石橋。聞人倓は「磴は、石橋なり」と言う。

［迷密］聞人倓は「迷密は、繁多なり」と言う。

［雲竇］雲の湧く山の洞。聞人倓は「雲竇は、雲の空穴の中より出づるなり」と言う（「空穴」は、岩穴）。

6 陰冰實夏結、炎樹信冬榮、

［陰冰實夏結］『淮南子』墜形訓に「北方有不釋之冰」（北方に釈《と》けざるの氷有り）とある。

［冬榮］冬に花咲く。『楚辭』遠遊に「嘉南州之炎徳兮、麗桂樹之冬榮」（南州の炎徳を嘉《よ》みし、桂樹の冬に栄ゆるを麗しとす）とある。

7 嘈囋晨鵾思、叫嘯夜猨清、

［嘈囋］鳴く声のさま。陸機の「文賦」に「務嘈囋而妖冶」（嘈囋たるに務めて妖冶たり）とあり、『埤蒼』に「嘈啈、聲貌」（嘈啈は、声の貌なり）という。聞人倓は「啈、は囋に同じ」と言う。

［鵾］「鵾」は、鶴に似た黄白色の鳥で、かしましく鳴く

という。宋玉の「九辯」に「鶤鷄啁哳而悲鳴」（鶤鷄啁《たう》哳《たつ》として悲しく鳴く）とある。

［叫嘯］『荆州記』に「重巖疊嶂、隱天蔽日。高猿長嘯、屬引清遠」（重巌畳嶂、天を隠し日を蔽ふ。高猿の長嘯、属《つら》なり引きて清遠なり）とある。

8　深崖伏化迹、穹岫閟長靈、

［化迹］教化の迹。聞人倓は「西國人を化するの迹なり」と言う。『後漢書』仲長統傳に「以爲世非胥庭、人乖觳飲、化迹萬肇、情故萌生」（以為へらく世は胥庭《しょてい》に非ず、人は觳飲に乖る、化迹万《よろ》づ肇《はじ》まり、情故《もと》より萌え生ず）とある（「胥庭」は、古代の天子、赫胥氏と大庭氏。「萬肇」は、すべての始まり）。黄節は廬山との関係から晋の湛方生の「廬山神仙詩」の「室宅五岳、賓友松喬」（五岳を室宅とし、松喬を賓友とす）および僧恵遠の「廬山雑詩」の「幽岫棲神跡」（幽岫に神跡を棲まはしむ）を引き、「所謂『化迹』『長靈』なり」と言う。

［穹岫］山の峰。張衡の「思玄賦」に「寒風淒而永至、拂穹岫之騷騷」（寒風淒じくして永く至り、穹岫の騒々たるを払ふ）とあり、『文選』呂向の注に「穹岫は、山の峯なり」と言う。

［長靈］長生の神霊。謝靈運の「山居賦」に「賤物重己、棄世希靈、駭彼促年、愛是長生」（物を賤しみ己れを重んじ、世を棄て霊を希《ねが》ひ、彼の年を促すに駭《おどろ》き、是の長生を愛す）とある。

9　乘此樂山性、重以遠遊情、

［樂山］『論語』雍也篇に「仁者樂山」（仁者は山を楽しむ）とある。

［遠遊］『楚辭』の篇名に「遠遊」がある。

10　方躋羽人途、永與煙霧并、

［羽人］孫綽の「遊天台山賦」に「仍羽人於丹丘」（羽人に丹丘に仍《よ》る）とあり、『山海經』海外南經に「羽民國在其東南、其爲人長頭、身生羽」（羽民国は其の東南に在り、其の人と為《な》り長頭、身に羽を生ず）という。この二句について、黄節は「惠遠の『廬山詩』に曰く、『客有り獨り冥遊し、徑然として適《ゆ》く所を忘る』と。則ち收

句は之れに擬す。皆廬山に切なり」と言う。

又（登廬山望石門）

張溥本は前題の「登廬山」と併せて「其の二」とせず、別題の「登廬山望石門」詩一首とする。
廬山の石門について聞人倓は、廬山の諸道人の「遊石門」詩序を引き、「石門は精舎の南のかた十餘里に在り、一に障山と名づく。基は大嶺に連なり、體は衆阜に絶す。三泉の會《あつ》まるを闢《ひら》き、並び立ちて流れを開く、傾巖其の上に玄映し、形表を自然に蒙る、故に因つて以つて名と爲す。此れ廬山の一隅と雖も、實に斯の地の奇觀なり」と言う。

其二

訪世失隱淪　世を訪《と》へば隱淪を失ひ
從山異靈士　山に従へば霊士に異なる
明發振雲冠　明けに発して雲冠を振るひ

升嶠遠棲趾　嶠《たか》きに升りて棲趾《せいし》に遠ざかる
高岑隔半天　高岑《かうしん》　半天を隔て
長崖斷千里　長崖　千里に断つ
氣霧承星辰　気霧は星辰を承け
潭壑洞江汜　潭壑《たんがく》は江汜《かうし》に洞《とほ》る
嶄絶類虎牙　嶄絶《ざんぜつ》として虎牙に類し
巑岏象熊耳　巑岏《さんぐわん》として熊耳《ゆうじ》に象る
埋冰或百年　氷を埋むること或は百年
韜樹必千祀　樹を韜《かく》すこと必ず千祀《せんし》ならん
雞鳴清澗中　鷄は鳴く清澗の中《うち》
猨嘯白雲裏　猿は嘯く白雲の裏《うち》
瑤波逐穴開　瑤波　穴を逐《お》ひて開け
霞石觸峯起　霞石　峰に触れて起つ
迴互非一形　迴互《くわいご》として一形に非ざるも
參差反相似　參差《しんし》として反つて相ひ似たり
傾聽鳳管賓　聴を鳳管の賓に傾け
緬望釣龍子　緬《はる》かに釣龍の子を望む
松桂盈膝前　松桂　膝前に盈つれば
如何穢城市　如何《いかん》ぞ城市に穢《けが》れんや

＊「氣」字、張溥本・『詩紀』は「氛」に作る。『詩紀』に「集は『飛』に作る」といい、本集の「四部備要」本は「雰」に作る。

＊「冰」字、張溥本は「水」に作る。

＊「反」字、張溥本・『詩紀』は「悉」に作る。

＊「絅」字、張溥本・『詩紀』は「緬」に作る。

其の二

俗世を探してみても隠士は求めにくく
山で出会っても仙人ではなかったりする
夜明け前に出発して気高い頭巾の塵を払い
高いところに登って平地から遠ざかった
廬山ともなると高く鋭い峰が天の半ばまで聳え
長く続く断崖は千里に横たわっている
立ちこめた霧は星宿まで包み込み
深い谷間は長江の傍流が通り抜けている
切り立って「虎の牙」の山の仲間のようであり
尖って「熊の耳」の山と同じ形をしている
根雪はひょっとして百年も経っているかと思われ
山中に包み隠された樹木はきっと千年は経っている
　に違いない
鶏が清らかな谷水のほとりで鳴き
猿が白雲の中で鋭く鳴いている
玉のように美しい波は岩穴にぶつかるたびに拡がり
赤霞のような石は峰を衝くように突き出ている
互いに抱き込んでいながら一定の形で無く
ちぐはぐでありながら同じ形のようでもある
王子晋が吹くような鳳鳴の笙の音に耳を傾け
陵陽子明が授かったような白龍の恩を被ることをは
　るか待ち望む
松や柏がすぐ手前に林をなし
街《まち》に近いとは言え世塵で汚れることのない所である

1　訪世失隠淪、従山異靈士、

［隠淪］神人の一。郭璞の「江賦」に「納隠淪之列眞、挺異人乎精魄」（隠淪の列真を納め、異人を精魄に挺《ひ》く）とあり、李善注に「天下の神人は五、一に曰はく神仙、二

に曰はく隠淪、……」と言う。

〔靈士〕孫綽の「遊天台山賦」に「靈仙之所窟宅」（霊仙の窟宅する所なり）とある。また班固の『漢武内傳』には「天姿晻藹、容顔絶世、眞靈人也」（天姿晻藹として、容顔世に絶し、真に霊人なり）とあり、「靈人」は仙人の類をいうと思われる。

2　明發振雲冠、升嶠遠棲趾、

〔明發〕夜から明け方。『詩』小雅「小宛」に「明發不寐」（明発寐ねず）とあり、傳に「明發は、夕べに發して旦《あした》に至る」という。

〔振雲冠〕冠の塵を払う。曹植「王仲宣誄」に「振冠南嶽、濯纓清川」（冠を南嶽に振ひ、纓を清川に濯ふ）とあり（「振冠」は、冠を振るって世塵を払い落とし、隠棲する）、『楚辭』九章「渉江」に「冠切雲之崔巍」（切雲の崔巍たるを冠とす）という。

〔嶠〕尖って高い山。『爾雅』に「山鋭而高曰嶠」（山鋭くして高きを嶠と曰ふ）とある。

〔棲趾〕足を置く。聞人倓は「『棲趾』は、猶ほ足を託するがごとし。任昉にも亦た『趾を棲《すま》はして蓮の池に傍《そ》ふ』の句有り」と言う。

3　高岑隔半天、長崖斷千里、

〔高岑〕曹植の「七啓」に「左激水、右高岑」（激水を左にし、高岑を右にす）とある。

4　氣霧承星辰、潭壑洞江汜、

〔氣霧〕『後漢書』皇甫規傳に「地震之後、霧氣自濁、日月不光、旱魃爲虐」（地震の後、霧気自ら濁り、日月光らず、旱魃虐を為す）とある。（〔雰霧〕『禮記』月令に「氛霧冥冥、雷乃發聲」（氛霧冥々たれば、雷乃ち声を発す）とある。）

〔洞〕『漢書』に引く司馬相如「大人賦」の張揖注に「洞、通也」（洞は、通るなり）とある。

〔江汜〕「汜」は、再び本流に返る支流。陸機の「爲顧彦先贈婦」詩に「翩飛游江汜」（翩り飛びて江汜に游ぶ）とあり、『詩』召南に「江有汜」（江に汜有り）という。

5　嶄絶類虎牙、巑岏象熊耳、

［嶄］山の尖って鋭いさま。『集韻』に「嶄、山尖鋭貌」（嶄は、山の尖鋭なる貌なり）という。

［虎牙］山名。郭璞の「江賦」に「虎牙桀豎以屹崒」（虎牙桀豎《けつじゅ》して以つて屹崒《きつしゅつ》たり）とあり、『荊州記』に「虎牙山、石壁紅色、間有白文、如牙齒狀」（虎牙山は、石壁紅色にして、間に白文有り、牙歯の状のごとし）という（「桀豎」は、そそり立つ）。

［巑岏］山の鋭いさま。『韻會』に「巑岏、山鋭貌」（巑岏は、山鋭き貌なり）という。

［熊耳］山名。『尚書』疏に「熊耳山、在弘農廬氏縣東」（熊耳山は、弘農の廬氏県の東のかたに在り）とあり、聞人倓は葉承の語を引き「言ふこころは、廬山の形、其の鋭き處は虎牙・熊耳のごときなり」と言う。

6　埋冰或百年、韜樹必千祀、

［埋冰……］聞人倓は「按ずるに、『埋冰』『韜樹』は其の深きを言ひ、『百年』『千祀』は其の久しきを言ふ」と言うが、黄節は『類』と曰ひ、『象』と曰ひ、『或』と曰ひ、『必』と曰ふは、皆是れ望中假定の詞なり」と言う。

［韜樹］包み隠された木々。『廣韻』に「韜、藏也」（韜は、蔵するなり）という。

7　雞鳴清澗中、猨嘯白雲裏、

［雞］「雞」は「鷄」の本字。陶淵明の「歸田園居」詩に「狗吠深巷中、鷄鳴桑樹巓」（狗は吠ゆ深巷の中、鷄は鳴く桑樹の巓き）とある。

［猨］「猨」は「猿」の本字。『荊州記』に「常有高猿長嘯、屬引清遠」（常に高猿の長嘯し、属《たま》たま清遠を引く有り）とある。

8　瑤波逐穴開、霞石觸峯起、

［瑤波］玉のように輝く波。鮑照の「飛白書勢銘」にも「霑此瑤波、染彼松煙」と見え、陶淵明の「讀山海經」詩に「亭亭明玕照、落落清瑤流」（亭々として明玕《めいかん》照り、落々として瑤流清し）という（「玕」は、玉に似た石）。

［霞石］霞のような彩りの岩。赤岩。聞人倓の引く（恐

らく「杜甫詩注」引）張載の賦に「霞石駁落」（霞石駁落たり）とあるという。

9　迴互非一形、參差反相似、

[迴互] めぐり、交わる。木華の「海賦」に「乖蠻隔夷、迴互萬里」（蠻に乖り夷を隔て、迴互すること万里なり）とあり、『文選』李周翰注に「迴互は、迴轉するなり」と言う。

[非一形、……] 黄節は「『氛霧星辰を承く』は、則ち『高岑天に半ばす』に應じ、『潭壑江汜を洞す』は、則ち『長崖千里なり』に應ず。『鷄清澗に鳴きて』而して澗中の『波穴を逐ひ』、『猿白雲に嘯けば』則ち雲中の『石峯に觸る』は、所謂『迴互して一に非ず』なり。『高岑』以下は、皆石門の景を望むを寫す。石門を望むに因つて、而して想ひは緱山・陵陽山に及ぶ、故に曰はく『參差として相似たる』なり」と言う。

10　傾聽鳳管賓、緬望釣龍子、

[鳳管賓]『列仙傳』王子晉に「王子晉好吹笙、作鳳皇鳴」（王子晋笙を吹くを好み、鳳皇の鳴くを作《な》す）とある。

[釣龍子]『列仙傳』陵陽子明に「陵陽子明釣得白龍、懼、放之。後得白魚、腹中有書、教子明服食之法。子明遂上黄山、採五石脂、沸水服之三年、龍來迎去」（陵陽子明釣りて白龍を得、懼れて、之れを放つ。後白魚を得たるに、腹中に書有り、子明に服食の法を教ふ。子明遂に黄山に上り、五石の脂を採り、水を沸して之れを服すること三年、龍来たり迎へて去る）とある。

11　松桂盈膝前、如何穢城市、

[松桂……] 聞人倓は「言ふこころは、廬山は亦た城市に近きも、而も松桂前に盈つれば、詎《なん》ぞ以つて穢れと爲すべけんや」と言う。方東樹は「『松桂』の二句は、言ふこころは、廬山は甚だ近ければ、何ぞ城市の人、穢濁に甘んじて此に至りて以つて仙人と遊ばざらんや、山に遊ぶの詩は山中に仙人有るを以つて、興寄偶《たま》たま之れに及ぶも、亦た可なり。小謝の『敬亭山』は是れなり。康樂の『華子岡』は華子の之れを言ふと爲す、故に妙なること切にして味有り」と言う。

發長松遇雪

「長松」は、この詩題から推察するに地名であろう。『水經注』巻二十「漾水」注に「白馬水有り、長松縣の西南のかたに出でて白馬溪、東北のかた長松縣の北のかたを逕《めぐ》り、而して東北のかた白水に注ぐ」とあり、今の甘肅省の南端、四川との省境の白水沿い（長江水系）に長松縣は在った。

王紹曾・劉心明氏に拠れば、「大明八年（四六四年）、孝武帝劉駿が死に、前廢帝劉子業が位を継いだ。臨海王劉子頊は本號を以って荊・湘・雍・益・梁・寧および南北秦の八州の諸軍事を都督し、刺史は故《もと》のごとしであった。この年、鮑照は臨海王につき随って陝から蜀に入る旅をし、併せてこの詩を書いた」と言う（『謝靈運・鮑照詩選譯』）。長松には恐らくその時に滞在している。

出牛既送寒　　牛を出だして既に寒を送り
䝉陵方浹馳　　陵に䝉《まつ》りて（冥凌《のぼ》りて）方《まさ》に浹《あま》ねく馳す
振風搖地局　　振風　地局を揺るがし
封雪滿空枝　　封雪　空枝に満つ
江渠合爲陸　　江渠《かうきよ》　合して陸と為り
天野浩無涯　　天野　浩《かう》として涯《はて》無し
飲兼凍馬骨　　飲《みづ》かへば馬骨を凍《い》てしむるを兼ね
斲冰傷役疲　　冰を斲《き》れば役疲するを傷ましむ
昆明豈不慘　　昆明　豈に慘《みじ》めならざらんや
黍谷寧可吹　　黍谷《しよこく》　寧《なん》ぞ吹くべけんや

＊「出」字、張溥本・『詩紀』は「土」に作る。

＊「䝉陵」、本集・『詩紀』並びに「一に『冥陸』に作る」という。黄節は「張（溥）本は『冥陸』に作り、宋本は『䝉陵』に作る。按ずるに、『楚辭』大招に『冥凌浹馳』と云ひ、王逸は『冥は、玄冥、北方の神なり。凌は、猶ほ馳《はす》るがごときなり。浹は、徧《あまね》きなり』と注す。此の詩は『冥凌浹馳』と言ひ、猶ほ大招の『冥凌浹行』と言ふがごときなり。諸本は皆誤りなり」と考証し、「冥凌方浹馳」に作るのを是とする。

＊「兼」字、張溥本・『詩紀』は「泉」に作る。

長松を出発して雪に遭う

春を迎えるための土製の牛を門外に出して寒気を見送ったのに
冬の神は飛び跳ねて今も至る処を走り回っている
うなる風が地脈に当たり
何もかも閉ざしてしまう雪が葉のない枝に積もっている
大川も支流も氷で閉ざされて陸続きとなり
天空も原野も広々として際限ない
水を飲ませようとすると馬は骨まで凍り
行き悩んで氷を砕こうとすると使役され疲れた者は傷つく
周の霊王の昆明台で旱魃を救った時のように吹雪いて身震いさせるのである
斉の鄒衍が雪ふる谷に暖気を送って黍を生えさせたようにはいくまい

1　出牛既送寒、冥陵方浹馳、

［出牛］土製の牛を戸外に出し、陰気を除く。もと十二月に出していたが、立春に出して、農耕の始めとするよう になった。『禮記』月令に「季冬之月、出土牛以送寒氣」（季冬の月、土牛を出だして以つて寒気を送る）とある。［冥陵］校勘記参照。（［冥陸］「冥」は、北の神。「陸」は、北陸。『左傳』昭公四年に「日在北陸而藏冰」（日は北陸に在りて氷を蔵す）とある。）

2　振風搖地局、封雪滿空枝、

［地局］錢振倫は「地の局と言ふは、猶ほ田の畔と言ふがごときなり」と言う（「畔」は、すじ目）。［封…枝］張協の「七命」に「雲雪寫其根、霏霜封其條」（雲雪其の根に寫《そそ》ぎ、霏霜其の条を封《と》ざす）とあり、『西京雜記』董仲舒天象に「太平之世、……雪不封條」（太平の世は、……雪条《えだ》を封ざさず）という。

3　江渠合爲陸、天野浩無涯、

［江渠］「江」は、ここでは白水を指すと思われる。「渠」

は、『説文』に「渠、水所居也」（渠は、水の居る所なり）とある。後の『大業拾遺記』に「煬帝初めて邗《かん》溝を開くに、江渠に入ること四十歩、旁らに御道を築き、樹うるに楊柳を以つてす」と言う。

［天野］天空の分野。『呂氏春秋』有始に「天有九野、地有九州。……何謂九野、中央曰鈞天……」（天に九野有り、地に九州有り。……何をか九野と謂ふ、中央を鈞天と曰ひ……）とある。

4　飲兼凍馬骨、斲冰傷役疲、

［馬骨］陳琳の「飲馬長城窟行」詩に「水寒傷馬骨」（水寒くして馬骨を傷めしむ）とある。

［斲冰］氷を砕く。『楚辭』九歌「湘君」に「斲冰兮積雪」（冰を斲《き》りて雪を積む）とある。

［役疲］使役され疲れる。『莊子』齊物論篇に「終身役役而不見其成功、薾然疲役而不知其所歸、可不哀邪」（終身役々として其の功を成すを見ず、薾然《じぜん》として疲役せられて其の帰する所を知らざるは、哀れまざるべけんや）とある（「薾然」は、疲労困憊のさま）。

5　昆明豈不慘、黍谷寧可吹、

［昆明］台の名。錢振倫は「昆明の灰」すなわち戦乱の業火を言うとし、『高僧傳』に「昔漢武穿昆明池底、得黒灰、問東方朔。朔曰、『可問西域梵人』。後竺法蘭至、衆人追問之。蘭云、『世界終盡、劫灰洞燒、此灰是也』」（昔漢武昆明池の底を穿ち、黒灰を得、東方朔に問ふ。朔曰はく、「西域の梵人に問ふべし」と。後竺法蘭至り、衆人追つて之れを問ふ。蘭云はく、「世界終尽し、劫灰洞焼す、此の灰は是れなり」と）とあると言うが、黄節は『拾遺記』の「周靈王起昆明之臺、召諸方士、有二人乘飛輦上席酣醉。時赤旱、地裂木燃。一人能以歌召霜雪、王乃請焉。於是引氣一噴、雲起雪飛、坐者皆凜然」（周の霊王昆明の台を起こし、諸方士を召くに、二人の飛輦の上席に乗りて酣酔する有り。時に赤旱、地裂け木燃ゆ。一人能く歌を以つて霜雪を召けば、王乃ち焉れを請ふ。是に於いて気を引きて一たび噴けば、雲起こり雪飛び、坐する者皆凜然たり）を引き、「案ずるに、本詩の收句の『黍谷寧可吹』は、則ち是れ雪の下るを喜び、其れ旱《ひで》りの後に雪を得ると爲す。所謂『昆明』の慘めなる

者とは、即ち地裂け木燃ゆるなり。錢注は恐らく誤りならん」と言う。

王紹曾・劉心明氏は『昆明』の句は孫思邈が昆明の龍を救った事を用いている」と言い、「『酉陽雑俎』前集巻二の記載に拠れば、孫思邈は終南山に隠居していた時、天大いに旱《ひで》りし、西域の僧が昆明の池の畔に壇を築いて雨を祈ったことがあった。七日の後、池の水位が数尺も下がってしまい、池の龍が化して老人となり思邈に救いを求めた。思邈はそれに竜宮の仙方三十首を乞うた後、池の水位を上げて岸まで漲らせ溢れさせたところ、胡僧は羞じて憤死してしまった。昆明の池は、漢の武帝の元狩三年に開いたもので、宋以後は湮没した。その址は今の陝西省の西安市近郊に在る」と言う（『謝靈運・鮑照詩選譯』）。なお、北魏は例えば太平真君元年二月などしばしば昆明池を浚っている。

［黍谷…］寒さ厳しい谷の名。かつて戦国斉の陰陽家鄒《すう》衍《えん》がここに居り、陽声の律を吹奏すると暖気を呼ぶことができ、谷が温まり黍が生えたという。漢の『劉向別録』に「鄒衍在燕、有谷地美而寒、不生五穀。鄒子居之、吹律而温至生黍」（鄒衍燕に在り、谷有り地美しくして寒く、五穀を生ぜず。鄒子之れに居り、律を吹きて温むれば黍を生ずるに至る）とある。

蒜山被始興王命作

「蒜山《さんざん》」は、建康の東の京口近くにある山。顔延之の「車駕幸京口侍遊蒜山作」詩の注に「蒜山は潤州の西のかた二里に在り。劉楨の『京口記』に曰はく、『蒜山は峯無く、嶺北懸かりて江中に臨む』と」とある（「京口」は、三国時代の呉の都で、南朝に入って建業に遷都の後、京口と称した。丹徒県の治で、今の江蘇省鎮江市）。また『元和郡縣志』には「蒜山は丹徒縣の西のかたに在り、江に臨みて壁絶す。晉の安帝の時、海賊孫恩衆を率《ひき》ゐて山に登るに、宋の武帝之れを撃破するは、即ち此《ここ》なり」とあり、錢仲聯は「『太平寰宇記』は以つて馬蒜山と爲す」と言う。また曹旼の『潤州類從』には「蒜山は江の上《ほとり》に在り、説く者曰はく、山は澤蒜多し、故に名づく」といい、『讀史方輿紀要』には「蒜山は鎮江府の西のかた三里の江の岸の上に在り、山は澤蒜多し、因りて名づく。或は云ふ、呉の周瑜諸葛武侯と謀り曹操を此に拒《ふせ》ぐ、因りて算山と曰ふと」という（「算」は「蒜」と音通）。

「始興王」は、『宋書』始興王濬傳に「字は休明、元嘉十三年、年八歳にして、始興王に封ぜらる。少くして文籍を好み、姿質は端妍なり。……母潘淑妃に盛寵有り。巫蠱の事發《あば》かれ、上《しやう》惋嘆して日を彌《こ》え、潘淑妃に謂ひて曰はく、『虎頭も復た此くのごとし、復た思慮の及ぶ所に非ず』と」とあり、また「出でて京口に鎮し、聽は文武二千人の自ら隨ふを將《ひき》ゐる」とある。これに関して黄節は「外藩に優遊し、甚だ意を得と爲す」と言い、元嘉二十六年の作と見て「明遠の此の詩は、當に是れ濬の京口に鎮せし時に命じて作らしむるなり」と言う。

暮冬霜朔嚴　　暮冬　霜朔厳しく
地閉泉不流　　地閉ぢて泉は流れず
玄武藏木陰　　玄武は木陰に蔵《かく》れ
丹烏還養羞　　丹烏も還た養ひ羞《すす》む
勞農澤既周　　労農　沢《めぐ》み既に周ねく
役車時亦休　　役車　時に亦た休む
高薄符好蓨　　高薄　符に好く蓨《あざや》かなれば
藻駕及時遊　　藻駕　時に及びて遊ばん
鹿苑豈淹睇　　鹿苑　豈に淹《ひさ》しく睇《ぬすみ》ん
兔園不足留　　兔園も留まるに足らず
升嶠眺日軏　　嶠《たか》きに升りて日軏《にちこつ》を眺め
臨迴望滄洲　　迴《はる》かなるに臨みて滄洲を望む
雲生玉堂裏　　雲は生ず玉堂の裏《うち》
風靡銀臺陬　　風は靡《なび》く銀台の陬《くま》
陂石類星懸　　陂石《はせき》は星の懸かるに類し
嶼木似煙浮　　嶼木《しよぼく》は煙の浮くに似たり
形勝信天府　　形勝　信に天府
珍寶麗皇州　　珍宝　皇州に麗《つら》なる
白日迴清景　　白日　清景を廻れば
芳醴洽歡柔　　芳醴《はうれい》　洽《あま》ねくして歓び柔らぐ
參差出寒吹　　参差《しんし》として寒吹を出だし
飂戾江上謳　　飂戾《れうれい》として江上に謳《うた》ふ

王徳愛文雅　王徳は文雅を愛すれば
飛翰灑鳴球　飛翰　鳴球を灑《そそ》ぐ
美哉物會昌　美しきかな物の会し昌《さか》んなる
衣道服光猷　道に衣りて光猷《くわういう》に服せん

＊「鳥」字、宋本・『詩紀』並びに「一に『島』に作る」という。典故を考えるに「島」に作るを是とする。
＊「符」字、宋本・『詩紀』並びに「一に『浮』に作る」という。
＊「蒨」字、宋本・『詩紀』並びに「一に『清』に作る」という。
＊「軏」字、張溥本は「軌」に作る。
＊「陂」字、張溥本は「披」に作る。
＊「醴」字、張溥本・『詩紀』は「艶」に作る。

蒜山で始興王に命ぜられて作る

冬の終わりでも霜の朝は寒さが厳しく
地面は凍って泉も流れない
冬の神玄武は木の陰の中に潜み
秋冬の神丹鳥（丹鳥）は食物を蓄えている
農民を労って充分に休養を与え
夫役の車もちょうどこの時期に休ませる
背丈ほどの草むらが折りよく鮮やかに延びているので
それで飾った車を繰り出してこの時にこそ遊ぼう
漢帝の陵の鹿苑を恋い慕う必要はなく
梁王の兎園に留まりたく思う必要もない
山の高い所に登って日輪の御者を眺め
遥かな風景と相対して仙界を眺める
雲は西王母のいる玉堂から湧きおこり
風は王母の銀台のほとりから吹く
山坂の石々は天空に懸かった星のようであり
中洲の木々は靄を浮かべたようである
地形はすぐれて天府と言ってよく
珍しい物が帝都には敷きつらねられている
真昼の太陽は清らかな光を投げかけ
芳しく甘い酒は隅々まで楽しく和ませる
冬の笛の音が長く短く奏でられ
長江のほとりに歌がおこる
始興王の徳は文芸を賞でられることであり

筆を振るえば玉磬の音色のような詩文が降り注がれる
素晴らしいことにめでたい物が集まっている
王の進まれる道にすがり輝かしいはかりごとに従おう

1　暮冬霜朔嚴、地閉泉不流、

〔暮冬…〕阮籍の「詠懐詩」に「朔風厲嚴寒、陰氣下微霜」（朔風厳寒を厲しくし、陰気微霜を下す）とある。

〔地閉〕『禮記』月令に「孟冬之月、天地不通、閉塞而成冬」（孟冬の月、天地通ぜず、閉塞して冬と成る）とある。

2　玄武藏木陰、丹鳥還養羞、

〔玄武〕張衡の「思玄賦」に「玄武縮于殼中兮」（玄武殻中に縮まる）とあり、注に「龜與蛇交曰玄武」（亀の蛇と交はるを玄武と曰ふ）という。

〔丹鳥〕揚雄の「劇秦美新」に「若夫白鳩丹烏、素魚斷蛇、方斯蔑矣」（夫の白鳩・丹烏・素魚・断蛇のごとき、斯れに方《くら》ぶれば蔑《な》けり）とあり（「蔑」は、なし）、李善注に引く「帝驗」に「太子發渡河、中流火流爲烏、其色赤」（太子発河を渡るに、中流に火流れて烏と為り、其の色赤し）という。（「丹鳥」『左傳』昭公十七年に「丹鳥氏司閉者也」（丹鳥氏は閉づるを司る者なり）とある。「司閉」は、立秋から立冬までを司る。）

〔養羞〕食を蓄え備える。『大戴禮』夏小正に「八月丹鳥羞白鳥」（八月丹鳥白鳥に羞《すす》む）とあり、傳に「羞也者、進也。不盡食也」（羞也とは、進むなり。尽《ことごと》くは食せざるなり）という。

3　勞農澤既周、役車時亦休、

〔勞農〕農耕を励ます。『禮記』月令に「孟冬之月、……勞農以休息之」（孟冬の月、……農を労《いたは》りて以つて之れを休息せしむ）とある。

〔役車〕使役される人が乗せられる車。『詩』唐風「蟋蟀」に「蟋蟀在堂、役車其休」（蟋蟀堂に在れば、役車其れ休む）とある。

4　高薄符好蒨、藻駕及時遊、

〔高薄〕草木相まじった草むら。謝靈運の「山居賦」に「決飛泉于百仞、森高薄于千麓」（飛泉を百仞に決《ひら》き、高薄を千麓に森《なら》ぶ）とあり、『楚辭』注に「草木交曰薄」（草木の交はるを薄と曰ふ）という。

［符］まことに。『説文』に「符、信也」（符は、信なり）とある。

［蒨］冬でも鮮やかなこと。左思の「呉都賦」に「夏曄冬蒨」（夏曄《はなさ》き冬蒨《あざや》かなり）とあり、劉淵林の注に『南土草木通』曰、『冬生曰蒨』」（『南土草木通』に曰はく、「冬生ずるを蒨と曰ふ」と）という。また束晳の「補亡詩」注には「蒨蒨、鮮明貎」（蒨蒨は、鮮明なる貎なり）とある。

［藻駕］色模様を画いた車。『周禮』春官「巾車」に「藻車・藻蔽・鹿浅複、革飾なり）とあり（藻は、藻に同じ）、注に「藻は水草なり、蒼色なり、蒼土を以つて車に堊《ぬ》り、蒼繒を以つて蔽《おほひ》と爲すなり」という。また、陸機「文賦」の李善注に「孔安國『尚書傳』曰、『藻、水草之有文者。』故以喩文焉」（孔安国の「尚書傳」に曰はく、「藻は、水草の文有る者なり。」故に以つて文に喩ふ）という。

5　鹿苑豈淹睇、兔園不足留、

［鹿苑］鹿囲い。『三輔黄圖』陵墓に「惠帝安陵去長陵十里、……有果園・鹿苑」（惠帝の安陵は長陵を去ること十里、……果園・鹿苑有り）とあり、『春秋』成公十八年「築鹿囿」（鹿囿を築く）の注に「築墻爲鹿苑」（墻を築くを鹿苑と為す）という。

［兔園］梁の孝王が築いた園。謝惠連の「雪賦」に「遊於兔園」（兔園に遊ぶ）とあり、『西京雜記』巻二に「梁孝王好營宮室苑囿之樂、作曜華之宮、築兔園」（梁の孝王宮室苑囿を営むの楽しみを好み、曜華の宮を作り、兔園を築く）という。

6　升嶠眺日軏、臨迥望滄洲、

［嶠］鋭く高い山。『爾雅』に「山鋭而高曰嶠」（山鋭くして高きを嶠と曰ふ）とある。

［軏］日輪の御者。太陽。『説文』に「軏、車轅端持衡者」（軏は、車の轅端の衡を持つ者なり）とあり、銭振倫は、「日軏とは即ち日御・日輪の意に似たり」と言う。

［滄洲］隠者の住む、青く澄んだ水の流れる州浜。阮籍

の「爲鄭沖勸晉王牋」に「臨滄洲而謝支伯、登箕山以揖許由」（滄洲に臨みて支伯に謝し、箕山に登りて以つて許由に揖《いふ》す）とある。

7　雲生玉堂裏、風靡銀臺陬、

［雲生］郭璞の「遊仙詩」に「雲生梁棟間、風出窗戸裏」（雲は生ず梁棟の間、風は出づ窗戸の裏）とある。

［玉堂］西王母の居所。東方朔撰と題する『十洲記』に「崑崙有流精之闕、碧玉之堂、西王母所居也」（崑崙に流精の闕、碧玉の堂有り、西王母の居る所なり）とある。

［銀臺］王母の居所。張衡の「思玄賦」に「聘王母於銀臺兮」（王母を銀台に聘す）とあり、注に「銀臺、王母所居」（銀台は、王母の居る所なり）という。

［陬］すみ。『説文』に「陬、阪隈也」（陬は、阪の隈《くま》なり）とある。

8　陂石類星懸、嶼木似煙浮、

［陂］さか。『説文』に「陂、阪也」（陂は、阪なり）とある。

［嶼］中州にある岩山。島。左思の「呉都賦」注に「嶼、海中州、上有山石」（嶼は、海中の州なり、上に山石有り）とあり、『説文』に「嶼、島也」（嶼は、島なり）という。

9　形勝信天府、珍寶麗皇州、

［形勝］地形が優勢な土地。『荀子』強國に「其固塞險、形勢便、山林川谷美、天材之利多、是形勝也」（其れ固より塞がり険しく、形勢便にして、山林川谷美しく、天材の利多し、是れ形勝なり）とある。

［天府］肥沃で、物産の豊富な土地。『戰國策』秦策に「蘇秦説秦惠王曰、大王之國、沃野千里、蓄積饒多、地勢形便。此所謂天府、天下之雄國也」（蘇秦秦の惠王に説きて曰はく、大王の国は、沃野千里、蓄積饒多、地勢形便なり。此れ所謂る天府にして、天下の雄国なりと）とある。

10　白日迴清景、芳醴洽歡柔、

［芳醴］甘く香りのよい酒。『詩』周頌「豊年」に「爲酒爲醴」（酒を為《つく》り醴を為る）とある。また、『抱朴子』暢

玄に「宴安逸豫、清醪芳醴、亂性者也」（宴安逸豫、清醪芳醴は、性を乱す者なり）とあり、高誘注に「醴は、甜酒なり」と言う。

［歡柔］たのしみ和やぐ。王粲の「兪兒舞歌」矛兪新福歌に「子孫受百福、常與松喬游。烝庶徳、莫不咸歡柔」（子孫百福を受け、常に松喬と游ぶ。烝庶徳とし、咸《みな》歡び柔らがざるは莫し）とある（「烝庶」は、大衆）。

11 参差出寒吹、飀戾江上謳、

［參差］不ぞろいのさま。また、笛の音をいう。『楚辭』九歌に「吹參差兮誰思」（參差を吹きて誰をか思ふ）とあり、王逸注に「參差、洞簫也」（参差は、洞簫なり）という。

［寒吹］風の鳴らす笛。『水經』巻十三「濕水注」に「有風穴、厥大容人、其深不測、而穴中肅肅、常有微風、雖三伏盛暑、猶須襲裘、寒吹凌人、不可暫停」（風穴有り、厥《そ》の大いなること人を容《い》れ、其の深きこと測らず、而して穴中肅々として、常に微風有り、三たび盛暑に伏すと雖も、猶ほ襲裘を須るがごとく、寒吹人を凌ぎ、暫くも停まるべからず）とある。

［飀戾］歌声。劉向の「九歎」に「繚戾宛轉、阻相薄兮」（繚戾宛転として、相薄《せま》るを阻む）とある。また左思の「蜀都賦」には「起西音於促柱、歌江上之飀厲」（西音を柱を促すに起こし、江上の飀厲《れうれい》たるを歌ふ）とあり、『文選』五臣注で呂向は「江上は曲名なり。飀厲は、歌声なりと」と言う。

12 王徳愛文雅、飛翰灑鳴球、

［文雅］『魏志』高貴卿公傳に「愛好文雅」（文雅を愛好す）とあり、『大戴禮』に「天子不知文雅之辭、少師之任」（天子は文雅の辞、少師の任を知らず）とある（「少師」は、官名で三公の一）。

［飛翰］すばやく伝える文書。『後漢書』孔融傳に「馳檄飛翰、引謀州郡」（檄を馳せ翰を飛ばし、謀を州郡に引く）とある。

［鳴球］玉磬。ここは優れた詩文の喩え。『書』益稷に「戛撃鳴球、搏拊琴瑟」（鳴球を戛撃《かつげき》し、琴瑟を搏拊《はくふ》す）とある。

13　美哉物會昌、衣道服光猷、

［會昌］盛んなものを集める。「河圖緯」の一つである『河圖括地象』に「帝以會昌、神以建福」（帝は以つて昌んなるを会《あつ》め、神は以つて福を建つ）という。

［衣道］道にしたがう。黄節は『釋名』を引いて「衣、依也」（衣は、依るなり）といい、『淮南子』原道訓に「至人之治也、掩其聰明、滅其文章、依道廢智、與民同出于公」（至人の治なるや、其の聡明を掩ひ、其の文章を滅し、道に依りて智を廃し、民と同《とも》に公より出づ）とある、と言う。

［光猷］大いなる道（『漢語大詞典』の見解による）。後世の『北史』后妃傳には「光猷昭訓、隆んに徽《うつく》しく上嬪と爲し三卿に比ぶ」と見える。

冬至

冬至については、『呂氏春秋』有始覽「有始」に「冬至は日遠道を行き、四極を周行すれば、命じて玄明と曰ふ」とある。冬至の時は太陽がはるか南を運行し、四方の極点を通るので、薄暗く感じられた。冬至を知るには、「日晷儀《にちきぎ》」（日時計）で日の脚の長さの極まるのを測った。『晉書』隱逸傳（魯勝）に「冬至の後を以つて、晷《き》を立てて影を測る」等と見える。

舟遷莊甚笑　舟遷りて荘甚だ笑ひ
水流孔急難　水流れて孔急《には》かに難ず
景移風度改　景移りて風度《わた》り改まり
日至晷廻換　日至りて晷《ひかげ》廻り換はる
眇眇負雪鶴　眇眇《べうべう》たり雪を負ふの鶴
皎皎帶霜鴈　皎皎《かうかう》たり霜を帯ぶるの鴈
長河結蘭紆　長河は結蘭のごと紆《めぐ》り
層冰如玉岸　層氷は玉岸のごとし
哀哀古老容　哀哀たり古老の容
慘顏愁歲晏　慘顔　歳の晏《く》るるを愁ふ
催促時節過　催促として時節は過ぎ
逼迫聚離散　逼迫として聚まるは離散す
美人還未央　美人還るは未だ央《なか》ばならず

鳴箏誰與彈　　鳴箏　誰か与《とも》に弾かんや

＊「難」字、張溥本・『詩紀』は「歎」に作る。典故を考えるに、「歎」に作るを是とする。
＊「雪」字、張溥本・『詩紀』は「霜」に作る。
＊「霜」字、張溥本・『詩紀』は「雲」に作る。
＊「蘭紆」、張溥本・『詩紀』は「瓓玕」に作る。

冬至

深い谷に隠したつもりの舟でも無くなるほどのあっけなさを荘子はひどく笑い
逝く川の流れを見てにわかに孔子は人生を歎いた
陽光は移り風向きも改まり
太陽は最も遠く日時計の脚も回って最も長くなった
雪をかぶって遥か小さく遠ざかる鶴
霜をまとって白く輝く雁
長く横たわる大河は腰に佩びた蘭のようにくねり
幾重にも重なった氷は玉敷きの岸のようである
哀れにも老いぼれた容貌や
惨めな顔を知って年もおしつまったことを愁えることになる
促すように時節は過ぎゆき
さし迫るようにものは寄り集まったかと思うとすぐに離散する
美人はまだまだ帰って来ず
良く鳴る箏は一緒に弾く者が誰もいない

1　舟遷荘甚笑、水流孔急難、

［舟…］人の世の変遷のきわまりないことを言う。『荘子』大宗師篇に「夫藏舟於壑、藏山於澤、謂之固矣。然而夜半有力者負之而走、昧者不知也」（夫れ舟を壑に蔵し、山を沢に蔵す、之れを固しと謂へり。然り而して夜半に力有る者之れを負ひて走るを、昧き者は知らず）とある（「山」は「汕」、すなわち漁網）。

［水…］『史記』孔子世家に「孔子臨河而歎曰、美哉水、洋洋乎」（孔子河に臨みて歎じて曰はく、美しきかな水

や、洋々乎たり）とあり、『論語』子罕に「子在川上曰、逝者如斯夫、不舍晝夜」（子川の上《ほと》りに在りて曰はく、逝く者は斯くのごときかな、昼夜を舎《お》かず）という。

2 景移風度改、日至晷廻換、

［風度］風が渡る。梁の王僧孺の「中寺碑銘」に「日流閃爍、風度清鏘」（日流れて閃爍と、風度《わた》りて清鏘たり）という。

［日至…］日時計が日の脚の変化を示すさま。阮籍の「詠懐詩」（其四十）に「晷度有昭回、哀哉人命微」（晷度には昭《かがや》き回る有るも、哀しいかな人命の微なる）とあり、『史記』天官書に「冬至短極、懸土灰。灰動、鹿角解、蘭根出、泉水躍、略以知日至、要決晷景」（冬至は短きこと極まり、土灰を懸く。灰動き、鹿角解け、蘭根出で、泉水躍れば、略ぼ以つて日の至るを知るも、晷景に決するを要す）という（「土灰」は、石灰。夏至に重く、冬至に軽いという。「晷景」は、日時計）。

3 眇眇負雪鶴、皎皎帯霜鴈、

［負雪］雪をかぶる。顔延之の「陽給事誄」に「如彼竹柏、負雪懐霜」（彼の竹柏の、雪を負ひ霜を懐くがごとし）とある。

［鶴・鴈］鮑照の「鶴」と「鴈」の対は、「歳暮悲」詩にも見えている。

4 長河結蘭紆、層冰如玉岸、

［結蘭］『楚辭』離騒に「結幽蘭而延佇」（幽蘭を結びて延佇す）とあり、鮑照の「贈故人馬子喬」詩（其五）にも「淹留徒攀桂、延佇空結蘭」と見える。

［河…紆］曲がりくねる。鮑照の「觀漏」賦にも「從江河之紆直、委天地之圓方」と見える。

5 哀哀古老容、慘顔愁歳晏、

［歳晏］歳の暮れ。『楚辭』九歌「山鬼」に「歳既晏兮孰華予」（歳既に晏るれば孰か予を華やかにせんや）とある。

6　催促時節過、逼迫聚離散、

［逼迫］時の変化によって人の離散の時がさし迫ってくること。古詩「爲焦仲卿妻作」に「同是被逼迫、君爾妾亦然」（同《とも》に是れ逼迫せらるるは、君も爾《しか》り妾も亦た然り）とある。

7　美人還未央、鳴箏誰與彈、

［鳴箏］古詩に「彈箏奮逸響、新聲妙入神」（箏を弾きて逸響を奮へば、新声妙なること神に入る）とある。

蜀四賢詠

蜀の「四賢」は、嚴君平・司馬相如・王褒・揚雄を指す。それぞれ『漢書』に、「蜀に嚴君平有り、成都の市にトひ、日に數人を閲、百錢を得、自らを養ふに足れば、則ち肆《みせ》を閉ぢ簾を下ろして老子を授く」・「司馬相如字は長卿、蜀郡の人なり。少くして書を讀むを好む、武騎常侍と爲り、後に孝文園の令を拜せらる」・「王褒字は子淵、蜀の人なり、宣帝の時に諫大夫と爲る。其の後太子の體安らかならず、苦《はなは》だ忽忽として善く忘れて樂しまず、詔あつて褒等をして皆太子宮に之《ゆ》き、太子を虞《く》待《たい》せしむ。朝夕奇文を誦讀して自ら造る所の作に及び、疾平復して、乃ち歸る。太子褒の爲《つく》る所の『甘泉』及び『洞簫頌』を善くし、後宮の貴人をして左右皆之れを誦讀せしむ。後、方士益州に金馬碧鷄の寶有りと言ひ、帝褒をして往きて祀《まつ》らしむるに、道に於いて病みて死す」・「揚雄字は子雲、成都の人なり。少《わか》くして學を好み、年四十餘、蜀より來たりて京師に遊び、大司馬王音召して以つて門下の史と爲すに、雄を待詔に薦む。歳餘、郎中と爲り、給事黄門たり」とある。

鮑照は「河清頌」で司馬相如と王褒に言及し、「察之上代、則奚斯・吉甫之徒鳴玉鑾於前、視之中古、則相如・王褒之屬馳金羈於後」（之れを上代に察すれば、則ち奚斯・吉甫の徒玉鑾を前に鳴らし、之れを中古に視れば、則ち相如・王褒の属金羈を後に馳す）という。また「詠史詩」では厳君平に言及し、「君平獨寂寞、身世兩相棄」（君平独り寂寞として、身と世と両つながら相棄つ）という。さらに「古辭」詩では司馬相如に触れ、「容華不待年、何爲客遊梁」（容華は年を待たざるに、何為《なんす》れぞ梁に客遊す）という。

なお、この詩は左思の「蜀都賦」に触発されて作ったものであると言われる（中森健二氏）。また、鮑照の厳君平への思いに関しては斯波六郎『中国文学に於ける孤独感』が言及している。

渤渚水浴鳧　　渤渚《ぼつしょ》は水鳧《すゐふ》を浴せしめ
春山玉抵鵲　　春山《しようざん》は玉もて鵲に抵《あ》つ
皇漢方盛明　　皇漢　方《まさ》に盛明なれば
群龍滿階閣　　群龍　階閣に満つ

君平因世閑　　君平　世の閑《しづか》なるに因り
得還守寂寞　　還りて寂寞を守るを得たり
閉簾注道徳　　簾を閉ざして道徳に注し
開卦述天爵　　卦を開きて天爵を述ぶ

相如達生旨　　相如　達生の旨
能屯復能躍　　能く屯《あつ》まり復た能く躍《をど》る
陵令無人事　　陵令　人事無ければ
毫墨時灑落　　毫墨《がうぼく》　時に灑落《さいらく》たり

褒氣有逸倫　　褒《ばう》の気　逸倫なる有り
雅繢信炳博　　雅繢《がくわい》　信に炳博《へいはく》たり
如令聖納賢　　如《も》し聖をして賢を納《い》れしめば
金璫易羈絡　　金璫《きんたう》　羈絡し易からん

良遮神明游　　良《まこと》に神明の游びを遮《もと》むれば
豈伊覃思作　　豈に伊《こ》れ覃思の作ならん
玄經不期賞　　玄経　賞するを期せず
蟲篆散憂樂　　虫篆《ちゆうてん》　憂楽を散ず

首路或參差　　路を首《はじ》むるは或は参差《しんし》たるも
投駕均遠託　　駕を投じては均しく遠く託す
身表既非我　　身表　既に我に非ざれば
生内任豐薄　　生内　豊と薄たるに任さん

＊題の下、張溥本・『詩紀』は「司馬相如・嚴君平・王褒・楊雄」とある。
＊「旾」字、張溥本・『詩紀』は「春」に作る。黄節は「当に『春』に作るべし」と言う（下の注釈1を参照されたい）。
＊「閑」字、張溥本・『詩紀』は「閒」に作る。
＊「游」字、張溥本・『詩紀』は「遊」に作る。
＊「散憂樂」、張溥本・『詩紀』は「憂散樂」に作る。
＊「任」字、宋本に「一に『甚』に作る」という。

蜀の四人の賢者の歌

渤海のほとりは水が豊かで野鴨も水浴びし
春山（鍾山）の上ではごろごろ転がる宝石で鵲を打ち
　落とすほどである
漢帝国が盛んであった頃は
群なす賢者が宮廷に溢れていた
厳君平は世の中が放っておいてくれたので
出仕せずに閑かな生活を守ることができた
簾を下ろして『老子』に注釈を施し
『易』を開いて仁義忠信を説いた
司馬相如は生について悟り
止めたり活動したりがうまくできた
孝文帝陵の墓守の長官となって人の世のことに携わ
　ることなく
文章も頃おいさっぱりとしていた
王褒は性格に並外れたものがあり
優雅な文章は絢爛で博識であると言って間違いない
もしも聖主に賢臣を得させていたならば
黄金の璫《すず》を与えられる家臣がたやすく手に入ってい
　たであろう
揚雄は程よい心の遊びを望み
深く考えて文章を作るようなことはしなかった
書き上げた『太玄經』は褒められることなど期待せず
文字を刻みつけることで心配事も楽しみも超越して

いた
皆はじめは路はそれぞれであったかも知れないが
進む方向を決めてからは一様に心を遠くに託した
外面でそれぞれが「あなたは私ではない」とする以上
内面も豊かであれば豊かに薄ければ薄いに任せて好
いのである

1　渤渚水浴梟、舂山玉抵鵲、

〔渤渚〕渤海の浜辺。揚雄の「解嘲」に「譬如江湖之崖、渤澥之島、乘雁集不爲之多、雙梟飛不爲之少」（譬へば江湖の崖、渤海の島のごとく、乗雁集まるも之れを多しと為さず、双梟飛ぶも之れを少しと為さず）とある。

〔舂山…〕「舂山」は、崑崙山系の「鍾山」。玉を産する。黄節は『論衡』の「鍾山之上、以玉抵鵲」（鍾山の上、玉を以つて鵲に抵《あ》つ）を引き（通行本に見えない）、『穆天子傳』は「鍾山」を「舂山」に作り、郭璞の注に「『山海經』は『舂』字を『鍾』字に作り、音は同じきのみ」というと言う。『淮南子』高誘注や『楚辭』王逸注に「鍾山」は崑崙山あるいはその西北の山であるという。郝懿行は「山は即ち陰山なり。徐広『史記』に注して云はく『陰山は五原の北に在り』と。是れなり」と言う。

〔抵鵲〕宝石を弾に使って鵲を撃つほどである。賢者の多い喩え。『鹽鐵論』崇禮に「崑山之傍、以玉璞抵鳥鵲」（崑山の傍らは、玉璞を以つて鳥鵲に抵《あ》つ）とあり、聞人倓は「按ずるに、漢室賢才の多きを興《たと》ふるなり」と言う。

2　皇漢方盛明、群龍滿階閣、

〔群龍〕揚雄の「河東」賦に「建乾坤之貞兆兮、將悉統之以群龍」（乾坤の貞兆を建て、将に悉く之れを統《す》ぶるに群龍を以つてせんとす）とあり、聞人倓は「『群龍』は、群臣を言ふなり」と言う。

〔階閣〕階の高い楼閣。古詩に「阿閣三重階」（阿閣は三重の階）とある。

3　君平因世閑、得還守寂寞、

〔守寂寞〕『後漢書』馮衍傳に「顯志賦『陂山谷而閒處兮、守寂寞而存神』」（『顕志の賦』に「陂山の谷にて間《しづ》かに処り、寂寞を守りて神を存す」と）とある。

4　閉簾注道徳、開卦述天爵、

［道徳］『道徳經』すなわち『老子』。『史記』老聃傳に「老子著道徳五千餘言」（老子道徳を著すこと五千餘言なり）とある。

［開卦…］占いで人を導く。『漢書』嚴君平傳に「君平卜筮於成都市、以爲卜筮者、業賤而可以惠衆。人有邪惡非正之問、則依蓍龜爲言利害。與人子言依於孝、與人弟言依於順、與人臣言依於忠、各因勢導之以善。從吾言者、已過半矣」（君平成都の市に卜筮《ぼくぜい》し、以為へらく卜筮する者は、業賤しくして以つて衆に恵むべし。人に邪悪非正の問ひ有れば、則ち蓍亀《しき》に依りて利害を言ふを為す。人の子と孝に依るを言ひ、人の弟と順に依るを言ひ、人の臣と忠に依るを言ひ、各おの勢ひに因り之れを導くに善を以つてす。吾が言に従ふ者は、已に半ばを過ぎたりと）とある（「蓍龜」は、占いに用いるめどきとこうら）。

［天爵］その人の徳に応じて天自らが与えた爵位。『孟子』告子・上に「仁義忠信、樂善不倦、此天爵也」（仁義忠信、善を楽しみて倦まず、此れ天爵なり）とある。

5　相如達生旨、能屯復能躍、

［達生］世俗の影響を受けない処世態度。『莊子』達生篇に「達生之情者、不務生之所無以爲」（生の情に達する者は、生の以つて為す無き所に務めず）とあり、『釋文』に「達、暢也、通也」（達は、暢ぶるなり、通ずるなり）という。

［屯］充実させる。『易』屯に「雲雷屯、君子以經綸」（雲雷は屯なり、君子以つて経綸す）とある（「經綸」は、天下を治める）。

［躍］進退を見極める。『易』乾に「或躍在淵」（或は躍りて渕に在り）とあり、注に「躍者、暫起之言」（躍なる者は、暫く起つの言なり）という。

6　陵令無人事、毫墨時灑落、

［陵令］墓守。『史記』司馬相如傳に「相如拜爲孝文園令」（相如拜して孝文の園令と為る）とある。

［人事］世俗の事。『後漢書』賈逵傳に「逵母常有疾、帝特以錢二十萬與之、曰『此子無人事於外、屢空、則從孤竹之子於首陽矣』」（逵の母常に疾ひ有り、帝特《た》だ銭二十

万を以つて之れに与へて、曰はく「此の子外に人事無し、屢しば空しければ、則ち孤竹の子に首陽に従へり）とある。

［毫墨］筆と墨、借りて文字。『抱朴子』崇教に「巧筭所不能詳、毫墨所不能究也」（巧算は詳しかる能はざる所、毫墨は究むる能はざる所なり）とある。

［灑落］さっぱりする。潘岳の「秋興」賦に「庭樹槭以灑落兮」（庭樹槭《さく》として以つて灑落す）とあり（「槭」は、木の葉が落ちるさま）、『韻會』に「灑、汎也」（灑は、汎《ただよ》ふなり）という（「汎」は、かるい）。

7　褒氣有逸倫、雅績信炳博、

［逸倫］群を抜く。『蜀書』關羽傳に「未及髯之逸倫超群也」（未だ髯の倫を逸し群を超ゆるに及ばざるなり）とあり、『抱朴子』審擧に「逸倫之士、非禮不動」（逸倫の士は、礼に非ざれば動かず）という。

［雅績］『周禮』考工記「畫繢」に「畫繢之事、雑五色」（画繢の事は、五色を雑ふ）とあり、『急就篇』に「繢、亦條組之屬」（繢は、亦た條組の属なり）という（「條組」は、組み紐）。聞人倓は「按ずるに、以つて褒の文に喩ふ」と言う。

［炳博］絢爛かつ博聞である。揚雄の『太玄經』文・次五に「『彪如』在上、天文炳也」（「彪如」上に在るは、天文炳《かがや》くなり）とあり、『荀子』修身に「多聞曰博」（聞くこと多きを博と曰ふ）とある。

8　如令聖納賢、金璫易羈絡、

［聖納賢］主君に賢臣を登用させる。『漢書』王褒傳に「上乃徴褒。既至、詔褒爲聖主得賢臣頌其意」（上《しやう》乃ち褒を徴《め》す。既に至れば、褒に詔あつて聖主得賢臣を為《つく》りて其の意を頌せしむ）とある。

［金璫］高官を指す。『後漢書』與服志・下に「侍中・中常侍加黄金璫、附蟬爲文、貂毛爲飾、謂之『趙惠文冠』」（侍中・中常侍黄金の璫を加へられ、蟬を附して文と為し、貂毛を飾と為す、之れを「趙恵文冠」と謂ふ）とある。

［羈絡］おもがいを着けて馬を牽く。『莊子』馬蹄に「伯樂曰、『吾善治馬、燒之、剔之、刻之、雒之、連之以羈

畢、編之以皁棧』」（伯楽曰はく、「吾善く馬を治む、之れを焼き、之れを剔《えく》り、之れを刻し、之れを雒し、之れを連ぬるに羈畢《きちゆう》を以つてし、之れを編むに皁棧を以つてす）とあり（「羈畢」は、くつわとたづな）、『釋文』に「雒、謂羈絡其頭」（雒は、其の頭を羈絡するを謂ふ）という。聞人倓はこの二句について、「按ずるに、其の用らるるを果たさざるを惜しむなり」と言う。

9　良遮神明游、豈伊覃思作、

［良］各段の冒頭は四賢の名で始まっているが、ここだけが異なることから、銭振倫は「『良』は、疑ふらくは當に『雄』に作るべきならん」と言う。

［遮］もとめる。『玉篇』に「遮、要也、攔也」（遮は、要むるなり、攔《さへぎ》るなり）とある。

［神明游］『漢書』揚雄傳に「爰清爰靜、遊神之庭」（爰《ここ》に清く爰に静かに、神の庭に遊ぶ）とある。

［覃思］深く考える。『漢書』揚雄傳に「雄以賦非法度所存、輟不復爲、而大潭思渾天」（雄賦するは法度の存する所に非ざるを以つて、輟《や》めて復たは為さず、而して大いに渾天を潭思す）とあり、聞人倓は「按ずるに、言ふこころは雄良に神明の庭を遮《もと》めて之れに遊ぶ、故に『太玄』亦た自ら然《しか》く文を成し、必ずしも史の稱する所のごとく覃思して作るに非ざるなり。『遮』字は、『史記』の『璧を持って使者に遮む』及び『董公説を遮む』の句より脱化して來たるならん」と言う。

10　玄經不期賞、蟲篆散憂樂、

［玄經］『太玄經』。『漢書』揚雄傳に「鉅鹿侯芭、常從雄居、受其太玄・法言。劉歆亦嘗觀之、謂雄曰、『空自苦。今學者有祿利、然尚不能明易、又如玄何。吾恐後人用覆醬瓿也』雄笑而不應」（鉅鹿の侯芭、常に雄に從つて居り、其の太玄・法言を受く。劉歆亦た嘗て之れを観、雄に謂ひて曰はく、「空しく自ら苦しむのみ。今の学ぶ者には祿利有り、然れども尚ほ『易』を明らかにする能はず、又た玄を如何せんや。吾恐らくは後人用つて醬瓿《しやうほう》を覆はんことを」と。雄笑ひて応ぜず）とある（「醬瓿」は、味噌がめ）。鮑照は「建除詩」で「閉帷草太玄、茲事殆愚狂」（帷を閉ざして太玄を草す、茲の事殆ど愚狂な

り」）という。

［蟲篆］虫食いのような細かな彫刻。賦を作ること。揚雄『法言』吾子に「或問吾子好賦。曰、『然。童子雕蟲篆刻。』俄而曰、『壯夫不爲也』」（或るひと吾子は賦を好むかと問ふ。曰はく、「然り。童子の雕虫篆刻なり」と。俄かにして曰はく、「壮夫は為さざるなり」と）とある。

［散憂樂］心配事と楽しみと両者ともに解消する。『太玄經』に「省憂喜之共門兮、察吉凶之同域」（憂喜の門を共にするを省《み》、吉凶の域を同じくするを察す）とあり、『左傳』襄公三十一年に「憂樂同之、事則從之」（憂楽は之れを同じくし、事は則ち之れに従ふ）という。ただし聞人倓は、『漢書』揚雄傳に揚雄は「不戚戚於貧賤」（貧賤に戚戚たらず）とあるのを承けると言う。方東樹は「按ずるに『散樂』の二字は、未だ詳らかならず、向《さき》より來《こ》のかた注する者無く、之れを思ひて年を歴るも未だ得ず。後に『禮記』の『齋する者は樂しまず』の注の『樂しめば則ち散ず』を讀み、乃ち此の言は子雲『太玄』を覃思し、蟲篆して其の志慮を散ずるを恐れ、故に爲さざるを知るなり。陸氏の『釋文』は『音、落なり』と。而して陳可大の『郊特牲』の『二に曰はく鼓を伐つと』の下、以つて樂を聴かずと爲す。竊《ひそ》かに意《おも》へらく二義は皆通じ、而して此れ當に落の音に従ふべしと」と言う。

11　首路或參差、投駕均遠託、

［首路］道の始まり。顔延之の「陶徵士誄」に「首路同塵、輟塗殊軌」（路を首《はじ》むるに塵を同にし、塗を輟《や》むるに軌を殊にす）とある。

［投駕］道の終わり。『後漢書』張儉傳に「望門投止」（門を望んで投じ止まる）とある。

［遠託］何劭の「遊仙詩」に「吉士懷貞心、悟物思遠託」（吉士は貞心を懐き、物を悟りて遠く託するを思ふ）とある。

12　身表旣非我、生内任豐薄、

［非我］あなたは私ではない。『莊子』秋水に「莊子曰、『子非我』」（荘子曰はく、「子は我に非ず」と）とある。

［生内…］外物にとらわれなければ、心の中に厚い思いがあっても無くても心を乱されない。聞人倓の引く嵇

康の論に「無主於内、借外物以樂之、外物雖豐、哀亦備矣」（内に主どる無く、外物に借りて以つて之れを楽しめば、外物は豊かなりと雖も、哀しみ亦た備はれり）とあり、聞人倓は「按ずるに、言ふこころは身外に固より我に與かる無ければ、即ち身内或は豐かに或は薄きも、亦た之れに任するも可なり」と言う。

秋日示休上人

「休上人」については、『宋書』徐湛之傳に「沙門惠休、善く文を屬り、湛之之れと甚だ厚し。世祖命じて還俗せしむ。本姓は湯、位は揚州從事に至る」と言う。鮑照の知友でもあった。

黄節は「惠休の『秋風』詩に『羅帳含月思心傷、蟋蟀夜鳴斷人腸、錦衾瑤席爲誰芳』（羅帳月を含みて思心傷ましく、蟋蟀夜に鳴きて人腸を断ず、錦衾瑶席誰がためにか芳しからん）と。此の篇の『絡緯』・『簞』・『帳』等の句は、全く休の意を用ふ。陳胤倩云ふ、『豈に亦た休上人に效《なら》はんや。東西のかた楚城を望むは、意は明遠と休と同《とも》に荆州に客たりし時の作なり』と。又た惠休の『怨詩行』に『嘯歌視秋草、幽葉豈再揚。暮蘭不待歳、離華能幾芳。願作張女曲、流悲繞君堂』（嘯歌して秋草を視れば、幽葉豈に再びは揚がらんや。暮蘭は歳を待たず、離華は能く幾《いく》ばくか芳しからんや。願はくは張女の曲を作り、悲しみを流して君の堂に繞《めぐ》らさんことを）と。此の篇の『臨堂』以下の四句は、亦た彷彿として之れに擬《なら》ふ」と言う。

呉摯父は「荅休上人」詩と併せて「此の二詩は蓋し未だ還俗せざるの作ならん、當に文帝の時に在るべし、文帝の末年は已に亂機を見る、故に其の言此くのごとし」と言う。

枯桑葉未零　　枯桑　葉未だ零《お》ちざるに
疲客心易驚　　疲客　心驚き易し
今茲亦何早　　今茲《ここ》に亦た何ぞ早かる
已聞絡緯鳴　　已に絡緯《らくゐ》の鳴くを聞く
廻風滅且起　　廻風　滅しては且つ起ち

巻蓬息復征　巻蓬　息《いこ》ひては復た征《ゆ》く
愴愴簟上寒　愴々として簟《たんじやう》上寒く
悽悽帳裏清　悽々として帳裏清し
物色延暮思　物色は暮思を延き
霜露逼朝榮　霜露は朝栄に逼《せま》る
臨堂觀秋草　堂に臨んで秋草を観
東西望楚城　東西のかた楚城を望む
百物方蕭瑟　百物は方《まさ》に蕭瑟《せうしつ》として
坐歎從此生　坐歎　此れより生ず

＊「未」字、張溥本・『詩紀』は「易」に作る。
＊「疲」字、張溥本は「波」に作る。

秋の日に休上人（湯惠休）に示す

枯れはじめた桑の葉もまだ落ちないのに
疲れた旅人は心がはっと動揺し易くなっている
今それも何とも早いことに
もうコオロギの鳴き声が聞こえる頃になった
つむじ風は止んだかと思うとまた起こり
根無し草は止まったかと思うとまた転がって行く
心傷ましいことに竹の敷物の上は冷たくなり
悲しいことに帷の中はあっさりとしている
景色には夕暮れの様子が窺われ
朝盛んに咲いていた花には霜露が降りるようになった
屋敷に入って秋の草を見ると
東西には楚の街も眺められた
万物は今やもの寂しく
それにつけこの人生を無駄にしているのが歎かれる
のである

1　枯桑葉未零、疲客心易驚、

［枯桑］蔡邕の「飲馬長城窟行」に「枯桑知天風、海水知天寒」（枯桑に天の風ふくを知り、海水に天の寒きを知る）とある。

［波客］黄節は謝惠連の詩に「眷眷浮客心」（眷々たり浮客の心）とある「浮客」のようなものであると言う。）

2　今茲亦何早、已聞絡緯鳴、

[絡緯] コオロギ。『古今注』に「莎鷄、一名促織、一名絡緯」(莎鷄は、一に促織と名づけ、一に絡緯を名づく) という。

3　廻風滅且起、巻蓬息復征、

[廻風] つむじ風。古詩「東城高且長」に「廻風動地起、秋草萋已緑」(廻風地を動かして起き、秋草萋として已に緑なり) とあり、『爾雅』に「廻風曰飄」(廻風は飄と曰ふ) という。

[巻蓬] 転がる根無し草。後世の『魏書』李安世傳に「李波小妹字雍容、褰裙逐馬如巻蓬」(李波の小妹は、字は雍容、裙《もすそ》を褰《から》げ馬を逐ふこと巻蓬のごとし) と言い、桓譚の『新論』に「歳之將暮、則蓬巻雲中」(歳の将に暮れんとするに、則ち蓬雲中に巻く) とある。

4　愴愴簟上寒、悽悽帳裏清、

[簟] 竹製の敷物。『詩』小雅「斯干」に「下莞上簟、乃安斯寢」(莞《むしろ》を下にし簟《たかむしろ》を上にすれば、乃ち斯の寝ぬるを安らかにす) とあり、鄭玄の注に「竹葦曰簟」(竹葦は簟と曰ふ) という。また『説文解字』には「簟、竹席也」(簟は、竹の席なり) という。

5　物色延暮思、霜露逼朝榮、

[朝榮] 朝咲いた花。陸機の「園葵」詩に「朝榮東北傾、夕穎西南晞」(朝栄は東北のかた傾き、夕穎は西南のかた晞《かわ》く) とある。

6　臨堂觀秋草、東西望楚城、

[臨堂] 顔延之の「夏夜呈從兄散騎車長沙」詩に「獨靜闕隅坐、臨堂對星分」(独り静かに闕隅に坐し、堂に臨んで星分に対す) とあり、鮑照自身の詩にも「臨堂設樽酒、留酌思平生」(堂に臨みて樽酒を設け、酌を留めて平生を思ふ) と見える。

[秋草] 3の「廻風」注を参照。

7　百物方蕭瑟、坐歎從此生、

[百物]『易』繋辭・下に「其道甚大、百物不廢」(其の

道甚だ大なれば、百物廃せず）とある。

［蕭瑟］冷たい風が吹きすさぶさま。『楚辭』九辯に「蕭瑟兮草木、搖落而變衰」（蕭瑟たり草木、揺落して変衰す）とあり、『文選』五臣注は「蕭瑟は、秋風の貌なり」と言う。また、王逸注には「陰冷促急風疾暴也」（陰冷促すこと急《には》かにして風疾く暴しきなり）という。

和王義興七夕

王義興については、『宋書』王僧達傳に「元嘉二十八年、索虜寇《あだ》し迫り、都邑危懼す、僧達入りて京師を衞《まも》らんことを求め、許さる。賊退き、又た宣城太守に除せらる。之れを頃《しばら》くして、徙《うつ》りて義興太守に任ぜらる」とある。また、鮑照の「送別王宣城」詩の呉摯父の注に「僧達再び宣城に涖《のぞ》むは、元嘉二十八年に在り、任を去るは二十九年に在り」とあり、銭仲聯は「則ち僧達の義興と爲るは、當に二十九年より始まり、次の年の二月に至り、元凶劭弑逆し、世祖入りて討つ時、世祖に奔りて止む」と言う。

銭振倫は「和王護軍秋夕」詩との制作年代の前後関係に関し、「按ずるに、僧達は先づ義興太守と爲り、後に護軍將軍と爲る。或いは編集するの時に題を以つて類すると爲し、故に前後倒置するか」と言う。銭仲聯は張溥本の編次と比較して、「按ずるに宋本の編次は、此の首は前に在り、『和王護軍秋夕』は後に在り。此の詩は『學陶彭澤體』と、蓋し同じく元嘉二十九年秋の作と爲さん」と言う。

王僧達「七夕月下」詩には「遠山斂氛祲、廣庭揚月波。氣往風集隙、秋還露泫柯。節期既已孱、中宵振綺羅。來歡詎終夕、收淚泣分河」（遠山氛祲《ふんしん》を斂め、広庭月波を揚ぐ。気往きて風隙に集まり、秋還りて露柯《えだ》に泫《したた》る。節期既《すで》に孱《よわ》く、中宵綺羅を振るふ。歓びを来すは詎《なん》ぞ夕べを終へん、涙を収めて分河に泣く）とある。

宵月向掩扉　　宵月《せうげつ》　掩扉《えんぴ》に向かひ
夜霧方當白　　夜霧　方《まさ》に当に白かるべし
寒機思孀婦　　寒機　孀婦《さうふ》思ひ

秋堂泣征客　秋堂　征客泣く
疋命無單年　疋命《ひつめい》に単年無く
偶影有雙夕　偶影に双夕《さうせき》有り
暫交金石心　暫く金石の心を交ふるも
須臾雲雨隔　須臾にして雲雨のごと隔たらん

＊「疋」字、張溥本・『詩紀』は「匹」に作る。

王義興の「七夕」詩に唱和する

閉ざした扉を宵の口の月の光が照らすと
夜の霧もすぐに白く輝きはじめる
冷えびえとした機織りでひとり残された妻はものを思い
秋の大部屋の中で旅人は泣く
一つの命といっても一つ一緒にいられることは無く
二つの影は離ればなれの二つの夕べを過ごす
暫くのあいだ金石のような堅い交わりを約束しても
すぐに雲と雨のように隔たってしまうのである

1　宵月向掩扉、夜霧方當白、

［宵月］後世の陳の顧野王の「拂崖篠賦」には「翠壁の宵月に入り、沅澧の驚湍に映ゆ」と言う。

［掩扉］「掩」は、『後漢書』繆肜傳に「掩戸自撾」（戸を掩ひて自ら撾《う》つ）とある等、扉を閉ざす意。「掩窗」、「掩軒」も同じ。ただし、『舊唐書』肅宗紀には「月は心前の星を掩ふ」と言い、また「月は歳星を掩ふ」と言う用例もあるように、月光が覆い隠す意もある。

2　寒機思孀婦、秋堂泣征客、

［孀婦］家にひとり残されている妻。『淮南子』注に「寡婦曰孀」（寡婦を孀と曰ふ）とあり、『日知録』に「『寡』とは夫無きの稱なり、但し夫有りて獨り守る者も、則ち亦た之れを『寡』と謂ふべし。『越絶書』の『獨婦山なる者は、句践将に呉を伐たんとし、寡婦を徙して山上に獨りにし、以つて死士の專ら一りを得るを示すと爲す』、陳琳の詩（『飲馬長城窟行』）の『邊城に健少なる

多く、内舍に寡婦多し』は是れなり。鮑照の『行路難』の『來時聞く君が婦、閨中に孀居し獨り宿りて貞名有るを』も亦た是れ此の義なり」と言う。

3　足命無單年、偶影有雙夕、

[偶影…] 錢振倫は、牽牛織女を指すとし、謝惠連の「七月七日夜詠牛女」詩注に「曹植『九詠』注曰、『牛女爲夫婦、七月七日得一會同也』」（曹植の「九詠」注に曰はく、「牛女夫婦と為り、七月七日一たび会して同にするを得るなり」と）とある、と言う（「注」は、『文選』李善注）。

4　暫交金石心、須臾雲雨隔、

[金石] 固い喩え。『漢書』韓信傳に「項王使武涉往說信曰、『足下雖自以爲與漢王爲金石交、然終爲漢王所禽矣』」（項王武涉を使はして往きて信に説かしめて曰はく、「足下自ら以つて漢王と金石の交はりを為すと為すも、然れども終に漢王の禽《とら》ふる所と為る」と）とある。

[雲雨] 別離の喩え。『論衡』說日に「雲散水墜、成爲雨矣」（雲散じて水墜ち、成りて雨と為れり）とあり、宋玉の「高唐賦」に「風止雨霽、雲無處所」（風止み雨霽《は》るれば、雲処る所無し）とある。また、顏延之の「和謝監靈運詩」に「朋好雨雲乖」（朋として好きも雨雲のごと乖る）とあり、聞人倓は「夫れ雲合まれば斯れ雨として散ず、雲一たび雨と爲れば、則ち離れて復たとは合《あ》まらず」と言う。

荅休上人

宋本はこの詩の前に釋惠休の「贈鮑侍郎」詩が置いてあり、「玳枝兮金英、綠葉兮紫莖。不入君玉杯、低彩還自榮。想君不相豔、酒上視塵生。當令芳意重、無使盛年傾」（玳枝と金英と、綠葉と紫茎と。君が玉杯に入らず、彩りを低《た》れて還《ま》た自ら栄ゆ。想ふ君の相艶かならず、酒上に塵の生ずるを視るを。当に芳意をして重んぜしむべく、盛年をして傾けしむる無かれ）と言う。鮑照の才能が生かされないのを惜しんだ休上人のその詩に、鮑照が自らを「酒」に譬えて答えたものであろう。

酒出野田稲　酒は出づ野田の稲
菊生高岡草　菊は生ふ高岡の草
味貌復何奇　味と貌《かたち》と復た何ぞ奇なる
能令君傾倒　能く君をして傾倒せしむ
玉椀徒自羞　玉椀　徒らに自らを羞《すす》むるは
爲君愧此秋　君がために此の秋に愧づ
金盞覆牙柈　金盞　牙柈《がばん》を覆《おほ》へば
何爲心獨愁　何為《なんす》れぞ心独り愁ふる

＊題、『詩紀』に「一に『答休上人菊詩』に作る」とある。
＊「荅」字、『詩紀』は「答」に作る。
＊「愧」字、張溥本・『詩紀』は「慨」に作り、「一に『愧』に作る」という。

休上人（湯恵休）に答える

酒は野の田圃の稲で出来
菊は高い岡の草の中に生えるもの
味も風格も何とすぐれていることよ
ご主君の心を打つことは間違いない
しかし玉の杯に入れて自らを奨めても無駄なこと
ご主君のためとなるとこんな秋には醜態を曝すこと
になる
黄金の盞をして象牙の盛り皿に貯えておけば
かえって心中一人愁えることはないのである

1　酒出野田稲、菊生高岡草、

[野田] 鄒陽の「酒賦」に「清者爲酒、濁者爲醴、皆麹湒丘之麥、釀野田之米」（清き者は酒と為り、濁れる者は醴と為るも、皆《とも》に湒丘《しふきう》の麦に麹し、野田の米を醸す）とある。
[高岡] 陸雲の「高岡」詩に「瞻彼高岡、有猗其桐」（彼の高岡を瞻《み》れば、猗たる其の桐有り）とあり、『詩』小

雅「巻阿」に「鳳凰鳴矣、于彼高岡」（鳳凰鳴けり、彼の高岡に）という。

2　味貌復何奇、能令君傾倒、

［傾倒］『世説新語』賞誉篇に「孫興公爲庾公參軍、共遊白石山。衞君長在坐、孫曰『此子神情都不關山水、而能作文』。庾曰、『衞風韻雖不及卿諸人、傾倒處亦不近』。孫遂沐浴此言」（孫興公庾公の参軍と為り、共に白石山に遊ぶ。衞君長しく坐に在り、孫曰はく「此の子の神情は都《すべ》て山水に関はらずして、而も能く文を作る」と。庾曰はく、「衞風の韻は卿ら諸人に及ばずと雖へども、傾倒する処は亦た近からず」と。孫遂に此の言に沐浴す）という。

3　玉椀徒自羞、爲君愧此秋、

［玉椀］『晉書』周訪傳に「王敦遺玉環玉盌、以伸厚意」（王敦玉環玉盌を遺《のこ》し、以つて厚意を伸ぶ）とある。

［羞］すすめ、供える。張衡の「思玄賦」に「羞玉芝以療飢」（玉芝を羞《すす》めて以つて飢ゑを療《いや》す）とあり、『説文』に「羞、進獻也」（羞は、進め献ずるなり）とある。

［愧］自分の見苦しさを人に対して恥じる。「此秋」に対してという言い方には、含みが感じられる。

4　金蓋覆牙柈、何爲心獨愁、

［牙柈］「柈」は「盤」に同じく、飲食用の盛り皿。鮑照の「代淮南王」（其一）にも「琉璃作椀牙作盤」（琉璃もて椀を作り牙もて盤を作る）とあり、『廣韻』に「盤、俗作柈」（盤は、俗に柈に作る）という。

和王護軍秋夕

王護軍について、銭振倫は『宋書』の王僧達傳を引き、「世祖に鵲頭に逢ひ、即ち命ぜられて長史と爲り、征虜將軍を加へらる。……上《しやう》位に即き、以つて尚書右僕射と爲し、……仍《な》ほ護軍將軍に補せらる」と言う。

散漫秋雲遠　　散漫として秋雲遠く
蕭蕭霜月寒　　蕭々《せうせう》として霜月寒し

驚飆西北起　　驚飆　西北に起こり
孤鴈夜往還　　孤鴈　夜に往き還る
開軒當戸牖　　軒《まど》を開きて戸牖《こいう》に当たり
取琴試一彈　　琴を取りて試みに一たび弾く
停歌不能和　　歌を停めて和する能はず
終曲久辛酸　　曲を終へて久しく辛酸たり
金氣方勁殺　　金気　方に勁殺し
隆陽微且單　　隆陽　微且つ単なり
泉涸甘井竭　　泉は涸れて甘井竭《つ》き
節徙芳歳殘　　節は徙《うつ》りて芳歳残《そこ》なふ
生事各多少　　生事　各おの多少《いくばく》ぞ
誰共知易難　　誰か共に易難を知らんや
投章心蘊結　　章に心の蘊結《うんけつ》を投ずれば
千里途輕紈　　千里の途も軽紈《けいぐわん》のごとし
願託孤老暇　　願はくは孤老の暇なるに託し
觴思暫開餐　　觴もて思《ここ》に暫く餐を開かんことを

＊「結」字、宋本は缺く。『詩紀』により補う。
＊「途」字、『詩紀』は「送」に作る。

王護軍（僧達）の「秋夕」詩に唱和する

秋の雲はとりとめもなく散らばって遠ざかり
霜降る夜の月は冷えびえとしてもの寂しい
旋風が西北の方角から起こり
群を失った孤独な雁が夜に行き来している
家の窓の扉を開けて外に向かい
琴を手にしてちょっと弾いてみた
歌うのを中断するのは合わせる人が居ないからで
曲を終えるのはいつまでも辛い思いが続くからである
秋の気が今まさに激しくなり始め
盛んであった陽の気は衰え尽きてゆく
泉は涸れて甘い井戸も尽き
季節は移りゆき花やかな時も尽きてゆく
生活とはお互いどれほどのものなのか
どちらも共にその難易は分からない
結ばれた心を（せめて）詩に記せば
千里の道のりも薄絹のように近く感じられよう
できることなら孤独な老いぼれを見舞う暇にかこつけ

酒壺で暫くもてなしの席を設けては下さらないだろうか

1 散漫秋雲遠、蕭蕭霜月寒、

［霜月］寒々とした月。後世の斉の謝朓の「同羈夜集」詩には「霜月始流砌、寒蟬早吟隙」（霜月始めて砌《みぎり》に流れ、寒蟬早に隙に吟ず）と言う。

2 驚飆西北起、孤鴈夜往還、

［往還］来ては還る。郭璞の「江賦」に「介鯨乗濤以出入、鯼鮆順時而往還」（介鯨は涛に乗りて以つて出入し、鯼鮆は時に順ひて往還す）とある。

3 開軒當戸牖、取琴試一彈、

［開軒］窓を開く。阮籍の「詠懐詩」（其十五）に「開軒臨四野、登高望所思」（軒を開きて四野に臨み、高きに登りて思ふ所を望む）とある。

［戸牖］『書』顧命に「牖間南嚮」（牖間南のかた嚮《む》く）とあり、疏に「牖謂窗也。間者、窗東戸西、戸牖之間也」（牖は窓を謂ふなり。間とは、窓は東にして戸は西なれば、戸と牖の間なり）という。

［琴…彈］陶潛の「擬古詩」に「取琴爲我彈」（琴を取りて我がために弾く）とある。

4 停歌不能和、終曲久辛酸、

［辛酸］阮籍の「詠懐詩」（其十三）に「感慨懷辛酸、怨毒常苦多」（感慨して辛酸を懐き、怨毒常に苦多し）とある。

5 金氣方勁殺、隆陽微且單、

［勁殺］秋の気が強まる。『漢書』禮樂志に「西顥沆碭、秘氣肅殺」（西顥《せいかう》沆碭《かうたう》として、秘気粛殺す）とある（「沆碭」は、広大なさま）。

［隆陽］盛んな陽気。郭璞の「鹽池賦」に「隆陽映而不焦」（隆陽映るも焦げず）とある。

［單］尽きる。『禮記』祭義に「歳既單矣」（歳既に單《つ》きたり）とある。

6　泉涸甘井竭、節從芳歳殘、

［甘井］『莊子』山木に「直木先伐、甘井先竭」（直木先づ伐られ、甘井先づ竭く）とある。

［芳歳］初春。梁の元帝の『纂要』に「正月孟春、亦曰芳歳」（正月は孟春なり、亦た芳歳と曰ふ）という。

7　生事各多少、誰共知易難、

［生事…易］生計を立てる。『華陽國志』蜀志に「山原肥沃、有澤漁之利、易爲生事」（山原肥沃にして、沢漁の利有り、生事を為し易し）とある。

8　投章心蘊結、千里途輕紈、

［蘊結］心が鬱屈する。気が塞ぐ。『詩』檜風「素冠」に「我心蘊結兮」（我が心蘊結す）とあり、「集傳」に「蘊結は、思ひの解けざるなり」と言う。

［千里…］『晉書』嵆康傳に「呂安與康友、毎一相思、輒千里命駕」（呂安康と友たり、一たび相思ふ毎に、輒ち千里に駕を命ず）とあり、銭振倫は「『輕紈』は、其の薄きを言ふなり」と言う（「其」は、友たること）。

［輕紈］うすぎぬ。劉鑠の「擬行行重行行」詩に「臥覺明燈晦、坐見輕紈緇」（臥して覚ゆ明燈の晦きを、坐して見る軽紈の緇きを）とある。

9　願託孤老暇、觴思暫開餐、

［孤老］自らを言う。『管子』幼官に「再會諸侯、令曰、養孤老、食常疾、收孤寡」（再び諸侯を会し、令して曰はく、孤老を養ひ、常疾に食し、孤寡を収めよと）とある。黄節は『周禮』地官「槀人」に「若饗耆老孤子士庶子、共其食」（若《も》し耆《き》老《らう》孤子士庶子に饗さば、其の食を共にす）とあるのを引き、『願託孤老暇』は、護軍に耆老孤子を撫循するの暇に於いて、觴に臨み餐を加ふるを願ふを謂ふなり」と言う。

懐遠人

哀樂生有端　　哀楽は生ずるに端有り
離會起無因　　離会は起くるに因無し

去事難重念　去りにし事は重ねては念ひ難く
恍惚似如神　恍惚《くわうこつ》として似たること神のごとし
屬期眇已遠　属《たま》たま期するは眇《べう》として已に遠く
後遇邈無辰　後に遇ふは邈《ばく》として辰《とき》無し
馳風掃遙路　馳風　遥路を掃《はら》ひ
輕蘿含夕塵　軽蘿　夕塵を含む
思君成首疾　思ふ君の首疾を成し
欲息眉不伸　息《いこ》はんと欲するも眉の伸びざるを

＊「已」字、張溥本・『詩紀』は「起」に作る。
＊「蘿」字、張溥本は「羅」に作る。

遠くに行ってしまった人を思う

哀しみや楽しみはそれが始まる糸口があるが
人の別れや出会いは突然にやってくる
過ぎ行くことはいつまでも思い続けるのが難しく
やって来ることはぼんやりとして鬼神に似ている
今したばかりの約束も早や遠くなり
いつ会えるかは期待できず想像もつかない
駆け抜ける風は遠ざかる人の遥かな路を吹き払い
たちもとおる私の薄絹は夕べの土埃にまみれる
あなたのことを思うと頭が痛み
休もうとしても愁眉は開かないのである

1　哀樂生有端、離會起無因、

［端］物事の発端。陸機の「君子行」に「禍集非無端」（禍ひの集まるは端無きに非ず）とあり、李善注に「傅子銘曰、福生有兆、禍來有端」（傅子の銘に曰はく、福の生ずるに兆し有り、禍の来たるに端有りと）という。

2　去事難重念、恍惚似如神、

［去事］過ぎ去った事。漢の陸賈の『新語』本行篇に「追治去事、以正來世」（追つて去事を治め、以つて来世を正す）とあり、また至徳篇にも「斯乃去事之戒、來事之師也」（斯れ乃ち去事の戒めにして、来事の師なり）とある。

［恍惚］『老子』二十一章に「惟恍惟惚」（惟《こ》れ恍として惟れ惚たり）とある。

3　屬期眇已遠、後遇邈無辰、

［眇］遥かなさま。張衡の「東京賦」に「眇天末以遠期」（眇たる天末以つて遠く期す）とある。

4　馳風掃遙路、輕蘿含夕塵、

［馳風］吹く風。劉向の「九歎」に「搖翹奮羽、馳風騁雨、遊無窮兮」（翹《おばね》を揺らし羽を奮ひ、風を馳せ雨を騁せ、無窮に遊ばん）とある。

5　思君成首疾、欲息眉不伸、

［首疾］頭痛。『詩』衞風「伯兮」に「願言思伯、甘心首疾」（願はくは言《ここ》に伯を思ひ、心に首の疾むに甘んぜんことを）とある。

［眉不伸］愁いが消えず、眉をしかめたままの状態をいう。司馬遷の「報任少卿書」に「乃欲仰首伸眉」（乃ち首を仰ぎ眉を伸ばさんと欲す）とある。

春羈

「羈」は、馬のおもがい。黄節は『左傳』注を引き、「羈は、馬羈なり」と言う。ここでは、遠出すること。

征人歎道遐　征人は道の遐《はる》かなるを歎じ
去鄉悁路迩　鄉を去るは路の迩《ちか》きを悁《むさぼ》る
佳期每無從　佳期は每《つね》に従《よ》る無く
淮陽非尺咫　淮陽は尺咫《せきし》に非ず
春日起游心　春日　游心起こり
勞情出徙倚　情を勞して出でて徙倚《しい》たり
岫遠雲煙綿　岫《くき》遠くして雲は煙綿と
谷屈泉靡迤　谷屈して泉は靡迤《びい》たり
風起花四散　風起こりて花は四散し
露濃條旖旎　露濃くして条《えだ》は旖旎《いぢ》たり
暄妍正在茲　暄妍《けんけん》　正に茲《ここ》に在るも
摧抑多嗟思　摧抑《さいよく》　嗟思《さし》すること多し
嘶聲召邊堅　嘶声《しせい》　辺の堅めを召《め》さば
豈我箱中紙　豈に我が箱中の紙ならんや

染翰餉君琴　翰《ふで》を染めて君が琴に餉《おく》り
新聲憶解子　新声　子《し》を解くを憶《おも》ふ

＊「尺咫」、『詩紀』は「咫尺」に作る。
＊「旖旎」、本集・張溥本・『詩紀』はこの二字を欠く。しばらく逯欽立輯校「宋詩」巻七引『羣書拾補』に従い、補う。
＊「召」字、張溥本は「名」に作り、「一に『召』に作る」という。

春の遠乗り

遠征する者は道の遠いのを歎き
故郷を離れた者は道が近くあってほしいと強く望む
佳き人と会う約束はいつも当てにならず
故郷の淮陽（東海）は決して近くない
春になって遊びに出たい気持ちが起こり
気を取り直して行きつ戻りつ外出してみた
雲の湧く山の穴は遠く綿々と雲を靡かせ
谷水は曲がりくねって泉がゆるりと流れをつくっている
風が立って春の花は四方に舞い散り
露をしっとりと含んで木の枝がしなっている
春の暖かな美しさがここに訪れると
抑えつけられるような悲鳴が多くなる
馬の嘶きが辺塞の堅めを呼びかけ
私も箱の中の白紙でいられなくなるのである
筆を墨で湿らせて君の琴のために歌詞を贈ろう
新曲はあなたの気持ちをほぐすと言ったことを忘れてはいないから

1　**征人歎道遐、去郷惕路迩、**
［惕］むさぼる。張華の「情詩」に「居歡惕夜促、在戚怨宵長」（歓びに居りては夜の促《みぢか》きを惕《むさぼ》り、戚《かな》しみに在りては宵の長きを怨む）とあり、『爾雅』に「惕、貪也」（惕は、貪るなり）という。

2　佳期毎無従、淮陽非尺咫、

［佳期］佳人と会う約束。『楚辭』九歌「湘夫人」に「與佳期兮夕張」（佳きひとと期して夕べに張る）とある（「張」は、接待の準備をする）。

［淮陽］『漢書』地理志に「淮陽國、高帝十一年置」（淮陽国は、高帝の十一年に置く）とあり、聞人倓は「按ずるに、東海は即ち今の淮安府海州なり」と言う。詳しくは「送別王宣城」詩の注釈を参照されたい。黄節は「宋の淮陽郡は徐州なり、今の江蘇淮安府清河縣の東南なり。明遠は東海の人なり。東海は今の江蘇淮安府安東縣の北なり。『淮陽非尺咫』と曰ふは、郷を思ふなり」と言う。

［尺咫］十寸と八寸。二十センチほどの近距離。『説文』に「周制寸尺咫尋、皆以人之體爲法。中婦人手長八寸、謂之咫、周尺也」（周制の寸尺咫尋は、皆人の体を以つて法と為す。婦人の手の長さ八寸に中《あ》たる、之れを咫と謂ひ、周尺なり）とある。

3　春日起游心、勞情出徙倚、

［游心］『莊子』人間世篇に「乘物以游心」（物に乗りて以つて心を游ばす）とある。

［勞情］心を疲れさせる。『論衡』道虚に「勞情苦思、憂念王事」（情を労し思ひを苦しくし、王事を憂い念ふ）とある。

［徙倚］たちもとおる。『楚辭』遠遊に「歩徙倚而遙思兮」（歩み徙倚として遥かに思ふ）とある。

4　岫遠雲煙綿、谷屈泉靡迤、

［靡迤］長く続くさま。張衡の「西京賦」に「澶漫靡迤、作鎮于近」（澶漫靡迤として、鎮を近きに作す）とあり、『文選』五臣注で劉良は「澶漫靡迤は、寛く長き貌なり」と言う。

5　風起花四散、露濃條旖旎、

［旖旎］しなやかなさま。『史記』司馬相如傳に「旖旎從風」（旖旎として風に従ふ）とあり、索隱に「張揖云、旖旎、猶阿那也」（張揖云ふ、旖旎は、猶ほ阿那たるが

ごときなり）という。

6　暄妍正在茲、摧抑多嗟思、

［摧抑］抑えつける。『後漢書』申屠剛傳に「摧抑外戚」（外戚を摧抑す）とある。

［嗟思］歎き、慮る。『楚辭』九章「悲回風」に「增歔欷之嗟嗟兮、獨隱伏而思慮」（歔欷の嗟々たるを増して、独り隠伏して思慮す）とある。

7　嘶聲召邊堅、豈我箱中紙、

［嘶聲］むせぶ声。『玉篇』に「嘶、馬鳴也」（嘶は、馬の鳴くなり）とあり、また「嘶、噎也」（嘶は、噎《むせ》ぶなり）とある。

［邊堅］辺境のかため。『史記』律書に「願且邊堅設候、結和通使、休寧北陲」（願はくは且《まさ》に辺堅くして候を設け、和を結びて使ひを通じ、北陲を休寧せんとすることを）とある。

［箱中紙］何に使われるのか分からない白紙の意か。『晉書』愍懷太子傳に「賈后將廢太子、使黄門侍郎潘岳作書草、若禱神之文、令小婢承福以紙筆及書草使太子書之。太子之廢也、至許、遣妃書曰、『有一小婢持封箱來云、詔使寫此文書。鄙便驚起、視之、有一白紙、一青紙。催促云、陛下停待。又小婢承福持筆、研墨黄紙來使寫、急疾不容復視、實不覺紙上語輕重』」（賈后将に太子を廃せんとし、黄門侍郎潘岳をして書草を作り、神に祷るの文のごとくならしめ、小婢承福をして紙・筆及び書草を以つて太子をして之れを書かしむ。太子の廃せらるるや、許に至り、妃に書を遣はして曰はく、「一小婢有り封箱を持ちて来たりて云ふ、『詔あつて此の文書を写さしむ』と。鄙《わ》れ便ち驚き起ちて、之れを視れば、一白紙、一青紙有り。催促して云ふ、『陛下停まりて待て』と。又た小婢承福筆・研墨・黄紙を持ちて来たりて写さしむれば、急疾にして復たは視るを容れず、実に紙上の語の軽重を覚えず」と）とある。

　黄節はこの『晉書』愍懷太子傳を引いた後、「按ずるに明遠の此の詩は、殆ど彭城王義康の廃せらるるを傷むなり。詩は興を馬に託す、之れを『晉書』愍懷太子傳に證するに、是れに先んじて童謠有り、『東宮の馬子聾空莫く、前に臘月に至りて汝が鬉《たてがみ》を纏む』と曰ふ。或は亦た詩意の取る所ならん。春は正に喧妍にして、而も馬には摧抑すること多し、其れ嘶く聲は邊を堅むるを召すべし、我獨り之れを傷み、潘岳の書草の、箱中の紙と作るを爲さざるなり」と言う（「聾空」は馬の嘶き）。愍懷太子は「停まり待て」と言われ、酒を飲まされて訳の分からない文書を写させられ、誣いられた。その文書を起草したのが、賈后をパトロンとした潘岳である。

8　染翰餉君琴、新聲憶解子、

［染翰］物を書こうとする。潘岳の「秋興賦」に「聊染翰以寄懷」（聊か翰を染めて以つて懐ひを寄す）とある。

［新聲］陶淵明の「諸人共遊周家墓柏下」詩に「清歌散新聲、緑酒開芳顔」（清歌新声を散じ、緑酒芳顔を開く）とあり、『國語』晉語・八に「平公説新聲」（平公新声を説《よろこ》ぶ）という。黄節は、『宋書』衡陽王義季傳に『彭城王義康の廢せられての後より、遂に長夜の飲を爲し、略ぼ醒むる日少なし』とあれば、則ち義康の廢せらるるや、衡陽已に之れを傷む。錢（振倫）注は既に明遠曾《かつ》て衡陽に依るかと疑はるれば、（黄）節之れを『宋書』戴《たい》顒《ぎよう》傳の、衡陽王義季京口に鎭し、顒義季の爲に琴を鼓し、並びに聲を新たにし曲を變ずるに證さん、則ち本詩の收句の『君』字『子』字は、當に顒を指して言ふべく、益ます明遠の衡陽に依るの證と爲るべし」と言うが、錢仲聯は「按ずるに義季の京口に鎭するの日、義康は尚ほ未だ廢せられざるなり、收句は豈に戴顒を指すと謂ふを得んや。黄（節）の説は是に非ず」と言う。

［解子］あなたの憂いを解消する。『列子』周穆王篇に「魯之君子迷之郵者、焉能解人之迷哉」（魯の君子は迷ひの郵《とが》ある者、焉ぞ能く人の迷ひを解かんや）とある（「郵」は「尤」に同じく、とが）。

三日

「三日」は、三月三日に催される曲水の宴。『宋書』禮志（二）に「蔡邕の章句に曰はく『……三月上巳、水濱に祓《はら》ふ。……』と。……魏より以後、但だ三日を用ふるのみにして、巳を以つてせざるなり。魏の明帝の天淵池の南のかた、杯を流すの石溝を設け、群臣に燕す。晉の海西の鍾山の後に杯を曲水に流し、百僚を延ぶるは、皆其の事なり。官人之れに循《したが》ひて今に至る」と言う。（曲水の宴については7の注を参照されたい。）

氣暄動思心　気暄《あたたか》くして思心を動かし
柳青起春懷　柳青くして春懐を起こす
時艷憐花藥　時艶《あでや》かにして花薬を憐れみ
服淨俛登臺　服浄《きよ》くして登台に俛《ふ》す
提觴野中飲　觴を提げて野中に飲み
心愛煙未開　心愛　煙《けぶ》りて未だ開けず
露色染春草　露色は春草を染め
泉源潔冰苔　泉源は氷苔を潔《きよ》む
泥泥濡露條　泥々たり露濡《うるほ》ふ条《えだ》
嫋嫋承風栽　嫋々《ぜうぜう》たり風を承《う》くる栽《わかぎ》
梟雛掇苦薺　梟雛《ふすう》は苦薺《くせい》を掇《と》り
黄鳥銜櫻梅　黄鳥は桜梅を銜《ふく》む
解衿欣景預　衿を解きて景の預《あづ》かるを欣《よろこ》び
臨流競覆盃　流れに臨みて盃を覆へすを競ふ
美人竟何在　美人　竟に何くにか在る
浮心空自摧　浮心　空しく自ら摧《くだ》く

＊「心愛」、張溥本・『詩紀』は「愛心」に作り、「一に『心愛』に作る」という。
＊「盃」字、張溥本・『詩紀』は「杯」に作る。

三月三日（曲水の宴）

春めいて気候が暖かくなるともの思う心が動き
柳も青々として春の物思いが起こり始める
時節は艶やかで花や薬草も可憐なので
春服をきれいにして物見台から遠く眺めやった
酒壺をひっ提げて郊外の野に出て飲むと
風景を愛でる心は有っても立ちこめた春霞でまだ
　充分でない
露の色が春の草を染め

泉が源から湧き出て凍った苔を清らかに潤している
とっぷりと露に濡れる枝
ゆらゆらと揺れて風に吹かれる若木
鴨の雛は苦菜をついばみ
鴬はゆすら梅を口に含んでいる
胸襟を寛げて暖かな恵みを笑顔で喜び
流れに向かって杯を争い酒を酌む
思う人は結局どこに居るのだろう
不安定な心は空しく砕かれていく

1　氣暄動思心、柳青起春懐、

[思心] もの思いの心。銭振倫の引く『關尹子』に「人之善琴者、有思心則聲遲遲然」(人の琴を善くする者、思ふ心有れば則ち声遅々然たり) とある。

2　時艶憐花藥、服淨俛登臺、

[花藥] 草花。『宋書』徐湛之傳に「果竹繁茂、花藥成行」(果竹繁茂し、花薬行を成す) とある。

[服淨] 服が洗い清められる。『論語』先進篇に「暮春者、春服既成」(暮春は、春服既に成る) とある。また、黄節は「淨は、潔きなり」と言い、『續漢志』に「是月上巳、官民皆絜於東流水上、曰洗濯祓除、去宿垢疢、爲大絜」(是の月の上巳、官民皆東流の水の上《ほとり》に絜《みそぎ》し、洗濯祓除し、宿垢の疢《やまひ》を去ると曰ふを、大絜と為す) とあるのを引く。

[俛] うつむく。『漢書』注に「俛即俯」(俛は即ち俯するなり) という。

[登臺] 『唐類函』に「宋の武帝三月三日に八公山の劉安の故臺に登り、曰はく『城郭は匹帛の叢花を繞るがごときなり』と」と言う。

3　提觴野中飲、心愛煙未開、

[心愛] 心で愛でる。『詩』小雅「隰桑」に「心乎愛矣、遐不謂矣」(心なるかな愛せり、遐かにして謂はず) とあり、鄭箋に「我心愛此君子」(我が心は此の君子を愛す) という。

[愛心] 『禮記』樂記に「其愛心感者、其聲和以柔」(其の愛心の感《うご》く者は、其の声和かにして以つて柔らかな

ればなり）とある。）

［煙…開］後世の孟浩然の「上巳日…」詩には「煙は開く曲水の濱」と言う。

4　露色染春草、泉源潔冰苔、

［春草］謝靈運に「池塘生春草」の句がある。

5　泥泥濡露條、嫋嫋承風栽、

［泥泥］潤うさま。『詩』小雅「蓼蕭」に「零露泥泥」（零露泥々たり）とあり、傳に「泥泥、霑濡也」（泥々は、霑《うるほ》ひ濡《したた》るるなり）という。

［嫋嫋］木が風にしなうさま。『楚辭』九歌に「嫋嫋兮秋風」（嫋々たり秋風）とあり、『六書故』に「嫋、與裊通」（嫋、裊と通ず）という。

［栽］若木。『論衡』初稟に「紫芝之栽如豆」（紫芝の栽《なへぎ》は豆のごとし）とある。

6　鳧雛掇苦薺、黄鳥銜櫻梅、

［鳧雛］マガモの雛。木華の「海賦」に「鳧雛離褷、鶴子淋滲」（鳧雛離褷たり、鶴子淋滲たり）とある（「離褷・淋滲」は、羽の生えはじめるさま）。

［苦薺］苦菜は三月三日に採る習慣がある。『詩』唐風「采苓」に「采苦采苦、首陽之下」（苦を采り苦を采る、首陽の下）とあり、毛傳に「苦、苦菜也」（苦は、苦菜なり）という。また『詩』邶風「谷風」に「誰謂荼苦、其甘如薺」（誰か謂ふ荼は苦しと、其の甘きこと薺のごとし）とあり、毛傳に「荼、苦菜也」（荼は、苦菜なり）という。錢振倫の引く『本草』には「一名鳥芙、俗名勃薺」（一に鳥芙と名づけ、俗に勃薺と名づく）とある。

［黄鳥］『説文』に「鸎、即黄鸝、一名黄鳥」（鸎は、即ち黄鸝なり、一に黄鳥と名づく）とある。

［櫻梅］張衡の「南都賦」に「乃有櫻梅山柿」（乃ち桜梅山柿有り）とあり、李善注に引く『漢書音義』には「櫻桃、含桃也」（桜桃は、含桃なり）という。郭璞の『爾雅』注には「梅似杏、實酸」（梅は杏に似、実は酸し）という。また『禮記』月令に「羞以含桃」（羞《すす》むるに含桃を以ってす）とあり、注に「含桃、櫻桃也」（含桃は、桜桃なり）といい、『呂覽』の高誘注に「以鸎所含、故曰

含桃、又名鸎桃」（鸎の含む所を以つてす、故に含桃と曰ひ、又た鸎桃と名づく）という。

7　解衿欣景預、臨流競覆盃、

［解衿］くつろぐ。晋の蘇彦の「七月七日詠織女」詩に「釋轡紫微庭、解衿碧琳堂」（轡を釈く紫微の庭、衿を解く碧琳の堂）とあり、『史記』淳于髡傳に「主人留髡而送客、羅襦襟解、微聞薌澤、當此之時、髡心最歡、能飲一石」（主人髡《こん》を留めて客を送れば、羅襦の襟解け、微かに薌澤を聞く、此の時に当たり、髡が心最も歓び、能く一石を飲む）という（「薌澤」は「香澤」、香気）。また、『後漢書』蔡邕傳にも「邕性篤孝、母滯病三年、非寒暑節變未嘗解襟帶、不寢寐者七旬」（邕性篤孝、母病に滞ること三年、寒暑節変はるに非ずんば未だ嘗て襟帯を解かず、寝寐せざること七旬なり）とある。

［景預］未詳。鮑照は「景」を陽光の意で用いることが多い。春の好さをいうものと解しておきたい。

［臨流…］『晉書』束晳傳に「武帝嘗問三日曲水之義。晳曰『昔周公成洛邑、因流水以泛酒。故逸詩云、羽觴隨波。又秦昭王以三日置酒河曲、見金人奉水心之劍、曰令君制有西夏、乃覇諸侯。因此立爲曲水。二漢相沿、皆爲盛集』」（武帝嘗て三日曲水の義を問ふ。晳曰はく「昔周公洛邑を成し、水を流すに因りて以つて酒を泛ぶ。故に逸詩に云ふ、羽觴波に随ふと。又た秦の昭王三日酒を河の曲に置くを以つて、金人の水心の剣を奉ずるを見れば、曰はく君が制をして西夏有り、乃ち諸侯に覇たらしめんと。此に因りて立てて曲水と為す。二漢相沿ひ、皆《とも》に盛んなる集りを為す」と）とある。

8　美人竟何在、浮心空自摧、

［美人］下の句の「浮心」との関係から、黄節は「『美人』は、猶ほ『君子』のごときなり。隠《ひそ》かに『詩』の義を用ふ」と言う。

［浮心］一定しない心。『詩』小雅「菁菁者莪」に「汎汎楊舟、載沈載浮。既見君子、我心則休」（汎々たり楊の舟、載《すなは》ち沈み載ち浮く。既に君子を見れば、我が心は則ち休まん）とあり、毛傳に「載沈亦浮、載浮亦浮。沈浮猶重輕、重者舟亦浮、輕者舟亦浮。以言物不論重輕、舟

無不載、喩才不論大小、君子無不用也」（載ち沈むも亦た浮き、載ち浮くも亦た浮く。沈浮は猶ほ重軽のごとく、重き者も舟亦た浮き、軽き者も舟亦た浮く。以つて物は重軽を論ぜずして、舟載せざる無きを言ひ、才は大小を論ぜずして、君子用ゐざる無きに喩ふるなり）という。

苦雨

「苦雨」は、梁の元帝の『纂要』に「久しく雨ふるを苦雨と曰ひ、亦た愁霖と曰ふ」と言う。
鮑照が詩風を学んだと言われる張協にも「苦雨」詩がある。両者を比較してみると、鮑照には「険奇」さが見られると言う。

連陰積澆灌　　連陰　積りて澆灌《げうくわん》し
滂沱下霖亂　　滂沱《はうた》として下りて霖乱《りんらん》たり
沈雲日夕昏　　沈雲　日夕に昏《くら》く
驟雨望朝旦　　驟雨《しうう》　朝旦を望む
蹊濘走獸稀　　蹊は濘《ぬか》りて走獣稀《まれ》に
林寒鳥飛晏　　林は寒くして鳥の飛ぶこと晏《おそ》し
密霧冥下溪　　密霧　下渓を冥《くら》くし
聚雲屯高岸　　聚雲　高岸に屯《あつ》まる
野雀無所依　　野雀　依る所無く
群雞聚空館　　群鶏　空館に聚《あつ》まる
川梁日已廣　　川梁　日に已に広く
懷人邈渺漫　　人を懐ふも邈《はる》かにして渺漫《べうまん》たり
徒酌相思酒　　徒らに酌む相思の酒
空急促明彈　　空しく急《せ》く明くるを促すの弾

＊「望」字、張溥本は「淫」に作る。『詩紀』に「『藝文』は『淫』に作る」という。

長雨に苦しむ

間断ない陰気が蓄積されて湿気が充満し
どしゃ降りの長雨が乱れるように降り注いだ

どんよりと雲が垂れ込めて夕方から暗くなり
驟雨が明け方まで降り続くのが見られたのである
山路は泥にぬかって路行く獣はほとんどなく
林は冷たくなって鳥はすばやくは飛べない
濃い霧が深い谷間に暗く立ちこめ
群がる雲が高い崖に集まっている
野の雀は居場所を失い
多くの山鳥は人気のない館に群がっている
川幅が広がって橋梁は日増しに遠ざかり
思う人は遥か彼方でどこにいるのか見当もつかない
相思の酒を酌んでも無駄で
夜よ明けよとばかりに弦を空しくせわしく掻き立てるだけである

1 連陰積澆灌、滂沱下霖亂、

〔連陰〕絶え間なく充満する陰気。黄節の引く『禮記』に「天地積陰、温則爲雨」（天地陰を積み、温かければ則ち雨と為る）とある（通行本には見えない）。

〔澆灌〕水が行きわたる。郭璞の「江賦」に「澆灌遠注」（澆灌として遠く注ぐ）とあり、『水經』夷水注に「龍怒須臾水出、……傍側之田、皆得澆灌」（竜怒れば須臾にして水出で、……傍側の田は、皆澆灌するを得たり）という。『廣雅』には「澆灌、漬也」（澆灌は、漬かるなり）という。

〔滂沱〕大雨。『詩』小雅「漸漸之石」に「月離于畢、俾滂沱矣」（月畢より離れ、滂沱たらしむ）とあり（「畢」は、月の傍らにある星の名）、箋に「將有大雨、微氣先見於天」（将に大雨有らんとするに、微気先づ天に見《あら》はる）という。

〔霖亂〕『説文』に「霖、雨三日已往爲霖」（霖は、雨三日にして已に往くを霖と為す）とあり、梁の元帝の『纂要』に「久しく雨ふるを苦雨と曰ひ、亦た愁霖と曰ふ」と言う。

2 沈雲日夕昏、驟雨望朝旦、

〔驟雨〕『老子』二十三章に「驟雨不終日」（驟雨は日を終へず）とあり（「不終日」は、久しく続かないの意）、梁の元帝の『纂要』に「疾雨曰驟雨」（疾く雨ふるを驟雨と曰ふ）という。

（［淫］『爾雅』に「久雨謂之淫、淫謂之霖」（久しく雨ふるは之れを淫と謂ひ、淫は之れを霖と謂ふ）とある。）

3　蹊濘走獸稀、林寒鳥飛晏、

［濘］泥でぬかる。左思の「呉都賦」に「流汗霡霂、而中逵泥濘」（流るる汗霡霂として、中逵泥濘す）とあり、『左傳』注に「濘、泥也」（濘は、泥なり）という。

［晏］おそい。『玉篇』に「晏、晩也」（晏は、晩きなり）という。

4　密霧冥下溪、聚雲屯高岸、

［聚雲］多くの雲。左思の「魏都賦」に「蓄爲屯雲、泄爲行雨」（蓄ふれば屯雲と為り、泄《も》るれば行雨と為る）とある。

［高岸］『詩』小雅「十月之交」に「高岸爲谷、深谷爲陵」（高岸は谷と為り、深谷は陵と為る）とある。

5　野雀無所依、群雞聚空館、

［野雀］陸機の「猛虎行」に「飢食猛虎窟、寒棲野雀林」（飢ゑては食らふ猛虎の窟、寒くしては棲まふ野雀の林）とある。

［群雞］王闓運は『群雞』の句は、雨に苦しむの實景にして、老筆に非ざれば寫す能はざるなり」と言う。

［空館］潘岳の「懷舊賦」に「空館闃其無人」（空館闃《しづ》かにして其れ人無し）とある。

6　川梁日已廣、懷人邈渺漫、

［川梁］曹植の「贈白馬王彪」詩に「欲濟川無梁」（済《わた》らんと欲するも川に梁《はし》無し）とある。鮑照の「登飜車峴」詩にも「升岑望原陸、四眺極川梁」と見えている。

［渺漫］水が際限なく拡がる。左思の「呉都賦」に「滇洒淼漫」（滇洒として淼漫たり）とある（「淼」は、「渺」）。

7　徒酌相思酒、空急促明彈、

［促明彈］王闓運は『促明』は、猶ほ旦に達するがごときなり」と言うが、錢振倫は京房の『易傳』の「日月如彈丸、照處則明、不照處則闇」（日月は弾丸のごとし、照らす処は則ち明るく、照らさざる処は則ち闇し）を引く

（通行本には見えない）。

三日遊南苑

「三日」については、『宋書』禮志に「三月上巳、水濱に祓《みそ》ぐ。魏よりして以つて後、但だ三日を用つてし、巳を以つてせざるなり。魏の明帝の天淵池の南に杯を流すの石溝を設け、羣臣に燕す。晉の海西の鍾山の後、杯を石溝に流して百僚を延ぶるは、皆其の事なり。官人之れに循《したが》ひて今に至る」と言う。

「南苑」については、例えば『宋書』明帝紀に「南苑を以つて張永に借して云はく、且《しばら》く給ふこと二百年ならん、期訖《を》はらば更に啓せ」と見え、銭振倫によれば『南朝宮苑記』に「南苑は、臺城の南のかた鳳臺山に在り」というと言う。

採性及華月　　性を採りて華月に及び
追節逐芳雲　　節を追ひて芳雲を逐ふ
勝蒨溢林疏　　勝蒨《しょうせん》　林疏《りんそ》に溢れ
麗日曄山文　　麗日　山文に曄《かが》やく
清潭圓翠會　　清潭《せいたん》　翠会《すゐくわい》を円《まる》くし
化薄緑綺紋　　化薄　綺紋を緑にす
合樽遽景斜　　樽を合すれば遽《には》かに景斜めに
折栄忝組芬　　栄を折りて組芬を忝《を》しむ

＊「性」字、張溥本・『詩紀』は「蘋」に作る。
＊「勝」字、張溥本・『詩紀』は「騰」に作る。
＊「化」字、張溥本・『詩紀』は「花」に作る。
＊「緑」字、張溥本・『詩紀』は「縁」に作る。

三月三日（三月初めの巳の日）南苑で遊ぶ

生来の花好きの癖にまかせて花を照らす月の出を迎えると
祭の日を過ごしながら美しい雲の去るのを惜しむ時間となった

素晴らしく鮮やかな花が透かし彫りのような林いっ
　ぱいになり
麗しい日は山模様を輝かせている
清らかな川の深い所は青緑色の流れを集めて円を描き
茂った草むらは美しい綾模様をなして緑色をしている
宴たけなわとなって樽を集めて酒を勧めると日が急
　に傾き
花を手折って美しい香のやむのを物惜しみすること
　となった

1　採性及華月、追節逐芳雲、

［採性］未詳。（［採蘋］『詩』周南「采蘋」に「于以采蘋、南洞之濱」（于《ここ》に以つて蘋を采《と》る、南洞の浜）とあり、毛傳に「蘋、大蓱也」（蘋は、大蓱なり）という。銭振倫の按語に「（『蓱』）字は亦た『萍』に作る。『禮』の月令に『季春の月、桐始めて華さき、蓱始めて生ふ』と」と言う。）

［華月］『晉書』樂志に楽府の「『春江花月夜』、『玉樹後庭花』」（「春江花月の夜」、「玉樹後庭の花」）詩が見える。

2　勝蒨溢林疏、麗日曄山文、

［蒨］花の鮮やかさ。束晢の「補亡詩」注に「蒨蒨、鮮明貌」（蒨々は、鮮明なる貌）とある。また左思の「呉都賦」に「夏曄冬蒨」（夏に曄《かがや》き冬に蒨《あざや》かなり）とあり、劉淵林の注に「『南土草木通』曰、『冬生曰蒨』」（『南土草木通』に曰はく、「冬に生ふるを蒨と曰ふ」と）という。

［麗日］北周の王褒の「燕歌行」に「初春麗日鶯欲嬌、桃花流水没河橋」（初春の麗日鶯嬌かならんと欲し、桃花流水河橋を没す）と言う。

3　清潭圓翠會、化薄緑綺紋、

［翠會］翠があつまる。「翠合」に同じ。後世の江總の「石室銘」に「岫《くき》濃くして翠合まり、林虚しくして桂靜かなり」と見える。

［薄］草むら。『楚辭』招魂の呂延濟注に「木の叢生するを薄と曰ふ」とある。

4　合樽遠景斜、折榮忝組芬、

［合樽］樽酒をあつめる。『史記』滑稽傳に「日暮酒闌、合尊促坐」（日暮れて酒闌《たけな》はなれば、尊《たる》を合して坐を促す）とある。

［折榮］花を折り採る。古詩「庭中有奇樹」に「攀條折其榮、將以遺所思」（条《えだ》を攀《よ》ぢて其の栄《はな》を折り、将に以つて思ふ所に遺《おく》らんとす）とある。

［組芬］麗しく香る。「組」は、組み紐のような美しさをいう。揚雄の『法言』吾子に「或曰霧縠之組麗」（或ひと曰はく霧縠の組麗なると）とあり、李軌の注に「言可好也」（好かるべきを言ふなり）という。

歳暮悲

霜露迭濡潤　霜と露と迭《こも》ごも濡らし潤ひ
草木互榮落　草と木と互ひに栄え落つ
日夜改運周　日と夜と改まりて運《めぐ》り周り
今悲復如昨　今の悲しみも復た昨《きのふ》のごとし

晝色苦沈陰　昼色　苦《はなは》だ沈陰として
白雪夜廻薄　白雪　夜に廻り薄《せま》る
皦潔冒霜鴈　皦潔《けうけつ》たり霜を冒すの鴈
飄揚出風鶴　飄揚《へうやう》たり風に出づるの鶴
天寒多顔苦　天寒くして顔の苦しきこと多く
妍容逐丹壑　妍容《けんよう》は丹壑《たんがく》を逐ふ
係冒千里心　千里を冒すの心を係《か》くるも
獨宿乏然諾　独り宿るは然諾《ぜんだく》に乏し
歳暮美人還　歳暮　美人還らば
寒壺與誰酌　寒壷　誰と与にか酌まん

＊「係冒」、張溥本は「絲罥」に作る。

歳の暮れの悲しみ

霜と露とが交互に降っては濡らし潤し
草と木とが交互に花を咲かせてはまた散らす
昼間と夜とは入れ替わり運行するが

今の悲しみは昨日のままが繰り返されている
昼間の景色はひどくどんよりと曇り
白い雪が夜になるととって返したように降ってくる
白く輝きながら霜を凌いで飛ぶ雁
旋風のように風に舞いあがる鶴
空が冷たければ苦しみの表情もさまざまで
麗しい容姿も日が丹壑に沈むように瞬く間に衰える
千里を飛び越える心をあてにしても
独り寝では返事もない
歳の暮れに美しい人が戻ってくるなら
こんな冷えた壷酒を誰とともに酌み交わそうか

1　霜露迭濡潤、草木互榮落、

［榮落］草木の花が散る。陶潛の「桃花源詩」に「草榮識節和、木衰知風厲」（草栄《はな》さきて節の和やかなるを識り、木衰へて風の厲《はげ》しきを知る）とあり、『爾雅』に「木謂之華、草謂之榮」（木は之れを華さくと謂ひ、草は之れを栄さくと謂ふ）という。また謝靈運の「夜宿石門」詩に「鳥鳴識夜棲、木落知風發」（鳥鳴きて夜棲まふを識り、木落ちて風の発《た》つを知る）とある。

2　日夜改運周、今悲復如昨、

［運周］めぐる。曹植の「朔風詩」に「四氣代謝、懸景運周」（四気代《こも》ごも謝《さ》り、懸景運り周る）とある。

3　晝色苦沈陰、白雪夜迴薄、

［迴薄］巡ってはやって来る。張華の「壯士篇」に「天地相震蕩、迴薄不知窮」（天地相震蕩し、迴薄して窮まるを知らず）とあり、また潘岳の「秋興賦」にも「四運忽其代序兮、萬物紛以迴薄」（四運忽として其れ序を代へ、万物紛として以つて迴薄す）とある。

4　皦潔冒霜鴈、飄揚出風鶴、

［皦潔］輝く白さ。班婕妤の「怨歌行」に「皎潔如霜雪」（皎潔たること霜雪のごとし）とある。

［冒霜］左思の「呉都賦」に「冒霜停雪」（霜を冒し雪を停む）とある。

［飄揚］揺れ動くさま。『素問』氣交變大論に「歳土不及、

風洒大行、化氣不令、草木茂榮、飄揚而甚、秀而不實」（歳土及ばざれば、風洒《すなは》ち大いに行き、化気令《よ》からざれば、草木茂り栄ゆるも、飄揚として甚だしく、秀づるも実のらず）とある。

5　天寒多顔苦、妍容逐丹壑、

［多顔］さまざまな表情。陸機の「歎逝賦」に「毒娯情而寡方、怨感目之多顔。諒多顔之感目、神何適而獲怡」（情を娯しみて方《みち》寡きを毒とし、目に感ずるの顔多きを怨む。顔多きの目に感ずるを諒《ゆる》さば、神何にか適ひて怡《よろこ》びを獲んや）とあり、李善注に「多顔は、一状に非ざるを謂ふなり」という。

［丹壑］日の沈む所。孫綽の「太平山銘」に「下籠丹壑」（下のかた丹壑に籠もる）とあり、銭振倫は『丹壑』は、日没するの處なり」という。

6　係罥千里心、獨宿乏然諾、

［係…心］「係心」は、あてにする。『漢書』成帝紀に「至今未有繼嗣、天下無所係心」（今に至るも未だ継嗣有らず、天下に心に係くる所無し）とある。

［絲罥］「罥《けん》」は、結ぼれる、繫がるの意。鮑照「蕪城賦」の「荒葛罥塗」の李善注に「罥、猶綰也」（罥は、猶ほ綰《むす》ぶがごときなり）という。また『玉篇』には、「罥、挂也」（罥は、挂くるなり）とある。

［然諾］『史記』遊俠傳に「布衣之徒、設取予然諾、千里誦義」（布衣の徒、設《も》し予が然諾を取らば、千里義を誦へん）とある。

7　歳暮美人還、寒壺與誰酌、

「美人」前聯に言うような「然諾」を実行したいと思う人がいた事が想起されるが、具体的に誰かは未詳。

園中秋散

「秋散」の「散」は『説文』に「散は、分離なり」とあり、聞人倓は「按ずるに、其の愁思を分離するなり」と言う。

負疾固無豫　疾《やまひ》を負ひて固より豫《たの》しむ無く
晨衿悵已單　晨衿《しんきん》　已に単《ひと》へなるを悵《うら》む
氣交蓬門踈　気交はりて蓬門踈《とほ》り
風數園草殘　風数《しば》しばにして園草残《そこな》ふ
荒墟半晩色　荒墟　晩色を半《なか》ばにし
幽庭憐夕寒　幽庭　夕べの寒きを憐れむ
既悲月戸清　既に悲しむ月戸の清きを
復切夜蟲酸　復た切にす夜虫の酸《す》きを
流枕商聲苦　流れに枕すれば商声苦しく
騷殺年志闌　騒殺《さうさい》として年志闌《くつ》る
臨歌不知調　歌に臨むも調べを知らず
發興誰與歡　興を発するも誰と与にか歓ばん
儻結延上清　儻《も》し延上の清きを結ばば
豈孤林下彈　豈に孤り林下に弾《ひ》かんや

＊宋本は目録のこの詩の題下に「一に『園中戴散』に作る」とある。

＊「延上清」、張溥本・『詩紀』は「紘上情」に作る。

庭で秋の気晴らしをする

病気がちで元来ゆったり楽しむこともない上に
明け方は胸元が寒く感じられるようになりがっかりしている
夏と秋の気が交わって粗末な蓬の門を吹き抜け
枯れ残った庭草に秋風が頻りに吹きつける
荒れ果てた土地は半ば暮れかかり
ほの暗くなった庭は夕方の寒さで哀れげである
月光の当たる戸の清らかさに悲しみを感じ
夜の虫の悲痛な声には思い差し迫るものがある
枕元に流れ来る秋の音色は苦しげで
うなだれていると年来の志が崩れていく
歌おうにも調子が分からず
興が湧いても誰も歓びを一緒にする者がいない
もしも弦楽で気持ちを結びつけられるものなら
どうして独り林野で琴を弾くようなことなどしようか

1　負疾固無豫、晨衿悵已單、

［負疾…］病気がちであること。『尚書』金滕に「王有病弗豫」（王に病ひ有りて豫《たのし》まず）とあり、聞人倓は「『負疾』は、猶ほ疾を抱くがごときなり」と言う。

［晨衿］明け方の服の襟。聞人倓は『通志』六書略を引いて「衿、與襟同」（衿は、襟と同じ）といい、『廣韻』を引いて「襟、袍襦前袂也」（襟は、袍襦の前袂なり）という。黄節は、方東樹（植之）が「晨衿とは、猶ほ初心・宿心と云ふがごときなるのみ」と言うのに対し、「植之の説は、以爲へらく詩中に既に『晩色』・『夕寒』・『月戸』・『夜蟲』と言へば、何の故に首に『晨衿』と言ふや、因つて初心・宿心を以つて之れを解すと。誤りなり。此の詩の述ぶる所は、晨より夜に至り、亦た猶ほ謝康樂の『石壁精舍還湖中作』の、一日の景の、早よりして夕べなるを敍するがごときなるのみ。況んや『晨衿已に單《ひとへ》』にして、始めて秋の寒きを覺ゆるをや、尤も疾ひを負ふの情態に切にして、下の『流枕』の句と亦た相應ず」と言う。

［衿…單］顔延之の「辭難潮溝」詩に「徘徊眷郊甸、俯仰引單襟」（徘徊して郊甸を眷、俯仰して単襟を引く）とある。

2　氣交蓬門踈、風數園草殘、

［氣交］ここは、夏の気と秋の気とが交わる。また『周禮』地官「大司徒」に「四時之所交也」（四時の交はる所なり）とあり、疏に「四時之所交者、言夏與春交、秋與夏交、冬與秋交、春與冬交也」（四時の交はる所とは、夏と春と交はり、秋と夏と交はり、冬と秋と交はり、春と冬と交はるを言ふなり）という。方東樹は「『氣交』の四句は、園中の景を寫す」と言う。

［蓬門］粗末な門。謝莊の「懷園」詩に「青苔蕪石路、宿草塵蓬門」（青苔石路を蕪し、宿草蓬門を塵す）とある。

［疏］通り抜ける。『説文』に「疏、通也」（疏は、通るなり）とある。

3　荒墟半晩色、幽庭憐夕寒、

［荒墟］陶淵明の「歸園田居」詩（其四）に「試攜子姪輩、披榛歩荒墟」（試みに子姪の輩を携へ、榛を抜きて

言う。

荒墟を歩む）とある。聞人倓は、「荒墟の地は、景色尤も其の晩るるを覚え易し、故に『半ば』と云ふなり」と

4 既悲月戸清、復切夜蟲酸、

［月戸］月明かりに照らされる戸。聞人倓は「月色戸に在り、故に月戸と曰ふ」と言う。

［夜蟲］干寶の「晉紀總論」に「如夜蟲之赴火」（夜虫の火に赴くがごとし）とある。

（［夏蟲］『莊子』秋水に「夏蟲不可以語冰者、篤於時也」（夏虫の以つて氷を語るべからざる者は、時に篤きなり）とある。）

5 流枕商聲苦、騷殺年志闌、

［流枕］枕元に流れる。潘岳の「寡婦賦」に「氣憤薄而乘胸兮、涕交横而流枕」（気憤薄として胸に乗り、涕交はり横たはりて枕に流る）とあり、注に「丁儀妻『寡婦賦』曰、『氣憤薄而交縈、撫素枕而歔欷』」（丁儀の妻の「寡婦賦」に曰はく、「気憤薄として交り縈《めぐ》り、素枕を撫でて歔欷す」と）という。

［商聲］秋の声。聞人倓は『公羊傳』の「聞商聲則使人方正而好義」（商声を聞けば則ち人をして方正にして義を好ましむ）を引く（現行の通行本に見えない）。また、阮籍の「詠懷詩」其九に「素質遊商聲、悽愴傷我心」（素き質は商声に遊《よ》り、悽愴として我が心を傷ましむ）とあり、李善注に「『禮記』曰『孟秋之月、其音商』。鄭玄曰『秋氣和則音聲調』」（『礼記』に曰はく「孟秋の月は、其の音商なり」と。鄭玄曰はく「秋の気は和やかなれば則ち音声調ふ」）という。

［騷殺］うなだれる。聞人倓は「按ずるに、騷殺は、翹起せざるなり」と言う。張衡の「東京賦」には「飛流蘇之騷殺」（流蘇の騷殺たるを飛ばす）とあり、李善注に「流蘇、五采毛雜之、以爲馬飾。騷殺、垂貌」（流蘇は、五采の毛の之れに雑るなり、以つて馬の飾りと為す。騒殺は、垂るる貌なり）という。劉良注は「騷殺、飀颺貌」（騒殺は、飀颺たる貌なり）という。

［年志闌］謝靈運の「長歌行」詩に「亹亹衰期迫、靡靡壯志闌」（亹々《びび》として衰期迫まり、靡々として壮志闌《くつ》る）

とある。聞人倓は『左傳』昭公十三年の「亡二十九年、守志彌篤」（亡きこと二十九年、志を守りて彌いよ篤し）を引き、また『增韻』を引いて「闌、衰也」（闌は、衰ふるなり）と言う。

6　臨歌不知調、發興誰與歡、

[知調] 韻律が分かる。『廣韻』に「韻、調也」（韻とは、調べなり）といい、『增韻』に「音調、樂律也」（音調とは、楽律なり）という。あるいは、「知音」と同意であるとすれば、『禮記』樂記に「不知聲者不可與言音、不知音者不可與言樂」（声を知らざる者は与に音を言る《かた》べからず、音を知らざる者は与に楽を言るべからず）とある。

7　儻結延上清、豈孤林下彈、

[延上清] 未詳。錢仲聯は「宋本に『紘』を『延』に作り、『情』を『清』に作るは、皆誤りなり」と言う。（[結…情] 曹植の「求通親親表」に「結情紫闥」（情を紫闥に結ぶ）とある。また、陸機の「贈馮文羆」詩に「悲情臨川結、苦言隨風吟」（悲情川に臨みて結び、苦言風に随ひて吟ず）とある。）（[紘上]『晉書』陶潛傳に「性不解音而畜素琴一張、紘徽不具、每朋酒之會、則撫而和之、曰但識琴中趣、何勞紘上聲」（性は音を解せずして素琴一張を畜へ、紘徽は具はらざるも、朋酒の会する毎に、則ち撫して之れに和し、曰はく但だ琴中の趣きを識るのみにして、何ぞ紘上の声を労せんやと）とある。）

[林] 林野。『爾雅』釋地に「邑外謂之郊、郊外謂之牧、牧外謂之野、野外謂之林」（邑外之れを郊と謂ひ、郊外之れを牧と謂ひ、牧外之れを野と謂ひ、野外之れを林と謂ふ）という。

詠秋

この詩について、王闓運は「纖巧にして、寂然として人を傷ましむ」と言う。

秋蘭徒晚綠　　秋蘭　徒らに晩に緑に

流風漸不親　流風　漸《やう》やく親しまず
飆我垂思暮　我に飆《つむじかぜ》ふく思ふに垂《なんな》んとするの暮れ
驚此梁上塵　此の梁上の塵に驚く
沈陰安可久　沈陰　安んぞ久しかるべき
豊景將遂淪　豊景　将に遂に淪《しづ》まんとす
何由忽靈化　何に由りてか忽ち霊化し
暫見別離人　暫く別離の人を見んや

＊「思」字、張溥本・『詩紀』は「罳」に作る。
＊「暮」字、張溥本・『詩紀』は「幕」に作る。
＊「遂」字、張溥本は「逐」に作る。

秋を詠む

秋の蘭が遅くまで緑を保っているのは無駄なこと
吹く風も次第に親しみにくくなる
物思いに耽るようになった我が歳の暮に旋風は吹きつけ
梁の上の塵を吹き上げるのにはっとさせられる
鎮かにしていた陰の気はいつまでも収まってはおらず
暖かな陽射しは逐われるように衰えようとしている
どのようにして瞬く間に神仙のごとく身を変え
別れている人としばしでも会うことができよう

1　**秋蘭徒晩緑、流風漸不親、**

［秋蘭］『楚辞』九歌に「秋蘭兮蘼蕪」（秋蘭は蘼蕪たり）とある。

［晩緑］いつまでも緑であること。「晩翠」に同じ。

［垂思］物思いに耽るようになる。『古謡諺』に引く「琴操」哀慕歌に「支骨離別、垂思南隅。瞻望荊越、涕涙雙流。」（支骨離別し、思ひを南隅に垂る。荊越を瞻望し、涕涙双《ふた》つながら流る。）とある（「支骨」は、骨肉、親兄弟）。

［親］黄節は『楚辞』招魂の「光風轉蕙、氾崇蘭些」（光風蕙を転じ、崇蘭を氾《うか》ぶ）を引き、「『蕙を轉じ蘭を氾ぶ』は、風と蘭と親しむなり」と言う。

2　飆我垂思暮、驚此梁上塵、

［飆］『説文』に「飆、扶搖風也」（飆は、扶揺の風なり）とある。黄節は「『飆』は、又た『猋』に作る」と言い、『爾雅』に「扶搖謂之猋」（扶揺は之れを猋と謂ふ）とあり、『楚辭』九歌に「猋遠擧兮雲中」（猋として遠く雲中に挙がる）とあって、王逸注に「猋、去疾貌」（猋は、去ることの疾き貌）というと言う（「扶搖」は、つむじかぜ）。

［梁塵］陸機の「擬古詩」注に「『七略』曰『漢興、魯人虞公善雅歌、發聲盡動梁上塵。』」（「七略」に曰はく「漢興こり、魯人虞公雅歌を善くし、声を発すれば尽く梁上の塵を動かす」と）とある。

3　沈陰安可久、豐景將遂淪、

［沈陰］『禮記』月令に「行秋令、則天多沈陰」（秋令を行へば、則ち天に沈陰多し）とあり、注に「九月多陰淫霖」（九月は陰多く淫霖《いんりん》す）という。

4　何由忽靈化、暫見別離人、

［靈化］『楚辭』離騒に「余既不難夫離別兮、傷靈脩之數化」（余は既に夫《か》の離別を難しとせざるも、霊脩の数《しば》し化するを傷む）とあり、王逸注に「靈、謂神也。以喩君。化、變也」（霊は、神を謂ふなり。以つて君に喩ふ。化は、変はるなり）という。これを踏まえ、黄節は「『靈化』は、君心の轉變するを謂ふなり。『別離の人』は、自らを謂ふ」と言う。夏侯湛の「雷賦」に「嗟乾坤之神祇兮、信靈化之誕昭」（嗟あ乾坤の神祇、信に霊化の誕《おほ》いに昭らかなる）とある。

秋夕

慮涕擁心用　　慮涕《りょてい》は心用を擁し
夜黙發思機　　夜黙は思機を発す
幽閨溢涼吹　　幽閨に涼吹溢れ
閑庭滿清暉　　閑庭に清暉満つ
紫蘭花已竭　　紫蘭　花已に竭《つ》き

青梧葉方稀　青梧　葉方《まさ》に稀れなり
江上淒海戻　江上　海戻《かいれい》淒じく
漢曲驚朔霏　漢曲　朔霏《さくひ》に驚く
髪斑悟壮晩　髪の斑《まだら》に壮の晩なるを悟り
物謝知歳微　物の謝するに歳の微なるを知る
臨宵嗟獨對　宵に臨みて独り対するを嗟き
撫賞怨情違　賞を撫して情の違《たが》ふを怨む
躊躇空明月　躊躇《ちうちよ》として明月を空しくし
惆悵徒深帷　惆悵《ちうちやう》として深帷を徒らにす

＊「閑」字、張溥本・『詩紀』は「閒」に作る。
＊「竭」字、張溥本・『詩紀』は「歇」に作る。
＊「帷」字、『詩紀』は「惟」に作る。

秋の夕べ

憂いの涕には心の奥深い働きが込められ
夜の静けさからは物思いの種が生ずる
奥の寝間には涼しい風が溢れ
閑かな庭には清らかな月の光が満ちている
紫の蘭の花は早くもしおれ
青桐の葉もまばらになり始めている
大川の畔には海風がすさまじく吹き
漢水の入りくんだ辺りに北雪が舞うのにははっとさ
　せられる
頭髪の斑に壮年も最後だと悟り
万物の代謝に今年も残り少ないことを知る
夕方になって宵闇と独り向かい合わなければならぬ
　事を歎き
景色を愛でても情とそぐわないのが怨まれる
立ちもとおれば明月も空しく感じられ
歎き暮らせば寝間の目隠しも無駄になっている

1　慮涕擁心用、夜黙發思機、

［慮涕］心配の涙。『詩』小雅「小弁」に「心之憂矣、涕既隕之」（心の憂ふるや、涕は既に之れを隕《お》とす）とあり、黄節は「慮涕は、猶ほ憂涕のごときなり」と言う。

［心用］心の包み込む働き。『淮南子』繆稱訓に「天有四時、人有四用、何謂四用、視而形之、莫明於目。聽而精之、莫聰於耳。重而閉之、莫固於口。含而藏之、莫深於心」（天に四時有り、人に四用有り、何をか四用と謂ふ。視て之れを形どるは、目より明らかなるは莫し。聴きて之れを精しくするは、耳より聡きは莫し。重んじて之れを閉づるは、口より固きは莫し。含みて之れを蔵するは、心より深きは莫し）とある。

［發思機］思いが兆す。『淮南子』原道訓に「其縱之也若委衣、其用之也若發機」（其の之れを縦にするや委衣のごとく、其の之れを用ふるや機を発するがごとし）とある（「委衣」は、「垂衣」、「委裘」に同じ）。また『陰符經』上篇に「人心、機也」（人心は、機なり）といい、黄節は『思機』は、猶ほ『心機』のごときなり」と言う。

2 幽閨溢涼吹、閑庭滿清暉、

［清暉］謝靈運の「石壁精舍還湖中」詩に「昏旦變氣候、山水含清暉」（昏旦気候変じ、山水清暉を含む）とある。

3 紫蘭花已蝎、青梧葉方稀、

［紫蘭］『楚辭』九歌「小司命」に「秋蘭兮青青、綠葉兮紫莖」（秋蘭は青々として、緑の葉と紫の茎）とある。

［青梧］『西京雜記』巻三「五柞宮石騏驎」に「五柞宮西有青梧觀、觀前有三梧桐樹」（五柞宮の西のかたに青梧観有り、観の前に三梧桐樹有り）とある。

4 江上凄海戾、漢曲驚朔霏、

［海戾］逆撫でるような海風。黄節は張衡の「蜀都賦」の「歌江上之飉厲」（江上の飉厲《れうれい》たるを歌ふ）を引き、「厲と戾は、古へ通ず」と言い、「海戾は、海風なり」と言う。また『戰國策』趙策・二に「秦人遠迹不服、而齊爲虛戾」（秦人は迹を遠ざけて服《したが》はず、而して斉は虚戻と為す）とあり、注に「虛、墟同。居宅無人曰墟。死而無後爲厲。義本當從戾」（虚と墟は同じ。居宅に人無きを墟と曰ふ。死して後無きを厲と為す。義は本と当に戻《もと》るに従ふべし）という。

［漢曲］漢水の湾曲したところ。張衡の「南都賦」に「游女弄珠於漢皐之曲」（游女珠を漢皐の曲に弄ぶ）とあり、

注に『韓詩外傳』曰、『鄭交甫將南適楚、遵彼漢皐臺下、乃遇二女、佩兩珠、大如荊鷄之卵』」(『韓詩外伝』に曰はく、「鄭交甫将に南のかた楚に適《ゆ》かんとし、彼の漢皐の台下に遵《したが》ひ、乃ち二女に遇ふ、両珠を佩び、大なること荊鶏の卵のごとし」という。ただし、黄節は漢の元帝の曲とする(次の[霏]の注の、「度曲」の李善注を参照されたい)。

[霏]雪の降るさま。張衡の「西京賦」に「度曲未終、雲起雪飛。初若飄飄、後遂霏霏」(曲を度りて未だ終はらざるに、雲起こり雪飛ぶ。初めは飄々たるがごとく、後に遂に霏々たり)とあり、薛綜の注に「霏霏、雪下貌」(霏々は、雪の下る貌なり)といい、李善注に「班固の『漢書』に『元帝自ら曲を度る』と」という。また『説文』には「霏、雰也」(霏は、雰なり)とある(「霏」、「雰」ともに霧のたぐい)。

5　髪斑悟壯晚、物謝知歲微、

[髪斑]白髪まじり。『禮記』王制に「班白者不提挈」(班白なる者は提挈せず)とあり(「提挈」は、提携)、注に「雑色曰班」(色を雑ふるを班と曰ふ)という。

[物謝]万物が代謝する。顔延之の「和謝監靈運」詩に「物謝時既晏、年往志不偕」(物謝《さ》りて時は既に晏《おそ》く、年往きて志は偕《かな》はず)とある。

6　臨宵嗟獨對、撫賞怨情違、

[情違]気持ちが合わない。張華の「答何劭」詩に「發篇雖温麗、無乃違其情」(篇を発して温麗なりと雖も、乃ち其の情に違ふ無し)とあり、『廣雅』に「違は、背くなり」という。

7　躊躇空明月、惆悵徒深帷、

[明月…]「古詩」に「明月何皎皎、照我羅床幃」(明月何ぞ皎皎たる、我が羅床の幃を照らす)とある。

望水

百の道を聞いて己に勝る者はいないと思い、万の道があることを知らない河伯を詠む。

刷鬢垂秋日　鬢を刷《けづ》りて秋の日に垂《なんな》んとし
登高觀水長　高きに登りて水の長きを観る
千澗無別源　千澗に源を別にする無く
萬壑共一廣　万壑は一つの広きを共にす
流缺巨石轉　流れ缺《か》けて巨石転じ
湍廻急沫上　湍《はやせ》廻りて急沫上る
苕苕嶺岸高　苕々《てうてう》として嶺岸高く
照照寒洲爽　照々として寒洲爽《さはや》かなり
東歸難忖惻　東帰するは忖惻《そんそく》し難く
日世誰予賞　日の世　誰か予《とも》に賞せん
臨川憶古事　川に臨みて古事を憶へば
目眵千載想　目眵《ちひ》さくして千載の想はる
河伯自矜大　河伯は自ら大なるを矜《ほこ》るも
海若沈渺莽　海若は沈みて渺莽《べうばう》たり

＊題、張溥本は「望氷」に作る。
＊「缺」字、張溥本・『詩紀』は「駛」に作る。

＊「世」字、張溥本・『詩紀』は「逝」に作る。
＊「予」字、張溥本・『詩紀』は「與」に作る。

川を眺めて

今日から秋という日は鬢の毛を櫛けずり
高いところに上って水かさの増した川を見る
多くの谷川は源を同じくし
多くの谷水は一筋の広々とした川に集まる
流れが走り抜けると大きな石が転がり
早瀬が渦巻いて流れると迸る飛沫が舞い上がる
高々と山坂の岸壁が横たわり
明るく寒々とした中州は爽やかである
東への流れ（人生）も帰する所は推し量りにくく
日々の変化は一緒に愛でる者がいない
川と向かい合って古のことを胸中に忘れずにいよう
　とすると
細めた目に千年の昔の事が偲ばれた

川の神は自分が一番偉大だと自慢したが
海の神は涯てしなく広がる海中に沈んで姿も見えな
かったという

1　刷鬢垂秋日、登高觀水長、

［刷鬢］嵇康の「養生論」に「勁刷理鬢」（勁刷もて鬢を理《ととの》ふ）とある。

［水長］秋に水量が増すこと。『水經注』温水注に「潮水日夜長七八尺、從此以西、朔望并潮、一上七日水長丈六七、……」（潮水日夜長きこと七八尺、此れより以西は、朔望并びに潮し、一たび上れば七日にして水の長さ丈六七なり、……）とある。

2　千澗無別源、萬壑共一廣、

［無別源］ともに一つの化を奉ずる喩え。班固の「答賓戯」に「是以六合之内、莫不同源共流」（是を以つて六合の内、源を同じくし流れを共にする莫し）とある。

［萬壑］多くの谷。『晉書』顧愷之傳に「千巖競秀、萬壑爭流」（千巌競つて秀で、万壑争つて流る）とある。

3　流缺巨石轉、湍廻急沫上、

［湍］流れが速い。『説文』に「湍、疾也」（湍は、疾きなり）とある。

［沫］馬融の「長笛賦」に「瀉瀑噴沫」（瀉瀑《かうばく》として沫を噴く）とある。

4　苕苕嶺岸高、照照寒洲爽、

［苕苕］高いさま。張衡の「西京賦」に「状亭亭以苕苕」（状亭々として以つて苕々たり）とあり、薛綜注に「苕苕、高貌」（苕々は、高き貌なり）とある。

5　東歸難忖惻、日世誰予賞、

［忖惻］推し量る。忖度する。『詩』小雅「巧言」に「他人有心、予忖度之」（他人に心有らば、予之れを忖度す）とあり、『禮記』禮運に「人藏其心、不可測度也」（人其の心を蔵するも、測度すべからず）とある。朱起鳳の『辭通』に「側と惻とは、古へは通ず」と言い、『廣雅』釋古に「側は、度るなり」と言う。『漢語大詞典』では「亦た『忖測』に作る。猶ほ『推測』のごとし」と言い、鮑

照のこの詩句を引く。『説文』に「忖、度也」（忖は、度るなり）とあり、『漢書』游俠傳（陳遵傳）の「口占」注に「隱、度也」（隱は、度るなり）という。朱起鳳の『辭通』は『禮記』少儀の「隱情以虞」の鄭注を引いて「隱は、意なり」と言うことから、「忖・度・隱」および「惻隱」の「惻」は、いずれも「意」の意があり、臆測、推測の意になる。

6　臨川憶古事、目孱千載想、

［臨川］『史記』孔子世家に「孔子臨河而歎曰『美哉水、洋洋乎』」（孔子河に臨みて歎じて曰はく、「美しきかな水、洋々乎たり）とあり、『論語』子罕に「子在川上曰『逝者如斯夫。不舍晝夜』」（子川の上《ほと》りに在りて曰はく、「逝く者は斯くのごときかな。昼夜を舍《お》かず」と）という。

［孱］小さく細める。『大戴禮』曾子立事に「君子博學而孱守之」（君子は博く学ぶも孱《ちひ》さく之れを守る）とあり、盧辯の注に「孱、小貌」（孱は、小さき貌なり）という。

7　河伯自矜大、海若沈渺莽、

［河伯］河神。『莊子』秋水篇に「秋水時至、百川灌河。……河伯欣然自喜、以天下之美爲盡在己、順流而東行、至於北海。東面而視、不見水端。於是焉河伯始旋其面目、望洋向若而歎」（秋水時に至り、百川河に灌ぐ。……河伯欣然として自ら喜び、天下の美を以つて尽く己れに在りと為し、流れに順ひて東のかた行き、北海に至る。東のかた面して視るも、水の端を見ず。是に於いてか河伯始めて其の面目を旋らして、望洋として若《じやく》に向かひて歎ず）とある。

詠白雪

白珪誠自白　　白珪は誠に自ら白きも
不如雪光妍　　雪光の妍《あで》やかなるに如《し》かず
工隨物動氣　　工みに物の気を動かすに随ひ
能逐勢方圓　　能く勢ひの方円なるを逐ふ
無妨玉顏媚　　玉顔の媚《うつく》しきを妨ぐる無く

不奪素繪鮮　素繪《そさう》の鮮かなるを奪はず
投心障苦節　心を投じて苦節に障《まも》り
隱迹避榮年　迹を隠して栄年を避く
蘭焚石既斷　蘭焚《や》かれて石既に断たるれば
何用恃芳堅　何ぞ芳堅に恃《たの》むを用ゐんや

＊「氣」字、黄節は謝惠連の「雪賦」に「既因方而爲珪、亦遇圓而成璧」（既に方なるに因つて珪と為り、亦た円なるに遇ひて璧と成る）とあることから、下の句の「方圓」と對になるべきことを指摘し、「疑ふらくは『氣』に作るならん」と言う。『爾雅』に「氣は、靜かなるなり」とある。

白雪を詠む

白い宝石（白珪）も確かにそれなりに白いが
雪の光の美しさには及ばない
雪は巧妙に万物の動き始めるのに随って動き
成りゆきに従って四角くなったり丸くなったりできる
美しい顔と競ってもその美しさを妨げることなく
白絹の鮮やかさと争ってもその鮮やかさを奪ったりはしない
心のままに冬の苦しい時節を耐え抜き
行いを控えて春の華やかなときは避ける
蘭が芳しさ故に焼かれ石が堅いがために砕かれることを分かっている以上
どうして芳しさや堅さをあてにしようか

1　白珪誠自白、不如雪光妍、

［白珪］方形の白い玉。『詩』大雅「抑」に「白圭之玷、尚可磨也、斯言之玷、不可爲也」（白圭の玷《きず》は、尚ほ磨くべきなり、斯の言の玷は、為すべからざるなり）とある。

2　工隨物動氣、能逐勢方圓、

［動氣］霊気を動かす。班固の「幽通賦」に「精通靈而感物兮、神動氣而入微」（精は霊に通じて物を感ぜしめ、神は気を動かして微に入る）とあり、『孟子』公孫丑・上に「志壹則動氣、氣壹則動志也」（志壱なれば則ち気を動かし、気壱なれば則ち志を動かすなり）という。（な

お、校勘記を参照されたい。）

［方圓］謝恵連の「雪賦」に「既因方而爲珪、亦遇圓而成璧」（既に方なるに因りて珪と為り、亦た円なるに遇ひて璧と成る）とある。

3　無妨玉顔媚、不奪素繒鮮、

［玉顔］つややかな顔。謝恵連の「雪賦」に「皓鶴奪鮮、白鷴失素。紈袖慚冶、玉顔掩嫮」（皓鶴は鮮やかなるを奪はれ、白鷴《はくかん》は素《しろ》きを失ふ。紈袖も冶《や》なるを慚ぢ、玉顔も嫮《うつく》しきを掩ふ）とある。また、「玉顔」は宋玉の「神女賦」に「苞温潤之玉顔」（温潤の玉顔を苞《つつ》む）という。

［素繒］白絹のぬいとり。『急就篇』に「齊國給獻素繒帛」（斉国素繒の帛を給献す）とある。

4　投心障苦節、隱迹避榮年、

［投心］心をなげうつ。『魏志』毋丘儉傳に「欽亦感戴、投心無貳」（欽みて亦た戴に感じ、心を投じて貳《に》無し）とある（「感戴」は、恩に感じる）。黄節は謝恵連の「雪賦」の「縱心浩然、何慮何營」（心を縦《ほしいまま》にして浩然たれば、何をか慮り何をか営まん）を引き、「『投心』は、心を縦にするなり」と言う。

［障］まもる。『釋名』に「障、衞也」（障は、衛るなり）という。

［苦節］苦しみに耐える節操。『易』節に「苦節不可貞」（苦節貞なるべからず）とある。また、謝恵連の「雪賦」には「太陽曜不固其節」（太陽曜けば其の節を固くせず）とある。

5　蘭焚石既斷、何用恃芳堅、

［蘭焚］蘭は香として焚かれる。『晉書』孔坦傳に「蘭艾同焚、賢愚所歎」（蘭艾同《とも》に焚かるるは、賢愚の歎く所なり）と言う。

［芳堅］蘭の芳しさと、石の堅さ。潘尼の「楊恭侯碑」に「秉天然不渝之操、體蘭石芳堅之質」（天然にして渝《か》はらざるの操を秉《と》り、蘭石芳しく堅きの質を体す）とある。

巻第七　詩（佚詩）

扶風歌

この詩をはじめ、以下の詩は宋本鮑氏集に見えない。

この「扶風歌」については、逯欽立氏は風格が斉梁の人の作であると言う。

劉琨の「扶風歌」の『文選』李善注に、「集に云ふ『扶風歌は九首なり』と。然れども兩韻を以つて一首と爲せば、今は此れ之れを合するは、蓋し誤りならん」と言う。黄節は、「劉琨の『扶風歌』は九首なり。其の第一首に『朝に發す廣莫の門、暮れに宿る丹水の山。左手に繁弱を彎《ひ》き、右手に龍淵を揮ふ』と。此の篇の前四句は之れに擬《なら》ふ。其の第四首に『手を揮ひて長く相ひ謝し、哽咽《かうえつ》して言ふ能はず。浮雲は我がために結ぼれ、飛鳥は我がために旋《めぐ》る』と。此の篇の後四句は之れに擬ふ。劉詩の九首中同韻なる者は三首なり。明遠の此の篇も亦た應に兩首を分かつべく、其の韻を同じくするに因りて之れを合はする能はず。吾れ意《おも》へらく明遠の擬作も、亦た九首有るも、特《た》だ今は二首を存するのみと」と言い、劉琨の『扶風歌』九首に擬ったとする。この説に従えば、「忍悲」以下からは、もと九首あったうちの第二首目ということになる。

昨辭金華殿　昨《きのふ》に辭す金華の殿
今次鴈門縣　今は次《やど》る鴈門の県
寢臥握秦戈　寢臥するに秦戈《しんくわ》を握り
棲息抱越箭　棲息するに越箭《ゑつせん》を抱く
忍悲別親知　悲しきに忍びて親知に別れ
行泣隨征傳　行くゆく泣きて征伝に隨ふ
寒煙空徘徊　寒煙　空しく徘徊し
朝日乍舒卷　朝日　乍《たちま》ち舒巻《じよけん》す

扶風の歌

きのう都の金華殿での仕事を辞め
今日は遠く雁門県まで征旅に来ている
寝るときでも秦製の戈《ほこ》を握りしめ
休憩のときでも越製の弓矢を抱えている

悲しみに堪えて親しい者や知り合いと別れ
道みち涙を流しながら駅伝いに遠征してきている
寒々とした靄が行きつ戻りつ無意味に流れるたびに
朝日はふっと見えたかと思うと隠れてしまうのである

1　**昨辭金華殿、今次鴈門縣、**

［金華殿］『漢書』叙傳に「時上方郷學、鄭寛中・張禹朝夕入説尚書・論語于金華殿中」（時に上方の郷学は、鄭寛中・張禹朝夕に入りて尚書・論語を金華殿の中に説く）とある。

［鴈門縣］『漢書』地理志に「雁門郡、秦置」（雁門郡は、秦置く）とあり、黄節は「案ずるに、秦郡を置きて後、隋に至りて始めて雁門縣を置く。『宋書』州郡志には雁門縣無し。沈約は『地理參差として、其の詳しきは擧げ難く、実に名号の驟《には》かに易はり、千回し百改するに由りて、置立に注せざるは、史の闕なり』と云ふ。此の篇の言ふ所に據れば、或は宋の時曾て縣を置きたるか」と言う。

2　**寢臥握秦戈、棲息抱越箭、**

［寢臥］『莊子』天運篇に「今、而夫子亦取先王已陳芻狗、聚弟子游居寢臥其下」（今、而《なんぢ》の夫子も亦た先王の已に陳ねたる芻狗を取り、弟子を聚めて其の下に游居寢臥す）とある。

［秦戈］秦製のほこ。『詩』秦風「無衣」に「王于興師、脩我戈矛」（王于《ゆ》きて師《いくさ》を興さば、我が戈矛を脩《をさ》む）とある。

［棲息］司馬相如の「上林賦」に「於是乎玄猨素雌、……棲息其間」（是に於いて玄猨素雌、……其の間に棲息す）と見えるが、ここは人について言う。

［越箭］越製の矢。『爾雅』に「東南之美者、有會稽之竹箭焉」（東南の美なる者に、会稽の竹箭有り）とある。

3　**忍悲別親知、行泣隨征傳、**

［傳］宿場から宿場を次いで行くこと。『説文』に「傳、遽也。驛遞曰傳」（傳は、遽《はやうま》なり。駅の遞《か》はるを傳と曰ふ）という。

4　**寒煙空徘徊、朝日乍舒巻、**

［寒煙］顔延之の「應詔観北湖田收」詩に「陽陸團精氣、陰谷曳寒煙」（陽陸は精気を団《あつ》め、陰谷は寒煙を曳く）とある。

［朝日］『宋書』樂志に「臣譬列星景、君配朝日暉」（臣は列星の景に譬へられ、君は朝日の暉きに配せらる）とある。

［舒巻］時とともに進退する。『晉書』宣帝紀に「和光同塵、與時舒巻」（光に和し塵に同じくし、時と与に舒巻す）という。

咏老

この「咏老」詩と次の「春咏」詩も、ともに宋本は載せず、『陸士衡集』に見えている。なお、「咏老」詩は『文選』注に陸機の「東宮」詩に作り（ただし、『文選』注は「軟」字を「柔」に作り、「蕊」字を「藻」に作る。また「陸機集」は「生」字を「吐」に作る）、「春咏」詩については、「陸機集」に『鮑集』は誤るに似たり」と言う。

軟顔收紅蘂　　軟顔　紅蘂《こうずゐ》を収め
玄鬢生素華　　玄鬢　素華を生ず
冉冉逝將老　　冉々《ぜんぜん》として逝《ゆ》くゆく将に老いんとすれば
咄咄奈老何　　咄々《とつとつ》として老ひを奈何《いかん》せん

＊「蘂」字、『詩紀』は「蕊」に作る。

老いを詠む

ふっくらとしていた顔はつぼみのような赤さが退き
黒髪には白い花が目立ち始めた
だんだん老いていこうとする時
戸惑いながらもその老いをどうすることもできないでいる

1　軟顔收紅蘂、玄鬢生素華、

［生…華］「華を生ず」は若返る喩えに使われるが、「素華を生ず」は逆の老いる喩えに使われる。『易』大過に「枯楊生華、老婦得其士夫、无咎无譽」（枯楊に華を生ずれば、老婦其の士夫を得、咎无《な》く誉れ无し）とあり（「士夫」は、若い夫）、宋の李石の『續博物志』に「昔一人の道を好む有り、而るに道を求むるの方《みち》を知らず、唯だ朝夕拜跪して一枯樹に向かひ、輒ち長生を乞ふと云ふのみ。此くのごときこと二十八年にして倦まず、枯木一旦忽然として華を生じ、華に又た汁の蜜のごとき有り、人の教へて之れを食せしむる有り、遂に此の華及び汁を取りて竝びに之れを食し、食訖《を》はれば即ち仙なり」と言う。

［素華］白い花。『楚辭』九歌「小司命」に「緑葉兮素華、芳菲菲兮襲予」（緑葉と素華と、芳《かほ》り菲々として予を襲ふ）とある（『楚辭』の「華」は一に「枝」に作る）。

2　冉冉逝將老、咄咄奈老何、

［冉冉］しだいに進むさま。『楚辭』離騷に「老冉冉其將至兮」（老い冉冉として其れ将に至らんとす）とある。

［咄咄］歎き、いぶかしがる。『晉書』殷浩傳に「但終日書空作『咄咄怪事』四字而已」（但だ終日空に書して「咄咄たる怪事」の四字を作《な》すのみ）とあり、『後漢書』嚴光傳に「咄咄子陵、不可相助爲理邪」（咄々たり子陵、相助くるべからざるを理と為すか）という。

［奈老何］漢の武帝の「秋風辭」に「少壯幾時兮奈老何」（少壯なるは幾時ぞ老いを奈何せん）とある。

春咏

前掲の「咏老」詩とともに「陸機集」に見える（「咏老」詩の解説を参照されたい）。

節運同可悲　　節運《めぐ》りて同《とも》に悲しむべきは
莫若春光甚　　春光の甚だしきに若《し》くは莫し
和風未及燠　　和風　未だ燠《あたた》かきに及ばず
遺涼清且稟　　遺涼　清く且つ稟《さむ》し

＊「稟」字、『詩紀』は「凜」に作る。

春の歌

季節の移り変わりの中でつられて悲しくなるものと
いえば
春の光ほどひどいものはない
春風が吹いたといってもまだ暖かくならず
冬の寒さがひんやりと冷たいまま残っている

1　節運同可悲、莫若春光甚、

［節運］季節が推移する。魏の陳琳の「遊覽」詩に「節運時氣舒、秋風涼且清」（節運りて時に気舒《の》び、秋風涼しくして且つ清し）とあり、魏の文帝の「柳賦」に「四時邁而代運兮、去冬節而涉春」（四時邁《ゆ》きて代《こも》ごも運り、冬節を去りて春に渉る）という。

［悲］季節の推移がもたらす悲哀。阮籍の「詠懷詩」に「遠望令人悲、春風感我心」（遠く望めば人をして悲しましめ、春風は我が心を感《うご》かしむ）とある。

［春光］後の梁の呉孜の「春閨怨」に「春光太無意、窺窗來見參」（春光太《はなは》だ意無く、窗を窺ひて来たりて見参す）と言う（「見參」は、会いに来ること）。

2　和風未及燠、遺涼清且稟、

［和風］春風。阮籍の四言「詠懷詩」に「和風容與、明日映天」（和風容与として、明日天に映ゆ）とある。

［燠］暖かい。『說文』に「燠、熱在中也」（燠は、熱中に在るなり）とある。

［稟］（［凜］寒い。『說文』に「凜、寒也」（凜は、寒きなり）とある）。（「稟」は、うける。）

贈顧墨曹

「墨曹」は、『宋書』百官志に「宋の高祖諮議參軍は定員無しと爲し、今の諸曹には則ち祿事・記室……士曹・集・右戸・墨曹の凡そ十八曹參軍有り」とある。

昏明易遠　昏《くら》きと明るきとは遠ざかり易く
離會難揆　離るると会ふとは揆《はか》り難し
雲轍泉分　雲のごと轍《わだち》し泉のごと分れ
西艫東軌　艫《へさき》を西し軌《わだち》を東す
（以下、闕）

＊「軌」字、『詩紀』は「軌」に作る。

顧墨曹に贈る詩

昼と夜は簡単に移り行き
出会いと別れもその形はなかなか見えにくい
雲のようにあてど無い轍《わだち》を残して泉のように別方向に分かれ行き
一方は船の舳先《へさき》を西に向け一方は車の轍を東に向けるのである

1　昏明易遠、離會難揆、

［昏明］夜と昼。劉琨の「勸進表」に「昏明迭用、否泰相濟」（昏明迭《たが》ひに用ひ、否泰相済ふ）とあり、李善注に「昏明は、晝夜を謂ふなり。文子に曰はく、春秋之れ代謝し、日月之れ晝夜あり」と言う。

［離會］謝瞻の「王撫軍…」詩に「離會雖相親、逝川豈往復」（離るると会ふとは相親しと雖も、逝く川は豈に往きては復《かへ》らんや）とあり、『呂氏春秋』仲夏紀「大樂」に「離則復合、合則復離」（離るれば則ち復た合ひ、合へば則ち復た離る）とある。

2　雲轍泉分、西艫東軌、

［雲轍］雲の行く方。雲の通い路。『水經注』河水に「登兩龍于雲轍、騁八駿于龜途」（両龍を雲轍に登し、八駿を亀途に騁《め》す）とあり、『説文』に「轍、跡也」（轍は、跡なり）とある。

［艫］船のへさき。郭璞の「江賦」に「舳艫相屬」（舳艫《ぢくろ》相属《つら》なる）とあり、注に「舳、舟尾也。艫、船頭也」（舳は、舟の尾なり。艫は、船の頭なり）という。

附録

【鮑照年譜】

帝	年号	西暦	年齢	行跡・作品	その他の事項
東晋 安帝	義熙十年	四一四	一	このころ鮑照生まれる。東海の人で、原籍は北地（山西）の上党であるという（「東海」は、僑郡県のあった丹徒郡、すなわち建康東の南東海との説あり。また、生年については四〇九年説などがある）。	北魏が崔浩を起用、以後朝政の輔けとなる。
	義熙十一年	四一五	二		五月、劉裕太傅となり、「剣を履いて殿に上り、入朝するも趨せず、賛拝するも名のらず」であったという。
	義熙十二年	四一六	三		正月、劉裕二十二州の都督となる。八月、劉宋の「万里長城」檀道済に戦功あり。十二月、劉裕、相国・宋公に封ぜられるが辞して受けず。僧慧遠卒す（三三四―）。
	義熙十三年	四一七	四		檀道済に戦功あり。四月、劉裕、北魏の兵を撃退して洛陽に入り、九月、長安に入る。

	義熙十四年	四一八	五	六月、劉裕、相国・宋公を受ける。十二月、劉裕、中書侍郎の王韶之を使わして安帝を縊殺させ、恭帝（司馬徳文）を立てる。
東晋 恭帝	元熙元年	四一九	六	七月、劉裕、宋王となる。
	元熙二年	四二〇	七	六月、劉裕、宋の武帝を称し、晋の恭帝を廃して零陵王となす（禅位の詔は傅亮の擬する所のもの）。南北朝時代始まる。
劉宋 武帝	永初元年			
	永初二年	四二一	八	二月、武帝みずから秀才・孝廉を策試。九月、武帝、右衛将軍叔度を遣わして恭帝を掩殺す（「禅譲」は「殺される」を意味することの端を開く）。
	永初三年	四二二	九	正月、宋は国子学を整備。五月、武帝病死す（三六三―、享年六十歳）。太子の劉義符（時に年十七歳）を立てて少帝とし、徐羨之・傅亮・謝晦、政を輔ける。九月、北魏、宋を攻める。

劉宋 少帝	景平元年	四二三	十	檀道済に戦功あり。十一月、北魏は明元帝が崩じ、太武帝が立つ（以降、約三十年間、宋の武帝と対峙）。北魏は左光禄太夫（太武の補佐）の崔浩が道士の寇謙之を推薦し、天師道盛んになる。
劉宋 少帝 / 劉宋 文帝	景平二年 / 元嘉元年	四二四	十一	宋の少帝、遊興に耽る。五月、司空の徐羨之ら、檀道済を召して少帝および廬陵王劉義真（時に年十九歳）を廃殺し、八月、宜都王劉義隆を建康に迎え、文帝とする。
劉宋 文帝	元嘉二年	四二五	十二	北魏、宋に修好復交の使いを遣わす。
劉宋 文帝	元嘉三年	四二六	十三	正月、文帝は、営陽・廬陵二王を殺した罪で徐羨之・傅亮らを殺し、二月、檀道済に謝晦を討たせる。九月、北魏と宋とで夏を攻める。
劉宋 文帝	元嘉四年	四二七	十四	陶淵明卒す（三六五―、或いは三七六―）。
劉宋 文帝	元嘉五年	四二八	十五	
劉宋 文帝	元嘉六年	四二九	十六	彭城王劉義康、尚書の事を録り、朝政を

				輔ける。江夏王劉義恭、荊州刺史となる。文帝、裴松之（三七二―四五一）に『三国志』に注するを命ずる。
元嘉七年	四三〇	十七		三月、文帝に河南を恢復するの志あり、北魏怒る。七月、宋は北魏を攻め、大将軍檀道済、北魏を拒むも、十月、北魏は関中をことごとく占有する。
元嘉八年	四三一	十八		正月、檀道済、北魏の兵を大破するも、二月、「籌《かずとり》を唱へて沙を量る」の計を用いつつ苦戦。謝霊運、「四部目録」を造る。十月、北魏は崔浩を司徒に任じ、律令を改訂する。
元嘉九年	四三二	十九		劉義慶、平西将軍・荊州刺史となる。江夏王劉義恭、征北将軍となる。
元嘉十年	四三三	二十	このころ（或いは翌年）鮑照、卑官小吏に就く。	十二月、前秘書監謝霊運、広州にて謀反の罪で殺される（三八五―）。謝恵連卒す（四〇七―）。
元嘉十一年	四三四	二十一		

元嘉十二年	四三五	二十二		
元嘉十三年	四三六	二十三		三月、文帝は檀道済に威名あるを忌み、司徒の彭城王劉義康の矯めた詔により、子ら十一人をともに辜《つみ》無くして殺害。劉濬、始興王に封ぜられる（時に年八歳、少《わか》くして文籍を好み、文武二千人を随えて遊ぶ）。顔延之、後軍諮議参軍・御史中丞となる。
元嘉十四年	四三七	二十四		
元嘉十五年	四三八	二十五	卑官小吏の鮑照、臨川王劉義慶に近づく。	宋は「四学」を立てる。
元嘉十六年	四三九	二十六	このころ（或いは前年）鮑照、二月から四月ごろ江州刺史となった臨川王劉義慶に詩を献じて志を言い、江州（尋陽）に到って国侍郎となる。「解褐謝侍郎表」がある。「游思賦」「登大雷岸与妹書」（妹は女流詩人の鮑令暉）も、この年の秋以降に成るとする。また、その一、二年の間に王に随って廬山に登り、「登廬山」「登廬山望石門」「従登香炉峰」等の山水詩を作ったとされる。	正月、江夏王劉義恭、位を司空に進める。二月、南徐州刺史衡陽王劉義季、安西将軍・荊州刺史となる。三月、北魏、宋を攻める。十二月、太子劭、東宮兵および宿衛羽林官を置く。北魏、儒学を以つて王公の子弟を導き、尚武の風を崇儒の風に改める。

			王国には他に記室参軍の何長瑜あり。	
元嘉十七年	四四〇	二十七	鮑照は十月に臨川王劉義慶が南兗州刺史となったのに伴い、江州から一旦都の建業に還った後、親戚（おそらくは母や妹ら）に別れを告げ、冬、竹里・京口を通って治の広陵（今の揚州）に向かう。「行京口至竹里」詩あり、「上潯陽還都道中」「還都至三山望石頭城」「還都口号」等の離郷の詩もその時の作とされる。	司徒の彭城王劉義康、政を擅らにし、領軍の劉湛らこれに付く。文帝、その党を殺し、彭城王を江州刺史・豫章の鎮とする。江夏王劉義恭に司徒、尚書の事を録らせる（劉義恭は、文書を行なうのみで主張はせず）。
元嘉十八年	四四一	二十八		宋の将裴方明らの攻撃で、氐族の王楊難當、仇池を捨てて奔る。
元嘉十九年	四四二	二十九	このころ鮑照、文帝の孫すなわち太子劭の子の誕生を賀し、「皇孫誕育上表」を書く。	
元嘉二十年	四四三	三十		北魏、宋より仇池を奪取。宋の将裴方明、仇池を平定したときの贓罪で獄死。
元嘉二十一年	四四四	三十一	鮑照、広陵に在り、「野鵝賦」「謝随恩被原疏」「謝解禁止表」等を作る。常侍へ	

			の昇任があったとすれば、「転常侍上疏」もこの時に書かれている。正月、臨川王劉義慶、病にて卒す（四〇三—）。鮑照は三ヵ月の喪に服し、服喪期間が満ちて後、世子に職を解くことを請い、秋には郷里に帰る。身体の衰弱を訴える。「通世子自解啓」「重与世子啓」「臨川王服竟還田里」等あり。	
元嘉二十二年	四四五	三十二	鮑照は征北将軍の衡陽王劉義季の招聘に応じて豫州の梁郡（安徽省）に行き、ついで王が徐州刺史に遷せられるに伴い、徐州へ移る。「遇銅山掘黄精」「見売玉器者」「従過旧宮」（劉裕は徐州彭城の人。義季はその廟に到っている）等の詩あり。	七月、沈慶之・柳元景に戦功あり。十一月、北魏、宋を攻める。十二月、太子詹事范曄、彭城王劉義康を立てようとして殺される。劉義康は庶人とされる。南平王劉鑠、豫州刺史となり、「壽陽楽」を造って流行する。
元嘉二十三年	四四六	三十三	鮑照は徐州に在り。	二月、北魏、宋を攻める。三月、崔浩、道教を好み、北魏は仏教を禁止。宋の文帝、国子学に到り、諸生に策試す。
元嘉二十四年	四四七	三十四	始興王劉濬、揚州刺史となり、鮑照は国侍郎に招かれている（義季の服喪に関する記録なし）。「拝侍郎上疏」「河清頌并	八月、衡陽王劉義季、彭城王劉義康に貶せられて以来（四四〇—）酒を縦にし、病にて卒す（享年三十三歳）。

			序」等はこの時の作と思われる。	
元嘉二十五年	四四八	三十五	鮑照は揚州に在り、同僚の文学秘書丞王僧綽に和した「和王丞」詩等あり。	
元嘉二十六年	四四九	三十六	十月、征北将軍始興王劉濬、南徐・兗二州刺史となり、出でて京口（江蘇省鎮江市）に鎮する。鮑照もこれに随う。「蒜山被始興王命作」詩、「代白紵舞歌辞并啓」等あり。	文帝は丹徒郡（京口郡に隣接）の陵に臣従の礼を行なった後、三月、京口への移住民を募り、応じた者に田と宅とを給し、賦役を免ずる。併せて、北魏を攻める準備をする。 征北将軍始興王劉濬、太子劭と善く、書簡を往来する。竟陵王劉誕、雍州刺史に任ぜられて「襄陽楽」を造り、流行する。顔延之に「車駕幸京口侍遊蒜山作詩」等あり。
元嘉二十七年	四五〇	三十七	正月、鮑照、始興王劉濬の長子の誕生に当たり「征北世子誕育上疏」あり（一説に元嘉二十八年か二十九年の正月）。また、宣城太守王僧達を見送った「送別王宣城」詩あり。	二月、北魏、宋の懸瓠（河南汝南）を囲む。宋は戦争勃発のため、官俸を三分の一に減らす。四月、北魏の兵退去。六月、北魏は修史（『国記』）に於いて北魏の祖先の事実を直書したかどにより「国悪を暴揚す」の罪に当て、南下政策に弱腰の司徒崔浩（三八一―）およびその宗族を殺す。七月、文帝は王玄謨を遣わし

				て北魏を攻める。王玄謨は苦戦、十二月、北魏の太武帝、瓜歩（江蘇六合の東南、江北）に進む。建康は大いに震え、文帝は「万里長城」檀道濟を殺したことを悔やむ。和議に。
元嘉二十八年	四五一	三十八	鮑照に広陵の城址を詠んだ「蕪城賦」あり。	正月、北魏の軍、瓜歩から撤退。始興王劉濬、兵を瓜歩に駐屯、鮑照も国侍郎としてこれに随う。二月、北魏は撤退に当たり、宋の南兗・徐・兗・豫・青・冀六州を焼き尽くす。三月、始興王、南兗州の任を解かれる。この歳、裴松之卒す（三七二―）。また、文帝は、庶人劉義康乱を為すかと慮り、殺す。
元嘉二十九年	四五二	三十九	五月、鮑照、南兗州（瓜歩）より建康に返り、「瓜歩山掲文」を書く。また、始興王劉濬の侍郎職を辞するに当たり、三月ごろ「侍郎報満辞閣疏」あり。秋、「採菱歌」七首あり。また「夢還郷」「日落望江贈荀丞」（徐湛之派の尚書左丞の荀赤松に贈ったか。一説に四五九年、荀萬秋に贈る）等の詩、および王僧達に和した「和王義興七夕」「學陶彭澤體（奉	二月、北魏の太武帝、中常侍宗愛に殺される。三月、宋は北魏を攻め、功無く、八月に還る。十二月、魏は仏教の禁止を弛める。

				和王義興）」詩あり。永安の令（湖北省随県一帯）となったのは、この頃か（或いは四六一年）。	
	元嘉三十年	四五三	四十	太子劭らの文帝弑逆事件に連座して、鮑照も拘禁されるが、恩赦あり、下級官吏（永安の令か）を以つて赦される。「中興歌」あり。「謝永安令解禁止啓」はこの時のものか。	正月、始興王劉濬、都へ。二月、太子劭が文帝（四〇七―）および大臣の江湛・徐湛之を殺し、さらに袁淑・王僧綽を殺し、立つ。三月、始興王劉濬もこれに随って乱をなす。三月、沈慶之、武陵王劉駿を擁し、四月、柳元景らと共に劭を討ち、劉駿、後の中興亭にて即位し孝武帝となる。五月、劭（四二四―）およびその子らを殺す。始興王劉濬（四二九―）も殺され、屍を市に暴される。誅に伏する者多し。八月、宋、北魏を攻めるも、敗退。
劉宋 孝武帝	孝建元年	四五四	四十一	鮑照、海虞（江蘇省常熟県の東）の令に任ぜられる。鮑照はここ前後一、二年内に、都に在って「侍宴覆舟山（勅為柳元景作）」を作っている。	三月、南郡王劉義宣、臧質、朝廷に叛く。柳元景、乱を平らげ、六月、号を撫軍大将軍に進められる。
	孝建二年	四五五	四十二		七月、荀萬秋の議により、「郊廟を祀るに楽を備ふ」の詔あり。十月、孝武帝、王侯の車服等を削り、弱体化をはかる。

孝建三年	四五六	四十三	鮑照は都（建康）にもどされ、太学博士兼中書舎人に任ぜられる（一説に前年。「鄙言累句」を以って孝武帝に阿《おもね》たというのはこの時とされる）。妹の鮑令暉を亡くし、「請假啓」を提出したのはこの頃か。十月、領軍将軍柳元景、驃騎将軍を加えられる（尚書令の建平王劉宏、中書監を加えられる）。鮑照に「為柳（令）譲驃騎将軍表」（当時、尚書令は建平王劉宏であり、「令」は衍文か）等あり。	典籤の呉喜ら大権を握る（喜は中書主書）。顔延之卒す（三八四—）。
大明元年	四五七	四十四		二月、北魏、宋を攻める。
大明二年	四五八	四十五	鮑照は都を離れ、秣陵（今の南京市の東南）の令に任ぜられる（一説に、四五六年。またこの年、永嘉の令と為るとの説あり）。「謝秣陵令表」あり。	十月、北魏、宋を攻め撃退される。孝武帝、大臣を信用せず、中書通事舎人の戴法興・巣尚之・戴明寳を腹心とし、三人の権力大となる。
				王僧達、才を負い、帝悦ばず、太后に罪を得、死を賜る(年三十六歳、四二三—)。
大明三年	四五九	四十六	江北に客となったのは、この頃か。	四月、孝武帝、竟陵王劉誕と相忌み、七月、沈慶之を広陵に派遣して王を殺す。
大明四年	四六〇	四十七		三月、北魏、宋の北陰平を攻めるも敗

				退、十二月、使いを遣わし和議通好を請う。
大明五年	四六一	四十八		四月、海陵王劉休茂、兵を起こすも、ほどなくして敗れ死す。臨海王劉子頊、征虜将軍に任ぜられる。
大明六年	四六二	四十九	秋七月、臨海王劉子頊（時に年七歳）、荊州刺史となり、鮑照願わざるも前軍行参軍ついで前軍刑獄参軍事に任ぜられる。「従臨海王上荊初発新渚」「石帆銘」等の作あり。	宋は百官を原俸に復す（四五〇年に記事あり）。十一月、柳元景、司空に進み、侍中・尚書令は故のごとしであったが、また固より譲り、乃ち侍中驃騎将軍・南兗州刺史を授けられる。
大明七年	四六三	五十	春、鮑照に「在江陵嘆年傷老」詩あり。	晋安王劉子勛、江州刺史となる。
大明八年	四六四	五十一	鮑照は臨海王が荊・湘・雍・益・梁・寧・南北秦八州軍事を都督するのに従い、蜀に行き、白水、長松県を通過、「發長松遇雪」詩あり。	閏五月、孝武帝卒す（四三〇―、享年三十五歳）。太子の劉子業、即位して前廃帝となり（時に年十六歳）、太宰の劉義恭、尚書の事を録る。劉義恭は戴法興を畏れ、戴法興、朝政を専らにする。宋に旱魃あり、米価が高騰し、餓死者多し。臨海王劉子頊、号を前将軍に進められる。

前廃帝 明帝	永光元年 景和元年 泰始元年	四六五	五十二	年月は不明であるが、鮑照は以前に妻を亡くし、「傷逝賦」を作っている。	八月、前廃帝、権を専らにする戴法興に死を賜い、さらに密かに帝を廃するを謀ったとして、江夏王劉義恭・尚書令柳元景・尚書左僕射顔師伯を殺す。九月、義陽王劉昶（文帝の子）に謀反の罪を着せ、北魏に逃亡させる。十一月、人を使わして、沈慶之を殺し（三八六―）、病死と詐称させる。同月、晋安王の劉子勛（孝武帝の子、十歳）兵を起こす。湘東王劉彧（文帝の子）の主衣壽寂之らと結んで前廃帝を殺す。十二月、湘東王劉彧（四三九―四七二）即位し、明帝となる。臨海王は雍州の都督の任を解かれ、命ぜられて鎮軍将軍・徐州刺史となる。晋安王は新命を受けるのを拒み、兵を罷めず。
	泰始二年	四六六	五十三	臨海王の参軍に任ぜられていた鮑照は、子頊の朝廷への謀反に参画したとして、荆州の人宋景の乱軍に殺される（約四一四―）。墓は蘄州黄梅県（湖北省黄梅県）の南一里ばかりに在るという。	正月、晋安王劉子勛（享年十一歳）、尋陽にて即位を宣言、八月、明帝は沈慶之にこれを攻めさせ、殺す。九月、臨海王劉子頊ら、荊州にて宋景らに執えられ、死を賜る。十月、明帝、孝武帝の二十八子を尽く殺す。謝荘卒す（四二一―）。

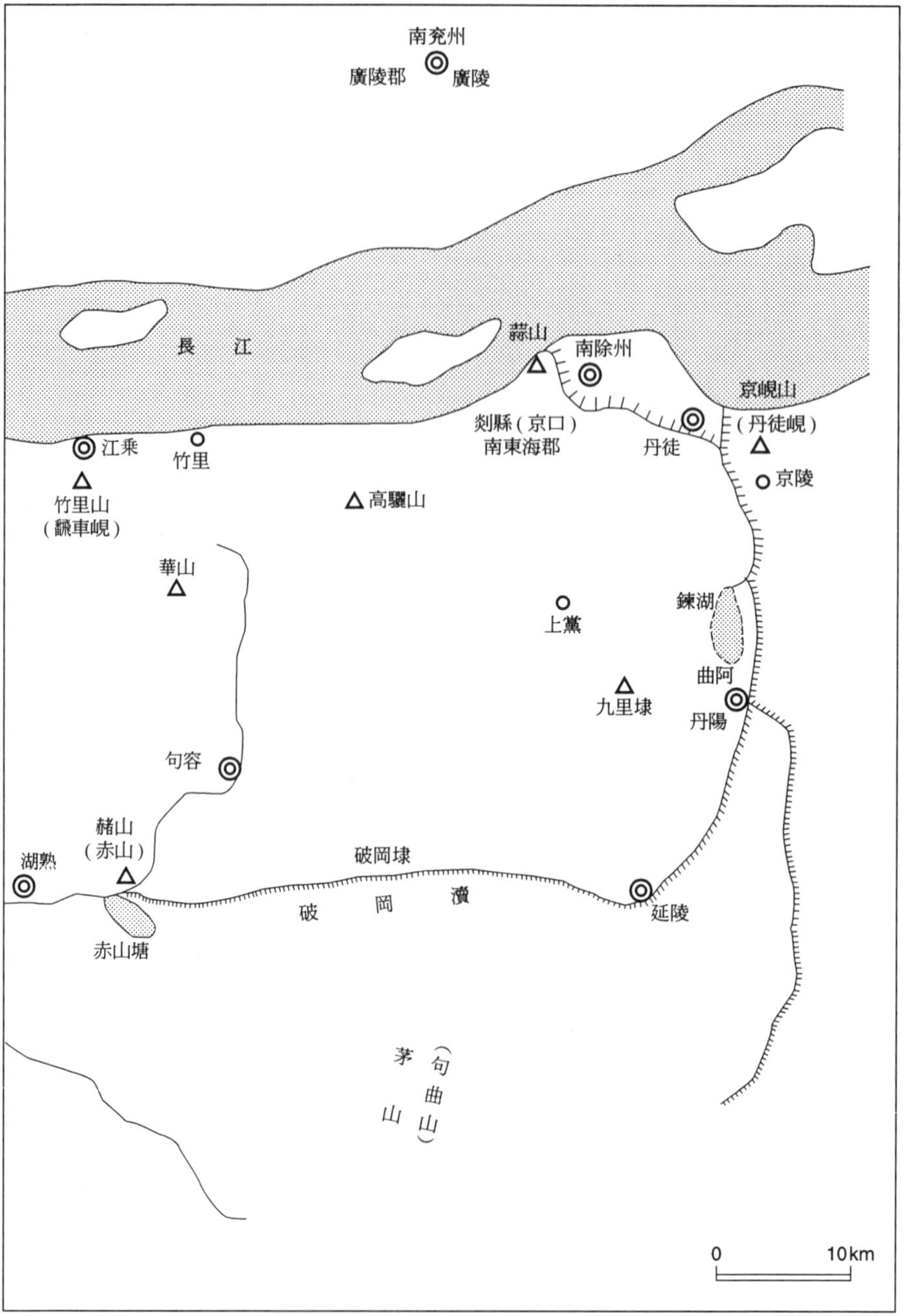
南兗州
廣陵郡
廣陵
長　江
蒜山
南徐州
京峴山
剡縣（京口）
南東海郡
丹徒
（丹徒峴）
京陵
江乗
竹里
竹里山
（䮝車峴）
高驪山
華山
上黨
鍊湖
曲阿
九里埭
丹陽
句容
赭山
（赤山）
湖熟
破岡埭
破　岡　瀆
延陵
赤山塘
茅山
（句曲山）
0
10km

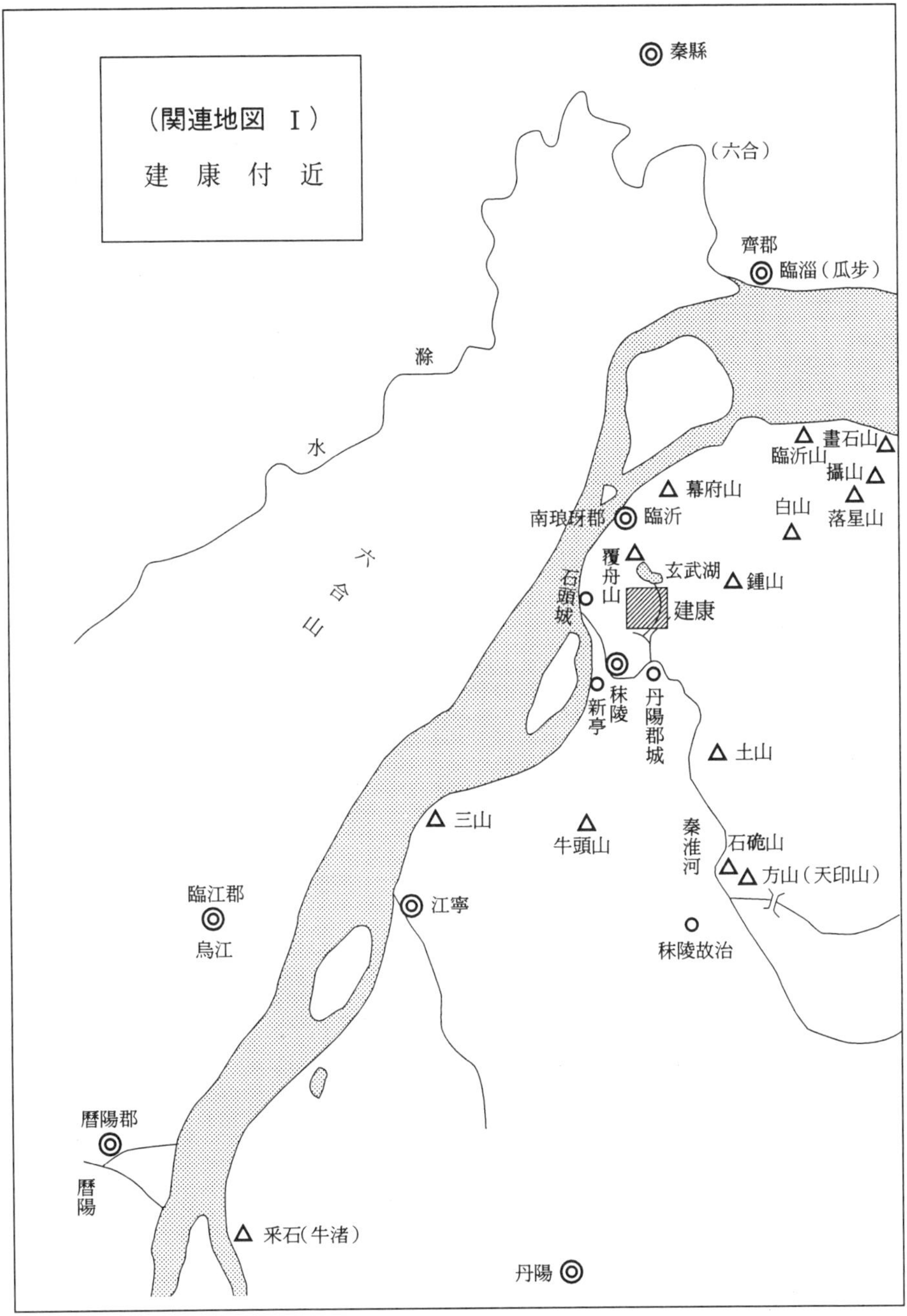
（関連地図 I）
建 康 付 近
秦縣
（六合）
齊郡
臨淄（瓜歩）
滁
水
六合山
畫石山
臨沂山
攝山
幕府山
白山
落星山
南琅邪郡
臨沂
覆舟山
玄武湖
鍾山
石頭城
建康
秣陵
新亭
丹陽郡城
土山
三山
牛頭山
秦淮河
石硊山
方山（天印山）
臨江郡
烏江
江寧
秣陵故治
曆陽郡
曆陽
采石（牛渚）
丹陽

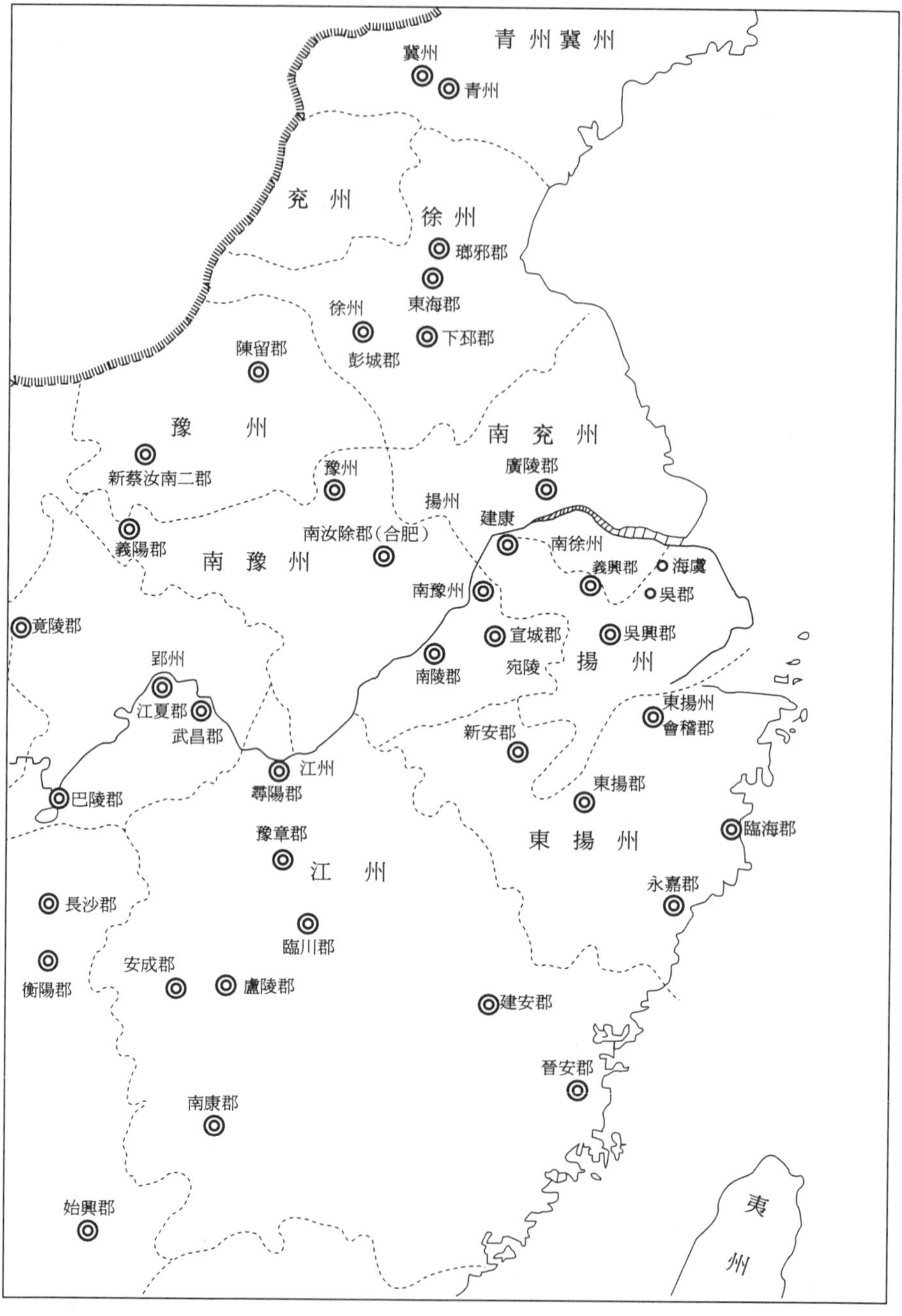

青州冀州
冀州
青州
兗州
徐州
瑯邪郡
東海郡
徐州
彭城郡
下邳郡
陳留郡
豫州
南兗州
新蔡汝南二郡
豫州
廣陵郡
揚州
建康
南汝陰郡(合肥)
義陽郡
南豫州
南徐州
義興郡
海虞
吳郡
南豫州
竟陵郡
宣城郡
吳興郡
郢州
南陵郡
宛陵
揚州
江夏郡
武昌郡
東揚州
會稽郡
新安郡
江州
尋陽郡
巴陵郡
東揚郡
臨海郡
豫章郡
東揚州
江州
長沙郡
永嘉郡
臨川郡
安成郡
衡陽郡
盧陵郡
建安郡
晉安郡
南康郡
始興郡
夷州

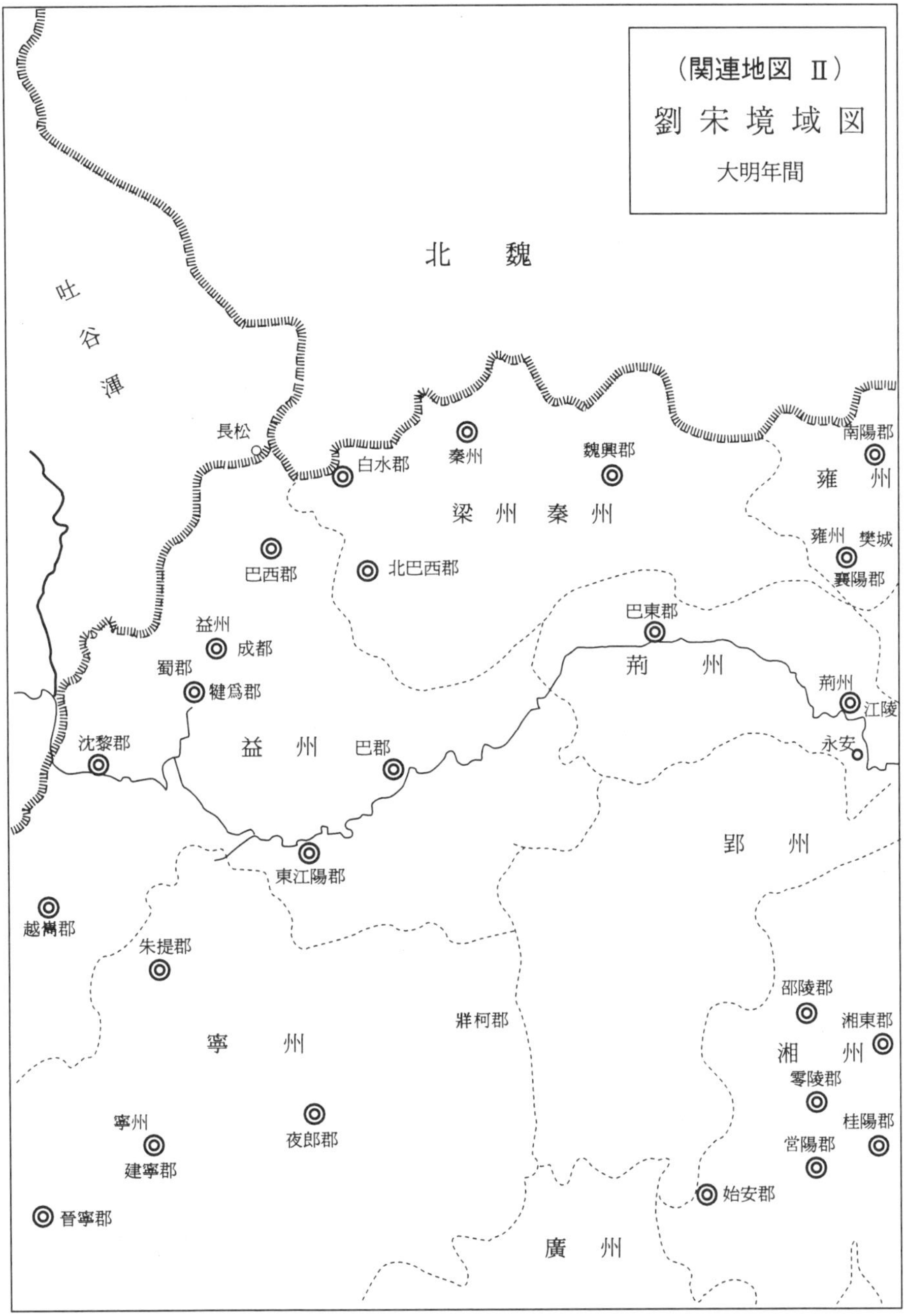
（関連地図 II）
劉宋境域図
大明年間
北魏
吐谷渾
長松
白水郡
秦州
魏興郡
南陽郡
雍州
梁州秦州
雍州 樊城
襄陽郡
巴西郡
北巴西郡
巴東郡
益州
成都
荊州
蜀郡
犍爲郡
荊州
江陵
沈黎郡
益州
巴郡
永安
郢州
東江陽郡
越巂郡
朱提郡
牂柯郡
邵陵郡
湘東郡
寧州
湘州
零陵郡
寧州
夜郎郡
桂陽郡
建寧郡
営陽郡
始安郡
晉寧郡
廣州

あとがき

鮑照という詩人と出会って、もう二十年以上になる。その詩集を邦訳してみてはどうかとのお話を頂いてからも、すでに十年近くが経ってしまった。

時間ばかりが経過してしまった原因の一つに、銭振倫ら先学による『鮑參軍集注』の存在がある。『鮑參軍集注』は、周知のごとく、近人の黄節が銭振倫の注に補注を施し、さらにそれに振倫の孫にあたる銭仲聯氏が増補注（文に関しては補注）を施した念の入ったものである。口語訳こそ無いが、鮑照の詩文の解題、歴代批評の収集および年譜に至るまで、必要事項を完備し、解明可能な課題の大部分に考証が及んでいる。詩人を理解する拠り所として至高の一冊であるとともに、越えがたい大きな存在ともなっている。それを敢えて向こうに見、改めて訳注を施すとなると、この詩人の理解に余程の進展がないといけない。そう考えると、『鮑參軍集注』を前に作業の着手に気後れが生じてしまった。

その気持ちを断ちきる切っ掛けとなったのは、森野繁夫先生の仰られた「六朝詩はまだまだ分かっていない」の御一言である。鮑照の作品も例外でないとすれば、「まだまだ」模糊とした部分があるということになる。ならば、その部分自体を先ず知ることが先決であろう。それには眼前に聳える『鮑參軍集注』そのものと関わり、銭仲聯ら先学の偉功を見究める必要がある。斯く「まだまだ」の響きに後押しされるに至り、気後れはようやく解消しはじめた。

鮑詩の邦訳は、『鮑參軍集注』の注自体の読解と並行して語用例の調査に明け暮れることになったが、やがて、先学の注および自らの調査でも訳語を得にくい箇所に衝き当たることとなった。主として、詩人によって新造されたとおぼしき詩語に関わる部分である。併せて、詩人の表現意図が見えにくく、いっそうの考察の必要を覚える箇所も顕在化した。そのような詩人の内奥こそは、のっ引きならぬ思いの込められた、恐らくは「まだまだ分かっていない」部分であろう。問題の所在が明らかとなり、出発はむしろそこからという段に至ったのであるが、そこまで来て、案の定と言おうか、いよいよ能力と時間の制約に見舞われることになった。引き続き解明すべき責めを負いつつも、今はもはや切りの無い作業を実感するばかりである。

差し当たり、そのような作業の積み重ねが形となったものが本書であり、鮑詩の邦訳は、いわば『鮑参軍集注』を読みあげた証しになっていると言ってもいい。

『鮑參軍集注』のような行き届いた旧注は、有れば依存度が増す。作業後の今は、胸を借りたに過ぎないのではないかの負い目が新たに生じ、「旧注の外に於いて義を解するを為す」（『世説』）の程遠きを痛感するばかりである。新たに刻んでみた一个字が、些かでも鮑照理解に弾みをつけてくれるならば、せめてもの幸いである。

この度の訳注はまた、以上のような経緯もあって大部に上ってしまった。原文の引用などを大幅に削減はしたものの、出版に至るには何よりも費用の工面に困難が生じた。援助の手を差し伸べて下さったは、日本学術振興会交付の平成12年度研究成果公開促進費の補助金（出版助成）である。困難が除かれ、併せてこの訳注に評価を頂けたことに、喜びと感謝の意を表したい。

出版の運びに至る直前に、父が逝った。父は退職後の余暇に『鮑氏集』をはじめ六朝時代の主だった詩人数名の簡易な索引を作成し、提供してくれた。一周忌が過ぎるに当たり、この書の成ったことを墓前に報告したい。

本書が多くの先学の方々の御業績に負うところ大であること、言うまでもない。お一人お一人の御名前を挙げることは割愛させて頂くが、略儀ながらこの場を借りて謝意を表したい。

なお、佐藤大志氏には鮑照の全詩の訳注である「六朝樂府文学史研究――鮑照を中心として――資料編」（稿本）があり、貴重な参考資料として長期にわたり拝借を賜ることが出来た。随所で参照させて頂いた旨ここに紹介させて頂き、お礼申し上げたい。

この『鮑参軍詩集』の出版に当たって気後れが生じた際、白帝社の小原恵子さんからはたびたびの励ましを得た。また、申すまでもなく企画面での多くのアドバイスを頂いた。ここに併せて感謝の意を表したい。

二〇〇一年　二月二十八日

鈴木敏雄

1953年生まれ
1982年　広島大学大学院文学研究科博士課程中退
現　在　兵庫教育大学教授

鮑参軍詩集

2001年2月28日　初版発行

著　者　鈴木敏雄
発行者　佐藤康夫
発行所　白 帝 社
〒171-0014　東京都豊島区池袋2-65-1
電話　03-3986-3271　FAX　03-3986-3272
E-mail:info@hakuteisha.co.jp
http://www.hakuteisha.co.jp

ISBN 4-89174-474-X